Holmer Rosenkranz

573

Thriller

1. Auflage

Lektorat: Daniela Müller
Covergestaltung: Stefanie Schöne Kreativagentur
Fotomaterial: Melanie Volk
Herstellung: Amazon Distribution GmbH, Leipzig

ISBN-13: 978-1511657518
ISBN-10: 1511657510

Kapitelübersicht

Prolog

Atemringend hastete die junge blondhaarige Frau über das dunkle, poröse Lavagestein. Ein kurzer Blick zurück offenbarte, dass es ihr nicht gelungen war, die zwei Verfolger abzuschütteln. Bedrohlich rückten sie näher. Deutlich erkannte sie ihre Gesichtszüge, gezeichnet von den körperlichen Strapazen der kräftezehrenden Verfolgungsjagd am Fuß des Vulkans Beerenberg. Die Ausrüstung hatte sie bereits fallen gelassen. Lediglich das Funkgerät hielt sie noch krampfhaft in der rechten Hand umklammert. Hektisch begann sie eine steile Anhöhe hinaufzuklettern, doch das mit Vulkanasche und Eisbrocken durchsetzte Geröll unter ihren Füßen war locker und rutschig. Das machte ihre Flucht noch beschwerlicher. Schon spürte sie den Atem der Verfolger im Nacken. Als sich hinter ihr eine Steinlawine löste und den Abhang hinunterrollte, hörte sie die Männer laut fluchen. Es bescherte ihr unerwartet wertvolle Sekunden im Wettlauf um Leben oder Tod. Auf dem Gipfelpunkt der Anhöhe blieb sie ratlos stehen. Wenige Schritte entfernt tat sich eine zwei Meter breite Erdspalte auf, die ihr den Weg versperrte. Die Tiefe des Hindernisses konnte sie bloß erahnen. Sollte sie aufgeben oder es wagen zu springen? Unschlüssig, sich zu entscheiden, hörte sie hinter ihrem Rücken eine laute, krächzende Stimme tönen.

„Da vorn ist sie! Los, leg sie endlich um!“

In diesem Moment verlor ihr Verstand die Fähigkeit, rational zu urteilen. Ihr Selbsterhaltungstrieb übernahm das Heft des Handelns. Kraftvoll stieß sie sich vom Boden ab und sprang über den Graben. Im gleichen Augenblick registrierte ihr Unterbewusstsein den lauten Knall eines Schusses und einen heißen Schlag am rechten Oberschenkel. Das Funkgerät entglitt ihren Fingern. Die Anspannung der Muskeln ihres athletischen Körpers löste sich und ein Teil der Sprungenergie ging verloren. Um Haaresbreite verfehlte sie die andere Seite und krallte ihre Hände in die poröse Felswand hinein. Die Rückkehr ihres logischen Denkens glich dem plötzlichen Erwachen aus einem tiefen Schlaf. Im ersten Augenblick begriff sie nicht, was mit ihr geschehen war.

„Um Gotteswillen ... Hilfe!“, schrie sie verzweifelt, nachdem sie ihre prekäre Situation erkannt hatte.

Die Verfolger erreichten derweil den Rand des Abgrunds. Mit kalten Augen beobachteten sie, wie die junge Frau, über dem dunklen Schlund hängend, um ihr Leben rang.

„Bitte helfen Sie mir!“, rief sie keuchend. Auf etwas anderes als das Mitleid der unbekannten Männer konnte Sie kaum hoffen. Die beiden reagierten indes nicht auf ihr Flehen, sondern blieben stumm und regungslos. Schließlich hatten sie sich genug an ihrem Leid ergötzt. Einer von ihnen begann, einen Revolver auf die Frau zu richten. Da verließen sie ihre Kräfte. Sie rutschte ab und fiel mit einem gellenden Schrei in die scheinbar bodenlose Tiefe. Der Aufschlag ihres Körpers am Boden erzeugte ein dumpfes Geräusch. Verblüfft über den Absturz, stellte sich der Mann mit dem Revolver demonstrativ an die Felskante und feuerte fünfmal in das finstere Loch hinein.

„Was soll der Quatsch?“, fragte der andere, nachdem die Echos der Schüsse verhallt waren.

„Ich gehe nur auf Nummer sicher“, erhielt er lapidar zur Antwort. Seelenruhig entfernte der Schütze die leeren Patronenhülsen aus der Trommelkammer und bestückte die Waffe mit neuer Munition. Dann steckte er sie unter die Jacke und trat den Rückweg in die Bucht an. Wortlos folgte ihm sein Begleiter.

Kapitel 1

1.

21. Juni

Es war 9:00 Uhr morgens, als auf dem Radar des kleinen Fischkutters Anna Katrin, drei Meilen vor der isländischen Hafenstadt Raufarhöfn, unerwartet das Signal eines Schiffes auftauchte. Der Steuermann betrachtete den leuchtenden Fleck auf dem Bildschirm mit zunehmendem Unbehagen. Das Wetter war rau, der Wellengang der See extrem hoch und der schwankende Kurs des fremden Bootes äußerst ungewöhnlich. Er beschloss, den Skipper über die Beobachtung zu informieren. Kurze Zeit später betrat er die Steuerbrücke. Er erkannte sofort den Ernst der Situation und erteilte den Befehl, Kurs auf das mysteriöse Objekt zu nehmen. Nach einer Stunde näherten sie sich dem Objekt bis auf eine viertel Seemeile. Es handelte sich um eine Hochseejacht von ungefähr 23 Meter Länge und sieben Meter Breite. Vorn am Bug zeichnete sich in großen Lettern deutlich ein Name ab: Polarstar. Die zahlreichen Aufbauten über Deck ließen vermuten, dass es sich um ein Charterschiff für abenteuerlustige Urlauber handelte.

In allen isländischen Häfen existierten Betreiber, die Ausflüge im näheren Küstenbereich oder auch zu benachbarten Inseln anboten, da in den Sommermonaten regelmäßig Besucher aus Europa einflogen, um die Schönheit und Einsamkeit des nördlichen Eismeeres zu erleben. Auf Wunsch und bei guter finanzieller Lage der Fahrgäste fuhr solch ein Schiff auch nach Grönland, zur Insel Jan Mayen oder sogar nach Spitzbergen. Das waren Ausflugstouren der Extraklasse, die mehrere Tage bis Wochen dauerten und sich ein Pauschalurlauber kaum leisten konnte.

Das Schiff, so erkannten die Seeleute der Anna Katrin deutlich hinter dem Namenszug, nannte die Stadt Höfn als Heimathafen, einen kleinen Ort an der südöstlichen Küste des Landes. Es schlingerte antriebslos durch die meterhohen Wogen und lieferte sich den Kräften der Natur widerstandslos aus.

„Wahrscheinlich ist die Maschine defekt", bemerkte der Skipper grübelnd zum Steuermann. „Anders kann ich mir den seltsamen Kurs des Schiffes nicht erklären."

„Und weshalb sind auf dem Deck keine Positionslichter eingeschaltet? Es ist miserables Wetter. Mit dem Motor müssen demzufolge gleichzeitig die Schiffsbatterien ausgefallen sein? Was für ein Zufall. Und wieso merkt von den Schlafmützen dort drüben niemand unsere Gegenwart und gibt uns ein Signal? Jetzt behaupte bloß noch, ihr Funkgerät hätte den Geist aufgegeben. Das würde dem Ganzen die Krone aufsetzen. Nein ... Irgendetwas stimmt nicht mit dem Kahn."

Der Skipper schaute den Steuermann nach dessen argwöhnischen Worten verblüfft an. Er musste ihm recht geben. Das Verhalten der Seeleute auf der Polarstar war absonderlich, ohne jede Logik, ja ausgesprochen gefährlich und verantwortungslos gegenüber den Passagieren, sofern sich welche an Bord befanden. Der Anblick der führerlos treibenden Jacht in der stürmenden Grönlandsee besaß etwas Gespenstisches. Dem Kapitän der Anna Katrin war nicht wohl in seiner Haut. Die kritischen und nicht von der Hand zu weisenden stichhaltigen Fragen des Mannes am Ruder ließen ihn zu dem Schluss kommen, dass die ausgefallene Maschine nicht das wahre Problem des fremden Schiffes darstellte.

Der Steuermann blickte den Skipper unsicher an. „Soll ich versuchen, längsseits zu gehen?", fragte er zwiespältig.

„Bist du verrückt?", bekam er empört zur Antwort. „Nicht bei diesem Seegang. Wenn wir die Anna Katrin beschädigen, saufen wir womöglich ab. Wir halten 200 Meter Abstand und fahren mit dem Schlauchboot rüber. Ehrlich gesagt, ist selbst das ein kühnes Unterfangen. Gleichwohl sind wir verpflichtet, alles Mögliche zu tun, um in Not geratene Seeleute zu retten. Vielleicht benötigt die Mannschaft der Polarstar tatsächlich unsere Hilfe."

Der Steuermann nickte zustimmend und manövrierte die Anna Katrin mit sicherer Hand näher an die mysteriöse Jacht heran.

2.

Zum wiederholten Male schaute Björn Andersen beunruhigt auf die Armbanduhr. Seit den Morgenstunden des gestrigen Tages hatte Inga Hallström kein Lebenszeichen von sich gegeben. Eigentlich schrieb die Dienstvorschrift vor, sich regelmäßig alle vier Stunden zu melden. Doch das Funkgerät schwieg stoisch. Für Björn Andersen eine beängstigende Situation.

Bisher hatte ihr Ausbleiben noch keinen der Kollegen beunruhigt. Dass die Vulkanologin ihre Inspektionen gelegentlich massiv ausdehnte, waren sie gewohnt. Zwar betrug die Distanz von der Wetterstation Helenesanden bis zum Beerenberg lediglich 20 Kilometer, dafür konnte die Kontrolle der seismologischen Geräte an den Hängen des Vulkans enorme Zeit in Anspruch nehmen.

In den vergangenen Stunden hatte Björn Andersen mehrmals versucht, sie anzufunken, allerdings keine Antwort erhalten. Die Sorge um Inga Hallström stand dem 30-jährigen Hünen mit den dunkelblonden Haaren deutlich ins Gesicht geschrieben. Abermals rief er ihren Namen in das Mikrofon und wartete ruhelos auf eine Rückmeldung. Auch jetzt schwieg das Funkgerät. Nur ein leises hintergründiges Rauschen tönte im Gleichklang aus dem Äther. Bedrückt begann er nachzusinnen, was ihr zugestoßen sein könnte. Der Angriff eines Eisbären erschien ihm unwahrscheinlich. Zugegeben, der Weg der gefährlichen Gesellen führte gelegentlich auf die Insel. Das galt allerdings eher für die Wintermonate, wenn das Polarmeer bis an die Küste von Jan Mayen zufror. Außerdem trug Inga eine Waffe bei sich und war kein Greenhorn mehr. Sie war in der Lage, mit einem derartigen Problem überlegt umzugehen. Somit blieb im Grunde nur ein Unfall oder ein defektes Funkgerät übrig. An den letzteren Umstand klammerte sich seine ganze Hoffnung.

„Inga ist bestimmt wohlauf", meinte Sigurd Johannsen aufmunternd zu ihm.

Er verkörperte in seiner Statur das genaue Gegenteil von Björn Andersen. Klein und schmal gebaut konnte er sich bequem hinter ihm verstecken. Das blasse Gesicht des Mannes umrahmten lange dunkle Haare, die er im Nacken zu einem Zopf gebunden hatte. Sigurd wusste von Björns Zuneigung für Inga und verstand dessen Unruhe.

„Wahrscheinlich ist ihr am Wegesrand eine interessante Sache ins Auge gefallen. So wie im letzten Monat, als sie unverhofft über eine abgestürzte deutsche Junkers aus dem Zweiten Weltkrieg stolperte. Ein dermaßen aufregender Fund lässt sie alles um sich herum vergessen. Es wäre nicht das erste Mal, dass sie sich deshalb verspätet. Gib ihr also noch ein wenig Zeit."

„Vermutlich hast du recht und ich mache mir unnötig Sorgen", erwiderte Björn Andersen. Für den Augenblick beruhigt, tippte er die meteorologischen Messwerte des vergangenen Tages in den Computer ein.

3.

Eine halbe Stunde war vergangen. Der Skipper und der Bootsmann der Anna Katrin saßen festgegurtet in einem motorisierten Schlauchboot und hielten Kurs auf die Polarstar. Unterwegs bereitete ihnen der hohe Seegang zunehmend Probleme. Mehrmals schlugen starke Windböen die Gischt der am Bug brechenden Wellen wie eine Faust in ihre Gesichter. Die Gefahr des Kenterns schwebte ständig über ihren Köpfen. Die beiden Männer erwiesen sich indessen als erfahrene Seeleute. Mit sicherer Hand steuerten sie das schwankende Gefährt durch das brodelnde Chaos und machten an der Jacht längsseits fest. Nacheinander stiegen beide an der Schiffswand die Sprossen einer verchromten Leiter nach oben. Eine dunstige Düsternis empfing sie auf dem Deck. Unterdessen hatte der Sturm den Himmel vollends mit dunklen Wolken verhangen, aus denen ein kalter Nieselregen fiel. Die tief liegende Sonne war nicht mehr fähig, sie zu durchdringen, und zeichnete knapp über dem Horizont einen milchigen, hellgrauen Fleck ab.

„Hallo! Ist jemand an Bord? Benötigen Sie Hilfe?", rief der Skipper laut über das Mittelschiff. Eine Antwort blieb aus. Allein der Wind fegte heulend über die Deckplanken der schaukelnden Jacht. Keine Menschenseele ließ sich blicken. Ihnen bot sich eine gespenstische Szenerie, die befremdliche Emotionen hervorrief.

„Mir ist richtig unheimlich“, meinte der Bootsmann. „Ich bin kein ängstlicher Mensch, aber diese Totenstille geht mir gehörig an die Nieren. Weshalb laufen die Motoren nicht? Und wo zum Teufel ist die Besatzung geblieben?“

„Bleib ruhig. Es wird sich alles aufklären. Lass uns die Steuerbrücke kontrollieren“, erwiderte der Skipper und zog eine Taschenlampe aus der Jacke. Große Zuversicht strahlten seine Worte allerdings nicht aus.

Mit unsicheren Schritten schwankten beide zum Vordeck und stiegen die kurze Treppe zum Steuerhaus hinauf. Die Brücke war nicht besetzt. Führerlos drehte sich das Steuerrad von links nach rechts und wieder zurück. Die Armaturen waren ausgeschaltet. Nicht ein Lämpchen leuchtete auf dem Kontrollpaneel. Plötzlich blieben sie wie angewurzelt stehen. Ihnen stockte der Atem. Ein klirrendes Geräusch ertönte hinter ihrem Rücken. Erschrocken wandten sie sich um und atmeten erleichtert auf. Gleich einer Spukerscheinung rollte eine leere Bierflasche von Steuerbord nach Backbord quer durch den Raum und verursachte beim Anschlagen an die Wand ein helles Klimpern. Der Bootsmann wischte sich mit dem Taschentuch den kalten Schweiß von der Stirn. Nachdem sich die Flasche anschickte, nach Steuerbord zurückzukehren, packte er sie geistesgegenwärtig am Hals und warf sie ärgerlich durch die geöffnete Tür in die tobende See.

„Das verstehe ich nicht. Wo ist die Crew geblieben? In Reih und Glied den Lemmingen gleich ins Meer gestürzt?“, rätselte der Skipper und kratzte sich nachdenklich am Kopf.

„Vielleicht trieb der Sturm das Boot aus dem Hafen, ohne dass der Eigentümer den Verlust bisher bemerkte. Wenn das zutrifft, können wir lange nach der Besatzung suchen. Wir finden unter Deck keine Seele“, orakelte der Bootsmann.

Dessen Mutmaßungen versuchten zumindest eine Erklärung für das Fehlen der Mannschaft zu geben, dennoch hegte der Skipper Zweifel. „Ein Abtreiben ist denkbar. Die hiesigen Strömungen lassen diese Möglichkeit zu. Doch ich kann nicht recht daran glauben.“

„Und wieso?“

„Dieses Schiff habe ich im Hafen von Raufarhöfn noch nie gesehen. Ich würde mich daran erinnern. Außerdem sind die Anker gelichtet. Das ist mir bereits während der Überfahrt im Schlauchboot aufgefallen. Eine Abdrift aus dem Heimathafen in Höfn fällt ebenso in den Bereich des Unmöglichen. In dem Fall hätten die Strömungsverhältnisse, die an der Südostküste herrschen, es weiter nach Nordosten abweichen lassen. Es muss einen anderen Grund für das Verschwinden der Seeleute geben. Lass uns die Kajüten unter Deck inspizieren. Womöglich finden wir dort den entscheidenden Hinweis."

Ihr Weg führte zurück auf das Mittelschiff. Hier führte eine schmale Treppe hinunter in den Bauch des Schiffes, direkt zu den Unterkünften der Passagiere und Besatzungsmitglieder. Durch die Finsternis sah sich auch der Bootsmann gezwungen, die Taschenlampe einzuschalten. Darauf bedacht, nicht zu stolpern, stieg er behutsam die Stufen hinab. Der Skipper folgte ihm auf den Fuß. Am Ende der Treppe schloss sich ein langer, mit einem dunkelblauen Teppichläufer ausgelegter Korridor an. Von ihm führten zu beiden Seiten zahlreiche Türen in die einzelnen Unterkünfte.

Der Schalter für die Beleuchtung auf dem Gang funktionierte nicht. Unsicher tasteten sie durch die Finsternis, die allein die Lichtstrahlen ihrer Lampen durchbrachen. Kurz darauf blieben sie entgeistert stehen. Unter ihren Schuhen nahmen sie deutlich knackende Geräusche wahr. Neugierig blickten sie zu Boden. Er war mit glitzernden Glasscherben übersät. Erstaunt richteten sie ihre Augen nach oben.

„Eigenartig", bemerkte der Bootsmann mit belegter Stimme. „Die Glühbirnen der Deckenlampen sind zerschlagen." Er wirkte durch diesen ominösen Umstand äußerst angespannt.

„Wir kontrollieren das gesamte Unterdeck", ordnete der Skipper im Befehlston an und öffnete die Tür zur Linken. „Schau du inzwischen in die nächste Kajüte."

Der Bootsmann, der die Worte deutlich gehört hatte, zögerte jedoch.

„Was ist los? Machst du dir in die Hosen?", fragte der Skipper verwundert.

„Quatsch! Ich vertrete bloß den Standpunkt, dass es vernünftiger wäre, zusammenzubleiben." Davon war er überzeugt. Nichtsdestotrotz gestand er sich ein, auch die Furcht vor dem Ungewissen spielte eine Rolle. Im Grunde war ihm die ganze Aktion zuwider und das ominöse Schiff nicht geheuer. Um sich keine Blöße zu geben, unterdrückte er seine Hemmungen und öffnete die Tür zur gegenüberliegenden Kabine. Im gleichen Augenblick traf das Boot ein gewaltiger Brecher von der Steuerbordseite, sodass es eine extreme Schräglage nach Backbord vollzog. In der Folge stürzte er regelrecht ins Innere des Raums hinein und kam ins Straucheln. Über die eigenen Füße stolpernd, prallte er unerwartet auf eine weiche Masse. Die Taschenlampe, die ihm beim Fallen entglitt, knallte laut mit dem Reflektor auf den Boden und erlosch. Er hörte noch, wie sie zur gegenüberliegenden Wand rollte und dort regungslos liegen blieb. Schaudernd fühlte er mit den Händen nach dem Gebilde unter seinem Körper. Ihm gefror sprichwörtlich das Blut in den Adern. Kalter Schweiß trat ihm auf die Stirn. „Verdammt! ... Scheiße! ... Was ist das?“, rief er angeekelt und sprang entsetzt vom Boden auf. Panisch rannte er zur Kabinentür, wo er heftig mit dem Skipper zusammenstieß.

„Was ist passiert?“, fragte der seinen Steuermann und rieb sich die schmerzende Schulter. „Du hast geschrien, als wäre der Teufel hinter dir her.“

„Ich glaube, in der Kabine liegt jemand. Ich bin über ihn gestolpert und auf ihn gestürzt. Er rührte sich nicht und sagte keinen Laut.“

„Ach was? Ist das wahr? Geh zur Seite!“, erwiderte der Skipper unbeeindruckt von dem konfusen Gestammel und suchte den Boden der Kajüte mit der Lampe ab. Schließlich kam der Lichtstrahl in der Mitte der Kajüte zum Stehen und offenbarte den blutüberströmten Leib eines toten Mannes. „Mein Gott! Der Bedauernswerte besitzt überhaupt kein Gesicht mehr!“, rief er fassungslos und hörte im selben Moment, wie sich der mental angeschlagene Bootsmann hinter seinem Rücken übergab. Dessen Ekel fühlte er leicht nach, da der Tote einen missgestalteten, ja geradezu abscheulichen Anblick darbot. Jemand hatte ihm mit einem harten, scharfen Gegenstand den Kopf zertrümmert. Wenn er nicht an einer schweren Hirnverletzung verstorben war, dann zumindest an den Folgen des immensen Blutverlustes. Der Boden war von Blut geradezu durchtränkt. Es zeigte noch nicht den Zustand der vollständigen Gerinnung, was darauf schließen ließ, dass der Eintritt des Todes noch nicht lange zurücklag. Neben dem Leichnam lag ein Enterbeil mit einer breiten Schneide, das in Notsituationen zum Kappen von Tauen diente. In ihm die Tatwaffe des Täters zu vermuten, erschien dem Skipper logisch.

„Lass uns auf der Stelle zur Anna Katrin zurückkehren“, meinte er erschüttert. „Wir müssen die Küstenwache informieren. Wer weiß, welche grauenvollen Geheimnisse das Totenschiff noch in sich verbirgt.“ Er verspürte kein Verlangen mehr, die restlichen Kajüten zu inspizieren. Auch an seiner Psyche zerrte die blutige Szenerie. Endlich saßen sie im Schlauchboot und atmeten die kühle, salzige Seeluft ein. Doch das Grauen ließ sie nicht los. Während der Rückfahrt zur Anna Katrin sprachen sie kein Wort miteinander. Schweigend versuchte jeder, das schreckliche Bild des toten Mannes aus dem Gedächtnis zu verdrängen.

4.

Ein Lebenszeichen von Inga Hallström blieb weiterhin aus. Tief beunruhigt brachte Björn Andersen das Problem auf den Punkt: „Ihr ist etwas zugestoßen. Wir müssen sie suchen.“

Niemand widersprach. Alle teilten diese Ansicht.

Die 75 Kilometer lange Tour auf dem nordöstlichen Inselteil war anspruchsvoll und setzte eine gute körperliche Kondition voraus. Um die seismologischen Instrumente an den beiden Messpunkten kontrollieren zu können, waren die Forscher gezwungen, auf den Berghängen des Vulkans mühsam über lockeres Lavagestein und eisige Gletscherzungen zu kraxeln. Daher veranschlagten sie für die Dauer der Route routinemäßig maximal 20 Stunden. Ein Zeitraum, den die junge Frau längst überschritten hatte. Sie war überfällig.

Zu viert brachen sie mit zwei Quads in verschiedene Richtungen auf. Christof Vigeland und Sören Sinding, beide Geophysiker in ihrem Forschungsteam, wählten die Südostroute zu den Ruinen der alten Wetterstation Elsde Metten. Sie tangierte die Strecke zum ersten Kontrollpunkt, der auf dem Südhang des Beerenbergs lag. Von dort hatte sich Inga Hallström am gestrigen Morgen letztmalig gemeldet. Sigurd Johannsen und Björn Andersen entschieden sich für die Nordwestroute. Sie beabsichtigten, der Station Gamle Metten einen Besuch abzustatten. Einige Kilometer weiter, in der Nähe des Weyprecht-Gletschers, befand sich der zweite Kontrollpunkt. Falls die Nachforschungen an beiden Stellen erfolglos blieben, würden sich die Suchtrupps auf dem Pfad treffen, der an der Westseite des Vulkans die Nord- und Südküste miteinander verband. Die Aussicht, die verschollene Frau noch zu finden, erschien dort am wahrscheinlichsten.

Zügig fuhren Björn Andersen und Sigurd Johannsen über das hügelige Gelände. Nach zwei Stunden erreichten sie das erste Ziel. Gamle Metten hatte früher ebenfalls als Wetterstation gedient, war allerdings in den 60er Jahren des letzten Jahrhunderts aufgegeben worden. Akribisch inspizierten sie jedes der gut erhaltenen Gebäude, aber von Inga Hallström fanden sie keine Spur. Um sicherzugehen, nichts zu übersehen, kontrollierten sie zum Abschluss das gesamte umliegende Gelände. Doch ihre Suche blieb erfolglos. Enttäuscht stiegen sie auf ihre Fahrzeuge und fuhren entlang der Küste weiter die Route zum Weyprecht-Gletscher. Nach 15 Minuten erreichten sie eine steile Anhöhe, die sich über eine kleine Bucht erhob. Sie richteten ihre Blicke zum Meeresufer. Dabei stach ihnen etwas Merkwürdiges in die Augen. Björn Andersen hielt neugierig das Fernglas auf die Szenerie und erkannte überraschend Inga Hallströms Quad. Einsam stand es neben einem aus dem Sand ragenden Felsblock. Wie ein Blitz eilten sie hinunter zum Strand. Inga Hallström indes sahen sie nicht. Nur ihr Gewehr lehnte unerklärlicherweise am Fahrzeug. Ein Umstand, der beunruhigte.

„Inga! ... Hörst du mich? Ich bin es ... Björn! ... Inga!“, rief er verzweifelt. Die erlösende Antwort blieb aus. Allein die Wellen des Meeres schlugen rauschend über den Strand der einsamen Bucht. Jäh überkam ihn ein beklemmendes, unheilschwangeres Gefühl. Da wusste er, dass ihr Schlimmes widerfahren war.

Neben ihrer Spur entdeckte Sigurd Johannsen zwei weitere Fährten im Sand, die alle in dieselbe Richtung führten.

„Seltsam!“, bemerkte er. „Die Schuhabdrücke nehmen ihren Anfang am Uferrand.“

Björn Andersen nickte zustimmend mit dem Kopf. „Hier hat ein

Boot angelegt. Schau! Die Insassen sprangen an Land und steuerten in gerader Linie auf die markante Felsformation am Rande der Bucht zu. Ingas Weg führte gleichfalls dorthin. Vermutlich folgte sie den Fremden“, stellte er nüchtern fest und wies mit der Hand in die angegebene Richtung.

„... oder verfolgte sie“, präzisierte Sigurd Johannsen dessen Vermutung mit einem vielsagenden Blick.

Ihre Gesichter wirkten wie versteinert. Das abgestellte Fahrzeug, das zurückgelassene Gewehr und die mysteriösen Fußstapfen in der Bucht beschäftigten ihre Fantasie. Ein klares Bild ließ sich aus den nebulösen Puzzleteilen dennoch nicht formen.

„Folgen wir den Spuren“, schlug Björn Andersen vor. „Ich schätze, sie führen zur Lösung des Rätsels.“

Mit schweren Schritten marschierten sie durch den tiefen, lockeren Sand, bis sie die steilwandige Felsformation am Ende des Strandes erreichten. Vor einer überraschend auftauchenden, scharfkantigen Öffnung im Vulkangestein blieben sie verwundert stehen. Inga Hallström und die beiden Besucher der Insel waren in das dunkle Loch hineingekrochen. Der erfahrene Blick der beiden Wissenschaftler offenbarte schnell, dass es sich um eine Kaverne handelte, einen größeren Hohlraum, der manchmal nach dem Erkalten eines Lavastroms entstand. Mehrmals rief Björn Andersen lautstark Ingas Namen ins Innere der Höhle. Aber außer dem eigenen, zurückhallenden Echo nahm er keine anderen Laute wahr. Es blieb totenstill. Womöglich war sie schwer verletzt und nicht in der Lage sich bemerkbar zu machen. Ein bedrückender Gedanke. Er beschloss hineinzukriechen, um sich Gewissheit zu verschaffen. Ein erstaunter Ausruf Sigurd Johannsens hielt ihn allerdings ab.

„Sieh dir das an! Eine der Spuren führt von der Höhle weg und endet hinter dem hohen Felsbrocken dort drüben. Die Schrittlänge ist enorm. Jemand suchte in panischer Eile das Weite. Vermutlich, um sich zu verstecken.“

Björn Andersen bestätigte die Beobachtung: „Ich stimme dir zu. Außerdem sind die Abdrücke die kleinsten unter den drei Fährten. Inga trägt Schuhgröße 37. Sie stammen zweifelsfrei von ihr. Die Inselbesucher folgten ihr jedoch. Und das auf getrennten Pfaden. Schau

Sigurd, ihre Spuren führen von zwei Seiten bogenartig zu ihrem Versteck. Wahrscheinlich haben sie Inga entdeckt und in die Zange genommen." Trotz der leichten Plusgrade fühlte er unter der Daunenjacke eine siedende Hitze aufsteigen. Was erwartete ihn hinter dem Felsen? Das glückliche Ende einer verzweifelten Suche nach der Liebe seines Lebens oder unaussprechliches Leid über deren Verlust? Er vermochte es nicht zu sagen und die beklemmende Angst vor einer grausamen Antwort lastete ihm schwer auf der Seele.

Das angeknackste Selbstvertrauen des Freundes blieb Sigurd Johannsen nicht verborgen. Behutsam legte er ihm die Hand auf die Schulter. „Wir müssen nachschauen und uns überzeugen", meinte er mitfühlend. Ihm war anzumerken, dass ihn dieselben Gedanken quälten. Seine sorgsam gewählten Worte verschärften indes unbeabsichtigt Björn Andersens schlimmste Befürchtungen.

Mit Herzklopfen näherten sie sich dem einsam stehenden Felsbrocken. Die wenigen Schritte zogen sich zeitlupenhaft in die Länge. Meter wandelten sich zu Meilen, Sekunden zur Ewigkeit. Endlich wagten sie, hinter den Felsen zu blicken. Doch Inga Hallström war nicht da. Lediglich ihr knallroter Rucksack mit dem Überlebenspaket und dem Laptop lag einsam im Sand.

5.

Mühsam öffnete die junge Frau die Augen. Im ersten Moment war ihr nicht bewusst, an welchem Ort sie sich befand. Ein dämmriger Schein und eine beängstigende Stille umgaben sie. Dazu dröhnte der Kopf und das rechte Bein schmerzte. An der Stirn spürte sie ein schweres Hämatom – offensichtlich die Folge eines Sturzes. Sie benötigte einige Minuten, um sich zu besinnen, was mit ihr geschehen war.

Schon in den frühen Morgenstunden hatte sie mit dem Quad die Wetterstation Helenesanden verlassen und war zum Vulkan Beerenberg aufgebrochen, um die allwöchentliche Kontrolle der dort stationären, seismologischen Instrumente durchzuführen. Ihr Weg hatte zuerst an den Ruinen der alten Wetterstation Elsde Metten vorbeigeführt. Elsde Metten, ein öder abgelegener Ort, war bereits zu Beginn des Zweiten Weltkrieges aufgegeben worden. Zehn Kilometer dahinter, an der Südostküste des einsam im nördlichen Polarmeer gelegenen Gestades, hatte sich ihr erster Kontrollpunkt befunden.

Jan Mayen war landschaftlich einzigartig. Das schmale, lang gestreckte Aussehen der Insel glich einem Teelöffel und besaß geologische Ursachen. Der Beerenberg, im Nordosten gelegen, war ein Hotspot. Während die Insel auf einer tektonischen Platte driftete, war die im Erdmantel sitzende Quelle der Eruptionen stationär gelegen. Das dort aufsteigende heiße Magma schmolz sich stets aufs Neue durch die Erdkruste und bildete an der Oberfläche neue Krater mit vulkanischer Aktivität. Ein geophysikalischer Vorgang, der ein ständiges Wachsen des Eilands bewirkte.

Sie kannte die Fakten. Mithilfe der stationären Messsonden hielt die Vulkanologin den Feuerberg unter ständiger Kontrolle. Der letzte Ausbruch fand 1985 statt. Danach fiel der nördlichste aktive Vulkan der Erde bis heute in einen tiefen Schlaf. Die Ruhe inmitten des plattentektonisch äußerst dynamischen Gebietes, das den Namen Nördlicher Mittelatlantischer Rücken trug, blieb allerdings trügerisch.

Der technische Zustand der seismologischen Instrumente war makellos gewesen. Und so hatte sie ihr Weg ohne weiteren Aufenthalt an die Nordwestküste geführt. Am Fuß des 2277 Meter hohen Beerenbergs entlang, war sie über eine Reihe flacher, mit vielen leuchtenden Moos- und Flechtenarten bewachsener Hügel gefahren, auf denen der purpur blühende Steinwurz und der dottergelbe Löwenzahn gediehen. Jetzt im Juni begann der kurze polare Sommer und die spärliche Vegetation auf der rauen Insel drückte mit aller Macht farbenprächtig ihren ungebändigten Überlebenswillen aus.

Nach drei Stunden Fahrtzeit hatte sie die Nordwestküste erreicht und war an den beiden verlassenen Wetterstationen Atlantic City und Gamle Metten vorübergefahren. Sie tangierten die Route zum zweiten Kontrollpunkt, der 15 Kilometer entfernt vom Weyprecht-Gletscher lag. Er stellte in seiner Ausdehnung nicht den größten Gletscher des Vulkans dar, jedoch den Einzigen mit einer ins Meer ragenden Kalbungsfront. Mit ein wenig Glück waren das Abbrechen eines Eisbrockens und dessen tiefer Fall ins Meer zu beobachten.

Ein beeindruckendes Schauspiel der Natur. Aber es war anders gekommen. Ein Bild hatte sich in ihr Gedächtnis gebrannt. Es brachte sämtliche Erinnerungen zurück.

Wenige Kilometer nordöstlich von Gamle Metten war ihr etwas Eigenartiges aufgefallen, nachdem sie in einer kleinen Bucht aufs offene Meer geschaut hatte. Es handelte sich um eine Jacht, die 250 Meter vom Ufer entfernt vor Anker lag. Durch ein Fernglas beobachtete sie, wie ein motorisiertes Schlauchboot vom Mutterschiff ablegte und auf den Strand zuhielt. Kurz darauf erreichte es das Ufer und zwei Männer sprangen in den dunklen Sand. Das erschien nicht ungewöhnlich. Es kam öfters vor, dass Hochseejachten mit Abenteurern oder große Kreuzfahrtschiffe mit Urlaubern an Bord einen Stopp vor der beeindruckenden Kulisse des schneebedeckten Vulkans einlegten. Sie betraten die Insel allerdings nicht mit geschulterten Gewehren. Immerhin repräsentierte Jan Mayen norwegisches Hoheitsgebiet und kein Niemandsland. Natürlich steckte keiner der hier stationierten Wissenschaftler ohne eine Schusswaffe die Nase vor die Tür. Auch sie trug eine doppelläufige Flinte bei sich, um notfalls den Angriff eines Eisbären abzuwehren. Mit dem Auftauchen der gefährlichen Gesellen musste sie stets rechnen, da hier deren angestammter Lebensraum war. Im Polargebiet war der Mensch der Eindringling. Das Verhalten der Fremden indes, die ohne ihr Wissen, und damit ohne Legitimation, Waffen bei sich führten, erregte ihr Misstrauen.

Sie beschloss, hinunter in die Bucht zu fahren und die unbekannten Männer aus der Nähe ins Auge zu fassen. Um keinen Lärm zu verursachen, der ihre Präsenz verriet, schob sie das Quad bis in die Bucht hinein und stellte es neben einem Felsen ab. Als sie abermals nach den Unbekannten Ausschau hielt, blieben sie verschwunden. Nur das Schlauchboot mit der Kennung Polarstar, Höfn, Iceland ruhte einsam am Ufer. Die Jacht und ihre Crew kamen demnach aus der Hafenstadt Höfn. Ein Ort an der Südostküste Islands, der über 700 Kilometer von der Insel Jan Mayen entfernt lag. Sie fragte sich, was die Leute hier suchten, und folgte leichtsinnig ihren Spuren im Sand. Sie führten zu einer hohen Felswand und endeten vor dem

Eingang einer Höhle. Deutlich hörte sie Stimmen aus dem Inneren nach außen dringen. Bis zu dem Zeitpunkt war ihr die akute Gefahr, in der sie schwebte, nicht bewusst. Das änderte sich schlagartig. Warnend signalisierte ihr Verstand, Vorsicht walten zu lassen. Leise trat sie den Rückzug an und versteckte sich hinter einem hohen Felsblock. Nach einer halben Stunde krochen die beiden Männer durch das dunkle Loch wieder ans Tageslicht. Stumm zeigte einer der Unbekannten, der neben einem Gewehr noch einen Revolver in der Hand hielt, auf eine signifikante Stelle im Sand. Der andere nickte darauf schweigend mit dem Kopf und brachte seine Waffe in Anschlag. Im selben Augenblick begriff Inga Hallström die Tragweite ihres unüberlegten Tuns. Ihr lief ein kalter Schauer über den Rücken. Die Fremden begannen, ihre Spur im Sand zu verfolgen. Sie lockte sie unerbittlich zu ihrem Versteck.

„Kommen Sie hinter dem Felsen hervor“, hörte Inga Hallström den Mann mit dem Revolver drohend rufen.

Sie war vollkommen wehrlos. Ihre Flinte lehnte dummerweise am Quad. Fest entschlossen, sich nicht freiwillig auszuliefern und einem ungewissen Schicksal entgegenzusehen, tat sie das einzig Richtige. Leise legte sie ihren schweren Rucksack ab und rannte einem Wiesel gleich davon. Bis die Fremden die Flucht bemerkten, war sie bereits 50 Meter von ihnen entfernt. So hatte die Jagd um ihr Leben begonnen und jetzt, am Grunde des dunklen Schlunds, einen vorläufigen ungewissen Ausgang genommen.

Ratlos schaute sie nach oben. Über ihr zeigte sich helles Licht. War es noch Tag? Oder doch schon Nacht? Sie vermochte es nicht zu ergründen, denn auf der kleinen Insel am 71. nördlichen Breitengrad herrschte zurzeit polarer Sommer. Von Mai bis Juli versank die Sonne nicht unter den Horizont. Wie lange sie ohnmächtig am Boden lag, blieb ein Geheimnis. Es konnte eine Stunde oder sogar ein ganzer Tag verstrichen sein.

Sie verspürte Durst und eine schleichende Kälte in ihren Gliedern. Auch in der warmen Jahreszeit kletterten auf Jan Mayen die Temperaturen wenig über Null. Zehn Grad gehörten eher zur Seltenheit. Zitternd versuchte sie aufzustehen, um ihren Kreislauf in Schwung zu bringen. Ein Brennen und Stechen an ihrem rechten Oberschenkel hinderte sie schmerzhaft daran. Blitzartig kehrte eine Szene in ihr Bewusstsein zurück: Sie war angeschossen worden. Behutsam befühlte sie mit den Fingern die Verletzung. Das Projektil hatte die wattierte Hose ihres Thermoanzugs an der Seite zerfetzt und ihre Haut gestreift. Zum Glück handelte es sich nur um eine leichte Fleischwunde, die wenig blutete, aber höllisch schmerzte. Sie lehnte sich mit dem Rücken an die Felswand und grübelte über ihre missliche Lage nach. Plötzlich kam ihr ein Gedanke. Er verdrängte das Schmerzgefühl in den hintersten Winkel ihres Empfindens. Auf dem Bauch liegend begann sie, den Boden abzusuchen. Nach einer Weile hatte sie das Objekt ihrer Begierde aufgespürt. Krampfhaft umklammerten ihre Finger den Rettungsanker in die Zivilisation: das Funkgerät. Nach dem Einschalten hörte sie ein leises Knacken. Offenbar hatte es den Sturz unbeschadet überstanden und funktionierte noch. Mit Zuversicht versuchte sie, ihre Kollegen in Helenesanden zu kontaktieren. Zu ihrer Enttäuschung kam keine Antwort. Verzweifelt wiederholte sie mehrfach den Hilferuf, doch das Ergebnis blieb dasselbe: eine beängstigende Stille, untermalt von einem gleichförmigen Hintergrundrauschen.

Deprimiert legte sie das Gerät zur Seite. Hatte es beim Aufprall auf den Boden einen Knacks bekommen? Sie versuchte, sich Mut zuzusprechen, um nicht in einen depressiven Zustand zu verfallen oder sich gar aufzugeben. Wahrscheinlich lag ihr Gefängnis zu tief unter der Erde – die mögliche Erklärung für die Funkstille. Um in Kontakt mit der Wetterstation zu treten, musste sie nach oben klettern. Einsam gefangen, am Grunde der Erdspalte, frierend, dürstend und den Launen der Natur hilflos ausgeliefert, bestand keine Chance, ihre ausweglose Situation zu verbessern. Sie entschied sich, eine Weile auszuruhen, da der Aufstieg aus der unteririschen Falle ihr die letzten Kräfte abverlangen würde.

6.

Björn Andersen fiel eine zentnerschwere Last von der Seele. Doch richtig freuen konnte er sich nicht. Inga Hallström blieb verschwunden und die Auflösung ihres Schicksals weiterhin im Dunkel verborgen.

Sigurd Johannsen hob ihren Rucksack auf und hängte ihn über

die Schulter. Plötzlich rüttelte er Björn Andersen aufgeregt am Arm. Etwas am Boden stach ihm in die Augen. Vom Fuß des Felsens führten die Spuren der Vulkanologin und ebenso die ihrer Verfolger bis zu einer steinigen Anhöhe. War sie dort hinaufgeklettert, auf der Flucht vor den unbekannten Häschern? Ein Umstand, den es nachzuprüfen galt. Mühselig erklommen sie den holperigen Hang. Wiederholt gab das lose Geröll unter ihren Füßen nach, aber der missliche Umstand schreckte sie nicht ab. Beharrlich setzten sie den Aufstieg fort. Oben angekommen, fiel eine ungewöhnliche Erscheinung in ihr Blickfeld. 10 Meter vor ihnen schimmerten mehrere rätselhafte Objekte auf dem felsigen Boden. Sie reflektierten das Licht der tief stehenden Sonne.

„Was ist das?“, fragte Sigurd Johannsen verwundert.

„Keine Ahnung“, antwortete Björn Andersen. „Untersuchen wir die Sache näher.

Wie sich herausstellte, handelte es sich um Patronenhülsen aus einer Pistole. Sie lagen auf dem porösen Lavagestein verstreut, direkt neben einem zwei Meter breiten Abgrund. Björn Andersen hielt eine der Hülsen unter seine Nase. Ihr haftete noch der intensive Geruch verbrannten Schießpulvers an, was bedeutete, dass sie jemand erst vor Kurzem abgefeuert hatte. Kein Wissenschaftler auf der Insel nannte eine Pistole sein Eigen. Alle besaßen ein Gewehr für ihren persönlichen Schutz. Wer also feuerte hier auf wen und weshalb? Björn Andersens Gesicht färbte sich kreidebleich. Die Pistole sprach für die unbekannten Besucher. Ingas Waffe lag unten am Strand. Wehrlos muss sie den Angreifern gegenübergestanden haben. Stürzte sie getroffen in den Abgrund? Erschüttert über seinen schrecklichen Verdacht, fiel er am Rande des Schlunds auf die Knie. Mit einem Gefühl der Verzweiflung schaute er hinunter in die gähnende Finsternis.

7.

Überraschend hörte sie ein prasselndes Geräusch. Kleine Steinchen fielen auf den Boden und rollten ihr zwischen die Füße. Sie hatten sich vermutlich oben vom Rand der Erdspalte gelöst. Neugierig hob sie den Kopf und erblickte 5 Meter über sich das vertraute Gesicht Björn Andersens. Im Glücksrausch der unerwarteten Rettung vergaß sie ihre schmerzenden Wunden, den Durst und die Kälte.

„Björn!", schrie sie voller Freude. „Ich bin hier unten. Kannst du mich sehen?"

„Inga? Gott sei Dank, du lebst!", rief er, von allen Sorgen befreit. „Ich glaubte, ich hätte dich verloren, und bin froh, deine Stimme zu hören. Leider kann ich nichts erkennen. Es ist zu Dunkel. Wie bist du in dieses Loch gefallen?"

„Das ist eine lange Geschichte. Ich erzähle sie dir später, nachdem du mich aus der eisigen Gruft befreit hast", meinte sie erleichtert.

„Ich lass ein Seil zu dir hinunter. Gleich bin ich bei dir", erwiderte er und kletterte vorsichtig die Felswand hinab. Sekunden später hielt er sie freudetrunken in den Armen.

8.

Missmutig ließ Luka Falcone den Spatel und die Bürste auf das trockene Geröll fallen und richtete sich auf. Sein Blick schweifte über die Nekropole des Byrsahügels, der höchsten Erhebung im Ausgrabungsgelände. Er war der Mittelpunkt des antiken Karthago gewesen. Hier hatte sich die prächtige Oberstadt befunden, mit den Tempeln der Götter und den Machtzentren der politischen und militärischen Elite im Zentrum. Der junge dunkelhaarige Archäologe aus Rom, der mit seinem Freund Andrea Favelli die Freilegung eines Gräberfeldes leitete, reckte die Glieder. Die unbequeme Haltung, die er während der Buddelei hatte einnehmen müssen, bereitete ihm zunehmend Unbehagen. Die Feldforschung war für ihn zwar das Nonplusultra der Archäologie, hatte allerdings ihren Preis. Er fühlte ihn in beiden Knien. Gleichwohl nahm er den Schmerz gern in Kauf. Die Geschichte Karthagos faszinierte ihn schon seit der Kindheit.

Das Wissen über das Leben der Menschen dieser Stadt war dünn gesät. Das lag in ihrer völligen Zerstörung begründet. Rom hatte 146 vor Christus ganze Arbeit geleistet und sie bis auf die Grundmauern geschliffen. Selbst die Bibliothek war nicht verschont geblieben. Mit ihr waren alle schriftlichen Zeugnisse jener Kultur dem Feuer zum Opfer gefallen und unwiederbringlich verloren gegangen. Nur wenige

Inschriften auf gefundenen Grabstelen zeugten noch von der einstmaligen Großmacht an der afrikanischen Mittelmeerküste. Das antike Rom hatte zu keiner Zeit Rivalen neben sich geduldet. Rom hatte sie stets vernichtet. Und in diesem Fall beinahe bis zur Vergessenheit. Als Kaiser Augustus auf die Idee kam, die Stadt wiederzubeleben, und dort Tausende landhungrige Kolonisten ansiedelte, waren mit der Abtragung großer Areale des Byrsahügels, in denen noch die verkohlten Fundamente der von Scipio gebrandschatzten Häuser und Paläste ruhten, auch die letzten Spuren der punischen Metropole von der Bildfläche verschwunden. Was folgte, war ein Karthago, das römische Kultur und römischer Baustil prägte: Colonia Iulia Concordia Carthago. Vielleicht fühlte sich Luka Falcone aus diesem Grund dazu hingezogen, den Mantel des Vergessens vom Volk der Punier abzustreifen. Eine Art innerer Ruf der Wiedergutmachung, obwohl es für ihn nichts gutzumachen gab, denn er trug ja keine Schuld an dem Geschehen. So gesehen war es eher eine emotionale Regung, ein Gefühl der Verantwortung, das Bedürfnis, das Verlorene wiederzufinden, um ihm seinen Platz in der Geschichte zurückzugeben.

„Hier unten liegt irgendwas!“, hörte er Andrea Favelli plötzlich rufen. Neugierig schaute er auf ihn herab.

In der runden Nickelbrille des hageren Mannes spiegelte sich das Licht der heißen Nachmittagssonne wieder, als er Luka Falcone aus dem Loch mit der Hand zuwinkte. Unter vorsichtigen Bürstenstrichen kam unter dem Staub der Zeit das Bruchstück einer Marmorstele zum Vorschein.

„Sie trägt eine Inschrift“, stellte Andrea Favelli mit innerer Freude fest. „Endlich mal ein Fund mit Potenzial.“ Akribisch säuberte er mit einem Pinsel die in den Stein hineingeritzten Zeichen und las verdutzt:

„HIRON VON CARTHAGO
BEZWINGER DER BARBAREN“

„Wer zum Teufel war Hiron und wer die Barbaren, die er besiegte?“ Er war enttäuscht, hatte er doch gehofft, auf das Grabmal einer bekannten Person zu stoßen. Dabei dachte er an König Mago oder seinen Sohn Hasdrubal. Das wäre sensationell gewesen. Aber Hiron? Der Name sagte ihm nichts.

„Lass uns das Fundstück morgen ins Nationalmuseum überführen. Vielleicht fällt Professor Bouazizi dazu etwas ein", schlug Luka Falcone vor.

Andrea Favelli nickte mit dem Kopf. Es schien im Moment die beste Lösung, um die Identität des besagten Hiron aufdecken zu können, denn Kemel Bouazizi, der Leiter des Nationalmuseums, war auf dem Gebiet der Geschichte Karthagos und der Phönizier eine Kapazität mit Rang und Namen. Überzeugt, das Richtige zu tun, nahm er sein Handy in die Hand, um ihn anzurufen und über den Ausgang der Grabung zu informieren.

9.

Das Wetter war umgeschlagen und die regenreiche Sturmfront nordwärts in die Grönlandsee gezogen. Die aufgewühlten Wogen des Meeres hatten sich weitgehend geglättet und so der Anna Katrin die Möglichkeit gegeben, die Polarstar gefahrlos zu bergen und in den Hafen von Raufarhöfn zu schleppen.

Die besten Jahre des kleinen Fischerortes lagen lange zurück. Auf der Halbinsel Melrakkaslétta gelegen – was im Deutschen das Land der Polarfüchse bedeutete – lag er nur 17 Kilometer südlich vom Polarkreis entfernt und repräsentierte damit den nördlichsten bewohnten Punkt Islands. In den 1950er Jahren galt Raufarhöfn, bedingt durch die reichen Heringsvorkommen, als wirtschaftlich aufstrebender Ort. Ein Jahrzehnt später waren die Fanggründe allerdings leergefischt und er verfiel wieder in die Bedeutungslosigkeit, was die nachfolgende Landflucht erklärte. Heute zählte der verschlafene Ort nicht einmal 250 Einwohner.

Kommissar Einar Jonsson war in aller Eile aus Reykjavík angereist und am frühen Nachmittag mit einem Polizeiflugzeug auf dem kleinen Flugfeld am Rande des Ortes gelandet. Der 60-jährige, untersetzte, grauhaarige Fastpensionär mit dem dicken Oberlippenbart hatte den Auftrag erhalten, Licht in den Fall der mysteriösen Hochseejacht zu bringen. An der Seite eines Mitarbeiters des örtlichen Küstenschutzes verfolgte er mit Spannung das Anlegemanöver der beiden Schiffe. Kurz nachdem die Polarstar vertäut und die Gangway ausgelegt war, betrat der Skipper der Anna Katrin in Begleitung des Bootsmanns den Kai. Eine Gruppe Schaulustiger versperrte dem Kommissar und seinem Begleiter den Zugang. Unter den verwunderten Blicken der Einheimischen, die keine Anstalten machten, ihnen den Weg freizugeben, quetschten sie sich mit betontem Körpereinsatz bis zur Gangway durch.

„Guten Tag! Mein Name ist Einar Jonsson. Ich arbeite für die Kriminalpolizei in Reykjavík und leite die Untersuchungen“, begrüßte er die Seeleute freundlich mit einem festen Händedruck, um gleich zu Anfang ein vertrauensvolles Klima zu schaffen.

„Ihr Eintreffen teilte mir der Küstenschutz über Funk bereits mit. Mein Name ist Magnus Fridriksson. Ich bin der Kapitän des Fischkutters Anna Katrin und das ist mein Bootsmann Halldor Bergsson“, erwiderte der Skipper entgegenkommend. Eine Spur der Erlösung zeigte sich in ihren angespannten Gesichtern. Die Bergung der Jacht hatte sie offenbar seelisch tief mitgenommen.

„Bitte berichten Sie mir, was heute Morgen geschah, Herr Fridriksson“, ermunterte ihn Einar Jonsson, zu dem Fall auszusagen.

„Mein Steuermann nahm auf dem Radarschirm die Jacht zuerst wahr. Auf meine Anweisung näherten wir uns ihrer Position bis auf wenige Schiffslängen. Wie wir rasch feststellten, trieb sie antriebslos und ohne eingeschaltete Positionslichter in der stürmischen See. Halldor und ich setzten in einem Schlauchboot über. An Bord fanden wir jedoch keine lebende Seele. Die gesamte Crew blieb spurlos verschwunden. Das war richtig unheimlich. Später stolperte Halldor unter Deck über einen grässlich entstellten Leichnam. Vor Schreck blieb ihm beinahe das Herz stehen.“

„Ein Leichnam und eine verschollene Mannschaft? Seltsam? Was kann den Seeleuten widerfahren sein?“, fragte Einar Jonsson erstaunt.

„Die Lösung des Rätsels vermag ich nicht zu beantworten“, versicherte der Skipper glaubhaft und zuckte mit den Achseln. „Nach dem Leichenfund brachen wir die Kontrolle der Kajüten im Mittelschiff ab. Die Laderäume im Vorschiff warten ebenfalls noch auf eine Inspektion. Nach dem grässlichen Erlebnis in der Mannschaftslogis beschlossen wir, auf weitere Überraschungen zu verzichten.“

Einar Jonsson nickte verstehend. Die Handlungsweise der beiden Seeleute war leicht nachzuempfinden. „Weilten neben Ihnen noch andere Personen auf der Jacht?“

„Nein Kommissar, bloß ich und mein Bootsmann. Sonst keiner. Der Küstenschutz von Raufarhöfn bat uns heute Morgen, das führerlose Schiff zu bergen. Aus diesem Grund sahen wir uns gezwungen, noch einmal auf die Jacht zurückzukehren – und dies mit ausgesprochenem Widerwillen.“

„Danke für die Informationen. Jetzt benötige ich Ihre Hilfe, auch wenn sie unangenehm sein kann“, erwiderte Einar Jonsson, um Verständnis ringend. „Führen Sie mich unter Deck und zeigen Sie mir die Leiche. Später überprüfen wir die restlichen Kajüten. Der Kollege vom Küstenschutz und Ihr Bootsmann warten hier solange. Ich möchte keine unnötigen Verunreinigungen am Tatort hervorrufen. Meine Kollegin von der Spurensicherung wird erst heute Abend eintreffen.“

Während der Bootsmann nach dem Wunsch des Kommissars erleichtert aufatmete, wuchs das Missbehagen des Kapitäns spürbar über das Maß des Erträglichen. „Wie Sie wünschen“, antwortete er mit belegter Stimme. „Selbstverständlich helfe ich Ihnen, obwohl es weiß Gott Angenehmeres gibt. Bitte folgen Sie mir aufs Mittelschiff.“

Schweigend stiegen sie die Treppe zur Mannschaftslogis nach unten.

Vor der geöffneten Kajütentür des toten Seemanns blieb der Skipper stehen. „Hier ist es“, meinte er lapidar und drückte dem Kommissar eine Taschenlampe in die Hand.

Präzise richtete Einar Jonsson den Strahlenkegel in jede Ecke des Raumes. Schnell machte er sich ein Bild vom Ausmaß des Geschehens. Kein verdächtiges Detail entging seinem geübten Blick. Der Tote ruhte auf dem Rücken, die Arme und Beine weit vom Körper gestreckt, inmitten einer riesigen angetrockneten Blutlache. Die tödlichen Schläge hatten den Kopf direkt von vorn getroffen und das Gesicht entsetzlich entstellt. Die mögliche Tatwaffe, ein Schiffsbeil, lag zur Linken des leblosen Körpers. Die Inneneinrichtung, ein heruntergerissenes Wandregal, ein kleiner Tisch und vier Stühle lagen umgekippt, zum Teil geborsten, auf dem Boden. Die Kajüte zeigte ein Bild der Zerstörung, das von einem verzweifelten Kampf zeugte. Vermutlich hatte sich der arme Seemann bis zum letzten

Atemzug gewehrt. Doch am Ende war er dem Mörder unterlegen gewesen.

„Das reicht fürs Erste“, entschied Einar Jonsson und schob den Skipper zurück in den Flur. „Lassen Sie uns weitergehen. Wir müssen die restlichen Räume durchsuchen.“

Sie kontrollierten jeden Winkel, aber erst in der letzten Kajüte stießen sie auf weitere Spuren. Sie offenbarten blutige Details, die auf ein grauenerregendes Massaker hindeuteten. Zwei Männer lagen tot am Boden. Einer war erschossen worden. Das Projektil hatte die linke Brust durchdrungen und aller Voraussicht nach das Herz zerfetzt. Der andere wies am Hals eine tiefe Schnittwunde auf. Jemand hatte ihm hinterrücks mit einem scharfen Gegenstand fast den Kopf abgetrennt. Ein Bild, geprägt von Brutalität und Abscheu.

Ein Tatort mit drei Leichen. Für isländische Verhältnisse ein absolutes Novum. Seit 40 Jahren arbeitete er bei der Reykjavíker Kriminalpolizei, aber ein Mordfall dieses Kalibers war ihm bis heute nicht untergekommen. „Führen Sie mich bitte auf das Vorschiff“, bat er seinen unfreiwilligen Begleiter. Einar Jonsson zeigte sich äußerlich unbeeindruckt. Natürlich nur, um seine Contenance zu wahren. In Wahrheit berührte ihn der Tod der Seeleute ungemein. Gleichwohl verlangte der Job eine sachliche Analyse der Morde, ohne den Einfluss von Gefühlen, da sie oft die Logik ausblendeten. Allein mit dem nötigen emotionalen Abstand war der Fall jedoch nicht zu lösen.

Im Lagerraum auf dem Vorschiff bot sich ein ähnliches bestialisches Bild. Ein weiteres männliches Opfer lag leblos und blutüberströmt über dem Ladegut der Jacht. Der Leib des Mannes war von zahlreichen Kugeln getroffen. Er war regelrecht hingerichtet worden und hatte nicht den Hauch einer Chance zum Widerstand besessen.

„Ich denke, ich habe vorerst genug gesehen. Gehen wir von Bord“, meinte Einar Jonsson konsterniert. Jetzt zeigte auch sein Gesicht offen das Entsetzen über die Verbrechen.

Dem Skipper der Anna Katrin musste er den Vorschlag kein zweites Mal unterbreiten. Er war froh, von dem Höllenschiff herunterzukommen. Ein guter Schluck tat jetzt not, um auf andere Gedanken zu kommen.

Kapitel 2

1.

22. Juni

Mit dem milden Südwind zogen am Morgen die Ausläufer eines Tiefdruckgebietes zur Insel Jan Mayen. Ein feiner Nieselregen tauchte die Umgebung der Wetterstation Helenesanden in einen feuchten Dunst und der eis- und schneebedeckte Beerenberg lag hinter dicken dunklen Wolken verhüllt. Inga Hallström wandte ihren Blick von dem eintönigen Grau hinter dem Fenster ab und blickte gelangweilt zum Fernsehgerät, wo die Nachrichten im Frühstücksfernsehen gerade liefen.

Die junge Frau hatte sich von ihrem gefährlichen Abenteuer physisch schnell wieder erholt. Lediglich der Streifschuss am Bein verursachte noch Probleme beim Laufen. Ingas äußerlich zur Schau getragene Ruhe und Gelassenheit täuschte allerdings. Die Balance ihrer Psyche stand nach wie vor auf wackligen Füßen. Ständig liefen ihr dieselben Gedanken durch den Kopf. Was hatte die beiden Männer auf die Insel geführt? Was hatten sie geglaubt, hier zu finden? Auch die Höhle am Strand spielte in ihren Überlegungen eine Rolle. Eine unbekannte Komponente, die möglicherweise die Antworten auf ihre Fragen enthielt. Für ihre Verfolger tauchte sie zur falschen Zeit am falschen Ort auf, wo sie etwas beobachtete, was offenbar niemand zu sehen bekommen sollte. War das der Grund gewesen, weshalb man sie töten wollte? Die eindeutige Bestätigung ihrer Hypothese konnte sie allein auf dem Nordostteil der Insel finden. In der kleinen Bucht hinter der verlassenen Wetterstation Gamle Metten.

Björn Andersen, der neben ihr saß und an seinem Frühstück kaute, stutzte plötzlich. „Schau Inga, was für ein Zufall! Das Schiff, das sie gerade in den Nachrichten zeigen, trägt den gleichen Namen wie die Jacht, die du vor zwei Tagen an der Nordküste ankern sahst“, meinte er verblüfft.

„Das ist kein Zufall“, antwortete sie und sah entgeistert auf den

Bildschirm. „Es ist dasselbe Schiff. Ich erkenne es wieder. Merkwürdig? Auf welche Weise erreichte es so schnell die isländische Küste?“

„Das ist durchaus möglich“, mischte sich Sigurd Johannsen in ihr Gespräch ein. „Die Nordküste Islands liegt bloß 600 Kilometer von Jan Mayen entfernt. Ein Boot, das 15 Knoten in der Stunde erreicht, schafft die Distanz locker an einem Tag.“

Wie sie in den Nachrichten weiter erfuhren, war das Schiff am gestrigen Morgen – führerlos auf dem Meer treibend – von einem Fischkutter entdeckt und in den Hafen von Raufarhöfn geschleppt worden. Die anschließende Untersuchung durch die Polizei förderte einen schrecklichen Fund zutage – vier tote Seeleute, ermordet auf bestialische Weise. Die ermittelnden Beamten tappten jedoch im Dunkel. Ein undurchdringlicher Nebel verschleierte die rätselhaften Ereignisse auf dem mysteriösen Schiff. Niemand sah sich in der Lage, das Geschehen an Bord zu erklären. Es fehlte ein stichhaltiges Motiv für die Bluttat.

„Kannst du dich noch an die Gesichter deiner Verfolger erinnern?“, fragte Björn Andersen beiläufig.

„Im Angesicht des Todes brannten sie sich tief in mein Bewusstsein hinein. Sie standen direkt hinter mir, während ich über dem Abgrund hing. Als ich über meine Schulter blickte und sie um ihre Hilfe bat, zeigten sie kein Mitleid. Ich sehe noch immer ihre Waffen und ihre kalten gefühllosen Augen auf mich gerichtet. Mir gefriert das Blut in den Adern, wenn ich daran zurückdenke“, antwortete sie schaudernd.

Er spürte, mit der Frage unbeabsichtigt ein tief in ihr schlummerndes beängstigendes Gefühl geweckt zu haben, welches verdeutlichte, dass sie das grauenvolle Erlebnis am Beerenberg noch nicht verarbeitet hatte. Das neu aufgekeimte Pflänzchen des Lebensmutes und der Zuversicht in ihrer Seele spross noch zart und war sehr verletzlich. „Ich fahre morgen in die Bucht zurück, um mir die Höhle anzuschauen. Vielleicht finde ich dort einen Anhaltspunkt, warum die fremden Männer versuchten, dich zu ermorden“, gab er überraschend bekannt.

„Ich begleite dich. Das ist sicherer“, bemerkte Sigurd Johannsen auf dessen unerwartete Eröffnung. „Und außerdem – vier Augen sehen mehr als zwei“.

„Seht euch vor, Jungs. Geht kein unnötiges Risiko ein.“

„Mach dir keine Sorgen, Inga. Wir passen auf uns auf", gab sich Björn Andersen betont locker.

Ihrem nicht unbedenklichen Vorhaben zustimmend, nickte sie mit dem Kopf und fasste einen Entschluss. „In der Zwischenzeit nehme ich Kontakt zu den isländischen Behörden auf. Meine Beobachtungen sind für die Polizei möglicherweise hilfreich."

Die beiden Männer bestärkten sie in der Absicht. Es wäre für die Rückkehr ihrer seelischen Balance sicherlich förderlich, wenn sie mit den ermittelnden Beamten über das Abenteuer am Beerenberg sprechen würde.

2.

Gelangweilt legte Einar Jonsson die Zeitung beiseite. Das Büro des Küstenschutzes von Raufarhöfn war beengend klein und die Möblierung reichlich antiquiert. Wenigstens gab es einen Computer mit Internetanschluss und ein Faxgerät, auch wenn die Anlage vorsintflutlich ausschaute. Er war also nicht gänzlich von der Außenwelt abgeschnitten.

Unerwartet klingelte das Telefon. Arne Fridthjofson, der langjährige Hafenmeister von Raufarhöfn, nahm wortlos den Hörer ab. Erschrocken verzog er sein schmales runzliges Gesicht. „Fassen Sie ihn nicht an! Lassen Sie ihn liegen, bis wir bei Ihnen eintreffen!", rief er lautstark in den Hörer und legte ihn fahrig auf den Apparat zurück.

„Gibt es Neuigkeiten?", fragte ihn Einar Jonsson.

„Und ob!", erwiderte er aufgeregt. „Unterhalb des Leuchtturms spülten die Wellen einen toten Mann ans Ufer. Ein Fischer fand ihn zwischen den Klippen. Ob der Bedauernswerte zur Besatzung der Polarstar gehörte?"

„Das wäre möglich, Herr Fridthjofson. Schauen wir uns die Leiche an, dann wissen wir mehr."

Erneut klingelte das Telefon.

„Es ist für Sie", meinte der Hafenmeister lapidar und reichte ihm den Hörer in die Hand.

„Kommissar Jonsson am Apparat. Mit wem spreche ich bitte?"

„Mein Name ist Gunnar Halldorson. Ich leite die Polizeistation in Höfn. Sie hatten sich gestern bei meinen Kollegen über den Eigentümer einer Jacht erkundigt, die den Namen Polarstar trägt."

„Ja, richtig! Brachte Ihre Behörde über ihn etwas in Erfahrung?"

„Der Mann heißt Magnus Stefansson und ist nicht nur ihr Besitzer, sondern gleichfalls ihr Kapitän. Er vermietet sein Schiff an Touristen und bietet ihnen Abenteuerfahrten in die Grönlandsee und nach Spitzbergen an. Im Moment befindet er sich auf einer Tour zur Insel Jan Mayen."

„Wie viele Männer zählt die Crew der Polarstar?"

„Stefansson eingeschlossen: fünf Personen."

„Herr Halldorson, ist Ihnen bekannt, wer die Jacht für die Fahrt nach Jan Mayen angemietet hat?"

„Diese Frage kann ich Ihnen nicht präzise beantworten. Angeblich haben zwei Männer sie gechartert, die einen Tag zuvor aus Reykjavík angereist waren. Es gibt Augenzeugen, deren Aussagen darauf hindeuten, dass es sich um Ausländer handelt. Ihre Namen sind mir leider noch nicht bekannt. Dem Anschein nach stiegen sie in einem Hotel ab, bevor sie zur Insel Jan Mayen aufbrachen. Eine Option, die meine Leute in Höfn gerade überprüfen."

„Wie viel Zeit wird die Recherche ihrer Kollegen in Anspruch nehmen? Die Kenntnis über die Identitäten der Personen ist mir äußerst wichtig."

„Nicht viel. In Höfn gibt es wenige Hotels. Wir sind bloß ein Provinznest", erhielt Einar Jonsson zur Antwort.

„Können Sie mir einige Angaben über das Aussehen von Magnus Stefansson machen?"

„Selbstverständlich. Er ist 52 Jahre alt, ungefähr 1,80 Meter groß, hat graue Haare und ist von kräftiger Statur. Seine linke Wange weist eine tiefe Narbe auf. Die Verletzung rührt von einer gerissenen Stahltrosse her, die ihm vor einigen Jahren während eines schweren Sturms ins Gesicht schlug. Ich schicke Ihnen gleich per E-Mail ein Foto von ihm nach Raufarhöfn rüber."

„Vielen Dank, Herr Halldorson, und auf Wiederhören." Einar Jonsson wirkte nach dem Telefonat zuversichtlicher. Endlich kam Bewegung in die undurchsichtige Affäre. Mit seinen Gedanken war er bereits bei der angespülten Leiche unterhalb des Leuchtturms, als das Telefon zum dritten Mal läutete.

„Heute scheinen sich die Ereignisse zu überschlagen. Sonst bleibt das Ding den ganzen Tag stumm", meinte der Hafenmeister scherzend und griff abermals zum Hörer. Schweigend nahm er die Worte des Anrufers zur Kenntnis und legte grübelnd auf.

„Was ist geschehen?", fragte Einar Jonssons beunruhigt.

„Der Anruf kam von Jon Gyrdirsson. Er betreibt in Raufarhöfn einen kleinen Supermarkt am Ortsrand. Sein Auto ist letzte Nacht gestohlen worden."

Während Einar Jonsson über den Wert der Nachricht für den aktuellen Fall nachsann, traf die E-Mail von Gunnar Halldorson aus Höfn ein. Ratternd spukte der alte Drucker das Foto von Magnus Stefansson aus.

3.

Das weiß getünchte, drei Stockwerke hohe Nationalmuseum Karthagos lag nur einen Katzensprung vom Ausgrabungsgelände entfernt und beherbergte zahllose Zeugnisse punischer Geschichte. Andrea Favelli und Luca Falcone stoppten ihren Pick-up direkt vor dem Hauptportal. Verfolgt von neugierigen Blicken einiger Besucher, trugen sie ihr Fundstück in einer mit Holzwolle gefüllten Kiste durch die heiligen Hallen.

Im Labor des Museums, wo Restauratoren beschädigte Artefakte wiederherstellten oder vom Schmutz der Zeit befreiten, wartete Professor Kemel Bouazizi auf sie. Mit Interesse begutachtete er das Fragment, das die beiden Italiener auf dem Byrsahügel ausgegraben hatten. Es war knapp 40 cm breit und ebenso hoch. Die Unterseite zeigte eine schräg verlaufende Abbruchkante. Der Beweis, dass es sich um den oberen Teil einer Grabstele handelte, dessen Basis offensichtlich noch im Boden verborgen lag.

Der grauhaarige hagere Professor war schon jenseits der Siebzig und fuhr mit der Hand sanft über die Oberfläche des Steins. Jede Rille und jede Kerbe erkundete er genaustens mit den Fingern. Den Italienern schien es, als wolle er mit ihnen die tiefere Bedeutung der Inschrift erfühlen.

„Schauen Sie genau hin. Hier sind noch mehr Antworten zu finden. Darunter ein Relief. Leider hat der Sand der Zeit die Konturen weitgehend abgeschliffen", verriet er ihnen. „Trotzdem lese ich viel aus dem Bild heraus. Es zeigt die Form eines Tempels. Unten am Bruchende sehen wir die Kapitelle von zwei Säulen, innen flankiert von je einer Dattelpalme, die das Dach des Gebäudes tragen. Dort gibt uns die Inschrift, eingemeißelt in punischen Lettern, Kunde über den Eigentümer der Grabstätte: Hiron von Carthago. Bezwinger der Barbaren." Kemel Bouazizi seufzte: „Hirons existierten mehrere in der Geschichte dieser Stadt. Um festzustellen, um welchen es sich handelt, brauche ich mehr Informationen. Wo befindet sich das Unterteil der Stele?"

„Wenn wir der Logik folgen, am selben Ort", argumentierte Andrea Favelli. „In welcher Tiefe es liegt, bleibt abzuwarten. Da gestern die Zeit zu fortgeschritten war, haben wir die Arbeit zunächst eingestellt."

„Sie müssen weitergraben und das fehlende Fragment bergen. Möglicherweise sehe ich mich dann in der Lage, Ihren Hiron zu identifizieren."

Das Ergebnis löste Ernüchterung aus. Vielleicht hatten sie zu viel erwartet. Umso mehr war jetzt geboten, den Rest der Stele aufzuspüren und weitere Fakten zu sammeln. Die Aufgabe für den nächsten Grabungstag war damit klar vorgegeben und hoffentlich von Erfolg gekrönt.

4.

Auf dem Weg zur Bucht passierten Einar Jonsson und der Hafenmeister den Leuchtturm von Raufarhöfn. Das viereckige Gebäude erinnerte ihn entfernt an einen Wachturm, wenn es nicht die runde, rot überdachte Lichtanlage auf der oberen Plattform gäbe. Deren grellgelbe Fassade stach zwischen den vorherrschenden grauen und blassgrünen Farben des Küstenbereichs intensiv hervor und wirkte auf das Auge befremdlich. Ein steil abfallender Pfad führte die beiden hinunter zum Strand, wo Karen Gudmundsson und der Fischer, der den angespülten Leichnam entdeckt hatte, bereits auf sie warteten. Die junge blondhaarige Polizistin, zuständig für die Spurensicherung in Jonssons Dezernat, arbeitete zugleich als Pathologin und war gestern am späten Abend aus Reykjavík eingetroffen.

Der Tote lag barfuß und spärlich bekleidet bäuchlings zur Hälfte im Wasser. Außer einer derben Jeans und einem zerrissenen Baumwollpullover trug er nichts auf dem Leib. Der Kopf steckte mit dem Gesicht im Sand, umspült von den auslaufenden Wellen der See.

„Haben Sie über die Todesursache etwas herausgefunden?“, kam Einar Jonsson direkt zur Sache.

„Der Mann ist mit Sicherheit nicht ertrunken. Das kann ich zum jetzigen Zeitpunkt ohne Obduktion zweifelsfrei behaupten“, erwiderte Karen Gudmundsson.

„Und woran verstarb er dann?“, fragte Arne Fridthjofson ratlos.

Demonstrativ zog sie den zerfetzten Pullover am Rücken der Leiche hoch. Auf der nassen blassen Haut waren unübersehbar zwei Schusswunden zu erkennen.

„Die Eintrittsstellen der Projektile befinden sich beide unmittelbar in der Herzgegend. Der Mann war sofort tot. Ich vermute, er fiel vom Deck eines Schiffes ins Meer.“

„Oder seine Leiche ist einfach über Bord geworfen worden“, orakelte der Fischer.

„Schon möglich“, räumte Karen Gudmundsson ein.

„Können Sie sich schon einen Reim über die Morde auf der Polarstar machen?“

„Aber ja, Kommissar. Heute am frühen Morgen inspizierte ich das Schiff und unterzog die Opfer einer ersten Untersuchung nach aussagekräftigen Spuren. An Bord haben sich entsetzliche Dinge abgespielt. Keiner der Seeleute starb eines natürlichen Todes. Zwei sind erschossen, ein Dritter mit einem Schiffsbeil erschlagen und einem Vierten mit einem Entermesser die Kehle aufgeschlitzt worden. Aber diese Tatbestände kennen Sie bereits. Auf dem Boot existieren jede Menge Fingerabdrücke. Sie bezeugen, dass sich zeitweilig mindestens sieben Personen auf dem Kahn aufhielten. Die zahlreichen Projektile und Patronenhülsen, die ich auf und unter Deck sicherstellte, deuten auf eine wilde Schießerei hin. Die Ballistiker bekommen reichlich Arbeit. Bis auf Weiteres liegen die Leichen in der Kühlkammer der alten Fischfabrik auf Eis. Unsere Dienststelle habe ich darüber informiert. Der Polizeipräsident verlangt, die toten Seeleute schnellstens in die Pathologie nach Reykjavík zu überführen.“

„Arnesson?“ Einar Jonsson reagierte merklich angekratzt. „Weshalb engagiert er sich in diesem Mordfall? Für gewöhnlich zeigt er wenig Interesse an unserer Arbeit. Geschweige denn, dass er sie würdigt“, meinte er vergnatzt.

„Der Innenminister erwartet von ihm eine umgehende Aufklärung der Verbrechen. Das weiß ich aus sicherer Quelle“, antwortete Karen Gudmundsson bedeutungsvoll. „Ich begleite den Transport der Leichen und führe die Obduktionen eigenhändig durch. Über das Ergebnis meiner Analysen informiere ich Sie rechtzeitig.“

„Tun Sie das. Sie können mich zu jeder Tages- und Nachtzeit anrufen. Kommen wir noch einmal zum Schiff zurück. Fanden Sie neben den Fingerabdrücken und Patronenhülsen auch noch andere Anhaltspunkte?“

„Ach ja, Kommissar. Der Fakt ist mir beinahe entfallen“, entsann sich Karen Gudmundsson. „Das Rettungsschlauchboot fehlt. Entweder riss es sich von der Polarstar selbst los oder jemand suchte damit das Weite.“

Die Meldung über den gestohlenen Wagen kam Einar Jonsson in den Sinn. „Na bitte!“, erwiderte er betont. „Letzte Nacht kam in Raufarhöfn ein Auto abhanden. Das kann kein Zufall sein. Hier muss es einen Zusammenhang geben. Wahrscheinlich sind der oder die Täter in der Nähe an Land gegangen. Anschließend schlichen sie in den Ort, entwendeten den Wagen und fuhren landeinwärts. Zwei wichtige Fragen müssen wir demnach klären. Wo ist das Schlauchboot abgeblieben und in welche Richtung wandten sich die Flüchtigen?“

„Die Suche nach dem Schlauchboot hat äußerste Priorität. Wenn wir es aufstöbern, bekommen wir Gewissheit darüber, ob Ihre Annahme stimmt. Außerdem kann es uns weitere Hinweise liefern“, gab Karen Gudmundsson ihrem Chef den Rat.

Einar Jonsson wandte sich daraufhin an Arne Fridthjofson. „Bitte instruieren Sie Ihre Mitarbeiter und lassen Sie den gesamten Strandbereich in der Bucht absuchen. Es befindet sich in unserer Nähe. Ich fühle es geradezu.“

Er nickte wortlos mit dem Kopf und machte sich auf den Weg zurück ins Büro der Hafenmeisterei.

„Lassen Sie uns bitte den Leichnam auf den Rücken drehen?“, schlug Einar Jonsson seiner Kollegin vor. „Ich trage ein Foto bei mir. Es zeigt den Eigentümer und Kapitän der Polarstar. Gunnar Halldorson, der Polizeichef von Höfn, hat es mir heute freundlicherweise zugefaxt. Ich möchte mir das Gesicht des Mannes näher anschauen. Vielleicht ist es dieselbe Person.“

Karen Gudmundsson stimmte zu. Mit der Hilfe des Fischers zogen sie den Toten aus dem Schlick und rollten ihn auf den Rücken. Erst jetzt wurde deutlich, dass er noch weitere Wunden davongetragen hatte. Vor allem das Gesicht, das entstellt ausschaute, glich einem blutigen Klumpen. Gunnar Halldorsons Foto brachte ihm daher im Augenblick noch keinen Aufschluss über die Identität der Leiche.

„Der Körper muss in der Brandung mehrmals gegen die Felsen geschmettert sein, die sich unmittelbar am Ufer befinden. Anders kann ich mir die Verletzungen am Kopf nicht erklären, Kommissar."

„Schauen Sie, Karen! Die linke Wange besitzt ein tiefes Wundmal, das offenbar schon vor längerer Zeit verheilt ist. Der Mann zog sich den Schmiss also kaum an den Klippen zu", stellte Einar Jonsson nüchtern fest und hoffte nun doch den entscheidenden Hinweis gefunden zu haben, der die Identität des Toten preisgibt. „Laut dem Hinweis von Gunnar Halldorson weist das Gesicht von Magnus Stefansson eine auffällige Narbe auf. Jetzt bin ich mir gewiss, dass es sich um den Skipper der Polarstar handelt.

„Ich stimme ihnen vorbehaltlos zu. Die Verletzung ist früheren Ursprungs", bestätigte sie die These ihres Chefs. „Der Haarschopf ist bereits ergraut. Der Mann war in einem fortgeschrittenen Alter. Durch die Entstellungen im Gesicht kann ich es allerdings im Moment nicht genauer eingrenzen. Halt! Warten Sie! Die Leiche lag noch nicht lange im Wasser. Eine Chance gibt es noch. Keine anderen Körperteile verraten das Alter eines Menschen markanter als dessen Hände. Selbst eine Schönheitsoperation kann es nicht kaschieren."

Mit Interesse verfolgte Einar Jonsson das Tun der jungen Polizistin.

„Schauen Sie!", erklärte sie ihm. „Die Haut ist nicht mehr so straff wie bei einem jungen Menschen. Dazu weist sie zu viele Fältchen auf dem Handrücken und an den Fingergelenken auf. Gleichwohl besitzt sie keine pergamentartige Struktur, die Menschen jenseits der Siebzig besitzen. Aber sie zeigt verstärkt Altersflecken. Die ersten Male dieser Art treten in der Regel ab einem Alter von 40 Jahren auf. Ihre Häufigkeit lässt bei dem toten Mann auf einen Menschen mittleren Alters schließen. Er war demzufolge Mitte Fünfzig, mit einer Toleranz von fünf Jahren."

Einar Jonsson fühlte sich jetzt vollends auf der sicheren Seite. Das fünfte Crewmitglied der Polarstar war gefunden. Plötzlich summte sein Handy. Gunnar Halldorson aus Höfn meldete sich, um das Ergebnis der überprüften Hotels durchzugeben.

„Unsere Vermutung hat sich bewahrheitet. Vor fünf Tagen checkten zwei Touristen, die mit einem Flugzeug aus Reykjavík einflogen, im Hotel Òsland ein. Anschließend führte ihr Weg zum Hafen, wo sie die Polarstar für eine Fahrt zur Insel Jan Mayen charterten. Diese Männer sind keine Isländer. Vermutlich kommen sie aus Großbritannien oder Irland", berichtete er. Das Timbre in seiner Stimme strahlte Euphorie aus. Die Mordfälle brachten ihm wohl ein wenig Abwechslung in die routinemäßige Arbeit und stachelten seine Motivation an.

„Wie lauten ihre Namen?"

„John Macintosh und Arthur Mac Gille. Sicherlich sind die Angaben falsch. Einige ihrer Gepäckstücke befinden sich noch auf den Appartments. Deshalb denke ich, dass sie irgendwann noch einmal ins Hotel zurückkehren."

„Großartig", rief Einar Jonsson erfreut. „Halten Sie sich mit Ihren Leuten von den Zimmern fern, aber lassen Sie den Laden Tag und Nacht beobachten. Die Kerle sind gefährlich. Ich lege ihnen schwerwiegende Verbrechen zur Last. Sobald ich hier mit meinen Ermittlungen fertig bin, komme ich nach Höfn rüber. Auf Wiederhören." Zufrieden klappte er sein Handy zusammen und ließ es in der Manteltasche verschwinden.

„Wir müssen den Leichnam in der Fischfabrik lagern, bei den anderen Toten", empfahl Karen Gudmundsson und wandte sich nach Einar Jonssons zustimmendem Nicken an den Fischer. „Haben Sie in der Nähe einen Wagen stehen?"

„Ja, meinen Kleintransporter. Er steht am Leuchtturm", erwiderte der Mann misstrauisch. Er ahnte, um welchen Gefallen ihn die Kriminalbeamten bitten würden.

„Lassen Sie uns den armen Kerl nach oben tragen und zur Kühlhalle fahren", seufzte Einar Jonsson. „Und keine Sorge guter Mann, der Hafenmeister war so nett, am Leuchtturm zwei alte Decken zu hinterlegen. Ihr Auto bleibt sauber.

5.

Es war später Nachmittag. Inga Hallström blickte von ihrem Buch auf. Das Satellitentelefon meldete sich mit einem gleichförmigen Piepsen. Nachdenklich nahm sie den Hörer ab.

„Meteorologische Station Helenesanden. Sie sprechen mit Inga Hallström. Was kann ich für Sie tun?"

„Mein Name ist Jonsson! Kommissar Einar Jonsson aus Reykjavík. Heute Vormittag kontaktierten Sie das isländische Innenministerium aufgrund einer merkwürdigen Begebenheit, die sich unlängst auf der Insel Jan Mayen zugetragen hatte. Der zuständige Ministerialrat informierte daraufhin meine Dienststelle. Ein Kollege leitete Ihre Telefonnummer an mich weiter. Wie ist das Wetter auf Jan Mayen?"

„Derzeit nicht besonders angenehm. Es stürmt und regnet bei 8 Grad Celsius. Morgen soll es aufklaren."

„Schön für Sie. Bekommen Sie in dieser Einsamkeit auf die Dauer nicht einen Koller?"

Sie musste über die Bemerkung lachen. „Das soll in der Vergangenheit bereits vorgekommen sein. Deshalb bleibt auf die Dauer kaum jemand länger als ein Jahr auf der Insel stationiert. Ich arbeite hier seit sechs Monaten und feiere sozusagen gerade mein Bergfest."

„Was ist Ihre Aufgabe auf Jan Mayen?"

„Ich bin Vulkanologin und führe seismologische Messungen am Beerenberg durch. Der Vulkan ist zwar seit vielen Jahren nicht mehr ausgebrochen, doch der Hotspot unter meinen Füßen ist weiterhin aktiv. Daher ist es notwendig, stets ein wachsames Auge auf den Feuerberg zu werfen", erwiderte sie voller Leidenschaft für ihre Arbeit.

„Sehr interessant. Ihren Worten entnehme ich, wie viel Freude Ihnen die Arbeit am Ende der Welt bereitet. Das kann nicht jeder von sich behaupten", witzelte Einar Jonsson und kam zum Thema. „Bitte erzählen Sie mir, was Ihnen während Ihrer letzten Exkursion zum Beerenberg widerfahren war. Versuchen Sie, sich an jede Einzelheit zu erinnern. Es kann von großer Bedeutung sein."

Also begann Inga Hallström, ihre abenteuerliche Geschichte neu aufzurollen. Dabei sparte sie kein Detail aus und hielt auch nicht mit eigenen Ansichten zurück.

Aufmerksam verfolgte Einar Jonsson ihren Bericht, bevor er sich äußerte. „Dass die Polarstar vor der Küste Jan Mayens geankert hatte, vermutete ich schon“, antwortete er. „Ich bin über das Ziel ihrer letzten Reise in Kenntnis gesetzt worden. Umso mehr freue ich mich, Sie wohlauf zu hören. Schade, dass Sie nicht wissen, was die Verbrecher in der Höhle gesucht hatten. Ziehen Sie in Erwägung, die norwegische Regierung über den Zwischenfall zu benachrichtigen. Mir sind dummerweise die Hände gebunden. Ich möchte mich für Ihre Hilfe bedanken. Ihre Informationen bringen mich der Lösung des Falles einen Schritt näher. Einige Puzzleteile in diesem dunklen Kapitel treten nun deutlicher zutage. Eine kleine Bitte hätte ich noch an Sie.“

„Kein Problem. Sagen Sie mir, was ich für Sie tun kann“, erwiderte sie dem Kommissar aufgeschlossen.

„Ich lasse Ihnen per E-Mail mehrere Fotos zukommen. Bei den abgebildeten Personen handelt es sich um fünf ermordete Seeleute, die zur Crew der Polarstar gehörten. Vier Leichen entdeckten wir auf der Jacht. Der fünfte Tote trieb zur isländischen Küste. Ihn spülten die Wellen in eine Bucht bei Raufarhöfn. Ich möchte wissen, ob Sie in den Gesichtern der Männer Ihre beiden Verfolger wiedererkennen. Doch erschrecken Sie bitte nicht, die Männer sind zum Teil grässlich entstellt. Ich sende Ihnen die Bilder schnellstens zu.“

Inga Hallström gab Einar Jonsson ihre E-Mail-Adresse und versprach ihm, die Antwort schnellstmöglich zu übermitteln. Grübelnd legte sie den Hörer auf. Abermals war ihr bewusst, welches unglaubliche Glück sie besessen hatte. Während ihres schrecklichen Erlebnisses am Beerenberg war eine kriminelle Kraft am Werk gewesen, die vor keiner Untat haltmachte – und sei sie noch so schrecklich. Jetzt hatte sogar die gesamte Besatzung der mysteriösen Jacht den Tod gefunden. Aber warum? Wo lag der Auslöser für die grenzenlose Brutalität verborgen? Sie hoffte sehnlichst, dass Sigurd und Björn in der besagten Höhle eine Antwort auf diese Frage finden.

Kapitel 3

1.

23. Juni

Das Tiefdruckgebiet hatte das raue Jan Mayen überquert und war nach Grönland weitergezogen. Wärmend ergoss die Junisonne ihre Strahlen über den zartgrünen Teppich der polaren Flora. Die Morgenluft schmeckte rein und klar und löste die letzten Nebelschwaden am Vulkan Beerenberg auf.

Inga Hallström atmete tief durch und betrat ihre Unterkunft. Sie musste noch eine dringende, für sie unangenehme Aufgabe erledigen – die Identifizierung der Leichen auf den Fotos, die ihr Einar Jonsson am gestrigen Abend zugesendet hatte. Gestern war sie dazu nicht mehr in der Lage gewesen. Es hätte ihr labiles Gemüt zu tief aufgewühlt. Eine mögliche Wiederbegegnung mit ihren Peinigern, wenngleich nur visuell auf einem Foto, wäre für sie mit Erinnerungen verbunden gewesen, die sie vermutlich die ganze Nacht nicht hätten schlafen lassen. Sie konnte genau fühlen, dass die Wunden ihrer Seele größer waren als die ihres Körpers. Dessen Verletzungen heilten ab, doch die Genesung ihrer Psyche würde länger dauern.

Um sich seelisch darauf vorzubereiten, hatte sie einen kurzen Morgenspaziergang unternommen. Schließlich fühlte sie sich stark genug, um sich der Aufgabe zu stellen. Sie setzte sich an den Computer und öffnete Einar Jonssons E-Mail.

Sehr geehrte Frau Hallström,

vielen Dank für Ihre Mitarbeit. Ich bin mir darüber bewusst, dass Ihnen die Identifizierung der auf den Fotos abgebildeten Personen nicht leicht fallen wird. Umso mehr möchte ich Ihnen Respekt für Ihren Mut zollen. Falls Ihnen einer der Männer bekannt vorkommt, informieren sie mich bitte telefonisch auf meinem Handy.

Hochachtungsvoll, Einar Jonsson, KK, Morddezernat Reykjavík

Beklemmend und mit klopfendem Herzen studierte sie die Fotos. Sie zeigten fünf Momentaufnahmen voller Abscheu und Grausamkeit. Sie schauderte bei deren Anblick. In ihrem Inneren regte sich spürbar ein Ekelgefühl, dennoch blieb sie stark und hielt dem Schrecken stand. Noch einmal zwang sie sich, in die Gesichter der Toten zu schauen. Gesichter, die zum Teil anatomisch keine mehr darstellten. Einem der Leichname war der Kopf vom Rumpf fast abgetrennt und einem zweiten der selbige brutal eingeschlagen worden. Die junge Frau erinnerte sich an die Gesichter ihrer Verfolger und verglich sie mit den Männern auf den Fotos. Obwohl sie die Physiognomie von zwei der fünf Toten aufgrund der Verletzungen nicht eindeutig erkennen konnte, glaubte sie fest daran, dass keine der auf den Bildern abgebildeten Leichen einen ihrer Peiniger zeigte. Sie vertraute auf ihr Gefühl. Es hatte sie bisher selten im Stich gelassen. Erleichtert, die unangenehme Sache hinter sich zu wissen, atmete sie auf. Sie würde Einar Jonsson von ihrem Ergebnis in Kenntnis zu setzen. Aber zuerst musste sie mit Björn Andersen und Sigurd Johannsen sprechen, bevor diese in die Bucht unterhalb des Vulkans aufbrachen, um die Höhle zu untersuchen.

2.

Erwartungsvoll folgte Einar Jonsson dem Hafenmeister mit wankenden Schritten über den mit Steinen und Kieseln übersäten Strandstreifen am Anfang der Bucht, gleich unterhalb des Leuchtturms. Ein Mitarbeiter der Küstenwache hatte am Morgen im Büro des Hafenmeisters angerufen und behauptet, dass er das Schlauchboot der Polarstar entdeckt hätte und am Fundort auf ihr Eintreffen warten würde. Warum die Suche so lange gedauert hatte, ist ihm beim Anblick des Schlauchbootes schnell bewusst geworden. Grob mit einem scharfen Gegenstand zerschnitten, lag es zusammen mit dem Außenbordmotor, zu einem Paket geschnürt, hinter einem großen Felsblock. Mehr schlecht als recht mit Geröll abgedeckt, ließ es auf große Eile der Täter schließen.

„Bring die Reste des Bootes gleich zum Büro", wies Arne Fridthjofson einen Kollegen an.

„Ja, tun Sie das bitte", pflichtete ihm Einar Jonsson bei. „Aber behandeln Sie das Fundstück mit Vorsicht. Ziehen Sie sich Handschuhe über, bevor Sie es mit den Händen berühren. Ich lasse es im Flugzeug nach Höfn überführen. Dort kann es die Polizei vor Ort nach verwertbaren Spuren untersuchen, da Karen Gudmundsson bereits nach Reykjavík zurückgekehrt ist, um die fünf Leichen zu obduzieren."

„Von hier bis zum Grundstück von Jon Gyrdirsson sind es gerademal 400 Meter", meinte Arne Fridthjofson und wies mit der Hand in die besagte Richtung.

„Wer ist Jon Gyrdirsson?"

„Das ist der Mann, der uns gestern seinen Wagen als gestohlen gemeldet hat", erwiderte der Hafenmeister verwundert über Einar Jonssons kurzes Gedächtnis.

„Ach ja ... stimmt! Der Betreiber des Supermarktes. Mir war es kurz entfallen", erinnerte er sich und fasste sich an den Kopf. Der Aufenthalt in dem Fischerdorf hatte ihm wenig Schlaf beschert und das machte sich mit einer abnehmenden mentalen Fitness bemerkbar. Doch Ruhe konnte er sich keine gönnen. Die Ermittlungen in Raufarhöfn gingen zwar dem Ende entgegen, aber ungeachtet dessen wartete schon eine neue Aufgabe auf ihn. War erst das Schlauchboot im Bauch des Fliegers verstaut, flog er gleich nach Höfn weiter, um den Tätern des gestohlenen Wagens auf der Spur zu bleiben.

3.

Björn Andersen und Sigurd Johannsen hatten die Rucksäcke und die Gewehre bereits vor dem Mittagessen auf ihren beiden Quads verstaut. Jetzt hockten sie zusammen mit Inga Hallström auf den Stufen des Eingangs zum Hauptgebäude der meteorologischen Station, um sich zu verabschieden. Die Sommersonne schien angenehm wärmend in ihre Gesichter. Der neue Tag hatte nach dem gestrigen stürmischen Regenwetter wunderschön begonnen und sich bis zur Mittagsstunde weiter gesteigert. Inzwischen lag die Temperatur bei 12 Grad Celsius, was jenseits des nördlichen Polarkreises nicht oft vorkam.

Inga Hallström unterbrach das Schweigen und begann über die Fotos der ermordeten Seeleute zu sprechen. „Ich habe mir die Bilder angeschaut. Die beiden Männer, die beabsichtigten, mich zu töten, befanden sich nicht darunter."

„Bist du dir da sicher?"

„Absolut, Sigurd!"

„Und was bedeutet das für uns?", fragte Björn Andersen.

„Das bedeutet: Ihr müsst vorsichtig agieren", warnte sie und umfasste zärtlich seine Hände, als wolle sie diese schützend in den ihren verbergen. „Sie sind gefährlich. Niemand kann sagen, wo sie sich gerade aufhalten. Womöglich kehren sie auf unsere Insel zurück."

„Das will ich nicht hoffen", bemerkte Sigurd Johannsen mit tiefen Sorgenfalten im Gesicht. „Aus Oslo können wir keine Hilfe erwarten. Das Innenministerium vertritt die Ansicht, dass wir die Banditen auf Jan Mayen niemals wiedersehen."

„Ach ja, und wie gelangte Oslo zu dieser schnellen Erkenntnis?", fragte sie spöttisch. „Fressen die Beamten im Ministerium die Weisheit mit Löffeln oder blicken sie in eine magische Glaskugel, die ihnen die Zukunft offenbart?"

Björn Andersen fühlte eine aufkeimende Besorgnis in ihrer Stimme und versuchte sie zu beruhigen. „Gestern spät abends rief ich bei Ministerialrat Jensen an und unterrichtete ihn, was am Beerenberg vorgefallen war. Ich teilte ihm ebenfalls mit, dass du mit einem Kommissar aus Reykjavik in Verbindung stehst, der in mehreren Mordfällen ermittelt, in die deine Peiniger verwickelt sind. Der Innenminister kontaktierte darauf umgehend die zuständige isländische Behörde. In dem Gespräch, in das er mich heute Morgen telefonisch einweihte, versicherte die andere Seite, die Verbrecher befänden sich zurzeit in Island."

Mit Tränen in den Augen hielt Inga Hallström noch immer seine Hände in den ihren gefangen. „Trotzdem bitte ich euch, seid vorsichtig. Mit der Höhle stimmt etwas nicht. Sie macht mir Angst. Eine Stimme in mir sagt: Sie birgt ein schreckliches Geheimnis."

„Mach dir keine Sorgen", erwiderte er aufmunternd zu ihr und küsste ihre Lippen. „Sigurd und ich gehen kein Risiko ein. Keine

Bange, uns wird nichts geschehen. Über Funk melden wir uns stündlich bei dir."

Mit diesen Worten gingen sie auseinander. Die beiden Männer stiegen auf ihre Quads und fuhren nach Nordosten davon. Inga Hallström schaute ihnen nach. So lange, bis ihre Silhouetten am Horizont verschwanden.

4.

Die einmotorige Cessna der isländischen Polizei begann mit ihrem Sinkflug auf den Flughafen von Höfn. In 10 Minuten würde sie auf dem Rollfeld neben der Ortschaft aufsetzen.

Einar Jonsson wirkte versteinert. Ihm ging das letzte Gespräch mit Inga Hallström nicht aus dem Sinn. Sie hatte ihn kurz vor dem Start in Raufarhöfn angerufen und ihm versichert, die toten Seeleute auf den Fotos wären ihr unbekannt. Keines der fünf Gesichter hatte sie an die Verfolger erinnert, die sie an den Hängen des Beerenberg ermorden wollten. Demzufolge musste er davon ausgehen, dass sich mindestens sieben Personen auf der Polarstar aufgehalten hatten. Der Logik folgend, war Inga Hallström das Opfer jener Männer geworden, die in Höfn die Jacht für die Fahrt zur Insel Jan Mayen gechartert hatten. Aus einem unerfindlichen Grund war es später auf der Rückfahrt nach Island zwischen den Mitgliedern der Crew und ihren beiden Gästen zu Streitigkeiten gekommen, die vor der Küste von Raufarhöfn brutal eskalierten und in einer Gewaltorgie ungeahnten Ausmaßes geendet hatten. Während er sein Fazit zog, schob sich ein faszinierendes Bild vor seine Augen.

Neugierig schaute er aus dem Fenster. Auf der rechten Seite rückte das atemraubende Panorama des gewaltigen Vatnajökull ins Blickfeld. Überwältigt vergaß er für eine Weile die Jacht und die grausamen Verbrechen, die auf ihr begangen worden waren.

Mit einer Fläche von mehr als 8000 km² bildete der Vatnajökull den zweitgrößten Gletscher Europas. Die mächtige zweieinhalb Jahrtausende alte Eiskappe verbarg unter ihrer bis zu 1000 Meter dicken Eisschicht einige der aktivsten Vulkane der Insel. Das von den Eruptionen geschmolzene Wasser führte deshalb wiederholt zu katastrophalen Überschwemmungen.

Während der ersten Besiedelung Islands um 700 n. Chr. durch irische Mönche war der Gletscher noch um ein Vielfaches kleiner gewesen. Jahrhunderte danach, in der kleinen Eiszeit zwischen 1400 und 1900, dehnten sich dessen Eismassen stetig aus. Doch seit einem Jahrzehnt verlor der Vatnajökull erneut an Größe. Über den Grund stritten sich die Wissenschaftler bis heute. Für die Verfechter des Klimawandels stand die Schuld des Menschen als Antwort außer Frage, während die Gegner dieser Ansicht die in den letzten Jahrzehnten zugenommene vulkanische Aktivität dafür verantwortlich machten. Abwegig erschien beides nicht. Für verheerende Vulkanausbrüche war Island indes schon immer bestens prädestiniert. Annähernd 150 km südwestlich vom Vatnajökull lagen die Laki-Krater. Diese Vulkangruppe, im sogenannten Streifenland gelegen, bildete ein Gebiet mit zahlreichen geologischen Verwerfungen und wies historisch nachweisbar eine dunkle, ja geradezu apokalyptische Vergangenheit auf. Einar Jonsson entsann sich an einen Zeitungsartikel, der über eine Katastrophe gewaltigen Ausmaßes berichtet hatte, die jetzt über zwei Jahrhunderte zurücklag. Der Autor stellte darin eine unglaubliche Theorie in den Raum, die bis heute die Gelehrten in ihrer Bewertung spaltete.

Die Hintergründe der Geschichte nahmen im Juni 1783 ihren Anfang. Damals brach auf Island der bis dahin unauffällige Vulkan Laki aus. Den gewaltigen Eruptionen gingen mehrere schwere Erdbeben voraus, in deren Folge sich eine 15 km lange Erdspalte bildete. Aus ihr kamen gigantische Lavamengen zum Vorschein. Überdies entstanden auf einer Länge von 25 km über Nacht 130 neue Krater, aufgereiht wie auf einer Perlenkette. Aus ihnen stiegen acht Monate lang riesige Magmafontänen und Aschewolken zum Himmel empor. 15 km^3 Lava flossen über mehrere Flussläufe, deren Wasser das flüssige Gestein auf seinem Weg einfach verdampfte, in den Nordatlantik hinein. Millionen Tonnen Kohlendioxid vergifteten die Atmosphäre. Ausgetretenes Schwefeldioxid verband sich in der Luft mit Wasserdampf, was zu schwefelsäurehaltigen Regenfällen führte, und die hohen Mengen an Flurwasserstoff trugen maßgebend zur Vergiftung des Trinkwassers bei. Ein verheerender Zustand. 10 000 Menschen und ungezähltes Vieh starben angeblich an den Auswirkungen dieser gigantischen Naturkatastrophe. Aber das Unglück blieb nicht regional auf die Insel beschränkt. Über einen großen Teil der nördlichen Hemisphäre zog eine todbringende Staub- und Gaswolke bis nach Europa und beeinflusste die Wetterabläufe. Der dichte Smog in der Atmosphäre verminderte die Sonneneinstrahlung. In der Folgezeit litten die Westeuropäer an bitterkalten Wintern, weitreichenden Überschwemmungen im Sommer und nachweislich an mehreren totalen Ernteausfällen, in deren Folge allein in England und Frankreich circa 35 000 Menschen den Hungertod fanden. Anhand der historisch belegten Tatsachen sah der Autor des Artikels in seinem Resümee den tatsächlichen Auslöser für die Französische Revolution von 1789 im Ausbruch der Laki-Vulkane. Der Hunger, verursacht durch die Missernten in den Jahren zuvor, soll als Folgeerscheinung der Katastrophe auf Island die Empörung der Massen gegen den verschwenderischen und im Luxus lebenden König heraufbeschworen haben. Eine umstrittene These, die einer gewissen Logik nicht entbehrte.

Einar Jonsson dachte über das mögliche Motiv der Morde auf der Polarstar nach. Inga Hallströms Worte über die mysteriöse Höhle am Strand kamen ihm in den Sinn. Würde sich dort der wahre Grund des Massakers eröffnen? Die Vermutung, sie könne ein Geheimnis bergen, schien nicht abwegig.

Eine Turbulenz rüttelte kurz an den Tragflächen der Cessna und schreckte ihn auf. Er sah aus dem Fenster. Der Flughafen von Höfn kam in Sicht. Deutlich zeichnete sich das Rollfeld am Boden ab.

5.

Nach zwei Stunden Fahrt erreichten Björn Andersen und Sigurd Johannsen ihr Ziel. Als sie mit den Quads in die Bucht hineinfuhren, zeigte sich der Landstrich genauso einsam und still wie am Tag ihres letzten Besuchs. Neben dem Eingang der Höhle ließen sie die Rucksäcke in den Sand fallen. Lediglich die Gewehre und Taschenlampen behielten sie am Mann.

„Ich gehe zuerst hinein“, schlug Sigurd Johannsen vor und entsicherte vorsichtshalber die Waffe. „Folge mir in einigen Metern

Abstand. Die Gefahr, dich über den Haufen zu rennen, falls ich unerwartet den Rückzug antreten muss, hält sich somit in Grenzen."

Zustimmend nickte Björn Andersen mit dem Kopf. Auch er nahm seine Waffe in die Hand und legte den Sicherungshebel um.

Sigurd Johannsen schaltete die Lampe ein und ging in die Hocke, um sich in dem niedrigen, leicht abfallenden Gang nicht den Schädel zu stoßen. Überraschenderweise mündete er bereits nach zwei Metern in der Höhle, sodass sich der Wissenschaftler wieder aufrichten konnte. Auf den ersten Blick schätzte er ihre Fläche auf 100 m^2. Ihre Höhe bis zur Decke schien drei bis vier Meter zu betragen. Er blickte sich um. Hinter seinem Rücken erschien Björn Andersen. Körperlich größer und muskulöser hatte er mehr Mühe aufbringen müssen, um sich durch den engen Stollen zu zwängen.

Staunend schauten beide auf das kleine unterirdische Reich. Es war möglicherweise aus einer Gasblase entstanden, die sich nicht aus der dickflüssigen Gesteinsschmelze hatte befreien können und nach dem Erkalten der Lava in ihrer ursprünglichen Gestalt erhalten geblieben war. Den natürlich entstandenen Zugang gruben später die Wogen des Meeres hinein, was einen Prozess darstellte, der Äonen dauerte.

Die Forscher begannen jeden Winkel zu durchsuchen und leuchteten die Felswände und die Decke ab. Unerwartet fiel ihnen eine mysteriöse Inschrift in die Augen. Markante Schriftzeichen, die jemand mit einem harten Werkzeug in den Stein hineingeschlagen hatte. Deutlich hoben sich die Umrisse der Buchstaben von der porösen Oberfläche der schwarzbraunen Lava ab.

„Das ist Lateinisch?", stellte Björn Andersen konsterniert fest.

„Völlig richtig", meinte Sigurd Johannsen. „Wer kritzelt heutzutage auf einer Polarinsel lateinische Worte in den Fels? Von Medizinern und geistlichen Würdeträgern abgesehen, nutzten diese Sprache nur noch wenige Menschen."

„Demzufolge muss der Text sehr alt sein", vermutete Björn Andersen.

Sigurd Johannsen bestätigte dessen Schlussfolgerung. „Davon müssen wir ausgehen. Ich würde gern wissen, wer der Autor der Zeilen war und welche Bedeutung sie besitzen. Dummerweise beherrsche ich kein Latein."

„Neulich las ich in einem Buch, Walfänger hätten in der Vergangenheit Jan Mayen regelmäßig angelaufen. Allerdings ist es schwer vorstellbar, dass die grobschlächtigen Kerle dieser Sprache mächtig gewesen wären.“

„Ich denke ebenso, Björn. Wahrscheinlich war der Urheber der Inschrift lange vor ihnen hier eingetroffen.“

Grübelnd setzten sie ihre Analyse fort. Doch außer einem Wasserloch im Felsboden am hinteren Ende der Höhle und einer Handvoll fragmentarischer Knochenteile, die auf einer kleinen Bodenerhöhung verstreut lagen, entdeckten sie nichts von Belang. Enttäuscht kehrten sie zum Ausgang der Höhle zurück. Dabei streifte der Lichtstrahl von Björns Andersens Lampe zufällig eine im Dunkel liegende Nische, die ihnen bisher nicht aufgefallen war. Neugierig näherte er sich der Stelle und blieb zwei Meter davor abrupt stehen. Ein kalter Schauer jagte ihm über den Rücken. Ganz deutlich spürte er, wie ihm die Haare zu Berge standen. „Großer Gott ... Schau doch!“, stammelte er mit belegter Zunge.

Sigurd Johannsen traten beinahe die Augen aus den Höhlen, als er einen Blick in die Nische riskierte. Zur Salzsäule erstarrt, stand er neben dem Gefährten und schaute auf das grauenvolle Etwas zu seinen Füßen. „Lass uns sofort nach Helenesanden zurückkehren“, sprach er mit bebender Stimme. „Dieses Rätsel können wir allein nicht lösen. Wir müssen Oslo informieren.“

6.

Nachdem Einar Jonsson das Gelände des Flughafens verlassen hatte und auf den daneben liegenden Parkplatz zusteuerte, winkte ihm von Weitem ein junger Mann zu, der leger mit dem Rücken an der Fahrertür eines Polizeiwagens lehnte. Seine Statur war auffallend groß und eine ausgesprochen sportliche Erscheinung. Das glattrasierte Gesicht, gezeichnet von einer Spur Arroganz, und die dunkel getönten, modisch geschnittenen Haare vermittelten den Eindruck, dass er viel Wert auf ein gepflegtes Äußeres legte.

„Einar Jonsson, wenn ich recht in der Annahme gehe?“, grüßte er freundlich und schüttelte kräftig die Hand des Kommissars.

Der schraubstockartige Händedruck des Polizisten aus Höfn war ihm unangenehm. Er verbiss sich das Schmerzgefühl und bejahte dessen Frage. „Sie vermuten richtig. Ich glaube, wir haben miteinander telefoniert. Ihre Stimme kommt mir bekannt vor."

„Exakt Kommissar. Mein Name ist Gunnar Halldorson. Seit einem Jahr leite ich die Polizeistation in Höfn, nachdem mein geschätzter Vorgänger in den verdienten Ruhestand trat."

„Wie ist die Situation in Ihrer Stadt, Herr Halldorson? Liegt viel Polizeiarbeit vor?"

„Eher nicht. Hier und da gibt es gelegentlich ein Geplänkel zwischen den Fischern. Wir sind stets rechtzeitig vor Ort, um die überhitzten Gemüter zu besänftigen. Im vergangenen Monat hatten wir einen Ladendiebstahl zu vermelden, der sich aber schnell als eine Mutprobe unter übermütigen Jugendlichen herausgestellt hatte. Die Mordfälle auf der Polarstar dagegen sind ein echter Aufreger. Ein Fall der Superlative, der alles andere in den Schatten stellt", meinte er mit verklärtem Blick und sprühte dabei vor Begeisterung.

Einar Jonsson nickte betreten. „Beten Sie zu Gott, dass wir den Fall schnell auflösen und die Mörder schleunigst dingfest machen, damit es in Ihrer Stadt so ruhig und beschaulich wird, wie es vordem war. Ich ziehe jeden langweiligen Tag, an dem ich meinen Dienst versehe, dem Grauen vor, das ich in Raufarhöfn über mich ergehen lassen musste. Vertrauen Sie der Erfahrung eines alten Mannes, Herr Halldorson. Ich weiß, wovon ich spreche."

Der Hieb hatte gesessen. Die pietätlose Schwärmerei für die Verbrechen war dem Polizeichef von Höfn plötzlich peinlich. Sein anfänglicher Überschwang für die Mordfälle fiel augenblicklich ins Bodenlose. Peinlich berührt führte er den Kommissar zum Wagen.

„Wie weit ist es bis in die Stadt?", fragte Einar Jonsson.

„Nicht sehr weit. Bloß 5 Kilometer. In 10 Minuten sind wir dort", erwiderte Gunnar Halldorson kleinlaut. Er hatte die unterschwellige Kritik noch nicht ganz verdaut. „Soll ich Sie zuerst zur Polizeistation fahren oder gleich im Hotel absetzen, in das die Mörder eingecheckt waren?"

„Bringen Sie mich bitte zuerst zum Hotel. Ich muss mir ein Bild von den Gepäckstücken machen, die die Täter zurückließen. Wer weiß, womöglich finde ich eine Spur, die auf die Herkunft der Verbrecher hinweist. Ach ja, im Flugzeug befinden sich die Überreste des Schlauchbootes der Anna Katrin. Lassen Sie es auf Fingerabdrücke überprüfen."

Zustimmend nickte Gunnar Halldorson mit dem Kopf. „Also gut, zuerst zum Hotel Òsland. Das Schlauchboot lasse ich später abholen."

Alles war zwischen ihnen gesagt. Sie stiegen in den Wagen und fuhren auf der Landstraße in Richtung Stadt davon.

7.

Kalt und steril wirkte der Obduktionsraum der forensischen Abteilung des Klinikums in Reykjavík. Der graue Fußboden und die schlichten weißen, bis in Kopfhöhe reichenden Wandfliesen vermittelten dem Betrachter ein tristes, beklemmendes Gefühl. Ein Hauch des Vergehens, des unabwendbaren Todes lag in der Luft dieses nüchternen Ortes. Dem einen oder anderen mag die Obduktion eines Leichnams grässlich erscheinen, andererseits bot die Prozedur dem Pathologen die Möglichkeit, nach Spuren zu suchen, die zum Täter führen konnten, um dem Opfer und den leidgeprüften Angehörigen wenigstens eines zu gewähren: Gerechtigkeit.

Karen Gudmundsson stand vor dem leeren Seziertisch und wog ab, mit welcher Leiche sie ihre Arbeit beginnen soll. Nach reiflichem Überlegen entschloss sie sich, den Skipper zuerst zu untersuchen. Er war in Raufarhöfn an den Strand gespült worden und hatte einige Stunden im Wasser gelegen. Es erschien ihr sinnvoll, mit ihm anzufangen.

Ihr Blick fiel auf die Türen der Kühlboxen. Zwölf an der Zahl. Lediglich fünf waren momentan belegt. Ein Mordfall geschah in Island eher selten. Gelegentlich kam es vor, dass Versicherungen eine Obduktion an einem ihrer verstorbenen Kunden beantragten, um sich einen Suizid bestätigen zu lassen und damit die Prämie einzubehalten. Neben verstorbenen Patienten, die das Klinikum bis zu ihrer Abholung durch ein Bestattungsinstitut hier aufbewahrte, untersuchten die Pathologen auf Order des Staatsanwaltes auch Opfer schwerer Verkehrsunfälle, um die Schuldfrage der beteiligten Parteien aufzuklären. Von diesen Ausnahmefällen abgesehen, blieb es in den Räumen der pathologischen Abteilung ansonsten still.

Die Öffnung des Leichnams bestätigte Karen Gudmundsson, was sie schon in der Bucht von Raufarhöfn vermutet hatte. Der rechte Lungenflügel schaute normal aus. Meerwasser stellte sie in den Lungenbläschen nicht fest. Die Atmung des Skippers hatte demnach ausgesetzt, bevor er ins Meer gestürzt war. Die weitere Beschau bewies, dass er nur kurze Zeit im Wasser gelegen hatte. Die Haut des Toten wirkte relativ frisch. Bissspuren von Fischen oder Krebsen, wie sie bei längerem Triften im Wasser in der Regel auftraten, entdeckte sie nicht. Die Schädelhöhle zeigte keine Auffälligkeiten. Das Gehirn war unverletzt. Mit den Platzwunden am Kopf und den Abschürfungen an den Gliedmaßen besaß der Tote typische Treibwunden. Sie zeugten von den harten Aufschlägen des Körpers an den Klippen der Küste durch die Brandung. Somit stellten die beiden Schüsse in den Rücken des Opfers die wahre Todesursache dar. Auf der Flucht vor seinen Mördern hatten die Projektile dem Kapitän das Herz zerrissen. Die Ein- und Austrittsmale zeugten von ihrer zerstörerischen Kraft. Tödlich getroffen war der Mann vermutlich über die Reling des Schiffes in die See gefallen und durch die Strömung an Land getrieben worden.

Am Ende ihrer Untersuchung angekommen, legte sie die entnommenen Organe zurück in den Körper und verschloss die Öffnungen am Schädel und an der Brust- und Bauchhöhle. Als sie die Prozedur beendet hatte, erschien ein Kollege der Spurensicherung in der Tür und rief sie laut beim Namen.

„Was gibt es denn Wichtiges, Erik?“, fragte sie überrascht.

„Ich habe die Kleidung der toten Seeleute untersucht. Dabei bin ich auf zwei merkwürdige Dinge gestoßen“, antwortete er und zeigte ihr demonstrativ eine Kunststofftüte, in der seine Fundstücke eingeschweißt waren.

„Um was handelt es sich? “, fragte sie neugierig und zog sich die Gummihandschuhe von den Händen.

„Es ist die Landkarte einer Insel und mehrere bedruckte Papierseiten“, antwortete er. „Offensichtlich sind sie aus einem Buch herausgerissen worden. Ich fand die Sachen in der Jacke, die dem Mann mit dem zertrümmerten Kopf gehört hatte. Die Dokumente sind antiquarischen Ursprungs."

„Antiquarischen Ursprungs? Was meinst du damit?"

„Ich glaube, Karen, die Schriftstücke stammen nicht aus unserer Zeit. Ich bin zwar kein Experte auf dem Gebiet, aber die Art und Weise des Papiers, die Form der Buchstaben und nicht zuletzt die altertümlich gestaltete Landkarte lassen mich darauf schließen, dass sie Hunderte von Jahren alt sind."

„Welche Insel ist auf der Karte verzeichnet?", fragte sie neugierig.

„Keine Ahnung. Die Zeichnung kann alles Mögliche darstellen", erhielt sie zur Antwort.

„Und die herausgerissenen Seiten? Was beinhalten sie? Was steht auf ihnen geschrieben?", bedrängte sie ihn von Neuem.

Ratlos zuckte er mit den Schultern. „Die Sprache ist mir nicht bekannt. Am besten, du lässt die Sachen von einem Spezialisten untersuchen."

„Danke Erik. Leg die Tüte dort drüben auf den Tisch. Wenn ich mit meiner Arbeit fertig bin, nehme ich sie mit ins Dezernat", meinte sie mit einem Lächeln.

Kopfnickend entsprach er ihrer Bitte und verschwand durch die geöffnete Tür.

Karen Gudmundsson wandte ihre Aufmerksamkeit erneut der Leiche des Kapitäns zu. Die Zeit war reif, ihn wieder auf Eis zu legen, damit sie sich dem nächsten Mordopfer widmen konnte.

8.

In Höfn lebten 1600 Einwohner. Die Fischerei, der Handel mit landwirtschaftlichen Produkten und der zunehmende Tourismus bildeten die Haupteinnahmequellen des kleinen Ortes an der Südostküste Islands. Das Hotel Òsland lag am Rande der Stadt, unweit des Hafens und war nach einem Naturschutzgebiet in der näheren Umgebung benannt.

Einar Jonsson, der sich in der Lobby mit einem Mitarbeiter der Rezeption unterhielt, sah genervt zu Gunnar Halldorson und verzog verärgert die Mundwinkel nach unten, da er dem Mann jede Information regelrecht aus der Nase ziehen musste. Doch der Polizeichef von Höfn blieb gleichgültig. Schweigend und mit verschränkten Armen zuckte er ratlos mit den Schultern.

„Fiel Ihnen an den Personen etwas Merkwürdiges auf? Verhielten sie sich in irgendeiner Weise verdächtig?“, versuchte Einar Jonsson die grauen Zellen des Mannes zum Schwingen zu bringen.

Der Angestellte wirkte hilflos und schwer von Begriff. „Ich konnte nichts Verdächtiges an ihnen bemerken. Sie sahen ganz normal aus. Bis heute bekam ich sie höchstens zwei- bis dreimal zu Gesicht. Das war am Tag ihrer Anreise. Sie checkten bei mir ein und aßen gleich zu Abend. Wenn ich mich recht entsinne, entschieden sie sich für unseren Hummer, was verständlich ist. Das Gericht ist köstlich. Eine besondere Spezialität unseres Hauses, die ich Ihnen mit gutem Gewissen empfehlen kann ...“

„Vielleicht ein anderes Mal“, fiel ihm Einar Jonsson ins Wort und setzte das Frage- und Antwortspiel fort. „Wie haben Sie sich mit ihnen verständigt? Auf Isländisch?

„Nein, sie sprachen Englisch, aber das mit einem deutlich hörbaren Akzent. Ich glaube, sie kommen aus Irland. Die Namen, unter denen sie sich eintrugen, lassen mich das jedenfalls vermuten.“

„John Macintosh und Arthur Mac Gille?”

„Richtig Kommissar! So lauten sie“, bestätigte er lächelnd.

„Sie nehmen also an, es sind Irländer. Das verstehe ich nicht. Sie müssen doch haargenau wissen, wer in Ihrem Hotel kampiert. Nahmen Sie Einsicht in die Ausweise der Männer?“, fragte Einar Jonsson stirnrunzelnd.

„Nun ja ... bis jetzt noch nicht“, stammelte er verlegen. Sein Lächeln wirkte eingefroren.

„Bis jetzt noch nicht? Wie darf ich das auffassen?“ Argwöhnisch lauerte er auf die befürchtete Antwort.

„Am Tag ihrer Ankunft führten sie keine Pässe bei sich.“

Einar Jonsson konnte seinen Sarkasmus über dieses einfältige Verhalten nicht zurückhalten. „Sie beherbergen in Ihrem Hotel ausländische Gäste, die ohne amtliche Papiere durchs Land reisen? Ist das in Ihrem Haus die übliche Praxis?“ Er zeigte sich ehrlich entsetzt von dieser laxen Verfahrensweise. „Wussten Sie davon?“, fragte er Gunnar Halldorson verärgert.

Der Polizeichef von Höfn blickte ihn apathisch an und zuckte abermals die Schultern.

„Die Gäste gaben an, die Ausweise später nachzureichen, da diese, so versicherten sie glaubhaft, vor Kurzem abgelaufen seien. Aber sie hätten auf ihrem Konsulat in Reykjavík bereits neue Pässe beantragt, die nach ihrem Ausstellen mit der Post nach Höfn verschickt würden“, faselte der Mann von der Rezeption geknickt zu seiner Entlastung.

Die abstruse Erklärung rang Einar Jonsson ein höhnisches Lächeln ab. „Man höre und staune: Ausländische Konsulate in Island verschicken neu ausgestellte Pässe ihrer Bürger mit der Post. Lieber Gott! Wer glaubt denn solchen Unfug? Sind Sie naiv. Diese Mistkerle haben Sie nach allen Regeln der Kunst verarscht.“

Nach der empörten Abkanzelung des Kommissars war der Mann von der Rezeption bloß noch ein Häufchen Unglück und blickte mit traurigen Dackelaugen auf die beiden Polizisten.

Einar Jonsson seufzte nachsichtig. Ihm tat der arme Kerl fast schon wieder leid. „Können Sie mir die beiden Männer wenigstens näher beschreiben?“, meinte er einlenkend in einem sanfteren Ton.

Die Haltung des Mannes straffte sich plötzlich. Auch der Dackelblick verschwand. Offenbar war er froh, noch etwas Konstruktives zur Aufklärung des Falles beisteuern zu können. „Die Männer sind ungefähr 40 Jahre alt und mittelgroß. Sie haben beide dunkle, kurz geschnittene Haare und tragen einen Dreitagebart. An ihre Gesichter kann ich mich nicht mehr genau erinnern. Durchaus sympathisch, aber nicht besonders markant. Allerweltstypen eben. Noch Fragen?“

„Im Moment nicht. Bitte übergeben Sie mir die Schlüssel der beiden Zimmer. Ich beabsichtige, mir die Appartements genau anzusehen“, forderte Einar Jonsson und hielt ihm die Hand vor die Nase.

Wortlos überreichte er dem Kommissar die zwei geforderten Keycards.

9.

Mit versonnenem Blick schaute Eenie van Houten auf den Bücherschatz des Amsterdamer Archivs für holländische Handels- und Schifffahrtsgeschichte. Sie arbeitete gern hier. Viele wertvolle Schriften und Dokumente schlummerten in den ehrwürdigen Räumen des prächtigen Stadthauses aus dem 17. Jahrhundert, direkt an der Herengracht gelegen, dem Innersten der drei konzentrisch um die Altstadt angelegten künstlichen Wasserkanäle. Annähernd 400 Jahre zählte sein Alter.

Der Amsterdamer Grachtengürtel hatte früher nicht nur zum Transport von Waren zwischen dem Hafen und den Lagerhäusern der Handelsgilden gedient, sondern ebenso zur Abwasser- und Fäkalienentsorgung. Der Logik zufolge muss der Gestank in der Stadt damals widerwärtig gewesen sein. Heute existierten unterirdische Kanalisationen und die Grachten erhielten über eine Reihe von Schleusen täglich frisches Wasser zugeführt. Infolgedessen traten schlechte Gerüche nicht mehr in dem Maße auf.

Liebvoll ordnete Eenie van Houten einen Stapel Bücher in eine der zahlreichen Regalreihen ein. Das tat sie seit vielen Jahren. Beinahe jedes Exemplar hatte sie schon in ihren Händen gehalten. Prüfend kontrollierte sie das Ergebnis ihrer Arbeit und lächelte zufrieden. Wie mit einem Lineal gezogen standen die Buchrücken Front an Front.

Plötzlich stutzte die alte Dame. Eine atypische Divergenz sprengte den Rahmen ihres ausgeprägten Ordnungssinns. In einem Fach, direkt über ihrem Kopf, hatte jemand jede Sorgfalt missen lassen. Mehrere Bücher ragten über den Rand des Regals hinaus. Eines war sogar falsch einsortiert. Es stand nicht senkrecht im Fach, sondern war offensichtlich aus Faulheit kurzerhand waagerecht über die anderen gelegt worden. Für Eenie van Houten ein Affront. So etwas gehörte sich nicht. Diese eklatante Störung in ihrem geordneten Kosmos musste sie sofort aus der Welt schaffen. Sie holte die Treppenleiter, da sie durch ihre geringe Körpergröße nicht bis an die Wurzel des Übels heranreichte. Ärgerlich stieg sie die Stufen noch oben und machte eine erschreckende Entdeckung.

10.

Der Inhalt der Gepäckstücke, die John Macintosh zurückgelassen hatte, offenbarte sich als Enttäuschung. Die Kleidungsstücke und Schuhe konnten aus aller Herren Länder stammen. Trotz gründlichster Suche fanden sie keine verwertbare Spur. Enttäuscht verließ Einar Jonsson das Zimmer. Gunnar Halldorson folgte ihm auf den Fuß.

„Öffnen Sie Mac Gilles Appartement. Möglicherweise finden wir hier etwas Brauchbares", forderte Einar Jonsson den Kollegen aus Höfn missgestimmt auf.

Das Zimmer von ihm glich dem seines Komplizen fast aufs Haar, nur dass die Möbel hier entgegengesetzt angeordnet waren. Der Kleiderschrank zeigte eine gähnende Leere. Das Bett an der Wand schien auf den ersten Blick unberührt. Einzelne Falten auf dem Bezug verrieten jedoch bei näherer Betrachtung, dass sich Mac Gille zumindest kurzzeitig darauf niedergelassen hatte. Bemüht, nichts mit den Händen zu berühren, betraten sie das Badezimmer. Auf einem Bord neben der Duschkabine lagen mehrere hoteleigene Handtücher, unbenutzt und akkurat übereinandergelegt. Die Ablage für die persönlichen Dinge unter dem Spiegel am Waschbecken präsentierte die üblichen klein bemessenen und vom Hotel gesponserten Kosmetika. Sie waren, wie nebenan im Appartement von Macintosh, nicht benutzt worden. Damit schien sich die Aussage des Hotelangestellten zu bestätigen. Die mutmaßlichen Mörder hatten einen Teil ihres Gepäcks in den Zimmern abgestellt, anschließend zu Abend gegessen und waren zum Hafen aufgebrochen, wo sich ihre Spuren mit der auslaufenden Polarstar endgültig verloren hatten.

„Lassen Sie uns die Reisetaschen des Mannes kontrollieren", seufzte Einar Jonsson deprimiert und zeigte auf einen kleinen flachen Tisch, auf dem ein Fernsehgerät stand. Mac Gille hatte zwei Gepäckstücke direkt vor ihm abgesetzt. Einar Jonsson war deutlich anzumerken, dass er sich wenige Erkenntnisse davon versprach. Er sollte sich gründlich täuschen. Zwar brachte der Inhalt keinen Anhaltspunkt zum Vorschein, dafür aber das Äußere einer der Reisetaschen. Gunnar Halldorson entdeckte ein Indiz, das ihn in einen wahren Freudentaumel versetzte.

„Das glaube ich nicht ... Kommissar ... schauen Sie bitte!“, stammelte er aufgeregt.

Einar Jonsson traute seinen Augen nicht. Da hatten die unbekannten Männer so viel Sorgfalt an den Tag gelegt, um keine verräterischen Spuren zu hinterlassen und dann war ihnen dieser dumme Lapsus unterlaufen. Jetzt bot sich vielleicht doch noch die Möglichkeit, deren Identität aufzudecken.

11.

In Eenie van Houten kochte die Empörung hoch. Jemand hatte aus dem Buch Seiten herausgerissen. Auch die Landkarte, die sich laut Verzeichnis im Inneren befand, war verschwunden. Die mutwillige Zerstörung des alten Dokuments bildete in ihren Augen einen abscheulichen Frevel. Erbost setzte sie die Brille auf und untersuchte den Schaden.

Auf dem Buchdeckel stand der Name Jan Jacobs May van Schellinkhout vermerkt. Es handelte sich um das Logbuch der Gouden Cath – der goldenen Katze – ein Walfängerschiff der Noordschen Compagnie, auf dem er im Jahr 1614 Kapitän gewesen war. Seine grazile, schnörkellose Handschrift berichtete über die Ereignisse einer Walfangreise in den nördlichen Atlantik.

Penibel blätterte Eenie van Houten van Schellinkhouts Aufzeichnungen bis zur letzten Notiz durch. Die Seereise hatte am 19. Juni 1614 begonnen und am 21. September des gleichen Jahres geendet. Die Seiten mit den Eintragungen vom 7. Juli bis zum 14. Juli fehlten allerdings. Alte Logbücher von Schiffen früherer holländischer Handelshäuser lagerten zuhauf im Archiv und legten Zeugnis ab über eine Zeit der Aufklärung und der Entdeckungen. Gleichwohl gab es hier sicherlich viel interessantere Reiseberichte zu studieren anstatt der Fahrt eines Walfängers in den eisigen Norden. Was also geschah so Bemerkenswertes in jenen sieben Tagen an

Bord des Schiffes, dass sich jemand nach vier Jahrhunderten gezwungen sah, die Eintragungen des Kapitäns aus dem Logbuch zu entfernen? Welches geheime Wissen rechtfertigte den Raub der Notizen? Eenie van Houten sah sich nicht in der Lage, die Fragen zu beantworten, und beschloss umgehend, die Polizei über den Vorfall zu informieren.

12.

Verbiestert schaute Einar Jonsson dem Polizeichef von Höfn in die Augen. „Warum fiel Ihnen der Sachverhalt nicht schon früher auf? Sie halten sich nicht zum ersten Mal in Macintoshs Zimmer auf", schimpfte er vorwurfsvoll.

Sichtlich entrüstet verteidigte sich Gunnar Halldorson gegen den Vorwurf. „Das ist nicht korrekt. Die Nachricht über die vorhandenen Gepäckstücke teilte mir die Hotelleitung mit. Sie befahlen mir ausdrücklich, den Appartements fernzubleiben. Mein Team konzentrierte sich, wie von Ihnen gewünscht, allein auf die Observierung des Hotels, was wir bis heute tun. Das Gebäude wird Tag und Nacht von meinen Leuten beobachtet. Ich habe Ihre Anordnungen strikt befolgt und mich Wort für Wort an sie gehalten."

Einar Jonsson wurde bewusst, dass er dem Kollegen Unrecht tat. Trotzdem ärgerte er sich, nicht früher auf den Fund gestoßen zu sein. Unter Umständen war durch den dummen Zeitverlust die Festnahme der Flüchtigen unmöglich geworden.

„Verzeihen Sie bitte meine vorschnelle Kritik. Sie entbehrt jeder Grundlage. An der Qualität Ihrer Arbeit gibt es nichts zu deuteln", entschuldigte sich Einar Jonsson aufrichtig und wandte das Interesse den Taschen zu, die vor dem Fernsehtisch standen.

Die entdeckte Spur, die Gunnar Halldorson aus der Fassung gebracht hatte, hing an einer Trageschlaufe. Es war der Abfertigungsnachweis der genutzten Fluglinie, bedruckt mit einem EAN-Code, mehreren Buchstaben und einer dreistelligen Zahl am Ende. Neugierig nahm Einar Jonsson die Banderole an den Rändern zwischen Daumen und Zeigefinger, um keine Spuren zu verwischen, und versuchte, den Aufdruck zu analysieren.

„AMS – IA 583. Was kann das bedeuten?“, murmelte er leise und blickte den Kollegen unschlüssig an.

Gunnar Halldorson, der den Ärger über den unbegründeten Tadel bereits heruntergeschluckt hatte, gab freimütig sein Wissen über die Systematik von Flugnummern preis. „Darin kenne ich mich aus“, erklärte er. „Meine Freundin Anna arbeitet als Pilotin für eine kleine Fluggesellschaft. Mit ihrer Cessna bringt sie regelmäßig Touristen von Reykjavík nach Höfn herüber und bietet Charterflüge über den Gletscher Vatnajökull an. Über den Sinn der Buchstaben und Zahlen klärte sie mich umfassend auf. Der Code AMS nennt den Abflugort. In diesem Fall eindeutig Amsterdam. Das Kürzel IA steht für Iceland Airways und die Zahlenreihe 583 bezeichnet die Flugnummer. Mit ihrer Kenntnis lassen sich die Namen der Passagiere schnell ermitteln. Die Frage, ob sich John Macintosh und Arthur Mac Gille an Bord des Fluges 583 befanden, lässt sich anhand der Flugliste leicht beantworten.“

„Brillant!“, rief Einar Jonsson anerkennend. „Ich glaube, ich war zu vorschnell mit meiner abschlägigen Einschätzung Ihre Person betreffend. Sie haben etwas auf dem Kasten. Die Daten auf der Banderole treiben unsere Ermittlungen gewiss voran. In der Zwischenzeit sollen ihre Kollegen die beiden Zimmer nach Fingerabdrücken überprüfen.“

Das Lob aus dem Munde des brummigen Kommissars kam für den Polizeichef von Höfn gänzlich unerwartet. Verblüfft über den schnellen Sinneswandel im Bezug auf seine Arbeit und Person schwieg er betreten. In die unliebsame Stille platzte das Piepen seines Handys. Er war froh über den Anruf, half er ihm doch aus einer diffizilen Situation. „Ja bitte, Halldorson hier! Was gibt es?“ Die Nachricht aus der Zentrale ließ ihn aufhorchen. Wiederholt nickte er mit dem Kopf. Jedes Mal von einem lauten – ich verstehe – begleitet. Schließlich klappte er das Handy zusammen und sprach: „In der Nähe des Flugplatzes ist ein verlassener Wagen gefunden worden.“

„Ja und? Ist das wichtig?“, erwiderte Einar Jonsson irritiert.

„Ich denke schon. Es handelt sich um das gestohlene Fahrzeug aus Raufarhöfn.“

13.

Luka Falcone wischte sich mit einem Kleenex den Schweiß von der Stirn, welcher ihm in Strömen brennend in die Augen lief. Anschließend griff er zur Wasserflasche. Schluck für Schluck rann das kostbare Nass, das inzwischen genauso warm geworden war wie die staubige Luft, die seit heute Morgen der heiße Wüstenwind aus der Sahara nach Tunis wehte, seine ausgedörrte Kehle hinunter. Das Durstgefühl unterdrückte es nur kurz. Er hätte die ganze Flasche austrinken können und sich im Ergebnis nicht besser gefühlt. Die Poren seiner Haut schieden die Flüssigkeit auf kürzestem Weg wieder aus. Jedenfalls gewann er den Eindruck, es wäre so. Nachdenklich schraubte er den Verschluss auf die Plastikflasche und verbarg sie im Schatten eines großen Steinquaders, der neben ihrer Fundstelle die Reste der Grundmauer eines antiken Gebäudes markierte, wohl wissend, dass wenig Aussicht auf Kühlung bestand. Die Temperatur lag dort ebenfalls über 40 Grad Celsius.

Seine Gedanken gingen zurück nach Italien, wo er und Andrea Favelli vor drei Jahren ihr Archäologiestudium erfolgreich abgeschlossen hatten. Mit Hingabe und hohem Eifer widmeten sie sich seitdem der wechselvollen Geschichte Roms und Karthagos, deren Rivalität und Machtstreben im Untergang des Letzteren blutig geendet hatten. Auf Empfehlung ihrer Universität in Rom waren sie im zeitigen Frühjahr nach Nordafrika gereist und hatten sich einer Gruppe tunesischer und italienischer Archäologen angeschlossen, die das Ziel verfolgten, neue Erkenntnisse über den rätselhaften Totenkult der Karthager zu sammeln. Bereits seit dem Altertum verfolgte diese Kultur der zweifelhafte Ruf, die erstgeborenen Kinder auf den Altären ihrer Götter geopfert zu haben.

Mühsam kratzte Andrea Favelli mit der Hilfe des Studenten Idriss Jomaar den Dreck aus der Grube. Der junge Tunesier war eifrig bei der Sache. Er bejubelte und kommentierte jede gefundene Scherbe, als wäre sie das Nonplusultra punischer Kunst. Der Junge war hoch motiviert. Offen zeigte er Stolz für die lange Geschichte seines Landes. Und das war gut so. Andrea Favelli registrierte es mit Wohlwollen und sprach ihm sein Lob aus.

Mittlerweile ragten bloß noch ihre Haarschöpfe aus dem Loch. Zumindest entflohen sie hier unten dem gleißenden Licht der unbarmherzig strahlenden Sonne. Erfrischende Kühle empfanden sie deswegen nicht.

Am Boden kamen immer mehr Steine zum Vorschein, die ihnen bei der Schaufelei auf die Dauer viel Kraft abverlangten.

Es stellte sich heraus, dass es sich um Mauerfragmente handelte. Offenbar hatte ein Erdbeben oder ein kriegerischer Akt zum Einsturz eines Gebäudes geführt, das gleich neben der Grabstätte des Hiron erbaut worden war oder sich schon vor dessen Begräbnis dort befunden hatte. Eine nähere Prüfung der Trümmerteile deutete schließlich auf die zweite Möglichkeit hin. Sie zeigten ohne Zweifel Brandspuren auf der Oberfläche, die womöglich aus dem 3. Punischen Krieg stammten, an dessen Ende die Römer die Stadt in Schutt und Asche gelegt hatten.

„Wir haben sie", tönte es aus der Grube.

Der Ruf schreckte Luka Falcone, der zum wiederholten Male an der Wasserflasche nuckelte, aus seiner Lethargie auf. Flugs eilte er an den Rand der Grube. Neugierig schaute er von oben zu, wie unter den Händen seiner Mitstreiter das untere Fragment der Marmorstele zum Vorschein kam. Behutsam befreiten sie es vom jahrtausendealten Schmutz.

Idriss Jomaar stand mit offenem Munde da. Er war aufs Äußerste angespannt. Für ihn verkörperte das Aufspüren eines Artefaktes im Staub der Geschichte ein großes Abenteuer. Dagegen verströmte das Pauken trockenen Stoffes an der Uni ausschließlich einschläfernde Monotonie.

„Komm runter und schau dir das an!"

Luka Falcone folgte der Aufforderung Andrea Favellis aufs Wort. Bedachtsam rutschte er vom Rand in die Grube hinein und landete mit beiden Füßen sanft auf dem Boden.

„Unter dem Bruchstück der Stele befindet sich noch etwas anderes", verriet ihm sein Freund. Es ist ... Es sieht aus ... Ich werd verrückt ... Volltreffer! Es ist die Abdeckung eines Sarkophags!"

14.

Am späten Nachmittag kehrten Björn Andersen und Sigurd Johannsen in die Station Helenesanden zurück. Ihre Kollegen warteten bereits vor der Tür des Zentralgebäudes gespannt auf ihren Bericht, doch Sigurd Johannsen winkte bloß ab und rannte eilig an ihnen vorbei zum Satellitentelefon.

Inga Hallström schaute Björn Andersen befremdlich an. Er nahm sie in die Arme und gab ihr einen Kuss. „Er will Oslo kontaktieren. Die Sache ist äußerst wichtig. Später reden wir in Ruhe über alles“, meinte er beruhigend zu ihr.

Es dauerte eine Weile, bis das Satellitentelefon den Ruf nach Norwegen aufgebaut hatte. Endlich meldete sich eine Stimme. „Innenministerium, Sekretariat des Ministerialrates Jensen, Tainja Jacobsen am Apparat, was kann ich für Sie tun?“

Hier spricht Sigurd Johannsen. Ich will umgehend Herrn Jensen sprechen. Es ist wichtig“, erwiderte er freundlich.

„Der Ministerialrat ist im Moment beschäftigt. Bitte rufen Sie morgen noch einmal an.“

Die Antwort der Frau kam ein wenig schnippisch herüber, mit einem leichten Hang zur Arroganz. Sigurd fühlte Ärger in sich aufsteigen, versuchte aber, weiter ruhig und sachlich zu bleiben. „Frau Jacobsen, Herr Jensen und ich sind gute Bekannte. Ich bin Meteorologe und befinde mich auf Jan Mayen. Wir haben auf der Insel einen mysteriösen Fund gemacht, über den ich unbedingt mit ihm reden muss.“

„Der Herr Ministerialrat nimmt an einer Besprechung teil. Ich kann ihn jetzt nicht stören. Wenn ich jeden Anrufer durchstellen würde, der angibt, ihn zu kennen, käme er nicht zum Arbeiten. Melden Sie sich später noch einmal.“

Das blasse Gesicht von Sigurd Johannsen zeigte Zornesröte. Seine innere Ruhe wechselte abrupt in ein empörtes Brüllen. Selbst Björn Andersen hatte ihn so erbost noch nicht erlebt.

„Frau Jacobsen, wenn Sie mich nicht augenblicklich mit Herrn Jensen verbinden, ist der Teufel los.“

„Wer plärrt so impertinent durchs Telefon?“, hörte Sigurd Johannsen im Hintergrund eine raue, dunkle Stimme fragen.

„Ach, ein Wichtigtuer von der Insel Jan Mayen. Er behauptet, Sie zu kennen. Ich versuchte ihm verständlich zu machen, dass Ihre Zeit kurz bemessen sei, und bat ihn, später noch einmal anzurufen. Leider zeigt er kein Einsehen und ist mir gegenüber ausfällig geworden.“

„Jan Mayen? Wie lautet der Name des Mannes?", fragte die Männerstimme neugierig.

„Ich glaube Johannsen ... Sigurd Johannsen."

„Was ... Johannsen? Stellen Sie das Gespräch sofort in mein Büro durch."

„Jawohl. Hallo Herr Johannsen! Ich verbinde Sie mit dem Herrn Ministerialrat", meldete sich die Frau auffallend liebenswürdig bei ihm zurück und legte auf.

„Guten Tag Herr Jensen! Schön, dass ich Sie endlich erreiche. Es ist nicht einfach, Sie an den Telefonhörer zu bekommen", bemerkte Sigurd Johannsen ironisch.

„Verzeihen Sie das Gebaren von Frau Jacobsen. Es ist meine Schuld. Ich hatte sie gebeten, alle Telefonanrufe abzuwimmeln, da heute noch ein Haufen Arbeit vor mir liegt. Außerdem rechnete ich nicht damit, sobald wieder von Ihnen zu hören", entschuldigte sich Jensen.

„Mein Anruf hat einen wichtigen Grund, Herr Ministerialrat."

„Tragen Sie mir Ihr Anliegen vor, Herr Johannsen. Ich bin ganz Ohr."

„Wir haben heute die Bucht an der Nordwestseite des Beerenbergs erkundet. Ihre Annahme bestätigte sich. Die zwei Männer, die beabsichtigten, Inga Hallström zu ermorden, sind nicht wieder aufgetaucht. Zumindest entdeckten wir keine Spuren, die darauf hindeuten."

„Na bitte! Somit können wir davon ausgehen, dass sich die beiden Personen weiterhin in Island aufhalten und nicht nach Jan Mayen zurückkehren. Legen wir die leidige Sache zu den Akten. Die Polizei in Island wird den Fall weiterverfolgen", reagierte der Ministerialrat erleichtert.

„In diesem Punkt stimme ich Ihnen zu, Herr Jensen, aber das ist nicht alles, was ich Ihnen über unseren Ausflug mitteilen muss. Es gibt noch einen anderen mysteriösen Sachverhalt aufzuklären."

„Mysteriös? Was soll das heißen?"

„Wir krochen in die Höhle hinein, aus der Inga Hallström ihre Verfolger hatte kommen sehen. In ihrem Inneren machten wir einen grausigen Fund."

Akribisch berichtete Sigurd Johannsen über jedes Detail ihrer geheimnisvollen Entdeckung, während Jensen aufmerksam zuhörte und sich Notizen aufschrieb.

15.

Einar Jonsson blickte auf die Uhr. Sie zeigte 18:00 Uhr. Der Tag war ihm regelrecht davongelaufen, denn die zahlreichen Ereignisse der letzten Stunden hatten sich am Ende überstürzt.

Gleich nach dem Anruf im Hotel war er mit Gunnar Halldorson losgefahren, um das gestohlene Fahrzeug zu untersuchen. Verlassen stand es mit offenstehenden Türen am Grunde einer Bodensenke, die von grünem Moos und braunen Flechten bedeckt war. Sie lag für neugierige Augen gut versteckt, lediglich 500 Meter vom Flughafengelände entfernt.

Dem Kommissar schwante Böses. „Ich befürchte, wir sind zu spät gekommen. Die Verbrecher sind geflüchtet, ohne ihr Gepäck im Hotel mitzunehmen. Wir lagen umsonst auf der Lauer."

Gunnar Halldorson nickte beipflichtend. „Ihnen war klar, dass wir sie für die grausamen Morde unerbittlich verfolgen. Sie ahnten, was ihnen blüht, wenn wir sie erwischen: lebenslänglich. Möglicherweise spürten sie bereits unsere Nähe. Die Angst vor der Festnahme trieb sie dazu, kopflos alles stehen und liegen zu lassen und das Weite zu suchen."

Ungläubig schüttelte Einar Jonsson den Kopf. „Ihr Mutmaßen liegt weit ab der Realität, Herr Halldorson", entgegnete er müde lächelnd. „Sie verfielen nicht in Panik. Im Gegenteil: Sie handelten absolut clever. Teile ihres Gepäcks auf den Zimmern zu deponieren, war schlau eingefädelt. Das versetzte uns in den Glauben, sie würden in das Hotel zurückkehren. Es war sträflich dumm von uns, darauf hereinzufallen."

Peinlich berührt kratzte sich der Polizeichef am Kinn und sprach: „Urteilen Sie nicht so streng über uns. Das konnten wir nicht voraussehen. Lassen Sie uns zum Flughafen fahren. Vielleicht kann sich dort jemand an die Flüchtigen erinnern."

Einar Jonsson stimmte dem Vorschlag missmutig zu und stieg in den Polizeiwagen. Bis zum Rollfeld dauerte es wenige Minuten. Während der Fahrt überfiel ihn ein ernüchterndes Gefühl. Vor zwei Stunden, als er gelandet war, glaubte er noch zuversichtlich, die Verdächtigen dingfest zu machen. Eine trügerische Illusion. Die Täter hatte er in stupider Art und Weise unterschätzt und war ihrem Trick mit dem Gepäck wie ein Greenhorn aufgesessen. Er ärgerte sich maßlos über seine Einfalt. Jetzt lag ihre Festnahme völlig im Ungewissen.

Im Flughafengebäude befand sich kein einziger Passagier. Zielgerichtet lenkten sie ihre Schritte zur Abfertigung. Hinter dem Schalter saß ein älterer Mann mit einer starken Brille, der sichtlich gelangweilt in einer bunten Illustrierten blätterte.

„Sie wünschen bitte?“, fragte er, ohne aufzublicken.

„Ich bin Kriminalkommissar Einar Jonsson aus Reykjavík und das ist mein Kollege Gunnar Halldorson aus Höfn. Wir haben einige Fragen an Sie.“

Erstaunt hob der Mann den Kopf und blickte entgeistert mit großen Augen in deren Dienstausweise. „Sie sind von der Kripo? Was ist denn geschehen?“

„Wir verfolgen zwei mutmaßliche Mörder. Möglicherweise haben sie bei Ihnen oder einem Ihrer Kollegen einen Flug gebucht.“

Der Alte zog überrascht die buschigen Brauen nach oben. Seine Augen wirkten dadurch noch größer und erweckten den Anschein, durch Einar Jonsson hindurchzusehen. „Besitzen Sie ein Foto von den Männern?“, fragte er.

„Leider nicht“, bedauerte Gunnar Halldorson. „Aber wir kennen ihre Namen, unter denen sie vor mehreren Tagen im Hotel Òsland abgestiegen sind: John Macintosh und Arthur Mac Gille. Sie sind keine Isländer. Das ist sicher. Fällt Ihnen zu den Personen etwas ein?“

Der Alte dachte angestrengt nach. Plötzlich lief ein Ausdruck des Erinnerns über sein Gesicht. „An die Namen entsinne ich mich nicht mehr, doch vor zwei Tagen gegen Abend kreuzten hier zwei Ausländer auf. Sie kamen aus Raufarhöfn und beabsichtigten, nach Reykjavík weiterzureisen. Von Eile getrieben, fragten sie mich, wie lange der Flug in die Hauptstadt dauert. Sie schienen sehr in Sorge, ihren Anschlussflug zu verpassen.“

„Erwähnten sie, wohin ihre weitere Reise führt?"

„Nein Kommissar. Mit keinem Wort."

„Können Sie die Männer beschreiben und ihr Alter einschätzen?"

„Ihr Alter? Nur vage. Vielleicht um die Vierzig. Sie sprachen Englisch. Fragen Sie mich bitte nicht nach der Farbe ihrer Haare oder welche Kleidung sie trugen. Ich weiß es nicht mehr."

Abermals kochte der Ärger in Einar Jonsson hoch. Als er vor zwei Tagen in Raufarhöfn in die starren, entstellten Gesichter der toten Seeleute geblickt hatte, waren deren Mörder bereits auf dem Weg zum Höfner Flughafen Hornafjordur gewesen. Sie besaßen damit zwei Tage Vorsprung, reisten möglicherweise unter falschem Namen und ihr Ziel blieb im Dunkel verborgen. Wahrscheinlich hatten sie Island längst verlassen. Die Analyse aller Fakten ließ bloß ein Resümee zu: Sie waren entkommen. Einar Jonsson, ein Kämpfertyp durch und durch, schob alle Trübsal über die Niederlage von sich und beschloss, den Fall noch nicht zu den Akten zu legen. Er nickte dem Alten zum Abschied freundlich zu und teilte Gunnar Halldorson seine Entscheidung mit: „Ich fliege nach Reykjavik zurück. Unter Umständen ist es möglich, die Spur der Täter dort von Neuem aufzunehmen. Lassen Sie derweil den gestohlenen Wagen nach Fingerabdrücken überprüfen. Übermitteln Sie das Resultat zusammen mit den Ergebnissen vom Hotel und dem Rettungsboot an meine Kollegin Karen Gudmundsson im Reykjavíker Morddezernat."

„Ich leite alles in die Wege", erwiderte er und folgte dem Kommissar zum Wagen.

16.

Erst am späten Abend betrat Karen Gudmundsson ihre Wohnung. Müde fiel sie auf die Couch und blieb einen Moment lang bewegungslos liegen. Sie fühlte sich wie gerädert, da die Obduktion der Leichen viele Stunden in Anspruch genommen hatte. Hinzu waren umfangreiche Schreibarbeiten gekommen. Protokolle über den anatomischen Zustand der geöffneten Körper und Analysen über die verschiedenen Todesursachen, an denen die Seeleute verstorben waren. Für heute hatte sie die Arbeit gründlich satt. Über zwei Sachen musste sie indessen noch Gewissheit erlangen: die Herkunft und die Bewandtnis der Landkarte und der Buchseiten. Aufgrund der fortgeschrittenen Zeit hatte sie die Fundstücke ihres Kollegen nicht mehr im Morddezernat abgeliefert, sondern mit nach Hause genommen. Hier bot sich die Gelegenheit, die Dokumente in Ruhe und ohne Störung näher in Augenschein zu nehmen.

Mit dünnen Handschuhen öffnete sie den Plastikbeutel und verteilte den Inhalt auf dem Tisch. Zuerst nahm sie die zusammengefaltete Karte in die Hand und betrachtete neugierig beide Seiten. Das gelbbräunlich verblichene und zweimal akkurat gefaltete Papier wirkte in der Tat antiquiert. Die Falzkanten zeigten keine markanten Abnutzungserscheinungen, woraus sie schloss, dass sie seit Langem nicht mehr angerührt worden war. Sorgfältig breitete sie das kartografische Kleinod auf dem Tisch aus. Ihr erster Blick fiel auf ein seltsames, mit Tinte aufgezeichnetes Gebilde. Es erinnerte entfernt an einen Löffel. Sie war sich sicher, dass es sich um eine Insel handelte. Aber welches Eiland hatte der Zeichner auf der Karte abgebildet? Am unteren, rechten Rand entdeckte sie einen handschriftlichen Vermerk: Jan Mayens Hoek. Dahinter stand ein Name: Joris Carolus. Doch es blieben nicht die einzigen Eintragungen auf dem Dokument. An der Nordwestküste der Insel, dort wo das Eiland die schmalste Stelle aufwies, lag eine lang gezogene Bucht. Der Kartograf, der wahrscheinlich mit Joris Carolus identisch gewesen war, hatte ihr einen Namen gegeben, den sie mit viel Fantasie als Walrossbucht deutete. Weiter nordöstlich der Küstenlinie, an einer Stelle, an der die Insel an Breite zunahm, erstreckte sich eine deutlich kleinere Bucht. Ein dickes schwarzes Kreuz markierte ihre Position. Was der mysteriöse Punkt bedeutete, blieb ihr zunächst schleierhaft. Plötzlich kam ihr eine Idee. Sie setzte sich an ihren Computer und begann die Namen und Begriffe auf der Karte im Internet zu suchen.

17.

Es war kurz vor Mitternacht, als die Maschine mit Einar Jonsson an Bord auf der Rollbahn des Flughafens Keflavík aufsetzte, der 50 km südwestlich von Reykjavík entfernt lag. Eilig nahm er mit der Flugsicherung Verbindung auf, um eine Kontrolle der Flugliste von AMS – IA 583 durchführen zu lassen. Deren Auswertung brachte zunächst keine brauchbaren Erkenntnisse. Die Namen John Macintosh und Arthur Mac Gille waren nicht aufgeführt, was bewies, dass die mutmaßlichen Mörder unter falschen Namen reisten. Daraufhin wies Einar Jonsson an, die vertretenen Nationen der Passagiere einer Prüfung zu unterziehen. Sie ergab: Ein Großteil stammte aus den Niederlanden. Auch 25 irische Staatsbürger, darunter 18 Männer, standen auf der Liste, was nicht verwunderte, da AMS – IA 583 via Dublin den Flughafen Keflavík angeflogen hatte. Als er die 18 Namen las, nahm Einar Jonsson wahr, dass die Liste fünfmal den Namen O' Leary verzeichnete. O' Neal und O' Reilly traten ebenfalls mehrmals auf. Familien mit Kindern fehlten gänzlich, was die Auflösung des Puzzles weiter erschwerte. Eigentlich hatte er bereits im Vorfeld damit gerechnet, dass seine Recherchen ins Leere stoßen können. Trotzdem hatte er die Hoffnung, die Verbrecher festzunehmen, nie aufgegeben. Mit der Bitte, eine namentliche Aufstellung sämtlicher Linienflüge nach Irland und Holland der letzten beiden Tage zu erstellen, verließ er enttäuscht das Büro der Flugsicherung. Er folgte nur noch einem Verlangen – nach Hause zu fahren und zu schlafen.

18.

Das Handy läutete. Benebelt hob Einar Jonsson den Kopf aus dem Daunenkissen und blickte irritiert auf die Weckuhr. Es war 3:00 Uhr morgens. Ärgerlich richtete er sich im Bett auf und nahm das Gespräch entgegen.

„Ja! ... Jonsson hier! Was kann so wichtig sein, einen alten Mann um diese Zeit aus dem verdienten Schlaf zu reisen?", rief er mürrisch.

Karen Gudmundsson war über das Grummeln des Kommissars im ersten Moment leicht irritiert, besann sich jedoch schnell auf den Grund ihres Anrufs zurück. Zu wichtig waren die Erkenntnisse, die sie in den letzten Stunden gewonnen hatte.

„Hier spricht Karen. Verzeihen Sie bitte, aber ich glaube mich zu erinnern, dass Sie in Raufarhöfn zu mir sagten, ich könne Sie jederzeit anrufen."

„Stimmt, ich entsinne mich. Schießen Sie los. Was gibt es Wichtiges?", antwortete er einlenkend.

„Als Erstes möchte ich Sie über das Ergebnis der Obduktion informieren. Zwei Seeleute der Polarstar sind mit einem großkalibrigen Revolver erschossen worden. Bei dem Toten, den wir in der Bucht fanden, fehlen für einen direkten Vergleich leider die Projektile. Obwohl die vollständige Analyse der Ballistiker noch nicht vorliegt, bin ich mir sicher, dass er durch die gleiche Waffe sein Leben verlor. Vermutlich gehörte sie zum Inventar der Polarstar. Auf den Namen des Skippers sind sechs Berechtigungsscheine ausgestellt für den Besitz von fünf Jagdbüchsen und einem Revolver. Die Gewehre befanden sich zum Zeitpunkt meiner Recherchen allesamt an Bord. Der Revolver hingegen fehlte. Wenn die Täter ihn nicht mehr bei sich tragen, müssen wir ihn auf dem Grund der Grönlandsee suchen."

„Was ist mit den restlichen Leichen?"

„Die beiden Seeleute starben, wie bereits vermutet, durch die Einwirkung eines Schiffsbeils und eines Entermessers", antwortete sie. „Die Mörder besaßen keine Skrupel und gingen beim Töten der Crew schnell und effektiv vor. Daher glaube ich, dass sie nicht zum ersten Mal mordeten. Ihre brutale Vorgehensweise zeigt zwar Spuren von Spontanität, trotzdem begingen sie die Verbrechen wohlüberlegt und kaltblütig."

Einar Jonsson nickte bestätigend mit dem Kopf. „Das sehe ich ebenso. Bereits in Raufarhöfn stellte ich mir die Frage, was diese Gewaltorgie ausgelöst hat. Eine Vulkanologin auf Jan Mayen – ihr Name ist Inga Hallström – berichtete mir von zwei Männern, die sie am Beerenberg verfolgten, um sie zu töten. Die Kerle gehörten zur Mannschaft der Polarstar, die zu dem Zeitpunkt in einer Bucht vor der Insel ankerte. Der Vorfall ereignete sich einen Tag vor dem Gemetzel. Langsam komme ich zu der Überzeugung, dass wir das Motiv für die Verbrechen auf diesem Eiland suchen müssen."

„Jan Mayen ist norwegisches Staatsgebiet. Der Polizeipräsident wird Ihnen niemals die Erlaubnis erteilen, dort hinzufliegen. Nichtsdestotrotz muss ich Ihrer Vermutung beipflichten. Und damit komme ich zu meinem zweiten Punkt“, fuhr sie unbeirrt fort. „In der Kleidung eines Seemanns, jenem mit dem eingeschlagenen Schädel, stellten wir zwei wichtige Indizien sicher. Ich habe die Sachen untersucht. Zu meinem Bedauern fand ich nur seine Fingerabdrücke auf ihnen. Aber sie gewährten mir andere interessante Einblicke.“

„Sie machen mich neugierig, Karen. Schießen Sie los, um was handelt es sich?“, fragte Einar Jonsson erwartungsvoll.

„Um mehrere herausgerissene Seiten aus einem Buch und eine Landkarte der Insel Jan Mayen.“

„Eine Karte von Jan Mayen? Das kann kein Zufall sein. Was ist auf ihr verzeichnet?

„Nicht viel, Kommissar. Das Wenige indessen ist mysteriös genug. In einer kleinen Bucht an der Nordwestküste des Eilands ist ein Punkt mit einem X markiert. Was sich dahinter verbirgt, kann ich noch nicht sagen.“

„Und die Buchseiten? Was ist damit?“

„Hier komme ich zu meinen angesprochenen Einblicken. Sie werden es nicht glauben, aber sie stammen aus dem Logbuch eines Walfangkapitäns, der im 17. Jahrhundert lebte. Sein Name lautete Jan Jacobs May van Schellinkhout. Er war der Kapitän der holländischen Fleute Gouden Cath, die es im Jahr 1614 nach einem schweren Sturm zufällig an die Küste Jan Mayens verschlug.“

Die Neuigkeiten überraschten Einar Jonsson. „Erstaunlich! Woher wissen Sie das alles?“

„Aus dem Internet. Wenn man in der Lage ist, die richtigen Fragen zu stellen, erhält man mitunter interessante Antworten. Meine Suche nach dem Namen van Schellinkhout erbrachte einen Bezug zu einem Ereignis, das noch nicht lange zurückliegt.“

„Spannen Sie mich nicht länger auf die Folter, Karen. Verraten Sie mir endlich, um was es geht?“

„Die Mordfälle auf der Polarstar zeigen eine deutliche Verbindung zu einem Diebstahl in einem Amsterdamer Archiv“, verkündete sie zu seinem Erstaunen. „Auf der Internetseite einer bekannten niederländischen Zeitung, dem Amsterdamer Abendblatt, fiel mir folgender Artikel in die Augen:

Mysteriöser Diebstahl in Amsterdam!

Unbekannte Täter begingen heute am späten Nachmittag im Archiv für holländische Handels- und Schifffahrtsgeschichte eine unbegreifliche Straftat. In einem Akt des Vandalismus beschädigten sie ein historisches Logbuch des Walfangkapitäns Jan Jacobs May van Schellinkhout. Sie rissen aus dem Buch, welches aus dem frühen 17. Jahrhundert stammt, sieben Seiten heraus. Des Weiteren raubten sie eine handgefertigte Landkarte der Insel Jan Mayen. Sie stammte aus der Feder des bekannten Kartografen Joris Carolus. Zu den Hintergründen der Tat kann die Polizei noch keine näheren Angaben machen.“

„Mein Gott ... Das bedeutet ja ...!“

„Genau Kommissar! Unsere Landkarte und die herausgerissenen Buchseiten, übrigens sieben an der Zahl, sind mit den gestohlenen Dokumenten identisch. Die Mörder auf der Polarstar und die Diebe in Amsterdam sind offenbar dieselben Personen“, brachte es Karen Gudmundsson logisch auf den Punkt.

Einar Jonsson war jetzt hellwach. Seine grauen Zellen begannen, auf Hochtouren zu arbeiten. „Na bitte“, jubelte er. „Wir kommen der Lösung des Falls einen Schritt näher. Ihre bisher geleistete Arbeit ist außerordentlich. Allerdings bin auch ich nicht faul gewesen. Gestern entdeckte ich zusammen mit dem Polizeichef von Höfn eine Spur, die ebenfalls in die Niederlande führt. An der Trageschlaufe einer Reisetasche, die die Mörder im Hotel Òsland zurückließen, hing der Gepäckschein einer Fluglinie. Wir konnten nachweisen, dass sie mit einer Linienmaschine der Iceland Airways, aus Amsterdam kommend, in Island eingereist waren. Wenn mir Arnesson Jan Mayen verwehrt, lässt er mich vielleicht nach Holland fliegen“.

„Machen Sie sich keine Hoffnung“, meinte Karen Gudmundsson zweifelnd. „Ich kenne ihn genau. Er wird den Fall an Interpol weiterleiten, da die Täter Island bereits verlassen haben.“

„Ein Umstand, von dem wir ausgehen müssen“, bemerkte er seufzend. „In einigen Stunden wissen wir es genauer. Die Kollegen der Flugsicherheit in Keflavík kontrollieren die Listen der infrage kommenden Abflüge. Mit etwas Glück stoßen sie auf einen Anhaltspunkt, in welches Land die Mörder flohen."

„Das wäre hilfreich", antwortete sie und kam noch einmal auf die Landkarte und die Buchseiten zu sprechen. „Ich übergebe die Dokumente heute dem Morddezernat. Bestenfalls stellen unsere Spezialisten noch etwas Bedeutsames fest."

„Sie bewahren die Sachen bei sich zu Hause auf? Das entspricht nicht den geltenden Vorschriften."

„Wollen Sie mich maßregeln? Gestern war es sehr spät geworden, daher fuhr ich gleich zu meiner Wohnung", bemerkte sie grantig.

„Sie missverstehen mich, Karen. Ich beabsichtige nicht, Sie herunterzuputzen. Mein Vorwurf war eher ein Ausdruck des Erstaunens, da ich eine derartige Handlungsweise von Ihnen niemals erwartet hätte. Überbringen Sie die Dokumente nicht dem Dezernat. Nehmen Sie sich heute frei. Ich schaue im Laufe des Tages bei Ihnen vorbei und gebe die Sachen selber ab. Das macht Ihnen bestimmt nichts aus? Oder?"

Sie kannte Einar Jonsson seit ihrer Studienzeit und kam mit seinen Marotten gut zurecht. Gelegentlich kehrte er den mürrischen Brummbär heraus, was ihrer gemeinsamen Arbeit indes keinen Abbruch tat. Sie vertraute ihm in jeder Hinsicht. Aber just in diesem Moment befremdete sie das ungewöhnliche Gebaren ihres Chefs. Im Klang seiner dunklen Stimme lag unterschwellig ein verdächtiges Timbre, als führe er etwas Illegales im Schilde, zu dem Sie, durch ihr eigenes fragwürdiges Tun, ihn noch anspornte. „Na gut, ich komme Ihrem Wunsch nach und verbringe den Tag zwischen meinen vier Wänden. Holen Sie die Fundstücke ab. Ich hoffe, Sie wissen, was Sie tun", erwiderte sie auffallend betont.

Ihr letzter Satz verdeutlichte ihm, dass Sie ahnte, was er im Geheimen vorhatte. In den Augen von Arnesson würde sein Plan keinen Beifall finden. „Machen Sie sich um mich keine unnötigen Sorgen", beruhigte er sie. „Ich behalte alles im Griff. Übrigens, der Polizeichef von Höfn, Gunnar Halldorson, meldet sich demnächst bei Ihnen, um die Spurenanalyse vom Hotel Òsland durchzugeben.

Die Täter haben dort kurzzeitig kampiert. Derweil ist der gestohlene PKW aus Raufarhöfn sichergestellt worden. Auch von ihm und dem Schlauchboot der Polarstar sind Befunde zu erwarten."

Mit diesen Worten beendete er das nächtliche Gespräch und legte sich zurück ins Bett. Zufrieden ließ er den Kopf in das weiche Daunenkissen sinken.

Kapitel 4

1.

24. Juni

Gelangweilt saß Einar Jonsson im Vorzimmer des Polizeipräsidenten und wartete, endlich ins Büro eintreten zu dürfen. Seinen flüchtigen fragenden Blick beantwortete ihm die Sekretärin des Chefs allerdings mit einem verneinenden Kopfschütteln.

Missmutig lehnte er sich im Sessel zurück und dachte über die Ereignisse des Vormittags nach. Er hatte bis 9:00 Uhr morgens geschlafen und war danach zum Flughafen gefahren, wo ihn eine herbe Enttäuschung erwartet hatte. Auf den überprüften Passagierlisten der Abflüge nach Amsterdam via Dublin waren zwar zahlreiche irische Staatsbürger verzeichnet gewesen, doch die Namen John Macintosh und Arthur Mac Gille hatte er auf ihnen vergeblich gesucht. Die Spuren der Mörder verloren sich im Ungewissen. Missmutig war er anschließend ins Präsidium gefahren, in das ihn der Polizeipräsident Punkt 12:00 Uhr zu einem Treffen beordert hatte. Dass der Chef ihn nicht zu einem freundlichen Tête-à-tête einlud, darüber war er sich bewusst.

Das Telefon auf dem Schreibtisch der Sekretärin begann zu läuten und riss ihn abrupt aus seinen Grübeleien. Sie nahm den Hörer ab und nickte dem Kommissar auffordernd zu. „Sie dürfen jetzt eintreten, Herr Jonsson. Herr Arnesson möchte Sie jetzt gern sehen."

Wortlos erhob sich der Kommissar aus dem tiefen Sessel und betrat das Büro des Vorgesetzten.

„Setzen Sie sich, Jonsson. Unsere Unterredung wird einige Minuten dauern."

Die Stimme des Polizeipräsidenten wirkte unterkühlt. Einar Jonsson fühlte, dass das Gespräch unangenehm verlaufen würde.

Arnesson war um die fünfzig und klein von Statur. Über die

Halbglatze hatte er die Reste seines dünnen, strähnigen Haares gekämmt. Sie kaschierten nur unwesentlich die kahlen Stellen auf dem Haupt und wirkten wie angeklebt. Blasiert saß er hinter einem blankpolierten Schreibtisch aus Ahornholz und stierte dem Untergebenen griesgrämig ins Gesicht.

„Heute Vormittag teilte mir die Flugsicherung mit, die gesuchten Täter hätten Island vermutlich verlassen und ihre Spuren würden sich im Dunkel verlieren, da sie unter falschen Namen aufgetreten wären. Da keiner ihre richtigen kennt, weiß niemand zu sagen, in welches Land sie flohen. Wieso konnte das passieren, Jonsson? Ich hatte dem Innenminister im Vorfeld eine schnelle und gründliche Aufklärung der Mordfälle versprochen."

Der Vorwurf des Chefs traf den Kommissar wie ein Dolchstich. Verärgert grübelte er, welcher übereifrige Wichtigtuer von der Flugsicherheit ihn ins offene Messer rennen ließ. Eigentlich hatte er beabsichtigt, den Schlamassel selber zu beichten. Selbstverständlich in einer entschärften Darstellungsweise, deren wörtliche Formulierung noch alternative Möglichkeiten der Ermittlung aufzeigen würde. Das konnte er jetzt vergessen. Arnesson war stocksauer.

„Jonsson! Hören Sie mir überhaupt zu?", rief sein Chef empört. „Ich habe Ihnen eine Frage gestellt."

„Der zeitliche Vorsprung, den die Mörder besaßen, war zu groß", verteidigte er sich. „Zu dem Zeitpunkt, als wir die Leichen auf der Polarstar entdeckten, befanden sich die Mörder längst auf dem Weg zum Flughafen." Er vermied es mit Absicht, genauer zu erläutern, welchen Flughafen er meinte. Die verlorene Zeit in Raufarhöfn und im Hotel Òsland grämte ihn. Von dieser widrigen Episode seiner Ermittlungsarbeit brauchte der Chef nichts wissen. Er beabsichtigte, kein weiteres Öl ins Feuer gießen. Einar Jonsson zögerte. Sollte er Arnesson von der Karte und den gestohlenen Buchseiten berichten, die Karen Gudmundsson sichergestellt hatte und deren Ursprung in einem Archiv der Niederlanden zu suchen war? Klugerweise entschied er, erst dessen Vorwürfe über sich ergehen zu lassen, bevor er ihn in die Sache einweihte.

Arnesson hielt damit nicht lange zurück und wetterte – unsachlich abdriftend – noch stärker gegen sein unzweifelhaft bestes Pferd im Stall. „Das sind billige Ausflüchte. Ihre Worte überzeugen mich in keiner Weise, Jonsson. Vielmehr denke ich, dass Sie und Ihre Mitarbeiter auf der ganzen Linie versagt haben. Und wer muss die Schlappe vor dem Innenminister ausbaden? Ich!“, brüllte er zornesrot.

„Entschuldigen Sie, das tut mir außerordentlich leid“, bemerkte Jonsson pikiert, was natürlich nicht seine ehrliche Meinung widerspiegelte. Im Gegenteil, er gönnte dem Chef den Ärger. Er empfand dessen eingleisige Schuldzuweisung an ihn und die Kollegen ungerechtfertigt. Arnesson war bekannt für vorschnelle und unbegründete, ja manchmal geradezu diktatorische Aburteilungen. Mitunter gewann Einar Jonsson den Eindruck, nicht der Nachkomme eines wackeren Wikingers säße hinter dem gewienerten Ahornschreibtisch, sondern das Abbild eines kleinwüchsigen Korsen, dem die Macht zu Kopf stieg. „Was wollen Sie jetzt tun?“, fragte er vorsichtig.

„Ich leite die Angelegenheit an Interpol weiter.“

„Tun Sie das bitte nicht. Ich möchte an dem Fall weiterarbeiten“, bemerkte er zu Arnesson enttäuscht.

„Wozu soll das gut sein? Die Täter befinden sich nicht mehr in Island und die Genehmigung, im Ausland nach ihrem Verbleib zu recherchieren, erhalten Sie von mir nicht. Sie können sich also wieder den Kleptomanen und Parksündern in der Reykjavíker Innenstadt widmen. Dort finden Sie Arbeit für die nächsten zehn Jahre.“

In Einar Jonsson keimte Hass auf. Er fühlte sich auf das Gemeinste gemobbt. Für diese demütigende Worttirade hätte er Arnesson am liebsten die geballte Faust in die Visage gedrückt. Er musste sich gehörig zusammennehmen, um kühles Blut zu bewahren und ihm nicht an die Gurgel zu springen. Dieser arrogante Zwerg war als Vorgesetzter ein Versager und als Mensch eine absolute Zumutung. So kannte er ihn: ein richtiges Ekel. Einar Jonsson war jetzt froh, dass er ihm nichts von der Landkarte und den Buchseiten preisgegeben hatte. Jetzt konnte er Plan B starten. „Ich brauche Urlaub.“

Arnesson sah ihn durchdringend an und stammelte verdutzt: „Jetzt? ... Auf einmal ... benötigen Sie Urlaub? Gerade noch beabsichtigten Sie, im Ausland Sherlock Holmes zu spielen und nun soll ich Sie holterdipolter vom Dienst befreien? Wie darf ich Ihren Sinneswandel auffassen? Das müssen Sie mir näher erläutern."

Der Kommissar spürte in den Worten deutlich das wachsende Misstrauen des Chefs. Ohne Gewissensbisse tischte er ihm zur Begründung eine Lüge auf. „Herr Arnesson! Da die Mordfälle auf der Polarstar offiziell abgeschlossen sind, will ich meinen verdienten Jahresurlaub antreten. Die Arbeit in den letzten Tagen nahm mich seelisch sehr in Anspruch. Vier Wochen Ruhe und Entspannung sind für die Regeneration meiner angeschlagenen Psyche sicherlich förderlich."

Arnesson fühlte sich veräppelt. „Für Ihr seelisches Problem müssen Sie dringend einen Psychologen zu Hilfe ziehen?", riet er grienend.

„Nein danke. Ich komme schon klar damit."

„Sie wollen bestimmt verreisen? Wo soll es hingehen? Zum Angeln nach Kanada oder zum Schnorcheln in die Karibik?", fragte Arnesson lauernd.

„Ich statte meiner Schwester einen Besuch ab. Sie lebt mit ihrer Familie in Dänemark. Wir haben uns seit einigen Jahren nicht mehr gesehen", bemerkte Einar Jonsson, unbeeindruckt vom Sarkasmus seines Chefs.

Arnesson blieb skeptisch. Die unschuldige Miene seines Kommissars überzeugte ihn nicht, dennoch willigte er in dessen Bitte ein. „Na schön, nehmen Sie Ihren Urlaub. Meinetwegen auch vier Wochen. Dem ungeachtet warne ich Sie: Wenn mir zu Ohren kommt, dass Sie weiter an dem Fall arbeiten, lasse ich Sie auf der Stelle suspendieren."

Nachdem Einar Jonsson das Büro des Polizeipräsidenten verlassen hatte, begann er innerlich zu feixen. Dessen Drohung ging ihm am Hintern vorbei. Dieser Möchtegerndiktator konnte ihm den Buckel runterrutschen. Jetzt würde er in Ruhe seine Sachen packen und anschließend Karen Gudmundsson aufsuchen. Blieb noch ein Gedanke zu klären: Wohin sollte er fliegen, um auf die Fährte der Mörder zu treffen? Nach Irland oder besser in die Niederlande? Nach reiflicher Überlegung beschloss er, zuerst die Landkarte und die herausgerissenen Buchseiten unter die Lupe zu nehmen, bevor er sich entschied. Möglicherweise lieferten sie einen entscheidenden Hinweis auf den richtigen Zielort.

2.

Die letzte Nacht hatten sie schlecht geschlafen. Der Grund war das gefundene Grabmal gewesen und ihr Beschluss, es vorerst unberührt zu lassen. Idriss Jomaar hatte das nicht geschmeckt. Er durfte die anstehenden Lesungen in der Universität nicht versäumen und hatte befürchtet, auf dem Byrsahügel etwas zu verpassen. Folglich hätte er das Grab lieber gleich geöffnet. Doch die Ausgrabung leiteten Andrea Favelli und Luca Falcone und sie bestimmten, wo es langging.

„Nicht den zweiten Schritt vor dem ersten tun, sonst kommen wir ins Stolpern", hatten sie ihm eingetrichtert. „Ausgraben, vermessen, dokumentieren. Erst dann folgt die nächste Stufe. Wir sind Archäologen und keine Schatzsucher. Was wir tun, ist systematische, wissenschaftliche Arbeit." Idriss Jomaar hatte es eingesehen. Was war ihm auch anderes übrig geblieben. Heute gehörte ihre ganze Aufmerksamkeit dem unteren Teilstück der Grabstele. Der entdeckte Sarkophag musste solange im Boden ausharren.

Im Labor des Nationalmuseums von Karthago fällte Professor Kemel Bouazizi endlich sein Urteil. „Die beiden Teile passen zusammen wie ein altes Ehepaar", witzelte er. „Lasst uns herausfinden, welche Botschaft auf der Stele verewigt ist. Das obere Stück hatten wir gestern bereits analysiert. Es zeigt das Dach eines Tempels, das von zwei Säulen getragen wird, flankiert von zwei Dattelpalmen. Dazu verrät es den Namen des Verstorbenen – Hiron von Carthago. Bezwinger der Barbaren. Jetzt rollen wir die Sache von unten auf. Was haben wir denn hier?"

„Das Zeichen der Tanit!", platzte Idriss Jomaar heraus.

Professor Bouazizi hob den Kopf. In seinem Gesicht zeigte sich Erstaunen. Ob es für das Wissen des Studenten über die karthagische Göttin stand oder Ärger über dessen vorlauten Zwischenruf ausdrückte, war nicht eindeutig durchschaubar. „Richtig, mein Junge“, griff er nach einem Moment des Innehaltens dessen Bemerkung auf und fragte ihn: „Was können Sie uns über Tanit erzählen?“

„Die Karthager verehrten sie als Gottheit.“

„In den Genuss kamen Baal-Hammon und Schadrapa ebenfalls. Konkreter bitte“, ließ Kemel Bouazizi nicht locker.

Andrea Favelli und Luka Falcone verfolgten die Szene mit sichtlichem Interesse und waren gespannt, was der Jungspund draufhatte.

Idriss Jomaar sah sich gefordert und nahm all seinen Grips zusammen, um das Gelernte über den karthagischen Götterkult abzurufen. „Die Karthager huldigten Tanit anfangs als niedere Gottheit. Ihr Ursprung wird in der älteren phönizischen Variante Astarte vermutet. Ab dem 5. Jahrhundert vor Christus stieg sie zur weiblichen Hauptgottheit auf, welche die Kräfte des Himmels, des Wassers und der Erde innehatte“, verdeutlichte er seinen Wissensstand. „Ausgegrabene Skulpturen im mediterranen Raum zeigen sie stehend auf einem Sockel, die linke Hand zwischen ihre Brüste gelegt. Sie war die Mutter des Baal-Hammon und zugleich dessen Gemahlin oder weibliche Komponente, was ihren Beinamen – Antlitz des Baal – verständlicher macht. Mit Tanit verbanden die Karthager den Zyklus eines Jahres. Als Göttin der Fruchtbarkeit sahen sie in ihr die große Ernährerin. Im Herbst und Winter sowie in Hochwasser- und Dürrezeiten hingegen symbolisierte sie die große Vernichterin. Im Frühjahr, so herrschte die Vorstellung, kehrte sie zurück, um sich mit Baal-Hammon zu vereinen. Infolge der Verschmelzung erwachte die Natur zu neuem Leben, was die Karthager mit ausschweifenden Riten feierten. Alten Quellen zufolge gipfelte das sogar in der Prostitution der Priesterinnen des Tempels, die den Männern ihren Schoß feilboten und dies als heilige Handlung am Dienst der Göttin verstanden. Auch werden ihr zu Ehren viele Kinderopferungen nachgesagt. Letztere Behauptung entstammt jedoch lediglich den Schriften römischer Chronisten. Der Verdacht der Verunglimpfung des Erzfeindes liegt daher nahe.“

„Nicht übel. Sie haben Ihre Hausaufgaben gemacht“, konstatierte der Professor wohlwollend. „Und was können Sie uns über das Tanitzeichen auf der Stele offenbaren? Welche Merkmale verrät uns der kunstfertige Steinmetz über den Eigentümer des Grabmals?“

„Es steht exakt in der Mitte des symbolisierten Tempels zwischen den beiden Säulen und den Palmen. Dargestellt ist ein gleichschenkliges Dreieck, das auf dem Boden liegt. Es versinnbildlicht den weiblichen Körper. Auf der oberen Spitze liegt eine waagerechte Gerade, was Arme und Hände darstellen sollen. Darüber sehen wir einen Kreis, also den Kopf der Göttin. Der wiederum wird von einer Mondsichel und der Sonnenscheibe überragt. Unter dem Tanitzeichen neben der linken Säule erkenne ich unzweifelhaft ein Altarfeuer mit züngelnden Flammen, während rechts ein aus dem Wasser springender Delfin dargestellt ist."

„Schön, aber was sagt das über das Leben des Verstorbenen aus?", hakte Professor Bouazizi nach.

Die Achseln zuckend, musste Idriss Jomaar passen. Er hatte keine Vorstellung, worauf der Professor anspielte.

„Auf punischen Grabstelen sind wiederholt Motive zu sehen, die nicht unterschiedlicher sein können", warf sich Andrea Favelli für den Studenten in die Bresche. „Die Palette ist breit gefächert. Es gibt Wissenschaftler, die die Meinung vertreten, dass sie den gesellschaftlichen Rang des Toten ausdrücken und Einblicke in seinen Amtsbereich geben."

„Richtig!", bestätigte Luka Falcone. „Ein abgebildeter Löwe spräche nach dieser Hypothese für einen starken und mutigen Mann. Ein Attribut, das auf einen Krieger hindeuten würde. Ähren oder Trauben dagegen ständen für einen Wein- oder Getreidehändler. Die Darstellung eines Altarfeuers und eines Delfins auf unserem Grabstein lässt indes vermuten, dass es sich bei dem Verstorbenen um einen Seefahrer handelte, der eine tiefe Ehrfurcht vor den Göttern zeigte und ihnen in den Tempeln regelmäßig Opfer darbot. Das verwundert nicht, denn gerade die seefahrende Zunft der Antike benötigte viel Gottvertrauen auf ihren langen Reisen, die oft ins Ungewisse führten."

„Bravo!" Professor Bouazizi klatschte beifallsartig in die Hände. „Besser hätte ich es auch nicht erklären können. Diese Betrachtungsweise ist relativ neu. Deshalb muss sich unser Idriss über seine Unwissenheit in dem Punkt keine Gedanken machen. Sie hat an der Universität von Tunis noch keinen Einzug gehalten. Nicht jeder Gelehrte vertritt diese Auffassung. Ich verfechte die These, schlichte

Abbildungen ebenso schlicht zu verstehen und nicht unnötig zu assoziieren. In punischen Grabstelen sehe ich Todesanzeigen. Da es damals keine Zeitungen zu kaufen gab, vermittelten sie symbolhaft Auskunft darüber, welchen Rang der verstorbene Mensch in der karthagischen Hierarchie einnahm und welche Leistungen er zu Lebzeiten für die Gemeinschaft erbrachte."

„Was sagt das Material der Grabstele, aus der sie besteht, über Hiron aus?", fragte Idriss Jomaar. „War er reich?"

„Da es sich um eine Marmorstele handelt, die sich ein einfacher Mensch kaum leisten konnte, denke ich, dass er der Oberschicht angehörte und ein höheres Amt begleitete. Möglicherweise diente er in der Kriegsmarine als Offizier oder sogar als Schiffsführer auf einer Quadrireme. Gegen Ende des 4. Jahrhunderts vor Christus bezeugt eine Quelle die Existenz eines Hiron, der ein Neffe des Königs Hamilkar war, welcher seinerzeit den Thron von Karthago innehatte. Genaueres lässt sich jedoch nicht sagen."

„Schade", meinte Luka Falcone. „Zum Glück steckt uns noch ein Ass im Ärmel. Unter dem Fragment der Grabstele sind wir auf einen Sarkophag gestoßen. Wir vermuten, dass er unberührt ist. Bisher haben wir lediglich die Abdeckplatte freigelegt. Sie ist mit Abbildungen versehen, die uns verwirren, da wir im punischen Kulturraum Derartiges bisher noch niemals sahen."

Professor Bouazizi klappte vor Überraschung die Kinnlade herunter. „Ihre Nerven möchte ich haben. Das offenbaren Sie mir erst jetzt? Morgen begleite ich Sie beide auf den Byrsa. Vor Ort verschaffe ich mir selber einen Eindruck."

3.

Fahrig legte Karen Gudmundsson das spannende Buch zur Seite. Der unerwartete Ruf ihres Telefons unterbrach ihr Leseerlebnis. Mürrisch quälte sie sich von der Couch hoch und griff nach dem Hörer.

„Ja, bitte? Gudmundsson hier! Mit wem spreche ich?", fragte sie ungehalten.

„Mein Name ist Halldorson. Gunnar Halldorson. Ich leite die Polizeistation in Höfn", erhielt sie zur Antwort.

„Was kann ich für Sie tun, Herr Halldorson?", erwiderte sie eine Spur freundlicher.

„Es geht um die Mordfälle auf der Polarstar. Kommissar Jonsson erteilte mir die Order, Ihnen die Ergebnisse der Analysen des gestohlenen Wagens und des Schlauchbootes mitzuteilen. Des Weiteren soll ich Sie über das Resultat der überprüften Gepäckstücke informieren, die die Täter im Hotel Òsland zurückließen. Kann ich Ihnen die Dokumente zufaxen?"

Karen packte die Neugier. Ihr angeborener kriminalistischer Spürsinn begann sofort, auf Hochtouren zu arbeiten. „Haben Sie bei den Ermittlungen etwas Entscheidendes festgestellt?"

„Nicht auf der Stelle. Die beiden Verbrecher erwiesen sich als perfekte Profis im Verschleiern ihrer Identität. Von einem Gepäckanhänger des Amsterdamer Flughafens an einer der Reisetaschen abgesehen, vermochten wir in den Hotelzimmern keine weiteren verwertbaren Spuren zu entdecken. Selbst einen Fingerabdruck suchten wir vergebens. Allerdings existieren keine perfekten Menschen auf der Welt. Zumindest nicht auf lange Dauer. Ein Fehler unterlief ihnen dennoch. Und zwar im Schlauchboot. An der Ruderführung des Außenbordmotors stellten wir den sauberen Abdruck eines Daumens sicher. Meine Kollegen und ich vertreten die Ansicht, dass er einem der Täter gehört. Möglicherweise verfielen sie nach der Mordtat in Panik und achteten nicht darauf, die Ruderstange gründlich abzuwischen."

„Das klingt einleuchtend. Bitte senden Sie die Unterlagen zu mir nach Hause", antwortete Karen Gudmundsson erfreut und gab ihm die Nummer des Faxgerätes an.

„In Ordnung, ich schicke sie sofort los. Auf Wiederhören", verabschiedete sich Gunnar Halldorson.

Nachdenklich lauschte sie der Stimme des Kollegen still hinterher, bis bloß noch der fortlaufende Piepton vom Amt zu vernehmen war.

4.

Mit tiefen Sorgenfalten auf der Stirn wandte sich Karen Gudmundsson an ihren Chef. „Was beabsichtigen Sie jetzt zu tun, nachdem Arnesson Ihnen den Fall entzogen hat?", fragte sie grübelnd.

In sich gekehrt blickte Einar Jonsson auf die Landkarte und auf die mysteriösen, aus einem Buch herausgerissenen Seiten. Das X markierte noch immer einen Punkt auf der Insel, der lediglich für Vermutungen Raum ließ, und der Sinn des altertümlichen Textes blieb ihm weiterhin verschlossen. So geheimnisvoll die Papiere waren, so wenig gaben sie davon preis. Allein ein Sprachexperte war in der Lage, die Bedeutung der rätselhaften Worte aufzulösen. Karens nächtliche Recherchen im Internet, ein Gepäckanhänger an einer Reisetasche und der von Gunnar Halldorson sichergestellte Fingerabdruck vom Ruder des Schlauchbootes der Polarstar blieben vorerst die einzigen Anhaltspunkte von Wert.

Einar Jonsson hob den Kopf und schaute Karen Gudmundsson direkt in die Augen, bevor er auf ihre Frage antwortete. „Ich habe mich entschlossen, morgen früh nach Amsterdam zu fliegen."

„Arnesson wird Sie fix und fertig machen, wenn er dahinterkommt. Ist Ihnen die Sache das wirklich wert?", erwiderte sie sichtlich beunruhigt über seine Entscheidung.

„Ach Karen, was kann er mir schon antun? Ich stehe kurz vor der Pensionierung. Das ist wahrscheinlich der letzte Fall, an dem ich arbeite, und ich muss ehrlich eingestehen, dass er der Ungewöhnlichste in meiner gesamten Dienstzeit ist. Fünf Männer sind getötet worden. Ihnen muss Gerechtigkeit widerfahren. Arnesson lässt das völlig kalt. Er besitzt nicht den Hauch einer Ahnung, was unser Job bedeutet. Er ist eine Berufung, eine Mission. Für die zeitlich aufwendige und mühsame kriminalistische Kleinarbeit zeigt er kein Gespür und kann deshalb ihren Sinn nicht richtig einordnen. Deswegen reicht er einen kniffligen Fall lieber heute als morgen an andere Instanzen weiter, um einer negativen medialen Publicity aus dem Weg zu gehen. Er steht mit seinem Konterfei lieber im Blitzlichtgewitter der High Society oder zeigt sich auf Regierungsempfängen und Wohltätigkeitsbällen, um sich gönnerhaft in Szene zu setzen und sein kleinkariertes Ego zu füttern. Der Mann ist auf dem Posten des Polizeipräsidenten total fehlbesetzt."

Karen Gudmundsson nickte zustimmend mit dem Kopf. „Ein

Philanthrop ist er weiß Gott nicht. Aber weshalb wollen Sie in die Niederlande reisen? Warum nicht nach Irland?", fragte sie konsterniert.

„Ich hoffe, dort ein wenig Licht hinter das Geheimnis der Landkarte und der Buchseiten zu bringen. Ich verfolge ihre Spur bis zum Anfang zurück und suche das Archiv auf, dem sie entstammen. Wenn ich herausfinde, was die Dokumente zum Inhalt haben, kenne ich auch den Grund für ihren Raub und ich weiß dann, wo ich die Diebe suchen muss."

„Und was ist mit Jan Mayen?"

„Die Insel muss vorerst warten, sie läuft mir nicht davon. Sie ist meine letzte Option. Außerdem stehe ich in Kontakt mit den Forschern, die dort auf der Wetterstation arbeiten."

„Falls Sie meine Hilfe benötigen, Kommissar, rufen Sie mich an."

„Ihrem Angebot komme ich bestimmt nach, Karen. Vielleicht benötige ich Ihren Scharfsinn. Bis dahin leben Sie Wohl und halten Sie sich von Arnesson fern ... Soweit es Ihnen möglich ist. Er ist ein Stümper."

5.

Der Tag neigte sich langsam dem Ende zu. Die Stadt Galway an der Westküste Irlands lag – der Hektik des Tages endlich entronnen – im zunehmenden Dunkel der langsam hereinbrechenden Nacht. Wie ein Schleier legte sich die Ruhe allmählich über die Häuser und Straßen der City.

James Mac Domhnall, ein 60-jähriger, angesehener, irischer Historiker und Professor, saß noch wach in seiner Bibliothek. In einem schweren Ledersessel, hinter einem Schreibtisch sitzend, blätterte er interessiert in einem Buch. Dabei nippte der grauhaarige alte Mann gelegentlich an einem Glas, gefüllt mit bernsteinfarbenem Single Malt.

Geruhsam betrat sein Butler Charles das Zimmer. Charles war von beleibter Statur und stand dem Hausherrn im Alter nicht nach. Dessen graumelierte, streng nach hinten gescheitelte Haare schienen mit der Schablone gezogen und symbolisierten einen peniblen und auf die Spitze getriebenen Perfektionismus. Doch er mimte nicht den Überheblichen oder dergleichen. Im Gegenteil, ihn kennzeichnete eine treue und ehrliche Seele. Für Mac Domhnall war er seit vielen Jahren Hausverwalter, Butler und Freund zugleich. Ein Mensch, auf den er bauen konnte.

„Zwei Herren stehen an der Tür und bitten um Einlass. Sie möchten mit Ihnen sprechen“, erklärte Charles die unerwartete Störung.

„Um diese Zeit? Besitzen die Leute keinen Anstand? Teilen Sie Ihnen mit, sie mögen morgen Vormittag wieder vorsprechen“, antwortete Mac Domhnall verstimmt. Die Abende in der Bibliothek bildeten die Ruhepole in seinem Leben. Stunden der Besinnung, die ihm heilig waren. Ein tägliches Ritual, das er stets auf die gleiche Art und Weise vollzog. Jede Störung dieser temporalen Ordnung stellte für ihn ein unerhörtes Sakrileg dar.

Charles schien nicht ganz sicher, ob er der Order folgen soll. Regungslos blieb er im Zimmer stehen und blickte den Hausherrn unschlüssig an.

„Gibt es noch ein Problem?“, fragte dieser verwundert.

„Die Beiden behaupten, sie besäßen eindeutige Hinweise, die eine Seereise des Mönches Brendan ins nördliche Polarmeer belegen“, erwiderte Charles bedeutungsvoll. „Soll ich die Herren dennoch wegschicken?“

„Wie bitte? Hinweise über eine Seefahrt von Brendan ins Polarmeer?“

Der Butler nickte bestätigend mit dem Kopf.

Überrascht stellte Mac Domhnall das Whiskyglas zur Seite.

Das große Mysterium aufzulösen, das Brendan den Reisenden umgibt, war sein Lebensziel. Heute existierten bloß noch wenige schriftliche Zeugnisse aus dem Leben und Wirken des Mönches. Legenden rankten sich um dessen sagenhafte, sieben Jahre währende Seereise zu den damals unbekannten Gestaden der Welt. Von welcher Art würden die Hinweise der unbekannten Besucher sein? Die Würfel waren gefallen. Die spektakuläre Nachricht des Butlers setzte den routinemäßigen Ablauf des Abends außer Kraft.

„Lassen Sie die beiden Herren eintreten, Charles. Ich bin neugierig, was sie zu berichten haben."

Wortlos nickte er mit dem Kopf und verließ die Bibliothek. Als er mit den unbekannten Männern zurückkehrte, erhob sich Mac Domhnall aus dem Sessel.

„Was verschafft mir die Ehre Ihres Besuchs zu so später Stunde?", fragte er gespannt und reichte den zwei Fremden zur Begrüßung die Hand. „Professor James Mac Domhnall. Was kann ich für Sie tun."

„Mein Name ist Darragh Tomás O' Reilly. Ich bin Historiker und dies ist mein Geschäftspartner David Mac Fadden. Er ist Archäologe. Wir kommen beide aus Dublin und beschäftigen uns zurzeit mit dem Leben und Schaffen eines holländischen Seefahrers aus dem frühen 17. Jahrhundert. Sein Name lautete Jan Jacobs May van Schellinkhout."

Mac Domhnall warf Charles einen irritierten Blick zu. Doch der Butler verzog keine Miene.

Die späten Gäste trugen kurzes dunkles Haar, waren von schlankem Wuchs und etwa vierzig Jahre alt. O' Reilly zeigte ein offenes sympathisches Lächeln. Der andere jedoch, Mac Fadden, wirkte verschlagen und sein Lächeln aufgesetzt. Die Männer umgab ein Schein des Unheimlichen, eine Aura des Undurchschaubaren, die Mac Domhnall davor warnte, näher mit ihnen Bekanntschaft zu schließen. Aber die Neugier drängte die berechtigten Bedenken zunächst in den Hintergrund zurück.

„Ich glaube, hier liegt ein Irrtum vor. Mein Butler Charles versetzte mich in den Glauben, Sie würden mir Beweise über eine Reise des Mönchs Brendan ins nördliche Polarmeer vorlegen, was mich brennend interessiert hätte. Die Seefahrten irgendeines Holländers aus dem 17. Jahrhundert ziehen mich nicht in den Bann. Daher möchte ich Ihnen nicht unnötig Zeit stehlen", bemerkte er auffallend reserviert.

„Sie missverstehen unser Anliegen", antwortete Mac Fadden. „Die Leben der beiden Personen, obwohl zeitlich über ein Jahrtausend voneinander getrennt, sind eng miteinander verflochten."

Ungläubig starrte Mac Domhnall die Gäste an. „Inwiefern soll ein irischer Mönch aus dem 6. Jahrhundert in Verbindung zu einem tausend Jahre später lebenden Holländer stehen? Das müssen Sie mir näher erläutern."

„Die Auflösung des Problems ist nicht in 5 Minuten erzählt und wird ein wenig länger dauern. Wir sollten uns daher besser setzen", meinte O' Reilly lächelnd.

„Selbstverständlich", beeilte sich Mac Domhnall zu sagen und wies gestenreich auf zwei gepolsterte Stühle, die direkt vor seinem Schreibtisch standen. Schließlich wandte er sich an Charles: „Bitte servieren Sie den beiden Herren einen Whisky."

Nachdem der Butler den Single Malt aufgetragen hatte, setzte sich der Hausherr in seinem Sessel zurück und schaute die Gäste erwartungsvoll an.

„Natürlich wissen wir, dass Sie eine Koryphäe im Bezug auf das Leben und Wirken des Mönchs Brendan sind. Keiner in Irland weiß mehr über diese historische Persönlichkeit Bescheid wie Sie. Was können Sie uns über ihn erzählen?", fragte O' Reilly mit sichtlichem Interesse.

Entspannt lehnte sich Mac Domhnall zurück und begann freigiebig aus seinem umfangreichen Fundus an Wissen detailreich über das Leben dieses von Mythen und Geheimnissen umwitterten Menschen zu berichten. „Die Katholiken in Irland verehren Brendan als Heiligen. Im Jahr 484 nach Christus erblickte er in Ciarraighe Luachra das Licht der Welt. Das liegt in der Nähe der heutigen Stadt Tralee im County Kerry. Bereits in frühester Jugend verschrieb er sich dem christlichen Glauben und legte im Jahr 512 die Priesterweihe ab. Nach zahlreichen Reisen, die ihn nach Schottland, Wales und in die Bretagne führten, gründete er in Irland mehrere Abteien. Darunter befand sich auch das heute noch allseits bekannte Kloster Clonfert im County Galway, mit der später im 12. Jahrhundert errichteten spätromanischen Kathedrale."

„Das ist immens aufschlussreich", bemerkte O' Reilly, die Fakten abwägend. „Mich würde jedoch mehr interessieren, wie Sie über die sagenhafte Seereise denken, die der Mönch unternommen haben soll? Fand die Fahrt wirklich statt oder beruht sie auf einem Mythos?"

„Am Anfang jeder Mythenbildung steckt im Detail ein Körnchen Wahrheit“, antwortete Mac Domhnall sinnreich. „Leider wird der tiefere Sinn jener Wahrheit meistens nicht erkannt. Auf der Suche nach einer plausiblen Erklärung interpretieren die Menschen in solche Geschichten zuhauf haarsträubende Antworten hinein, sodass am Ende der reale Hintergrund zur Legende mutiert. Die Lebensgeschichte dieses irischen Mönches bildet hier keine Ausnahme. Ihre mythische Metamorphose begann, als Brendan auf merkwürdige Weise ein seltsames Buch in die Hände fiel. Angeblich von Gott gesandt, offenbarte es ihm die Wunder der Welt. Mittelalterliche Chronisten behaupteten, dass in jener Schrift geheime Mysterien beschrieben seien. Der Mönch erlangte auf diese Weise Kenntnis über zwei Paradiese, drei Himmel und neun Fegefeuer. Des Weiteren erfuhr er von einem sonderbaren Land unter der Erde, an dem es Tag war, wenn bei uns an der Oberfläche die Nacht anbrach. Die Wunder indessen befremdeten ihn zutiefst. Er verweigerte dem Gelesenen den Glauben und warf das Buch achtlos ins Feuer. Eines Nachts erschien ein Engel. Das Flügelwesen offenbarte ihm, er habe in einfältiger Weise die göttliche Wahrheit verbrannt. Zur Sühne für dieses Sakrileg müsse er jahrelang in einem kleinen Boot über die Meere fahren, um die Weissagungen des zerstörten Buches leibhaftig zu erleben und im Glauben zu verinnerlichen. Eines Tages also stach Brendan auf des Engels Geheiß mit einer Schar todesmutiger Getreuer in See, um das Paradies zu finden. In einem Curragh segelten sie zur Terra Repromissionis, zur Insel der Glückseligkeit. In der Navigatio Sancti Brendani, einer tief religiös angehauchten Beschreibung der Seereise aus dem 9. Jahrhundert, wird ihr Verlauf detailliert geschildert.“

„Was bitte ist ein Curragh?“, fragte Mac Fadden.

„Ein Curragh war ein Boot sehr leichter Bauart. Mit ihm befuhren die Fischer bereits vor über 4000 Jahren die See vor den Küsten Irlands. Die Spanten und Seitenplanken bestanden traditionell aus Eiche. Zu früherer Zeit zogen deren Erbauer über die Außenhaut zusätzlich gegerbte Rinderfelle auf, die sie dick mit Fett bestrichen, um sie wasserresistent zu machen“, erklärte James Mac Domhnall. „Außerdem zierte Brendans Curragh mittschiffs ein hoher Mast, an dem ein großes Segel befestigt war. Darüber hinaus befanden sich laut Reisebeschreibung auch Bauteile für zwei weitere Schiffe, Lebensmittel für vierzig Tage und etliche Werkzeuge an Bord. Als der Mönch und seine Mannschaft Irland den Rücken kehrten, segelten sie zuerst nach Westen. Auf der mehrjährigen Fahrt entdeckten die Abenteurer zahlreiche unbekannte Gestade. Auf manchen sind sie freundlich empfangen worden, wogegen ihnen auf anderen Feindseligkeit begegnete. Einmal ankerten sie vor einer Insel, die zu einem riesigen Fisch mutierte, während sie auf der nächsten der Teufel versuchte. Selbstverständlich ist das Seemannsgarn. Doch am Ende erreichten die Mönche die Insel des Glücks und verweilten eine Zeit lang auf ihr.

„Wo befindet sich diese Insel?“

James Mac Domhnall wiegte nachdenklich den Kopf. „Hier, Mister O’ Reilly, driften die Meinungen der Chronisten und Geschichtsforscher weit auseinander. Darüber wird bereits seit Jahrhunderten spekuliert“, antwortete er lächelnd. „Manche meinen, er hielt Kurs auf die Kanarischen Inseln, andere glauben, in Madeira das unbekannte Gestade der Glückseligkeit zu erblicken. Es gibt allerdings noch skurrilere Behauptungen. Zum Beispiel, dass er lange vor den Wikingern und Kolumbus Island und Amerika betreten habe. Stellen Sie sich das vor, Brendan, ein irischer Landsmann, als der wahre Entdecker der neuen Welt. Eine Geschichte, die zu schön ist, um wahr zu sein.“

„Und was sind Ihre persönlichen Favoriten?“ Mac Fadden hing gespannt an James Mac Domhnalls Lippen. Ungeduldig wartete er auf dessen Antwort.

„Auf Basis der Ergebnisse meiner Forschungsarbeit kann ich Ihnen mit ziemlicher Sicherheit offerieren, dass ihn die Reise mindestens bis zu den Orkneyinseln nördlich von Schottland führte. Auch die Shetlandinseln liegen noch im Bereich des Möglichen. Vielleicht trieb ein günstiger Wind ihn sogar zu den Färöer. Das wäre mit einem Boot in der Größenordnung eines Curragh heutzutage eine herausragende seemännische Leistung.“

„Was würden Sie sagen, wenn ich bezeuge, dass er in seiner kleinen Nussschale bis in den Nordatlantik vordrang. Dass er mit ihr erfolgreich den nördlichen Polarkreis überquerte?“

Lachend schüttelte James Mac Domhnall den Kopf. „Wenn Sie mir für die ungeheuerliche These keine Beweise auf den Tisch legen, würde ich sagen: hanebüchener Unsinn, Mister O' Reilly. Wie kommen Sie zu dieser grotesken Annahme?"

„Meine These ist einfach zu erklären. Mister Mac Fadden und ich stießen vor einiger Zeit auf ein bemerkenswertes Dokument. Wir entdeckten es zwischen diversen Büchern, Abrechnungen, Dossiers und Bilanzen der Noordschen Compagnie, einer einflussreichen holländischen Handelsgilde im 17. Jahrhundert. Ich spreche vom Logbuch eines Walfängers. Die Eintragungen tätigte der von uns schon erwähnte Kapitän Jan Jacobs May van Schellinkhout. Sie dokumentieren die Erlebnisse einer Walfangreise ins Nordmeer."

„Mir ist noch immer nicht begreiflich, was dieser Holländer mit dem Mönch Brendan zu tun haben soll. Ihre Beweise bitte!", forderte der Hausherr angespannt und nahm sein Whiskeyglas in die Hand.

„Geduld, Mister Mac Domhnall", erwiderte O' Reilly. „Lassen Sie mich die Geschichte zu Ende erzählen. Danach verstehen Sie die Zusammenhänge leichter."

Der Hausherr nippte kurz an seinem Single Malt und lehnte sich in angespannter Erwartung im Sessel zurück, während O' Reilly unbeirrt seinen Monolog fortsetzte.

„Die Reise des Schiffes begann Mitte Juni und verlief zunächst ohne erwähnenswerte Vorkommnisse. Es durchquerte die Nordsee, passierte die Färöerinseln und stieß anschließend in den Nordatlantik vor. Vor der Küste Islands geriet es in einen schweren Sturm, der drei Tage währte. Nach Abzug des Unwetters ergaben die nautischen Messungen des Kapitäns, dass sich der Walfänger in unbekannten Gewässern aufhielt. Ein Gebiet, das wir heute als Grönlandsee bezeichnen. Nach Tagen des Herumirrens, unter einer tief liegenden, nie versinkenden Sonne, brüllte der Mann im Ausguck plötzlich drei magische Worte hinunter aufs Deck: Land in Sicht. Van Schellinkhout, der nicht damit rechnete, auf Festland zu treffen, gab dem Steuermann die Order, es anzulaufen. In einer von Tausenden Walrössern bevölkerten Bucht an der Nordwestküste des Gestades gab er die Order, den Anker fallen zu lassen. Rasch ließ die Mannschaft ein Beiboot zu Wasser, das der Kapitän zusammen mit seinem Freund, dem Kartografen Joris Carolus, bestieg. Am Ufer angekommen, legten sie die Ruder aus den Händen und sprangen erwartungsvoll an Land. Es stellte sich bald heraus, dass es sich um eine schmale, lang gezogene Insel handelte, an deren nordöstlichem Ende ein riesiger schneebedeckter Vulkan das Panorama prägte. Seit jenem Tag trägt die Insel den Namen des legendären Walfangkapitäns Jan Mayen. Sieben Tage erkundeten er und Carolus das Eiland. Lediglich in die Nähe des Feuerberges wagten sie sich nicht. Er muss zu jener Zeit aktiv gewesen sein. Van Schellinkhout beschloss, die Insel als Basis für zukünftige Walfangfahrten zu nutzen, und plante, eine Reihe Steinöfen anlegen zu lassen, um den Blubber der gefangenen Tiere in ihnen auszukochen. Am letzten Tag ihres Aufenthaltes gelangten beide in eine kleine Bucht. Ihren Strand bedeckte schwarzfarbiger vulkanischer Sand. Van Schellinkhout und Carolus schritten vom Ufer aus landeinwärts und stießen neben einer Felsformation aus erstarrter Lava auf den Eingang einer Höhle. Von Neugier getrieben krochen die Draufgänger in die dunkle Öffnung hinein und machten eine wundersame Entdeckung."

„Moment bitte! Entschuldigen Sie die Unterbrechung. Wo genau liegt eigentlich Jan Mayen?"

„Mister Mac Domhnall, das ist der springende Punkt unserer Geschichte. Die Insel befindet sich, wie ich bereits andeutete, mitten in der Grönlandsee. Sprichwörtlich am Ende der Welt. Über 600 Kilometer nordöstlich von Island. Dorthin verschlug es auch Brendan", unterstrich O' Reilly noch einmal die Bedeutung der Zusammenhänge.

„Kann ich mir die Aufzeichnungen des Walfangkapitäns einmal anschauen?", fragte Mac Domhnall.

„Das ist leider nicht möglich. Die Dokumente sind uns ... naja ... bedauerlicherweise abhandengekommen", stammelte Mac Fadden verlegen und blickte O' Reilly unsicher an.

Der Hausherr erhob sich abrupt aus dem Sessel. Zielsicher steuerte er eins der zahlreichen Bücherregale der Bibliothek an und zog ein dünnes Buch aus einem oberen Bord. Nachdenklich blätterte er zwischen den Seiten.

„Was halten Sie in der Hand?“, fragte Mac Fadden neugierig.

„Das ist die Navigatio Sancti Brendani. Der Verfasser des Buches lebte ungefähr 300 Jahre nach Brendan. Sein Name ist uns leider nicht überliefert. Er verfasste sein Werk, wie damals üblich, in lateinischer Sprache. Dieses Exemplar ist eine Übersetzung ins Irische. Genauer gesagt: meine Übersetzung. Nur die mir real erscheinenden und personell gewichtigen Fakten habe ich darin aufgenommen. Alle anderen Ausschmückungen und religiösen Fantastereien des Autors ließ ich bewusst weg. Ich lese Ihnen etwas daraus vor. Und zwar das Kapitel 24. Ihre Meinung über den Sinn des Textes würde mich interessieren.“

Gebannt ruhten die Blicke der beiden Gäste auf seinem Mund, als er begann, den besagten Abschnitt aus der Navigatio Sancti Brendani vorzutragen.

„... am nächsten Tag tauchte im Norden ein hoher Berg im Ozean auf. Er lag in dichten Nebel gehüllt und von seinem Gipfel stieg Rauch auf. Zur gleichen Zeit trieb ein Sturm das Boot zur Küste der Insel, bis es nicht weit entfernt auf Grund lief. Das Land am Ufer ragte hoch über das Meer. Es erhob sich senkrecht empor gleich einer Mauer aus Fels und war tiefschwarz. Einer von Brendans Begleitern sprang übermütig ins Wasser, um zu Fuß ans Ufer zu gelangen. Plötzlich schrie er mit Entsetzen: ‚Hilfe Vater, die Wellen reißen mich fort!‘

Bestürzt steuerte die Mannschaft das Boot ins offene Meer zurück und betete zu Gott: ‚Erbarm dich unser, Herr, erbarm dich unser!‘ Aber der ehrwürdige Vater und seine Gefährten mussten hilflos mitansehen, wie eine Horde Dämonen den Unglücklichen ergriff und ins Feuer warf. Brendan rief: ‚Weh dir mein Sohn, dass du ein solches Ende gefunden hast, deinem Leben und deinen Taten würdig.‘ Da erfasste das Segel ein günstiger Wind und trieb das Boot nach Süden. Ein letztes Mal blickten sie zurück. Der Nebel über dem Berg hatte sich gänzlich aufgelöst. Dafür schossen Flammen hoch bis an den Äther, die hernach wieder auf ihn herabfielen, sodass das ganze Eiland einem gewaltigen Scheiterhaufen glich ...“

„Im Wortlaut wird eindeutig eine Insel mit einem aktiven Vulkan beschrieben“, bemerkte O' Reilly überzeugt. „Gibt es derer viele im Nordatlantik?“

„Wenn wir Island außer Acht lassen eigentlich nicht. Nur weiter südlich existieren noch Inseln vulkanischen Ursprungs, wie die Azoren, Madeira und die Kanarischen Inseln. Doch allein für Letztere sind Vulkanausbrüche in der jüngeren Geschichte dokumentiert", antwortete James Mac Domhnall, ohne lange zu überlegen.

„Somit bleibt nach Ihrer berechneten Reiseroute, die über die Orkneyinseln und die Färöer nordwärts zielt, einzig Jan Mayen für die in der Navigatio Sancti Brendani bildhaft beschriebene Insel als sicherer Kandidat übrig."

James Mac Domhnall gelangte zu dem Schluss, dass O' Reilly mit seiner Einschätzung, so unwahrscheinlich sie erscheinen mochte, recht haben kann. Demnach wäre Brendan in einem Curragh bis zur Insel Jan Mayen vorgedrungen, während sich der Vulkan in einer aktiven Phase befand. Diese unbeschreibliche Erkenntnis überwältigte ihn. Emotional aufgewühlt, trug er seine Interpretation der Ereignisse auf dem Eiland vor. „Ich erkläre mir die Geschichte folgendermaßen: Als Brendans Boot auf die steile, von basalthaltigen Klippen umsäumte Küste zusteuerte, traf es unerwartet auf eine Untiefe. Womöglich geriet es auf eine Sandbank. Einer der Mönche schätzte die Gefahr falsch ein und sprang aus dem Boot, um ans Ufer zu waten. Anscheinend gelangte er auf dem Weg dorthin in tieferes Wasser, wo ihn eine starke Strömung erfasste, die ihn vom Curragh wegtrieb. Die Dämonen, denen er kurz darauf in die Hände fiel, waren womöglich Eingeborene. Vielleicht eine Gruppe in Felle gehüllter Inuits auf Nahrungssuche, deren Weg von Nordamerika oder Grönland bis zu jener Insel führte. Sie sahen in dem Mönch mit der ungewöhnlichen Kleidung und der unbekannten Sprache einen Feind. Somit ereilte ihn der Tod durch ein banales Missverständnis zwischen zwei Kulturen. Nach der Tragödie stachen die Glückssucher wieder in See. Gewaltige Donnerschläge hinter ihrem Rücken ließen sie allerdings erschrocken zur Insel zurückblicken und mit naivem Erstaunen eine gigantische vulkanische Eruption wahrnehmen. Schnell entfernte sich das Curragh von dem höllischen Gestade bis Brendan einen neuen Kurs einschlug: Süden."

Beeindruckt von Mac Domhnalls Deutung der Ereignisse in der Navigatio Sancti Brendani, begann Mac Fadden zu applaudieren.

„Ihre Interpretation des frühmittelalterlichen Textes finde ich genial“, meinte er anerkennend. „So und nicht anders muss sich die Geschichte abgespielt haben.“

O’ Reilly stimmte der Meinung vorbehaltlos zu. „Besser ist das Geschehen auf der Insel nicht zu analysieren“, sagte er. „Aber lassen Sie mich meine Geschichte über Jan Jacobs May van Schellinkhout, die ich vorhin begann, Ihnen zu erzählen, weiter fortführen. Ihr Ende wird Sie umhauen“, meinte er grinsend und fuhr an der Stelle fort, an der ihn James Mac Domhnall unterbrochen hatte.

„Wie ich bereits erwähnte, krochen van Schellinkhout und Joris Carolus in die Höhle hinein. Da sie in der Finsternis keine Einzelheiten erkannten, zündeten sie eine Fackel an. Im Schein der Flammen nahmen ihre Augen merkwürdige Dinge wahr. In einer dunklen Ecke, die ein wenig höher positioniert war als das allgemeine Bodenniveau der Kaverne, lagen die sterblichen Überreste eines toten Menschen verstreut. Viel war von ihm nicht übrig geblieben – lediglich der Schädel und eine Handvoll Knochenteile. Der Unglückliche musste an diesem Ort vor langer Zeit einsam verstorben sein. Neben den Gebeinen fanden sie eine kleine, flache Basalttafel. Joris Carolus nahm sie in die Hand und betrachtete sie neugierig von beiden Seiten. Auf ihrer Oberfläche entdeckte er zahlreiche eingeritzte Schriftzeichen in einer sonderbaren Sprache, die weder ihm noch van Schellinkhout bekannt war. Ratlos steckte er das Artefakt in eine Tasche seiner Jacke.“

„Können Sie sich vorstellen, um was es sich dabei handelte?“

„Ich habe keine Ahnung, Mister Mac Domhnall, doch hören Sie mir bitte weiter zu. Akribisch durchforschten die Abenteurer die Höhle bis in den letzten Winkel. Dabei entdeckten sie an einer Felswand mehrere rätselhafte Wortzeilen auf Lateinisch. Irgendjemand hatte die Buchstaben unter großer Mühe mit einem harten spitzen Gegenstand in das Lavagestein hineingetrieben. Da Joris Carolus die lateinische Sprache beherrschte, war der Wortlaut der mysteriösen Zeilen im Logbuch van Schellinkhouts nachzulesen. Außerdem stießen wir ganz nebenbei auf eine von ihm angefertigte Karte der Insel, auf der die Position der Höhle exakt gekennzeichnet war. Wir haben die Plausibilität von van Schellinkhouts Aufzeichnungen überprüft. Die Höhle existiert wirklich und der lateinische Text ebenfalls. Halten Sie sich fest, die Botschaft entstammt der Feder – oder vielmehr dem Meißel – eines alten Bekannten."

James Mac Domhnall blickte seine Gäste konsterniert an. Als O' Reilly den Wortlaut preisgab, verschlug es ihm beinahe die Sprache.

„Auf der Suche nach dem Gelobten Land fand ich stattdessen ein Meer voller Tränen, verborgen in ewiger Finsternis. Gefangen in Gold und Silber weckten sie mein Begehren, die letzte Prüfung des Herrn auf dem Pfad zur Verheißung.

Brendanus, Anno Domini 566"

„Das ist unglaublich", rief Mac Domhnall überwältigt und sprang wie von der Tarantel gestochen aus dem Sessel. Gleich einem Tiger im Käfig lief er in der Bibliothek unruhig auf und ab, während er das Pro und Kontra der sensationellen Nachricht abwog. Vieles sprach für ihre Richtigkeit. Dennoch blieben Zweifel. „In der Navigatio Sancti Brendani wird mit keinem Satz erwähnt, dass Brendan die Insel mit eigenen Füßen betrat. Das ist ein Widerspruch? Haben Sie dafür eine Erklärung?"

O' Reilly hob ratlos die Hände. „Auf diese Frage kann ich Ihnen keine schlüssige Antwort geben", erwiderte er. „Vielleicht ist sein Landgang in den Annalen der Geschichte verloren gegangen. Der Autor des Reiseberichtes lebte ja, wie Sie bereits anmerkten, nahezu 300 Jahre später."

Das Argument war nicht von der Hand zu weisen. Der Verlust wichtiger historischer Fakten im Zeitlauf der Geschichte war nichts Ungewöhnliches, bedauerlich aber allemal.

„Sie sagten, die Insel Jan Mayen liege weit im Norden, mitten im Eismeer. Demzufolge sind die Hänge des Vulkans mit Schnee oder Gletschern bedeckt. Dieser Aspekt wird in der Navigatio Sancti Brendani jedoch mit keinem Wort angeführt", brachte James Mac Domhnall noch immer skeptisch zum Ausdruck.

„Dafür kann es eine Erklärung geben", meinte Mac Fadden.

„Forschungen in der Paläoklimatologie bestätigen seit geraumer Zeit, dass auf der Nordhalbkugel ab dem Jahr 800 eine längere Erwärmungsphase eintrat. Erst um 1400 sank das Klima in eine kühlere Amplitude zurück. Diese 600 Jahre währende Zwischenwarmzeit hinterließ geologisch und visuell deutliche Spuren. Ein Beispiel gibt der Wikinger Erik der Rote. Er betrat gegen Ende des 10. Jahrhunderts Grönland und gründete eine Siedlung. Aufgrund der abgeschmolzenen Gletscher und der dadurch entstandenen üppigen Vegetation nannte er das Gestade Grünland. Möglicherweise bewirkte der allmählich einsetzende Klimawandel im Gebiet der Insel Jan Mayen bereits weit vor 800 vor Christus territorial begrenzt eine frühere Rückbildung des Eises."

„Ihre These ist nicht von der Hand zu weisen. Sie kann eine logische Erklärung für das fehlende Eis geben", räumte James Mac Domhnall ein. Seine anfängliche Skepsis schien fürs Erste ausgeräumt. Nachdenklich setzte er sich und schaute die zwei Männer mit fragenden Augen an. „Jetzt mal ehrlich, was wollen Sie von mir? Ihr eigener Wissensstand ist äußerst umfangreich. Auf meine Kenntnisse aus der Navigatio Sancti Brendani sind sie doch in keine Weise angewiesen", wog er den bisherigen Gesprächsverlauf ab.

O' Reilly räusperte sich und trank einen Schluck Whiskey, bevor er antwortete. „Haben Sie eine Ahnung, um was es sich bei den Tränen handelt, die Brendan erwähnt? Tränen gefangen in Gold und Silber? Was soll das sein?"

„Wieso diese Frage? Sie waren selbst vor Ort. Wenn Sie es nicht wissen, wer dann?", erwiderte Mac Domhnall verwundert.

„Das ist ja das Ärgerliche!", rief Mac Fadden frustriert. „Die mysteriösen Tränen, was immer sie darstellen, sind samt dem erwähnten Gold und Silber spurlos verschwunden. Auch die Basalttafel, von der van Schellinkhout in seinem Logbuch berichtete, bleibt unauffindbar. Wir sind überzeugt, dass sich in der Höhle ein Schatz befand. Wofür sonst kann Brendans Metapher – in ewiger Dunkelheit – stehen. Bloß ein in Lumpen gehülltes Skelett liegt noch an dem Ort. Es stammt allerdings aus der jüngeren Vergangenheit. Möglicherweise handelt es sich um einen Schiffbrüchigen, der sich mit letzter Kraft in die Höhle schleppte, um dort Schutz zu suchen. Vermutlich verstarb er an seinen schweren Verletzungen oder verhungerte elendig."

„Und wohin hat sich Ihr imaginärer Schatz verflüchtigt? Der Leichnam kann kaum Verwendung für ihn gefunden haben", sagte Mac Domhnall mit einem Anflug von Sarkasmus.

„Wir gehen davon aus, dass Brendans Gefährten ihn auf das Boot verluden und auf die weitere Reise mitnahmen", bemerkte O' Reilly mit ratlosem Gebaren. „Aus dem Grund benötigen wir Ihre Hilfe. Wir kennen nicht den Ort, an dem die Reichtümer heute verborgen sind. Welche Inseln lief Brendan außer Jan Mayen außerdem noch an. Wohin führte die nächste Etappe? Wann und wo endete die Fahrt?"

„Sie sind also Schatzsucher", stellte James Mac Domhnall ernüchtert fest und nippte erneut an seinem Single Malt. „Nun ja, warum nicht? Mit irgendetwas muss jeder seine Brötchen verdienen, obwohl ich mir Sinnvolleres vorstellen kann. Gleichwohl ist das allein Ihre Angelegenheit. Was die weitere Seereise Brendans betrifft, so weist sie einige Widersprüche auf."

„Einige Widersprüche? Wie darf ich das auffassen?" O' Reilly wirkte merklich beunruhigt.

„Laut den weiteren Aufzeichnungen in der Navigatio Sancti Brendani segelte Brendan mit seinen Getreuen zunächst wieder in Richtung Süden. Nach sieben Tagen kreuzte ihre Route eine einsame Felsklippe mitten im Meer. Auf dem Felsen kauerte ein menschliches Wesen: ein Mann."

„Wer war der Mann?"

„Lachen Sie mich nicht aus, Mister O' Reilly. Angeblich handelte es sich um Judas Iskariot. Jenen Missetäter, der für 30 Silberlinge den Sohn Gottes verriet."

„Und auf wessen Geheiß ist er auf der einsamen Klippe ausgesetzt worden?", fragte Mac Fadden verwirrt.

„So unglaublich es klingt, aber es soll der Heiland selber gewesen sein. In göttlicher Gnade gestattete er dem Übeltäter an jedem Sonntag und an den kirchlichen Feiertagen der Hölle zu entsteigen, damit sich seine Seele von den Qualen erhole, bevor er dorthin zurückkehren musste. Er bekam sozusagen ... Freigang vom Fegefeuer."

O' Reilly lachte gequält. „Judas Iskariot? Das ist doch hanebüchener Unsinn", bemerkte er abfällig und schüttelte den Kopf.

„Sie dürfen das nicht ernst nehmen. Betrachten Sie es als eine Art religiöse Ausschmückung des Autors", antwortete James Mac Domhnall belustigt. „Derer gibt es zuhauf in den noch folgenden Ereignissen. Bereits zwei Segeltage später folgte der nächste Sonderfall. Dort stießen die wagemutigen Mönche auf ein kleines Eiland, das einen Durchmesser von 200 Metern besaß. Auf dem Inselchen lebte ein Eremit namens Paulus. Der Mann behauptete zu Brendan, sich seit über 90 Jahren allein von Fisch und Wasser zu ernähren. Diese Episode müssen wir ebenso als Fantasterei ansehen. Richtig interessant wird es erst wieder 40 Segeltage südlicher."

„Was geschah am vierzigsten Tag?", fragte O' Reilly gespannt. Sein zwischenzeitlich abgesunkener Hoffnungspegel schnellte merklich in die Höhe.

„Sie erblickten eine weitere Insel. Wie ich schon andeutete, dauerte Brendans Seereise ganze sieben Jahre. In den ersten sechs Jahren lief er mit seiner Mannschaft zu Ostern stets diese Insel an, um hier die heilige Messe zu feiern. So auch im letzten Reisejahr, in welchem die Besatzung des Curragh unerwartet Zuwachs bekam. Auf dem Fleckchen Erde, inmitten des weiten Meeres, lebte ein heiliger Mann, den die Mönche den Fürsorger nannten. Der Einsiedler schloss sich ihnen an, da er nach eigener Behauptung der Einzige sei, der in der Lage wäre, die Reisenden zur Insel der Glückseligkeit zu führen. So weit, so gut. Jetzt allerdings kommt in der Geschichte ein auffällig widersprüchlicher Aspekt zum Vorschein. Die Fahrt auf dem Curragh führte die Crew von nun an 40 Tage lang stetig nach Osten. Eine Behauptung, die nach meinen Berechnungen völlig absurd ist."

Neugierig trug sich Mac Fadden mit der Absicht eine Frage zu stellen, doch O' Reilly war eine Sekunde schneller. „Was ist daran unmöglich? Mit reichlich Wasser und Proviant an Bord lässt sich eine solche Distanz problemlos ohne Zwischenstopp zurücklegen."

„Diesen Umstand stelle ich nicht in Abrede."

„Was lässt Sie sonst an der Behauptung zweifeln?", fragte Mac Fadden verwundert.

„Die angegebenen Entfernungen sind einfach zu gewaltig. Zwangsläufig hätten die Reisenden mit weit weniger Segeltagen auf Land stoßen müssen.“ Er bemerkte das Unverständnis in den Gesichtern seiner Gäste und sah sich gezwungen, die Begründung im Detail offenzulegen. „Da wir davon ausgehen können, dass Brendan Jan Mayen anlief, nehmen wir die Insel für die weitere Reise als Ausgangspunkt. Die Fahrt des Curragh führte zunächst nach Süden. Sicherlich parallel an der isländischen Ostküste vorüber, ohne sie zu tangieren. Später ist von der einsamen Judasklippe die Rede, an der es vorübersegelte. Das ist kein Scherz, meine Herren, aber ein derartiger Felsen existiert tatsächlich. Es ist der Rockall, einsam im Nordatlantik auf halbem Weg zwischen Irland und Island gelegen. Es handelt sich um eine Bergspitze der kontinentalen Erdkruste, die 23 Meter aus dem Ozean herausragt. Ihr größter Durchmesser beträgt über dem Meeresspiegel 27 Meter. Zahlreiche Seevögel nisten auf dem kargen Flecken. Allerdings gibt es eine chronologische Unstimmigkeit. Sie ist nicht zwei Tagesreisen von Jan Mayen entfernt, sondern neun, wenn ich vier Knoten Fahrt in der Stunde voraussetze. In dem Zeitraum, eventuelle Flauten, die Unkenntnis gegen den Wind zu kreuzen und andere Widrigkeiten mit eingerechnet, legt ein Curragh diese Distanz bequem zurück. Doch die zeitlichen Widersprüche werden massiver, je länger die Reise andauert. Wenn wir der Navigatio Sancti Brendani Glauben schenken, segelten die Abenteurer ab dem Rockall ganze 40 Tage und Nächte in südliche Richtung.“

„Unglaublich! Das würde ja bedeuten, dass sie den Äquator überquert haben und sich im Südatlantik aufhielten.“

„Sie sagen es, Mister O' Reilly“, bestätigte James Mac Domhnall dessen Berechnungen. „Demzufolge legten die wackeren Seebären eine Strecke zurück, die sie beinahe bis in den Golf von Guinea führte. Auf der Insel des Fürsorgers – die in diesem Seegebiet zu suchen wäre, wenn wir die Entfernungsmaßstäbe der Navigatio Sancti Brendani zugrunde legen – hätten sie Proviant und Wasser aufgenommen, um sich für die Zieletappe der Reise zu wappnen.“

„Existiert in dem Terrain eine solche Insel?“

„Aber ja, Mister Mac Fadden, das Eiland Ascension. Bei aller Skepsis muss ich ehrlich eingestehen, dass der von zahlreichen

Meeresvögeln bewohnte Felsen Boatswain Bird Island an der Nordostküste und die dort oft vorbeiziehenden Walschulen mich auffallend an die Vogelinsel und die Meeresungeheuer erinnern, die der Autor der Navigatio Sancti Brendani beschreibt. Gleichwohl ist es abwegig zu glauben, Brendan hätte den Ort siebenmal betreten. Hinzu kommt, wie ich bereits andeutete, dass er mit seiner Crew auf der finalen Route noch weitere 40 Tage ostwärts segelte. Das ist jedoch vollkommen absurd, da die Männer nach zwei Wochen auf die Küste von Nordangola oder dem Kongo gestoßen wären."

Mac Fadden und O' Reilly wirkten ernüchtert. Der Ausgang der Seereise des Mönches blieb ungewiss. Frustration war in ihren Gesichtern zu lesen.

James Mac Domhnall blieb dies nicht verborgen und brachte einen neuen Aspekt zur Sprache. „Ich vermute, die angegebenen Zeitspannen der einzelnen Etappen entbehren jeder Grundlage. Wenn wir sie um die Hälfte reduzieren, ergibt sich ein anderes Bild. In dem Fall wäre Brendan an Madeira vorübergesegelt und hätte anschließend die Kanarischen Inseln gesichtet, auch wenn sich bei einer längeren Fahrt nach Osten hier ebenso ein Problem mit dem afrikanischen Festland ergibt. Ich bin überzeugt – und die Resultate meiner Forschungsarbeit bestärken mich darin – dass Brendan zuerst vor der Küste La Palmas ankerte, dort Wasser und Nahrungsmittel aufnahm und weiter in Richtung Sonnenaufgang segelte – nach Teneriffa oder Gran Canaria. An diesem Punkt, inmitten der glückseligen Inseln, fand er das gesuchte Paradies. Eine Vorstellung, die nicht abwegig erscheint. Die Kanaren gelten als Land des ewigen Frühlings. Das Klima ist angenehm und die vulkanische Erde fruchtbar. Wie der Autor behauptet, verweilte Brendan dort ebenfalls 40 Tage lang. In dieser Zeit offenbarte sich ihm, der Heiland selbst habe ihn auf die Reise geschickt, um die vielfältigen Geheimnisse des großen Ozeans zu erfahren, und dass den gottgefälligen Iren dieses Land einst verheißen sei. Am letzten Tag ihres Aufenthalts beluden sie das Schiff mit zahlreichen Früchten sowie kostbaren Schätzen und stachen in See. Frohen Mutes kehrten die wagemutigen Seefahrer nach sieben Jahren heim. Brendan verstarb der Legende zufolge kurz nach diesen Begebenheiten."

„Ihren Worten zufolge befanden sich unermessliche Schätze an Bord des Curragh!“, erwiderte O’ Reilly. Seine Augen begannen, fiebrig zu glänzen. Auch in Mac Faddens Gesicht war eine Spur Hoffnung zu lesen. „Wenn wir den Faden logisch weiterspinnen, muss er sie irgendwo in Irland versteckt haben.“

„Nicht irgendwo! Falls er Gold und Juwelen von der Reise mitbrachte, woran ich starke Zweifel hege, behielt er die Dinge gewiss nicht für sich, sondern verschenkte sie an die irischen Klöster. Allen voran dem Kloster in Clonfert, denn ihm eilte der Ruf voraus, ein zutiefst gläubiger Mensch zu sein, der dem Mammon nicht zugetan war.“

„Aus welcher Quelle ziehen Sie die Kenntnisse über Brendans wahren Charakter?“, fragte O’ Reilly skeptisch. „Sie sagten doch vorhin, es gäbe kaum überliefertes Schriftgut aus seinem Leben.

„Denken Sie nach. Sie und Ihr Geschäftsfreund sind selbst auf eine glaubwürdige Quelle mit der Nase gestoßen“, verriet James Mac Domhnall lächelnd.

Die beiden blickten ihn irritiert an. Sie begriffen nicht, auf welchen Sachverhalt ihr Gastgeber anspielte.

„Brendans Botschaft, die er in der Höhle auf der Insel Jan Mayen der Nachwelt hinterließ, spiegelt den Seelenzustand des gläubigen Mönches wieder. Wie hieß es gleich: Gefangen in Gold und Silber weckten sie mein Begehren, die letzte Prüfung des Herrn auf dem Weg zur Verheißung. Worte, die eine deutliche Sprache sprechen. Sie veranschaulichen Brendans inneren Kampf gegen eine der sieben Todsünden. Seine Angst, dieser Prüfung nicht standzuhalten, war immens groß und kommt darin offen zum Ausdruck.“

Ungläubig schüttelte O’ Reilly den Kopf. „Das Gold, das Silber und die Tränen sind aus der Höhle spurlos verschwunden. Für mich bedeutet das: Brendan gab sich der Versuchung des Reichtums hin und nahm den Schatz in Besitz. Diese Möglichkeit ist naheliegend – das müssen Sie zugeben!“

„Sicherlich“, antwortete Mac Domhnall grienend. „Er war bloß ein Mensch. Eine Spezies, die erfahrungsgemäß moralisch oft auf die Knie fällt. Da bilden Kirchenmänner keine Ausnahme. Das gebe ich ohne Umschweife zu. Gleichwohl gibt es noch eine andere

Möglichkeit für ihr Abhandenkommen. Vielleicht verriet Ihnen das Logbuch von van Schellinkhout nicht alle seine Geheimnisse."

„Was soll das heißen?", fragte O' Reilly stirnrunzelnd.

„Es wäre durchaus denkbar, dass sich in Wahrheit ihr Walfangkapitän das Gold unter den Nagel riss und in weiser Voraussicht vergaß, den Passus in seinen Eintragungen zu erwähnen. Womöglich hätte ihn diese Notiz gezwungen, den wertvollen Fund bei seinen Auftraggebern zu deklarieren."

Theoretisch konnte Mac Domhnall mit der Vermutung recht haben. Eine solche Variante hatten O' Reilly und Mac Fadden noch nicht in Erwägung gezogen. Nach reiflicher Überlegung verwarfen sie den Gedanken allerdings wieder.

„Ich glaube nicht, dass es so ablief. Van Schellinkhout hätte den Schatzfund vor seiner Mannschaft niemals geheim halten können", orakelte Mac Fadden. „Die Sache wäre sofort aufgeflogen. Außerdem hätte das heimkehrende Schiff mit den Reichtümern im Bauch enormes Aufsehen in Holland erregt. Die Chronisten schweigen jedoch zu der Thematik. Demzufolge war die Höhle im 17. Jahrhundert ihrer Kostbarkeiten schon lange beraubt."

„Wie Sie meinen. Vielleicht tu ich Ihrem Walfangkapitän ja Unrecht", revidierte sich James Mac Domhnall. „Zwei Fragen brennen mir allerdings noch unter den Nägeln. Auf welche Weise gelangte der ominöse Schatz auf die Insel Jan Mayen und vor allem durch wen?"

„Das wird ein ewiges Mysterium bleiben. Darüber kann uns wohl nur die Basalttafel eine Auskunft geben. Leider ist sie ebenso spurlos verschwunden", antwortete O' Reilly bedauernd.

Grübelnd blickte Mac Domhnall auf den Schreibtisch und die darauf liegende aufgeschlagene Navigatio Sancti Brendani. „Sollte Brendan allen Ernstes mit Reichtümern überhäuft nach Irland zurückgekehrt sein, wird deren Auffindung enorme Mühen kosten, wenn nicht gar unmöglich sein", bemerkte er beiläufig. „Überlegen Sie bitte: Seitdem gingen beinahe 1500 Jahre ins Land und die geschichtlichen Überlieferungen über das Leben und Wirken des Mönchs nach seiner Rückkehr nach Irland sind spärlich gesät. Ich gebe Ihnen einen Tipp: Versuchen Sie Ihr Glück zuerst im Kloster

Clonfert. Dort stoßen Sie am ehesten auf eine Spur. Wenn Sie weitere Hilfe benötigen, dürfen Sie gern erneut an mich herantreten. Der Ausgang Ihrer Recherche interessiert mich immens."

„Vielen Dank für die Informationen. Ihre Analyse über Brendans Reise war höchst aufschlussreich", meinte O' Reilly lächelnd. Auch Mac Fadden verabschiedete sich. „Wir möchten Ihre Zeit nicht länger in Anspruch nehmen. Wir melden uns mit Sicherheit noch einmal bei Ihnen. Auf Wiedersehen."

Während Charles die Gäste zur Haustür geleitete, leerte Mac Domhnall sein Whiskeyglas. Den Kopf voller konfuser Gedanken lehnte er sich im Sessel zurück, um über den unerwarteten Ausgang des Abends intensiv nachzudenken.

Kapitel 5

1.

25. Juni

Das Wetter meinte es nicht gut mit ihnen. Seit dem Morgengrauen regnete es. Die Luft hatte sich merklich abgekühlt und so verwunderte es nicht, dass sie bei ihrer Ankunft die Kathedrale Clonfert und die umliegende Landschaft in dichte Nebelschwaden gehüllt sahen. Der stete, fein herniederrieselnde Tropfenschleier aus den tief hängenden Wolken malte von dem ehemaligen Kloster ein stilles Bild der Melancholie und Einsamkeit. Das Gelände vor der Kathedrale wirkte verlassen. O' Reilly und Mac Fadden schienen heute die ersten Besucher des geschichtsträchtigen Ortes zu sein. Zielbewusst passierten sie das große handgeschmiedete Eisentor der Umfassungsmauer und schritten zum Portal an der Westseite des mittelalterlichen Monuments. Den Weg dorthin säumten zu beiden Seiten alte verwitterte Grabsteine. Achtlos liefen die zwei Männer an den steinernen Zeugnissen früheren menschlichen Daseins vorüber.

Nach wenigen Metern erreichten sie ihr Ziel und blieben staunend davor stehen. In seiner Bauart glich das Portal dem zweidimensionalen Bild eines Hauses. Der Hauptbogen, über dem schmalen Eingang platziert, umschlang fünf weitere, sich stetig verjüngende Bögen mit floristischen Elementen und Köpfen von Tieren, die je fünf Sandsteinpfeiler beidseitig stützten. Die gesamte Szenerie schmückten wunderschöne Verzierungen und Ornamente. Direkt darüber waren sechs Säulen zu erkennen, fein herausmoduliert aus dem weichen Kalkstein an der Vorderfront des Gebäudes. Miteinander verbunden durch fünf schmale Wölbungen, umschlossen sie innwendig jeweils einen steinernen Kopf. Das Relief eines dreieckigen Tympanons am oberen Ende vervollständigte das außergewöhnliche architektonische Ensemble. Es besaß eine auffallende Ähnlichkeit mit einem Dachgiebel. Darin bildeten fünfundzwanzig gleichschenklige und in sich verschachtelte Dreiecke ein geometrisches Muster, das eminent an eine Pyramide erinnerte. Zehn Dreiecke, jedes gleichfalls mit einem steinernen Kopf bestückt, standen auf der Spitze, während die restlichen fünfzehn entgegengesetzt angeordnet waren. Die Ornamentik des Portals strahlte eine mystische, geheimnisvolle Aura aus. Verbarg es ein Rätsel, dessen Antwort sie nicht kannten?

„Fällt Ihnen in der Architektur des Portals etwas Ungewöhnliches auf?", fragte unerwartet eine Stimme hinter ihrem Rücken.

Überrascht wandten sich O' Reilly und Mac Fadden um.

„Entschuldigen Sie bitte, ich habe nicht beabsichtigt, Sie zu erschrecken. Ich gehöre der hiesigen Diözese an. Mein Name ist Shannon, Pfarrer Will Shannon. Ich sah Sie gedanklich vertieft und voller Interesse vor der Eingangstür stehen, dass ich es mir nicht verkneifen konnte, Sie anzusprechen."

Der Mann war klein von Statur und trug einen dunklen Anzug. Sein kurz geschnittenes Haar über dem runzeligen Gesicht war bereits ergraut. Der Alte mochte um die siebzig Jahre alt sein und lächelte sie freundlich an.

„Schon gut, Mister Shannon. Wir sind Ihnen nicht böse. Mein Name lautet O' Reilly und dieser Herr heißt Mac Fadden. Wir sind Archäologen und kommen aus Dublin. Können Sie uns etwas über das Portal erzählen? Was ist Besonderes an ihm? Verbirgt es ein Geheimnis?"

Will Shannon griente. Ihn schienen die Fragen zu belustigen. „Ein Geheimnis? Aber gewiss doch! Es offenbart sich allerdings nur demjenigen, der für alte Legenden ein offenes Ohr besitzt. Ein Skeptiker würde es sofort negieren. Wenn Sie aber frei von Vorurteilen sind, kann ich Ihnen bemerkenswerte Dinge über das Portal erzählen. Eines ist zweifelsfrei: Es zeugt augenfällig von einem tiefen mythischen Synkretismus, verbunden mit einer ungewöhnlichen Zahlensymbolik."

„Ein Zahlenrätsel? Sie machen uns neugierig. Schießen Sie los", erwiderte Mac Fadden verblüfft.

„Die Reliefe am Eingangsportal lassen eine Vermischung unterschiedlicher religiöser Themen und Glaubenslehren erkennen. Sie beinhalten sowohl heidnische wie christliche Elemente", erklärte

Will Shannon. Er hob den rechten Arm in die Höhe und zeigte auf das Innere des Tympanons. „Die steinernen Köpfe, die Sie oben in den Dreiecken und darunter zwischen den Wölbungen der sechs Säulen sehen, symbolisieren abgeschlagene Häupter und haben einen heidnischen Ursprung. Sie künden von einer keltischen Kopfverehrung, während in der Ornamentik des Tympanons sowie der Säulen und Bögen im Eingangsbereich klar erkennbar christliche Motive vorherrschen. Die dekorativen Schemata der Ornamente an den zurückgesetzten Bögen neben und über dem Eingang wiederholen sich in auffälliger Weise. In ihnen finden wir eine sichtbare Vorliebe für die Zahlen Sieben und Drei. Das ist jedoch nicht alles. Die Zahl Fünf ist in der Symbolik des Portals ebenfalls mehrmals verewigt. Wir erkennen sie in der Anzahl der tragenden Sandsteinsäulen, in den darauf ruhenden Bögen und in den Wölbungen der sechs Säulen unter dem Tympanon. Auch die 25 verschachtelten Dreiecke und die zahlreichen Steinköpfe im Inneren wurzeln in der Zahl Fünf."

„Welcher Sinn liegt den drei Zahlen zugrunde?", fragte O' Reilly gespannt auf Will Shannons Antwort.

„Nach Auffassung anerkannter Historiker symbolisieren sie eine Jahreszahl – Anno Domini 573", verkündete er allen Ernstes.

Ungläubig meldete sich O' Reilly zu Wort. „Wieso gerade 573? Warum nicht 357 oder 735?", äußerte er lapidar.

„Ja genau!", begann auch Mac Fadden skeptisch zu orakeln. 537, 753 und 375 wären gleichfalls möglich."

„Sie glauben mir nicht? Folgen Sie mir ins Innere der Kathedrale. Ich möchte Ihnen etwas Außergewöhnliches zeigen. Es sind mehrere Bildnisse, die Ihre Bedenken zerschlagen", erwiderte Will Shannon reserviert. Offenbar fühlte er sich durch die Skepsis der beiden Besucher in seiner Ehre verletzt.

Forschen Schrittes betraten sie den Mittelgang. Vorbei an den zahlreichen Bankreihen für die Kirchgänger zu ihrer linken und rechten Seite erreichten sie das Presbyterium. Das Licht, das durch die großen Fenster auf der Nord- und Südseite in die Kathedrale eindrang, schien unerwartet hell. Nur der Altar, am östlichen Ende des Gotteshauses gelegen, und zwei darüber liegende bunte Glasfenster lagen im fahlen Halbdunkel. Neben dem Säulenbogen, der das Presbyterium zusammen mit dem Altar und dem Chorgestühl vom Hauptschiff räumlich trennte, harrten sie auf der Stelle. Rechts von ihnen stand eine alte Orgel und auf der entgegengesetzten Seite hing leicht erhöht die Kanzel.

„Unsere Kirche ist 1166 im irisch-romanischen Stil aus Kalkstein erbaut worden“, erklärte Will Shannon und breitete seine Arme aus, als wolle er den gesamten Raum umfassen.

„1166? So spät? Ich dachte, der Bau der Kathedrale gehe auf den Mönch Brendan zurück“, meinte Mac Fadden verblüfft.

„Das ist nicht korrekt. Die Gründung des Kloster Clonfert erfolgte zwar durch seine Initiative, was zwischen 557 und 560 geschah, doch an der Errichtung dieses Sakralbaus besaß er keinen Anteil. Allerdings ist das Gebäude auf den Trümmern einer weitaus älteren Kirche errichtet worden, deren Geschichte sich bis ins 6. Jahrhundert zurückverfolgen lässt.“

Die Antwort schien O’ Reilly nicht zu gefallen. Nachdenklich rieb er sich mit der Hand am Kinn. „Demzufolge existieren hier keine Zeugnisse, die auf die Zeit Brendans zurückgehen?“, kommentierte er zwiespältig Shannons Resümee.

„Ja und nein. Von der älteren Kirche hat die Zeit nichts überdauert. Die Kathedrale, die jetzt auf ihren Grundmauern ruht, ist in ihrer Geschichte mehrere Male gebrandschatzt und neu aufgebaut worden. Von ihrem ursprünglichen Aussehen blieb wenig erhalten. Das Westportal ist das einzige Fragment, was die Jahrhunderte unbeschadet überstand. Falls es hier früher tatsächlich Artefakte aus der Ära Brendans gab, sind sie durch die zahlreichen kriegerischen Akte mit Sicherheit verloren gegangen. Andererseits erinnert an diesem Ort unübersehbar ein symbolischer Fingerzeig auf das Leben und Wirken des Mönches. Es ist die ungewöhnliche Darstellung eines maritimen Themas an einem Pfeiler des Bogens, unter dem wir gerade stehen. Schauen Sie bitte nach rechts. In Brusthöhe sehen Sie drei Bildnisse, die in den Stein gehauen sind. Welche spezielle Charakteristik fällt Ihnen auf?“

Grübelnd blickten Mac Fadden und O’ Reilly auf die Reliefs. Drei Engel mit ausgebreiteten Flügeln schmückten den Pfeiler. Etwas tiefer folgte eine Rosette mit floralen Themen, gefolgt von dem Porträt einer jungen Frau mit einem Fischschwanz.

„Eine Sirene!", rief Mac Fadden überrascht. „In einem Kirchenbau? Sehr eigenartig. Was hält sie für ungewöhnliche Dinge in den Händen? Sie erinnern an eine Texttafel und ein Brennglas. Auch die Engel tragen Gegenstände in den Armen. Leider sind sie nicht mehr eindeutig zu identifizieren. Was stellen sie dar?"

„Es sind die Bildnisse, die ich Ihnen zeigen wollte, um Ihnen die Zweifel an meiner Auslegung des Zahlenrätsels zu nehmen", antwortete Will Shannon mit einem triumphierenden Lächeln um die Lippen. „Die Engel assoziiere ich mit den Himmelsboten, die sich Brendan im Leben mehrfach zu erkennen gaben, um ihm die Weisheit Gottes zu offenbaren. Die vom Zahn der Zeit benagten Gegenstände in ihren Händen lassen sich bedauerlicherweise nicht mehr zuordnen. Was die Meerjungfrau betrifft: Sie hält kein Brennglas und keine Texttafel in den Händen, sondern typisch weibliche Symbole – den Kamm und den Spiegel. Die Meermaid und ein Seedrache, der an einer anderen Stelle der Kirche abgebildet ist, erinnern uns an die sagenhaften Seefahrten des Mönches und dessen glückliche Heimreise. Viele Historiker vertreten daher die Ansicht, dass der Symbolik des Eingangsportals die Jahreszahl 573 zugrunde liegt. Es war das Jahr seiner Wiederkehr nach Irland. Diese Erklärung ist einfach am plausibelsten."

„Ein einleuchtendes Argument", bemerkte O' Reilly positiv angetan. „Somit gingen nicht alle Überlieferungen von ihm verloren. Was ist aus den Schätzen geworden, die er besaß?"

Pfarrer Will Shannon sah den beiden verwundert in die gierigen Augen und runzelte die Stirn. „Schätze? Ich weiß nicht, worauf Sie anspielen wollen?"

„Er spricht von den Reichtümern, die Brendan von der Reise mitbrachte", deutete Mac Fadden grinsend an.

Will Shannons Körper straffte sich. Das freundliche Gebaren des Pfarrers verwandelte sich abrupt in kühle Zurückweisung. Der Ausdruck in seinen Worten fiel geradezu frostig aus. „Sie enttäuschen mich, meine Herren. Ich dachte, Sie wären an der Architektur und an der Geschichte der Kirche interessiert, stattdessen sind Sie bloß hinter dem schnöden Mammon her. Lassen Sie sich eins sagen:

Brendan war ein gottesfürchtiger Mann. Er nannte nur das sein Eigen, was er auf dem Leib trug. Hier gibt es kein Gold zu finden. Und falls er tatsächlich von einem Schatz Kenntnis erlangte, nahm er sein Wissen über ihn mit ins Grab."

„Wo befindet sich Brendans Grab?", fragte O' Reilly wie aus der Pistole geschossen.

Missbilligend schüttelte Will Shannon den Kopf. Er hatte die Ambitionen der beiden Besucher falsch eingeschätzt und ärgerte sich maßlos darüber. „Folgen Sie mir", antwortete er widerstrebend und schritt den Mittelgang zurück zum Ausgang.

O' Reilly und Mac Fadden folgten ihm bis auf den Friedhof. 50 Meter von der Kathedrale entfernt blieb er schließlich stehen und zeigte auf eine uralte verwitterte Grabstele ohne namentliche Inschrift, die massiv von Algen und Flechten bewachsen war und lediglich eine eingekerbte römische Zahl aufwies: DLXXIII. „Der Sage nach ruhen die Gebeine des Mönches unter diesem Stein. Ob es der Wahrheit entspricht, vermag ich nicht zu beurteilen."

„573!", rief Mac Fadden überrascht. „Das kann kein Zufall sein? Die Zahl auf der Grabstele muss mit der Symbolik des Portals in Verbindung stehen?"

Will Shannon stimmte überraschend zu. „Manche Forscher behaupten, es handle sich bloß um eine simple Grabnummer. Ich glaube das nicht. Im 6. Jahrhundert sind meines Wissens noch keine Gräber nummeriert worden. Ich vermute vielmehr, dass die Symbolik des Portals nicht allein auf die Rückkehr des Mönches nach Irland anspielt, sondern ebenso auf eine alte Legende, die sich im gleichen Jahr zugetragen haben soll. Die Zahl 573 deute ich als einen Fingerzeig auf Brendans Sarkophag, da der Sage nach auf ihm die Auflösung einer mysteriösen Begebenheit verewigt ist."

„Welche Legende, welche Begebenheit?", fragte O' Reilly brennend interessiert.

„Angeblich ist der Mönch im Jahr 573 nach Christus auf einer einsam gelegenen Insel inmitten des Ozeans vom Teufel versucht worden. Auf Wiedersehen, meine Herren!", beendete Will Shannon mürrisch den Disput und lenkte seine Schritte zurück in die Kathedrale. Zurück ließ er zwei ratlos dreinblickende Männer.

2.

Gut gelaunt blickte Maximilian Korff aus dem Fenster seiner Wohnung in Jena-Altlobeda. Das Wetter war herrlich. Die Sonne stand hoch im Zenit und schüttete ihre warmen Strahlen über die Millionen Jahre alten Kalksteinberge und das dazwischen liegende, sich mit dem Fluss windende Saaletal. Der blondhaarige, 39 Jahre alte Lehrer für Geschichte freute sich auf einen unbeschwerten Sommertag.

Unerwartet läutete das Telefon. Sorglos lief er zum Apparat und nahm den Hörer ab.

„Spreche ich mit Herrn Korff ... Maximilian Korff?", fragte eine dunkle Stimme in akzentuiertem Deutsch.

„Ja bitte! Was kann ich für Sie tun?"

„Mein Name lautet Jensen ... Ministerialrat Jensen. Ich arbeite für das norwegische Innenministerium. Es handelt sich um eine verwickelte Angelegenheit, die ich äußerst diskret und sensibel behandeln möchte. Die Sache kann für Sie von großer Bedeutung sein. Sie lässt sich am Telefon allerdings schwer erklären. Daher beabsichtige ich, eine eingeweihte Person bei Ihnen zu Haus vorbeizuschicken, die Ihnen alles näher erläutern wird. Ehrlich gesagt, befindet sich diese Person schon auf dem Weg zu Ihnen. Es handelt sich um Marja Petersen. Sie ist Archäologin und arbeitet für das Osloer Institut für präskandinavische Geschichte. Sie wird heute Abend bei Ihnen eintreffen."

Maximilian Korff hatte der Stimme entgeistert zugehört. Er glaubte zu träumen. Der Anruf war derart ungewöhnlich, dass er für einen Moment nicht imstande war, rational zu denken. Umso konfuser müssen Ministerialrat Jensen seine Fragen in den Ohren geklungen haben.

„Eine Archäologin ... aus Norwegen ... Hier liegt bestimmt ein Irrtum vor. Ich bin Lehrer. Sie haben sich sicherlich verwählt. Ich weiß nicht, was ich davon halten soll ... Meinen Sie wirklich mich?", stammelte er.

„Machen Sie sich bitte keine unnötigen Gedanken, Herr Korff. Sie sind der richtige Mann. Marja Petersen wird Sie über alles informieren. Auf Wiederhören."

Er lauschte der Stimme des Mannes lange nach. Eine Minute lang stand er mit dem Hörer in der Hand wie angewurzelt neben dem Telefon, ehe ihm bewusst war, dass Jensen längst aufgelegt hatte. Mit dem ruhigen und beschaulichen Sommertag war es vorbei. Wilde Spekulationen spukten ihm durch den Kopf, doch seine Vorstellungen reichten bei Weitem nicht an das heran, was ihn in den nächsten Tagen erwartete.

3.

Seit letzter Nacht goss es ohne Unterlass. Die Temperatur war auf kühle 15 Grad Celsius gefallen. Und das im Juni.

Geruhsam durch das Fenster in die graue Suppe hinausblickend und die wohlige Wärme im Haus genießend, nippte James Mac Domhnall an einer Tasse Tee.

Unauffällig betrat Charles den Raum und legte dem Hausherrn die neuste Tageszeitung auf den Tisch. „Heute ist keine Post dabei“, bemerkte er diskret und verschwand wieder.

Mac Domhnall griff nach der Zeitung und blätterte neugierig durch die Seiten. Die zahllosen Belanglosigkeiten über diverse Stars und Sternchen übersah er geflissentlich. Zwischen den Auslandsmeldungen fiel ihm allerdings ein seltsamer Artikel in die Augen, dessen Text er mit wachsender Unruhe aufnahm.

Mysteriöse Mordfälle auf einer Hochseejacht!

Nach Angaben der Reykjavíker Kriminalpolizei barg der isländische Fischkutter Anna Katrin am Morgen des 21. Juni eine Hochseejacht, die führerlos in der Grönlandsee auf die Hafenstadt Raufarhöfn zutrieb. Die Untersuchung ergab später, dass die gesamte Besatzung auf bestialische Weise ermordet worden war. Das Motiv für die grausame Tat liegt noch im Dunkel. Eine Spur der Täter führt auf die Insel Jan Mayen, wo die Jacht einen Tag zuvor in einer Bucht ankerte. Eine andere Fährte lässt den Ermittlern zufolge die Möglichkeit zu, dass die Mörder nach Irland oder in die Niederlande entkamen. In der isländischen Kriminalstatistik nimmt dieser mysteriöse Fall eine aufsehenerregende, aber auch tragische Sonderstellung ein. Reykjavík, Iceland Press.

Mac Domhnall fiel beinahe die Teetasse aus der Hand. Ihm kamen sofort die beiden Gäste vom gestrigen Abend in den Sinn. Das konnte kein Zufall sein. Mac Fadden und O' Reilly hatten nach eigener Aussage erst vor Kurzem der Insel Jan Mayen einen Besuch abgestattet, um nach dem sagenhaften Schatz des Mönches Brendan zu suchen. Hatten sie zur Crew des Schiffes gehört und die vermeintlichen Reichtümer nicht mit ihr teilen wollen? Womöglich waren die Besatzungsmitglieder in Streit geraten, der blutig geendet hatte. Lag hier das Motiv der Mordfälle verborgen? Schaudernd ereilte ihn die Erkenntnis, in welcher Gefahr er geschwebt hatte. Trotz seiner angeborenen Vorsicht und der anfänglichen Abneigung gegen die unbekannten Männer hatte er sie in sein Haus gelassen. Zu tief war er von der unbeschreiblichen Geschichte gefesselt gewesen, die sie ihm aufgetischt hatten. Was war jetzt zu tun? Zur Polizei gehen oder das Ganze ignorieren? Unschlüssig wog er alle relevanten Komponenten dieser besorgniserregenden Problematik ab. Schließlich begann er sich einzureden, aller Voraussicht nach O' Reilly und Mac Fadden nie wiederzusehen. Außerdem basierten seine Einschätzungen nur auf Vermutungen. Vielleicht verhielt sich die Sache ganz anders und die beiden waren unschuldig. In dem Fall wären seine Befürchtungen unbegründet. James Mac Domhnall beschloss, die Polizei vorerst nicht einzuschalten und lieber abzuwarten. Bestenfalls löste sich der mysteriöse Kriminalfall in den nächsten Tagen von allein auf. Zwiespältig legte er die Zeitung beiseite und griff nach dem Teeglas.

4.

Zufrieden schaute Professor Bouazizi zum Himmel. Dichte Wolkenformationen verdeckten die Sonne. Die große Hitze legte heute eine Pause ein. Ihm war das recht. Er verließ selten sein Domizil im Karthagischen Nationalmuseum. Es musste schon etwas Außergewöhnliches passieren, um ihn zu bewegen, seine heiligen Hallen zu verlassen. Die gestrige Eröffnung der beiden Italiener, sie hätten einen Sarkophag freigelegt, der wahrscheinlich noch jungfräulich im Erdreich ruhte, hatte ihn elektrisiert und die mit zunehmendem Alter eingesetzte phlegmatische Ader in den Hintergrund treten lassen. Ein Fund von dergleichen Gewichtung war im Einzugsgebiet des antiken Karthago seit Jahren nicht mehr zutage getreten. Zu exzessiv hatten die römischen Invasoren ihrem Vernichtungswillen freien Lauf gelassen. Jetzt stand er in einem schmutzigen Loch und fühlte sich 30 Jahre jünger und an eine Periode in seinem Leben erinnert, in der er sich mit Leib und Seele der Feldforschung verschrieben hatte. Diverse Meinungsdifferenzen, eine zunehmende Bürokratie und ein Verkennen des Wertes des kulturellen Erbes durch Politik und Gesellschaft waren der Auslöser gewesen, dass er sich ins Museum zurückgezogen hatte und Jahre später das Amt des Direktors antrat.

Doch hier, in einer engen staubigen Grube inmitten des Byrsahügels, entdeckte er seinen vor Jahrzehnten verloren gegangenen Enthusiasmus wieder. Dies war das wahre Leben eines Archäologen. Wie hatte er das vergessen können?

Die Abdeckplatte des Sarkophags war nahezu 2 Meter lang und ungefähr 70 Zentimeter breit. Der Marmor zeigte eine weiß-gelbliche Färbung mit bläulichen Nuancierungen. Der Verstorbene war, wie vermutet, kein Hungerleider gewesen. Im Gegenteil. Das aufs Feinste verarbeitete und kostenintensive Material verwies auf einen Menschen von hohem Rang, der zeit seines Lebens keinen Mangel zu erdulden hatte.

Den Stein bedeckte ein großflächiges Relief, das sich in einem formidablen Zustand befand und diverse Rätsel aufgab. Drei aneinandergereihte Bilder waren zu sehen, beginnend mit der Darstellung einer Kriegsgaleere, die ein Handelsschiff aufbringt. Brennend versinkt es im Meer. Es folgte eine Szene, die vermutlich Hiron zeigt, wie er auf dem Deck der Galeere triumphierend einen Gegenstand in die Höhe reckt, während eine Gruppe Gefangener demütig vor ihm niederkniete. Um was es sich dabei handelte, blieb schleierhaft. Der letzte Schauplatz zeigte offensichtlich die Stadt Karthago und den Einzug des Hiron mit seinen Gefangenen in den Tempelbezirk. Welches Schicksal sie erwartet hatte, malte sich Professor Bouazizi nicht näher aus. Römischen Quellen zufolge hatten dergleichen wenig zu lachen gehabt.

„Die gefesselten Seeleute heben sich in Aussehen und Kleidung deutlich von den Karthagern ab“, stellte Andrea Favelli fest. „Lange Haare und dichte Bärte umrahmen ihre Gesichter und die Gewänder, die sie tragen, sind einfach gefertigt und ohne schmückendes Beiwerk. Mit dem üppigen mediterranen Flair der Phönizier, Griechen und Römer haben sie nichts gemein. Für mich bleibt unklar, aus welcher Ecke der damals bekannten Welt sie stammten.“

„Hm“, brummte Professor Bouazizi. „Zweifelsfrei gehörten sie einem vollkommen anderen Kulturkreis an. Allerdings waren die Punier für ihre weiten Reisen bekannt. Einer von ihnen, Hanno mit Namen, umschiffte seinem Periplus zufolge Westafrika. Ich würde gern wissen, an welches Gestade es Hiron verschlug. Ich spüre, dass es ein Mysterium umgibt.“

„Öffnen wir den Sarkophag. Bestimmt gibt er uns das Geheimnis preis“, schlug Idriss Jomaar eilends vor. Ihm war vor Aufregung ganz kribbelig.

Unerwarteterweise ging Professor Bouazizi darauf ein. Er nickte Luka Falcone und Andrea Favelli kurz zu, worauf sie eifrig ans Werk gingen, den Sarkophag freizulegen. Als sie damit fertig waren, begannen sie vorsichtig, die Abdeckplatte aus der Verankerung zu lösen und mit zwei Seilen und einer Winde behutsam anzuheben. Zentimeter für Zentimeter gab sie den Blick ins Innere frei, bis sie neben dem Rand der Grube im Sand ruhte. Das Ergebnis war allerdings ernüchternd. Der Sarkophag war leer. Lediglich Knochenfragmente bedeckten den Boden. Die Unberührtheit der Grabstätte offenbarte sich als Illusion. Aller Wahrscheinlichkeit nach war sie bereits zu Zeiten der Römer ausgeplündert worden. Sie verbargen nicht ihre Enttäuschung. Sie hatten mehr erwartet.

„Was liegt dort in der Ecke?“, krähte Idriss Jomaar plötzlich in die Stille der Ernüchterung.

„Wovon sprichst du?“, fragte Luka Falcone irritiert.

„Ich meine das dunkle Gebilde mit den zwei gelbbraunen Punkten, das eins der Knochenteile umgibt. Siehst du es nicht? Es schaut aus wie ein Schmuckstück.“

„Es ist ein Ring!“, rief Professor Bouazizi überrascht. „Ihn müssen die Grabräuber übersehen haben. Das Material, aus dem er besteht, ist ... Unglaublich! ... Wenn das wahr wäre! Wir müssen das Artefakt im Labor näher untersuchen. Und was die Herkunft der gefangenen Seeleute betrifft, so hege ich einen begründeten Verdacht."

5.

Der Nachmittag neigte sich bereits dem Ende zu, als Eenie van Houten einen merkwürdigen Gast in den heiligen Räumen des Archivs bemerkte. Scheinbar ziellos, aber keineswegs desorientiert, wandelte der mit einem grauen Trenchcoat bekleidete ältere Herr beinahe eine Stunde lang zwischen den zahlreichen Regalreihen auf und ab. Sein auffälliges Verhalten erweckte den Anschein, er würde auf etwas Bestimmtes warten.

Allmählich begann sich der Publikumsverkehr zu lichten. Als die runde Uhr über der Eingangstür 17:00 Uhr anzeigte, war der Mann im Trenchcoat der letzte Besucher.

Argwöhnisch behielt ihn Eenie van Houten im Auge. Plötzlich änderte er sein Gebaren und lief mit raschen Schritten auf sie zu. Ein beklemmendes, von Überraschung und Angst geprägtes Gefühl erfasste sie. Seit dem Diebstahl der Landkarte und den herausgerissenen Seiten aus dem alten Logbuch begegnete sie unbekannten Menschen zunehmend mit Scheu. „Sie müssen jetzt gehen! Der Wachschutz wird die Räume gleich verschließen!", rief sie ihm lauthals entgegen und griff erschrocken nach dem messerartigen Brieföffner, der sich auf ihrem Schreibtisch befand.

„Leider kann ich Sie nicht verstehen. Ich spreche kein Niederländisch, lediglich ein bisschen Englisch. Sie müssen keine Angst vor mir haben. Ich möchte Sie bloß unter vier Augen sprechen", erwiderte der Mann lächelnd in ruhigem Ton.

„Wie kann ich Ihnen helfen?", fragte sie erleichtert in englischer Sprache.

„Mein Name ist Jonsson, Kommissar Einar Jonsson, und ich komme aus Reykjavík."

„Können Sie sich ausweisen?"

„Natürlich", erwiderte er und hielt der älteren Dame seinen Dienstausweis unter die Nase.

Obwohl Eenie van Houten auf dem Dokument nicht ein Wort entziffern konnte, wirkte das Passbild mit dem amtlichen Stempel darunter beruhigend auf ihr angeschlagenes Gemüt. „Soso, Sie kommen aus Island. Was führt Sie nach Amsterdam und vor allem, was wünschen Sie von mir?"

Während sie den Brieföffner diskret auf den Schreibtisch zurücklegte und Einar Jonsson interessiert musterte, suchte er nach den richtigen Worten. Eenie van Houten sah attraktiv aus. Durch ihr gepflegtes Äußeres und die kastanienbraun gefärbten, kurz geschnittenen Haare, die gelegentlich kleine dunkelblonde Strähnchen durchzogen, wirkte sie weit jünger, als sie in Wirklichkeit war, und hinterließ bei ihm einen sympathischen Eindruck. Dabei ertappte er sich bei einer Gefühlsregung, die er schon lange nicht mehr für eine Frau empfunden hatte: Hingezogenheit. Einar Jonsson, der seit dem frühen Tod seiner Frau wie ein einsamer Wolf lebte, verunsicherte die ungewohnte und aufwühlende Emotion. Für einen Moment kam er sich völlig nackt und verletzlich vor. Schnell verdrängte er den verwirrenden, sehnsuchtsvollen Impuls nach Herzenswärme in den hintersten Winkel seines Bewusstseins und kehrte wieder sein abgeklärtes, routinemäßiges Verhaltensmuster hervor. Hier fühlte er sich auf sicherem Terrain und gab eine unglaubliche Antwort auf Eenie van Houtens Frage. „Ich benötige Ihre Hilfe bei der Aufklärung eines heiklen Kriminalfalles. Vor einigen Tagen sind auf einem Schiff vor der Nordküste Islands fünf Menschen ermordet worden. Die Spur der Tatverdächtigen führt nach Amsterdam in Ihr Archiv."

„Welche absurde Feststellung. Sie machen mir Angst, Kommissar."

„Wie lautet Ihr Name und was ist Ihr Aufgabengebiet."

„Eenie van Houten. Ich leite die historische Sektion."

„Eenie, was ich Ihnen jetzt mitteile, wird Ihnen grotesk anmuten. Glaubwürdige Indizien sprechen dafür, dass die Mörder vor ihrer bestialischen Tat Ihrem Haus einen Besuch abgestattet haben."

„Welcher Art sind diese Indizien?", fragte sie ungläubig.

„Kamen in der letzten Zeit Dokumente abhanden? Ist aus dem Archiv etwas gestohlen worden?"

„Gestohlen? In der Tat, Kommissar. Im Logbuch eines alten Walfangschiffes fehlen mehrere Seiten. Jemand hat sie herausgerissen. Auch eine handgezeichnete Landkarte aus dem 17. Jahrhundert ist spurlos verschwunden. Weshalb fragen Sie?"

Einar Jonsson kramte in der Innentasche seines Trenchcoats und brachte eine Plastiktüte zum Vorschein. „Schauen Sie! Das wird Ihnen sicherlich bekannt vorkommen." Behutsam zog er die Karte und die Buchseiten, die ihm Karen Gudmundsson in Reykjavík übergeben hatte, aus dem Beutel hervor und legte sie sorgfältig auf den Schreibtisch. „Die Sachen fanden wir bei den ermordeten Seeleuten. Wahrscheinlich waren sie der Grund für ihren grausamen Tod."

„Großer Gott!", rief Eenie van Houten freudig. „Aber das sind ja die geraubten Schriftstücke ... Wie gelangten sie nach Island?"

„Das ist in zwei Minuten nicht erzählt", bemerkte Einar Jonsson schmunzelnd. „Darf ich mich zu Ihnen setzen?"

„Selbstverständlich", erwiderte sie und wies auf einen der beiden Stühle vor ihrem Schreibtisch.

Jonsson zog sich den Trenchcoat vom Leib, legte ihn über die Stuhllehne und nahm Platz. In allen Einzelheiten begann er die Chronik seiner Ermittlungen, verbunden mit unumstößlichen Tatsachen und eigenen Mutmaßungen, offen darzulegen. „Nach dem Diebstahl der Dokumente aus Ihrem Archiv flüchteten die Täter mit einer Linienmaschine nach Reykjavík. Von dort reisten sie weiter an die Ostküste Islands nach Höfn, wo sie im Hafen der Stadt eine Hochseejacht charterten: die Polarstar. Das Schiff setzte sie auf der Insel Jan Mayen ab, wo sie nahe der Küste eine Höhle erforschten, die auf der gestohlenen Landkarte von einem Kreuz markiert wird. Eine norwegische Forscherin, die ihr Tun zufällig beobachtete, haben sie hartnäckig verfolgt und beinahe in den Tod getrieben. Warum die Gauner so brutal auf die Gegenwart der Frau reagierten, blieb mir und meinen Kollegen vorerst schleierhaft. Erst als meine Mitarbeiterin Karen Gudmundsson auf die Buchseiten und die Karte stieß und wir diese genau in Augenschein nahmen, ging uns ein Licht auf. Das Motiv der Morde liegt in den Dokumenten verborgen. Wer weiß, welche Geheimnisse sie preisgeben. Dummerweise verstehe ich kein Wort Niederländisch. Und hier kommen Sie ins Spiel."

Eenie van Houten sah Einar Jonsson mit großen Augen an und

konnte ihr wachsendes Interesse nicht verbergen. „Was ist aus den Verbrechern geworden?“, fragte sie in atemloser Spannung.

„An Bord der Polarstar kehrten sie in isländische Gewässer zurück. Einige Meilen vor der Küste, in der Nähe der Stadt Raufarhöfn, kam es dann, wie ich schon andeutete, zum blutigen Exzess. Sie löschten die gesamte Crew aus. Offensichtlich, um unnötige Mitwisser auszuschalten. Über den Flughafen Keflavík verließen sie mein Land. Dort verliert sich ihre Spur.“

„Kennen Sie die Namen der Männer?“ Erwartungsvoll wartete sie auf Einar Jonssons Antwort.

„Nicht die richtigen. In Island reisten sie mit falscher Identität.“

„Wie lauten die falschen Namen?“, fragte Eenie van Houten mit unheilschwangerer Vorahnung.

„John Macintosh und Arthur Mac Gille.“

Ihr kam sofort die Erinnerung an ein Ereignis in den Sinn, das bereits eine Weile zurücklag. Sie war sich ganz sicher. Diese Namen hatte sie schon einmal gehört. Mit Herzklopfen begann sie Einar Jonsson zu berichten, was damals im Archiv geschehen war. „Vor zwei Wochen kreuzten zwei Männer auf. Ihre Namen lauteten wie jene, die Sie mir eben nannten. Sie wiesen sich glaubhaft als Professoren der Universität von Dublin aus und gaben an, auf der Suche nach unbekannten Reiseberichten alter Seefahrer zu sein, die sie für eine Dissertation über die marine Geschichte der Niederlande benötigten. Ich zweifelte nicht an ihren Absichten und empfahl den Herren, die Logbücher der Noordschen und der Ostindien-Kompanie aus dem 17. Jahrhundert zu studieren. Tagelang saßen sie im Lesesaal, um die zahlreichen historischen Dokumente zu sichten, bis sie plötzlich verschwunden waren. Ich sah sie nie wieder. Dann, vor zwei Tagen, stellte ich durch einen Zufall das Fehlen der Dokumente fest. Den Vorfall habe ich der Polizei gemeldet. Ich bin überzeugt, dass die Mörder von der Polarstar auch für den Diebstahl verantwortlich sind.“

Einar Jonsson stützte ihrer Argumentation: „Demzufolge verwandeln sich meine Indizien zu unwiderlegbaren Fakten. Wir haben es in beiden Fällen mit denselben Personen zu tun.“

„Was geschieht jetzt mit den Buchseiten und der Landkarte?“, fragte Eenie van Houten.

„Die Dokumente gehören Ihrem Archiv. Machen Sie das Richtige damit."

„Das kann Ihnen Ärger mit ihrem Vorgesetzten bescheren! Immerhin geben Sie wertvolles Beweismaterial aus den Händen."

Einar Jonsson griente und schüttelte verneinend den Kopf. „Darüber brauchen Sie sich keine Gedanken zu machen", meinte er salopp. „Er weiß nichts über die gestohlenen Dokumente."

„Das ist sehr zuvorkommend von Ihnen, Kommissar", meinte sie liebenswürdig. „Ich übergebe die Dokumente unserer Restauratorin. Sie wird die fehlenden Seiten wieder in das Logbuch einfügen. Die Polizei muss ich über den Rückerhalt der Sachen natürlich benachrichtigen."

„Machen Sie das, aber verschweigen Sie bitte meinen Namen, denn offiziell halte ich mich nicht in Ihrem Land auf, sondern bin bei Verwandten in Dänemark zu Besuch."

Eenie van Houten staunte und fragte sich im gleichen Moment, welche Geheimnisse ihr isländischer Gast noch in sich verbarg. „Sie sind also ... sozusagen ... inkognito in die Niederlande eingereist, ohne das Wissen und die Genehmigung Ihrer Behörde. Weshalb?

„Sie sind eine scharfsinnige Frau, Eenie. Warum ich es tat, lässt sich leicht erklären. Der Grund ist die Festnahme der beiden Mörder. Ein Anspruch, den ich für ungemein wichtig erachte, aber mein Chef bereits ad Acta legte. Obwohl ich ihnen stets auf den Fersen war, hat er den Fall an Interpol übergeben. Damit will ich mich nicht abfinden."

Sie verstand die Ambitionen seines Handelns. Das verletzte Ego trieb ihn nach Amsterdam. Ein Faktum, das Jonsson wohl selber nicht bewusst war. Ihr umso mehr. Zum ersten Mal sah sie ihn mit anderen Augen. Der stämmige Nordländer war eine staatliche Erscheinung. Ein Mann, der Durchsetzungskraft und Souveränität ausstrahlte. Ein Mann, bei dem sie sich sicher und geborgen fühlte. „Was kann ich tun, um Sie bei der Suche nach den Mördern zu unterstützen?", fragte sie ungehemmt und war erstaunt über ihren aufkeimenden Eifer.

„Es wäre für mich wichtig zu wissen, was im Wortlaut auf den Buchseiten steht. Sie verbergen ein Rätsel. Ein Geheimnis, das fünf

Menschen das Leben kostete", rief er unmissverständlich in Erinnerung.

Zustimmend nickte Eenie van Houten mit dem Kopf und setzte ihre Brille auf. Behutsam nahm sie die herausgerissenen Blätter in die Hände und begann, diese tiefgründig zu studieren. Als sie geraume Zeit später wieder aufblickte, wirkte sie angespannt. „Ich kann Ihre Annahme bestätigen. Die Vermerke des Kapitäns van Schellinkhout erzählen eine unglaubliche Geschichte. Danach geriet seine holländische Fleute während einer Walfangreise im Juli 1614 vor der Ostküste Islands in einen gewaltigen Sturm, der mehrere Tage wütete. Das Schiff trieb weit nach Norden ab, bis zur Küste der heutigen Insel Jan Mayen. Van Schellinkhout ließ sich zusammen mit einem Mann namens Joris Carolus auf einem Boot an Land rudern. Eine ganze Woche lang erkundeten sie das Innere des Eilands. Am letzten Tag ihres Aufenthaltes entdeckten sie am Rande einer Bucht eine Höhle. Aus den Notizen des Kapitäns geht hervor, dass sie im Inneren auf die spärlichen Überreste eines Menschen oder Tieres stießen, in dessen Nähe sie eine flache, mit unbekannten Schriftzeichen bedeckte Steintafel aus schwarzem Basalt fanden. Des Weiteren erblickten sie an einer Felswand eine mysteriöse Inschrift in lateinischer Sprache. Sie deuteten die Funde als Beweis, dass in vergangenen Zeiten Menschen schon mehrmals die Insel aufgesucht hatten."

„Steht in den Notizen des Kapitäns auch beschrieben, was die Inschrift im Fels bedeutet?"

„Aber ja. Es ist von einem Mann namens Brendanus die Rede. Er suchte das Paradies auf Erden, entdeckte aber stattdessen ein Meer voller Tränen. Tränen, die gefangen sind, in Gold und Silber. Er bezeichnete das ominöse Tränenmeer als eine schwere Prüfung Gottes.

„Brendanus? Wer zum Teufel ist das? Von dieser Person hörte ich noch nie", rätselte Einar Jonsson nachdenklich.

„Hier kann ich Ihnen Auskunft erteilen", antwortete Eenie van Houten. „Er war ein von Mythen umrankter Seefahrer und Mönch aus dem 6. Jahrhundert. In Irland lebt einen Historiker, der sich intensiv mit der Vita jenes Mönches befasst. Er heißt James Mac Domhnall und wohnt in der Stadt Galway. Vor einigen Jahren habe ich ihn persönlich kennengelernt. Damals stattete er dem Archiv einen Besuch ab. Ich erinnere mich noch gut an ihn."

„Wird die Basalttafel an einer anderen Stelle des Textes noch einmal erwähnt?"

„Mit keinem Wort."

Einar Jonsson kam ins Grübeln. Ein Tränenmeer, gefangen gehalten von Edelmetallen. Was verbarg sich hinter jener Wortschöpfung? Eine Metapher? Eine Chiffre, die das Geheimnis Brendans lüften würde? Er fand keine schlüssige Erklärung.

Ein Wachmann erschien unversehens an der Eingangstür. „Ich würde gern den Raum abschließen, Frau van Houten", appellierte er an ihr Verständnis. „Ich muss die vorgeschriebene Zeit einhalten."

„Einen kleinen Moment, Klaas. Wir sind gleich fertig", meinte sie vertröstend zu ihm und wandte sich erneut ihrem Gast zu. „Mir ist noch eine Idee in den Sinn gekommen. Wir treffen uns morgen Nachmittag wieder. 17:00 Uhr hier im Archiv. Vielleicht bin ich bis dahin in der Lage, auf Ihre Frage eine schlüssige Antwort zu geben."

Einar Jonsson stimmte dem Vorschlag zu und zog sich den Trenchcoat über. „Es war mir eine Ehre, Ihre Bekanntschaft zu machen, und ich freue mich bereits jetzt auf unser morgiges Treffen", sagte er lächelnd zum Abschied. Dann verließ er forschen Schrittes den Raum.

„Auf bald!", rief ihm Eenie van Houten mit erhobener Stimme hinterher. Neugierig folgte ihr Blick dem Isländer zum Ausgang.

6.

Schweigend saßen sie sich gegenüber. Der erste Moment des Treffens wirkte verkrampft. Kein Wunder, denn sie begegneten sich das erste Mal, und die Umstände, die dazu geführt hatten, waren mehr als absonderlich.

„Darf ich Ihnen etwas zu trinken anbieten?", fragte Maximilian Korff seinen Gast, um die Situation aufzulockern.

„Eine Tasse Tee wäre angenehm, wenn es Ihnen keine Umstände bereitet", erhielt er zur Antwort.

„Das macht keine Umstände. Ich schließe mich Ihrer Wahl sogar an."

Mit eiligen Schritten lief er in die Küche. Währenddessen blickte sich die junge Frau aufmerksam im Wohnzimmer um. Der Raum war nicht groß, aber dafür stilvoll eingerichtet. Von der Musikanlage und einem großen Flachbildschirm abgesehen, erweckten sämtliche Möbel- und Einrichtungsgegenstände den Anschein, antiquarischen Ursprungs zu sein. Die weißen Wände bedeckten zahlreiche Zeichnungen und Gemälde zeitgenössischer Kunst. Ein Kontrast, der sie ansprach. Auf einer alten Kommode standen zahlreiche eingerahmte Fotos. Eines von ihnen fesselte sie besonders. Es war ein Schwarz-Weiß-Foto und zeigte zwei uniformierte junge Männer, Arm in Arm vor der grauen Silhouette eines Militärflugzeuges stehend.

Als Maximilian Korff mit dem Tee aus der Küche zurückkehrte, blieb ihm ihr interessierter Blick nicht verborgen. „Das Foto stammt aus dem Jahr 1942 und ist in Ihrem Heimatland aufgenommen worden. Es zeigt meinen Großvater Johannes mit seinem Freund Wilhelm von Lausen. Möchten Sie gern Zucker in Ihren Tee?"

„Nein danke. Ich trinke ihn lieber ohne", antwortete sie.

„Wie Sie wünschen. Also schießen Sie los. Wo drückt Ihrer Regierung der Schuh?"

„Ich weiß nicht so richtig, wo ich beginnen soll. Die Sache ist recht verzwickt und nicht in fünf Minuten erklärt. In die Details bin ich erst gestern eingeweiht worden, weil ich mich zufällig in Deutschland aufhalte und Ihre Sprache beherrsche. Außerdem bin ich von Beruf Archäologin. Das Innenministerium in Oslo hegt vermutlich die Auffassung, es sei einer sachgemäßen Interpretation des mysteriösen Fundes dienlich."

„Ein mysteriöser Fund? Um was handelt es sich?" Maximilian Korff wurde aus den nebulösen Worten nicht schlau.

„Also gut, ich beginne ganz von vorn. Mein Name ist Marja Petersen. Ich arbeite für das norwegische Institut für präskandinavische Geschichte und nahm bis gestern an einem Symposium über frühmittelalterliche Wikingerkulturen teil, als mich unerwartet der Anruf eines Ministerialrates aus Oslo erreichte. Er bat mich aufgrund einer dringlichen Sache sofort die Botschaft in Berlin aufzusuchen. Ich kam der Bitte umgehend nach und erfuhr von einer sensationellen Entdeckung, die unglaublich erscheint und die für Sie von großer Bedeutung sein kann.“

Gebannt hatte Maximilian Korff zugehört. Die Worte der schlanken blondhaarigen Norwegerin, deren Alter er auf 30 Jahre schätzte, waren trotz eines Akzentes klar verständlich. „Eine Entdeckung von großer Bedeutung? Für mich? Sprechen Sie es frei heraus“, reagierte er verblüfft.

„Norwegische Wissenschaftler, die auf der Eismeerinsel Jan Mayen arbeiten, stießen vor einigen Tagen in einer Höhle an der Nordküste auf die sterblichen Überreste Ihres Großvaters.“

Die Nachricht schlug ein wie ein Blitz aus heiterem Himmel. Für einen Moment fühlte er sich gelähmt und dachte, er träume. Die Überraschung darüber war so immens, dass ihm die Stimme versagte. Er hatte zwar im Vorfeld ihres Treffens mit manchem gerechnet, jedoch nicht mit einem Szenarium dieser Tragweite.

Marja Petersen blieb die Verwirrung ihres Gastgebers nicht verborgen. Wahrscheinlich hätte sie in der gleichen Situation ebenso reagiert. Sie beschloss daher, ihr Wissen schonend und einfühlsam weiterzugeben. „Die Forscher auf Jan Mayen, die an der Fundstelle die Gebeine untersuchten, bemerkten an der Leiche Reste einer Wehrmachtsuniform, die diese noch teilweise umhüllte. Sie glauben, dass es Ihren Großvater in der Zeit des Zweiten Weltkrieges auf die Insel verschlug. Vermutlich suchte er als Schiffbrüchiger in der Höhle Schutz vor dem rauen Wetter. Wie lange er am Leben blieb, lässt sich heute nicht mehr feststellen. Vermutlich verstarb er an einer schweren Verwundung oder Krankheit, wenn nicht gar am Hunger. Jan Mayen ist eine karge Insel. Ein kranker und geschwächter Mensch, auf sich allein gestellt, hofft vergebens auf Rettung.“

Allmählich erwachte Maximilian Korff aus seiner Lethargie. Die Situation wirkte auf ihn ausgesprochen surreal und äußerst absurd. „Er wird seit Juni 1942 vermisst. Aufgrund welcher Hinweise gelangten die Forscher zu der Annahme, es könne sich um seinen Leichnam handeln?“

Marja Petersen kramte in ihrer Tasche und brachte ein Foto zum

Vorschein. „Diese Aufnahme übermittelten die Forscher der Wetterstation Helenesanden per E-Mail an unsere Botschaft in Berlin. Sie zeigt eine Erkennungsmarke, die sie bei den Gebeinen sicherstellten. Anhand der Daten und mithilfe der zuständigen deutschen Behörde in Berlin, die derartige Fälle aus beiden Weltkriegen bearbeitet, gelang es schließlich, den Toten als Ihren Großvater zu identifizieren. Meine Regierung steht mit dem deutschen Suchdienst für Kriegsopfer in Kontakt und bat diesen, die Information durch meine Wenigkeit an Sie weiterleiten zu dürfen."

„Der letzte Stationierungsort meines Großvaters befand sich in Norwegen am Polarkreis, wo er der Wettererkundungsstaffel eines Jagdgeschwaders in Banak angehörte. Über die Details, die dazu führten, setzten mich sein inzwischen verstorbener Jugendfreund und meine gleichfalls verblichene Großmutter in Kenntnis", bemerkte Maximilian Korff betroffen und nahm das Foto in die Hände, um es näher zu betrachten. Es zeigte einen ovalen dünnen Metallchip mit drei schlitzförmigen Löchern in der Mitte. Über und unter ihnen befanden sich eingestanzte Daten, die Zeugnis über die Zugehörigkeit im Heer ablegten. Sie wiesen den Toten als Angehörigen der Wekusta 5 aus. Gleich hinter der Registrierungsnummer folgte die Angabe der Blutgruppe. Sie lautete wie seine eigene: 0. Grübelnd reichte er Marja Petersen das Foto zurück und sprach: „Der Sachverhalt, den Sie mir schilderten, hört sich haarsträubend an, dennoch muss er der Wahrheit entsprechen. Je länger ich über die vorliegenden Fakten nachsinne, desto mehr komme ich zu dem Schluss, dass ich manches von dem, was ich glaubte, über das Leben meines Großvaters zu wissen, völlig neu einordnen muss."

„Dabei wäre ich Ihnen gern behilflich", bot sie freundlich ihren Beistand an. „Beschreiben Sie mir, was für ein Mensch er war."

Maximilian Korff mochte ihr Lächeln. Es strahlte viel Offenheit, Wärme und Ehrlichkeit aus und er bemerkte, wie sich dabei stets kleine Grübchen neben ihren Mundwinkeln bildeten. Ein reizender und bezaubernder Anblick, der die junge Frau noch sympathischer erscheinen ließ. Nur widerwillig riss er sich von ihrer hinreißenden Erscheinung los und begann, das Leben seines Großvaters vor ihr auszubreiten.

„Er wurde 1918 kurz nach Ende des 1. Weltkrieges geboren. Die Kinder- und Jugendzeit verbrachte er hier in Jena und das folgende Studium absolvierte er an der hiesigen Hochschule mit erstklassigen Abschlüssen in Geologie und Meteorologie. Des Weiteren setzte er sich mit der Erforschung der nordischen Mythologie und des Hellenismus auseinander. Das sind höchst unterschiedliche Themengebiete, die nichtsdestotrotz eine gleichrangige Rolle in seinen Studien einnahmen und noch heute für einen Geschichtslehrer und Hobbyhistoriker – wie ich es bin – enorm bedeutend sind. 1941 zog ihn die deutsche Wehrmacht zum Kriegsdienst ein. Nach Amsterdam abkommandiert, arbeitete er in der örtlichen Militärpräfektur. In seinen politischen und ideologischen Ansichten zeigte er weder faschistische noch rassistische Grundzüge. Er war ein junger Intellektueller mit einem freien und toleranten Geist, der sich dem damaligen Machtgefüge nicht offen widersetzen konnte, ohne sein Leben in Gefahr zu bringen. Amsterdam erwies sich anfänglich als glückliche Fügung, ließ die Stadt doch in ihm die Zuversicht aufkeimen, den sinnlosen Krieg unbeschadet zu überleben. Diese Hoffnung geht aus alten Briefen hervor, die er meiner Großmutter schrieb. Umso mehr verwundert es, dass er sich später auf eigenen Wunsch nach Norwegen versetzen ließ. Den Grund dafür erläutere ich später. Seine dienstfreie Zeit verbrachte er regelmäßig in den zahlreichen Museen und Archiven der Stadt. Tempel des Wissens nannte er sie, an denen die menschliche Borniertheit blind vorbeiliefe. Eines Tages, Anfang März 1942, stieß er in einem seiner geliebten Tempel auf eine tiefgreifende Entdeckung. In einem Schreiben an meine Großmutter, das sich noch in meinem Besitz befindet, machte er einige nebulöse Andeutungen, die indessen wenig Konkretes preisgaben. Ich denke, er versuchte mit den knappen Informationen seine junge Frau zu schützen. Vielleicht ahnte er bereits, was bald passieren würde und verriet ihr deswegen nicht mehr über das Geheimnis. Lediglich ein bemerkenswerter Satz ragte aus dem Gleichklang des Briefes heraus. Er blieb mir stets in Gedächtnis haften und lautet: Pytheas ist der Schlüssel.

„Pytheas? Der Name kommt mir bekannt vor", meinte Marja Petersen, die aufmerksam zugehört hatte.

„Pytheas war ein griechischer Gelehrter, Kaufmann und Seefahrer, dessen Forscherdrang und seemännisches Können einem Christof Columbus nicht nachstanden. Im Nachlass meines Großvaters stieß ich vor vielen Jahren auf die Übersetzung eines Reiseberichtes aus dem Altertum. Er schildert im Detail die Expedition des Pytheas in das sagenhafte Land Thule. Die Bibliothek, in der sich das Original befand, traf in den letzten Kriegstagen bedauerlicherweise eine Fliegerbombe. Sämtliche dort archivierten Schriften wurden vernichtet. Ich habe dieses bemerkenswerte Zeugnis aus dem Altertum mehrmals studiert. Die Fülle der Fakten ist überwältigend. Der Autor nahm unzweifelhaft an der Reise in den hohen Norden Europas selbst teil. Sein Name war Lysitathes von Massalia.

In der Geschichtsschreibung blieb er eine unbedeutende Größe, weshalb viele Historiker den Wahrheitsgehalt des Dokumentes anzweifeln. Da das Original unwiderruflich verloren ging, war eine neuerliche Bewertung desselben nicht möglich. Mein Großvater vertraute auf dessen Echtheit und berichtete seinem Jugendfreund Wilhelm von Lausen in einem Telegramm von der mysteriösen Entdeckung. Ich weiß dies aus dem von mir erwähnten Schreiben an meine Großmutter. Drei Monate später kehrte er Amsterdam den Rücken und ließ sich nach Norwegen versetzen. Von Lausen war Offizier und gehörte der Wekusta 5 in Banak an. Er besaß gute Beziehungen zur Heeresleitung Nord und machte seinen Einfluss geltend, um die Versetzung durchzuboxen. Im Juni 1942 gehörte mein Großvater der Besatzung einer Junkers 88 D-1 an und startete zu einem Aufklärungsflug über dem europäischen Nordmeer, von dem er leider nicht mehr zurückkehrte. Sein Freund Wilhelm von Lausen setzte sich kurze Zeit später nach England ab und wurde wegen Hochverrats in Abwesenheit zum Tode verurteilt. Er verbrachte zwei Jahre in Gefangenschaft in einem englischen Internierungslager. Erst nach Kriegsende kam er wieder auf freien Fuß. Bis zu seinem Tod pflegte ich ein vertrautes Verhältnis zu ihm. Heute telefoniere ich gelegentlich mit seinem Sohn Wilbert. Er lebt in Freiburg."

„Was veranlasste Wilhelm von Lausen, so abrupt die Seite zu wechseln?", fragte Marja Petersen.

„Diese Entscheidung verstehen Sie nur, wenn Sie den Grund kennen, der meinen Großvater aus Holland vertrieb", antwortete er bedeutsam. „Wilhelm von Lausen erzählte mir zu Lebzeiten, dass Johannes in Amsterdam einer mysteriösen Organisation in die Fänge geriet, die ein auffallendes Interesse an seinen Auffassungen über die nordische Mythenwelt zeigte. Auch von der geheimnisvollen Entdeckung bekamen sie Wind. Welche Person den verräterischen Tipp dazu gab, blieb allerdings ein Rätsel. Wilhelm von Lausen vertrat die These, dass Großvater aufgrund seiner umfassenden historischen Kenntnisse für diese Leute von besonderem Wert war und mit ihnen eine gewisse Zeit sogar kooperierte. Doch irgendwann verlor er seine Naivität und erkannte bestürzt das gefährliche Potenzial, das sie in sich trugen. Sie beteuerten, sie wären Forscher, hingen jedoch absurden Pseudowissenschaften an und zeigten in ihrem Wesen einen erschreckenden Ethik- und Moralverfall. Ihre abartigen Denkmuster und hirnrissigen Vorstellungen über die menschliche Entwicklung stießen ihn zutiefst ab und spiegelten sich in einem geheimen Forschungsprojekt wider. Es trug den ominösen Namen: Operation Ragnarök."

„Ragnarök? Der Begriff stammt aus der Edda."

„Korrekt, Frau Petersen", unterbrach sie Maximilian Korff. „Lassen Sie mich noch meine Bemerkungen zu Ende führen. Im Anschluss enthülle ich Ihnen präzise, welche Institution sich dahinter verbarg und welche Ziele sie verfolgte. Nachdem mein Großvater den Kontakt abbrach, begannen diese Psychopathen ihn zunehmend unter Druck zu setzen. Irgendwann hielt er den Repressalien und Drohungen nicht mehr stand und beantragte die Versetzung. Leider konnte er sich in Banak ihrem Einfluss nicht entziehen, da sie ihn bis nach Norwegen verfolgten. Nach seinem Verschwinden über dem Nordmeer begannen sie, Wilhelm von Lausen zu bedrängen. Sie vertraten die Ansicht, mein Großvater hätte ihn in seine Geheimnisse eingeweiht. Das war ein Fehlschluss. Er wusste nicht das Mindeste. Sie glaubten ihm allerdings nicht und drohten, ihn zu töten, wenn er nicht den Mund auftäte. Um Leib und Leben zu retten, blieb ihm nur die Flucht. Eines Nachts, Ende Juni 1942, bemächtigte er sich mit der Hilfe weiterer Fluchtwilliger eines Flugzeugs und floh mit ihnen nach England. Das ist alles, was ich über ihn und meinen Großvater berichten kann."

„Danke für die Einblicke in sein Leben. Jetzt sind mir die Zusammenhänge verständlicher", brachte Marja Petersen zum Ausdruck. „Offenbar stürzte das Flugzeug mit Ihrem Großvater an Bord aufgrund eines technischen Defekts über Jan Mayen ab. Dergleichen Unglücke geschahen auf der Insel während des Zweiten Weltkrieges mehrere Male."

„Aber wieso Jan Mayen? Die Insel liegt in der Grönlandsee und ist von Banak über 1000 Kilometer entfernt“, bemerkte Maximilian Korff kopfschüttelnd.

„Möglicherweise geriet die Maschine in ein Unwetter und die Besatzung verlor die Orientierung. Oder ein Navigationsfehler trug Schuld daran, dass sie sich verirrten. So etwas kommt vor.“

„Ein Fehler in der Navigation wäre natürlich denkbar, Frau Petersen. Trotzdem muss es einen schwerwiegenden Grund für den Crash der Maschine gegeben haben. Einen Grund, der uns womöglich verschlossen bleibt. Sind neben der Erkennungsmarke noch andere Dinge in der Höhle sichergestellt worden?“

„Außer einer Inschrift an einer Felswand in lateinischer Sprache nichts von Relevanz. Die Bedeutung ihres Inhalts entzieht sich jedoch meiner Kenntnis. Wenn Sie die Zeit aufbringen, klären wir alle offenstehenden Fragen gern vor Ort. Meine Regierung lädt Sie ein, Jan Mayen einen Besuch abzustatten. Ich würde Sie selbstverständlich begleiten und Ihnen hilfreich zur Seite stehen.“

Maximilian Korff, der ein derartiges Angebot nicht erwartet hatte, blickte sie verblüfft mit einer Mischung aus Erstaunen und Ungläubigkeit an. Marja Petersens Lächeln unter ihren strahlenden tiefblauen Augen ließ indes keinen Zweifel an der Ernsthaftigkeit ihrer Offerte aufkommen. Erneut zeigten sich die kleinen, verführerischen Grübchen in ihrem Gesicht. Plötzlich verspürte er das Gefühl, er könne ihr bedingungslos vertrauen. Was die Emotion ausgelöst hatte, vermochte er nicht zu sagen. War es ihre anmutige Gestalt, ihre helle einfühlsame Stimme oder ihre grazile Gestik? Vielleicht war es von allem etwas und in der Summe eine bezaubernde Erscheinung, die ihn voll und ganz gefangen nahm. „Ich bin mir nicht sicher, ob sich das bewerkstelligen lässt. Ihr freundliches Angebot kommt ehrlich gesagt äußerst überraschend“, erwiderte er unschlüssig und rieb sich grübelnd mit der Hand an der Kinnspitze.

Abermals schenkte sie ihm ihr faszinierendes Lächeln und gab ihm damit auf unwiderstehliche Weise zu verstehen, dass die Reise längst beschlossene Sache war und er deren Erfordernis bloß noch nicht realisiert hatte. Schließlich willigte er ein. „Einverstanden, ich reiche meinen Urlaub ein. Da in Thüringen bald die Sommerferien beginnen, wird einer Stippvisite auf Jan Mayen nichts entgegenstehen“, antwortete er.

„Wunderbar, ich hole Sie morgen früh mit dem Wagen ab.“ Zufrieden führte Marja Petersen ihr Teeglas zum Mund und nippte an dem heißen, aromatischen Getränk. Dann blickte sie Maximilian Korff nachdenklich an und sprach: „Zwei Erklärungen sind Sie mir noch schuldig. Wer waren die Leute, die Ihren Großvater bedrängten? Und was verbirgt sich hinter der Bezeichnung: Operation Ragnarök?“

„Es handelte sich um Mitarbeiter der Abteilung Thor. Thor unterstand dem Institut für experimentelle Archäologie in Berlin. Dort agierte bis Kriegsende ein rassistischer Haufen irregeleiteter Spinner. Das obskure Institut war zu jener Zeit der Kopf einer Krake, deren Arme die ganze Welt umklammert hielten. Diese ideologisch verblendeten Forscher jagten auf allen Kontinenten den Spuren alter untergegangener Kulturen nach, welche sie sämtlich mit der arischen Herrenrasse in Verbindung brachten. Ihr größtes Augenmerk richteten sie auf die Suche und Bergung geheimnisvoller magischer Artefakte aus archaischen Zeiten, die gegnerischen Heeren tausendfach den Tod brachten und ihre Besitzer unbesiegbar machten. Die Gruppe Thor war nur eine Schlange unter vielen auf dem Haupt dieser Medusa. Ihr Aktionsradius erstreckte sich über die von den Deutschen besetzten Gebiete in Mittel- und Nordeuropa.“ Maximilian Korff bemerkte, dass seine Worte die junge Frau eher verwirrten, als dass sie Aufklärung brachten. Der Sinn der Handlungsweise jener Wissenschaftler blieb ihr offenbar schleierhaft und unbegreiflich. „Sie waren zutiefst geistig degeneriert“, fuhr er fort. „Viele von ihnen frönten okkulten Ritualen und spirituellen Zeremonien. Ja, sie glaubten sogar an diesen Hokus Pokus. Das machte sie extrem gefährlich. 1942 geriet der Vormarsch der deutschen Faschisten ins Stocken und eine Niederlage derselben schien absehbar. Deshalb griffen sie nach jedem Strohhalm, der sie vor dem Untergang bewahrte, auch wenn er vollkommen absurd erschien. Die Operation Ragnarök ist ein Paradebeispiel dafür und bedeutet: Schicksal der Götter. Die Ragnarök ist die Prophezeiung der Seherin Völva in der Völuspá und entstammt dem ersten Götterlied der

Lieder-Edda, einer altisländischen Handschriftensammlung aus dem 13. Jahrhundert. Sie erzählt die Legende vom Ursprung und Untergang der nordischen Götterwelt ..."

„Darüber weiß ich Bescheid", fiel ihm Marja Petersen ins Wort. „Es handelt sich um die Schlacht der Götter gegen die Riesen, dem Kampf des Guten gegen das Böse, an dessen Ende die völlige Vernichtung der Welt steht ..."

„Bis die Kräfte zwischen Ordnung und Chaos ausbalanciert sind und eine wiedergeborene Erde aus dem Meer aufsteigt", beendete er ihren Satz und begann aus der Lieder-Edda die Völuspá zu zitieren.

„Schwarz wird die Sonne, die Erde sinkt ins Meer,
vom Himmel schwinden die heitern Sterne.
Glutwirbel umwühlen den allnährenden Weltbaum,
die heiße Lohe beleckt den Himmel.

Da seh ich auftauchen zum andernmale
aus dem Wasser die Erde und wieder grünen.
Die Fluten fallen, darüber fliegt der Aar,
der auf dem Felsen nach Fischen weidet.(1)"*

„Die Götter und Riesen löschen sich nach der Prophezeiung der Seherin gegenseitig aus und die Welt versinkt in einer Feuersbrunst. Doch ihre magischen Waffen bleiben auf dem Schlachtfeld zurück. Ihnen verdankte die Sektion Thor ihre Existenz. Sie rief die Operation Ragnarök ins Leben."

„Diese Leute befanden sich allen Ernstes auf der Suche nach den Kriegsgeräten der alten nordischen Götter?" Marja Petersen konnte den Schwachsinn nicht fassen und schüttelte peinlich berührt den Kopf. „Diese Irren müssen im Oberstübchen eine Schraube locker gehabt haben?"

Maximilian Korff lachte über die witzige Bemerkung. Froh gestimmt nahm er zur Kenntnis, dass das entzückende Wesen aus dem kühlen Norwegen Humor besaß.

„Kam Ihnen einmal in den Sinn, weswegen Thor Ihren Großvater so hartnäckig bis nach Norwegen verfolgte?", fragte sie. „Über was zum Teufel war er in Amsterdam gestolpert? Fand er einen Hinweis auf das Versteck einer prähistorischen Zauberwaffe?“ Sie musste über ihre eigene Antwort lachen. Zu komisch, zu grotesk war diese Idee.

„Der Gedanke ist nicht abwegig“, erwiderte Maximilian Korff zu ihrem Erstaunen. „Thor waren die Themengebiete bekannt, mit denen er sich befasste. Vielleicht hofften die Forscher mit seiner Hilfe die Spur einer rätselhaften Waffe aufzunehmen, die primär der nordischen Mythenwelt zuzuordnen ist und deren existenzieller Beweis in einem Archiv in Amsterdam ruht. Womöglich bis zum heutigen Tag.“

Der skeptische Blick Marja Petersens ließ erkennen, dass sie diese Meinung nicht teilte. Pseudowissenschaftliche Fantasien, die in keiner Weise methodisch zu belegen sind, schloss die stets rational denkende Frau kategorisch aus. Trotzdem musste sie sich eingestehen, dass bei ihr der Gedanke einer Jagd nach einem göttlichen Artefakt Faszination erregte. „Und welche Waffe haben Sie speziell im Verdacht“, fragte sie schmunzelnd.

Er hob gestikulierend die Hände. „Ja mein Gott, was weiß denn ich? Die Lieder-Edda nennt eine ganze Reihe sagenhafter Gegenstände, an denen die Nazis ihr Interesse gezeigt hätten. Wie wäre es mit Gungnir, dem Speer Odins“, antwortete er und begann erneut aus der Völuspá zu zitieren.

„Gebrochen war der Burgwall den Asen,
Schlachtkundge Wanen stampften das Feld.
Odin schleuderte über das Volk den Spieß:
Da wurde Mord in der Welt zuerst.(2)*

Der Speer wird als mächtiges Kriegsgerät beschrieben, das ihm die Söhne des Zwerges Ivaldi angefertigt hatten. Mit ihm löste er den ersten Krieg in Asgard, Midgard und Utgard aus, indem er ihn mitten unter die Armeen der Wanen schleuderte. Eine magische Waffe, von der behauptet wird, dass sie niemals ihr Ziel verfehlt und – gleich einem Bumerang – stets zu ihrem Besitzer zurückkehrt. Nennenswert wäre gleichermaßen der Megingjörd, ein sagenhafter

Gürtel, mit dem sich Thor in der Lage sah, seine Kräfte zu verdoppeln – von seinem Hammer Mjölnir, einer glänzenden, Blitze schleudernden Waffe ganz zu schweigen. Ihm werden dieselben Eigenschaften zugeschrieben wie Odins Speer. Interessant wäre ebenso der Andvaranaut, der Goldring des Zwerges Andvari."

An Odins magischen Speer und Thors eherne Wunderwaffen erinnerte sich Marja Petersen. Schließlich hatte sie während ihres Archäologiestudiums sowohl die ältere Lieder- als auch die jüngere Prosa-Edda gelesen. Doch der Sinn und die Geschichte des Ringes waren ihr entfallen. „Welche Bewandtnis verbirgt sich hinter dem Schmuckstück?", fragte sie, die Stirn runzelnd.

Die Kernaussage des Dramas um den Ring besaß für Maximilian Korff eine tiefe Bedeutung, ja mehr noch, er empfand sie als Spiegelbild menschlicher Schwächen und verderblichen Handelns bis in die heutige Zeit. „Der Andvaranaut stellte das außergewöhnlichste Stück in Andvaris Schatz dar und besaß die Fähigkeit, Gold zu mehren", begann er ihr zu erklären. „Aber auf dem Schmuckstück lag ein todbringender Fluch. Eines Tages geschah es, dass die drei Asen, Odin, Loki und Hoenir, durch die Welt wanderten, um ihr Wesen und Gepräge zu erforschen. Auf dem langen Weg hungrig geworden, erschlugen sie an einem Fluss einen Fischotter, um sich für den weiteren Marsch zu stärken. Kurze Zeit später gelangten sie in ein Dorf der Zwerge und baten ihren zauberkundigen Anführer Hreidmar um ein Nachtlager, was er freundlicherweise gewährte. Daraufhin holten die Asen den erschlagenen Fischotter hervor, um das Essen zuzubereiten. Entsetzt erkannte Hreidmar in dem toten Tier seinen Sohn Otur wieder. Otur verfügte über die Fähigkeit, sich in einen Otter zu verwandeln. In dieser Gestalt jagte er die Fische im Fluss, bis er den Asen zum Opfer fiel. Hreidmar und seine zwei anderen Söhne, Regin und Fafnir, forderten von Odin, Loki und Hoenir eine angemessene Entschädigung für dessen Tod.

Da die Asen kein Gold bei sich trugen, erklärte sich Loki bereit, es schnellstens zu besorgen. Er kannte einen Zwerg mit dem Namen Andvari, der in der Gestalt eines Fisches im Wasser lebte und zeitlebens große Reichtümer anhäufte. Der listige Loki nahm den Zwerg gefangen und forderte von ihm die Herausgabe des gesamten

Schatzes. Andvari flehte, er möge ihm wenigstens den Ring lassen, damit er die verlorenen Kostbarkeiten wieder mehren könne. Loki allerdings blieb unnachgiebig und nahm ihm das Schmuckstück gnadenlos ab. Daraufhin verfluchte der Zwerg den Goldring. Jeden solle der Tod ereilen, der ihn erwirbt. Der Schatz und der Ring gingen in den Besitz Hreidmars über, als Sühne für den toten Sohn.

Der Fluch indessen nahm den Anfang mit Hreidmars Ermordung durch den habgierigen Fafnir, der sich in einen Drachen verwandelte und sich des Schatzes bemächtigte. Doch Regin, vom Bruder um seinen Anteil betrogen, gab seinem Ziehsohn Sigurd die Order, dem Ehrlosen sämtliche Reichtümer zu entreißen. Dieser tötete den Drachen mit dem Wunderschwert Gram, welches ihm Regin zuvor anfertigte, und brachte den Schatz mitsamt dem Ring in seine Gewalt. Erst jetzt offenbarte sich, dass Regins Unersättlichkeit der des Bruders nicht nachstand. Er beschloss, Sigurd zu ermorden, um nicht mit ihm teilen zu müssen. Aber der Ziehsohn erwarb durch den Genuss von Fafnirs blutendem Herzen eine besondere Fähigkeit. Er beherrschte die Sprache der Vögel. Durch ihre Warnung kam er dem hinterlistigen Ansinnen zuvor. Nach Haus zurückgekehrt, erschlug er Regin, noch bevor der Unredliche die Hand über ihn erheben konnte. Diese Episode aus der Edda ist ein überzeugendes Beispiel dafür, wohin maßlose Gier und exzessive Bereicherungssucht führen können: zum ethischen und moralischen Zerfall einer ganzen Gesellschaft bis hinein in ihre kleinste Zelle – die Familie."

Mit Interesse hatte Marja Petersen die Schilderungen Maximilians Korffs verfolgt. „Dass Sie von Beruf Lehrer sind, verwundert mich nicht", meinte sie anerkennend. „Ihre Worte strahlen Faszination und Leidenschaft aus. Ich könnte Ihnen stundenlang zuhören, ohne Langeweile zu empfinden. Dennoch ist die Geschichte bloß ein Märchen."

„Das kommt auf das Auge des Betrachters an", erwiderte er gelassen. „Manche Menschen, Sie offenbar eingeschlossen, betrachten die nordische Mythenwelt als ein Sammelsurium von Geschichten über einen alten Götterglauben. Andere hingegen, wie mein Großvater und ich, verstehen die Lieder und Erzählungen als rudimentäre

Überlieferungen früher bronzezeitlicher Völker über eine hoch entwickelte Kultur im Zeitalter des ausgehenden Neolithikums, deren Aufstieg, Habitus und Untergang die nachrückenden Gesellschaften in Nordeuropa zunehmend verklärten und von Generation zu Generation weiter verzerrten und verfälschten."

Marja Petersen sah ihn mit großen Augen an. Ihr stockte regelrecht der Atem. Was ihr Gastgeber gerade von sich gegeben hatte, war nicht nur eine unglaubliche Hypothese über die Wurzel des nordischen Götterglaubens, sondern zugleich ein Sakrileg gegen die allgemein akzeptierten Lehrmeinungen der modernen Mythenforschung. „Sind Sie mit Ihrer Auffassung bereits an die Öffentlichkeit gegangen?", fragte sie mit auffallender Besorgnis in der Stimme.

„Noch nicht", antwortete er arglos.

„Dann belassen Sie es bitte dabei. Die Gelehrtenwelt wird Sie für eine derartige ketzerische Äußerung an den Pranger stellen und in der Luft zerreisen."

Ihr Rat ließ ihn unbeeindruckt. Gelassen lächelte er sie an. „Warum soll ich meine Meinung zu dem Thema nicht kundtun? Weil sie nicht der vorherrschenden Schulweisheit entspricht oder weißhaarigen senilen Dogmatikern ein Dorn im Auge sein kann? Darauf nehme ich keine Rücksicht. Ich trete stets für meine Überzeugungen ein, auch wenn ich Gefahr laufe, mich zu irren. Damit ergibt sich zumindest die Chance, offen darüber zu diskutieren. Selbst das allein stellt einen Sprung für die Wissenschaft dar. Behalte ich mit meiner Theorie allerdings recht, nähme eine bahnbrechende Ära in der Geschichtsforschung ihren Anfang. Denken Sie an Darwin und seine Evolutionslehre. Auch er ist von verbohrten Schultheoretikern und religiösen Eiferern an den Pranger gestellt und perfide verunglimpft worden. Angefeindet von engstirnigen Menschen, die durch ihr eindimensionales Denken nicht in der Lage waren zu träumen, in ihr Innerstes hineinzuhören und zu erwägen: Ja es ist im höchsten Maße unwahrscheinlich, aber was wäre, wenn doch ...?" Er hatte sich in einen Rausch geredet. Schon seit mehreren Jahren arbeitete er an einem Manuskript über die nordische Mythenbildung. Er war fest entschlossen, es zu veröffentlichen, sobald er einen interessierten Verlag gefunden hatte. „Meine Großmutter hat die Aufzeichnungen meines Großvaters aufbewahrt und mir kurz vor ihrem Tod übergeben", verriet er freimütig. „Ich habe die Dokumente viele Male detailliert studiert. Sie sind kontrovers, das gebe ich zu. Nichtsdestotrotz überzeugen sie durch ihre Logik. Ich bin von ihrem Wahrheitsgehalt zutiefst überzeugt."

Von seiner mutigen Haltung beeindruckt, zollte ihm Marja Petersen insgeheim Respekt. Sie zweifelte, ob sie an seiner Stelle dieselbe Courage aufbringen würde. Maximilian Korffs Charakter zeugte von einem unbeirrbaren Willen und einem starken Selbstbewusstsein. Dennoch war zu befürchteten, dass er in der Öffentlichkeit mit seiner These auf die Nase fällt. „Sie glauben also, Odin, Thor und all die anderen Götter waren in Wirklichkeit Menschen und die Welten Asgard, Midgard und Utgard samt ihren Riesen und Zwergen, den Wanen und monströsen Ungeheuern existierten leibhaftig? Mein Gott, wie wollen Sie das beweisen?", fragte sie voller Skepsis.

„Meine Argumentation ist sehr komplex und würde sicherlich den Abend sprengen, weshalb ich gern ein andermal mit Ihnen darüber diskutieren möchte. Jetzt würde ich lieber mit Ihnen essen gehen. Im Stadtzentrum kenne ich ein nettes Restaurant mit einer exzellenten Küche. Sein Sie heute mein Gast. Es wird Ihnen gefallen."

Marja Petersen schenkte Maximilian Korff ihr bezauberndes Lächeln und nickte zustimmend mit dem Kopf. „Wir fahren mit meinem Wagen. Er steht vor Ihrer Tür", schlug sie vor.

„Einverstanden. Wo schlafen Sie heute Nacht?"

„Ich logiere in einem Hotel in der Altstadt", antwortete sie.

„Das passt wunderbar. Das Restaurant befindet sich in der Nähe", meinte er auf ihre Worte. „Zurück nach Haus nehme ich die Straßenbahn."

Kapitel 6

1.

26. Juni

Im Arbeitszimmer der riesigen Villa läutete das Telefon. „Wilbert von Lausen! Sie wünschen bitte?"

„Schönen guten Morgen! Wie ist das Wetter in Freiburg?"

„Das Wetter? ... Maximilian! Sie haben eine Weile nichts von sich hören lassen. Ich hoffe, Sie sind bei guter Gesundheit. Was macht Ihre Forschungsarbeit? Als wir das letzte Mal miteinander sprachen, erwähnten Sie euphorisch ein kosmisches Ereignis, das die Theorie Ihres Großvaters über die nordische Schöpfungsgeschichte erhärten kann. Sind Sie mit der Thematik vorangekommen?"

„Sie bestätigt sich für den nordamerikanischen Kontinent. Für Skandinavien steht der wissenschaftliche Beweis noch aus. Aber deshalb rufe ich Sie nicht an."

„Weswegen dann?"

„Halten Sie mich nicht für verrückt, aber auf der Insel Jan Mayen, nordöstlich von Island gelegen, ist der Leichnam meines Großvaters Johannes gefunden worden."

Wilbert von Lausen, der bereits über 60 Lenze zählte und unter der Nase mehr graue Haare besaß als darüber, war über die Neuigkeit völlig perplex und brachte kein Wort über die Lippen. Für einen Moment überfiel Maximilian Korff das Gefühl, der Sohn des Jugendfreundes seines Großvaters hätte aufgelegt.

Um Fassung ringend, suchte Wilbert von Lausen stockend nach den richtigen Worten. „Johannes? Wann ... Ich meine ... Wie ... Woher wissen Sie davon? Mein Gott, ich bin nicht mehr in der Lage, einen klaren Gedanken zu fassen."

„Gestern Abend erhielt ich Besuch von einer norwegischen Archäologin. Sie konsultierte mich im Auftrag ihrer Botschaft und setzte mich über alle wichtigen Details in Kenntnis", erklärte Maximilian Korff. „Meteorologen einer Wetterstation entdeckten die sterblichen Überreste in einer Höhle an der Nordwestküste des Eilands."

„Jan Mayen? Unglaublich! Wie geriet er dorthin? Ist bereits festgestellt worden, auf welche Weise er zu Tode kam? Und woher nehmen die Norweger die Sicherheit, es handle sich um Johannes?", fragte Wilbert von Lausen, der allmählich seine Fassung zurückgewann.

„Marja Petersen, so heißt die Archäologin, versicherte mir glaubhaft, es läge kein Irrtum vor. Der Leichnam trug eine Erkennungsmarke bei sich. Die darauf befindlichen Daten sind unzweifelhaft Johannes Korff zuzuordnen. Konkrete Ergebnisse zur Todesursache liegen noch nicht vor. Gleichwohl wird angenommen, eine Gefahrensituation hätte ihn und die Crew dazu gezwungen, das Flugzeug auf der Insel notzulanden und in der Höhle Schutz zu suchen, bis er schließlich dort verstarb."

Wilbert von Lausen zeigte tiefe Betroffenheit und versuchte, Maximilian Korff zu trösten. „Dergestalt das Leben zu beenden, allein, ohne den tröstlichen Beistand eines Verwandten oder Freundes, ist im höchsten Maße bedauernswert. Nichtsdestotrotz müssen Sie froh sein, endlich Gewissheit über sein Schicksal zu erlangen. Wo befinden Sie sich momentan?"

„Zurzeit halte ich mich in Berlin auf. Allerdings fliege ich noch heute zusammen mit Marja Petersen nach Jan Mayen. Möglicherweise lassen sich auf der Insel noch weitere Details über seinen Tod offenlegen. Die Sache ist ziemlich mysteriös", antwortete er.

„Halten Sie mich bitte auf dem Laufenden. Wenn Sie neue Erkenntnisse über den Tod Ihres Großvaters gewinnen, lassen Sie es mich wissen. Der Ausgang dieser abenteuerlichen Geschichte interessiert mich außerordentlich", erwiderte Wilbert von Lausen.

„Sobald es Neuigkeiten gibt, melde ich mich bei Ihnen. Auf Wiederhören."

„Leben Sie wohl Maximilian und passen Sie auf sich auf."

2.

In einwandfreiem Zustand lag das Fundstück nach dessen Säuberung auf dem Arbeitstisch des kleinen Labors im Museum.

Schweigend musterten sie ihren Schatz und versuchten, dessen Geheimnis zu ergründen.

Der Ring war aus reinem Silber, überzogen mit einer dunklen Patina. Er besaß die Form einer kreisförmigen geschuppten Schlange, die ihr eigenes Schwanzende verschlang. Auffallend waren die großen Augen, die mit gelbbraunen Schmucksteinen besetzt waren.

„Was ist das für ein Material? Glas?“, fragte Idriss Jomaar.

„Bernstein“, meinte Luca Falcone lapidar.

„Korrekt“, bestätigte Professor Bouazizi.

„Bernstein? Das ist ein wichtiger Fingerzeig. Wenn Hiron wirklich Schiffsführer war, pflegte er womöglich Kontakte zu nordischen Händlern“, vermutete Andrea Favelli.

„Oder eine Seereise führte ihn in deren Länder“, bemerkte Professor Bouazizi bedeutungsvoll. „Möglicherweise führte er Krieg gegen sie und der Ring ging als Beutestück in seinen Besitz über. Die Reliefs auf der Abdeckplatte des Sarkophags sprechen Bände. Ich glaube, die gefangenen Seeleute stellen Vertreter nordischer Völkerschaften dar.“

Andrea Favelli kratzte sich nachdenklich am Kinn. „Die Karthager unterhielten auf der englischen Halbinsel Cornwall einen Stützpunkt. Von dort kontrollierten sie den Zinnhandel jenseits der Meerenge von Gibraltar.“

„Exakt!", stimmte Professor Bouazizi zu. „Das ist der Punkt, an dem wir ansetzen müssen, wenn wir die Identität des Toten aufdecken wollen. Ein in Griechisch übersetzter Periplus aus dem 2. Jahrhundert vor Christus weiß über die Seereise eines Namensvetters von Hiron nach Nordeuropa zu berichten, welche bereits zwei Jahrhunderte zurücklag. Es ist die einzig verbliebene Quelle über diese Expedition, da das punische Originaldokument als verschollen gilt. Historiker hingegen vermuten in der Beschreibung der Reise das Hirngespinst eines Übersetzers, der unter Profilneurose litt. Seine Federstriche stufen sie in die Kategorie wirklichkeitsfremde Träumerei ein, von der er sich anscheinend reichlich Anerkennung und Geld erhofft hat.“

„Wo wird der Periplus aufbewahrt?“, fragte Idriss Jomaar.

„In den Kapitolinischen Museen in Rom.“

Idriss Jomaar verzog enttäuscht das Gesicht.

„Wir nehmen das Dokument unter die Lupe. Auch wenn es uns Zeit kostet“, beschloss Luka Falcone.

„Das müssen Sie leider allein tun. Momentan kann ich das Museum nicht verlassen und Idriss muss seine Vorlesungen besuchen“, bemerkte Professor Bouazizi bedauernd, worauf der Student verdrossen mit dem Kopf nickte.

„Dann muss es so sein“, entschied Andrea Favelli. „Von dem Schlangenring nehme ich mehrere Fotos auf, die wir in die Kapitolinischen Museen mitnehmen. Luka und ich kennen dort jemanden, der uns sicherlich weiterhelfen kann. Sobald wir eine neue Spur finden, kehren wir nach Tunis zurück.“

3.

„Sie sind früh dran. Es ist noch nicht einmal vier Uhr“, bemerkte Eenie van Houten erstaunt zu Einar Jonsson, der lange vor der verabredeten Zeit vor ihrem Schreibtisch aufgetaucht war.

„Entschuldigen Sie bitte meine Aufdringlichkeit. Den ganzen Nachmittag bin ich mehrmals die Grachten auf und ab gelaufen und habe unterwegs alles Sehenswerte von Rang in mich eingesogen. Nun wusste ich nichts mehr mit mir anzufangen. Sie, Eenie, sind der einzige Mensch in dieser Stadt, den ich ein wenig kenne. Aus dem Grund zog es mich einem Magneten gleich unentwegt hierher. Ich hoffe, Sie sind mir deswegen nicht böse?“, kokettierte er lächelnd um ihr Verständnis.

„Aber nein“, entgegnete sie verlegen. „Zum Glück ist heute nicht viel Trubel. Ich habe also genügend Zeit für Sie.“

„Ich bin gespannt, was Sie herausgefunden haben. Hoffentlich bringt es mich der Lösung der Mordfälle näher. Ich wäre sonst gezwungen, nach Island zurückzukehren, was mir – ehrlich gesagt – überhaupt nicht schmecken würde. Ich fühle mich wohl in Ihrer Nähe. Ich meine ... Ich mag Sie“, deutete er auf unbeholfene Weise sein Interesse an ihrer Person an.

Sie sah ihn mit verwunderten Augen an. War das eben ein Kompliment gewesen? Wenn ja, klang es ausgesprochen steif und ungelenk, wenngleich sie seine Worte nicht unberührt ließen. Die unbeholfene Art des Kommissars besaß in Ihren Augen etwas Tollpatschiges, durchaus Liebenswertes. Sie war sich gewiss, dass der isländische Brummbär schon seit geraumer Zeit keine Beziehung zu einer Frau gepflegt hatte.

„Warten Sie einen Moment, ich komme gleich zurück“, meinte Eenie van Houten liebenswürdig und zog sich ein Paar dünne Handschuhe aus Baumwolle über die Hände. Dann verschwand sie im Nebenraum. Als sie zurückkehrte, hielt sie ein in Leder gebundenes Buch in der Hand. Erwartungsvoll nahm Einar Jonsson neben ihr Platz. Vorsichtig schlug sie den Buchdeckel um und begann, zwischen den Seiten zu blättern.

„Was hat es mit dem Wälzer auf sich?“, fragte er ungeduldig.

„Der Autor des Buches heißt Joris Carolus. Derselbe Carolus, der Jan Jacobs May van Schellinkhout ins Nordmeer folgte, um dort Wale zu jagen. Die beiden verband eine enge Freundschaft. Zudem war Carolus zu seiner Zeit ein bedeutender Kartograf.“

„Führte er ebenfalls ein Logbuch?“, fragte Einar Jonsson erstaunt.

„In der Tat“, bestätigte sie. „Als Forscher war er ein Autodidakt, der während der gesamten Seereise seine eigenen Gedanken penibel niederschrieb. Ich möchte Ihnen gern mehrere Abschnitte daraus vorlesen. Da der Text in Latein verfasst ist, muss ich ihn ins Englische übersetzen. Das bereitet mir nicht viel Mühe, da ich beide Sprachen fließend beherrsche. Ich bin überzeugt, dass Ihnen die Notizen des Kartografen weiterhelfen. Hören Sie daher bitte genau zu.“ Langsam und deutlich artikuliert begann sie, den Worten von Joris Carolus neues Leben einzuhauchen.

„… Wie ich die Kapitänskajüte betrat, sah ich Jan tief mit der Brust über den Kartentisch gebeugt stehen. Er versuchte, die derzeitige Position unseres Schiffes zu ergründen. Tiefe Sorgenfalten standen ihm auf der Stirn geschrieben, während er sich mit beiden Händen auf die Seekarten stützte, die ihm die Noordsche Compagnie vor Reisebeginn zur Verfügung gestellt hatte. Das wertvollste Gut an Bord half ihm allerdings nicht, das Problem zu lösen. Der tagelange Sturm hatte unsere Fleute weit von der isländischen Küste nach Nordosten abgetrieben. Westlich von uns musste demnach Grönland liegen und noch weiter im Nordosten Svalbard. Zwischen den drei Landmassen prangte auf der

Karte ein riesiger weißer Fleck. Eine große namenlose Wasserfläche. Unbekanntes Terrain. Als er meine Gegenwart bemerkte, hob er den Arm zum Gruß, sagte aber kein Wort. Zaudernd griff er nach dem Logbuch der Gouden Cath und wog es nachdenklich in der Hand. Eigentlich war es an der Zeit, die tägliche Eintragung vorzunehmen? Doch worüber sollte er schreiben? Er schien unsicher, da er noch nicht die Position des Schiffes ermittelt hatte. Plötzlich ertönte vom Ausguck ein gellendes, freudiges Geschrei an unsere Ohren. ‚Land! Land! Seht doch ... Land in Sicht!', schallte es von draußen herein. Einen Moment später vernahmen wir trappelnde Laute auf dem Oberdeck. Es hörte sich an, als ob die gesamte Mannschaft in geschlossener Front von Steuerbord nach Backbord rannte.

Kurze Zeit später stürmte der Bootsmaat Johan Leeuwenhoek in die Kapitänskajüte. ‚Kommt schnell an Deck. Backbord voraus ist Land in Sicht', rief er aufgeregt.

Land? In diesen Gewässern? Damit hatte Jan nicht gerechnet. Neugierig folgten wir Johan Leeuwenhoek auf die Steuerbrücke. Fast die gesamte Mannschaft stand an der Reling und hielt angestrengt Ausschau nach dem verheißungsvollen Gestade. Doch außer vagen Umrissen und schemenhaften Konturen war in der vor uns liegenden Nebelbank nichts Genaues zu erkennen.

‚Weiter rechts voraus! Weiter rechts!', rief der Mann im Ausguck zu uns herunter.

Jan rannte zurück in die Kapitänskajüte und kehrte mit seinem Fernrohr zurück. Ein geniales Instrument, welches ihm ein holländischer Brillenmacher angefertigt hatte. Er hütete es wie einen Schatz. Flugs eilte er hinauf auf das Steuerdeck und hielt erwartungsvoll den langen Tubus an das rechte Auge. Und wirklich, zwischen den hellen Nebelschwaden erkannte er deutlich dunklere Strukturen.

‚Rudergänger! Den anliegenden Kurs beibehalten!', rief er dem Steuermann zu und beauftragte Johan Leeuwenhoek, die Tiefe loten zu lassen.

Eine Stunde später lag die Nebelbank hinter uns und die unbekannte Landmasse offenbarte ihre Gestalt. Weit im Süden war sie von flacher Statur, durchzogen von zahlreichen Hügeln. In der Mitte erschien sie recht schmal. Der Mann im Ausguck meinte, hinter dieser Region erneut eine Wasserfläche zu erblicken. Offensichtlich handelte es sich um eine Insel. Am nördlichsten Ausläufer des Eilands erhob sich majestätisch ein riesiger schneebedeckter Feuerberg in den Himmel. Über seinem Gipfel hing eine weiße Rauchfahne.

In einer lang gestreckten Bucht gingen wir vor Anker. Das Ufer bevölkerten zahlreiche Tiere. Abertausende Walrösser mit riesigen Stoßzähnen lagen auf dem schwarzen, vermutlich mit Vulkanasche durchsetzten Strand und gaben ein lautes Geheul von sich. Wahrscheinlich hatte sie der Anblick des Schiffes aufgeschreckt. Sollten auf der weiteren Reise zu wenige Wale vor unsere Harpunen schwimmen, würde ihr wertvolles Elfenbein ein lohnenswertes Zubrot für uns bedeuten. Die neu entdeckte Insel inmitten des unbekannten kalten Meeres lag strategisch günstig und kann für die Noordsche Compagnie in naher Zukunft einen gewinnbringenden Stützpunkt für den Walfang darstellen. Aus diesem Grund beschlossen wir, sie näher in Augenschein zu nehmen.

‚Lass die Beiboote aussetzen. Wir gehen an Land', befahl er Bootsmaat Leeuwenhoek unter dem Jubel der Mannschaft ..."

„Das Ereignis fand laut den Eintragungen von Joris Carolus am 7. Juli 1614 statt", stellte Eenie van Houten unstrittig fest.

„Erwähnte er auch die Höhle am Strand und ihr inneres Wesen?"

„Aber ja Kommissar. Sogar mit deutlichen Worten. Hören Sie bitte zu, ich lese Ihnen die Zeilen vor:

... Und so kam es, dass wir am letzten Tag unseres Aufenthaltes eine kleine Bucht erreichten. Sie bildete den Endpunkt unserer Erkundung. Die Küste weiter in Richtung Nordosten zu erforschen, riskierten wir nicht, da den Weg unüberwindliche Gletscherzungen versperrten und der Feuerberg zunehmend in Unruhe verfiel. Den Strand in der Bucht überzog ein sonderbarer Sand von dunkler Farbe. Möglicherweise infolge der giftigen und staubigen Ausdünstungen des Vulkans. Den gesamten Bereich bedeckte zahlloses Treibholz. Die Strömungen im Ozean mussten es von fernen Küsten hierher getrieben haben, denn auf dem Eiland selbst wuchs kein Baum oder Strauch. Als wir unsere Schritte landeinwärts lenkten, stießen wir an einer Felswand auf den Eingang einer Höhle. Jan und ich überlegten eine Weile, ob das Wagnis, sie zu betreten, nicht zu hoch bemessen sei. Es bestand die Gefahr, dass in ihrem Inneren ein Eisbär auf uns lauerte? Schließlich trug unsere Neugier den Sieg davon. Nacheinander krochen wir in das dunkle Loch hinein und entzündeten eine Fackel. Was unsere Augen dann erblickten, ließ uns nicht unberührt. Die Höhle zeigte auffällige Spuren menschlicher Gegenwart. Doch die unbekannten Besucher hatten lange vor unserer Zeit an diesem Ort verweilt. Darauf deutete eine lateinische In-

schrift an einer Felswand hin. Ein Mann namens Brendanus hatte sich auf ihr verewigt. Darüber hinaus entdeckten wir die sterblichen Überreste eines Menschen. Lediglich Teile des Schädels und einige Knochen waren von ihm übriggeblieben. Ob er zu Lebzeiten zu den Gefährten jenes Brendanus gezählt hatte, konnten wir bloß vermuten. Also nahmen wir die Gebeine genauer in Augenschein. Dabei bemerkten wir im Inneren eines Knochengebildes, das vermutlich eine Hand gewesen war, ein sonderbares dunkles Objekt. Nach näherer Untersuchung entpuppte es sich als handtellergroße schwarze Steintafel. Mysteriöse Schriftzeichen bedeckten ihre Oberfläche. Jan vertrat die Meinung, sie lieber an dem Ort zurückzulassen. Ihm war der Stein nicht geheuer. Es kostete mich viel Überzeugungskraft, meinen Freund umzustimmen und das Fundstück mitzunehmen, um es an Bord der Gouden Cath gründlich zu untersuchen. Schließlich verließen wir den düsteren Ort und kehrten auf unser Schiff zurück. Wir lichteten den Anker und segelten fortan auf südlichem Kurs ...

Sicherlich haben Sie bemerkt, dass Joris Carolus die kleine Basalttafel wichtiger nahm als die lateinische Inschrift des Mönches Brendan an der Felswand, da er sie nur kurz am Rande erwähnte. Er glaubte offenbar, das hätte nichts miteinander zu tun. Im Großen und Ganzen stimmt das auch, da die beiden Funde lediglich temporär zueinander in einer Beziehung stehen. Dies wird jedoch erst im dritten Abschnitt, den ich zum Abschluss vortragen möchte, deutlicher und lässt Raum für zahlreiche Hypothesen", mutmaßte Eenie van Houten mit verschwörerischer Miene.

„Ich bin gespannt wie die Feder einer Schweizer Taschenuhr", erwiderte Einar Jonsson humorvoll. „Lassen Sie mich hören, was Joris Carolus noch zu berichten hat."

„*... Als wir die Küste Islands sichteten, fand ich endlich genügend Zeit, um mir die Steintafel genauer anzusehen. So groß wie eine geöffnete Hand und auf beiden Seiten poliert, bot sie wenig Augenscheinliches, wenn auf ihr nicht diese mysteriösen Schriftzeichen zu sehen wären. Mehrere Tage war ich mir über ihren Sinn im Unklaren, bis mir der entscheidende Gedanke kam. Vor zehn Jahren, als ich in Ostende im Kampf gegen die Spanier ein Bein verlor und mein Soldatenleben aufgeben musste, begann ich mich für die Kartografie zu begeistern. Mein alter Lehrer drückte mir während des Studiums ein Buch in die Hand,* *das er dem Griechen Eratosthenes von Kyrene zuschrieb, einem berühmten Geografen und Mathematiker, der weit vor Christi Geburt lebte. Er behauptete, es wäre überaus kostbar, weil es das letzte erhaltene Exemplar sei und anschaulich darstelle, auf welche Art und Weise man den Umfang der Erde errechnen kann. Es war in Altgriechischer Sprache verfasst, welche ich zugegeben bis heute nicht beherrsche. Mein Meister las mir öfters daraus vor und schulte mein Verständnis für die abgebildeten Formeln und geometrischen Figuren. Bestimmte Buchstaben zeigten in meiner Erinnerung eine markante Form, die ich im Wortlaut der Steintafel wiederfand.*

Nach langen eingehenden Überlegungen stieß ich auf eine plausible Lösung: Ein Schiffbrüchiger, womöglich griechischer Herkunft, strandete vor langer Zeit auf der Insel und verstarb an einer Krankheit oder am Hunger. Jahrhunderte nach ihm tauchte ein Mann namens Brendanus auf und verewigte seine Seelenpein im Felsgestein der Höhle. Vielleicht kamen die Tränen, vor denen er sich so sehr fürchtete, zusammen mit dem schiffbrüchigen Griechen auf das Eiland. Gewissheit indes erhalte ich erst, wenn ich jemanden finde, der den Wortlaut des schwarzen Steines übersetzen kann. Meinen Lehrer kann ich nicht mehr konsultieren. Gott hat ihn vor einer Weile zu sich gerufen. Meines Wissens leben in Holland wenig Gelehrte, die dem Griechischen in seiner alten Form noch mächtig sind ...

Das ist alles, was die Aufzeichnungen von Joris Carolus über die Geschichte der Basalttafel verraten“, rekapitulierte Eenie van Houten und klappte das Buch zusammen.

„Ob er jemals herausfand, was der griechische Text übersetzt bedeutet? Womöglich legt er das Schicksal des Schiffbrüchigen offen oder gibt sogar das Naturell der mysteriösen goldenen Tränen preis“, mutmaßte Einar Johnson.

„Das entzieht sich meinem Wissen. Eine markante Eintragung ist mir allerdings noch aufgefallen. Joris Carolus muss sie zu späterer Zeit hinzugefügt haben. Sie steht handschriftlich auf der Innenseite des Einbandes vermerkt.“ Eenie van Houten nahm das Buch noch einmal in die Hände und klappte den mit Rindsleder ummantelten Deckel auf. Und wahrhaftig, in grazilen Lettern geschrieben, sprang ihm dort eine kurze Notiz in die Augen: PYTHEAS CLAVIS EST.

„Was bedeuten die Worte?“, fragte Einar Jonsson gefesselt.

„Das ist Lateinisch und lautet in der Übersetzung: Pytheas ist der Schlüssel“, belehrte sie ihn. „Er war ein griechischer Seefahrer und Entdecker der Antike. Was Joris Carolus mit dem merkwürdigen Hinweis bezweckte, bleibt mir ein Rätsel.“

Einar Jonsson kam nicht dazu, über den tieferen Sinn ihrer Worte nachzudenken, da sie eine weitere Überraschung folgen ließ. „Ich glaube, jetzt ist der richtige Zeitpunkt gekommen, um Sie über einen wichtigen Kontext zwischen der Basalttafel und der Geschichte unseres Hauses aufzuklären. Eine alte Inventarliste, die mir gestern zufällig in die Hände fiel, enthüllte mir eine wichtige Erkenntnis.“

Er beugte sich neugierig zu ihr herüber. Deutlich nahm er das blumige Parfüm wahr, das Eenie van Houten trug. Es erinnerte ihn an den Geruch einer Sommerwiese, wenn früh am Morgen der Tau von den halb geöffneten duftenden Blüten und Knospen tropfte.

Intensiv spürte sie seine plötzliche Nähe. Diese war ihr keineswegs unangenehm. Mehr noch, sie strahlte etwas Führsorgliches und Beschützendes aus. Ein Gefühl tiefer Geborgenheit ergriff ihre Seele. Eine Emotion, die sie in dieser Intensität seit Langem nicht mehr empfunden hatte und die zum Träumen einlud. Erst seine raue dunkle Stimme weckte sie wieder aus ihrem romantischen Tagtraum.

„Wie darf ich den Zusammenhang, den Sie andeuten, auffassen?“, fragte er fiebernd vor Neugier.

„Zusammen mit dem Buch von Joris Carolus gehörte die Basalttafel seit nahezu 400 Jahren zum Fundus unseres Hauses“, erklärte sie. „Aber während des Zweiten Weltkrieges verschwand sie spurlos. Niemand fand eine Erklärung für ihren Verlust. Vermutlich suchten Diebe das Archiv heim. Jedenfalls ist sie nach dem Ende des Krieges von der Inventarliste gestrichen worden.“

„Verdammt, wie ärgerlich!“, rief Einar Jonsson vergrämt. Seine Enttäuschung war groß. „Nicht auszudenken, wenn das Archiv noch im Besitz der Tafel wäre. Die Botschaft, die auf ihr steht, hätte mich der Lösung meines Falles sicherlich näher gebracht und womöglich sogar eine Erklärung für die Morde auf der Polarstar geliefert. Ich tappe immer noch im Dunkeln. Lassen Sie uns bitte unsere bisherigen Erkenntnisse zusammenfassen: Wir wissen von einem Schiffbrüchigen und dessen vermutlich letzten Gedanken, eingeritzt auf einem Stück Basaltstein. Van Schellinkhout und Joris Carolus finden ihn bei ihrer Ankunft auf der damals unbekannten Insel in einer Höhle und bringen ihn nach Amsterdam. Für lange Zeit gehört der Stein dem Archiv, für das Sie arbeiten. Doch während des Zweiten Weltkrieges verschwindet er spurlos. Des Weiteren besitzen wir Kenntnis über einen Mönch namens Brendan und eine von ihm in den Fels der Höhle gemeißelte Inschrift, in deren Wortlaut er sich über ein Meer von Tränen und seine erlittenen Seelenqualen auslässt. Daneben erhielten wir Kunde über den Diebstahl mehrerer Seiten aus dem Logbuch van Schellinkhouts und der Landkarte von Joris Carolus mit der Markierung des Standorts der Höhle in einer Bucht des Eilands sowie einer beinahe tödlich geendeten Verfolgungsjagd an den Hängen des Vulkans Beerenberg. Letztlich mündeten die mysteriösen Vorgänge in einem blutigen Massaker auf einer Hochseejacht vor der isländischen Nordküste. Was verbindet diese, an vielerlei Orten und zu unterschiedlichen Zeiten stattgefundenen Ereignisse? Womöglich das sagenhafte Tränenmeer? Der Mönch Brendan spricht von Gold und Silber. Handelt es sich um einen sagenhaften Schatzfund? Aber wer brachte ihn nach Jan Mayen? Und sind die Seeleute der Polarstar ermordet worden, um sie ihres Anteils zu berauben? Das wäre zumindest ein Motiv. Nichtsdestotrotz bleiben viele Fragen unbeantwortet. Es muss mehr dahinter stecken. Joris Carolus schrieb: Pytheas ist der Schlüssel. Wo aber finde ich das Schloss, in das er passt und vor allem, was muss ich substanziell darunter verstehen?“

„Vielleicht ist der Ausspruch nur eine Metapher“, bemerkte Eenie van Houten tiefsinnig. „Das Schloss kann sich im Text auf der Basalttafel verstecken. Wenn dessen Inhalt mit der Schlüsselperson Pytheas in Verbindung gebracht wird und die Zusammenhänge richtig interpretiert werden, öffnet sich das Tor zur Erkenntnis und man erfährt die Auflösung des Rätsels.“

Einar Jonsson blickte sie mit offenem Mund an. Ihre Worte besaßen eine tiefe Logik. Instinktiv war er überzeugt, dass sie in ihrer Annahme richtig lag. „Ich stimme Ihren Worten vorbehaltlos zu. Genauso muss es sich verhalten. Leider wird mir diese geisterhellende Erkenntnis vorenthalten bleiben, solange die Tafel nicht wieder auftaucht.“

Beifällig nickte sie mit dem Kopf. „Eine Tatsache, der Sie ins Auge sehen müssen. Was wollen Sie jetzt tun?“

Er dachte kurz über die Frage nach, bevor er eine Antwort gab. „Ich gehe der einzigen Spur nach, die ich besitze. Ich suche den irischen Gelehrten auf, den Sie vorhin erwähnten. Wie hieß er gleich: Mac Dugall?“

„Mac Domhnall, James Mac Domhnall, wohnhaft in Galway“, verbesserte sie ihn. „Die genaue Anschrift entzieht sich meiner Kenntnis. Die Behörden in Irland helfen Ihnen sicher weiter. Wann reisen Sie ab?“

Er fühlte eine leichte Betroffenheit in ihren Worten. Ihr schien sein baldiger Abflug nahezugehen. „Schon morgen Vormittag“, erwiderte er bedauernd und horchte verwirrt in sein Inneres. Ein kurzer stiller Moment beherrschte die prickelnde Situation. Eenie van Houten blickte in lächelnd an, als warte sie auf eine Reaktion seinerseits, während er noch nachsann, ob er es wagen kann, ihr die alles entscheidende Frage zu stellen. Schließlich überwand er die Hemmungen und offenbarte ihr sein sehnsüchtiges Verlangen.

„Ich möchte Sie heute Abend zum Essen einladen. Zum Dank für Ihre hilfreiche Unterstützung. Bitte lehnen Sie nicht ab. Es bedeutet mir viel, da ich Sie sympathisch finde. Nein ... das trifft den Kern nicht wirklich. Eenie ... ich glaube, ich bin in Sie verliebt“, gestand er offenherzig und schaute erwartungsvoll in ihre Augen. Nicht ganz unverhofft willigte sie in sein Angebot ein. Dann gab sie ihm einen Kuss auf die Wange. Sein Gefühl hatte ihn nicht getrogen.

4.

Gleichsam zog die Cessna Mustang ihre Bahn durch den Luftraum des nördlichen Atlantiks. Das leise und gleichmäßige Brummen der beiden Düsentriebwerke hatte Marja Petersen schläfrig gemacht und sie bewogen, die Lehne ihres Sitzplatzes nach hinten zu verstellen. Bereits kurze Zeit später war sie eingeschlafen.

Neugierig studierte Maximilian Korff die junge Frau. Ihr Kopf ruhte auf der Schulter. Dazwischen lugte das Ende ihres blonden Pferdeschwanzes hervor, der ihre Wange wie auf ein Kissen bettete. Die fest geschlossenen Augen unter ihren leicht geschwungenen Brauen verbargen ihre leuchtende Bläue. Eine Farbe, die eine geheimnisvolle Sehnsucht in ihm auslöste. Die schmalen, geschlossenen Lippen ihres Mundes zeichneten ein Bild voller Sinnlichkeit. Er ertappte sich bei dem Gedanken, ihn am liebsten küssen zu wollen. Selbst ihre kleine Stupsnase besaß etwas Anziehendes. Ein kleiner Makel in einem sonst ebenmäßigen Gesicht, der sie nicht weniger liebenswert erscheinen ließ, sondern vielmehr verlieh, was dem heutigen Mainstream perfekt gestylter Schönheit in mancher Hinsicht fehlte: Natürlichkeit und Individualität. Er hätte ewig in ihr reizendes Antlitz schauen können, wenn nicht eine leichte Turbulenz das Flugzeug durchgeschüttelt hätte.

Marja Petersen richtete sich erschrocken auf.

Die unergründliche Bläue in ihren weit geöffneten Augen traf ihn aufs Neue wie ein Blitzstrahl und ließ sein Herz höher schlagen. „Es ist alles in Ordnung. Das war bloß ein kleines Luftloch", sprach er beruhigend auf sie ein.

„Habe ich lange geschlafen?"

„Ungefähr eine Stunde."

Marja schaute auf die Uhr und stellte ihren Sitz in eine waagerechte Position. Entspannt lehnte sie sich zurück. „In 90 Minuten landen wir auf der Insel. Genügend Zeit, um uns in Ruhe über ihr Steckenpferd zu unterhalten. Sie versprachen mir, Ihre Theorie über den Ursprung der nordischen Mythologie zu erklären. Jetzt wäre der passende Moment", meinte sie und zeigte – erneut lächelnd – ihre Grübchen.

Der kurze Schlaf, so empfand er, hatte ihr auffallend gut getan, denn am gestrigen Abend war es ziemlich spät geworden. Nach ihrem gemeinsamen Abendessen und einigen interessanten Gesprächen hatte er die junge Frau kurz vor Mitternacht ins Hotel begleitet und war anschließend mit der Straßenbahn nach Hause zurückgekehrt. Wie am Tag zuvor abgesprochen, hatte sie ihn am frühen Morgen erneut in seiner Wohnung aufgesucht, um ihn abzuholen und gemeinsam nach Berlin zu fahren. Nach einer kurzen Stippvisite in der norwegischen Botschaft waren sie zum Flughafen Tegel aufgebrochen. Auch in Oslo, wo sie gegen Mittag pünktlich gelandet waren, hatte der hektische Ablauf des Tages kein Ende genommen. In einem Wagen der Regierung waren sie zu einem Militärflughafen am anderen Ende der Stadt gefahren. Hier hatten sie die Cessna bestiegen, einen kleinen Düsenjet, der neben zwei Piloten auch vier Passagieren Platz bot, um die verbliebenen 1500 Kilometer Distanz bis zur Insel Jan Mayen zu überwinden. Und jetzt, just in diesem Augenblick, flogen sie in 12 000 Meter Höhe über den Nordatlantik hinweg. Unter sich eine schier endlose Wasserfläche und darüber einen tief dunkelblauen Himmel, der beinahe schon die Schwärze des Alls erahnen ließ.

„Reden Sie nicht mehr mit mir?", weckte ihn Marja Petersen unverhofft aus seinen Erinnerungen auf.

„Was sagten Sie eben?", fragte er konsterniert.

„Ob Sie mit mir nichts mehr zu tun haben wollen", antwortete sie mit einem fröhlichen Lachen um die Mundwinkel. „Wo waren Sie eben mit Ihren Gedanken? Sie wirkten in sich gekehrt und sahen mit starren Augen glatt durch mich hindurch. Was ist Ihnen durch den Kopf gegangen?"

Sein begehrliches Verlangen, ihren liebreizenden Mund zu küssen, kam ihm als Erstes wieder in den Sinn. Doch die Sehnsucht nach ihrer körperlichen Nähe konnte er der jungen Frau, die er gerade einmal zwei Tage kannte, wohl kaum offenbaren. Was würde Sie von ihm halten? „Ich dachte über die Ereignisse der letzten Stunden nach. Noch gestern wusste ich nicht, was mich heute erwartet und jetzt befinde ich mich in 12 Kilometer Höhe über dem Polarmeer und fliege zur Insel Jan Mayen. Eine Tatsache, die ich mir noch einmal vergegenwärtigen musste. Derartige tiefgreifende Ereignisse geschehen nicht oft in meinem Leben", meinte er unverblümt zu ihr.

Sie lächelte verstehend und stellte ihm die Frage über den Ursprung der nordischen Mythologie ein zweites Mal. „Begründen Sie mir, warum Sie kategorisch die Meinung vertreten, dass der Götterglaube der frühen nordeuropäischen Völker in Wahrheit auf dem Vorbild einer in grauer Vorzeit lebenden Zivilisation beruht."

„Um die Beweggründe meiner Hypothese richtig nachvollziehen zu können, müssen Sie die Thematik der nordischen Mythologie als einen stetig fließenden Veränderungsprozess im religiösen Denken und Handeln der damals an der Nord- und Ostsee lebenden Menschen begreifen. Und das im Zeitraum vom Ende der letzten Eiszeit bis zum frühen Mittelalter“, fachsimpelte Maximilian Korff.

„Wie darf ich das auffassen?“, fragte sie irritiert.

„Ich möchte Ihnen plausibel machen, dass die nordische Mythenbildung in der Überlieferung jener Völker nicht allein ständigen Verwerfungen ausgesetzt war, sondern sich ebenso Einflüssen von außen beugen musste.“

„Einflüsse von außen? Sie meinen, religiöse Vorstellungen anderer Kulturen flossen in den nordischen Götterglauben ein?“

„Ja Marja. Das ist treffend formuliert“, bestätigte er. „In ihm existieren Elemente, die sich leicht südeuropäischen oder asiatischen Kulturkreisen zuordnen lassen. Das alles erfolgte in einem Zeitraum von mehreren Tausend Jahren. Als um 1270 die Lieder-Edda entstand, eine schriftliche Zusammenfassung der bis dahin mündlich überlieferten Götter- und Heldenlieder, kamen mit ihr weitere fremde Einflüsse hinzu, die sich auf den ausgeprägten Kriegerkult der Wikinger zurückführen lassen. Mit der jüngeren Prosa-Edda schuf Snorri Sturluson ein Werk, das sich zwar auf die älteren Liedertexte stütze, jedoch vor christlichem Gedankengut nicht unverschlossen blieb. Trotzdem sind seine Interpretationen der uralten Lieder interessant zu lesen. Vielleicht konnte er noch auf andere, uns unbekannte Quellen zurückgreifen, die heute versiegt sind. Diese Fakten müssen Sie sämtlich im Kontext sehen. Deshalb verbirgt sich die Quelle der nordischen Mythenbildung im Zusammenhang beider Werke. Wenn Sie das berücksichtigen und die unterschiedlichen Aussagen in beiden Büchern richtig interpretierten, wird Ihnen meine Theorie zumindest plausibel.“

Marja Petersen schaute ihn ratlos an. „Im Moment bin ich durch Ihre Hinweise nicht schlauer geworden“, meinte sie unschlüssig. „Es hilft mir auch wenig, dass ich beide Bücher kenne, da ich bei deren Studium nicht versucht habe, zwischen den Zeilen zu lesen, so wie Sie es womöglich taten. Gehen Sie ins Detail. Was sagen die Überlieferungen in der Edda nach Ihrer Ansicht über die Eigenschaften der Göttergestalten aus?"

Maximilian Korff lehnte sich entspannt zurück und breitete vor ihr ein vollkommen fremdes, ja geradezu fantastisches Bild über die Protagonisten der nordischen Mythen aus. „Die Asen, Wanen und Riesen, die in den Liedern besungen werden, traten allesamt aus dem Urchaos hervor. Ich begreife sie als verschiedene ethnische Gruppen, die in der Jungsteinzeit lebten und zu einer Gesellschaft fusionierten, die besondere technologische Fähigkeiten erlangte und sich damit von anderen Völkern jener Epoche in der Entwicklungsstufe deutlich abhob. Im Laufe der Zeit spaltete sich diese Gesellschaft allmählich in ein Kastensystem auf. Die Gründe lagen in den ausgeprägten Charakteristiken der einzelnen Volksgruppen.

„Ein Kastensystem? Sie machen mich neugierig. Auf welcher Grundlage basierte es?", fragte sie überrascht.

„Die Wanen galten als weise und naturverbunden", antwortete er. „Die nach ihnen lebenden Menschen der frühen Bronzezeit erhoben sie zu Fruchtbarkeitsgöttern, die sie sehr verehrten. Für mich stellen sie allerdings keine Götter dar, sondern eine Gruppe früher Einwanderer in den skandinavischen Raum. Inmitten einer Landschaft, die in den Liedern der Edda als Vanaheimr bezeichnet wird, begannen sie sesshaft zu werden und entwickelten erdverbundene bäuerliche Gemeinschaften. Die Riesen oder Jötun, wie ihr richtiger Name lautet, standen den Neuankömmlingen feindlich gegenüber. Sie lebten bereits seit dem Ende der letzten Eiszeit in diesem Gebiet und stellen für mich die älteste Form der menschlichen Entwicklung in Skandinavien dar: die körperlich robusteren Jäger und Sammler. Sie lebten nicht nur von erlegtem Wild oder ausgegrabenen Wurzeln und gepflückten Beeren, sondern ebenso von räuberischen Überfällen auf die Wintervorräte anlegenden wanischen Bauern. Das Klima im Winter war rau und eine Vorratshaltung mit Nahrungsmitteln den an Mangel leidenden Jötun bis dahin unbekannt. Sie bevölkerten ein Territorium namens Utgard, das östlich von Vanaheimr lag.

Um der Räuberei der Riesen Einhalt zu gebieten, mussten die in ihrer Existenz bedrohten dörflichen Gemeinwesen der Wanen den Angriffen etwas Wirkungsvolles entgegensetzen. Aus den Bauern begann sich eine kriegerische Elite zu formen, die fortan einen ständigen Kampf gegen die Plünderer aus Utgard führte: die Asen. Sie bildeten den militanten Arm einer ansonsten friedliebenden Gesellschaft von Ackerbauern und Viehzüchtern und schützten diese vor den räuberischen Nomaden. Da sie materiell selber nichts erzeugten, sondern lediglich konsumierten, lebten sie von den Erträgen der dörflichen Gemeinschaften. Denken Sie an die Äpfel der Idun, Marja, ohne deren Genuss die Asen zu altern begannen. Für mich sind die Früchte eine Metapher auf ihre existenzielle Abhängigkeit gegenüber den Bauern. Doch dieser Umstand war ihnen zunehmend ein Dorn im Auge. Daher begannen sie sich aus der Gemeinschaft herauszulösen und bildeten bald eine eigenständige Gruppe: die Kriegerkaste.

Für ihre zweifellos gefahrvollen Dienste ließ sie sich von nun an gut bezahlen. Am Anfang noch für ihre Heldentaten hoch geachtet, verfiel sie allerdings mit der Zeit in einen dekadenten Hedonismus, einer von Eigennutz und ungezügelter Genusssucht geprägten Lebensweise. Ihr ethischer Verfall, verbunden mit dem Drang nach uneingeschränkter Macht über die einfachen Bauern, brachte in ihrem Wesen zum Vorschein, was die alten Griechen gemeinhin als Hybris bezeichneten. Ein Attribut, das letztlich ihren Untergang besiegelte. Schleichend und verdeckt begannen sie nach und nach, neue Befehlsstrukturen aufzubauen. Widerstände der Bauern gab es nicht. Freiwillig fügten sie sich in die gesellschaftlichen Veränderungen, ja forderten diese möglicherweise selber von der Kriegerkaste ein. In einer Landschaft namens Asgard, abseits vom gemeinen Pöbel, bauten die Asen ihre wehrhaften Burgen und lebten in unermesslichem Reichtum. Am Ende ihrer Entwicklung stand ein elitäres Regime, in dem sie gleich Göttern herrschten und alle Fäden der Macht fest in der Hand hielten. Wie konnte Derartiges geschehen?“

„Also das würde ich auch gern wissen. Wer ist so einfältig und unterwirft sich freiwillig der Knechtschaft?“, fragte Marja Petersen kopfschüttelnd. „Wenn ich Ihrer Hypothese Glauben schenke, waren die Wanen nicht weise, sondern strohdumm.“

Maximilian Korff konnte nicht an sich halten und lachte herzlich über ihre Bemerkung, während sie ihn die ganze Zeit irritiert anschaute. „Sie wollen wirklich von mir wissen, wer so dumm sein kann, sich freiwillig der Knechtschaft zu unterziehen?", meinte er amüsiert. „Die Antwort ist simpel, Marja: der unwissende, getäuschte und geblendete Mensch. Meine Theorie für dieses fügsame Verhalten ist folgende: Im Geheimen intrigierte die Kriegerkaste gegen die Bauern. Wahrscheinlich pflegte sie zu den feindlichen Nomaden sogar Kontakte und arbeitete mit ihnen konspirativ zusammen. Infolgedessen überfielen sie nach Absprache ganz gezielt ungeschützte Siedlungen der Bauern. Aus dem organisierten Chaos zogen die Asen großen Nutzen."

„Nutzen? Inwiefern?", fragte sie verwundert.

„Die Kriegerkaste entpuppte sich als Meister der Täuschung. Mit Lügen und Halbwahrheiten lenkte sie die wanischen Bauern in eine psychologische Zwickmühle. Mit dem eingetrichterten Gefühl, dass die althergebrachte Hierarchie gegen die Überfälle der Nomaden keine ausreichende Sicherheit mehr bot, keimte die Bereitschaft auf, ihren vermeintlichen Beschützern mehr Autorität und Handlungsfreiheit zu gewähren. Für die asischen Krieger wäre es sicherlich nicht schwierig gewesen, sich die Macht mit Gewalt anzueignen. Dies barg jedoch die Gefahr der ständigen Auflehnung und des Widerstands gegen die neue Ordnung. Ihre Ergreifung in den Köpfen der Menschen durch Demagogie erschien ihnen nachhaltiger. Eine Machtstruktur, letzten Endes vom einfachen Volk selber gefordert, wird kaum infrage gestellt, solange die kritische Masse in ihrer Existenz nicht bedroht ist. Denken Sie bloß an die römische Kaiserzeit. Vergleiche in der Neuzeit nicht ausgenommen."

Maximilian Korff hatte sich durstig geredet und füllte ein Glas mit Mineralwasser.

Während er die Kehle benetzte, gab Marja Petersen kritisch ihre Meinung zu seinem Statement preis. „Davon abgesehen, dass ich Ihre Geschichte für ausgesprochen utopisch und nicht im Mindesten für beweisbar halte, finde ich ihr perfides Ende geradezu erschütternd. Aus welcher Quelle schöpften Sie die Ideen für Ihre These?"

„Die Fakten entnahm ich aus der Forschungsarbeit meines Großvaters, basierend auf den Erkenntnissen, die er aus einem Reisebericht aus dem Altertum zog: Die Seefahrt des Pytheas nach

Thule", erwiderte er. „In dem Dokument wird detailliert über jenes untergegangene Volk berichtet."

„Die Methodik der Vorgehensweise der Kriegerkaste erinnert mich intensiv an zahlreiche dunkle Punkte in der Geschichte der Menschheit, bis hin zur Machtergreifung der Faschisten 1933 in Deutschland. Auch sie blendeten und verführten einen Großteil der Bevölkerung mit ihrer Propaganda."

„Das beurteilen Sie richtig. Aber soweit müssen Sie im jüngeren Zeitgeschehen nicht zurückgehen", meinte Maximilian Korff und stellte sein leeres Wasserglas auf das Sideboard. „Jedes Mal, wenn ich heutzutage einen Politiker der freien Welt in den Medien argumentieren höre, ein wirkungsvoller Schutz vor dem Terrorismus sei nur dann gegeben, wenn die freiheitlichen Rechte der Bürger eingeschränkt oder gar vollends außer Kraft gesetzt werden, läuft es mir kalt den Rücken herunter. Eine Regierung, die die fundamentalen Werte der Demokratie infrage stellt oder gar aufgibt, um sich gegen terroristische Bedrohungen zu wappnen, verliert die tragenden Säulen ihrer Legitimation vor dem Souverän. Mit dem Beschneiden der freiheitlichen Rechte des Einzelnen und dem Wirken der Exekutive jenseits von Kontrollmechanismen besteht die Gefahr der Verwandlung in ein totalitäres Regime. Am Ende etabliert sich eine intransparente Regierung, die vor dem Bürger über ihr Tun keine Rechenschaft ablegt. Jeder Politiker, der diese Tatsache mit fadenscheinigen Begründungen beschönigt oder sogar leugnet, ist ein Heuchler und verfolgt andere Ziele, als er in Wahrheit vorgibt."

„Ich glaube nicht, dass Ihre Befürchtungen eintreten", meinte Marja Petersen überzeugt. „Es gibt zahllose Menschen auf der Welt, die sich tagtäglich für die demokratischen Rechte einsetzen. Darunter zählen auch viele Politiker. Sie handeln nicht alle so schlecht, wie Sie glauben. Aber lassen Sie uns zu Ihrer Theorie zurückkehren. Was geschah, nachdem die Krieger ihre Machtposition festigten?"

„Lange Zeit herrschte ein trügerischer Frieden im Land. Doch den asischen Kriegern stiegen ihre Machtfülle und ihr stetig wachsender Reichtum zu Kopf. In ihrer Hybris verfangen, glaubten sie wahrscheinlich sogar selber daran, Götter zu sein. Schließlich kam es, wie es kommen musste. Ein großer Aufstand brach los, der in die nordische Mythologie als erster Krieg einging. Die Geschichte lehrt uns, dass in Zeiten, in denen die Unterdrückung besonders schlimme Ausmaße annimmt, das Individuum versucht, dagegen aufzubegehren. Selbst in der Erwartung des eigenen Todes. Ich vermute, mehrere aufeinanderfolgende Missernten und die damit zur Neige gehenden Vorräte lösten den Aufruhr aus. Womöglich, weil die Kriegerkaste trotz der hohen Ernteausfälle weiterhin auf der üblichen Abgabenhöhe beharrte, was das Fass des Unmuts zum Überlaufen brachte. Wer allein den sicheren Hungertod vor Augen sieht, hat im Kampf keine Angst mehr, sein Leben zu verlieren, denn ihm bleibt keine andere Wahl. Also versprach lediglich der offene Widerstand einen möglichen Ausweg aus dem Elend. Ungeachtet dessen endete der Konflikt mit einer Niederlage der Bauern. Sie sahen sich nicht in der Lage, der hohen Kampfkunst und den stärkeren Waffen ihrer Peiniger Gleichwertiges entgegenzusetzen. Im Ergebnis des Konflikts erkannte die Kriegerkaste immerhin, dass sie auf das Werte schaffende Arbeitsvolk nicht verzichten konnte, ohne selber unterzugehen. Daher blieb ein rächender Pogrom aus und beide Seiten schlossen ein trügerisches Stillhalteabkommen."

„Wenn ich Sie so reden höre, fallen mir die deutschen Bauernkriege ein", bemerkte Marja Petersen nachdenklich.

„Der Vergleich ist nicht abwegig", erwiderte Maximilian Korff. „Die Situation der Wanen ist ähnlich zu sehen wie jene der deutschen Bauern im 16. Jahrhundert. Auch sie waren am Ende ihrer Leidensfähigkeit angekommen. Übrigens vertraten bereits in den 30er Jahren des letzten Jahrhunderts Gelehrte die Ansicht, der in der nordischen Mythologie verwurzelte Krieg der Asen und Wanen schildere in Wirklichkeit die Auseinandersetzung zweier im Ostseeraum beheimateter Stammvölker. Die der jüngeren Indogermanen und jene der älteren Megalithkultur. Hier indes nahmen sie als Grund für den Konflikt die Durchsetzung eines neuen Götterglaubens an. Danach handelte es sich um einen reinen Glaubenskrieg. Das kommt meiner Argumentation nicht besonders nahe, zeugt aber zumindest von einer fundamentalen Übereinstimmung in beiden Theorien: Asen und Wanen waren Menschen."

„Welche Rolle spielten Ihrer Hypothese zufolge die Zwerge? Über diese Gruppe verloren Sie bisher noch kein Wort", fragte sie unverhofft.

Intensiv studierte er die Mimik in ihrem Gesicht. Einerseits verriet es Faszination. Sichtlich las sie ihm jedes Wort vom Munde ab. Andererseits zeigten ihre hochgezogenen Augenbrauen und ihre gekräuselte Stupsnase ab und zu einen Ausdruck von Skepsis, ja manchmal sogar totaler Ablehnung. Offensichtlich hatte seine Argumentation sie bisher nicht überzeugen können. Tiefgründig setzte er an, das verschobene Bild über die eigenartigen Geschöpfe zurechtzurücken. „Die Dwergaz, eine Bezeichnung, die dem indogermanischen Sprachpool entstammt, waren in ihrer Statur nicht zwergig klein. Genauso wenig, wie die Riesen riesengroß waren. Es sind Benennungen, die zu Anfang der Mythenbildung eine andere Bedeutung innehatten. Nach Snorri Sturlusons Prosa-Edda lebten die Zwerge ursprünglich als Maden im Fleisch des Urriesen Ymir. Die Asen beschenkten sie später mit Verstand, damit diese ihnen dienen konnten. Nach der Völuspá in der Lieder-Edda sind sie jedoch von denselbigen aus dem Blut des Riesen Brimir und den Knochen des Riesen Bláinn erschaffen worden. Das sind gegensätzliche Aussagen. Die Vermutung liegt nahe, dass sich am Übergang zum frühen Bronzezeitalter im skandinavischen Raum eine neue Bevölkerungsgruppe etablierte, die nicht mit den Asen und Wanen und ebenso nicht mit den Jötun verwandt war. Vielleicht wanderten sie aus Südeuropa ein, wo die Menschen in der Regel nicht die körperliche Größe erreichten wie jene im hohen Norden. Womöglich sind sie sogar auf Bestreben der Asen als billige Arbeitskräfte angesiedelt worden. Jedenfalls entwickelten sie sich mit der Zeit zu geschickten Handwerkern, Schmieden und Bergleuten."

„Diese Erklärung halte ich für einigermaßen plausibel", unterbrach Marja Petersen Maximilians Redefluss. „Aber wenn die Zwerge, wie Sie behaupten, ebenfalls Menschen waren, was führte dann die Mär über ihre Kleinwüchsigkeit herbei?"

Er schien sich die Lösung des Rätsels bereits vor ihrer Frage zurechtgelegt zu haben, da seine Antwort wie aus der Pistole geschossen kam. „Die für den Bergbau spezifischen Tätigkeiten und ihre gesundheitlichen Folgen trugen Schuld daran. Unter Tage traten oft Unfälle mit schweren Verletzungen auf. Wenn der arme Mensch nicht an ihnen verstarb, blieben zumindest hässliche Verstümmelungen zurück. Auch Kinder sind in den Bergwerksschächten beschäftigt worden. Klein und schmal in ihrer Statur, konnten sie sich in den engen und niedrigen Stollen behänder bewegen als Erwachsene. Die Knochenfrakturen, welche sie mitunter bei der gefährlichen Arbeit davontrugen, führten zu schweren Missbildungen. Ach übrigens, die Mützen, die sie bei der Arbeit trugen, waren mit Stroh oder Schafwolle gefüllt und dienten dem Schutz des Kopfes vor Steinschlägen. Ein Kind mit einer schützenden Haube über dem verschmutzten Gesicht und einem verkrüppelten Körper mit einem Buckelrücken, den ein gestörtes Wachstum hervorgerufen hat, entspricht voll und ganz dem klischeehaften Bild eines Zwerges. Für mich waren es arme bedauernswerte Menschen, die für die ewig besitzhungrige Elite Erze aus dem Boden kratzen mussten, um daraus all die bewundernswerten Dinge zu erschaffen, welche die Schriften der Edda erwähnen.

Der Kriegerkaste war das Schmiedehandwerk nicht unbekannt. Ursprünglich übernahm sie es von den Wanen, um die qualitativen Eigenschaften ihrer Waffen weiter zu vervollkommnen. Ihre gewonnenen Kenntnisse gaben sie an die neu angesiedelten Dwergaz weiter. Auf der Basis dieses Wissens entwickelten sie weiterführende Technologien und übertrafen so die asische Schmiedekunst an Geschicklichkeit und Kunstfertigkeit bei Weitem. Ihre bahnbrechenden Innovationen in der Metallverhüttung und Verarbeitung bildeten die Garanten für den Sieg der Kriegerkaste über die Bauern. Das fortgeschrittenere Know-how entschied den Konflikt zu ihren Gunsten. Die Dwergaz erschufen Waffen, die zuvor in einer derartigen Stärke und Güte nicht existierten. Auf diese Weise sicherten die Kaste der wanischen Bauern und die Kaste der Handwerker, wie ich die Dwergaz nennen möchte, der asischen Elite ein göttliches Auskommen. Die Angst der ersteren beiden Gruppen vor den räuberisch lebenden nomadisierenden Jägern und Sammlern und ihre darin begründete Schutzabhängigkeit festigten zugleich die Macht der Kriegerkaste für lange Zeit in einer oligarchisch geprägten Herrschaftsform. Diese versicherte zwar, zum Nutzen aller zu handeln, verfolgte im Verborgenen allerdings lediglich die Wahrung ihrer eigenen Interessen und Privilegien."

„Wann soll sich das abgespielt haben? Ich meine, welcher Zeitrahmen schwebt Ihnen für die Ereignisse vor?", fragte Maja Petersen plötzlich.

„Die ersten bäuerlichen Gemeinschaften der Wanen entstanden nach meinen Vorstellungen in der Mitte des 5. Jahrtausends vor Christus. Der unmittelbar folgende allmähliche Aufstieg der asischen Kriegerkaste vollzog sich über einen Zeitraum von mehreren Generationen und läutete auf dem Höhepunkt ihrer Macht zugleich den Niedergang der hoch entwickelten Kultur ein. Zu Beginn der skandinavischen Bronzezeit, also 1800 vor Christus, zeugten lediglich noch Legenden von ihrer einstigen Existenz."

Gespannt wartete er auf ihre Reaktion. Doch sie fiel nicht so aus, wie er erhofft hatte.

„Nehmen Sie es bitte nicht persönlich, Maximilian, ich fand Ihre Argumentation äußerst spannend und interessant anzuhören, dennoch ist sie in höchstem Maße exotisch und besitzt keinen nennenswerten wissenschaftlichen Hintergrund, wenn wir den Reisebericht über Pytheas, auf den Sie sich stützen, einmal ausklammern. Für eine lückenlose Beweisführung ist das einfach zu wenig."

„Ich bin Ihnen nicht böse, Marja. Im Gegenteil, ich sehe Ihre nüchterne Analyse meiner Aussagen durchaus im positiven Licht, auch wenn Sie in deren Ergebnis meine Meinung nicht teilen", erwiderte er lächelnd.

„Geben Sie mir ein überzeugendes Beispiel, warum die Götter der nordischen Mythologie Menschen der Jungsteinzeit repräsentieren. Welche Charakteristiken der Asen und Wanen, welche Handlungen der Riesen und Zwerge setzen Sie auf das bloße Menschsein herab?", sagte sie jovial, um ihm eine Brücke für den Dialog zu bauen.

Maximilian Korff betrat sie nur allzu gern und begann ihr aufs Neue die Beweggründe seiner Hypothese aufzuzeigen. „Die Edda spricht hier deutliche Worte, wenn sie der Leser im richtigen Zusammenhang begreift", antwortete er. „In ihren Liedern und Geschichten zeigt die nordische Götterwelt unverkennbar menschliche Eigenschaften. Da wäre zum Beispiel die Verehrung höherer Mächte. Warum? Das ist vollkommen paradox. Welcher Gott betet zu anderen Göttern oder baut aus Verehrung einen Tempel für sie? Solcherlei Kulte und Handlungen tätigt allein ein gläubiger Mensch.

Ein Gott dagegen ist das I-Ging im Kosmos, das Maß aller Dinge, eine Quelle, ein Orakel, das auf sämtliche Fragen eine Antwort kennt. Wer oder was kann über ihm noch stehen? Ein weiteres menschliches Charakteristikum ist die Abhaltung von Gerichts- oder Ratsversammlungen wie das germanische Thing. Für Götter trifft das nicht zu, da es nicht ihrem angedichteten Naturell entspricht. Sie treffen Entscheidungen aufgrund ihrer Allmacht und nicht durch einen meinungsbildenden Konsens ... Ich bin noch nicht am Ende", beeilte er sich zu sagen, als Marja Petersen ansetzte, ihm skeptisch ins Wort zu fallen. „Vier stichhaltige Argumente habe ich noch in petto. Für die Götter ist es zwar untypisch, einer handwerklichen Tätigkeit nachzugehen, gleichwohl gibt es in dem Punkt vergleichbare Beispiele in der griechischen Götterwelt. Deshalb will ich diesen Widerspruch nicht weiter erörtern. Die Spielsucht und die unbändige Gier nach Reichtum indessen, die wir in den Schriften der Edda wiederfinden, lassen bei Odin und seinesgleichen nicht auf göttliche Tugenden schließen, sondern vielmehr auf tiefe menschliche Abgründe. Was weiterhin vehement gegen einen Gottstatus spricht, zeigt der Umstand, dass sie ihr eigenes Schicksal nicht selber bestimmen können, welches sich in der Ragnarök unabwendbar mit ihrem Untergang vollenden wird. In der Völuspá stehen dazu folgende Worte geschrieben:

Eine Esche weiß ich, heißt Yggdrasil,
Den hohen Baum netzt weißer Nebel;
Davon kommt der Tau, der in die Täler fällt.
Immergrün steht er über Urds Brunnen.

Davon kommen Frauen, vielwissende,
Drei aus dem See dort unterm Wipfel.
Urd heißt die eine, die andre Werdani:
Sie schnitten Stäbe; Skuld hieß die dritte.
Sie legten Lose, das Leben bestimmten sie
Den Geschlechtern der Menschen,
das Schicksal verkündend.(3)*

Hier ist von den drei Nornen die Rede, die nicht nur die Schicksalsfäden der Menschen spinnen, sondern ebenso die der Götter. Aus der

Völuspá geht hervor, dass die Seherin weit in die Zukunft schauen kann und deren Untergang voraussagt. In ihrer Weissagung begründet sich mein letzter und wichtigster Trumpf. Er lässt bloß eine Schlussfolgerung zu: Sie sind sterblich. Ein Umstand, der in den meisten Religionen, die auf der Welt existieren, nicht der Normalität entspricht."

„Was ist mit Jesus Christus? Er starb am Kreuz", hielt Marja Petersen bedenkend dagegen.

„Jesus war lediglich der Mensch gewordene Sohn eines Gottes", widersprach Maximilian Korff vehement. „Er musste sterben, weil er mit seinem Tod eine Aufgabe erfüllte: die Befreiung der Menschheit von ihren Sünden. Allein auf seine Person gesehen, stellte er keinen Gott dar. Erst im Jahr 451, auf dem 4. Konzil der alten christlichen Kirche, erhob man Jesus – durch das Dogma der Trinität, der Dreifaltigkeit – zu Mensch und Gott zugleich. Eine Auffassung, die die Gläubigen zu Zeiten seiner Kreuzigung nicht teilten. Ich bin der festen Überzeugung, dass die Menschen in Skandinavien anfangs keine lebenden Wesen als Götter verehrten, sondern eindrucksvolle Wetterphänomene, wie Wind und Feuer oder Blitz und Donner. Auch Erscheinungsformen in der Natur, etwa fließendes Wasser, schroffe Berge und Felsen oder riesige Bäume und große Tiere erscheinen mir möglich. Es ist durchaus vorstellbar, dass die frühen bronzezeitlichen Stämme im Ostseeraum an die Allmacht solcher Dinge glaubten und erst Generationen später begannen, personifizierte Wesen hineinzuprojizieren, deren Wurzeln in einer rätselhaften Zivilisation lagen, die in der ausgehenden Steinzeit spurlos verschwand, aber durch ihre herausragenden technologischen Errungenschaften in märchenhafter Erinnerung blieb."

„Ihre Argumentation hört sich weitgehend plausibel an", bemerkte Marja Petersen zustimmend. „Trotzdem hege ich noch immer begründete Zweifel an der Existenz dieses imaginären Volkes. Falls deren Vertreter ernsthaft das Abbild der nordischen Götterwelt darstellen, kann Ihr hypothetisches Kastensystem nicht besonders gut funktioniert haben. Ja, ich stelle es sogar infrage. In den Erzählungen und Liedern der Edda sind markante soziologische Abgrenzungen, die eine derartige Gesellschaftsform hervorbringen, nirgendwo zu verzeichnen. Andererseits finden sich genügend Hinweise darauf, dass sich sowohl Asen wie Wanen mit Riesen liierten und Nachkommen mit ihnen zeugten. Der Zwerg

Ivaldi hatte sogar eine Asin als Tochter. Diese erwähnten Sie bereits vorhin: Idun – die Göttin ewiger Jugend und Hüterin der sagenhaften Zauberäpfel. Manchmal gingen aus diesen Verbindungen Kinder hervor, die sich als reinste Monster entpuppten. Denken Sie bloß an den zwielichtigen Loki. Er zeugte mit einer Riesin den Fenriswolf, die Midgardschlange und die Totengöttin Hel. Er selbst stammte einst von den Riesen ab, wird allerdings den Asen zugerechnet. Ein weiteres Problem sehe ich in den physischen Verwandlungen, zu denen sie in der Lage waren. Da fällt mir die Geschichte vom Ring Andvaranaut wieder ein, die Sie mir gestern Abend so detailreich schilderten und in der Odin, Loki und Hoenir ahnungslos den in einen Fischotter verzauberten Otur erschlugen. Wie lässt sich ein derartiger Vorgang auf einen Menschen übertragen?"

„Der Sache mit den körperlichen Transformationen würde ich keine große Bedeutung beimessen. Dem Menschen sind in seiner Vorstellungskraft keine Grenzen gesetzt. Das zieht natürlich Irrtümer nach sich. Was vor vielen Tausend Jahren ursprünglich ein in Otterfelle gekleideter Fischer war, formte Generationen später die menschliche Fantasie in ein Zauberwesen um, das die Macht besaß, sich in ein Tier zu verwandeln. Da bietet Ihr erster Vorbehalt schon mehr nachdenkenswerte Substanz, obwohl er sich leicht entkräften lässt. Seit Menschengedenken werden Rechtsnormen aufgestellt, die das Zusammenleben der Individuen regeln. Solange allerdings gibt es auch Widerstände dagegen zu verzeichnen. Das gilt besonders für eine standesorientierte Ordnung, wie sie die autoritäre Herrschaft der Kriegerkaste darstellt. In ihr werden Normen zwangsläufig unterlaufen. Und das nicht bloß von einfachen Menschen aus der unteren Schicht, sondern gleichfalls von Vertretern der Machtelite.

Das ist kein Widerspruch. Menschen, die anderen Menschen die Freiheit vorenthalten, sind manchmal Gefangene ihres eigenen Systems. In einem pluralistischen Gesellschaftssystem ordnet sich das Individuum den Zwängen und Interessen der Gemeinschaft unter, strebt jedoch parallel dazu nach Unabhängigkeit und Selbstverwirklichung. Das Leben unter einem autoritären Regime indessen drückt ihm Gesetze auf, denen es sich allenfalls begrenzt oder überhaupt nicht unterwerfen will, weil sie seine Persönlichkeitsrechte einschränken. Also lehnt es sich auf. In Ihren angesprochenen Beispielen, von Kasten übergreifenden sozialen Verflechtungen, handelt es sich lediglich um ein gelegentliches Entfliehen aus dem bestehenden Standesdünkel. Auch ein Graf im Mittelalter versank mitunter in den Armen einer schönen Magd. Aber es änderte nichts am bestehenden Machtgefüge."

„Sind das nicht zu viele Unwägbarkeiten, Maximilian?"

„Jede Form des Zusammenlebens bringt Widersprüche hervor, mit denen die Menschen tagtäglich konfrontiert sind", entgegnete er unbeirrt.

Marja Petersens Mimik verriet Zweifel. Bedenklich wog sie den Kopf. „So kommen wir nicht überein. Spulen wir das Problem mal vom Ende her auf. Nehmen wir an, Ihre Hypothese wäre wahr. Wie begründen Sie die hohe Entwicklungsstufe dieser Gesellschaft? Wieso besaß sie lange Zeit vor anderen Kulturen eherne, sprich eiserne Waffen? Volksgruppen, die noch nicht einmal oder gerade am Anfang der Bronzeherstellung standen? Das kann kaum möglich sein."

„Doch, das kann es sehr wohl", erwiderte er seelenruhig.

„Das Schmelzen von Eisenerz erfordert eine ausgefeilte Verhüttungstechnologie und setzt das Kennen der spezifischen Merkmale des Metalls voraus", konterte sie lauernd.

„Hier stimme ich Ihnen uneingeschränkt zu, allerdings schmolzen die Schmiede das Eisenerz nicht, da sie noch nicht in der Lage waren, die erforderlichen 1235 Grad Celsius zu erzielen", antwortete er. „Um schmiedbares Eisen herzustellen, benötigten sie sechs Dinge: einen Brennofen aus Stein, Erde oder Ton, Eisenerzbrocken, Holzkohle, Kalkstein, Feuer und ausreichend sauerstoffreiche Luft. Holz für die Herstellung von Holzkohle gab es in den skandinavischen Wäldern in Hülle und Fülle. Den Kalkstein, den die Schmiede verwendeten, um die Schlacke von der Eisenluppe zu trennen, bauten sie in einer Gegend in Mittelschweden ab. Ein stetiger Luftzug – notwendig, um die Glut auf über 1000 Grad Celsius zu erhitzen – strömte über Blasebalge aus Tierfellen, angetrieben mit den Händen oder durch Wasserräder, ins Innere des Ofens. Und was die Eisenerzbrocken anbelangt, die lagen zu jener Zeit zuhauf auf dem Erdboden verstreut. Erst nachdem diese zur Neige gingen, keimte eine neue Entwicklung auf: der Bergbau unter Tage."

„Na schön. Und was läutete letztendlich den Niedergang der Asenherrschaft ein?“

Das mürrische Timbre in Marja Petersens Stimme brachte zum Ausdruck, dass sie die Frage nicht aus Neugier gestellt hatte, sondern vielmehr zur Bestätigung eines längst gefällten Urteils. Maximilian Korff nahm es unbeirrt zur Kenntnis. „Sie zerbrach in erster Linie an einer äußerst abrupt einsetzenden Klimaveränderung, die in der Edda als Fimbulwinter bezeichnet wird und den Auftakt zum Weltuntergang darstellt, der in der Ragnarök seine Vollendung findet“, erwiderte er aus tiefster Überzeugung. „Dabei handelte es sich höchstwahrscheinlich um eine Minieiszeit im nordeuropäischen Raum von nur wenigen Jahren Länge, mit eisigen Wintern und sehr kühlen Sommern. Nach dem Ende der letzten Eiszeit existierte zwischen 5000 und 2000 vor Christus nachweislich eine warme Phase, die zu einem hochgradigen Abschmelzen der Gletscher auf der Nordhalbkugel führte. Das wiederum zog eine kritische Übersüßung des Nordatlantiks nach sich und brachte den Motor des warmen Golfstroms ins Stottern oder zeitweise sogar zum Stillstand. Ein Ereignis, das sich durchaus wiederholen kann. Denken Sie bloß an unsere eigene derzeitige Klimasituation. Die kühlere Phase, die ab 2000 vor Christus mit dem in der Edda erwähnten Fimbulwinter einsetzte, wirkte sich nach neueren Erkenntnissen in abgeschwächter Form bis zum Beginn der Eisenzeit aus.

Das frostige Phänomen veränderte das Wettergeschehen in Skandinavien gravierend. Reiche Ernten blieben auf dem monatelang gefrorenen Boden aus und das Vieh fand kein Futter mehr, um zu überleben. Infolge der widrigen Umweltbedingungen und dem daraus resultierenden Nahrungsmangel gingen die Bauern und Handwerker allmählich zugrunde. Auch die Kriegerkaste verschonte der plötzliche Klimawandel nicht und erlitt letztlich den Hungertod, weil die produktive Kraft in ihrer Gesellschaft nicht mehr existierte und die Asen sich an ihren Ursprung und ihre einstigen Fähigkeiten nicht zurückbesinnen konnten. Zu tief waren sie in ihrem ethischen und moralischen Verfall fortgeschritten. Zu weit waren sie durch die in ihrer Hybris begründete Selbstüberhebung dem wahren Leben entrückt, um das eigene Verderben noch aufzuhalten. Ihr Untergang verdeutlicht, dass die Machtposition einer auserwählten Elite, bei einer existenziellen Bedrohung der Gesellschaft als Ganzes, keine Garantie für deren Überleben darstellt, wenn sie den Bezug zu ihren Wurzeln verliert."

Marja Petersen schaute Maximilian Korff entgeistert an. Sie fragte sich, ob er das, was er in der letzten halben Stunde geäußert hatte, wirklich ernst meinte. Sie fand ihn sehr sympathisch und liebenswert, wenngleich ihr sein Standpunkt illusionär erschien und nach ihrer Ansicht einer Traumwelt entsprang. Abermals schüttelte sie ungläubig den Kopf. „Die Wissenschaft hat den Beginn der Eisenzeit in Europa zeitlich eindeutig fixiert. Sie beginnt um 800 vor Christus mit einer Toleranz von 300 Jahren durch entwicklungsbedingte regionale Unterschiede. Ihre Hypothese, ein frühes skandinavisches Volk sei vor diesem Zeitpunkt in der Lage gewesen, Eisen zu verarbeiten, können Sie niemals beweisen", erwiderte sie energisch widersprechend.

„Und ob ich das kann!", rief er fast trotzig. „Die nordische Schöpfungsgeschichte beweist es."

„Unmöglich!", entgegnete sie.

„Alles ist möglich, wenn ich es stichhaltig begründe", konterte er.

„Ja natürlich. In dem Fall ist es ebenso möglich, dass uns der Mond eines Tages auf den Kopf fällt, wenn er aufhört, die Erde zu umkreisen", meinte sie mit sarkastischem Unterton.

„Nein! Das wiederum ist unmöglich, weil er nicht aufhören wird zu kreisen und sich mit jedem Umlauf den Bruchteil eines Millimeters weiter von der Erde entfernt. Wer oder was sollte ihn aufhalten?", widersprach er knurrig.

Für einen Moment schwiegen sie erschrocken und sahen sich peinlich berührt an. Dann mussten sie über sich selbst lachen.

„Entschuldigen Sie bitte, ich habe nicht beabsichtigt, Sie zu beleidigen. Bei wissenschaftlichen Streitthemen gehen mir manchmal die Pferde durch. Ein rebellisches Relikt aus meiner Studienzeit. Ich glaube, einigen Professoren in meiner Fakultät bin ich bis heute in unguter Erinnerung."

„Ich bin nicht beleidigt, Marja", bekannte Maximilian Korff geradeheraus. „Sie haben lediglich Ihre Position vertreten. Das ist völlig legitim. Ich weiß Offenheit zu schätzen, obwohl sie manchmal wehtut. In dem Punkt, denke ich, sind wir uns ähnlich."

Versöhnlich lächelte sie ihn an, sinnlich untermalt von den zwei bezaubernden Grübchen.

5.

Fahrig kramte Einar Jonsson nach seinem Handy, das in der Innentasche seines geöffneten Trenchcoats steckte.

„Hallo Kommissar, können Sie mich hören?“, brabbelte Karen Gudmundssons Stimme undeutlich.

Er blieb am Straßenrand stehen und klemmte sich das Handy so fest ans Ohr, dass es wehtat. Durch den ohrenbetäubenden Lärm auf der belebten Allee verstand er kaum ein Wort. „Was gibt es denn Wichtiges?“, rief er mit erhobener Stimme.

„Neuigkeiten, die Sie wissen müssen“, erwiderte sie, vom Schall hupender Autos und dröhnender Motoren überlagert.

„Warten Sie bitte einen Moment!“, brüllte er und setzte sich in Bewegung. Mit schnellen Schritten betrat er ein Café, wo er an einem kleinen runden Tisch Platz nahm. „So Karen, jetzt können wir in Ruhe miteinander reden. Was meinten Sie eben? Ich konnte Sie nicht verstehen.“

„Ich sagte, es gibt wichtige Neuigkeiten zu vermelden. Wo stecken Sie überhaupt?“

„In Dublin“, antwortete er.

„In Dublin? Was machen Sie in Irland? Ich dachte, Sie halten sich in den Niederlanden auf“, reagierte sie überrascht.

„Dort war ich schon. Mein Aufenthalt in Amsterdam erwies sich in jeder Hinsicht lohnenswert, verriet er vielsagend. „Ich stieß auf Informationen, die mich wieder auf die Spur der Mörder führten. Im Moment versuche ich gerade, die Adresse eines wichtigen Mannes in Erfahrung zu bringen. Er heißt James Mac Domhnall und wohnt in Galway an der Westküste der Insel. Er ist ein bekannter Historiker, der mir bei der Auflösung der Mordfälle eine wichtige Stütze sein kann. Jetzt sind Sie dran. Was gibt es Neues aus dem Dezernat zu berichten?“

„Am Reykjavíker Flughafen hat ein Streifenpolizist einen großkalibrigen Revolver sichergestellt. Ein Müllmann entdeckte ihn zufällig beim Entleeren des Behälters. Unsere Ballistiker sind sich darin einig, dass die Seeleute der Polarstar durch diese Waffe zu Tode kamen. Sie stammt übrigens wirklich aus deren Arsenal. Ich lag mit meiner Annahme richtig. Die Mörder haben sich vor der Flucht ins Ausland ihrer entledigt, um die Sicherheitskontrolle des Flughafens problemlos passieren zu können."

„Deswegen werde ich bei meinen Recherchen nicht unvorsichtig sein", meinte Einar Jonsson salopp. „Die Verbrecher besitzen bestimmt längst neue Waffen. Was gibt es noch Erwähnenswertes zu berichten?"

„Ich glaube, der Polizeipräsident schnüffelt Ihnen nach."

„Arnesson? Wie kommen Sie darauf?"

„Er löcherte mich, ob Sie wohlbehalten bei Ihrer Schwester in Dänemark angekommen sind und wie es Ihrer angeschlagenen Psyche geht. Der tiefere Sinn der Frage blieb mir ein Rätsel. Sie sind doch hoffentlich bei guter Gesundheit, Chef, oder muss ich mir Sorgen machen?"

„Und was gaben Sie ihm zur Antwort?", bohrte Einar Jonsson unbeeindruckt nach.

„Dass sich beides meiner Kenntnis entzieht, da Sie mir auftrugen, Sie im Urlaub nicht mit unnötigem Schnickschnack zu belästigen", antwortete Karen Gudmundsson feixend.

„Hat er Ihnen das abgekauft?"

„Das ist unwahrscheinlich. Er grinste mich dämlich an und schüttelte dabei den Kopf. Seine Sekretärin steckte mir nach dem Gespräch heimlich zu, dass er beabsichtige, Ihre Flugroute überprüfen zu lassen. Es kann für Sie gehöriger Ärger ins Haus stehen, wenn er herausbekommt, wo Sie sich aufhalten und was Sie dort tun."

„Einerlei Karen. Dieser kleine arrogante und überkandidelte Napoleonverschnitt kann mir gestohlen bleiben. Ich muss hier eine wichtige Angelegenheit regeln. Der Mord an fünf Menschen wartet auf seine Sühnung. Die Toten haben ein Recht darauf. Daran kann er mich nicht hindern, solange ich gewisse Spielregeln einhalte. Offiziell zumindest. Ich bin im Urlaub und kann reisen, wohin ich will. Dieser Despot kann mich kreuzweise ..."

„Was werden Sie jetzt tun?"

„Ich statte James Mac Domhnall einen Besuch ab und stelle ihm einige wichtige Fragen", erwiderte er.

„Viel Erfolg dabei. Halten Sie sich wacker. Sie sind mein Held. Sobald es in Reykjavík neue Entwicklungen gibt, melde ich mich bei Ihnen", versicherte sie ihm burschikos ihre Loyalität.

Nachdenklich versenkte er das Handy wieder im Trenchcoat. Vage Überlegungen gingen ihm durch den Kopf.

Unverhofft trat ein Kellner an den Tisch.

„Einen Kaffee bitte", rief Jonsson ihm zu, bevor er erneut in Gedanken verfiel. Eenie van Houten kam ihm in den Sinn. Gemeinsam waren sie am Abend zuvor in einem Restaurant Essen gewesen und hatten über vielerlei Dinge gesprochen. Bevor sie auseinandergegangen waren, hatte sie ihn innig umarmt und ihm zu verstehen gegeben, dass sie auf ihn warten wird, bis die Ermittlungen abgeschlossen sind. Das glückselige Gefühl, das ihn seitdem erfüllte, war unbeschreiblich. Eenie van Houten war die Frau, nach der er sich sehnte. Weshalb sollte er den Lebensabend nicht in Amsterdam verbringen, an der Seite des Menschen, den er liebte? Jäh ertappte er sich dabei, wie er in eine Traumwelt abzudriften begann. So schön diese Vorstellung erschien, er musste sich vorerst von ihr losreißen und James Mac Domhnalls Adresse in Erfahrung bringen, um der Aufklärung der Mordfälle einen Schritt näherzukommen.

6.

Die Tür zum Cockpit öffnete sich einen Spalt und der Kopf des Kopiloten kam zum Vorschein. Er rief Marja Petersen kurz ein paar Worte zu und schloss wieder die Tür.

„Gibt es Schwierigkeiten?", fragte Maximilian Korff besorgt.

„Keine Bange. Er meinte nur zu mir, dass wir in circa 45 Minuten landen. Wir haben also noch einige Minuten für uns allein", meinte sie lächelnd. „Verraten Sie mir, wie Sie über die Schöpfungsgeschichte der Edda denken? Was war der Anstoß gebende Faktor der nordischen Mythenbildung? Die Auflösung sind Sie mir noch schuldig. Ich verspreche Ihnen, dieses Mal artig zu sein."

„Oh nein, tun Sie das bitte nicht, Marja", erwiderte er schmunzelnd über ihr Angebot. „Rebellisch sind Sie mir lieber. Ich mag

Ihren kämpferischen Stil. Äußern Sie weiterhin Ihre ehrliche Meinung zu meinen Theorien. Ich bin erwachsen und kann mit Kritik umgehen, wenngleich es gelegentlich schwerfällt."

Während sich Marja Petersen noch über seine letzten Worte amüsierte, begann er die Geschichte von der Erschaffung der Welt zu analysieren. „Jede Religion auf der Welt fußt auf einem fundamentalen historischen Ereignis. Im Fall des nordischen Götterkultes war eine riesige Naturkatastrophe verantwortlich. Sie fand vor 12 900 Jahren statt. Unter ihren verheerenden Auswirkungen litten die damals in Nordeuropa lebenden Menschen nahezu 1500 Jahre lang. Eine tief einschneidende Erfahrung, die im Gedächtnis derer nachhaltig haften blieb. Wissenschaftler bezeichnen jene Periode heute als Jüngere Tundrenzeit. Der Name war Programm, da diese Ära einen rasanten Klimawandel in kürzester Zeit durchlebte. Zur Konkretisierung des Phänomens halte ich drei verschiedene Szenarien parat. Wie ich bereits erwähnte, gibt es im Sinngehalt der Götter- und Heldenlieder zwischen der Prosa-Edda und der Lieder-Edda Unterschiede. Wortwörtliche Übereinstimmungen sind überschaubar. Sehr oft wird alternativ erzählt und interpretiert. Das gilt insbesondere für die Schöpfungsgeschichte. Die abweichenden Deutungen in beiden Werken sind meiner Auffassung nach richtungsweisend, denn sie stehen für unterschiedliche Kosmogonien. Am Anfang aber stand das Nichts, das Ginnungagap, ein leerer Raum, der bereits vor dem Beginn der Zeit existierte. Er lag zwischen einem eisigen, dunklen Reich im Norden, genannt Niflheim und dem Feuerreich Muspelheim im Süden. Diese Sphäre füllte ein Urfluss oder ein Urmeer namens Elivagar. Aus dessen giftigen Ausdünstungen formte sich das erste Leben.

Aus den Elivagar fuhren Eitertropfen
Und wuchsen bis ein Riese ward.
Dann stoben Funken aus der südlichen Welt
Und Lohe gab Leben dem Eis.(4)*

Das beschriebene Wesen trägt an manchen Textstellen den Namen Ymir. In anderen Passagen wiederum wird von Aurgelmir oder Örgelmir gesprochen. Dennoch handelt es sich zweifellos um ein und dasselbe Geschöpf. Inklusive der Riesen als auch der Asen und Wanen war es der Ursprung allen nachfolgenden Lebens.

Unter des Reifriesen Arm wuchs, rühmt die Sage,
Dem Thursen Sohn und Tochter.
Fuß mit Fuß gewann dem furchtbaren Riesen
Sechsgehäupteten Sohn.(5)*

Damit begann im Ginnungagap, die Quelle der Schöpfung zu sprudeln. Die Erschaffung der Welt allerdings stand noch bevor.

Einst war das Alter, da Ymir lebte:
Da war nicht Sand nicht See, nicht salzge Wellen,
Nicht Erde fand sich noch Überhimmel,
Gähnender Abgrund und Gras nirgend.(6)*

Und so erschlugen Börs Söhne den mächtigen Riesen und formten aus seinen Körperteilen das Antlitz der Welt.

Aus Ymirs Fleisch ward die Erde geschaffen,
Aus dem Gebein die Berge,
Der Himmel aus der Hirnschale des eiskalten Hünen,
Aus seinem Schweiße die See.(7)*

An einer anderen Stelle wird die Schöpfung noch deutlicher beschrieben. Hier heißt es dazu:

Aus Ymirs Fleisch ward die Erde geschaffen,
Aus dem Schweiße die See,
Aus dem Gebein die Berge, die Bäume aus dem Haar,
Aus der Hirnschale der Himmel.

Aus den Augenbrauen schufen gütge Asen
Midgard den Menschensöhnen;
Aber aus seinem Hirn sind alle hartgemuten
Wolken erschaffen worden.(8)*

Die Götter hoben die Welt aus der Taufe, in deren Mitte der Baum Yggdrasil wuchs. Der Sonne, dem Mond und den Sternen wiesen sie ihre Bestimmungsorte zu und mit der Einteilung von Tag und Nacht und von Morgen und Abend floss fortan die Zeit gleich einem Fluss aus dem Vergangenen in das Gegenwärtige hinein. So berichtet die Völuspá:

Bis Börs Söhne die Bälle erhuben,
Sie die das mächtige Midgard schufen.
Die Sonne von Süden schien auf die Felsen
Und dem Grund entgrünte grüner Lauch.

Die Sonne von Süden, des Mondes Gesellin,
Hielt mit der rechten Hand die Himmelsrosse.
Sonne wußte nicht wo sie Sitz hätte,
Mond wußte nicht was er Macht hätte,
Die Sterne wußten nicht wo sie Stätte hatten.

Da gingen die Berater zu den Richterstühlen,
Hochheilge Götter hielten Rat.
Der Nacht und dem Neumond gaben sie Namen,
Hießen Morgen und Mitte des Tags,
Under und Abend, die Zeiten zu ordnen.(9)"*

Marja Petersen hatte Maximilians Korffs Ausführungen mit Staunen verfolgt und musste ehrlich eingestehen, dass sein Wissen über die nordische Mythologie äußerst umfangreich war. „Sie haben eine ganze Reihe von Stabreimen aus der Lieder-Edda zitiert. Kennen Sie etwa den gesamten Text auswendig?"

Vehement schüttelte er den Kopf. „Keineswegs. Die Sammlung ist viel zu umfangreich. Ich beherrsche, von einer kleinen Ausnahme abgesehen, lediglich die für meine Theorie relevanten Stellen der 16 Götterlieder, weil ich sie einem intensiven Studium unterzogen habe. Bei der Völuspá, der Weissagung der Seherin, trafen Sie allerdings den Nagel auf den Kopf. Diese wunderschönen Stabreime kann ich vollends aus dem Gedächtnis zitieren", bekannte er voller Stolz.

„Und wie setzte sich die Geschichte fort? Was geschah danach?“, fragte Marja Petersen.

„Laut dem Gesang der Seherin vereinten sich die Asen an einem Versammlungsort namens Idafeld. Sie erbauten Tempel und Altäre und schmiedeten aus Erz Werkzeuge und goldene Geschmeide. Sie schwelgten im Reichtum und vergnügten sich beim Würfeln oder beim Brettspiel. Darüber hinaus erschufen sie die Zwerge und aus zwei zufällig ans Ufer geschwemmten Treibhölzern die Stammeltern der Menschen: Ask und Embla.

Gingen da dreie aus dieser Versammlung,
Mächtige, milde Asen zumal,
Fanden am Ufer unmächtig
Ask und Embla und ohne Bestimmung.

Besaßen nicht Seele, und Sinn noch nicht,
Nicht Blut noch Bewegung, noch blühende Farbe.
Seele gab Odin, Hönir gab Sinn,
Blut gab Lodur und blühende Farbe.(10)*

Durch die Beseelung der beiden Hölzer nahm das Geschlecht der Menschen seinen Anfang. In den Versen ist nach meiner Auffassung deutlich ein indogermanischer Einfluss zu erkennen. Vergleichbare Vorstellungen, dass die Menschen von den Bäumen abstammen, existieren ebenso in den Schöpfungsmythen des griechischen und vorderasiatischen Kulturkreises. Sogar von einer Sintflut ist in der Edda die Rede und von der Rettung des letzten Riesen in einem Ludr.

Im Urbeginn der Zeiten, vor der Erde Schöpfung
Ward Bergelmir geboren.
Des gedenk ich zuerst, daß der allkluge Jötun
Im Boot geborgen ward.(11)*

Zweifelsohne wird um die richtige Übersetzung des altnordischen Begriffes Ludr als ein gewöhnliches Boot in der Gelehrtenwelt bis heute heftig gerungen, da sich mit dieser Vokabel mehrere Begriffe in Zusammenhang bringen lassen. Der Ausdruck kann genauso einen hohlen Baumstamm, im erweiterten Sinne ein Schiff oder – ganz simpel gesagt – ein Floß beschreiben. Auch auf einen Mahlkasten in einer Mühle oder auf eine Wiege deutet er hin. Ich denke, Snorri Sturluson war mit seiner Interpretation des Wortes Ludr und seiner Darstellung des Unterganges der Riesen nicht unschuldig daran, dass bewusst oder unbewusst christliches Gedankengut in die nordische Mythenbildung einfloss."

„Was verstehen Sie darunter?", fragte Marja Petersen.

„Ich bin der Meinung, er beschreibt eine Wiege. Sie stellt für mich eine Metapher auf den Riesen Bergelmir dar und damit auf den Ursprung des Lebens. Er war der Enkel des toten Ymir und der Großvater von Bestla. Sie wiederum zeugte mit Bör, dem Sohn von Buri, das Asengeschlecht. Den Verfechtern einer nordischen Wasserkosmogonie spielt die Version einer Sintflut natürlich voll ins Konzept. Ausgelöst durch Ymirs Tod starben in dessen vergossenem Blut alle Riesen außer Bergelmir, weil er sich in einem schwimmfähigen Objekt, was immer es auch war, vor dem Ertrinken rettete."

„Eine nordische Wasserkosmogonie?" Marja Petersen schüttelte verwundert den Kopf. „Davon hörte ich noch nie."

„Sie fußt im Wesentlichen auf einer widersprüchlichen Aussage in der Völuspá", verriet er. „In Vers 57 heißt es, das Land werde nach dem Weltuntergang zum andernmale erneut aus dem Wasser auftauchen. Was ein anderes Mal auftaucht, muss demzufolge schon einmal aus den Fluten emporgestiegen sein. Klarer lässt sich das nicht präzisieren, da Vers 4, auf den sich die Wasserbefürworter gern stützen, ebenso keine schlüssige Antwort bietet. Hier heißt es lediglich, dass Börs Söhne die Bälle erhoben und das mächtige Midgard erschufen. Ein Ausspruch, der alles Mögliche verkörpern kann. Auch der vorherrschende Standpunkt aller bekannten Wasserkosmogonien, ein Baum stelle den Mittelpunkt der Welt dar, womit natürlich auf die Weltenesche Yggdrasil angespielt wird, reicht meines Erachtens für eine widerspruchlose Befürwortung nicht aus. Ich dagegen bin ein Verfechter der Feuer- und Eistheorie. Sie fußt auf den neusten Erkenntnissen über die Ursache der Jüngeren Tundrenzeit und den Abweichungen, die zwischen der Lieder- und der Prosa-Edda in der Schöpfungsgeschichte bestehen."

„Ich weiß, worauf Sie anspielen, Maximilian", bemerkte Marja Petersen am Rande. „Sie beziehen sich auf die Textstellen, die über die Kuh Audhumbla berichten."

„Nicht allein auf sie", erwiderte er. „Es gibt noch andere signifikante Gegensätze in Snorri Sturlusons Prosawerk. Er beschrieb das Ginnungagap als Abgrund und tiefe Schlucht, gelegen zwischen den beiden Sphären Muspelheim und Niflheim, mit der Quelle Hvergelmir im Mittelpunkt, deren giftiges Nass die Urströme des Elivagar nährte. Als das Wasser die Schlucht erreichte, gefror es zu Eis. Das Gift indessen, das es in sich barg, verdunstete und setzte sich gleich Reifkristallen an den Felsen und Steinen am Grunde des Ginnungagap nieder. Von Muspelheim wehten Funken und Glut in die tiefe Schlucht hinein und begannen, den Reif aufzutauen. In der Mitte des Abgrunds, dort wo Feuer und Eis aufeinandertrafen, formte sich aus dem aufsteigenden Dampf einer Ursuppe das erste Wesen: Ymir. Nach Snorri Sturlusons Aufzeichnungen schwitzte der Urriese unter dem linken Arm eine Frau und einen Mann heraus und zeugte mit seinen eigenen Füßen einen Sohn. Zugleich trat aus dem geschmolzenen Reif die Kuh Audhumbla hervor, was für mich unzweifelhaft eine Anlehnung an südeuropäische Stierriten darstellt. Aus ihrem Euter flossen vier Milchströme, von denen sich Ymir ernährte. Die Kuh begann, das Salz der bereiften Steine in der Schlucht abzulecken, worauf nach drei Tagen ein Wesen namens Buri zum Vorschein kam. Ihm entspross aus dem Körper ein Sohn, der den Namen Bör trug und mit der Riesin Bestla die Asengötter Odin, Vili und Vé zeugte. Jene drei jedoch töteten Ymir und formten aus seinen Körperteilen die Welt. Anders als in der Lieder-Edda besungen, weiß Snorri Sturluson in seiner Prosaversion zu berichten, dass Bergelmir nicht nur sich selbst, sondern auch die Seinen, sprich die Frau und die Kinder, vor dem Ertrinken bewahrte und auf ein Boot rettete."

„Das erinnert verdächtig an die biblische Geschichte von Noah und der Sintflut", meinte Marja Petersen überrascht.

„Das interpretieren Sie vollkommen richtig", bemerkte Maximilian Korff, ihren Worten zustimmend. „Dieses Beispiel beweist deutlich, wie nachhaltig der isländische Dichter die Geschichte Noahs aus dem Alten Testament mit dem Schicksal Bergelmirs verknüpfte und damit christlichen Vorstellungen in der nordischen Mythenbildung den Weg ebnete. Für mich ist daher eine Schöpfung durch eine gewaltige Überschwemmung indiskutabel."

„Auf welcher Grundlage fußt die Feuer- und Eistheorie?", fragte sie gespannt.

„Die Basis bilden zwei heterogene Schöpfungstheorien. Die erste ist schnell erzählt, weil es ihr meines Erachtens an Plausibilität fehlt. Danach stiegen riesige Methanblasen an den Küsten Skandinaviens aus dem Meer auf und explodierten an der Oberfläche, was verheerende Waldbrände nach sich zog. Die Schuld ist dem abgeschmolzenen europäischen Gletscherschild der letzten Eiszeit zugeschoben worden, weil es angeblich die Dichte des Meerwassers veränderte und somit ein Ausgasen der Methanablagerungen am Grunde des Meeres bewirkte. Zusätzlich seien die Methaneinschlüsse im Permafrostboden Skandinaviens freigesetzt worden, was ebenfalls zu Feuersbrünsten führte und die Atmosphäre so vergiftete, dass sich das Klima für eine Zeit von 1500 Jahren erneut abkühlte. Für eine neue Welt, geboren aus Feuer und Eis, macht sich diese Version der Katastrophe als schöpferischer Akt nicht schlecht. Dennoch hege ich an ihr starke Zweifel."

„Und wieso?"

„Es existieren keine eindeutigen Beweise für ein solches Szenario."

„Die gibt es für Ihre Theorie auch nicht, oder?", stellte sie skeptisch in den Raum.

„Große Naturkatastrophen hinterlassen in der Geologie der Erdgeschichte für gewöhnlich deutliche Spuren. Das ist hier nicht der Fall. Gegenwärtig spekuliert die Wissenschaft, was passiert, wenn durch das gegenwärtige milde Erdklima das Eis vollends abschmilzt, der Permafrostboden auftaut und das eingelagerte Methan in die Atmosphäre freigibt. Wird sich dann die Erde in ein Treibhaus verwandeln? Ich glaube es nicht. Das Klima der Erde durchlebte nachgewiesenermaßen wiederholt große Sprünge zwischen kalten und warmen Phasen. Aktuell befinden wir uns in einer kühlen Periode. Sie begann im mittleren Tertiär. Seit nunmehr 30 Millionen Jahren herrscht auf unserem Planeten das sogenannte Känozoische Eiszeitalter. Ein Zeitraum, in dem sich untergeordnete kalte und warme Zyklen in differierenden Zeiträumen ablösen. In den letzten zwei Millionen Jahren allein sind jeweils sechs dieser Extreme zu verzeichnen gewesen. Das freigegebene Methangas scheint der Atmosphäre allerdings nie geschadet zu haben. Womöglich gab es niemals eine Ausgasung desselben. Und wenn doch, dann in geringerer Größenordnung als vermutet. Manchmal denke ich, dass mit derartigen Untergangsszenarien methodisch Panik gemacht wird. Selbst die weltweite CO^2-Diskussion über einen Klimawandel, allein hervorgerufen durch den menschlichen Einfluss, kann ich hiervon nicht ausklammern."

„Ihre Argumentation verrät, Sie sind ein Klimaleugner", sagte Marja Peterssen scherzhaft zu ihm.

„Klimaleugner? Unsinn! Ich leugne doch nicht die Existenz des Erdklimas", entgegnete er und lachte über ihre witzige Bemerkung. „Es war immer da und wird immer sein. Wir müssen indes einen Punkt akzeptieren: Alles um uns herum unterliegt einer ständigen Alternation. Immerhin reden wir nicht über ein starres Dogma, sondern über einen fortlaufenden Prozess, der einer steten Veränderung unterworfen ist und dessen treibende Kräfte in den Aktivitätszyklen der Sonne, den Änderungen der Erdumlaufbahn und der Neigung der Erdachse zu suchen sind. Dazu zählen auch katastrophale kosmische Ereignisse, wie beispielsweise der Einschlag eines Asteroiden. Eine andere gewichtige Ursache liegt in der Plattentektonik unseres Planeten und den parallel einhergehenden, geophysikalischen Abläufen der Ozeanbodenspaltung und der Kontinentaldrift sowie der damit verbundenen Gebirgsbildung und dem Vulkanismus. Zu guter Letzt sind ebenso vorhandene polare Vereisungen, Schwankungen des Meeresspiegels und die daraus resultierenden Richtungsänderungen oder Totalausfälle von Meeresströmungen nicht zu vergessen. Das geschah in der Vergangenheit so, das verläuft heute so und wird sich auch in Zukunft nicht anders abspielen."

„Schön und gut. Das sind Vorgänge, deren Abläufe mitunter Millionen Jahre bedürfen. Aber wie erklären Sie den rasanten Anstieg der

Durchschnittstemperatur in den letzten 150 Jahren?", hielt Marja Peterssen dagegen.

„Regelmäßige Wetteraufzeichnungen existieren flächendeckend erst seit Mitte des 19. Jahrhunderts und fallen genau in diesen Zeitraum hinein. Doch abrupte Veränderungen in kurzen Perioden traten früher schon mehrere Male auf. Vielleicht besitzt der Mensch wirklich eine Aktie an der momentanen Erwärmung. Das Zeitalter der industriellen Revolution fordert offensichtlich seinen Preis. Zumindest vertritt das Gros der Klimaforscher auf der Welt diesen Standpunkt. Ich möchte die Korrektheit dieser Behauptung nicht infrage stellen oder bewerten, aber aktiv steuern können wir die Veränderungen mit Sicherheit nicht. Da bin ich Realist. Konferenzen und Kongresse haben bisher bloß heiße Luft produziert und die Schwellenländer stecken in der wirtschaftlichen Entwicklung nicht zurück. Daher gibt es nur einen Weg: Wir müssen die erneuerbaren Energien weltweit ausbauen, um mit ihnen in absehbarer Zeit die Kernkraft, das Öl und die Kohle zu ersetzen, sonst endet unser Planet als verdeckter und ausgehöhlter Kürbis, dessen dünne Schale irgendwann inwendig zusammenbricht. Doch wer soll das alles bezahlen?"

„Was ist mit den Erlösen aus dem Emissionshandel? Dafür waren sie doch gedacht", gab Marja Peterssen zu bedenken.

„Den Verkauf von Emissionszertifikaten halte ich persönlich für blanke Heuchelei. Ich sehe in ihm den Ablasshandel des 21. Jahrhunderts, mit dem die Industrie für Geld ihre Sünden an der Umwelt kaschieren und reinwaschen kann. Die Menschheit ist also gezwungen, sich auf einen klimatischen Wandel gründlich vorzubereiten und perspektivisch anzupassen, um als Spezies zu überleben. Das tat sie übrigens schon immer, solange sie existiert. Sie reagierte in ihrer Entwicklung stets flexibel auf Klimaveränderungen. Und das erfolgreich, sonst wären wir alle längst ausgestorben. Daran sollten wir uns gelegentlich erinnern, bevor wir in das Weltuntergangsgeheule einstimmen.

Jetzt komme ich zum zweiten Schöpfungsmythos. Ich bin von der Korrektheit dieser These absolut überzeugt. Ich habe die einzelnen Fakten selbst tiefgehend recherchiert und zu einem aussagekräftigen Bild zusammengefügt. Es zeigt eine Katastrophe von apokalyptischem Ausmaß, deren klimatologische und geophysikalische Folgen die gesamte nördliche Hemisphäre tangierten. Den Einschlag, oder vielmehr das

Bombardement, verursachte ein größerer Meteorit, der vor dem Eintritt in die Atmosphäre durch das Einwirken der Erdgravitation in mehrere Stücke zerbrach. Die zerstörerischen Kräfte der kosmischen Trümmer wirkten sich von Nordamerika bis Nordeuropa aus."

„Der Einschlag eines Meteoritenstroms?" Marja Petersen runzelte die Stirn. „Davon höre ich das erste Mal. Wann soll sich das ereignet haben?"

„Wie ich vorhin bereits andeutete: vor 12 900 Jahren", bemerkte Maximilian Korff signifikant.

„Vor 12 900 Jahren? Demnach zur selben Zeit, als die fiktiven Methanblasen aus dem Meer aufstiegen. Kann es hier einen Zusammenhang geben?"

„Nein, Marja. Vergessen Sie die Methanblasen. Den 1500 Jahre währenden Kälterückfall der Jüngeren Tundrenzeit rief ein kosmisches Ereignis hervor, kein irdisches."

Sie zeigte sich verblüfft. „Diese These wird Aufsehen erregen, wenn sie der Wahrheit entspricht. Sind Sie in der Lage, stichhaltige Daten für Ihre Behauptung vorzulegen?", meinte sie skeptisch.

„Durchaus. Die einzelnen Bestandteile des Meteoritenstroms traten linear in die Erdatmosphäre ein. Infolge ihres flachen Eintrittswinkels und der damit verbundenen langen Flugbahn hätten sie diese beinahe wieder unbeschadet verlassen, wenn sie nicht durch die enorme Hitzebildung über der Erdoberfläche explodiert wären, wie es beim Tunguska-Ereignis in Sibirien geschah. Einer der gewaltigen Brocken löste ein Feuerinferno über dem Laurentischen Eisschild im heutigen Kanada aus. Nachdem die Eisbarriere brach, gab sie für einen riesigen Schmelzwassersee den Weg zum Nordatlantik frei.

Der Agassizsee, wie das späteiszeitliche Gewässer genannt wird, nahm dazumal eine Fläche ein, die größer war als heute das Kaspische Meer. Die kolossalen Mengen an eingeflossenem Schmelzwasser lösten eine unverhältnismäßige Übersüßung des Nordatlantiks aus, was letztlich zu einem vorübergehenden Aussetzen des Golfstromes führte. Die Auswirkungen waren verhängnisvoll. Angesichts der schnellen klimatischen Abkühlung innerhalb weniger Jahrzehnte von 6 bis 7 Grad im Jahresmittel – manche Forscher sprechen sogar von 10 bis 15 Grad – starben die großen Säugetiere des gemäßigten und des subpolaren Raumes aus. In Nordamerika und Europa betraf es unter anderem die einheimischen Gattungen des Mastodons, des Mammuts und des Säbelzahntigers. Auch eine alte Jäger- und Sammlerkultur Nordamerikas, die Clovis-Kultur, verlor sich ab jenem Zeitpunkt im Nebel der Geschichte. Ein weiteres großes Trümmerstück versetzte Skandinavien in einen Feuerrausch. Die gesamten Nadelwälder – in diesem Gebiet nach dem Rückzug des Eises gerade erst heimisch geworden – brannten restlos nieder. Die Hitze der Explosion löste die Reste des nordeuropäischen Eisschildes vollends auf und überschüttete das Land mit einem Schauer von Kleinstmeteoriten. Hinzu kam das ausgasende und verbrennende Methan aus der oberen Schicht des aufgetauten Permafrostbodens.

Und jetzt versetzen Sie sich bitte in die Lage der frühzeitlichen Menschen, die am Rande des Ereignishorizontes das Inferno beobachteten. Welche Gedanken und Empfindungen löste das Megadesaster bei ihnen aus? Welches Bild verfestigte sich in ihrer Vorstellung: eine brodelnde und giftige Hölle, bestehend aus Feuer und Eis. Ein Inferno, aus dem nach der Neutralisation der beiden Elemente ein neues Landschaftsbild hervorging: die Erschaffung einer neuen Welt. Dieses Wunder blieb ihnen und den nachfolgenden Generationen unauslöschlich in Erinnerung. Es wurde von Generation zu Generation weiterüberliefert, jedoch in seiner Interpretation stetig verformt. Am Ende stand der Riese Ymir, aus dessen Körper die Schöpfung einer neuen Erde hervorging. Er ist für mich die Personifizierung einer gewaltigen Naturkatastrophe, aus der am Ende neues Leben entspross."

Marja Petersen faltete nachdenklich die Hände vor dem Mund zusammen. „Ich warte noch immer auf die Beweise, die Ihre Meteoritentheorie stützen", monierte sie ungeduldig.

„Geophysiker haben an verschiedenen Orten Nordamerikas Bodenproben entnommen und bei deren Analyse eine erstaunliche Entdeckung gemacht", offerierte Maximilian Korff auf ihr Drängen. „Sie fanden Milliarden von Nanodiamanten. Sie sind, hören und staunen Sie, vor circa 12 900 Jahren entstanden und nur millionstel Millimeter groß. Sie kristallisierten aus dem Kohlenstoff, der in den Meteoriten enthalten war, unter hohen Temperaturen und gewaltigem Druck. Dieselben Partikel sind bereits in anderen Einschlagkratern nachgewiesen worden. Auch im Boden der sibirischen Tunguska sind sie vorhanden. Was in den Proben weiterhin zutage trat, war ein hoher Anteil des seltenen Elementes Iridium. Sein Vorkommen auf der Erde ist rarer bemessen als Gold oder Platin. Eine ähnlich hohe Menge existiert lediglich in einer alten Sedimentschicht, die ein Alter von 65 Millionen Jahren aufweist. Sie zeugt für den Einschlag eines großen Himmelskörpers im Gebiet der Halbinsel Yucatán am Ende der Kreidezeit, in dessen Folge die Dinosaurier ausstarben. Das sind eindeutige Fakten, die nicht von der Hand zu weisen sind und meine These weiter erhärten."

„Sind Bodenproben aus Nordeuropa ebenfalls auf diese Partikel untersucht worden?", fragte Marja Petersen nicht unbeeindruckt von Maximilian Korffs vorgebrachten Argumenten.

„Meines Wissens bisher nicht. Der direkte Nachweis für die Explosion eines Meteoriten in Skandinavien steht also noch aus", beantwortete er ihre Frage. „Nichtsdestotrotz bin ich der festen Überzeugung, dass ein solches Ereignis stattfand. Sollte ein geophysikalisches Institut in Norwegen, Schweden oder Finnland sein Augenmerk auf dieses Thema lenken, wird es sicherlich fündig werden und in den zeitlich relevanten Sedimentschichten den gleichen Diamantstaub finden wie in Nordamerika."

Sie lehnte sich zurück und sah ihn prüfend in die Augen. „Ihre Aussagen sind einleuchtend, wenngleich nicht vollständig wissenschaftlich hinterlegt. Zumindest versetzt es Sie in die Lage, die dramatischen klimatischen Veränderungen in der jüngeren Tundrenzeit logisch zu begründen. Eine überlieferte Katastrophe in Form eines Meteoriteneinschlags als Auslöser des nordischen Schöpfungsmythos kann ich ebenso gelten lassen. In der Fantasie des späteiszeitlichen Menschen in Nordeuropa kann ein derartiges unbegreifliches Ereignis durchaus die Gestalt des Riesen Ymir widerspiegeln. Es spricht zwar nichts dafür, aber auch nichts dagegen."

Maximilian Korff setzte ein zufriedenes Gesicht auf, glaubte er doch in diesem Moment bei Marja Petersen mehr erreicht zu haben, als er erhofft hatte.

Ihr blieb sein innerer Jubel nicht verborgen und so setzte sie ihm lächelnd einen Schuss vor den Bug. „Was allerdings Ihr imaginäres, hoch entwickeltes Volk betrifft: Hier muss ich nach reiflicher Überlegung für dessen Existenz erhebliche Bedenken anmelden."

Seine anfängliche Freude schwand dahin. Nachdenklich rieb er sich mit der Hand am Kinn. „Weshalb?", fragte er konsterniert.

„Es gibt in Skandinavien nicht eine Spur, die auf jenes Volk hinweist. Keine Reste alter Befestigungen, keine Gräber, keine Scherben oder andersartige Artefakte. Absolut nichts. Die älteste mir bekannte Gruppe von Menschen im nordeuropäischen Raum, die eine sesshafte, von Landwirtschaft geprägte Lebensweise vollzog, war die Trichterbecherkultur. Sie trat vor über 6000 Jahren erstmals auf die Bühne der Geschichte und existierte nahezu 1500 Jahre. Damit hätte sie jahrhundertelang parallel neben Ihrem imaginären Asen- und Wanenvolk gelebt. Das hätte kulturelle und wirtschaftliche Berührungspunkte oder Überschneidungen zur Folge gehabt. Im Boden Nordeuropas künden zahlreiche Keramikfunde indessen lediglich von der Lebensweise und den handwerklichen Fähigkeiten der Trichterbecherkultur. Wie erklären Sie sich das Phänomen?"

Händeringend suchte er nach den richtigen Worten, doch im fiel nichts Substanzielles zu ihrem Argument ein. „Ich kann Ihnen das nicht erklären", gab er zerknirscht zu. „Trotzdem sagt mir mein Instinkt – und der Bericht über die Seereise des Pytheas nach Thule bestärkt mich in dem Glauben: Es ist wahr. Dieses Volk hat existiert."

Sie sah ihn mitleidig an und drückte ihm einfühlsam die Hand. Ein bisschen machte sie sich Vorwürfe wegen ihres harschen Widerspruches. Er war Ausdruck ihres rebellischen Naturells. In Streitgesprächen und wissenschaftlichen Disputen konnte sie den harten Hund herauskehren. Da spielte es keine Rolle, ob ihr Kontrahent Freund oder Feind war. Entgeistert stellte sie fest, dass sie noch immer seine Hand umklammert hielt. Er hatte sie nicht zurückgezogen. Plötzlich wurde ihr bewusst, dass er ihr liebevoll in die Augen sah. Erstaunt und neugierig zugleich hielt sie seinem warmherzigen Blick stand. Er strahlte ein rätselhaftes Begehren, ein sehnsuchtsvolles Verlangen aus. Sie fühlte, wie ihr Herz schneller zu schlagen begann. Es hatte die prickelnde Spannung, der sie ausgesetzt war, rascher erfasst als ihr Verstand. Eine Erkenntnis, die sie wie ein Blitz traf. Sie konnte und wollte sich nicht dem berauschenden und fiebrigen Gefühl verwehren. Zu intensiv war es und zu betörend. Sie gab sich der Situation vollends hin. Zärtlich fuhr sie Maximilian Korff mit den Fingern durch den kurzen blonden Haarschopf. Trunken vor Glück berührten ihre Lippen seinen Mund.

7.

Stanley P. Morgan stand mit blassem, blutleerem Gesicht am Fenster seines Büros im Londoner West End. Mit einem Gefühl der Allmacht blickte er hinunter auf die nasse Kreuzung des Piccadilly Circus und auf die so klein wie Ameisen wirkenden Passanten und Fahrzeugkolonnen. Draußen goss es seit Stunden ohne Unterlass. Er mochte den Regen, denn er vermittelte ihm das Gefühl, dass all die Müßiggänger und Taugenichtse in London samt dem Unrat, den sie tagtäglich produzierten, aus dieser Stadt, aus diesem Land, ja von diesem Planeten hinweggespült würden. Der 50-jährige Wirtschaftsmagnat war in Großbritannien ein mächtiger Mann, der einflussreiche Politiker zu seinem Bekanntenkreis zählte. Er herrschte über ein gewinnträchtiges Wirtschaftsimperium, zu dem Unternehmen aus dem Medienbereich, dem Energiesektor und der Pharmaindustrie zählten.

Stanley P. Morgan hatte sein Urteil über die Bestimmung der Menschheit lange gefällt. Es fiel nicht zu ihren Gunsten aus. An der Vollstreckung des Urteils wirkte er, wie vordem sein Vater, seit vielen Jahrzehnten mit. Selbstverständlich tat er es nicht vor den Augen der Welt. Verdeckt und konspirativ, unbemerkt vom öffentlichen Leben, lenkte er aus dem Hintergrund die Geschicke seines Imperiums zum Nutzen einer Klientel, die in Europa und Amerika wie ein Krebsgeschwür wucherte und in den Ländern außerhalb ihres Einflussgebietes zunehmend Metastasen bildete. Ihn beseelte die Vorstellung einer neuen Welt mit einer überschaubaren Weltbevölkerung unter der Gewalt einer einzigen erdumspannenden Machtinstitution, da die Entwicklung der Menschheit in der momentan eingeschlagenen Richtung in der Zukunft all das gefährdete, was ihn heute vom gemeinen Individuum unterschied. Die neue Weltordnung – eine Art Orbis Unum – die ihm und der Organisation, der er angehörte, seit mehr als einem halben Jahrhundert vorschwebte, würde Stanley P. Morgan nicht nur seine gesellschaftliche Position sichern, sondern vielmehr zu einem Auserwählten küren. Zu einem Protagonisten der neuen Weltregierung mit märchenhaftem Reichtum und unbegrenzter Machtfülle, der vor keinem demokratisch gewählten Parlament in irgendeiner Art und Weise Rechenschaft über politische Entscheidungen ablegen musste und damit auf alle Vorgänge uneingeschränkt Einfluss nehmen konnte. Attribute, die der Omnipotenz eines Gottes gleichkamen.

Bis dahin waren jedoch noch einige Barrieren zu überwinden. Einen wichtigen Schritt bildete dabei die gesteuerte Meinungsbildung in den Köpfen der Menschen durch weltweit agierende und in ihrer uniformen Berichterstattung gleichgeschaltete Medienkonzerne. Nicht umsonst hielt er bei wichtigen Sendern und Zeitungen Großbritanniens die Majorität. Summa summarum verlief der Prozess der Destabilisierung der öffentlichen Wahrnehmung, die er gern als geistig virtuelle Manipulation der Hirne bezeichnete, tendenziell positiv. Zu verstrickt waren die Völker der Welt in handgemachte Krisen, inszenierte Konflikte und kein Ende nehmende Diskussionen über triviale Probleme, die angeblich die Existenz der Menschheit bedrohten, um zu bemerken, was wirklich hinter den Kulissen geschah. Die alltägliche, nachrichtentechnische Berieselung der Massen mit einfallslosen Realityshows und belanglosen Storys über talentlose Pseudostars, diverse Wunderheiler, Sterndeuter und Kaffeesatzleser katapultierte den ganzen Stumpfsinn auf eine neue Stufe und erhob die allmähliche Verblödung des Menschen zur göttlichen Tugend. Er war über den propagandistisch angehauchten Müll, den sein Medienkonsortium produzierte, voll im Bilde und konnte sich ein arrogantes Grinsen nicht verkneifen. Seine Zeit würde kommen.

Das Telefon läutete. Er ging zum Schreibtisch und nahm den Hörer ab. „Ja bitte? Was gibt es so Wichtiges, Miss Mulligan?"

„Ein Mann ist in der Leitung. Er nennt sich Will. Er meinte, Sie wüssten Bescheid, wenn ich Ihnen diesen Namen nenne, Mister Morgan", antwortete die Sekretärin.

„Stellen Sie das Gespräch bitte durch“, erwiderte er emotionslos.

„Hallo Stanley! Wie geht es dir?“

„Ich kann nicht klagen. Was kann ich für dich tun?“

„Erinnerst du dich noch an die Operation Ragnarök, mit der sich unsere Väter bis in die achtziger Jahre hinein intensiv befassten?“

„Selbstverständlich. Die Sache erwies sich als absoluter Reinfall“, antwortete Morgan und ließ sich in den klobigen Schreibtischsessel fallen. „Wenn ich mich recht entsinne, handelte es sich um ein nordisches Artefakt von unermesslichem Wert, nach dem die Deutschen während des Zweiten Weltkrieges lange Zeit forschten und dass dein Vater auf Teufel komm raus für seine private Kunstsammlung zu erwerben beabsichtigte. Leider blieb es ein Phantom. Sie haben es niemals gefunden.“

„Völlig richtig, Stanley. Allerdings sind über diesen Gegenstand in den letzten Tagen neue Erkenntnisse aufgetaucht, die Erfolg versprechend aussehen. Zwei Mittelsmänner spielten mir die Informationen aus Amsterdam zu. Außerdem ist auf der Insel Jan Mayen der Leichnam von Johannes Korff gefunden worden?

„Johannes Korff? Wer soll das sein?“

„Er war ein deutscher Historiker und Meteorologe. Auch er forschte nach diesem Artefakt und war meines Wissens so nahe an ihm dran wie kein anderer. Sein Enkel Maximilian befindet sich gerade auf dem Weg dorthin. Er wird die Suche wieder aufnehmen. Da bin ich mir gewiss. Ich verspreche mir viel von ihm. Möglich, dass ich deine Hilfe benötige.“

Morgan lachte schallend. „Willy, Willy, du kriegst wohl nie den Rachen voll? Dabei besitzt deine Familie schon alles, was das Herz eines Kunstsammlers höherschlagen lässt“, meinte er adäquat. „Wenn ich an die vielen Gemälde alter Meister denke und die zahlreichen Skulpturen italienischer Bildhauer, die in deinen Tresoren lagern, dazu deine Sammlung antiker und mittelalterlicher Kriegsgeräte, muss dein Durst nach Kunst doch allmählich gestillt sein.“ Er hörte Will am Telefon tief Luft holen, bevor er eine Antwort erhielt.

„Dieses Artefakt ist etwas Besonderes. Mit den Kunstwerken, die ich bereits besitze, ist es in keiner Weise vergleichbar. Sie alle sind menschlichen Ursprungs. Das Objekt indessen, das die deutschen

Wissenschaftler während des Krieges versuchten, in ihren Besitz zu bringen, ist von göttlicher Natur."

Stanley P. Morgan wurde nachdenklich. Hatte Will den Verstand verloren? Er wusste, dass manche Mitstreiter der Organisation paranormale Neigungen besaßen und mitunter fragwürdigen Zeremonien in geheimen Logen beiwohnten. Er tolerierte diese Absonderlichkeit, da sie dem großen Ziel nicht schadete. Er selbst hatte für solche obskuren Praktiken kein Interesse übrig. Seine Religion fand auf dem Golfplatz statt.

„Na schön, ich unterstütze dich, wenn du Hilfe benötigest", antwortete er kopfschüttelnd. „Ich kenne einige qualifizierte Leute in meinem engeren Bekanntenkreis, die mir verpflichtet sind. Ruf mich wieder an, wenn du Näheres über den Ort weist, an dem das Artefakt aufbewahrt wird."

„Vielen Dank für dein Entgegenkommen, Stanley. Dein Vater würde es gutheißen. Auf bald."

„Bye bye, Will." Er legte den Hörer auf den Apparat und lenkte seine Schritte zurück zum Fenster. Der Regen hatte aufgehört und die Sonne lugte durch ein kleines Wolkenloch. Kraftvoll trafen ihre Strahlen auf den Asphalt der Kreuzung und die gepflasterten Fußgängerwege, von denen sogleich ein feiner Nebeldunst langsam zum Himmel aufstieg.

8.

Ohne Probleme landete die Maschine auf dem Jan Mayen Airfield. Sanft setzte die kleine Cessna auf dem 1600 Meter langen Rollfeld auf. Die Meteorologen und Geologen, die hier arbeiteten, begrüßten sie auf das Herzlichste. Es kam selten vor, dass sie Besuch vom europäischen Festland erhielten. Das Eiland faszinierte Maximilian Korff von der ersten Minute an. Die Kargheit der Insel strahlte eine betörende Stille und Einsamkeit aus. Eine Emotion, die befreiend wie befremdlich wirkte, wenn man zum ersten Mal der technisierten, hektischen Welt entfloh. Er tendierte zweifellos zu Ersterem. Vielleicht lag es an dem beeindruckenden Panorama des Vulkans Beerenberg, der sich ihm ohne die üblichen Wolkenschleier in voller Größe und Pracht präsentierte, was nur wenige Tage im Jahr geschah. Eine unverhüllte Begrüßung des Berges, die ihm suggerierte: Du bist auf Jan Mayen willkommen und hast nichts zu befürchten.

Die Unterkünfte auf der Station Helenesanden waren nüchtern eingerichtet. Zweckmäßigkeit und räumliche Enge prägten das Bild. Kaum existente Privatsphäre. Maximilian Korff schätzte ein, dass nicht jeder bereit wäre, unter solchen Bedingungen zu arbeiten. Das setzte Gemeinschaftssinn und die Unterordnung des eigenen Egos im Team voraus. Anders wären die Aufgaben am Ende der Welt nicht Erfolg versprechend zu bewerkstelligen. Schweigend saß er neben Marja Petersen, die gestenreich mit Björn Andersen und Sigurd Johannsen diskutierte, während Inga Hallström in der kleinen Küche nebenan Tee aufbrühte. Unsicher schweifte sein Blick durch die Zentrale der Wetterstation. Von der Unterredung verstand er kein Wort. Die Wissenschaftler sprachen in Norwegisch. Irgendwie fühlte er sich von Marja Petersen alleingelassen.

„Was meinst du dazu?", fragte sie ihn unversehens auf Deutsch.

Es war nicht die Frage selbst, die ihm eigenartig anmutete, sondern die intime Vertraulichkeit, die sie ausstrahlte. Noch immer konnte er den unerwarteten Kuss, den er im Flugzeug von ihr erhalten hatte, nicht sicher einordnen. Seit dem Moment, als ihre Lippen sich zärtlich berührt hatten, lebte er in der Vorstellung, es sei bloß ein Traum gewesen. Beide hatten sie – befangen und von ihren Gefühlen hin und hergerissen – bis zur Landung kein Wort mehr gewechselt. So intensiv er in seiner Wunschvorstellung ihre körperliche Nähe begehrt hatte, so verschwindend gering war er im wahren Leben darauf gefasst gewesen. Die Realität hatte ihn mit ungeheurer emotionaler Wucht regelrecht überrollt und in einem äußerst verwirrten Zustand zurückgelassen.

Entgeistert blickte er in ihr liebreizendes Antlitz. Dort fand er die Antwort auf die alles erklärende Frage. Ihre tiefblauen Augen und ihre hinreißenden Grübchen sandten ihm eine eindeutige Botschaft: Ich mag dich und ich möchte mehr von dir wissen. Ganz plötzlich begriff er die verworrene Situation: Er war in Marja verliebt und sie erwiderte diese Liebe. Lächelnd bat er sie um

Nachsicht. „Es tut mir leid. Du weißt, ich beherrsche kein Norwegisch. Entweder übersetzt du mir jedes Wort ins Deutsche oder wir müssen das Gespräch in Englisch weiterführen."

„Entschuldige bitte, Maximilian, ich vergaß es", erwiderte sie und schaute ihn glückstrahlend an. Dann ergriff sie seine Hand. Ein zärtlicher Händedruck war ihre Antwort auf sein Duzen und die Besiegelung ihrer jungen entflammten Liebe.

Die Anwesenden entsprachen seiner Bitte und setzten die Beratung in Englisch fort, so konnte sich Marja Petersen die Übersetzung ins Deutsche sparen.

„Björn und Sigurd haben mir eben im Detail den Einstieg in die Höhle geschildert und darüber berichtet, was sie bei deren Untersuchung herausfanden. Beide interessiert brennend, was deine weiteren Ambitionen auf Jan Mayen sind", enthüllte sie ihm.

„Ich ... Ich weiß nicht recht. Was würden Sie mir raten?", antwortete er zögernd und blickte die beiden Wissenschaftler unschlüssig an.

Sigurd Johannsen nickte verständnisvoll mit dem Kopf. Der Zwiespalt und die Befangenheit im Verhalten des Gastes resultierten aus einem nachvollziehbaren Grund. Immerhin erwarteten ihn die sterblichen Überreste eines Familienangehörigen, der seit über einem halben Jahrhundert als verschollen galt. So etwas passierte nicht jeden Tag. „Sie sollten erwägen, gleich morgen die Höhle zu besuchen", schlug er vor. „Zurzeit sind die Wetterverhältnisse günstig. Björn und Inga führen Sie. Ich kann Sie leider nicht begleiten. Wir erwarten gegen Mittag ein Versorgungsflugzeug aus Norwegen. Da fällt erfahrungsgemäß viel Arbeit an."

„Auf dem Weg zur Höhle statten wir noch einem anderen markanten Ort einen Besuch ab", bemerkte Inga Hallström aus dem Hintergrund.

„Was gibt es dort Besonderes zu sehen?", fragte Maximilian Korff neugierig.

„Eine zerschellte deutsche Junkers aus dem Zweiten Weltkrieg", erwiderte sie. „Es rosten mehrere Flugzeugwracks auf unserer Insel vor sich hin. Was diese Maschine von den anderen unterscheidet, ist der Umstand, dass sich in ihrer Nähe zwei Gräber befinden. Das wiederum spricht für mindestens einen Piloten, der den Absturz überlebte. Irgendjemand muss ja die Toten begraben haben. Vielleicht stoßen wir auf Hinweise, die etwas über ihre Identität verraten. Es macht also Sinn, auf dem Weg zur Höhle dort haltzumachen."

„Was beabsichtigen Sie, mit dem Leichnam Ihres Großvaters zu tun?", fragte Björn Andersen unverhofft.

„Das hängt davon ab, ob eine forensische Untersuchung anberaumt ist", erwiderte Maximilian Korff.

„Meines Wissens nicht", versicherte Sigurd Johannsen. „Die zuständige Behörde in Oslo vertritt die Auffassung, die Aufwandskosten würden den Nutzenfaktor übersteigen. Allgemein wird angenommen, dass der Tod Ihres Ahnen auf natürliche Weise eintrat, infolge eines akuten Nahrungsmangels oder schwerer Verletzungen. Aufgrund der vielen Jahre, die inzwischen vergangen sind, rechnet niemand mehr mit aussagekräftigen Erkenntnissen."

Inga Hallström nahm die dampfende Teekanne in die Hand und begann die Gläser zu füllen. „Ich habe, bevor ich mich der Geologie zuwandte, Anthropologie in den Fachrichtungen Biologie und Forensik studiert. In der Anatomie des Menschen bin ich bewandert. Wenn Sie es wünschen, unterziehe ich die Gebeine einer Analyse. Möglicherweise finde ich einen Hinweis auf die Todesursache", schlug sie Maximilian Korff vor.

„Das ist sehr freundlich von Ihnen. Ihr Angebot nehme ich dankend an. Nach der Untersuchung möchte ich meinen Großvater hier auf Jan Mayen beisetzen, neben den beiden verunglückten Piloten der abgestürzten Junkers."

Alle respektierten seine Entscheidung und nickten zustimmend mit dem Kopf.

Marja Petersen hielt ihr Teeglas in die Höhe. „Trinken wir ihn, bevor er kalt wird", meinte sie.

Björn Andersen prostete den anderen zu. „Skål! Und dass uns morgen nur Gutes widerfährt!"

9.

Es war eine Stunde vor Mitternacht. Die Wolkendecke hatte sich aufgelöst und der Regen endlich aufgehört. Die kreisrunde Mondscheibe zeigte sich hell und klar und warf ein dämmriges Licht über die verwitterten Grabsteine des Friedhofs. Gespenstisch erhob sich die dunkle Silhouette der Kathedrale von Clonfert zum nächtlichen Himmel empor – eine friedvolle und zugleich schauderhafte Kulisse von beängstigender Lautlosigkeit und Düsternis. Lediglich das gleichförmige Rauschen der alten Bäume im Wind lag in der Luft und verstärkte die unheimliche Symphonie der Stille.

An der Eingangspforte direkt an der Hauptstraße war das quietschende Geräusch der eisernen Flügeltür zu hören. Zwei dunkle Gestalten schlichen in geduckter Haltung auf das Friedhofsgelände und schlugen zielsicher die Richtung zu Brendans Grabstätte ein. Der Lichtstrahl einer Taschenlampe wies ihnen den Weg.

„Hier ist es", flüsterte Mac Fadden und ließ gleich darauf eine Spitzhacke zu Boden sinken.

„Stimmt", pflichtete O' Reilly ihm bei und stieß mit dem Fuß eine Schaufel in die Erde.

„Wie tief müssen wir graben?"

„Keine Ahnung", erwiderte O' Reilly auf Mac Faddens Frage. „Ich vermute mindestens zwei Meter. Wenn wir tiefer vordringen müssen, besteht die Gefahr, auf Grundwasser zu stoßen. Das wäre fatal."

O' Reilly leuchtete mit der Taschenlampe auf den Grabstein mit der eingemeißelten römischen Zahl DLXXIII. Mac Fadden hob die Spitzhacke vom Boden auf. Kraftvoll schlug er sie in das nasse, vom Regen aufgeweichte Erdreich.

Nachdem Will Shannon sie zum Grab geführt hatte, dass der Legende nach die sterblichen Überreste des heiligen Brendan beherbergte, waren sie zunächst unschlüssig gewesen, welche Richtung sie bei der weiteren Suche einschlagen sollten. Das Innere der Kathedrale hatte keine Anhaltspunkte über den Verbleib der Reichtümer des Mönches geboten und der Pfarrer hatte sich mürrisch abgewandt, nachdem sie ihn mit bohrenden Fragen bedrängt hatten. Um nicht unnötig Aufmerksamkeit zu erregen, vermieden sie es, das Thema erneut anzusprechen. Und so blieb der Stein mit der römischen Zahl DLXXIII die einzige Möglichkeit, hinter die Geheimnisse Brendans zu gelangen.

Als die obere Bodenschicht des Grabes gelockert war, begann O' Reilly, den Dreck beiseite zu schaufeln. Nach drei Stunden hatten sie ein tiefes rechteckiges Loch ausgehoben. Mac Fadden schaute nervös auf seine Armbanduhr. Es war 2:00 Uhr morgens, doch noch hatte sich unter ihren Füßen keine verwertbare Spur gezeigt.

Erschrocken hielten sie inne. Das knarrende Geräusch einer hölzernen Pforte drang an ihre Ohren. Es kam aus Richtung der Kathedrale. Blitzartig sprangen die beiden Männer in die Grube hinein und zogen die Köpfe ein. Misstrauisch forschten sie nach dem Verursacher der Störung. Vor der Kathedrale und dem vorgelagerten Gelände war nichts Verdächtiges zu bemerken. Lediglich dünne, tief über den Boden ziehende Nebelschwaden schwebten Geistern gleich über den Gottesacker von Clonfert. Fern, weit im Nordosten, kündete ein schmales hellgraues Band am Horizont zaghaft vom baldigen Beginn des neuen Tages.

O' Reilly kletterte aus dem Loch und Mac Fadden begann, von Neuem die Spitzhacke zu schwingen. Eine Eule, die sich in ihrer Nähe auf einem Ast niedergelassen hatte, scheuchte der dumpfe Klang des Werkzeugs aus ihrer Ruhe. Laut schimpfend flog sie dicht über ihre Köpfe hinweg und verschwand in einem Fenster des Turmes der Kathedrale. O' Reilly ließ vor Schreck die Lampe in die Grube fallen. Das darauf folgende Verlöschen des Lichtstrahls, gepaart mit einem unangenehmen hellen Klirren, signalisierte ihm unzweifelhaft, dass Mac Fadden, der im gleichen Moment wuchtig zu einem neuen Schlag ausgeholt hatte, sie so unglücklich mit der Hackenspitze traf, dass sie in mehrere Teile zerbarst. O' Reilly fluchte über den Verlust, da sie die Suche jetzt ohne Licht weiterführen mussten. Er trieb Mac Fadden, der in der dunklen Grube die eigenen Hände nicht mehr vor Augen sah und sich in der Enge bemühte, das Werkzeug nicht in seine Füße zu rammen, zur Eile an. Ihnen blieb nicht mehr viel Zeit. Die Morgendämmerung würde bald einsetzen.

Als die Tiefe anderthalb Meter betrug, traf die Spitzhacke auf einen harten Gegenstand. Augenblicklich schärften sie die Sinne. War es der erhoffte Hinweis, von dem Will Shannon am Tag zuvor gesprochen hatte? O' Reilly sprang wie besessen in die Grube hinein und schupste Mac Fadden beiseite. Hastig begann er, das unbekannte Objekt mit der Schaufel freizulegen. Die flache Oberfläche fühlte sich rau an und offenbarte eine beinahe rechteckige Form. Eine Seite war offenbar angeschrägt und nur grobschlächtig behauen. Neugierig tastete er mit den Fingern über die Stelle. Sie deutete auf eine Abbruchkante hin. Gemeinsam zogen sie das ungefähr 30 Kilo wiegende Gebilde aus dem Morast und wuchteten es aus dem Loch heraus. Neben der Grabstele fiel es mit einem dumpfen Aufschlag unsanft auf den Boden. Erwartungsvoll stiegen sie an die Oberfläche zurück, um das Fundstück näher zu untersuchen. Da es ihre Aufmerksamkeit intensiv gefangen nahm, fiel ihnen nicht auf, dass sie jemand bei ihrem schändlichen Treiben beobachtete.

„Was machen Sie da? Gottlose Strolche! Das ist unerhört!", schimpfte hinter ihnen eine Stimme erbost.

Erschrocken wandten sie sich um. Es war Pfarrer Will Shannon.

Erstaunt und zugleich auch erzürnt wetterte er über ihr absonderliches Tun und leuchtete demonstrativ mit einer Taschenlampe in ihre bestürzten Gesichter. „Dass Sie so weit gehen würden, hätte ich nicht von Ihnen erwartet! Schande über Sie!", fluchte er enttäuscht. „Das ist Grabschändung. Für diesen Frevel zeige ich Sie bei der Polizei an. Dafür kommen Sie ins Gefängnis."

Auf die Schimpftirade erhielt er von den beiden Männern keine Reaktion. Mit zunehmender Beklemmung nahm er wahr, dass sie ihn keines Wortes würdigten und bloß mit kalten Augen anstarrten. Will Shannon erkannte, in welche Gefahr er sich begeben hatte. Der Schock über die grauenvolle Erkenntnis traf ihn wie ein Schlag. Sein Herz begann zu rasen und kalter Schweiß drängte ihm aus den Poren an Stirn und Nacken. Panisch trat er den Rückzug an und rannte keuchend in Richtung der Kathedrale. Doch es war zu spät, sein Schicksal unwiderruflich besiegelt. Mac Fadden holte ihn schnell ein. Mit einem gezielten Hieb auf den Hinterkopf zerschmetterte er dem Pfarrer mit der Spitzhacke die Schädeldecke. Dem Alten glitt die Taschenlampe aus der Hand. Stumm fiel er zu Boden. Nicht ein Schrei verließ seine Kehle. Lediglich die Beine zeigten noch kurze muskuläre Zuckungen. Sekunden später lag er regungslos im feuchten Gras.

O' Reilly kommentierte die abscheuliche Tat mit keinem Wort, was auf seine vollständige Zustimmung hindeutete. Gemeinsam zogen sie den Leichnam an den Füßen bis zu Brendans Grab und ließen ihn unsanft in die ausgehobene Grube fallen. Die Schaufel und die blutige Spitzhacke warfen sie hinterher. Anschließend lief O' Reilly den Weg zurück. Will Shannons brennende Taschenlampe lag noch immer im Gras und erzeugte einen schmalen Lichtstrahl, der flach über das Friedhofsareal verlief. Er nahm das Gerät an sich und kehrte zu Mac Fadden zurück, der bereits das mysteriöse Fundstück begutachtete. „Ganz unnütz war der Kuttenträger nicht. Jetzt haben wir zumindest wieder Licht", meinte er perfide zu ihm.

Aus diesen Worten und Mac Faddens Grinsen sprach die ganze Niederträchtigkeit zweier zutiefst entmenschlichter Charaktere. Der Mord an Will Shannon war damit abgehakt. Sie verschwendeten keinen Gedanken mehr an den armen Mann.

Neugierig ging O' Reilly in die Hocke und kniete neben dem merkwürdigen Gebilde nieder. Akribisch begann er, dessen Oberfläche abzuleuchten und sich jede Einzelheit genauestens einzuprägen.

„Was ist das?", fragte ihn Mac Fadden erstaunt, erhielt aber keine Antwort, denn unverhofft ertönten vor der Kathedrale abermals rätselhafte Geräusche.

Eine dunkle Gestalt erschien am Eingangsportal und bewegte sich langsam in ihre Richtung. Dazu rief sie laut Will Shannons Namen in die Stille der Nacht. Geistesgegenwärtig knipste O' Reilly die Taschenlampe aus und deutete Mac Fadden an, schleunigst von hier zu verschwinden. Eidechsen gleich krochen sie über den feuchten Boden. Als sie die hintere Umfassungsmauer überwunden hatten, verloren sich ihre schemenhaften Gestalten in der beginnenden Morgendämmerung. Zurück blieb eine geisterhafte Erscheinung, die scheinbar ziellos durch die Nebelfetzen des im Mondschein liegenden Friedhofs irrte.

Kapitel 7

1.

27. Juni

Seit den frühen Morgenstunden befanden sie sich mit zwei Quads auf dem Weg zu den Hängen des Vulkans Beerenberg. Die im Augenblick herrschende Hochdruckwetterlage schüttete während der Fahrt ihre ganze Herrlichkeit über Jan Mayen aus. Der Himmel zeigte sich in einem wolkenlosen, fast perlmuttartig schillerndem Blau. Die Luft über der kargen Insel roch angenehm frisch und war kristallklar. In sich trug sie den zarten, betörenden Duft der kleinen Blüten der hier wachsenden subpolaren Pflanzenwelt. Die Kraft der warmen Sonnenstrahlen entfaltete deren volle Schönheit in vielen verschiedenen farblichen Nuancen. Der Vulkan, auf den sie zusteuerten, präsentierte heute seinen Gipfel – wie bereits am Tag zuvor – ohne den üblichen Dunstschleier. Der Schnee und die Gletscher, die ihn weitestgehend bedeckten, blendeten im Licht der Sonne stechend die Augen. Umso mehr schien es ratsam, die dunkel getönten Schutzbrillen nicht abzunehmen.

Langsam bewegten sich die Fahrzeuge den anfangs noch sanft ansteigenden Teil des Berghanges hinauf. Das war nicht weiter schwierig, da das Terrain am Fuß des Berges im Sommer weitgehend eisfrei blieb, wenn man vom Weyprecht-Gletscher an der Nordküste absah. Erst weiter oben in circa 500 Meter Höhe trafen sie auf die ersten Vergletscherungen.

Björn Andersen und Maximilian Korff stiegen von Quad. Auch Inga Hallström und Marja Petersen stellten ihr Fahrzeug ab. Atemlos blickten beide hinunter zum Fuß des Vulkans. Das Panorama, das sich ihnen bot, beeindruckte sie zutiefst.

Inga Hallström hatte Marja Petersen an Abend zuvor viele interessante Dinge über die geologischen Besonderheiten Jan Mayens enthüllt, von denen ihr jetzt manches Detail unübersehbar ins Auge fiel. In südlicher Richtung, an der Küste gelegen, erhob sich Egg-Island aus dem Atlantik. Eine halbinselförmige, vulkanisch aktive Landmasse mit zahlreichen heißen und dampfenden Fumarolen. Ihr folgte eine sanft geschwungene Küstenlinie, die sich weit nach Südwesten wand. Im Nordwesten lag die Nordlagune und die Maria Musch Bucht, benannt nach der Witwe des holländischen Kaufmanns und Reeders Jan Jacobsz Musch, die im Jahr 1616 im Auftrag der Noordschen Compagnie ein Schiff hierher ausgeschickt hatte, um in den umliegenden Gewässern auf Walfang zu gehen.

An sie schloss sich die Walrossbucht an, in der zwei Jahre zuvor der Walfangkapitän Jan Jacobs May van Schellinkhout geankert hatte. Er war der erste Europäer gewesen, der die Insel betreten hatte, wenn man den Angaben der Chronisten Glauben schenkt. Vom Fuß des Beerenbergs zog sich zwischen den beiden Küstenstreifen ein schmaler, flacher Isthmus. Er verband den Südwestteil des Eilands mit dem Feuerberg im Nordosten. Die überwiegend von sanften Hügeln durchzogene Landmasse umschloss im Inneren die schmale, weitläufige Südlagune. Dahinter, und von ihrem Beobachtungspunkt aus nicht mehr zu erkennen, lag das Jan-Mayen-Airfield mit der in ihrer Nähe befindlichen Wetterstation Helenesanden. Einige Kilometer dahinter folgte die Siedlung Olonkinbyen, eine wissenschaftliche Station, die aus wesentlich mehr Gebäudekomplexen bestand. Dort arbeitete der Hauptteil der norwegischen Wissenschaftler. Olonkinbyen war sozusagen die ungekrönte Hauptstadt von Jan Mayen, die sich am Fuß des Schiertzegga ausbreitete, einem 378 Meter aufragenden Hügel, von dem manche behaupteten, er sähe aus wie ein schlafender Dinosaurier. Schließlich bildete die Bergkette mit dem 740 Meter hohen Rudolftoppen tief im Südwesten den Schlusspunkt eines grandiosen Landschaftsbildes, das der nordatlantische Ozean umschloss. Widerwillig riss sich Marja Petersen von den faszinierenden Eindrücken los.

Es ging per pedes weiter, quer über das lockere dunkle Vulkangestein in Richtung Süden. Nach 20 Minuten forschen Schrittes blieb Inga Hallström plötzlich stehen und deutete mit der Hand nach vorn. „Dort drüben ist es!“, rief sie den anderen zu. 50 Meter trennten sie von der verunglückten Maschine. Sie lag direkt an der Schneegrenze und war von einem Gletscherausläufer regelrecht umschlossen. Nur der mittlere Teil und das Heck ragten aus dem Eis heraus. Ungeduldig rannten sie zu der Stelle.

„Die Piloten müssen total irre gewesen sein, als sie beschlossen, auf dem abschüssigen Terrain zu landen", meinte Inga Hallström. „Ich habe die Junkers zufällig entdeckt. Nach der Kontrolle eines Seismografen hier in der Nähe bin ich über den Schrotthaufen wortwörtlich gestolpert. Es gibt noch weitere Wracks auf der Insel. Dieses Flugzeug allerdings war mir unbekannt."

Neugierig blickten die anderen auf die zertrümmerte Maschine aus dem Zweiten Weltkrieg. Die linke Tragfläche war vom Rumpf abgerissen. Sie lag 20 Meter vom Wrack entfernt auf der Oberseite in schneefreiem Gelände. Der Fahrwerkschacht war geöffnet. Die Aufhängung mit dem zerfetzten Rad am Ende zeigte steil nach oben. Das Propellertriebwerk fehlte. Möglicherweise hatte es die Junkers beim Aufschlag verloren und war dann in zahllose Trümmerteile zerborsten, die nun unter dem Gletscher ruhten. Obwohl das Wrack seit über 70 Jahren hier lag, wirkte neben dem Rumpf auch der rechte Flügel weitestgehend intakt. Er zeigte ebenfalls einen offenen Fahrwerksschacht. Das Rad steckte zur Hälfte im Eis. Ein sicheres Zeichen, dass Inga mit ihrer Annahme richtig lag. Die Verzweiflung der Piloten muss immens gewesen sein, da sie versucht hatten, auf abschüssigem, unwegsamem Gelände zu landen. Aber warum? War die Maschine notgelandet wegen eines Defekts oder hatte die norwegische Garnison, die während des Zweiten Weltkrieges auf Jan Mayen stationiert war, sie mit einen Flaggeschütz vom Himmel geholt? Zweites erklärte freilich nicht die ausgeklappten Fahrwerke. Rätsel über Rätsel. Am Heckleitwerk, das bloß noch einen Flügel besaß, nahmen sie schemenhaft ein dunkles Hakenkreuz wahr. Die Farbschicht der Maschine war beinahe komplett verschwunden. Die polaren Naturgewalten, allen voran der aggressive Eiswind, hatten das Aluminium regelrecht blankgeschliffen.

„Auf dem Rumpf ist schwach ein alphanumerischer Code zu erkennen", bemerkte Björn Andersen beiläufig aus dem Hintergrund.

Von der Entdeckung fühlte sich Maximilian Korff emotional berührt. Ihn befiel eine innere Unruhe, als er begann, die Zahlenfolge zu prüfen. „Es handelt sich um die Identifikationsnummer des

Flugzeugs. Mit ihr kann ich vielleicht dessen Herkunft bestimmen", eröffnete er den anderen sein Wissen zu dieser Thematik.

Erst jetzt war Marja Petersens Interesse an dem Wrack voll und ganz geweckt. Neugierig ruhte ihr Blick auf seinem angespannten Gesicht. „Kennst du dich mit der Symbolik aus?", fragte sie ihn.

Mit dem Kopf nickend antwortete er: „Am Anfang steht die Kennung 1B. Danach folgt ein A. Den Buchstaben am Ende kann ich nicht eindeutig bestimmen. Es kann ein E oder ein F darstellen."

„Also 1BAE oder 1BAF", brachte es Inga auf den Punkt. „Und was liegt den Zeichen zugrunde?"

„Mein Gott!", rief er auf einmal verstört und griff sich mit der Hand an die Stirn. Sein Gesicht wirkte aschfahl. „Für 1B stand die Geschwaderkennung der Wekusta 5."

„Wekusta 5? Was zum Teufel soll das darstellen?", fragte Björn Andersen ratlos.

„Das Kürzel weist auf eine deutsche Wettererkundungsstaffel hin, die während des Zweiten Weltkrieges im norwegischen Banak an der Barentssee stationiert war. Mein Großvater gehörte ihr eine kurze Zeit lang an. Allem Anschein nach haben wir das verschollene Flugzeug, mit dem er im Juni 1942 zu einem Erkundungsflug aufbrach, wiedergefunden. Offenbar gehörte es der Staffel E oder F an und war mit dem Code A unzweifelhaft das Flugzeug des Staffelführers."

Blitzartig kam Marja Petersen ein stichhaltiger Gedanke in den Sinn. Eine Vermutung, die am gestrigen Abend bereits Inga Hallström ausgesprochen hatte. „Wenn er sich wirklich an Bord der Maschine befand, muss er die beiden Steinhügel angelegt haben, um den toten Piloten ein ehrenvolles Begräbnis zukommen zu lassen", meinte sie.

Maximilian Korff dachte nach. Der Logik in ihren Worten konnte er folgen, trotzdem stimmte etwas nicht. „Sind Sie sicher, dass bloß zwei Grabstellen existieren?", fragte er Inga Hallström.

„Absolut! Wieso?", erwiderte sie irritiert.

„Flugzeuge dieser Bauart flogen in der Regel mit einer vierköpfigen Besatzung. Sie bestand aus dem Piloten, einem Beobachter oder Bediener des Bombenschachts, dem Funker und einem in der

Bodenlafette liegenden Schützen, der das Maschinengewehr bediente", betonte er argumentativ. „Da es sich bei dem Wrack um einen Langstreckenaufklärer der Wekusta 5 handelte, kann sogar ein fünftes Besatzungsmitglied an Bord gewesen sein: ein Spezialist für die Wetterbeobachtung."

„Natürlich! Dein Großvater Johannes! Er war Meteorologe!", rief Marja Petersen aufgeregt dazwischen.

„Davon gehe ich aus", bekundete er ohne Zweifel.

Björn Andersen, der den Wortwechsel interessiert verfolgt hatte, sah in der personellen Größe der Crew ebenfalls ein auffallendes Missverhältnis. „Wenn neben der Unglücksstelle nur zwei Gräber existieren und der Leichnam Ihres Großvaters in der Höhle am Strand ruht, was ist dann aus den restlichen zwei Besatzungsmitgliedern geworden?", fragte er grübelnd und schaute die anderen unsicher an.

„Das wird wohl ein ewiges Rätsel bleiben", antwortete ihm Maximilian Korff. „Wenn sie die alliierten Streitkräfte nicht gefangen nahmen, müssen sie verhungert oder erfroren sein."

Der Gedanke an diesen schrecklichen Tod brachte alle für einen Moment zum Verstummen.

„Wollen wir das Wrack im Inneren näher untersuchen?", fragte Marja Petersen und beendete damit unbewusst die bedrückende Stimmung.

Verneinend schüttelte Maximilian Korff den Kopf. „Das lassen wir lieber bleiben", meinte er warnend. „Auch die Flugzeuge der Wekusta 5 waren mit Waffen ausgerüstet. Nicht auszudenken, was passiert, wenn wir aus Unachtsamkeit über alte Munition stolpern. Das Teufelszeug kann nach Jahrzehnten noch hoch explosiv sein."

„Ich muss Maximilian recht geben", pflichtete ihm Inga Hallström bei. „Das ist zu gefährlich. Lasst uns lieber die Gräber aufsuchen. Vielleicht stoßen wir auf eine verwertbare Spur. Sie befinden sich nur wenige Schritte entfernt, hinter dem kleinen Felsabsatz direkt unter uns."

Im Gänsemarsch folgten ihr die anderen ein Stück des Hangs hinunter, bis zu der bezeichneten Stelle. Berührt blieben sie vor zwei flachen Steinhaufen stehen, die eine schulterhohe Felswand vor den

Wetterunbilden schützte. Sie waren eindeutig menschlichen Ursprungs. Holzkreuze fehlten. Falls hier ursprünglich welche gestanden hatten – was wegen der fehlenden Bäume und Sträucher auf der Insel eher unwahrscheinlich schien – waren sie längst zerfallen.

„Was machen wir jetzt?“, fragte Marja Petersen unsicher.

„Wir öffnen die Gräber und schauen nach, was wir über die Toten herausfinden können“, schlug Maximilian Korff vor.

„Wäre das nicht Grabschändung?“, meldete Björn Andersen Bedenken an.

„So würde ich es nicht nennen“, verteidigte Maximilian Korff sein Ansinnen. „Womöglich existieren noch Angehörige oder Nachkommen, die gern wissen würden, wo ihr vermisster Großvater, Vater oder Bruder begraben liegt.“

„Von dem Blickwinkel aus gesehen, stimme ich Ihnen zu“, pflichtete Björn Andersen bei. „Das macht Sinn. Lasst uns das Mysterium der Grabstätten auflösen.“

Nachdem ihre moralischen Bedenken ausgeräumt waren, begannen sie vorsichtig, den ersten Steinhügel abzutragen. Was sie unter ihm fanden, blieb zunächst dürftig und wenig aussagekräftig. Außer Teilen des zertrümmerten Schädels existierten kaum noch Knochenreste des verunglückten Piloten. Kleidungsstücke waren ebenso lediglich fragmentarisch präsent. Glücklicherweise entdeckten sie zwischen den Textilresten, die auf eine Uniform hinwiesen, neben zahlreichen Metallknöpfen und einer beschädigten, schwarz angelaufenen Taschenuhr aus Silber und einem stark korrodierten Koppelschloss eines verrotteten Gürtels auch eine Erkennungsmarke aus Aluminium. Auf ihrer Oberfläche hatte sich eine schützende Oxidschicht gebildet. Die eingestanzten Daten waren nicht zu erkennen. Erst eine gründliche Säuberung würde Aufschluss über ihren Besitzer bringen. Deshalb begannen sie sofort, das zweite Grab zu öffnen. Dessen Inhalt enttäuschte sie nicht, da es gleichfalls eine Erkennungsmarke enthielt. Marja Petersen nahm aus Maximilians Korffs Händen beide Plaketten an sich, steckte sie in eine kleine Plastiktüte und verstaute sie in ihrer Tasche. Später würde sie die Fundstücke den norwegischen Behörden übergeben. Mit ihrer Hilfe fanden diese eventuell die Identität der Piloten heraus. Danach schichteten sie die Grabhügel wieder sorgfältig auf. Nach der getanen Arbeit schauten sie sich zwiespältig an. Die Betroffenheit über die Vergänglichkeit des Lebens stand ihnen deutlich ins Gesicht geschrieben.

„Ich schlage vor aufzubrechen", meinte Björn Andersen nüchtern.

Die anderen stimmten zu und folgten ihm. Sie fuhren den Berghang hinunter, zurück bis zum Fuß des Vulkans. Auf dem Verbindungsweg angelangt, der quer über den Isthmus verlief, schlugen sie den Weg zur Höhle ein.

2.

Mit klopfendem Herzen rannte der Messdiener mit einer Laterne in der Hand über das Friedhofsareal der Kathedrale von Clonfert. Direkt vor seinen Augen, inmitten zahlreicher alter Gräber, türmte sich ein hoher Erdhaufen, den es eigentlich nicht geben dürfte. Von einem anstehenden Begräbnis war ihm nichts bekannt. Außerdem wurden auf diesem Teil des Friedhofs bereits seit Jahrhunderten keine Toten mehr bestattet.

Mit Beklemmung blieb er neben dem Erdhügel stehen. Hier entstand kein neues Grab, vielmehr war ein Vorhandenes auf das Gröbste geschändet worden. Neben der offenen Grube lag das Fragment einer mit feuchter Erde behafteten Platte aus Kalkstein. Auf ihrer Oberfläche zeichnete sich schemenhaft eine lateinische Inschrift ab. Doch für deren Sinngehalt hatte er keine Augen. Zutiefst beunruhigt lugte er über den Rand des Loches zu seinen Füßen und leuchtete hinein. Im gleichen Augenblick wich er erschrocken zurück. Bange schaute er sich um, als wittere er Gefahr. Entsetzt vom Anblick des blutigen Bildes, das sich am Grunde der Grube abzeichnete, rannte er zum Pfarrhaus, um die Polizei zu informieren.

3.

Der Vormittag war weit vorangeschritten, als sie die Bucht hinter der verlassenen Wetterstation Gamle Metten erreichten. Jeder mit einer Taschenlampe bewaffnet, krochen sie durch die Öffnung in das Innere der Höhle. Drinnen war es stockdunkel wie in einer mondlosen Nacht, nur durchschnitten von den grellen Strahlen ihrer Lampen.

Maximilian Korff, den seit dem Aufbruch am frühen Morgen eine fiebrige Unruhe erfüllt hatte, stand gefasst vor den sterblichen Überresten seines Großvaters. Die verwirrenden Gefühle des Mitleids und der Trauer traten in den Hintergrund. Rationalität und Logik übernahmen die Kontrolle in seinem Denken.

Auf den ersten Blick war das Skelett bis zum kleinsten Fingerglied vollständig erhalten. Der Schädel zeigte Spuren einer Mumifizierung. Eine Hautschicht bedeckte noch fragmentarisch die Knochenteile wie dünnes Pergament und zeigte auf der Schädeldecke ansatzweise Reste von Haarsträhnen. In den ausgeblichenen und zerschlissenen Kleidungsstücken, die den Leichnam umhüllten, erkannte er unstrittig eine Wehrmachtsuniform wieder.

Während die anderen respektvoll im Hintergrund blieben, durchsuchte Maximilian Korff die Taschen der Hose und der Jacke nach den Habseligkeiten seines Ahnen. Da er nichts in ihnen fand, begann er die Jacke aufzuknöpfen. Trotz aller Vorsicht riss der Stoff wie nasses Löschpapier auseinander. Auf dem Brustbein ruhte ein flaches Lederfuteral, das an einer dünnen Schnur den skelettierten Hals umschloss. Als er den Riemen mit dem Taschenmesser kappte, zerbröselte er in seiner Hand in ungezählte staubige Flocken. Das Lederfuteral war robuster. Es hatte die Zeiten besser überstanden. Das Material war zwar porös, dennoch hielt es der Beanspruchung stand, als er es öffnete. Was zum Vorschein kam, enttäuschte ihn zunächst. In der Hand hielt er ein silberfarbenes und stark korrodiertes Zigarettenetui. Sorgsam nahm er es in Augenschein und hörte im Inneren ein klimperndes Geräusch. Überrascht versuchte er, es aufzuklappen. Die Bemühung blieb allerdings erfolglos. Der verrostete Verschluss klemmte.

„Was hast du entdeckt?“, fragte Marja Petersen.

„Ein Zigarettenetui“, erwiderte er und steckte es in die Innentasche seiner wattierten Thermojacke. „Wir sehen es uns später näher an. Zuvor inspizieren wir gründlich jede Nische. Vielleicht stoßen wir noch auf andere Spuren. Mich interessiert brennend die lateinische Inschrift. Wo befindet sie sich?"

„Dort drüben", antwortete Björn Andersen und zeigte mit der Hand auf die gegenüberliegende Felswand.

Neugierig lenkte Maximilian Korff seine Schritte zu der bezeichneten Stelle. Fasziniert blickte er auf die alten Schriftzeichen. Groß und deutlich berichteten sie von den Seelenqualen eines verzweifelten Menschen.

Auf der Suche nach dem Gelobten Land fand ich stattdessen
ein Meer voller Tränen verborgen in ewiger Finsternis.
Gefangen in Gold und Silber weckten sie mein Begehren,
die letzte Prüfung des Herrn auf dem Pfad zur Verheißung.

Brendanus, Anno Domini 566

Nachdem Marja Petersen den Text – für alle verständlich – ins Englische übersetzt hatte, zeigte sie sich von dem Zeugnis des Mannes, der lange vor ihr gelebt hatte, zutiefst berührt.

Bestätigend nickte Maximilian Korff mit dem Kopf. „Deine Lateinkenntnisse sind ohne Tadel. Du bringst den Sinngehalt der Sätze auf den Punkt."

„Mein Studium war demnach nicht ganz umsonst", meinte sie witzelnd und gab ihm einen flüchtigen Kuss auf die Wange.

„Wer war dieser Brendanus? Was verschlug ihn auf diese Insel?", fragte Inga Hallström.

„Wenn er derjenige war, den ich vermute, wäre es eine Sensation", erwiderte Maximilian Korff bedeutungsvoll.

„Spannen Sie uns nicht länger auf die Folter", forderte Björn Andersen ungeduldig die auflösende Antwort.

„Brendan der Navigator war ein irischer Mönch und Seefahrer. Er lebte im 6. Jahrhundert. Um ihn ranken sich zahlreiche Mythen", erklärte er. „Dass ihn eine seiner Reisen hierher führte, ist unglaublich. Detaillierte Einzelheiten aus seinem Leben kenne ich nicht. Das 6. Jahrhundert gehört nicht unbedingt in mein Fachgebiet."

„Möglicherweise verschlug ein Sturm ihn an diese Küste", vermutete Inga Hallström. „Er muss sich am Ende der Welt gewähnt haben. Welches Ungemach er wohl mit der merkwürdigen Inschrift auszudrücken beabsichtigte?“

„Wie zu lesen, bereitete ihm ein obskures Tränenmeer immense Probleme“, bemerkte Marja Petersen.

„Ein Meer voller Tränen! Was meinte er damit?“, rätselte Björn Andersen.

„Keinen Schimmer“, äußerte Maximilian Korff bedauernd. „Obwohl ... Den Begriff habe ich schon einmal gehört. Ich kann mich allerdings nicht an den Zusammenhang erinnern.“ Grübelnd notierte er Brendans Nachricht auf ein Blatt Papier. Später würde er sich über dessen Sinn noch einmal Gedanken machen. „Was gibt es noch Erwähnenswertes?“, fragte er erwartungsvoll.

„Nicht mehr viel“, erwiderte Björn Andersen. „Drüben auf der anderen Seite liegen mehrere Knochenfragmente von Extremitäten und Teile eines Schädels auf dem Boden verstreut. Ich glaube, sie sind extrem alt. Eventuell stammen sie aus der Epoche Ihres seefahrenden Mönches.“

Maximilian Korff begab sich zu der Stelle. Sie lag ein wenig höher über dem normalen Bodenniveau der Höhle. Er ging in die Hocke, um die Gebeine zu untersuchen. Sie deuteten in der Tat auf einen Menschen aus archaischer Zeit hin. „Die Reste des Schädels sind ohne Zweifel humanoiden Ursprungs. Welches Alter sie besitzen, kann ich nicht beurteilen. Was befindet sich im hinteren Teil der Höhle?“

„Nichts von Interesse“, versicherte Björn Andersen. „Nur ein Wasserloch, eine grottenartige Verbindung zum Meer. Die Höhle war durch sie in der Vergangenheit oftmals geflutet worden. Der Pegelstand des Wassers änderte sich mit dem Steigen und Fallen des Meeresspiegels. Es strömte jeweils in die Kaverne hinein oder floss wieder ab. Das ist deutlich an den salzhaltigen Ablagerungen im unteren Bereich der Felswände erkennbar. Wenn die Knochenfragmente nicht auf dem höchsten Punkt der Höhle gelegen hätten, wäre nichts von ihnen erhalten geblieben. Das Meerwasser reichte nicht an dieses Niveau heran. Da sich der Meeresspiegel seit Mitte des letzten Jahrhunderts nur unwesentlich änderte, blieben die sterblichen Überreste

Ihres Großvaters von den Einwirkungen des Salzwassers ebenfalls verschont."

„Die Gunst des Schicksals", orakelte Maximilian Korff und wandte sich zum Eingang. „Lassen Sie uns nach draußen gehen. Ich brauche frische Luft zum Atmen."

Seine Begleiter waren mit dem Vorschlag einverstanden. Sie würden zu späterer Zeit hierher zurückkehren, um den Leichnam zu bergen.

4.

Der unerwartete Besucher bereitete James Mac Domhnall Unbehagen. „Von wem haben Sie meine Adresse erhalten?", fragte er argwöhnisch. „Ich lebe sehr zurückgezogen. Selbst mein Nachbar weiß womöglich nicht mehr über mich als den Namen, der an meiner Tür steht."

Einar Jonsson lächelte verschmitzt und gab ihm keine schlüssige Antwort. „Ich bin Isländer und verdiene meine Brötchen bei der Reykjavíker Kriminalpolizei. Personen oder Zeugen ausfindig zu machen, die für die Lösung meines Falles relevant sind, gehört zu meinem Geschäft. Wenn ich das nicht auf die Reihe bekomme, muss ich den Beruf wechseln."

„Sie sind Polizeibeamter?", stellte James Mac Domhnall konsterniert fest. „Was führt Sie zu mir?"

„Ich verfolge zwei Schwerverbrecher. Sie haben den Tod mehrerer isländischer Seeleute auf dem Gewissen. Ihre Namen lauten John Macintosh und Arthur Mac Gille. Schon mal von ihnen gehört?"

„Nicht, dass ich wüsste. Wie kommen Sie auf den Gedanken, ich würde die Männer kennen?"

„Vor einigen Jahren waren Sie zu Gast im Amsterdamer Archiv für Handels- und Schifffahrtsgeschichte. Eine Mitarbeiterin des Instituts, die sich noch gut an Sie erinnern konnte, hat Sie mir wärmstens empfohlen", erklärte Einar Jonsson sein unangemeldetes Erscheinen.

„Wärmstens empfohlen? Für was bitte?", fragte Mac Domhnall verdutzt.

„Die Spur der Mörder führte nach Holland, wo sie in dem von mir erwähnten Archiv wertvolle Dokumente stahlen."

James Mac Domhnall rutschte unruhig im Sessel hin und her. „Verzeihen Sie bitte. Darf ich Sie kurz unterbrechen: Handelt es sich bei den Toten um die Mannschaft einer Hochseejacht?"

„In der Tat", reagierte Einar Jonsson erstaunt. „Sie haben davon erfahren?"

„Es stand in der Zeitung. Eine schlimme Sache. Wenn ich bedenke, dass ich ebenfalls Schiffseigner bin, kommen mir beunruhigende Gedanken in den Sinn. Meine Motorjacht liegt unten im Hafen und trägt den Namen Abigail. Eine Straftat derartigen Ausmaßes hätte ich in den Küstengewässern eines zivilisierten Landes nicht erwartet. Vor Ostafrika vielleicht oder im Südchinesischen Meer. Aber hier in Europa? Unglaublich."

„Was die geraubten Dokumente betrifft: Die sind inzwischen gefunden und dem Archiv in Amsterdam zurückgegeben worden. Ich durfte Einblick in sie nehmen. Sie geben Kunde über die Reise eines Walfängers zur Insel Jan Mayen im 17. Jahrhundert. Im Textlaut fällt auch der Name Brendan. Alle Fakten sprechen dafür, dass es den Mönch im 6. Jahrhundert an die Küste dieses Eilands verschlug. Er muss dort auf ein Mysterium gestoßen sein, für das Menschen heute noch ihr Leben riskieren oder sogar einen Mord begehen würden. Dieses Mysterium war offensichtlich von hohem Wert, weshalb er es mit nach Irland nahm. Die Mörder der Seeleute kennen die Fakten und versuchen, Brendans Geheimnis in Besitz zu nehmen. Aus dem Grund führte mich mein Weg zu Ihnen. Ihr umfangreiches Wissen über den sagenumwobenen Mönch eilt Ihnen weit voraus. Ich benötige dringend Ihre Hilfe."

Mit Interesse hatte James Mac Domhnall das Anliegen Einar Jonssons aufgenommen. Trotz dessen schmeichelnder Worte am Ende seiner Rede fühlte er sich unwohl. Er dachte an den Abend zurück, als die beiden Schatzsucher bei ihm aufgetaucht waren und ähnliche Behauptungen vorgebracht hatten. Dass die Kerle Mörder waren, daran hegte er keinen Zweifel mehr. Noch einmal wurde er sich der Gefahr bewusst, in der Charles und er geschwebt hatten. „Vor drei Tagen sprachen zwei Männern aus Dublin bei mir vor. Sie behaupteten, sie wären Historiker und Archäologen und hätten auf Jan Mayen Forschungen betrieben. Sie quetschten mich über Brendan aus und dessen vermeintliche Schätze. Doch ihre Namen hießen anders. Wie lauteten sie gleich ... Charles, können Sie sich noch an sie erinnern?“

„Darragh Tomás O’ Reilly und James Mac Fadden“, bemerkte der Butler trocken aus dem Hintergrund der Bibliothek, ohne eine Miene zu verziehen.

„Richtig! O’ Reilly und Mac Fadden. Bereits am Abend ihres Besuches ereilte mich das Gefühl, dass mit ihnen etwas nicht stimmt. Sie waren regelrecht vernarrt in die Idee, der Mönch könne einen sagenhaften Schatz von seiner Seereise mitgebracht und irgendwo in Irland vergraben haben.“

„Sie glauben demnach nicht an dessen Existenz?“

„Ich halte sie zumindest für unwahrscheinlich“, antwortete James Mac Domhnall skeptisch, schloss aber das Gegenteil nicht aus. „Allerdings lasse ich mich gern eines Besseren belehren. Ich wäre Ihnen dankbar, wenn Sie mich über alle Einzelheiten, die auf Jan Mayen und in Island geschahen, aufklären würden. Womöglich sehe ich mich dann in der Lage, Ihnen weiterzuhelfen.“

Einar Jonsson willigte in den Wunsch seines Gastgebers ein und begann, ihm bis ins Detail über die Ereignisse der letzten Tage zu berichten.

5.

Beharrlich versuchte Maximilian Korff, das Zigarettenetui zu öffnen. Zu gern wüsste er, was sich in ihm befindet. Doch die Korrosionsschicht auf dem Metall war zu massiv und hatte die zwei Verschlussklemmen regelrecht miteinander verschweißt.

„Versuche es mit dem Messer“, schlug Marja Petersen vor.

Natürlich! Dass er darauf nicht selbst gekommen war. Er kramte aus der Hosentasche sein Taschenmesser hervor und kratzte akribisch die Oxide von den Klemmen. Trotz der Mühe gaben sie den Widerstand nicht auf. Die Geduld verlierend, schob er die Klinge in den schmalen Spalt zwischen Ober- und Unterseite und drückte beide, begleitet von einem kurzen, knirschenden Geräusch, in roher Weise auseinander. Abrupt schnellte der Deckel nach oben und gab den Blick ins Innere frei. Zigaretten waren nicht darin zu finden, dafür zwei andere rätselhafte Dinge: ein flaches, handtellergroßes Basalttäfelchen und ein kleiner, einmal gefalteter, vergilbter Zettel aus grobem Papier.

„Was ist das?“, fragte ihn Inga Hallström.

„Das werden wir gleich wissen“, erwiderte er. Behutsam entnahm er dem Behältnis die Sachen und platzierte sie auf dem Ledersitz des Quads. Aufgeregt und mit zitternden Händen begann er den Zettel auseinanderzufalten. Trotz aller Vorsicht konnte er nicht verhindern, dass das brüchige Papier dabei in mehrere Schnipsel zerfiel. Dennoch war gut zu erkennen, was auf ihm geschrieben stand:

Pytheas ist der Schlüssel.

Gebannt schaute Maximilian auf die vier magischen Worte. „Marja, ich kenne diesen Ausspruch. Es ist derselbe, den mein Großvater 1942 in einem Brief an meine Großmutter verwendete. Erinnerst du dich an unser Gespräch bei mir zu Hause in Jena? Die Worte umschreiben exakt die mysteriöse Entdeckung, die er in Amsterdam gemacht hat. Ob uns die Basalttafel genauer Auskunft geben kann?“

„Zumindest erkenne ich schwach kleine Symbole oder Zeichen auf ihr“, bemerkte Björn Andersen neben ihm.

Grübelnd nahm Maximilian Korff das steinerne Relikt in die Hände. Auf beiden Seiten waren massenhaft winzige Buchstaben eingeritzt.“

„Kennst du diese Sprache? Kannst du die Schriftzeichen deuten?“, fragte ihn Marja Petersen. Ihre helle Haut hatte sich aufgrund der Anspannung und Aufregung in den letzten Minuten sichtbar gerötet. Die momentane Situation empfand sie unheimlich prickelnd, denn sie entwickelte sich zu einem packenden Thriller.

Er nickte mit dem Kopf. „Auf den ersten Blick würde ich Altgriechisch sagen. Eine Lupe wäre vonnöten, um ihren Sinn verständlich zu machen. Gleich nach unserer Rückkehr zur Wetterstation werde ich an einer Lösung arbeiten."

„Prima!", rief Inga Hallström. „Zuvor suchen wir ein letztes Mal die Höhle auf, um die sterblichen Überreste Ihres Ahnen zu bergen. In Helenesanden führe ich dann wie versprochen die Untersuchung des Leichnams durch."

„Einverstanden!", antwortete Maximilian Korff und wandte sich im selben Augenblick verwundert um. Aus der Ferne vernahm er Motorengeräusche. „Wer sind diese Leute?", fragte er verdutzt.

„Das sind Sigurd und Sören!", stellte Björn Andersen verwundert fest. „Aber sie sind nicht allein, sie sind in Begleitung?"

Nachdem die Fahrzeuge vor ihnen gestoppt hatten, löste sich der Sachverhalt schnell auf. Mit der Versorgungsmaschine war auch das Fernsehteam eines überregionalen Osloer Senders auf Jan Mayen eingetroffen. Die Nachricht über den Leichenfund in einer Höhle des Eilands und die Existenz eines Nachkommen des Toten hatten die Medien auf den Plan gerufen. Schließlich gab es derartig interessante Meldungen nicht oft vom Ende der Welt zu berichten.

Die Reporterin und der Kameramann baten Maximilian Korff und Marja Petersen um ein Interview. Sie zeigte sich den Fragen der Journalisten aufgeschlossen, wogegen er eine gewisse Reserviertheit an den Tag trug, da seine Erfahrungen in dem Metier bei null lagen. Umso mehr war er froh, dass sie bereitwillig den führenden Part übernahm. Kaum waren die Aufnahmen im Kasten, atmete er erleichtert auf. Im Mittelpunkt des öffentlichen Interesses zu stehen, war einfach nicht sein Ding. Nach der Bergung des Leichnams traten sie den Rückweg nach Helenesanden an. Auf der Wetterstation konnte er sich in Ruhe mit dem schwarzen Basalttäfelchen und dessen Geheimnissen beschäftigen. Wissenschaftliche Analysen reizten ihn mehr als ungelenke Posen vor einer aufdringlichen Kamera.

6.

Die Ausführungen des Kommissars hatten bei James Mac Domhnall einen Eindruck des Grauens hinterlassen. Die ganze Angelegenheit offenbarte sich im Nachhinein in einem noch entsetzlicheren Bild.

„Wissen Sie, ehrlich gesagt, habe ich bis heute nie an einen Schatzfund geglaubt. Ein im Reichtum schwelgender Mönch passt nicht in das Bild, das ich von Brendan besitze. Vertraut man auf die wenigen schriftlichen Quellen, die Zeugnis über ihn abgeben, war er zeitlebens ein zutiefst religiöser Mensch, der dem Mammon entsagte. Aber vielleicht muss ich meine Meinung in diesem Punkt revidieren."

„Revidieren? Weshalb?", fragte Einar Jonsson überrascht.

„In den letzten Tagen dachte ich viel nach. Nicht bloß über das unverhoffte Auftauchen von O' Reilly und Mac Fadden in meinem Haus, sondern ebenso über eine Angelegenheit, die jetzt über 30 Jahre zurückliegt", verriet Mac Domhnall freimütig.

„Was geschah zu jener Zeit?"

„Damals, Mister Jonsson, erhielt ich merkwürdigen Besuch. Ich war ein junger Professor, der sich mit einer Dissertation über Brendan den Seefahrer und das frühmittelalterliche Irland gerade ins Blickfeld der Geschichtswissenschaft schob. Eines Abends stand ein älterer Mann vor meiner Tür. Ich schätzte sein Alter auf etwa 65 Jahre. Er war kein Ire. Sein Englisch klang kantig. Ich glaube, dass er aus Deutschland kam. Er behauptete, er wäre Historiker und hege spezielles Interesse am Leben und Wirken des heiligen Brendan. Er wollte von mir Fakten über dessen spektakuläre Seereise erfahren und über einen Schatz, den er möglicherweise bei sich führte, als er nach Irland zurückkehrte. Auch der Verbleib eines sagenhaften nordischen Kultgegenstandes, der auf irgendeine Weise mit ihm in Verbindung stand, hatte sein Interesse. Ich konnte ihm nicht weiterhelfen und sah ihn niemals wieder. Bereits nach dem Auftauchen von O' Reilly und Mac Fadden kamen mir erste Zweifel in den Sinn. Jetzt beehren Sie mich mit Ihrem Besuch und konfrontieren mich mit derselben Geschichte. Das löst bei mir zwangsläufig eine neue Sichtweise aus. Wenn drei verschiedene Parteien unabhängig voneinander Spuren nachgehen, die Brendans Ansichten zu Geld und Wohlstand in einem anderen Licht erscheinen lassen, besteht zumindest potenziell die Möglichkeit der Existenz eines Schatzes. Glauben will ich es dennoch nicht."

„Ihr fehlender Glaube an einen Schatz ist für meinen Fall nicht relevant, Mister Mac Domhnall“, bemerkte Einar Jonsson. „Die beiden Verbrecher jedoch nehmen ihn für bare Münze und schrecken vor weiteren Morden nicht zurück, um in dessen Besitz zu gelangen. In welche Richtung kann die Suche von O’ Reilly und Mac Fadden jetzt führen?“

„Das kann ich Ihnen verraten. Ich selbst gab ihnen den entscheidenden Hinweis. Die Kathedrale Clonfert ist ihr Ziel. Der Bau der Kirche geht auf Brendan zurück. Wenn es einen Schatz zu finden gibt, dann an diesem Ort.“

Einar Jonsson zeigte sich zufrieden. Die Unterredung mit James Mac Domhnall war aufschlussreicher verlaufen, als er anfangs erhofft hatte. So nahe, wie in diesem Moment, war er den Mördern noch nie gekommen.

7.

Die Säuberung des Basalttäfelchens war abgeschlossen. Akribisch hatte Maximilian Korff die kleinen Schriftzeichen, die mit einem harten, spitzen Gegenstand in den Stein hineingeritzt worden waren, vom Staub der Zeit befreit. Jetzt folgte der spannendere Teil seiner Arbeit.

Marja Petersen schob ihm stillschweigend ein leeres Blatt Papier und einen Kugelschreiber über den Tisch. Ihr Gesicht hatte sich erneut leicht gerötet. Ihre Neugier versetzte sie in eine fiebrige Anspannung. Maximilian Korff nahm es lächelnd zur Kenntnis. Heute saß ihm eine andere Marja gegenüber als gestern im Flugzeug. Eine zwanglos denkende Archäologin, fernab ihrer ansonsten ultimativ ausgeprägten scientific correctness. Ihre Neigung, neuen Betrachtungsweisen zuerst skeptisch gegenüberzustehen und im Zweifelsfall stets fundamentalen Auffassungen in der Wissenschaft den Vorrang zu geben, hatte sich auffällig verflüchtigt. Seit sie die Höhle in der Bucht wieder verlassen hatte, schien sie für alle möglichen Interpretationen über das Geschehen auf der Insel ein unvoreingenommenes und offenes Ohr zu besitzen, egal wie unglaubwürdig oder fantastisch diese klangen.

Nach ihrer Rückkehr zur Station Helenesanden begannen sie nochmals darüber zu spekulieren, welche Gründe Maximilians Korffs Großvater bewogen hatten, nach Jan Mayen zu fliegen – einer kleinen Insel mitten im Nordatlantik, die strategisch unwichtig erschien. Ihre Standpunkte klafften am Ende der Diskussion weit auseinander. Inga Hallström und Björn Andersen vertraten die Ansicht, das Flugzeug hätte infolge eines Treffers durch ein Flakgeschütz eine Notlandung vollzogen und Johannes Korff wäre auf der Suche nach einem sicheren Unterschlupf rein zufällig auf die Höhle gestoßen. Dem Szenario widersprach Marja Petersen entschieden. Sie meinte, er hätte von der Existenz der Höhle und ebenso von Brendans Aufenthalt lange vorher gewusst. Demzufolge wäre er nicht auf einen Erkundungsflug gewesen, sondern auf der Suche nach dem Meer der Tränen. Maximilian Korff pflichtete ihren Argumenten bei, ging allerdings noch einen Schritt weiter. Er vermutete in dem Basalttäfelchen die Auflösung aller Geheimnisse, die sich um die mysteriöse Höhle rankten. Es bestärkte ihn in dem Glauben, unverhofft über die rätselhafte Entdeckung seines Großvaters gestolpert zu sein, die dieser 1942 in Amsterdam gemacht und in einem Brief an die Großmutter nebulös erwähnt hatte.

Er nahm den Kugelschreiber in die Hand und übertrug die altgriechischen Buchstaben auf das Papier. Seit der Zeit des Studiums beherrschte er diese alte Sprache perfekt. Schnell fiel ihm auf, dass der Text einem klagevollen Gedicht Ausdruck verlieh. Mit jeder Verszeile vergrößerte sich sein Erstaunen, da ihm der Inhalt der uralten Reime unglaubliche Dinge verriet.

„Was bedeuten die Zeichen?“, fragte Björn Andersen ungeduldig.

„Lesen Sie uns die Zeilen bitte vor, sonst sterben wir noch an Neugier“, forderte jetzt auch Inga Hallström.

Ihre Blicke richteten sich auf Maximilian Korff. Alle waren gespannt auf das Ergebnis der Übersetzung.

„Es handelt sich um ein Klagelied, niedergeschrieben von einem Griechen“, verriet er. „Zu Lebzeiten trug er den Namen Timaios. Seine Existenz ist historisch verbürgt, aber er fand in den Annalen der Geschichtsschreibung wenig Erwähnung. Was er uns mitteilt, hört sich für ungeübte Ohren verworren an. Dennoch bestätigen seine Worte die wissenschaftliche Arbeit meines Großvaters.“ Andächtig nahm er den Zettel zur Hand, um die Verse vorzutragen.

„Der Fluch auf meines Lebens Geschick
zur Vollendung sich neigt, der Tod mich erblickt.
Als Vergeltung für meine ruchlose Tat,
die Rache der nordischen Götter nun naht.
In Thule stahl ich das Symbol der Macht,
smaragdgrün schimmernd auf einem goldenen Schaft.
Bringt jedem Verderben die gottgleiche Kraft,
die es berühren sind dem Tode bedacht.
Doch ich verlor wieder, was ich geraubt,
da nicht sein darf, was nicht gut taugt.
Wenn in des Menschen Hand zu viel Macht gerät,
o weh, dessen Hochmut alle Zeit nur Unglück sät.

Timaios, Schiffsführer der Semele“

„Mein Gott ... Maximilian!“, rief Marja Petersen lauthals. „Das Gedicht berichtet über das mystische Land Thule und von einer allmächtigen Waffe der nordischen Götter, die sich für kurze Zeit in Timaios Händen befand. Ist das zu glauben?“

„Unbedingt. In dem beschriebenen Symbol der Macht sehe ich den Beweis für die Existenz des prähistorischen Volkes in Skandinavien und damit für den Wahrheitsgehalt der Hypothese über die nordische Mythenbildung“, antwortete er überzeugt. Plötzlich fiel bei ihm der Groschen und er schlug sich mit der Handfläche an die Stirn. Mit einem Mal ergaben sämtliche Puzzleteile einen Sinn. Timaios und das mysteriöse Symbol der Macht, Brendans Verse voller Seelenqual über das ominöse Meer der Tränen und der Inhalt des Zigarettenetuis aus der Höhle zeichneten ihm ein geschichtsträchtiges Bild vor Augen. Die Symbiose der unterschiedlichen chronologischen Ereignisse formte in seinem Denken ein Schloss, in das nur ein Schlüssel passte: Pytheas.

8.

Achtsam war Einar Jonsson zur hinteren Umfassungsmauer des Klosters Clonfert geschlichen. Auf einem klobigen Stein stehend, den er zuvor an den Wall herangerollt hatte, spähte er auf das Geschehen, das sich vor der Kathedrale und auf dem Friedhofsgelände abspielte. Eigentlich war er nach James Mac Domhnalls idyllischer Beschreibung davon ausgegangen, einen Ort der Ruhe und Besinnung vorzufinden. Stattdessen herrschte eine hektische Betriebsamkeit, die er sich anfangs nicht erklären konnte.

Am Eingang, vor der großen Eisenpforte, parkten mehrere Streifenwagen und das Fahrzeug eines Bestatters. Vor dem Hauptportal der Kathedrale redete ein junger Messdiener in einem weißen Gewand wild gestikulierend auf zwei Männer ein. Sie waren Kriminalbeamte in Zivilkleidung. Dessen war sich Einar Jonsson sicher. Einen Berufskollegen erkannte er auf 50 Meter Entfernung. Zu lange arbeitete er bereits bei der Polizei.

Ungefähr fünfzig Schritte vom Portal entfernt, mitten im Friedhofsgelände gelegen, fiel ihm eine geöffnete Grabstätte in die Augen. Im Umkreis von 5 Metern schirmten mehrere uniformierte Beamte das Areal ab. Einar Jonsson rätselte, was auf dem Friedhof vorgefallen war. Die Präsenz des Leichenwagens verhieß jedenfalls nichts Gutes. Die beiden Schatzsucher O' Reilly und Mac Fadden kamen ihm in den Sinn, die James Mac Domhnall aufgesucht hatten und offensichtlich mit den beiden Mördern Macintosh und Mac Gilles identisch waren. Ob der Polizeiaufmarsch etwas mit ihnen zu tun hatte?

Die Befragung des Messdieners schien beendet, da der junge Mann durch das Portal ins Innere der Kathedrale verschwand. Die Kriminalbeamten überquerten den Vorplatz und schlugen den Weg zum geöffneten Grab ein.

Unversehens setzte sich der Leichenwagen in Bewegung und fuhr auf der Landstraße in Richtung Galway davon. Einar Jonsson beschloss augenblicklich, seinen Beobachtungspunkt zu verlassen. Die Kathedrale war sein Ziel. Als morgendlicher Kirchgänger getarnt, beabsichtigte er, den Messdiener abzupassen und ihn über die

Vorgänge auf dem Friedhof zu befragen. Unauffällig zog er sich von der Mauerkante zurück und eilte mit schnellen Schritten auf die andere Seite des Klostergeländes.

9.

Die Zeit eilte davon. Marja Petersen schaute Maximilian Korff entgeistert an. Er schien der Wirklichkeit entrückt. Seine Augen blickten starr durch sie hindurch. Dabei zeigte sein Gesicht ein eigenartiges Lächeln, mehr noch, es ähnelte einer verklärten Verzückung.

Dieser Zustand hätte wohl noch ewig angedauert, wenn Inga Hallström nicht der Geduldsfaden gerissen wäre. „Das hält ja auf die Dauer kein Hund aus. Alles muss ich Ihnen aus der Nase ziehen. Was versteckt sich hinter dem Symbol der Macht, das Timaios erwähnt? Wissen Sie darauf eine konkrete Antwort?“, meckerte sie.

Bestätigend nickte ihr Maximilian Korff zu. „Und ob. Alles ergibt einen Sinn.“

„Dann lassen Sie uns bitte an Ihrer Erkenntnis teilhaben“, meinte Björn Andersen sichtlich genervt.

„Die Auflösung des Rätsels wird sich fantastisch, vielleicht sogar vollkommen abwegig anhören“, erwiderte er, um Verständnis ringend. „Gleichwohl kann ich keine anderen Schlussfolgerungen ziehen. Die verschiedenen chronologischen Ereignisse, von denen ich berichten werde, stammen zum Teil aus historischen Schriften oder aus mündlichen Überlieferungen. Sie sind bis zum heutigen Tag stets für sich allein und nie im Zusammenhang betrachtet worden. Und genau das ist der entscheidende Aspekt. Jan Mayen ist ein geschichtsträchtiger Ort. Ihn tangieren mehrere Handlungsstränge, die eng miteinander verknüpft sind, und die schon meinem Großvater Johannes in die Augen stachen. Aber lassen Sie mich am Anfang beginnen.“ Er kramte in seinem Rucksack und brachte eine bejahrte, stark abgenutzte Mappe zusammengehefteter beschriebener Seiten zum Vorschein, die er sorgsam auf den Tisch legte. „Wir schreiben das Jahr 309 vor Christus. Ein Mann aus der griechischen Kolonie Massalia, gleichbedeutend mit der heutigen Stadt Marseille, bricht mit einer kleinen Handelsflotte, die aus drei Schiffen besteht, zu einer langen und gefahrvollen Reise auf. Er heißt Pytheas und ist ein wahres Allroundgenie. Ein Kaufmann, Mathematiker, Geograf, Astronom und Seefahrer zugleich mit beeindruckenden nautischen Kenntnissen. Die Fahrt führt ihn und seine drei Kapitäne Glaukos, Polydeukes und Timaios vom westlichen Mittelmeer bis nach Thule, das für mich unzweifelhaft mit dem heutigen Norwegen identisch ist. Die drei Männer, die Pytheas für die Expedition verpflichtete, waren erfahrene Seebären mit vielseitigen Kenntnissen im Bootsbau, in der Segelmacherei und im Schlagen und Flechten von Tauwerk. Einer beherrschte sogar die Dichtkunst."

„Timaios!", rief Marja Petersen verblüfft. „Er stand unter dem Befehl von Pytheas? Unglaublich! Auf welche Art und Weise verschlug es ihn nach Jan Mayen? Verlor er in einem Unwetter die Orientierung?"

„Hab Geduld. Alles klärt sich auf. Die Schiffe nahmen entlang der Küste Iberiens Kurs auf die Säulen des Herakles und segelten nach deren Passage in nordwestliche Richtung ..."

„Das erscheint mir wenig wahrscheinlich", unterbrach ihn Marja Petersen abrupt. „Zu jener Zeit kontrollierten die Karthager die Meerenge von Gibraltar. Sie ist von ihnen vollständig abgesperrt worden. Nicht einmal ein Fischerboot konnte sich der engen Blockade nähern, ohne bemerkt zu werden. Eifersüchtig achteten die Karthager darauf, dass ihnen keine andere Seefahrernation das Monopol des Zinnhandels mit den Britanniern streitig machte. Aus dem Grund erscheint mir eine Route entlang der Flüsse des damaligen Gallien glaubhafter. Erst an der gallischen Atlantikküste kann demnach die Reise auf seetüchtigen Schiffen erfolgt sein."

Unbeeindruckt von ihrem Einwand schüttelte er den Kopf. „Ich verstehe deine Bedenken. Trotzdem verlief die Expedition so, wie ich eben sagte. Das werde ich beweisen."

Inga Hallström, die wenig von dem Wortwechsel verstanden hatte, schaute Maximilian Korff ratlos an. „Was befindet sich in der Mappe? Ihre Memoiren?", fragte sie scherzhaft.

„Es ist die Kopie einer antiken Reisebeschreibung. Sie berichtet über die Seefahrt des Pytheas von Massalia nach Thule und befindet sich seit Generationen im Besitz meiner Familie", antwortete er unbeirrt.

„Ich erinnere mich", bemerkte Marja Petersen. „In Jena hast du mir von dem Dokument erzählt. Wieso trägst du es bei dir?"

„Mich befiel das Gefühl, es könnte uns von Nutzen sein, was sich gerade bestätigt."

Inga Hallström rückte mit dem Stuhl näher zum Tisch. „Mich plagt schon die Neugier. Was wollen Sie uns daraus vorlesen?", meinte sie erwartungsvoll zu ihm.

„So einiges. Aber ich möchte mich auf die wichtigsten Schilderungen und Fakten beschränken und nur bestimmte Reisetage der Expedition zur Sprache bringen", betonte er. „Glauben Sie mir, danach sehen Sie Ihr Heimatland in einem ganz anderen Licht."

„*Tag 2*

Der sonnige, wolkenlose Himmel und der leichte Ostwind, der die Segel der Schiffe aufblähte, waren willkommene Begleiter für unsere abenteuerliche Reise ins Ungewisse. Bei Tagesmitte liefen wir Emporion an. Die Stadt, an der Mündung eines Flusslaufes und am Fuß eines zerklüfteten Gebirges gelegen, gehörte zu den ältesten Handelskolonien an der Ostküste von Ophiussa und lag eine Tagesreise von Massalia entfernt. Ihr Hafen, den zwei schmale Halbinseln wie ein Damm schützend umschlossen, bot einen freien Blick auf das bedeutendste Bauwerk: den Tempel der Artemis. Prachtvoll erhob er sich mit seinen Säulen über die zahlreichen Dächer der Neapolis.

Nach dem Anlegen ging Pytheas von Bord. Er beabsichtigte, auf der Agora einen wichtigen Mann zu treffen, mit dem er bereits seit längerer Zeit brieflich in Verbindung stand. Sein Name hieß Aristides. Angeblich arbeitete er für einen carthagischen Händler in Gadeira. Wie ich von unseren drei Schiffsführern erfuhr, hatte er vor, Pytheas für eine nicht unerhebliche Summe Geldes geheime Informationen über die carthagischen Galeeren preiszugeben, die zwischen den Säulen des Herakles die Passage blockierten. Um nicht auf einen Betrüger hereinzufallen, bestand Pytheas darauf, dass Aristides uns auf der Reise begleitet.

Beinahe ein Jahr hatte Pytheas benötigt, die Ratsversammlung in Massalia zu überzeugen, eine Expedition zu den sagenhaften Kassiteriden auszurüsten. Inseln, die zur Prettanike gehörten und auf denen das begehrte Zinn dem Boden entrissen wurde. Auf die Idee hatte ihn Euthymenes gebracht. Der berühmte Sohn unserer Stadt war schon 200 Jahre früher durch die Säulen des Herakles gesegelt und auf einen gewaltigen Ozean gestoßen. In seinem Periplus, den Pytheas in den Archiven von Massalia studiert hatte, behauptete er, südwärts die libysche Landmasse bis zu den Quellen des Nils umrundet zu haben, was kaum vorstellbar erscheint, da jener Fluss weit im Osten von Libye die Wüste durchtrennt. Was die Segelanweisung des Aristides allerdings wertvoll macht, ist die Erwähnung der Kassiteride Albion vor der Prettanike und die Nennung der Insel der Elektriden. Jenes Eiland soll weit oben im Norden liegen, im Delta des sagenhaften Flusses Eridanus, wo das wertvolle Elektron am Meeresufer aus dem Boden wächst. Ein seltenes Element, dem eine göttliche Kraft innewohnt, die andere Dinge magisch anzieht. Diesen Hinweis will Euthymenes von den Bewohnern von Tartessos im Südwesten von Ophiussa erhalten haben. Des Weiteren kam Pytheas zu Ohren, dass ein carthagischer Schiffsführer mit dem Namen Himilkon hinter den Säulen des Herakles nach Norden gesegelt war und auf dieser Route als Erster die Prettanike erreicht hatte. Warum soll uns das nicht gleichfalls gelingen?

Seit langer Zeit beanspruchen die Carthager das alleinige Handelsmonopol über diese begehrte Ware. Geringe Mengen des Metalls finden über die Flüsse der Keltike ihren Weg nach Massalia. Zu wenig, um auf das überteuerte Zinn carthagischer Händler verzichten zu können, denn mit Kupfer allein ließ sich die wertvolle Bronze nicht herstellen.

Die Götter mögen uns beistehen. Ich vertraue auf Aristides. Möge er unsere Flotte sicher an den carthagischen Galeeren vorbeischleusen. Wenn es misslingt, enden wir alle in einem carthagischen Steinbruch, mit Ketten an den Füßen und von Peitschenschlägen auf dem Rücken grässlich entstellt."

Marja Petersen, sichtlich angetan von den Abenteuern der antiken Seeleute, unterbrach Maximilian Korffs Rede. „Bitte entschuldige. Ich muss eine Frage aufwerfen. Die Worte des Autors offenbaren eindeutig die Motive für die gefahrvolle Reise: Zinn und Elektron", stellte sie fest. „Meint er mit Elektron fossilen Bernstein?"

„Haargenau. Das erklärt die geheimnisvolle Anziehungskraft, die am Rande erwähnt wird. Bernstein besitzt die physikalische Eigenschaft der elektrostatischen Aufladung, wenn er an einem Tuch oder Fell gerieben wird. Ein Effekt, der auf kleine und leichte Partikel, wie Staub oder Textilfasern, anziehend wirkt und den Menschen im Altertum ein faszinierendes Rätsel aufgab. Doch es existiert ein weiterer bemerkenswerter Gesichtspunkt. Bei den alten Griechen galten Bernsteine als Tränen der Götter oder ... des Meeres."

„Tränen des Meeres?", horchte Inga Hallström auf. Jetzt begriff sie den Zusammenhang. „Aber das bedeutet ja ..."

„Richtig! Es kann darauf hinweisen, dass Brendan während seines Aufenthaltes auf Jan Mayen über einen Bernsteinschatz stolperte", beendete Björn Andersen den Satz.

10.

Der Weg zur Kathedrale war frei. Die Kriminalbeamten hatten um das offene Grab kleine Grüppchen gebildet und tauschten gestenreich ihre Meinungen aus.

Einar Jonsson nutzte die Gunst der Stunde und eilte zur Kathedrale. Unbemerkt passierte er das Portal und rannte dem Messdiener direkt in die Arme.

„Heute findet keine Messe statt", meinte er abweisend zu ihm. „Wenn Sie lediglich die Kathedrale besichtigen möchten, steht Ihnen das selbstverständlich frei."

„Kann ich Ihnen helfen? Sie schauen niedergeschlagen aus", fragte Einar Jonsson ohne übertriebene Theatralik. Er wollte das Vertrauen des Messdieners gewinnen und ihn dazu bewegen, sein Wissen über den Vorfall preiszugeben.

Der junge Mann schaute ihn misstrauisch an. „Sie sind nicht von hier. Ich merke es an Ihrem Dialekt. Weshalb interessiert Sie das?"

„Ich bin Tourist und komme aus Island, um die Schlösser und Kirchen in Irland zu besichtigen. In Dublin auf dem Flughafen gab mir ein Beamter der Passkontrolle den freundlichen Rat, Clonfert einen Besuch abzustatten, und versicherte mir, dass die Kathedrale ein interessanter idyllischer Ort sei. Jetzt komme ich hierher und vor dem Eingangstor stehen mehrere Polizeiwagen Spalier. Darauf war ich nicht gefasst."

Der Messdiener nickte verstehend mit dem Kopf. „Das trifft zu, mein Herr. Es ist ein von Gott gesegneter Ort. Letzte Nacht indessen ist seine Unbeflecktheit mit Blut besudelt worden."

„Was ist geschehen?“, bohrte Einar Jonsson vorsichtig nach.

„Ein furchtbares Verbrechen. Der Pfarrer unserer Diözese fiel einem Mord zum Opfer“, erhielt er zur Antwort. „Gestern, gleich nach der Abendmesse, suchte er seine Kammer auf, um sich zur Ruhe zu legen. Dann, in den frühen Morgenstunden, schreckten ihn verdächtige Geräusche aus dem Schlaf und trieben ihn hinaus auf den Gottesacker.“

Einar Jonsson runzelte die Stirn. „Woher wissen Sie davon? Lagen Sie die ganze Nacht wach?“

„Woher ich das weiß? Weil Pfarrer Shannon zu mir eilte, um mich über seine Beobachtung zu informieren. Er behauptete, auf dem Friedhof Stimmen gehört zu haben. Anschließend lief er nach draußen. Er hatte vor, nach dem Rechten zu schauen. Als er nicht zurückkehrte, machte ich mich in der Dunkelheit auf die Suche nach ihm. Leider ohne Erfolg. Zurückgekehrt in meine Kammer verfolgten mich schreckliche Gedanken. Ich konnte mir nicht erklären, wohin er verschwunden war. Eine böse Ahnung beschlich mich. Gleich bei Tagesanbruch setzte ich die Suche fort und stieß auf dem Friedhof auf einen Leichnam. Es war Will Shannon. Dessen blutüberströmter Körper lag auf dem Grunde eines aufgebrochenen Grabes.“

Mit Interesse hatte Einar Jonsson die Verlautbarungen des Messdieners verfolgt. Ein Mord war geschehen und die Leiche achtlos in eine Grube geworfen worden. Das passte haargenau ins Täterbild, das er von O’ Reilly und Mac Fadden besaß. „Konnte die Polizei Spuren sicherstellen?“, fragte er.

„Dazu kann ich nichts sagen. Die Beamten halten sich mit Worten bedeckt. Aber ein Aspekt ist offenkundig: Neben dem Tatort liegt das Bruchstück einer Steinplatte mit einer lateinischen Inschrift auf der Oberseite. Sie gehört zur Abdeckung eines Sarkophages, der sich am Grunde des Grabes befindet. Die Täter müssen sie aus der Grube gehoben haben. Warum, weiß niemand. Die Polizei hofft jedoch, durch die Übersetzung des Textes Aufschluss über das Tatmotiv zu erlangen.“

Einar Jonsson war verblüfft. „Merkwürdig“, meinte er nachdenklich. „Wie sehen Sie die Sache?“

Der junge Mann sah ihn mitleidig an. „Ich bin bloß ein unbedeutender Diener meiner Kirche. Ich beherrsche kein Latein. Eines allerdings ist gewiss: Das geöffnete Grab ist die Ruhestätte eines Heiligen. Aus diesem Grund gehen die Kriminalbeamten davon aus, dass heute Nacht Kirchenräuber am Werk waren, die nach kostbaren Grabbeigaben suchten, denen Pfarrer Shannon bei ihrem schändlichen Tun unerwartet in die Quere kam. Deswegen ist er ermordet worden."

Einar Jonsson kam aus dem Staunen nicht heraus. Der Nebel über der furchtbaren Geschichte löste sich langsam auf. „Und wie hieß der heilige Mann?"

Den Messdiener erstaunte die Unkenntnis des Isländers. Ein gut informierter Tourist hätte die Antwort selber gewusst. „Hat Ihnen das auf dem Flughafen niemand gesagt?" antwortete er verwundert. „Es ist der heilige Brendan."

11.

„Tag 8

Argwöhnisch schaue ich nach Osten, wo sich mit göttlicher Kraft die Sonne über dem Horizont erhebt. Ich fühle noch immer Gefahr, obwohl die Meerenge zwischen Ophiussa und Libye längst hinter uns liegt. Mit Schaudern erinnere ich mich an den schrecklichen Vorfall, der vergangene Nacht unser Schiff heimsuchte.

In gebührenden Abstand waren wir tagelang die Küste Ophiussas entlang nach Südwesten gesegelt. Die Stimmung an Bord blieb zunächst ausgelassen. Doch je näher wir den Säulen des Herakles kamen, umso mehr ergriff eine besorgniserregende Unruhe die Besatzungen unserer Schiffe. Pytheas blieb das nicht verborgen und versuchte, die Männer zu beruhigen. Er vertrat die Auffassung, dass bei Nacht eine gute Chance bestand, die Blockade unbemerkt zu passieren. Den Grund dafür kannte er genau. Der Tyrann von Syrakusai, Agathokles, führte seit Jahren Krieg gegen die Carthager. Nachdem Letztere im vergangenen Jahr zunächst als Sieger aus dem schwelenden Konflikt hervorgegangen waren, mussten sie einige Mondphasen später eine schwere Niederlage hinnehmen, da Agathokles mit seiner Flotte Kurs auf Libye genommen und das

Zentrum ihrer Macht angegriffen hatte. Aufgrund der hohen Verluste an Kriegsgaleeren sahen sich die Carthager gezwungen, einen Teil der Blockadeschiffe abzuziehen, um einer weiteren Niederlage entgegenwirken zu können. Die aufschlussreichen Nachrichten stammten aus der Feder des Aristides. Noch vor unserer Abfahrt aus Massalia erreichte Pytheas ein zweiter Brief. In dem Schreiben teilte Aristides mit, dass die Carthager unlängst abermals eine Niederlage erlitten hatten. Dieses Mal auf der Insel Sicilia. Das bewirkte eine zusätzliche Schwächung der Seeblockade. Ein weiteres Mal wurden Schiffe aus dem Verband herausgelöst und dorthin beordert. Trotz der Schwächungen waren die Schlupflöcher nicht groß genug, um am Tag die feindliche Linie durchbrechen zu können. Daher entschied er sich für die schützende Nacht.

Um die Mitternachtswende hatte uns der stetige Ostwind sanft in die See zwischen den Säulen des Herakles hineingetrieben. Hier erfasste uns eine starke Strömung. Sie zog unsere Schiffe unaufhaltsam nach Westen. Auf Anweisung von Pytheas waren laute Gespräche und das Entfachen von Feuer zur Signalgebung zwischen unseren Schiffen bis zum Abschluss der Passage auf das Strengste verboten. Eine Weile blieb es ruhig. Geräuschlos trieb unsere Flotte über die friedliche, fast spiegelglatte See. Das Licht des hellen Mondes schimmerte glitzernd auf der Wasseroberfläche wie geschmolzenes Silber.

Plötzlich sträubten sich mir die Nackenhaare. Weniger als ein Stadion von uns entfernt nahm ich ein gewaltiges Ungetüm wahr. Eine carthagische Quadrireme. Ihre dunkle Silhouette zeichnete sich deutlich im Mondlicht ab und triftete langsam an uns vorüber. Ich schätzte ihre Länge auf ungefähr 125 Fuß. Mit Sicherheit barg sie 300 Krieger unter Deck. Niemand auf der anderen Seite bemerkte unsere Anwesenheit. Dann, für mich vollkommen unerwartet, loderte auf unserem Vorschiff ein Feuer auf. Eine schemenhafte Gestalt hatte eine Fackel entzündet und fuchtelte damit wild in der Luft herum, um der Besatzung auf der feindlichen Galeere ein Zeichen zu geben. Wir haben einen Spion an Bord – ging mir in diesem Moment entsetzt durch den Kopf. Die Entdeckung unserer Gegenwart wäre unser Ende gewesen, wenn nicht drei beherzt handelnde Männer, unter ihnen Pytheas, dem Spion das Feuer aus der Hand geschlagen und zu Boden gerissen hätten. Die Fackel flog über Bord und erlosch zischend im Meer. Der Verräter versuchte, laut um Hilfe zu rufen, doch die kräftigen Arme der Seeleute drückten ihn auf die Planken des Vorschiffs und Pytheas verschloss dem verzweifelt um sich tretenden Mann mit beiden Händen den Mund. Eine Weile versuchte er sich noch zu wehren, dann allerdings ließen die zappelnden Bewegungen nach. Letztlich ergab er sich seinem Schicksal und blieb regungslos liegen.

Auf der feindlichen Quadrireme bemerkte niemand den stummen Kampf auf unserem Deck. Unbeirrt setzte sie ihren Kurs fort und entfernte sich, bis ihre Silhouette aus dem Mondlicht verschwand. Erst jetzt gaben die beiden Seeleute und Pytheas den Verräter frei. Zu unserer Überraschung rührte er sich nicht mehr. Er war tot. Die unnachgiebigen Hände unseres Flottenführers hatten ihn erstickt. Neugierig rannte ich auf das Vorschiff, um zu erfahren, wer uns ans Messer liefern wollte, und wurde auf das Böseste überrascht. Der Verräter war kein geringerer als Aristides. Vermutlich hatte er nicht zum ersten Mal für die carthagische Flotte den Lockvogel gespielt, um brave Seeleute ins Verderben zu stürzen.

Die Enttäuschung über diese Erkenntnis stand Pytheas deutlich ins Gesicht geschrieben. Wütend erteilte er den Befehl, den Leichnam über Bord zu werfen. Den üblichen Obolus für die letzte Reise verwehrte er ihm. Ohne eine Münze im Mund verschluckte ihn das Meer. Die Seele von Aristides war dazu verdammt, auf ewig am Ufer des Flusses Acheron umherzuwandeln, da Charon dem Toten die Überfahrt zum Hades ohne Bezahlung nicht gestatten würde. Eine schlimmere Sühne, für den Verrat an uns, konnte es nicht geben. Nie wieder bestrafte Pytheas ein Besatzungsmitglied so streng und unnachgiebig.

Nachdem die Säulen des Herakles hinter uns lagen, waren wir zunächst uneins, wohin die Reise weiter führen soll. Daher beorderte Pytheas alle Schiffsführer zu sich. Er, Polydeukes, Glaukos und Timaios beratschlagten, ob es für uns besser sei umzukehren oder ohne ortskundigen Führer weiterzusegeln. Vertrauend auf unseren Mut und den Schutz der Göttin Artemis beschlossen sie einstimmig, nicht aufzugeben und die Fahrt erfolgreich zu Ende zu führen.

Jetzt, da ich diese Zeilen niederschreibe, segeln wir bei leichtem Wind und in sicherer Entfernung an der carthagischen Handelsstadt Gadeira vorüber. Hier endet unser Wissen über die bekannte Welt. Was wird uns erwarten? An welche unbekannten Küsten wird es uns verschlagen? Die Zukunft wird die Fragen beantworten.“

„Ich muss mich geschlagen geben“, meinte Marja Petersen ernüchtert. „Diese Ereignisse rücken die Expedition in ein anderes Licht. Die Seeroute entlang der Iberischen Halbinsel ist damit glaubwürdig und meine Annahme gegenstandslos.“

„Vorausgesetzt, die Begebenheiten entsprechen der Wahrheit“, meinte Björn Andersen skeptisch.

„Sie zweifeln an der Glaubwürdigkeit der Reisebeschreibung? Ich sage es in aller Deutlichkeit: Lysitathes war kein Lügner. Er hat sich die Geschichte nicht aus den Fingern gesogen. Das wird Ihnen später noch offenbar werden“, erwiderte Maximilian Korff angekratzt.

„Am besten Sie fahren fort und überzeugen uns“, schlug Inga Hallström vor. „Doch zuerst brühe ich uns Tee auf. Ich denke, den haben wir uns verdient.“

12.

Geduldig verfolgte Einar Jonsson den monotonen Vortrag des Messdieners. Die mit salbungsvollen Worten ausgeschmückte Geschichte über den heiligen Brendan war nicht uninteressant. Dennoch brannte ihm eine wichtige Frage auf den Lippen. „Das Fragment – liegt es noch neben Brendans Grab?“, unterbrach er die Schilderungen des jungen Mannes.

„Wie bitte? ... Ach so! Sie meinen das Bruchstück von der Abdeckplatte des Sarkophags“, antwortete er begriffsstutzig. „Nein, es befindet sich in der Sakristei. Ein Historiker des Museums für Geschichte in Dublin, den die Kriminalpolizei angefordert hat, untersucht den Fund gerade.“

„Ich würde ihn mir gern näher anschauen. Wäre das möglich?“, erwiderte Einar Jonsson ohne Umschweife.

Der Messdiener stimmte dem Ansinnen ohne Bedenken zu. „Es spricht nichts dagegen. Ich werde Sie hinführen“, willigte er ein.

Ihr Weg führte durch das Kirchenschiff zum Chor. Dort angekommen, wandten sie sich nach links und durchschritten einen schmalen Durchgang, der in die Sakristei einmündete.

Der kleine Raum war hell erleuchtet. Ein älterer, vollbärtiger Mann mit schneeweißen Haaren und einer runden Nickelbrille auf der Nase blickte sie irritiert an. Ihn schien ihre Anwesenheit zu stören. Mit mürrischem Gesichtsausdruck stand er hinter einem wurmstichigen Mobiliar, das ehemals als Altartisch gedient hatte und auf dem über einem ausgebreiteten Baumwolltuch das geborgene Bruchstück der Abdeckplatte ruhte.

„Ich kann nicht hexen", meinte er empört. „Ein bisschen Zeit müssen Sie mir für die Analyse schon einräumen. Die Säuberung der Steintafel dauerte länger als gedacht."

„Das ist ein Missverständnis. Ich gehöre nicht der hiesigen Polizei an", entschuldigte sich Einar Jonsson doppeldeutig.

„Wie kann ich Ihnen helfen?", fragte der Alte, die Stirn runzelnd.

„Ich komme aus Reykjavík und reise als Tourist durch Ihr schönes Land. Mein Interesse gilt insbesondere den irischen Baudenkmälern und ihrer Vergangenheit. Welche Besonderheiten kennzeichnen den Stein, den Sie gerade untersuchen?"

Der Sachverständige aus Dublin war hocherfreut, auf einen Menschen zu treffen, der Geschichte noch eine Bedeutung beimaß. Mit einer einladenden Geste bewog er Einar Jonsson näherzutreten, worauf der Messdiener sich verabschiedete und leise entfernte.

„Die Herren Beamten der Kriminalpolizei draußen auf dem Friedhof zeigen wenig Achtung vor alten Dingen. Wie ein Stück Sperrmüll haben mir die Idioten das Bruchstück auf den Tisch geschmissen. Dabei brach es in der Mitte entzwei. Sie meinten, ich solle mich nicht aufregen und es schnellstens einer Überprüfung unterziehen. Alles andere sei ihnen egal. Dämliche Dorftrottel", wetterte er wütend.

„Ich kann Ihren Ärger nachempfinden", pflichtete ihm Einar Jonsson bei. „Die Kollegen handelten sehr unprofessionell."

„Also gehören Sie doch zu ihnen. Sie sind ein Lügner", rief er mehr erstaunt als erzürnt.

„Ich kann Ihnen nicht gänzlich widersprechen. Dessen ungeachtet bin ich kein Lügner, da ich für die isländische Polizei ermittle. Verzeihen Sie mir die kleine Doppelzüngigkeit? Kommissar Einar Jonsson lautet mein Name. Ich komme aus Reykjavík und verfolge zwei Verbrecher, die möglicherweise Pfarrer Will Shannon ermordet haben. Ich weiß nicht, ob es Sie tröstet, aber trotz der niederschmetternden Tatsache, dass ich Kriminalbeamter bin, schätze ich Ihre Arbeit und besitze ein aufgewecktes Interesse für Geschichte. Ich zeige Ehrfurcht vor den Dingen, die Zeugnis über sie ablegen."

Der Sachverständige begann, herzlich zu lachen. „Das ist ja nicht zu fassen. Was für ein Schmalz. Sie wollen mir schmeicheln und mich alten Griesgram bei meiner Eitelkeit packen, um mich bei Laune zu halten. Einfach brillant. Ich trage Ihnen nichts nach. Kommen Sie rüber auf meine Seite, dann erkläre ich Ihnen, was es mit dem Stein auf sich hat."

Einar Jonsson, dessen Ambition durchschaut war, ließ sich nicht lange bitten und kam der Aufforderung nach.

„Abel Dawson", begrüßte ihn der Sachverständige mit einem festen Händedruck. „Ich bin Chefkonservator im Historischen Museum von Dublin. Das zerbrochene Fragment, das Sie sehen, stammt aus dem Grab 573. Mehr als eine Nummer steht auf dem Stein nicht drauf. Es gehört zu einem Sarkophag, der Brendan dem Heiligen zugesprochen wird, und trägt eine lateinische Inschrift. Die gedankenlos vorgehenden Rüpel in der letzten Nacht schlugen es mit einer Hacke von der Deckplatte ab und warfen es aus der Grube."

„Sind sterbliche Überreste oder Kleidungsstücke von dem Toten erhalten geblieben?", fragte Einar Jonsson, einer sentimentalen Eingebung folgend.

„Den Sarkophag habe ich gründlich untersucht. Er war hoher Feuchtigkeit ausgesetzt, da er in einer Grundwasser führenden Erdschicht ruhte. Von Brendan überdauerten lediglich einige Knochenfragmente die Zeit. Auch von seinem Gewand, einer einfachen Kutte aus gewebten Hanffasern, konnte ich bloß noch vereinzelt Stoffreste sicherstellen. Ich glaube nicht, dass die Täter im Sarkophag wertvolle Sachen fanden. Der Mönch ist als armer, aber geachteter Mensch zu Grabe getragen worden."

Einar Jonsson, der Abel Dawson jedes Wort vom Munde ablas, sah seine Annahme bestätigt. O' Reilly und Mac Fadden waren letzte Nacht auf Schatzsuche gewesen, hatten jedoch nichts Erwähnenswertes im Grab entdeckt. Was jetzt? Es gab keinen Ansatzpunkt über den Verbleib der Verbrecher. Welcher neuen Fährte waren sie gefolgt? Vielleicht verbarg der Text auf der Steinplatte die Antwort. „Können Sie mir die lateinische Inschrift übersetzen? Was bedeuten diese Worte?", fragte er.

„Das fällt mir nicht schwer. Die eingekerbten Buchstaben sind gut erhalten“, meinte Abel Dawson wohlwollend.

Leise hörte Einar Jonsson, wie er die einzelnen Wörter der toten Sprache vor sich hinmurmelte. Wenig später präsentierte er den englischen Wortlaut der Inschrift.

„Die Versuchung des Teufels erfuhr ich. Doch der Herr gab mir die Kraft, ihr zu widerstehen. Ein tiefer Schlund nahm auf, was einst mein Seelenheil bedroht. Brendanus.“

„Die Versuchung des Teufels? ... Ein tiefer Schlund? ... Seelenheil? ... Was meinte er mit diesen schwammigen Andeutungen?“, rätselte Einar Jonsson und vermerkte den Wortlaut in seinem Notizbuch.

„Das gehört nicht in mein Fachgebiet“, meinte Abel Dawson grienend. Fahren Sie nach Galway. Dort lebt ein Mann, der sich mit der Thematik besser auskennt. Sein Name lautet James Mac Domhnall. Wenn Sie detaillierte Informationen über das Leben des Heiligen Brendan erfahren möchten, ist er die richtige Adresse.“

„Wer sind Sie? Was haben Sie hier verloren?“, schimpften am Eingang der Sakristei zwei Stimmen erbost.

Abel Dawson und Einar Jonsson blickten entgeistert vom Tisch auf. Vor ihnen standen zwei grimmig dreinschauende Polizisten in Uniform. Drei Sekunden später klickten die Handschellen und die beiden stießen Einar Jonsson grob aus dem Raum.

13.

„Tag 24

Oh Wunder, seltenes Glücksgefühl. Die Prettanike breitet ihre Arme vor uns aus. Vor einer Landmasse, die mit rotbraunen Felswänden steil zum Meer abfällt und die die Einheimischen Albion nennen, holen wir unsere Segel ein.

Neugierig streifen unsere Blicke das unbekannte Gebiet aus sicherer Entfernung, da wir es nicht wagen, uns dem Ufer zu nähern. Und das aus gutem Grund.

Es hatte sich als segensreiche Fügung erwiesen, nach der Umschiffung Ophiussas der Küstenlinie der Keltike zu folgen. Der Kurs führte uns zur Mündung eines großen Flusses, an dem die Handelsstadt Corbilo lag. Hier hörten wir zum ersten Mal von der Insel Uxisame, welche, bloß eine Tagesreise entfernt, einen wichtigen Umschlagplatz für das Zinn aus der Prettanike darstellte. Dort angekommen erfuhren wir viel Wissenswertes über das Metall und über die seltsamen Wege, die es nahm. Unter anderem kam uns zu Ohren, dass die Carthager ihr Zinn nicht aus dem Handelskontor von Uxisame bezogen, sondern am Ursprungsort in Albion verluden. Daher sei es für Fremde gefährlich, dieser Küste zu nahe zu kommen, da stets carthagische Kriegsschiffe vor Anker lägen. Die Bewohner von Uxisame schlugen uns vor, Albion besser mit einem ihrer Fischerboote einen Besuch abzustatten. So werden wir als Fremde nicht erkannt. Das freundliche Angebot nahmen wir dankend an. In der Frühe des gestrigen Tages segelten Pytheas, Timaios und ich mithilfe der Fischer nach Norden, bis die Küstenlinie von Albion endlich vor unseren Augen lag.

Wie klug es war, anonym zu reisen, zeigte sich auf unserer Überfahrt. Unerwartet kreuzte eine carthagische Quadrireme unseren Kurs. Im Takt der rhythmisch ins Wasser eintauchenden 120 Ruderblätter trieb sie in 100 Fuß Entfernung an uns vorüber. Noch niemals in meinem Leben sah ich unseren Gegner aus dieser Nähe. Wir zogen es vor, mit der Besatzung keine Bekanntschaft zu schließen, und hielten uns fern.

Die Fischer aus Uxisame raten uns, weiter nach Osten zu segeln, wo zwei Tagesreisen entfernt eine Insel von großer Bedeutung der Küste vorgelagert sei. Ihre Bewohner würden sie Iktis nennen. Sie verkörpere, nach ihren Worten, das Zentrum der Zinnherstellung in der Prettanike, wo das Erz bei hoher Hitze aus dem Gestein geschmolzen und zum Erkalten in Formen aus gebranntem Ton gegossen wird, bevor man es als Barren nach Albion verschifft und an die carthagischen Händler verkauft. Warum sie ihr Zinn nicht in Iktis ordern, versuchten uns die Fischer zu erklären, wenngleich mir ihre Begründung rätselhaft erscheint. Die Gewässer vor der Insel können für Boote mit großem Tiefgang trügerisch sein. Mitunter sei Iktis sogar trockenen Fußes zu erreichen. Schuld sei der schwankende Wasserpegel. Das Meer weiche aus einem unerfindlichen Grund zweimal am Tag vom Land zurück. Pytheas meinte, das Phänomen andernorts gleichfalls bemerkt zu haben. Er brachte es mit der Kraft des Mondes in Einklang, der die Wassermasse des Ozeans während seines Umlaufs um die Erde anziehe und hoch auftürme, sodass sie das Land losließe. Die Drehung der Erde indessen wirke dem zugleich entgegen. Sie schwäche die Kraft allmählich wieder ab, sodass das Wasser zurückkehre und der Zyklus von Neuem beginne.

Offensichtlich mieden die Galeeren und Handelsschiffe der Carthager das Seegebiet um Iktis, da die Gefahr bestand, auf Grund zu laufen. Sie kannten demnach die Gefahr, welche ich mit keiner Silbe verstand.

Die Aussicht, die Zinnverhüttung ungestört studieren zu dürfen, weckt Neugier. Und so steuern wir unser Boot nach Osten, wo wir die Insel in zwei Tagen zu erreichen hoffen. Anschließend kehren wir nach Uxisame zurück, um auf unsere Flotte zu stoßen."

„Die Beschreibungen des Lysitathes klingen authentisch", beschrieb Inga Hallström ihren Eindruck mit einem kritischen Blick auf Björn Andersen. „Die vielen Fakten können nicht allein der Fantasie entsprungen sein. Ich bin von der Echtheit des Dokumentes überzeugt."

„Meine Bedenken waren nicht im negativen Sinne gemeint", versuchte ihr Freund seine anfängliche Skepsis zu rechtfertigen. „Der Wahrheitsgehalt erschien mir fragwürdig. Was ich jetzt allerdings gehört habe, klingt für mich, das muss ich ehrlich zugeben, ausgesprochen plausibel. Fahren Sie also fort. Ich bin schon neugierig darauf, was auf der Reise weiter geschah."

Maximilian Korff musste schmunzeln. Er wusste natürlich, dass die spektakulärsten Abenteuer der wackeren Seeleute erst folgen würden.

„Tag 51

Nach der Umschiffung des Kap Balerion in Richtung Norden segelten wir nur bei Tageslicht und suchten in der Nacht stets in einer schützenden Bucht Zuflucht oder genossen in einem Dorf die Gastfreundschaft der einheimischen Fischer. Deren dargebotene Speisen stellten sich indes als karg heraus, da sie ausschließlich aus getrockneten Früchten, gekochtem Haferbrei und gedörrtem Wildfleisch bestanden. Der mit derben Hanfnetzen gefangene Fisch aus dem Meer stellte ihre einzige frische Kost dar.

Die Küstenlinie im Westen der Prettanike zeigte sich uns mitunter stark zerklüftet. Oft säumten schroffe Felsen das Ufer und mehrmals kreuzten gefährliche Klippen unseren Kurs, die den Rümpfen unserer Schiffe bedrohlich nahe kamen. Der starke Südwestwind und eine günstige Meeresströmung trieben uns nach 20 Tagen in eine Gegend, die das nördliche Ende der Prettanike markierte. Jenseits dieser Landmarke, die wir Kap Orcas nannten, entdeckten wir zahlreiche Inseln, denen Pytheas, unserem Ansinnen folgend, den Namen Orcaden verlieh.

Hier wohnt ein friedliebendes Volk, das vom Handel und Fischfang lebt. Ihre Häuser, soweit sie die Bezeichnung verdienen, bestehen aus einem Geflecht von Stämmen und Ästen, welche Tierhäute, Baumrinde und Moose bedecken. Die Menschen sind nicht reich, leben jedoch besser als manch anderes Volk, das wir seit der Abfahrt von der Insel Uxisame kennenlernen durften. Auf den Orcaden vernahmen wir zum ersten Mal das geheimnisvolle Wort Thule. Manche der einheimischen Fischer meinten, dieser Ort sei eine große Insel. Andere wiederum behaupteten, er sei eine riesige Landmasse, welche sich weit nach Norden, bis an ein geronnenes Meer erstrecke, wo im Sommer die Sonne nicht untergehe, sodass auf den Abend gleich der nächste Morgen folge und die Nacht damit zum Tage mache. Ein unglaubliches Phänomen, das ihnen angeblich die Menschen von Thule preisgaben. Derartiger Unsinn erntete von uns bloß Kopfschütteln. Allein Pytheas schien von der haarsträubenden Geschichte angetan.

Bereits seit langer Zeit treiben die Bewohner der Orcaden mit Thule Handel. Vor allem wertvolle Pelze, Metallgegenstände und ein seltsames Gebräu, das aus Honig hergestellt wird und bei hohem Genuss die Sinne betäubt, wechseln gegen das Fleisch ohrenloser Meereshunde und gedörrtem Fisch den Besitzer. Ich habe das Getränk selbst probiert. Es schmeckte angenehm süß und hinterließ nach mehreren Bechern in meinen Beinen eine Schwere, als fließe Blei durch ihre Adern. Außerdem verfiel ich in einen Rauschzustand, der jenem durch übermäßigen Weingenuss auffallend ähnelte. Am darauffolgenden Morgen erwachte ich mit schlimmen Kopfschmerzen, die mir fast den Verstand raubten. Die einheimischen Fischer lachten mich aus und rieten mir, einige Schlucke Meerwasser zu trinken, was ich auch tat. Hinterher bereiteten sie mir einen heißen Trank aus getrockneten Kräutern zu, gesüßt mit viel Honig, und reichten mir ein Morgenmahl, das aus Nüssen, dem gebratenen salzigen Speck von Meereshunden und sauer eingelegten Fischen bestand. Die Zusammenstellung der Speisen empfand ich absonderlich. Allerdings muss ich zugestehen, dass sich mein Befinden nach kurzer Zeit besserte. Ich beschloss, die wertvolle Erfahrung im Gedächtnis zu behal-

ten. Vielleicht würde sie nach einem Weingelage im heimischen Massalia ebenfalls ihre wundersame Wirkung zeigen. Pytheas nahm vom übermäßigen Genuss des Honiggebräus Abstand. Er sagte, er brauche einen klaren Kopf, um die Aufzeichnungen über unsere Reise vervollständigen zu können. Seit dem Tag, an dem wir die Säulen des Herakles passierten, arbeitet er an einer Abhandlung über die Natur des Ozeans. Mir geht der verträumte Blick nicht aus dem Sinn, den sein Gesicht erkennen ließ, als die Fischer über das magische Thule sprachen. Wer weiß, welche Gedanken ihm durch den Kopf gingen.

Tag 59

Ich kenne Pytheas lange genug, um mich in seinen Begierden nicht zu täuschen. Meine Vorahnung bewahrheitete sich wieder einmal. Die Küste von Thule lag vor uns und gab zahlreiche Rätsel auf.

Vor 7 Tagen waren wir in See gestochen, um dem rätselhaften Land einen Besuch abzustatten. Auf Anraten unserer Gastgeber hatten wir es vorgezogen, wie zuvor in Uxisame, unsere Schiffe zurückzulassen und stattdessen mit den Booten der orcadischen Fischer auf Reisen zu gehen. Ihre wendigen, robusten Schiffe wussten den hohen Wogen des nördlichen Meeres zu trotzen und verfügten neben riesigen Segeln ebenso über zahlreiche Ruder. Die Fischer hatten behauptet, dass wir in dieser Jahreszeit aufgrund der südlichen Winde Thule in sechs Tagen erreichen würden. Demgegenüber stände ein dreifacher Zeitaufwand, um zu den Orcaden zurückzukehren, da der Wind, der auf der Hinfahrt noch hilfreich sei, die Reisenden nun dazu zwänge, ständig vor ihm zu kreuzen, was die Route erheblich verlängere. Im Verhältnis erreichen unsere Lastensegler mit 50 Fuß Länge und Mittschiffs beinahe 14 Fuß Breite sowie einem Ladevermögen von 3500 Talenten nahezu die doppelte Größe der hiesigen Fischerboote. Das macht ein Manövrieren ohne prallen Wind im Segel ungleich schwieriger, da wir außer unseren beiden Steuerrudern am Heck über keine weiteren Hilfsmittel an Bord verfügen. Unsere Schiffe sind für diese Art des Segelns nicht gebaut worden. Eine Erkenntnis, die die Entscheidung, dem Rat der Fischer zu folgen, noch leichter gemacht hatte.

An der Küste von Thule zeigte sich uns eine unerklärliche Erscheinung. Sie erinnerte entfernt an dicke Nebelschwaden. Doch im Gegensatz zu jenen schien dieser Dunst alle Elemente zu durchdringen. Zeitweise verschmolz das Meer, die Luft und das Land zu einer einzigen milchigen, feuchten Masse, die anmutete zu schweben. Sie machte mir das Atmen schwer. Mich überkam das Gefühl, mich darin zu verlieren. Kurze Zeit später verschwand der Spuk so schnell, wie er gekommen war. Die Sicht war ungetrübt und die Sonne schien vom blauen Himmel herab, als sei es niemals anders gewesen. Vorbeisegelnd an zahllosen vorgelagerten Inseln, hielten wir Kurs auf ein Küstengebiet mit zwei mächtigen, steil abfallenden Bergketten, die das Meer voneinander trennte. Zunächst dachten wir, uns an der Mündung eines gewaltigen Flusses zu befinden, worauf die orcadischen Fischer versicherten, es sei kein Fluss, sondern eine Bucht, die weit ins Landesinnere hineinreiche, sodass wir eine ganze Tagesreise benötigen, um an ihren Endpunkt zu gelangen. Nach anfänglichem nordöstlichem Kurs steuerten unsere wagemutigen Begleiter die Boote nach Südosten, um später dem Verlauf der Bucht aufs Neue in Richtung Nordosten zu folgen. Als der Abend nahte, stoppten wir. Wir holten die Segel ein, ließen die Anker fallen und betraten neugierig das unbekannte Land. Die Bewohner Thules, die das Ufer säumten, winkten uns freundlich zu und hießen uns willkommen. Sie führten uns zu einer nahe gelegenen Siedlung am Rande eines Gebirgsbaches, dessen kühles kristallklares Wasser in die Bucht einmündete.

Nach der ersten Nacht an Land, die ich sehr kurz und hell erlebte, muss ich zugeben, dass die Behauptung der orcadischen Fischer, die Sonne versinke in dieser Jahreszeit nicht unter den Horizont, wenn man weiter nach Norden segelt, auf Wahrheit beruhen muss. Pytheas, dem die Menschen von Thule das Wunder glaubhaft bezeugten, hatte bereits seit unserer Abreise von den Orcaden über dem Rätsel gebrütet und eine Lösung gefunden. Er verriet mir, die Neigung der Erdachse bewirke das Phänomen, da sie in der Zeit der hohen Sonne ihr zugeneigt sei und den Norden der Erdkugel ständig in ihr Licht tauche und so die Nacht zum Tag mache. Der Logik folgend muss sie in der Zeit der niedrigen Sonne von ihr abgeneigt sein, wodurch sie die nördliche Hemisphäre in einen langen und dunklen Winterschlaf versetze, der im umgekehrten Sinne den Tag zu einer endlos erscheinenden Nacht verwandele. Die einsetzende Kälte bewirke hernach, dass das Meer vollkommen gerinne oder vielmehr zu festem Eis erstarre. Eine Schlussfolgerung, die ihm die Dorfbewohner bestätigten. Ich verstand von diesen Dingen kein Wort. Doch ich vertraue Pytheas, da er ein scharfsinniger Mensch ist und stets Rat weiß.

Die Menschen in Thule leben in kleinen dörflichen Stammesgemeinschaften und zeigen sich Fremden gegenüber freundlich und aufgeschlossen. Ihre Sprache klingt hart akzentuiert, ganz anders als die rollende Mundart der orcadischen Fischer, die uns bei der Verständigung hilfreich zur Seite stehen. Die Bewohner von Thule bauen Hütten, deren Wände aus grob behauenen Baumstämmen bestehen. Die Lücken zwischen den Hölzern dichten sie mit Lehm ab. Das bietet Schutz vor der Nässe und dem heftigen Wind, der oft über das Land bläst. Die Dächer sind nach oben spitz zulaufend und besitzen in der Mitte eine Öffnung, durch die der Rauch des offenen Feuers entweichen kann, auf dem das Essen zubereitet wird. Die Menschen leben hauptsächlich vom Fischfang und betreiben geringfügig Ackerbau und Viehzucht, was der mäßigen Wärme des kurzen Sommers zuzuschreiben ist. Daneben handeln sie mit wertvollen Pelzen von Ottern, Bären und Luchsen sowie den Überschüssen, die von ihren kleinen Feldern abfallen. Hier im Norden herrscht ein Mangel an essbaren Früchten und wilden Tieren. Daher ernähren sie sich neben Fisch maßgeblich von Gemüse, wilden Beeren und Wurzeln. Nur zu besonderen Anlässen wird ein Schwein geschlachtet. Aus dem Honig der Waldbienen gären sie ihren Göttertrank, dem vor allem die männlichen Bewohner Thules reichlich huldigen, bei dessen Genuss ich mich aber diesmal zurückhalte, was mir mein Kopf sicherlich danken wird. Der Fisch, der hier in einer qualmenden Hütte über schwelendem Holz zubereitet wird, riecht angenehm aromatisch und schmeckt köstlich. Ich kann mich daran nicht satt essen, was mir mein Magen hoffentlich nicht übel nehmen wird.

Ihre langen, schmalen Ruderboote sind ebenso groß wie die Schiffe der orcadischen Fischer und besitzen ein Segel, das an einer waagerecht verlaufenden Stange befestigt ist. Diese wiederum hängt am oberen Ende des Mastes, der von der Mitte des Bootsrumpfes aufragt. Sie schnellen flink durch das Wasser und lassen sich leicht manövrieren.

Die Schwerter, Wurfäxte und Speere, die sie besitzen, bestehen hauptsächlich aus Bronze und dienen zur Verteidigung des Dorfes. Sie nennen auch Waffen aus Eisen ihr Eigen. Es sind allerdings derer wenige und ihre Beschaffenheit ist anders gestaltet als jene, die wir zu Hause in Massalia schmieden. Ihr Farbton erscheint im Licht silbrig mit einem zart bläulich glänzenden Schimmer. Trotz ihrer Härte sind sie im Kampf erstaunlich geschmeidig. Doch sie entsprangen nicht dem handwerklichen Können unserer Gastgeber. Vielmehr bilden sie die Hinterlassenschaft eines sagenhaften Volkes, das vor Tausenden Jahren jenseits der Berge im Osten lebte und dessen Macht und Einfluss bis zum Ufer des Meeres reichte, welches Thule vom Land der ungezählten Seen trennt. Der grenzenlose Hochmut, der jene Menschen ausgezeichnet hätte, soll sie vom Antlitz der Welt getilgt haben. Die Stämme, die heute hier ansässig sind, bewahren trotz deren Verdorbenheit achtbar ihr Andenken und sehen allmächtige Götter in ihnen, die sie in Ehrfurcht anbeten ..."

Die Verlautbarung des Lysitathes, in archaischen Zeiten hätte in Thule ein göttergleiches Volk existiert, versetzte Marja Petersen in Erstaunen. Maximilian Korff vertrat dieselbe Meinung. „Kann es der Wahrheit entsprechen?", fragte sie ihn nachdenklich. „Sprach ich meine Skepsis gegenüber deiner Theorie zu unbedacht aus? Vieles spricht dafür. Lysitathes Illustration eines sagenhaften Volkes, welches die Fähigkeit besaß, Waffen aus Eisen zu schmieden, ähnelt bestechend deiner imaginären prähistorischen Gesellschaft in Nordeuropa. Eine Kultur, von der zu Pytheas Zeiten nur noch wenige Artefakte zeugten und deren Vertreter als Gottheiten verehrt wurden. Nach seinen Angaben erstreckte sich ihr Siedlungsraum weit nach Osten ..."

„Bis an das Ufer eines Meeres, welches Thule vom Land der ungezählten Seen trennt", fiel ihr Inga Hallström ins Wort.

„Genau!", bestätigte Björn Andersen. „Die Beschreibung passt präzise auf die landschaftlichen Charakteristiken Finnlands."

„Das trennende Meer wäre somit der Bottnische Meerbusen der Ostsee", erhärtete Maximilian Korff dessen Vermutung.

„An welchem Küstenabschnitt betrat Pytheas skandinavischen Boden?", fragte Inga Hallström.

Darüber verlor Maximilian Korff keinen unnötigen Gedanken. Für ihn stand die Landungsstelle längst fest. „Die nautischen und geografischen Angaben des Lysitathes sind eindeutig. Hinzu kommt die Auffassung mancher Historiker, Pytheas hätte den 65. nördlichen Breitengrad überquert. Gründe, die als Landungsort allein für den Trondheimsfjord in Mittelnorwegen sprechen. Die Abenteuerer aus Massalia haben demnach in der Umgebung des heutigen Trondheim an der Mündung des Flusses Nidelva Station gemacht. Nicht weit entfernt erhebt sich das Skandengebirge. Es verläuft von Nordosten nach Südwesten quer durch das Gebiet."

„Das lässt nur einen Schluss zu: Das Göttervolk lebte im heutigen Schweden."

Bejahend nickte Maximilian Korff ihr zu und meinte: „Dem kann ich nichts hinzufügen."

14.

Die Kriminalbeamten diskutierten noch immer lebhaft am Rande von Brendans Grab. Als die beiden Polizisten mit Einar Johnson in der Mitte zu ihnen stießen, wurden sie abweisend empfangen.

„Was soll die Störung? Wer ist dieser Mann?", nörgelte Chefinspektor Nathan Woods ärgerlich in herablassendem Ton. Den 50-jährigen, beleibten, glatzköpfigen Mann kennzeichnete ein hochtrabendes Gemüt. Sein Auftreten gegenüber seinen Mitarbeitern zeugte von einem Habitus, der unübersehbar von Arroganz geprägt war. Einar Jonsson erinnerte dessen Gebaren auffallend an Arnesson, der ein ähnlich taktloses Benehmen an den Tag legte.

„Er behauptet, er sei Tourist. Angeblich macht er eine Rundreise durch unser County", erklärten die Polizisten.

„Ach so? Und was soll ich dann mit ihm?", schnauzte Nathan Woods sie ruppig an. „Ihr verschwendet meine Zeit."

„Wir haben ihn in der Sakristei erwischt. Er löcherte Dawson mit verdächtigen Fragen. Auch das geöffnete Grab interessierte ihn. Sein Verhalten kam uns verdächtig vor", rechtfertigten sie ihre Handlungsweise und übergaben ihm Einar Jonssons Reisepass.

„Aha! Schau mal einer an!", rief er überrascht und begann neugierig in dem Büchlein zu blättern. „Was haben Sie denn in der Sakristei gesucht, Herr Jonsson?"

Einen Moment erwog er, sich den irischen Polizisten als Kollege zu erkennen zu geben, zog es dann aber vor, lieber unerkannt zu bleiben. „Ein Messdiener erzählte mir in der Kathedrale, dass in der Sakristei wertvolle Artefakte lagern. Ich wollte sie mir anschauen. Dabei kam ich mit Herrn Dawson näher ins Gespräch", antwortete er mit unschuldsvoller Miene.

„Glauben Sie, Sie können mich verarschen!", polterte Nathan Woods lauthals los. „Wenn es stimmt, was Sie mir auftischen, sind Sie der erste Isländer, der Interesse an den morbiden Gemäuern samt ihrem Inhalt im County Galway zeigt. Das allein ist suspekt genug. Also raus mit der Sprache, was führt Sie in Wahrheit hierher?“

„Ihnen kann ich kein X für ein U vormachen“, gab Einar Jonsson peinlich berührt zu. Die bornierte Bemerkung des Chefinspektors auf seine Flunkerei konnte er indessen nicht nachvollziehen. Ihr zufolge würde jeder Isländer, der eine Vorliebe für irische Kunstschätze besäße, eine potenziell verdächtige Person darstellen. Was für eine stumpfsinnige Geschmacklosigkeit. „Ich bin Kriminalbeamter wie Sie. Ich arbeite für das Morddezernat in Reykjavík und verfolge zwei Verbrecher, die in Island mehrere Morde begangen haben. Ihre Spuren enden hier auf diesem Friedhof. Vermutlich geht das Verbrechen in der letzten Nacht ebenfalls auf ihr Konto. Ich biete Ihnen bei der Aufklärung des Falles meine Hilfe an“, brachte er entgegenkommend zum Ausdruck.

Nathan Woods blickte Einar Jonsson mit misstrauischen Augen an und glaubte, er wolle ihn erneut für dumm verkaufen. Schließlich brach der Unmut lautstark aus ihm heraus. „Das ist der Gipfel der Unverfrorenheit! Was glauben Sie, wer vor Ihnen steht? Ein minderbemittelter Dorfsheriff? Auf den Unsinn falle ich nicht herein. Nehmen Sie den Mann mit aufs Revier. Dort beschäftigen wir uns intensiver mit ihm.“

Die beiden Polizisten salutierten und packten Einar Jonsson bei den Armen.

„So glauben Sie mir doch!“, rief er frustriert, während sie ihn rüde mit gefesselten Händen über den Friedhof schupsten. „Sehen Sie in der Innentasche meiner Jacke nach. Dort finden Sie meinen Dienstausweis.“

Der Chefinspektor reagierte nicht auf die Beteuerungen. Er wandte sich ab und verfiel mit den Beamten abermals in eine lebhafte Debatte, um den Fall einer Lösung näherzubringen. Einar Jonsson ereilte die Erkenntnis, dass sich Nathan Woods kriminologische Fähigkeiten in Grenzen hielten. Er war nicht der scharfsinnige Kollege, wie er anfangs gehofft hatte.

15.

„Tag 87

Der heutige Tag wird uns in Erinnerung bleiben. Wir haben die Prettanike umsegelt. Sehen wir von der Überfahrt nach Thule ab und rechnen die gelegentli-

chen Landgänge mit ein, benötigten unsere Schiffe für die Strecke beinahe anderthalb Monde. Allerdings lauerte gleich hinter dem Zielpunkt eine böse Überraschung auf uns. Am Kap Balerion, am westlichsten Punkt Albions, kreuzten wir zum zweiten Mal das Fahrwasser einer carthagischen Quadrireme. Sie steuerte mit langsamer Fahrt auf das Ufer zu. Obwohl sie mehr als eine Schiffslänge von uns entfernt war, erkannten wir deutlich die Gesichtszüge der carthagischen Seeleute auf Deck. Sie offenbarten großes Erstaunen über unsere Anwesenheit in diesem Gewässer. Eine unliebsame Begegnung, mit der unsere Anonymität endgültig verloren ging und die Gefahr heraufbeschwor. Ich hoffe und bete zu den Göttern, dass kriegerische Auseinandersetzungen uns erspart bleiben. Sollte es den Carthagern in den Sinn kommen, unsere Flotte zu verfolgen und anzugreifen, wäre es unser Verderben, da sich die Waffen an Bord unserer Schiffe auf einfache Werkzeuge beschränken. Gewöhnliche Hilfsmittel, wie Bohrer, Sägen, Schiffsbeile und Segelmesser, die auf einer langen Reise zur Ausbesserung oder Beseitigung von Schäden notwendig sind, eignen sich nicht zur Abwehr kampferprobter carthagischer Krieger.

Um der Gefahr aus dem Weg zu gehen, beschloss Pytheas, wieder nach Osten zu segeln, um erneut der Insel Iktis einen Besuch abzustatten. Dieses Mal mit unseren eigenen Boten. Dort hoffte er, gute Geschäfte zu tätigen und die Bäuche unserer Schiffe mit Zinnbarren zu füllen. Möge Poseidon weiterhin wohlwollend unseren Kurs durch alle Gefahren lenken.

Tag 91

Die Göttin Tyche sei gepriesen. Das Glück bleibt uns gewogen. Auf der Insel Iktis erwarben wir für einen Teil unserer Ladung, die hauptsächlich aus Getreide, Wolle, feinstem Leinentuch, Olivenöl und rotem Wein bestand, 1000 Talente Zinn. Das übersteigt selbst die Menge, die innerhalb von 12 Monden unbemerkt von der Carthagern über die Flüsse der Keltike den Weg nach Massalia findet. Und dies zu einem Preis, der uns verrät, dass die carthagischen Zwischenhändler für den Verkauf des Zinns einen zehnfach höheren Betrag einstreichen, als sie für dessen Erwerb aufwenden müssen. Die Reise zur Prettanike verspricht allen Beteiligten einen ansehnlichen Gewinn. Vorausgesetzt, wir erreichen wohlbehalten den heimischen Hafen in Massalia.

Wir segeln weiter nach Osten und steuern direkt auf die Keltike zu. Dort wollen wir uns entlang der Küste nach Corbilo durchschlagen, um den Cartha-

gern nicht in die Hände zu fallen. Die Rückreise, entlang der Küste Ophiussas und durch die Säulen des Herakles, wird sich schwieriger gestalten, wenn der Wind nicht bald nach Süden dreht.

Tag 95

Tun wir das Richtige? Setzen wir alles aufs Spiel, was wir bis jetzt erreicht haben? Ich kann es nicht beurteilen. Alles kam anders als geplant.

An der Küste der Keltike, zwischen den Mündungen zweier Flüsse, stießen wir auf ein Fischerdorf, dessen Einwohner sich selbst als Liguren bezeichnen. Der Dorfälteste, der unsere Sprache ein wenig verstand und behauptete, er sei bereits in Corbilo gewesen, berichtete uns von einer märchenhaften Insel. Sie trage den Namen Abalus und befinde sich wenige Tagesreisen entfernt in nordöstlicher Richtung jenseits der Mündung eines breiten Stromes. Einsam inmitten des Meeres gelegen, sei sie reich gesegnet mit wundersamen gelben Steinen, die die Wellen an Land tragen und oftmals Mücken, Käfer und Fliegen in sich bergen. Hatten die Götter damit beabsichtigt, das tote Getier vor dem Verfall zu retten, um es für alle Zeit in dessen natürlicher Gestalt zu bewahren? Warum? Niemand kennt eine Antwort darauf. Werfe man die Steine ins Feuer hinein, so versicherte der Alte, breite sich rasch ein betörender Duft aus, der an den klebrigen Lebenssaft der Bäume erinnere. Jetzt verstanden wir, um welche Steine es sich handelte: Elektron.

Kann es sich bei dem großen Fluss im Norden um den lang gesuchten Eridanus im Land Hyperborea handeln, an dessen Ufer die Heliaden den Tod ihres Bruders Phaeton beweinten, nachdem er mit dem Sonnenwagen des Vaters Helios abstürzte und mit ihm versank? Der Kummer um den verlorenen Bruder verwandelte die sieben Schwestern in Pappeln und das Harz, welches sie tränenreich vergossen, zu Elektron, das der Eridanus mit sich führte und an die Ufer von Hyperborea spülte. War die Insel Abalus womöglich Teil des sagenhaften Landes? Nicht nur ich verlor darüber viele Gedanken. Auch Pytheas ging die Insel nicht aus dem Kopf. Er beabsichtigte, der Sache auf den Grund zu gehen, und diskutierte mit den Schiffsführern über weitere Schritte. Einmütig beschlossen sie, Abalus anzulaufen. Andere begannen, über die Entscheidung zu murren. Schon viel zu lange waren wir nach ihrer Ansicht von unserer Heimatstadt und den Familien getrennt. Pytheas konnte sie allerdings überzeugen, sich dem Abenteuer anzuschließen. Die Aussicht auf weitere Gewinne am Erlös des zu erwartenden Elektrons dämpfte ihr Heimweh. Der Küste folgend, segeln wir hoffnungsvoll nach Nordosten.

Tag 100

Abalus bescherte uns eine herbe Enttäuschung. Als wir am Abend des gestrigen Tages die Insel sichteten, erfüllte uns noch Zuversicht. Unzählige Seevögel umkreisten zur Begrüßung kreischend unsere Schiffe und die Luft über dem Wasser, vermischt mit der Gischt, die aufspritzte, wenn der Bug unserer Schiffe die Wellen des Meeres teilte, verströmte angenehme Frische und roch nach Salz und grünem Seetang. Die rötlichen zerklüfteten Felswände und zahlreichen Klippen vor der Westküste der Insel wirkten Angst einflößend. Sie mahnten uns, ihnen nicht zu nahe zu kommen, da die hölzernen Spanten unserer plumpen Lastensegler von ihnen zermalmt würden. Titanen gleich schien das Eiland vor Urzeiten dem Meer entsprungen zu sein, an dem nun die Wellen der aufgewühlten Brandung Tag für Tag wütend gegen die Felsen schlugen.

An der Ostküste, wo uns der Hafen der Inselbewohner eine sichere Heimstatt gewährte, bot sich ein anderer Anblick. Hier zeigte Abalus eine Küste von flacher Gestalt, durchzogen von endlosen Sanddünen. Über das Hafengebiet zogen dicke, dunkle Rauchschwaden, die aus unzähligen Schmelzöfen qualmten. Sie machten das Atmen schwer und verursachten ein unangenehmes Husten und Kratzen im Hals. Das Landschaftsbild der beiden Küstenlinien hätte nicht verschiedenartiger sein können.

Zwischen den Bewohnern der Insel und den Völkern auf dem nahegelegenen Festland herrscht ein reger Handel. Allerdings erreicht er nicht das Ausmaß, das uns die Liguren großspurig aufgetischt hatten. Elektron erweist sich hier eher als Mangelware. Die Menge, die wir für Wein und Öl eintauschen konnten, füllt eine Amphore. Dafür erwarben wir 50 Talente Kupfer, das aus dem Gestein der Insel gewonnen und in den Brennöfen zu Barren gegossen wird. Meerhundefleisch, Fische und Krabben, Geschirr aus Ton sowie Brennholz für die Öfen, welches auf der Insel infolge mangelnden Baumbewuchses knapp bemessen ist, bilden den Hauptanteil der Handelsgüter auf den hiesigen Märkten.

Die Menschen im Norden sind kräftig und groß gewachsen. Frauen tragen ihr Haar lang und offen, wogegen die Männer fortgeschrittenen Alters jenem oft schon beraubt sind. Um Ausgleich bemüht, huldigen sie dafür einem dichten Bartwuchs. Für redliche Geschäfte stellt das meines Erachtens einen Nachteil dar, da ich das Angesicht meines Gegenspielers kaum zu erkennen vermag. Der Verdacht der Verschlagenheit kommt mir dabei in den Sinn und mich überfällt das Gefühl, betrogen zu werden. Pytheas steht den Eigenarten der Nordländer gelassener entgegen. Er meinte, die Stimme eines Menschen wäre im Zweifel stets aussagekräftiger als sein Gebärdenspiel. Dieses könne er verstellen. Den Farbklang einer Stimme jedoch nicht. Allzu freundlich lächelnde und glatt rasierte Kaufleute hätten ihn genauso oft versucht übers Ohr zu hauen wie der bärtige Anteil unseres Gewerbes. Hermes weiß warum. Er ist nicht nur der Schutzgott der Händler, sondern auch der Diebe. Sie sind mitunter schwer zu unterscheiden, weil Erstere zuweilen der Gier verfallen und die Maßhaltung gegen die Unersättlichkeit eintauschen. Ein hinterhältiges und unehrenhaftes Gebaren, das die Grenze zum Räuber verwischt, äußerte Pytheas amüsiert zu mir und musste über seine spöttische Wortklauberei selber lachen.

Die Gewinnmarge unseres Warenumschlags blieb weit unter den Erwartungen zurück. Allerdings erhielten wir eine unerwartete Nachricht, die uns aufhorchen ließ und Zuwachs versprach. Ein Händler vom Volk der Teutones, das südöstlich von Abalus auf dem Festland lebt, wusste von einem sagenhaften Land zu berichten. Es lag nördlich seines Stammesgebietes. Bloß drei Tagesreisen entfernt. Finden wir womöglich dort den Überfluss an Elektron, den wir so heiß begehren? Egal wie das Abenteuer ausgeht, es wird unwiderruflich unser letzter Vorstoß in die unbekannten Gefilde des Nordens sein. Danach kehren wir heim nach Massalia.

Tag 108

Das ist mein erster Eintrag seit acht Tagen. Die Götter haben sich von uns abgewendet, denn uns ereilte ein großes Unglück. Die Ereignisse, von denen ich berichte, trugen sich während unseres Aufenthaltes in Balcia zu.

Zu Beginn unseres Besuches empfingen uns die Bewohner des Landes mit offenen Herzen. Freundlich nahmen sie uns auf und boten uns ihre Gastfreundschaft an. Am letzten Tag beging der Schiffsführer der Semele indes einen dummen, törichten Frevel, den wir leider zu spät aufdeckten. Nach unserer Abreise am nächsten Morgen überschlugen sich die Ereignisse und endeten in einer wahren Tragödie.

Nachdem wir Abalus hinter uns gelassen hatten, segelten wir zunächst weiter nach Osten in der Hoffnung, dort auf das von den Teutones erwähnte Land zu treffen. Dem Rat des Kaufmanns folgend, kamen wir der Küste nicht zu nah. Und das aus gutem Grund. Schnell nahmen wir wahr, dass sich das Meer auch in diesen Breiten zweimal täglich vom Land zurückzog und für unsere erstaunten Blicke freigab, was in seinem Wesen weder Land noch Wasser war. Vielmehr irgendein Stoff dazwischen. Eine Art Mischelement, bestehend aus einer weichen, feuchten und klebrigen Masse. Der Anblick erinnerte mich entfernt an Iktis. Pytheas pflichtete mir bei und versicherte, hier seien dieselben Kräfte am Werk wie auf der Zinninsel vor der Küste Albions. In angemessenem Abstand von dem Phänomen hielten wir Kurs nach Norden.

Wie immer, um unsere Position auf dem Meer zu bestimmen, benutzte Pytheas am Tag den Gnomon, zur genauen Berechnung der Sonnenhöhe, und den Polos, um in der Nacht den Winkelabstand zwischen dem Himmelsnordpol und dem nördlichen Horizont zu berechnen. Dieser ominöse Punkt, so hatte er mir beiläufig erklärt, befinde sich inmitten eines sternenarmen Fleckes des Himmelsgewölbes, welcher mit drei in der Nähe leuchtenden Sternen ein Quadrat bilde, das sich jeden Tag aufs Neue 360 Grad um ihn drehe. Darüber hinaus verriet er mir, dass der Himmelsnordpol nicht auf ewig an dem besagten Punkt haften bleibe, sondern im Laufe ungeahnter Zeiträume weiter wandere. In 2000 Jahren, so prophezeite er, werde ein unscheinbarer Stern dessen Stelle markieren, der heute noch weit abseits von ihm liegt. Das Wissen darüber will er von einem alten Chaldäer erfahren haben, der sich wiederum auf seine Vorfahren berief, die bereits vor 2000 Jahren zum Himmel aufschauten und ihre Beobachtungen auf Tontafeln niederschrieben. Mag sein, dass es der Wahrheit entspricht. Unglaublich erscheint es allemal.

Die von Pytheas zweimal täglich ermittelten geografischen Parameter brachten uns sicher ans Ziel. Am Morgen des vierten Reisetages erblickten wir die Küste von Balcia. Wir folgten ihrem Verlauf in östliche Richtung. Um die Tagesmitte liefen wir einen Hafen an. Er lag in einer schmalen, lang gestreckten Bucht, die weit ins Land hineinreichte und zu einer größeren Siedlung gehörte, die aus unzähligen einfachen Holzhütten bestand. Die Küste am Meeresufer war sehr flach mit vielen vorgelagerten Felseninseln. Im Landesinneren folgte eine üppig grüne, leicht hügelige Landschaft mit dichten Wäldern. Hyperborea konnte es allerdings nicht sein, da es keinen Fluss gab, der groß genug erschien, um dem legendären Eridanus zu gleichen.

Die Einheimischen zeigten sich aufgeschlossen gegenüber Fremden. Ihr Stammesführer, der einen mit schwarzen Federn geschmückten goldenen Speer bei sich trug, begrüßte uns auf das Herzlichste. Uns fiel auf, dass die Sprache und die Lebensweise dieses Volkes dem der Bewohner von Thule auffällig ähnelten. Was sie miteinander verband, blieb ein Geheimnis. Dafür offenbarte sich uns, zu wem die Balcianer beteten. Es waren die gleichen Gottheiten, von denen wir bereits in Thule gehört hatten. Zu ihrer Huldigung thronte auf einem Hügel über der Siedlung ein Tempel, erbaut aus behauenen Steinen, der seit Äonen eine göttliche Waffe beherbergte, bis sie in der Nacht nach unserer Ankunft von dort verschwand. Eine gräuliche schicksalhafte Begebenheit, die ich noch näher erläutern werde.

Was uns alle in einen Freudentaumel versetzte, war die Tatsache, dass auf den hiesigen Märkten mit Elektron gehandelt wird. Und das in einer Größenordnung, die wir nicht in unseren kühnsten Träumen erhofft hatten. Die Lagerhäuser der ansässigen Händler bersteten vor Überfluss. Binnen kürzester Zeit waren die Stauräume unserer Schiffe mit dem kostbaren Gut gefüllt, da unser Tuch, der Wein und das Olivenöl einen reisenden Absatz fanden. Dinge, die den Balcianern unbekannt waren, was umso mehr ihre Besitzgier entfachte.

Das Elektron, verrieten die Einheimischen, komme aus einer Gegend weit im Osten. Sie befinde sich am Ende des Meeres, das an das hiesige Gewässer angrenze. Das Land nenne sich Baltis und liege zehn Tagesreisen von Balcia entfernt. Dort sammeln die Menschen die gelben Steine von den Stränden auf, ja wühlen sie mitunter in ganzen Blöcken aus dem Schoß der Erde hervor. Sie veräußern das Elektron in der natürlichen Form oder kunstvoll zu Schmuck verarbeitet an die balcianischen Zwischenhändler. Mir kam bei diesen Worten erneut das Land der Verheißung in den Sinn. Doch die geschliffenen gelben Steine in den hiesigen Lagerhäusern, eingefasst in edle Metalle oder die Stoßzähne von gewaltigen Meerhunden, erinnerten mich an die ausgeprägten Muster und Verzierungen der Skythen. Hyperborea musste sich demnach in der Nähe der Skythike befinden. Eine Erkenntnis, die für uns keinen Belang mehr besaß, da die Frachträume unserer Schiffe bis zum Rand mit Schätzen allerlei Art vollgestopft waren. Am Abend vor unserer Abreise gaben die Gastgeber uns zu Ehren ein Abschiedsfest. Gemeinsam feierten wir tief in die Nacht hinein. Es wäre für alle Beteiligten besser gewesen, wenn wir den Ort noch am gleichen Tag wieder verlassen hätten. So nahm das Unglück seinen Lauf.

Niemand bemerkte, wie sich Timaios, der Schiffsführer der Semele, unauffällig vom Fest zurückzog. Er verfolgte einen aberwitzigen Plan. Ein schwerkranker, von eitrigen Geschwüren gepeinigter Priester hatte ihm zuvor of-

fenbart, die magische Waffe im Tempel, die er bewachte, sei vor Urzeiten unbeachtet auf dem Schlachtfeld der Götter liegengeblieben, nachdem sie Krieg gegeneinander geführt hätten. Die Menschen außerhalb des Heiligtums durften sie nicht berühren, da ihre Gegenwart den Sterblichen den Lebenssaft entzog. Nur der Priesterschaft war es erlaubt, sich ständig in ihrer Nähe aufzuhalten und sie zu vorbestimmten Tagen für Zeremonien zur Anbetung der Götter zu benutzen. Sie musste dieses Vorrecht allerdings teuer bezahlen mit einem qualvollen Siechtum und einem frühen Tod. Die Waffe würde im Tempel verwahrt bleiben, bis die Götterkrieger sie dereinst von den Menschen zurückfordern, für die allerletzte Schlacht zwischen Gut und Böse, an deren Ende die Auslöschung des gesamten Erdkreises steht. Dem Untergang allen bekannten Lebens, dessen Austilgung den Weg für eine neue Welt bereitet, die von allem Ungemach befreit ist. Aber leider weckten die unbedarften Worte des heiligen Mannes in Timaios die Habgier. Der Schiffsführer der Semele, von dem göttlichen Symbol der Macht geblendet und alle Gefahr vergessend, brach in den nächtlichen Tempel ein, nahm die Wunderwaffe in Besitz und verbarg sie auf seinem Schiff.

Am nächsten Tag, wir befanden uns bereits am Rande der Bucht, bemerkten wir zahlreiche Ruderboote, die sich rasch unserer Flotte näherten. Ihre Besatzungen, die noch gestern freundliche Gastgeber gewesen waren, zeigten sich heute wütend und kriegerisch. Sie gingen längsseits der Semele und begannen sie zu entern. Markerschütternd drang das laute Geschrei der kämpfenden und sterbenden Menschen in unsere Ohren. Einige Seeleute, unter ihnen Timaios, retteten sich durch einen Sprung ins Wasser vor dem Tod. Mit Leibeskräften schwammen sie zur Tethys und zur Okeanos. Helfend reichten wir ihnen die Hände und zogen die Unglücklichen an Bord. Bestürzt stellten wir Timaios zur Rede, was die Balcianer gegen ihn aufgebracht haben kann. Reumütig bekannte er den Diebstahl in der letzten Nacht. Unsere Enttäuschung über sein Verhalten war groß, hatte er doch durch die törichte Tat den Verlust des Schiffes und den Tod zahlreicher Seeleute zu verantworten. Auch die geraubte Götterwaffe ging damit verloren.

Als die Kämpfe beendet waren, herrschte auf der Semele für einen Augenblick Stille. Dann hoben die Balcianer siegreich ihre Waffen in den Himmel und stießen gellende Jubelschreie aus. Der goldene Speer ihres Stammesführers überragte sie alle. Anschließend warfen sie die Leiber unserer gefallenen Gefährten achtlos ins Meer. Genügend Zeit, um uns darüber zu empören, besaßen wir nicht, da auf der Semele unerwartet ein Feuer ausbrach. Abgelenkt durch das

Kampfgeschehen, bemerkten wir zu spät die Verursacherin des Brandes. Bedrohlich näherte sie sich dem Geschehen. Es war eine carthagische Quadrireme. Ich erstarrte vor Schreck, als der riesige Koloss auf die Semele zusteuerte. Deutlich sah ich in meiner Erinnerung die verwunderten Gesichter der Carthager, deren Fahrwasser wir am Kap Balerion gekreuzt hatten, und in mir festigte sich der Gedanke, dass wir eine immense Bedrohung für ihre Interessen in Albion darstellen, wenn wir es schaffen, unser Wissen in den heimischen Hafen von Massalia mitzunehmen. Dies war Grund genug für sie gewesen, uns wie ein Raubtier zu folgen und den Garaus zu machen.

Mehrere Brandsätze, abgeschossen aus den Katapulten des feindlichen Kriegsschiffes, trafen die Semele und flammten lichterloh auf. Das brennende Segel und die breit gelaufene feurige Masse auf den Deckspanten brachten die Balcianer nicht unter Kontrolle. Diejenigen, denen die Feuerglut auf der Haut klebte, sprangen vor Schmerzen schreiend in die See. Zu ihrem Erschrecken bot das kühle Nass keine Rettung, da das Wasser die Flammen auf der Haut nicht zum Versiegen brachte. Welch eine entsetzliche Waffe. Was für ein fürchterlicher Tod. Das grauenhafte Wehklagen der Totgeweihten nährte unsere Furcht, Gleiches könnte mit uns passieren. Mit Bestürzung sahen wir die Semele sinken und suchten unser Heil in der Flucht, bevor die Carthager in der Lage waren, ihre Quadrireme zu wenden. Wir ahnten nicht, dass wir bereits in das nächste Unheil hineinsteuerten.

Unser Kurs führte mitten in einen gewaltigen Sturm hinein. Skylla und Hydra höchstselbst schienen die schäumenden und aufbrausenden Wellen unter dem tiefgrauen Wolkenhimmel gegen uns aufgetürmt zu haben, um unsere Schiffe in die Tiefe zu reißen. Das heulende, ohrenbetäubende Getöse des Unwetters tönte wie das Wehklagen der verlorenen und gepeinigten Seelen im Tartaros und versetzte uns in Angst und Schrecken. Verzweifelt versuchten die Steuermänner der Okeanos und der Tethys, den Abstand unserer beiden verbliebenen Schiffe auf Augennähe zu halten. Die Schicksalsgöttin Atropos indessen zeigte der Tethys keine Gnade. Unbarmherzig schnitt sie die Lebensfäden ihrer Besatzung durch. Eine heftige Windbö brachte ihre Rah zum Bersten. Die dicken Haltetaue an ihren beiden Enden rissen wie Wollfäden, schnellten blitzschnell über das Deck und beförderten mehrere Seeleute unsanft in die tobende See. Niemand konnte ihnen helfen. Die Unglücklichen ertranken in den Fluten. Schließlich brach ihr Mastbaum und fiel samt der Rah und dem Segel über Bord. Unwiederbringlich trieben sie davon und zerbrachen zu allem Unglück das rechte

Steuerruder am Heck. Die Tethys war verloren. Mit Schlagseite, ohne Segel und einem zerstörten Ruder trieb sie nach Nordwesten ihrem sicheren Untergang entgegen. Wir konnten ihr nicht beistehen, da wir selber um unser Überleben kämpfen mussten. Ich bin mir gewiss, dass das Unglück eine Strafe der Götter war für die Missetat des Timaios. Dessen Schicksal erfüllte sich mit aller Härte, da er vor der Katastrophe auf Weisung des verärgerten Pytheas auf die Tethys übergesetzt hatte. Ihr Schiffsführer Glaukos und ihre bedauernswerte Besatzung trugen zwar keine Schuld an dessen Frevel, waren aber verurteilt, mit ihm dafür zu büßen. Die Handlungsweise der Götter und der Sinn, der ihr innewohnt, ist für uns Sterbliche nicht durchschaubar.

Jetzt, da ich meine Gedanken niederschreibe, ist die See wieder ruhig und der Himmel blau. Die Götter sind besänftigt und uns gutgesinnt wie vordem, denn mit dem Abzug des Sturms wechselte die Windrichtung auf Südost. Wir hoffen, spätestens in 2 Monden Massalia zu erreichen. Der Untergang der Semele und der Verlust der Tethys wiegen schwer. Nicht wegen des Ausfalles der Ladung, wohl aber wegen der armen Seeleute, die ihr Leben verloren. Den Familien zu Haus den Sinn ihres Todes zu erklären, wird die härteste Aufgabe, die Pytheas jemals bewältigen musste."

Maximilian Korff, am Ende des Reiseberichtes angelangt, blickte erwartungsvoll auf seine Zuhörer und hoffte auf eine positive Resonanz. „Lysitathes ist eine glaubwürdige Quelle. Er gibt uns auf fast alle Fragen eine plausible Antwort", meinte er zutiefst überzeugt.

„Viele Fakten in deinem Dokument sprechen für sich", erwiderte Marja Petersen. „Andere wiederum sind ausgesprochen hypothetischer Natur. Doch ich bin geneigt, den Worten des Autors zu glauben. Fassen wir noch einmal zusammen: Pytheas verließ Massalia etwa 309 vor Christus. Wahrscheinlich Mitte bis Ende April, was auch nach heutigem Ermessen eine günstige Zeit darstellt, und umsegelte mit seiner Flotte die Iberische Halbinsel. Er machte Station in Corbilo an der französischen Atlantikküste, besuchte die Insel Uxisame, womit er, so glaube ich, die Insel Quessant meinte, und umrundete anschließend Großbritannien, unterbrochen von einem Abstecher nach Thule, dessen Ausgangspunkt mit Sicherheit in den Orkneyinseln zu vermuten ist. Das norwegische Festland, das er als Thule betitelte, muss er während der Sommersonnenwende betreten haben. Anders sind die kurzen, hellen Nächte, die Lysitathes erwähnt, nicht zu erklären. Nach der vollendeten Umsegelung Britanniens lief er Iktis an. Wo sich das Eiland allerdings befand, entzieht sich meinem Vorstellungsvermögen."

„Manche Historiker bringen sie mit der Insel Wright in Verbindung. Sie liegt vor der Südküste Englands", legte Maximilian Korff nahe. „Von dort aus segelte Pytheas weiter nach Osten. Die Strömungsverhältnisse in diesem Seegebiet führten ihn mit einer leichten nordöstlichen Abdrift an die niederländische Küste zwischen der Maas und dem Rhein, wo er auf das Volk der Ligurer traf. Der erwähnte Fluss, der sich nördlich ihres Territoriums ins Meer ergießt und in dem die Insel Abalus zu finden sein soll, kann demnach nur die Elbe darstellen. Daraus lässt sich schlussfolgern, und eine Reihe von Gelehrten gehen mit dieser Meinung konform, dass Abalus mit der Insel Helgoland identisch ist, die sich in antiker Zeit flächenmäßig ausgedehnter zeigte als heute, da sie der niedrigere Meeresspiegel mit der flacheren Schwesterninsel Düne verband."

„Und wo befand sich das Reich der Teutones?", fragte Inga Hallström.

„Ihr Herrschaftsgebiet reichte von der Elbmündung bis nach Dänemark", antwortete Maximilian Korff. „Pytheas folgte der Küstenlinie ihres Landes nach Norden und segelte über das Skagerrak zu seinem Ziel: Balcia."

Björn Andersen lächelte verschmitzt. „Sicherlich wissen Sie genau, wo sich Balcia befand?"

Er wog gedankenvoll den Kopf. „Dieser Punkt ist umstritten, da es kaum verlässliche Quellen gibt. Es existieren zahlreiche Auffassungen, die auf die deutsch-polnische und kurische Ostseeküste hinweisen. Die Insel Bornholm wird ebenso in Betracht gezogen. Meiner Meinung nach lag Balcia am Skagerrak oder an der Nordsee. Etwa zwischen der Stadt Göteborg in Schweden und der norwegischen Stadt Egersund."

„Das ist ein ausgedehntes Terrain. Es bietet viel Raum für Spekulationen, an welcher Stelle Pytheas an Land ging", bemerkte Marja Petersen nüchtern.

„Das stimmt", gab ihr Maximilian Korff recht. „Es existiert jedoch ein Gebiet, das mir durch die geografische Beschreibung von Lysitathes augenfällig ins Bild sticht. Er spricht von einem Gestade mit einer flachen Uferzone. Von vielen vorgelagerten Felseninseln und einer fruchtbaren, bewaldeten Hügellandschaft im Hinterland. Ich denke, er meinte damit das heutige Gebiet um die Stadt Kristiansand im Süden Norwegens. Sie liegt mit der Westküste Dänemarks beinahe auf einer Linie. Von dort kann ein Schiff die skandinavische Küste nicht verfehlen, wenn es einfach stur nach Norden segelt."

„Das Argument leuchtet ein, ist indes schwer zu beweisen", bemerkte Björn Andersen skeptisch. „Es sei denn, am Grunde des Meeres vor Kristiansand sind wirklich das Wrack der Semele und die gestohlene Götterwaffe zu finden. Beides zu suchen, dürfte meines Erachtens nach so langer Zeit jedoch ein aussichtsloses Unterfangen sein."

Inga Hallström brachte Maximilian Korff die bedeutungsvollen Worte in Erinnerung, die er anfangs ausgesprochen hatte. „Sie erwähnten unterschiedliche chronologische Ereignisse, die die Insel Jan Mayen in der Vergangenheit tangierten. Wie erklären Sie deren Zusammenhänge? Welches Bild ergeben die einzelnen Puzzleteile im Ganzen?", fragte sie grübelnd.

Er blieb die Antwort nicht schuldig. Mit stichhaltigen Argumenten begann er, seinen Standpunkt darzulegen. „Als ich das Klagelied des Timaios las, überfiel mich der Geist der Erkenntnis. Alles, was auf Jan Mayen bis heute geschah, ist einfach zu erklären. Die Tethys, das Schiff des Glaukos, zu deren Mannschaft nach dem Verlust der Semele auch Timaios gehörte, trieb während des Sturms in die Nordsee ab. Der Untergang blieb ihr zwar erspart, aber das verlorene Segel und das geborstene Ruder machten eine Navigation unmöglich. Während Pytheas und Polydeukes mit der Besatzung der Okeanos ihre Rückreise antraten und Massalia schätzungsweise Ende September frohen Mutes erreicht haben dürften, drifteten die hilflosen Seeleute des Schwesternschiffes unaufhaltsam von den bewohnten Gestaden Nordeuropas ab, weit in den Nordatlantik hinein. Eine für sie unbekannte Kraft, der Golfstrom, zog sie unbarmherzig wie ein Magnet zum nördlichen Eismeer. Dann, nach vielen entbehrungsreichen Tagen, lief die Tethys an der Küste der Insel Jan Mayen auf Grund. Das öde und abgelegene Eiland mit dem bedrohlich wirkenden Feuerberg bedeutete für die gestrandeten Seeleute sinnbildlich das Ende der Welt. Ihr Schiff, das mit hoher Wahrscheinlichkeit auf einer Sandbank festsaß, blieb schutzlos den Wellen des Meeres ausgeliefert. Dessen Zerstörung war bloß eine Frage der Zeit. An diesem einsamen Gestade existierte nichts, was ein havariertes Schiff wieder seetüchtig machte. Kein Baum, kein Strauch, ja nicht einmal eine Handvoll Hanf wuchs auf dem dunklen, kargen Boden, um wenigstens die lecken Fugen der Spanten abzudichten. Deshalb gab die Mannschaft die Tethys auf. Sie barg jedoch noch etwas Wertvolles in ihrem Laderaum. Einen Teil des Bernsteins, den Pytheas in Balcia im Tausch für Wein und Öl erworben hatte.

Die Gestrandeten beschlossen, den Schatz nicht dem Meer zu überlassen. Nach und nach beförderten sie die Kostbarkeiten an Land und verstauten sie in einer Höhle in der Nähe des Strandes. Danach bestimmte nur noch eine Sache ihr Dasein – der tägliche Kampf ums Überleben. Je näher der Winter rückte, umso mehr lichteten sich die Reihen der wackeren Massalioten. Manche von ihnen starben auf der Suche nach Nahrung, von Walrössern angegriffen und zerquetscht oder von Eisbären verfolgt und zerrissen, einen schrecklichen Tod. Die Verbliebenen starben am Hunger. Als Schnee und Eis das Eiland bedeckten und die polare Nacht Jan Mayen in Finsternis hüllte, war Timaios womöglich das letzte lebende Besatzungsmitglied der Tethys. Der Hunger indes verlangte ihm täglich mehr Lebenskraft ab. Er spürte das Ende nahen. Und so ritzte er klagend seine letzten Gedanken in einen Stein und verstarb.

Fast 900 Jahre später landete der Mönch Brendan mit einem Curragh auf Jan Mayen. In der Höhle am Strand entdeckte er den Schatz der Tethys und geriet in schwere Glaubenskonflikte, die er an einer Felswand verewigte. Demungeachtet muss am Ende die Habgier über die Bescheidenheit gesiegt haben, denn die Höhle am Strand steht heute leer. Mit dem Bernstein an Bord setzte er die Reise fort und segelte in unbekannte Richtung davon.

Dann aber rückt mein Großvater Johannes in den Mittelpunkt des Geschehens. Im Jahr 1942 stieß er in einem Amsterdamer Archiv auf die Basalttafel des Timaios, die dort – seit Jahrhunderten unbeachtet – eine dicke Staubschicht angesetzt hatte. Wie sie dort hingeraten war, bleibt unklar. Es ist durchaus denkbar, dass er neben dem Artefakt noch andere wertvolle Hinweise fand. Möglicherweise eine exakte Ortsangabe der Höhle. Eine Karte, einen Plan, was immer Sie wollen. Vor längerer Zeit habe ich über die Geschichte Jan Mayens recherchiert. Ab dem 17. Jahrhundert liefen regelmäßig Walfänger die Insel an. Vielleicht gelangten auf diesem Weg die Zeugnisse des Timaios nach Amsterdam.

Ungeachtet dessen fielen meinem Großvater sofort die Zusammenhänge in die Augen, die sich aus dem Klagelied auf der Basalttafel und der Reisebeschreibung des Lysitathes ergaben. Er glaubte durch die Erwähnung einer nordischen Götterwaffe in den Versen des Timaios eine zweite unabhängige Quelle in den Händen zu halten, die seine Theorie über das sagenhafte Volk in Skandinavien stützt. So reifte in ihm der Plan, nach Jan Mayen zu fliegen, um nach weiteren Anhaltspunkten zu suchen. Das gefährliche Vorhaben bildete den wahren Grund für die Versetzung zur Wekusta 5 in Banak, die Wilhelm von Lausen aus alter Freundschaft für ihn durchgesetzt hatte. Leider endete der Versuch, auf dem Eiland zu landen, in einem Fiasko. Die Maschine zerschellte am Beerenberg und die meisten Besatzungsmitglieder fanden den Tod. Mein Großvater schleppte sich, wahrscheinlich schwer verletzt, zur Höhle des Timaios und starb einsam an seinen Verletzungen oder am Hunger.

Die Ereignisse, die sich um diesen mysteriösen Ort ranken, finden bis heute kein Ende. Erst kürzlich ist Inga Hallström in der Nähe der Höhle von zwei bewaffneten Männern verfolgt worden und beinahe zu Tode gekommen. Was die beiden zu dieser Niederträchtigkeit bewogen hat und ob sie mit den Vorgängen in der Vergangenheit in Verbindung stehen, lässt sich lediglich vermuten.

Zwei Dinge wären äußerst interessant zu wissen: Wohin zum Teufel verschleppte Brendan den Bernsteinschatz und an welcher Stelle vor der Küste von Kristiansand sank die Semele mit der Götterwaffe?“

Noch voll und ganz unter dem Eindruck von Maximilian Korffs plausibler Interpretation der Ereignisse stehend, blickten ihn die anderen still und nachsinnend an.

Schließlich fasste Marja Petersen ihre Gedanken in Worte. „Ich gebe dir in allen Punkten recht. Deine Schussfolgerungen sind richtig, weil absolut nachvollziehbar. Ich glaube, dass der Reisebericht von Lysitathes auf Wahrheit beruht. Er kann sich die Fülle an chronologischen und geografischen Daten nicht aus den Fingern gesaugt haben. Das ist schlicht gesagt unmöglich. Hinzu zählen noch die mannigfachen ethnischen und soziologischen Bezüge auf die Völker West- und Nordeuropas. Das alles lässt nur einen Schluss zu: Er sah dies mit eigenen Augen."

„Aber in der Bucht von Kristiansand kamen zu keiner Zeit Spuren einer antiken Siedlung zutage. Balcia muss demzufolge woanders liegen", gab Björn Andersen zu bedenken.

Maximilian Korff nahm den Einwand nicht kommentarlos hin. „Vermutlich ist bisher an der falschen Stelle gesucht worden", erwiderte er, seine Meinung resolut verteidigend. „Die Bucht erstreckt sich von der Küste weit ins Hinterland hinein und unterlag in ihrer Gestalt seit dem Besuch von Pytheas sicher einer massiven Veränderung. Wechselnde Meeresspiegelhöhen, Gezeiten und Sturmfluten betreiben ein stetiges Terraforming."

„Mit Vermutungen allein kommen wir nicht weiter", stellte Inga Hallström realistisch fest. „Was beabsichtigen Sie, jetzt zu tun?"

„Im Moment kann ich darauf keine Antwort geben. Darüber muss ich erst in Ruhe nachdenken", antwortete er und schaute Marja Petersen ratlos an.

Die junge Frau lächelte ihm aufmunternd zu. „Du wirst schon das Richtige tun. Davon bin ich überzeugt", meinte sie locker und gab ihm zum Ansporn einen liebevollen Kuss.

16.

Die Kapitolinischen Museen in Rom waren etwas Besonderes. Sie galten als die ältesten öffentlichen Museen der Welt und waren von Papst Clemens XII. im Jahr 1734 für Besucher zugänglich gemacht worden. Die beiden Gebäude, der Palazzo Nuovo und der

Palazzo dei Conservatori, befanden sich direkt an der Piazza del Campidoglio – dem Kapitolsplatz. Er war berühmt, denn er trug die Handschrift von Michelangelo, der ihn im 16. Jahrhundert gestaltet hatte. In dessen Mitte erhob sich das bekannte Reiterstandbild des römischen Kaisers Marcus Aurelius. Allerdings war es eine Kopie. Das Original stand, neben weiteren sehenswerten Skulpturen antiker Bildhauer, in den Sälen des Palazzo Nuovo. Eine begründbare Maßnahme, da dem Kunstwerk die negativen Umwelteinflüsse der italienischen Metropole in der Vergangenheit sehr zugesetzt hatten.

Der andere Museumsteil, der Palazzo dei Conservatori, lud ebenfalls ein, großartige Ausstellungsstücke in Augenschein zu nehmen. Hier schaute der Besucher in das steinerne Antlitz Konstantin des Großen. Gemeint war ein riesiger Kopf, ein Fragment einer Kolossalstatue aus dem frühen 4. Jahrhundert, die er nach der gewonnenen Schlacht gegen Maxentius an der Milvischen Brücke in Auftrag gegeben hatte. Auch die lebensgroße Bronzeskulptur der Kapitolinischen Wölfin, die die Knaben Romulus und Remus säugt, war hier zur Schau gestellt.

Für all die schönen Dinge hatten Andrea Favelli und Luka Falcone keinen Blick riskiert. Nun ja, sie waren bereits häufiger in den Kapitolinischen Museen zu Besuch gewesen und kannten jedes Detail der Kunstwerke aus dem Effeff. So war es verständlich, dass sie trotz der fortgeschrittenen Zeit auf dem kürzesten Weg das Büro des Kurators Luigi Montinari aufgesucht hatten.

Montinari, ein hagerer Mittsechziger mit lichten grauen Haaren, kannten die beiden bereits seit ihrer Studienzeit. Er hielt sich nicht lange mit Höflichkeitsfloskeln auf, sondern kam sofort zur Sache. „Was habt ihr mitgebracht?“

„Fotos von einem Schmuckstück, das wir in Karthago ausgegraben haben“, eröffnete ihm Luka Falcone.

„Lasst mal sehen.“

Andrea Favelli breitete die Fotos in einer Reihe auf Montinaris Schreibtisch aus. Sie zeigten das Fundstück von allen Seiten.

„Bemerkenswert! Ein Ring, offenbar aus Silber in der Form einer Schlange mit zwei Bernsteineinlagen“, stellte er mit wachsendem Interesse fest. „Derartiges bekomme ich nicht oft zu Gesicht.“

„Welcher Ecke kannst du ihn zuordnen?“, fragte Luka Falcone.

„Nordeuropa.“

„Bist du dir sicher?“

„Ohne Zweifel. Das Schmuckstück stammt aus dem präskandinavischen Kulturkreis. Wie war das? Wo habt ihr es gefunden?“

„In einem Grabmal auf dem Byrsahügel“, antwortete Andrea Favelli. „Wir vermuten in den spärlichen Überresten des Verstorbenen einen karthagischen Seeoffizier, der im 4. Jahrhundert vor Christus lebte. Er gilt als Urheber eines Periplus, dessen griechische Übersetzung sich im Besitz deines Museums befindet.“

„Die Segelanweisung des Hiron von Karthago? Unglaublich! Sie befindet sich aber nicht unter den Ausstellungstücken in den Sälen, sondern lagert im Archiv unten im Keller. Viele Historiker bezweifeln ihre Echtheit. Nicht aufgrund des Alters des Dokuments hegen sie Vorbehalte, vielmehr aufgrund des Wahrheitsgehalts des Textes. Eine Analyse der wirren Schilderungen, die bereits einige Zeit zurückliegt, kam zu keinem befriedigenden Ergebnis. „Hiron von Karthago“, murmelte Luigi Montinari aufgelöst. „Bisher galt er als geisterhafte Erscheinung. Neben dem griechischen Übersetzer des Periplus, Simonides, gibt es keine weiteren aussagekräftigen Quellen, die Konkretes über ihn berichten. Wenn Hiron wirklich lebte, erscheint der Inhalt der Segelanweisung in einem anderen Licht. Mit der Auffindung seiner Ruhestätte, die Simonides in seinen Schriften explizit erwähnt, rückt er aus dem Dunkel der Legende ins Licht der Realität. Wir müssen unverzüglich Einsicht in Hirons und Simonides Vermächtnis nehmen.“

Bis in den Keller des Museums waren es bloß wenige Stufen. Das Archiv dehnte sich weitläufig aus und beherbergte Tausende Exponate, die auf eine mögliche Ausstellung in den Kunstsälen warteten. Doch mithilfe der Bestandsliste im Zentralrechner fanden sie das ominöse Schriftstück in einer der zahlreichen Regalreihen rasch.

Luigi Montinari nahm einen kleinen Sicherheitsschlüssel zur Hand und öffnete mit ihm die Glastür einer Vitrine, in der der Periplus des Hiron ruhte. Die Hände mit weißen Handschuhen aus Baumwolle überzogen, griff er behutsam nach den vergilbten Papyrusseiten, die zwei Brettchen aus Hartholz und mehrere Lederriemen zusammenhielten. Mit größter Vorsicht bettete er das umstrittene Dokument auf einen Arbeitstisch aus Aluminium, der zur Ablage für die nötigen Untersuchungen an Kunstwerken diente.

„Wie ihr sehen könnt, handelt es sich um einen seltenen Kodex. Anders wie bei den üblichen meterlangen Papyrusrollen, bei denen der antike Papiermacher mehrere einzelne Blätter aneinanderklebte, sind hier zahlreiche Papyrusbögen zu einem Block gefaltet und danach von ihm gebunden worden. Der Kodex symbolisiert sozusagen den Prototyp des späteren Buches“, erklärte Luigi Montinari.

„Auf welche Weise gelangte er in dieses Museum?“, fragte Andrea Favelli.

„Er war eine Schenkung von Papst Clemens XII. anlässlich der Eröffnung unseres Hauses. Davor verstaubte er jahrhundertelang im Skriptorium eines Klosters in den Apenninen.

„Was können Sie uns über den Übersetzer des Dokuments erzählen? Weshalb schenkte ihm die Geschichtswissenschaft keinen Glauben?“, drängte Luka Falcone auf Antworten.

„Das lag an seinem Verhältnis zu Polybios. Es war von Rivalität geprägt.“

„Polybios? Was hat er damit zu tun?

„Er und Simonides kamen als Geiseln zur gleichen Zeit nach Rom. Den Namen Polybios kennt heute jeder, aber Simonides ...?“

„Das stimmt!“, pflichtete ihm Luka Falcone bei. „Die Historíai, eine universelle Aufarbeitung der Geschichte Roms in der Zeit zwischen den punischen Kriegen, ist eine feste Größe in der antiken Literatur und sein bekanntestes Werk. Plagte Simonides der Neid?“

Luigi Montinari zuckte mit den Achseln. „Ich weiß bloß eines mit Bestimmtheit: Die beiden Griechen sind, neben eintausend weiteren hochrangigen Eliten, nach der Schlacht von Pydna gefangen genommen und später nach Rom verschleppt worden. Nach dem Ende des Dritten Makedonischen Krieges 168 vor Christus versuchte der Sieger durch diese Maßnahme, Ruhe in das neu eroberte Gebiet einkehren zu lassen. Während Polybios in der angesehenen Familie des Makedonenbezwingers und Konsuls Lucius Aemilius Paullus Aufnahme fand, gehörte Simonides fortan zum Haus des

Tribuns Servius Sulpicius Sabinus, welches sich jedoch im politischen Einfluss nicht mit Ersteren messen konnte. Nach vielen Jahren der Gefangenschaft in einem goldenen und silbernen Käfig erhielten beide ihre Freiheit zurück und blieben in Rom. Polybios, der in seiner Zeit als Geisel die Kinder von Paullus unterrichtet hatte, stieg zum Freund und Berater dessen jüngsten Sohnes Puplius auf. Nach Puplius Adoption durch die Familie der Scipionen, die gesellschaftlich mit Lucius Aemilius Paullus eng verwurzelt waren, trug er fortan den Namen Puplius Cornelius Scipio Aemilianus. Ihm fügte später der Senat von Rom, nach der endgültigen Vernichtung Karthagos, den Titel Africanus hinzu.

Polybios begleitete seinen Freund und Schüler in die Höhle des Löwen und erlebte Karthagos Trauma am eigenen Leib bis zum bitteren Ende mit. Simonides blieb dem inzwischen gealterten Servius Sulpicius Sabinus ebenfalls treu. Er folgte dem Tribun, der unter Scipio zum Adjutanten aufstieg, in die dem Untergang geweihte Stadt. Beide, Polybios und Simonides, liefen sich während des Kriegsgeschehens jeden Tag über den Weg und nahmen gemeinsam an wichtigen Beratungen teil, wobei der angesehenere Polybios den einflussreicheren Part spielte. Daher ist es durchaus möglich, dass der Erfolg des einen den anderen zwickte."

Luka Falcone stach die Ungeduld. „Alles schön und gut. Aber auf welche Weise fiel Simonides der Periplus des Hiron in die Hände?"

„Durch einen unerwarteten Umstand", verriet Luigi Montinari. „Als die Mauern Karthagos 146 vor Christus nach Monaten der Belagerung brachen, wüteten die römischen Invasoren eine Woche lang in den Straßen und Gassen der Stadt. Infolge der erbitterten Straßenkämpfe zwischen den Legionären und den verzweifelten Verteidigern traten zahlreiche Feuersbrünste in Erscheinung. Unglücklicherweise fiel auch die Bibliothek den Flammen zum Opfer. Ein karthagischer Greis, mehrere Dokumente in den Armen haltend und von schweren Brandwunden gezeichnet, brach vor Simonides Augen stöhnend zusammen und verstarb in dessen Armen elendig. Zu den geretteten Schriftstücken zählte glücklicherweise der Periplus des Hiron. Warum der Alte gerade ihn vor der Vernichtung bewahrte, bleibt ein

Geheimnis. Ich glaube, es war Zufall. In seiner Not griff er einfach nach dem, was die Glut noch nicht verzehrt hatte.

Wie der Tag zur Neige ging, war Karthago ein rauchender Trümmerhaufen und die überlebenden Einwohner traten den bitteren Weg in die Sklaverei an. CETERUM CENSEO CARTHAGINEM ESSE DELENDAM soll der alte Cato zu Lebzeiten am Ende jeder Sitzung im römischen Senat ausgerufen haben. Scipio hat diese Forderung in einem Schreckensszenario umgesetzt, welches sich nicht einmal ihr Urheber erträumt hatte."

„Also nahm Simonides den Periplus an sich", hielt Andrea Favelli fest.

„Korrekt. Im Heerlager des Scipio übersetzte er den Text ins Griechische. Das Geschehen, das er niederschrieb, lag allerdings beinahe zwei Jahrhunderte zurück und klang so unwahrscheinlich, dass es außer Servius Sulpicius Sabinus niemand in seinem Bekanntenkreis ernst nahm. Selbst Polybios soll sich ausgeschüttet haben vor Lachen. Die Schilderungen über eine Reise Hirons in den hohen Norden Europas stufte er als reine Fantasterei ein, mit der Absicht, gegenüber seinem einflussreichsten Konkurrenten, also Polybios selbst, glänzen zu wollen. Wie vorhin schon angedeutet, ist ein Vergleich mit dem Originaldokument nicht möglich. Wo und wann es in den Wirren der Geschichte verloren ging, bleibt ungewiss."

„Die Reise eines Puniers in den Norden Europas erscheint zunächst abwegig, aber mit dem Ring in Hirons Grab wird sie in hohem Maße wahrscheinlich", fasste Luka Falcone logisch zusammen.

„Was geht aus dem Text hervor?", fragte Andrea Favelli.

Behutsam öffnete Luigi Montinari den Kodex und blätterte durch die Seiten. „Simonides lässt mit seinen Worten Hiron auffällige Landmarken, Sonnenstände und Sternkonstellationen beschreiben, die ihn bis zu einem Gestade verschlugen, das weit außerhalb des Machteinflusses der Karthager lag. Die Reise löste ein unerwarteter Zwischenfall aus.

Hiron, zu jener Zeit Oberbefehlshaber der Kriegsflotte im heutigen Südengland, sicherte mit seiner Präsenz das Monopol des Zinnhandels für die karthagischen Händler. Er erwähnt, dass zu

Anfang des Sommers drei unbekannte Handelsschiffe vor der Küste Cornwalls ankerten und nach einer kurzen Verweildauer nach Nordosten weitersegelten. Für ihn blieb unerklärlich, auf welcher Route sie in dieses Seegebiet gefunden hatten, wo doch die Blockade der Meerenge zwischen Afrika und Iberien kein Schlupfloch offenließ. Nach einer Beratung mit seinen Offizieren beschloss er, dem Kielwasser der kleinen Flotte mit einer Quadrireme zu folgen. In seinen Augen bedrohte sie Karthagos Machtstellung in diesem Raum.

Lange suchten sie vergebens, aber einige Tage später holten sie die Schiffe ein. Sie kreuzten vor einer grünen Küste mit Hunderten vorgelagerten felsigen Inseln. Eins von ihnen sah sich von einer Horde Wilder bedrängt, die es mit ihren schmalen, wendigen Booten einkesselten und enterten. Auf dem Deck richteten die bärtigen Krieger ein Blutbad an, denn die Seeleute besaßen keine Waffen, mit denen sie sich gegen die Angreifer erfolgreich wehren konnten. Nachdem der letzte Verteidiger erschlagen zusammenbrach, stimmten sie ein lautes Siegesgeheul an. Noch bevor der Jubel erstarb, erfolgte Hirons Angriff, dessen Anwesenheit während der Kampfhandlungen unbemerkt blieb. Ob er es aus Mitleid für die dahingemetzelten Seeleute tat, ist eher unwahrscheinlich. Vielleicht sah er in jedem waffentragenden Mann einen Feind. Er setzte das geenterte Schiff in Brand und ließ jeden töten, der nicht willens war, sich zu ergeben. Jene, die ihre Waffen fallen ließen, verschonte er und nahm sie gefangen. Nach dem Untergang des brennenden Wracks suchten die beiden anderen Schiffe ihr Heil in der Flucht. Da die Quadrireme erst wenden musste, gewannen sie einen großen Vorsprung. Trotz mehrtägiger Suche in einem Gebiet, das keine Nacht kannte, blieben sie verschollen. Die beängstigende Erscheinung eines ewig währenden Tages und das stürmische Wetter veranlassten ihn letztlich, nach Cornwall zurückzukehren."

„Das glaubt man nicht!", rief Andrea Favelli verblüfft. „Hiron muss die Verfolgung der beiden Schiffe bis nahe dem nördlichen Wendekreis ausgedehnt haben. Woher sie kamen und wohin es sie am Ende ihrer Reise verschlug, wird vermutlich ein Geheimnis bleiben."

„Dem muss ich teilweise widersprechen", entgegnete Luigi Montinari überraschend. „Ersteres zumindest kann ich, wenn ich der

Übersetzung des Simonides Glauben schenke, aus dem Nebel der Unbestimmtheit auftauchen lassen. Neben den bärtigen Kriegern nahm Hiron ebenso mehrere überlebende Seeleute in Gewahrsam, die während des Kampfes auf ihrem Schiff aus Angst ins Wasser gesprungen waren. Wie sich herausstellte, handelte es sich um Händler aus der griechischen Stadt Massalia, die sich das Ziel gesetzt hatten, das Zinnmonopol der Karthager zu brechen."

Blitzartig durchfuhr Andrea Favelli ein kühner Gedanke. „Was sagtest du vorhin? In welche Zeit wird Hirons Reise datiert?"

„In die zweite Hälfte des 4. Jahrhunderts vor Christus. Genauer lässt sich das nicht einordnen", verdeutlichte Luigi Montinari.

„Vielleicht doch", erwiderte er. „In derselben Periode soll die Reise des Pytheas nach Thule stattgefunden haben. Quellen aus dem Altertum berichten über dessen Erlebnisse und zitieren aus seinem Werk Über den Ozean geografische Vermessungen und astronomische Himmelskonstellationen, die er auf der Fahrt nach Nordeuropa festhielt, wenngleich ihn das Gros der antiken Chronisten als Lügner verschrie. Unter den Skeptikern befand sich bekannterweise auch Polybios. Da wundert es mich nicht, dass er den Periplus des Hiron mit Hohn und Spott bedachte. Womöglich müssen wir das Verhältnis zu seinem Konkurrenten neu überdenken. Am Ende war es andersherum und er war eifersüchtig auf den Erfolg des Simonides."

Luigi Montinari nickte mit dem Kopf. „Das wäre durchaus möglich. Die Rivalität der beiden Männer bestand zeit ihres Lebens."

„Unglaublich!" Luka Falcone konnte seine Emotionen nicht zurückhalten. „Stellt euch vor: Pytheas von Massalia und Hiron von Karthago auf ihren Schiffen Bordwand an Bordwand vor der Küste des mythischen Thule. Es würde die Echtheit des Periplus beweisen und die Reise des Pytheas aus der Legende in die Realität rücken. Was weiß Simonides noch zu berichten? Hat Hiron den Schlangenring von einem der bärtigen Krieger erbeutet?"

„Das geht aus dem Text nicht hervor, dafür eine andere interessante Begebenheit. Unter den erbeuteten Schwertern und Streitäxten der Feinde entdeckte Hiron eine wundersame Waffe von besonderer

Beschaffenheit, wie er sie noch niemals sah. Ein Gefangener, der der Sprache der Bewohner von Cornwall mächtig war, rühmte sie als Werk der Götter, geschaffen, um am Ende der Zeit die Mächte des Bösen zu vernichten. Ihr wohne eine entsetzliche Kraft inne, die jeden Menschen, der sich länger in ihrer Nähe aufhalte, krankmache und grausam töte. Laut Simonides war Hiron von den Worten des Gefangenen zutiefst beeindruckt, glaubte aber, dass ihn jener mit dem weisgesagten Schreckensszenario nur davon abzuhalten gedachte, die kostbare Beute zu behalten. Der Karthager war gefangen von ihrem Anblick. Er bezweifelte nicht, eine Waffe der Götter in den Händen zu halten, was sich natürlich auf seine eigenen punischen Götzen bezog.

Nach der Ablösung von seinem Amt in Cornwall kehrte er mit den Gefangenen im Tross und mit dem Beutestück im Gepäck nach Karthago zurück und wurde als Held gefeiert. Die Wunderwaffe begleitete ihn für den Rest seines Lebens. Am Ende nahm er sie, laut den Anmerkungen des Simonides, sogar mit ins Grab."

„Das kann nicht stimmen." Andrea Favelli schüttelte den Kopf. „In Hirons Sarkophag lag bloß der Ring, sonst nichts."

„Vielleicht ist jemand schneller gewesen und hat uns das Beutestück vor der Nase weggeschnappt. Bedenke, das Grab war nicht mehr unberührt", warf Luka Falcone die Vermutung auf.

„Treffer!", bestätigte Montinari und grinste. „Derjenige, der es plünderte, war euch in der Zeit weit voraus. Genauer gesagt: mehr als 2150 Jahre."

Andrea Favelli runzelte die Stirn. „2150 Jahre? In dem Fall besaßen wir wirklich schlechte Karten. Wer war der Kerl?"

„Servius Sulpicius Sabinus", verriet Luigi Montinari.

„Verdammt!", ärgerte sich Andrea Favelli. „Brachte ihn Simonides auf die Idee, den Sarkophag zu öffnen?"

„In der Tat. Nach der Übersetzung des Periplus ist dem Griechen bewusst geworden, dass Hiron im Besitz einer wertvollen Waffe gewesen war und sich mit dem Gedanken getragen hatte, sie nach seinem Tod den Göttern zu opfern in Form einer Grabbeigabe. Er hoffte wohl mit dieser Geste, im Jenseits ihr Wohlwollen zu gewinnen. Er selbst beschrieb sein Grab als ein Gefäß, angefüllt mit Schmerz und

Trauer über den frühen Verlust des Lebens und geweiht dem Altar der Tanit. Auf die Worte des Simonides vertrauend, erteilte ihm Sabinus den Auftrag, nach dessen Ruhestätte zu suchen. Auf dem Byrsahügel wurde dieser mithilfe eines gefangen genommenen Tempeldieners schließlich fündig. Sabinus, schnell hinzugeeilt und äußerst begierig auf das kostbare Gut, ließ den Sarkophag öffnen, doch zur Enttäuschung fand er im Inneren neben Hirons sterblichen Überresten nichts von Wert. Voller Zorn stieß er mit dem Fuß gegen die Grabstele, die daraufhin umkippte und zerbrach. Die Rache der punischen Götter für den Frevel fürchtete er nicht. In seinen Augen waren sie schwach. Wie sonst hätte Rom über Karthago triumphieren können?"

„Schade", reagierte Luca Falcone verdrossen. „Ich wüsste gern, was es mit der Götterwaffe für eine Bewandtnis hat."

„Wann fliegt ihr nach Tunesien zurück?", fragte Luigi Montinari plötzlich.

„In zwei Tagen", antwortete Andrea Favelli. „Wieso?"

„Im Archiv unseres Museums befindet sich ein weiteres Dokument von Simonides. Ich werde es morgen einer genauen Prüfung unterziehen. Vielleicht verrät es, wohin Hirons Beutestück verschwand. Falls mir ein wichtiger Aspekt in die Augen fällt, melde ich mich bei euch", sagte er und drängte danach zum Aufbruch.

Beide willigten in seinen Vorschlag ein. Eigentlich hatten sie über Hiron und den Ring viel mehr herausgefunden, als sie vorher geglaubt hatten. Dennoch bohrte in ihrem Gemüt ein Stachel der Unzufriedenheit. Die geheimnisvolle Götterwaffe ging ihnen nicht mehr aus dem Sinn. Sie vertrauten auf sein Gespür und darauf, dass er die Nadel im Hauhaufen fand.

17.

Für einen kurzen Moment zögerte Marja Petersen, ob sie den Ministerialrat zu so später Zeit noch anrufen soll. Doch dann schob sie ihre Bedenken beiseite und griff unbeirrt nach dem Satellitentelefon.

„Ja bitte, Jensen am Apparat!", meldete sich eine energische Stimme.

„Hier spricht Marja Petersen. Entschuldigen Sie, dass ich Sie zu Hause störe, aber ich bin gezwungen, Sie in einer wichtigen Angelegenheit zu konsultieren, die keinen Aufschub duldet.“

„Petersen? ... Marja Petersen? Helfen Sie mir bitte auf die Sprünge. Kennen wir uns?“

„Nicht persönlich, Herr Ministerialrat. Ich bin Archäologin und arbeite im Institut für präskandinavische Geschichte in Oslo. Ich habe Herrn Maximilian Korff nach Jan Mayen begleitet und handele im Auftrag unserer Botschaft in Deutschland. Vor einigen Tagen stießen die Kollegen der hiesigen Wetterstation auf die sterblichen Überreste seines Großvaters Johannes. Dieser starb vermutlich an den Folgen eines Flugzeugabsturzes. Inzwischen überschlagen sich die Ereignisse. In der Nähe des Wracks am Vulkan Beerenberg fanden wir zwei Grabhügel, denen sich zwei weitere Piloten der verunglückten Maschine zuordnen lassen. Ihre Erkennungsmarken beweisen es. Maximilian Korff möchte die norwegische Regierung bei ihrer Identifikation um Hilfe bitten, um die Nachkommen – so denn welche existieren – über ihr Schicksal aufzuklären. Er würde Ihnen die Fotos der beiden Erkennungsmarken gern per E-Mail übermitteln.“

Jensen hatte ihren Worten geduldig zugehört. „Ach ja, der Leichnam in der Höhle. Ich entsinne mich. Sigurd Johannsen berichtete mir bereits davon. Eine interessante Story für Historiker, jedoch für unsere Justizorgane nicht von Belang. Selbstverständlich werde ich Herrn Korff in der Angelegenheit unterstützen und meine Kontakte spielen lassen. Äußerte er schon, was mit dem Leichnam seines Ahnen geschehen soll?“

„Er beabsichtigt, ihn neben den zwei anderen Piloten beizusetzen“, erwiderte Marja Petersen.

„Natürlich. Dem spricht nichts entgegen“, entschied der Regierungsrat freimütig. „Übermitteln Sie ihm meine besten Wünsche und sagen Sie ihm, dass er die Fotos schicken kann. Ich werde mich dann um alles Weitere kümmern und mich wieder melden, wenn es Neuigkeiten gibt. Noch einen schönen Abend, Frau Petersen.“

„Auf Wiederhören, Herr Jensen, und vielen Dank für die Zeit, die Sie mir geopfert haben“, antwortete sie zufrieden mit dem Ausgang des Telefonats.

18.

Stück für Stück reihte Inga Hallström auf einem Tisch im Sanitätsraum die erhalten gebliebenen Skelettreste von Johannes Korff aneinander. Akribisch suchte sie nach verdächtigen Spuren und Anomalien, die Auskunft über die Art und Weise seines Todes gaben.

Er war zu Lebzeiten mittelgroß und vom Typ eher eine grazile Erscheinung gewesen. Die Knochenteile zeigten nicht die Robustheit eines athletischen Körpers, wie ihn Sportler besaßen, sondern vielmehr die Feingliedrigkeit eines hageren, schlanken Menschen. Ausgeprägte Krankheitsbilder oder Brüche waren an ihnen nicht zu erkennen. Der Schädel allerdings offenbarte eine Verletzung an der Nasenwurzel und der Oberkiefer wies im vorderen Bereich zwei ausgeschlagene Schneidezähne auf. Deren Wurzeln saßen noch fest im Knochengewebe. Für Inga Hallström ein eindeutiges Indiz, dass Korff einen schweren Schlag ins Gesicht erhalten hatte. Möglicherweise geschah es während des missglückten Landemanövers der Junkers beim Aufprall auf den Südwesthang des Beerenbergs. Aber diese Blessuren führten nicht zum Tod des Mannes. Selbstverständlich kann ebenso eine Verletzung der inneren Organe dafür verantwortlich gewesen sein. Andererseits beträgt der Weg von der Unglücksstelle bis zur Höhle am Strand mehrere Kilometer. Ein Mensch mit schweren inneren Blutungen war außerstande, eine solche Entfernung zurückzulegen. Verstarb Korff am Ende wirklich am Nahrungsmangel? Eine Vorstellung, bei der es Inga Hallström eiskalt den Rücken herunterlief.

Plötzlich stutzte sie. Etwas Ungewöhnliches fiel ihr in die Augen. Das linke Schulterblatt zeigte am unteren Rand eine kleine, auf den ersten Blick kaum wahrnehmbare Anomalie: eine halbrunde Kerbe. Sie war so groß, dass Inga Hallströms Kugelschreiber bequem hineinpasste. Die Gegenseite der Rundung fehlte jedoch und mit ihr ein abgesplittertes Knochenfragment. Nach einer genauen Analyse des Oberkörperbereichs offenbarte sich ihr eine zweite Besonderheit: Ein Brustwirbel war stark deformiert. Einer der beiden Querfortsätze wies einen schweren Schaden auf. Eine Zertrümmerung, die nur eine extreme Krafteinwirkung von außen hervorrufen kann. Die

Verletzungen machten sie nachdenklich und rückten die Vorstellung eines elendigen Hungertodes weit in den Hintergrund. Ein Sturz aus großer Höhe kam ebenso nicht in Betracht. Nach Abschluss der Analyse stand für sie fest, dass Korff keines natürlichen Todes gestorben war, sondern durch menschliche Einwirkung ums Leben kam. Auf der Flucht, vor wem auch immer, war er zweimal in den Rücken geschossen worden.

19.

Betroffen nahm Maximilian Korff das Ergebnis von Inga Hallströms Untersuchung entgegen. Eigentlich wollte er die bedrückenden Erinnerungen an das grausame Schicksal seines Ahnen endlich begraben. Doch jetzt, da offensichtlich war, dass er durch Gewalt den Tod gefunden hatte, warfen sich neue Fragen auf. Wer hatte auf ihn geschossen und aus welchem Grund hatte es derjenige getan? War es zu einem Gefecht mit der norwegischen Besatzung gekommen oder womöglich gar ein Mord gewesen? Grübelnd nahm er das Satellitentelefon zur Hand und ließ sich von Sigurd Johannsen mit Wilbert von Lausen in Freiburg verbinden.

„Von Lausen! Sie wünschen?"

„Hier spricht Korff. Es gibt neue Entwicklungen, über die ich Sie informieren möchte."

„Maximilian! Bitte berichten Sie. Was haben Sie erfahren?", gab er aufgeschlossen zur Antwort.

„Mein Großvater Johannes kam an Bord einer Junkers der Wekusta 5 auf die Insel. Nach ihrer missglückten Landung am Vulkan Beerenberg, die er zunächst mit leichten Blessuren überlebte, starb er später durch zwei Schüsse in den Rücken. Das ergab die Obduktion seines Leichnams. Möglicherweise war es Mord und der Täter gehörte zur Besatzung der Maschine. Mein Großvater verfolgte die Spur eines archaischen Relikts. Eine nordische Götterwaffe, die älter ist als alles, was jemals an vorzeitlichen Artefakten in Europa an den Tag trat. Vielleicht beabsichtigte jemand, sie ihm streitig machen."

Wilbert von Lausen hatte Maximilian Korffs Bezeugungen aufmerksam verfolgt. „Das also verursachte sein plötzliches Verschwinden. Mein

Vater schätzte an ihm stets seine Ruhe und Besonnenheit. Nach seiner Versetzung zur Wekusta 5 verhielt sich Johannes allerdings zunehmend sonderbarer. Vater sprach davon, dass ihn eine ständige Unruhe erfüllte und er für die alltäglichen Dinge des Lebens kein Interesse mehr zeigte. Daher glaube ich, dass er im Geheimen an einem Plan gebrütet hat, wie er mit einer Maschine – unbemerkt von der Flugaufsicht – nach Jan Mayen fliehen kann. Ein Vorhaben, das er wenige Tage später mit mehreren gleichgesinnten Piloten in die Realität umsetzte. Der Ausgang des Abenteuers endete in einem Fiasko. Das wissen wir jetzt. Aber ein Mord? Das kann ich mir beim besten Willen nicht vorstellen. Und was hat es mit der Götterwaffe auf sich? Das klingt Mystisch. Hing Johannes okkulten Fantasien an? Das wäre mir neu."

„Das Wissen über die Götterwaffe fand in einem Schiff aus dem antiken Massalia den Weg zur Insel Jan Mayen. Ein Mann namens Timaios stahl sie in Südnorwegen aus einem Tempel, doch während eines heftigen Seegefechts mit den Ureinwohnern und einer karthagischen Kriegsgaleere ging sie wieder verloren. Der Text auf einer antiken Steintafel, die ich bei der Leiche meines Großvaters fand, kündet von diesen Ereignissen. Jetzt ruht das Streitobjekt auf dem Grund der Nordsee in Küstennähe der Stadt Kristiansand. Gleichwohl gibt es noch einen weiteren merkwürdigen Umstand zu verzeichnen."

Wilbert von Lausen war verblüfft. Maximilians Korffs Worte schlugen ihn mehr und mehr in den Bann. „Ein weiterer Umstand? Was wollen Sie damit andeuten", fragte er konsterniert.

„Zusammen mit der Steintafel gelangte ein Bernsteinschatz von beträchtlicher Größe auf die Insel. Ein zweites Schiff aus Massalia, welches die Kostbarkeiten im Laderaum barg und nach dem Seegefecht manövrierunfähig in den Nordatlantik trieb, strandete mit Timaios an Bord auf einer Sandbank vor der Nordwestküste Jan Mayens. Die Besatzung rettete das wertvolle Gut vor dem Untergang und verstaute es in der Höhle, in der mein Großvater vor wenigen Tagen gefunden wurde. Leider steht sie heute leer. Der Schatz ist spurlos verschwunden."

„Was kann der Grund dafür sein?", fragte Wilbert von Lausen.

„Das lässt sich einfach erklären. Beinahe ein Jahrtausend später landete Brendan der Reisende auf der Insel. Er war ein seefahrender irischer Mönch, der heute als Heiliger verehrt wird. Er entdeckte den Schatz und nahm ihn in Besitz. Eine Inschrift in der Höhle zeugt davon. Wohin er die Reichtümer mitnahm, entzieht sich leider meinem Vorstellungsvermögen."

Wilbert von Lausen schwieg. Er musste die neuen Fakten erst einmal verdauen. Endlich fand er eine Antwort. „Ich kenne einen anerkannten Historiker, der sich speziell mit dem Leben des heiligen Brendan befasst. Er heißt James Mac Domhnall und wohnt in Galway an der Westküste Irlands. Ich glaube, er wäre Ihnen in dieser Sache eine bessere Hilfe als ich. Trotzdem empfehle ich Ihnen, der Götterwaffe den Vorrang zu geben. Denn anders als bei Brendans Schatz wissen Sie, wo Sie diese suchen müssen."

„Die Götterwaffe läuft mir nicht weg. Ich werde ihr später nachgehen. Mal schauen, ob die Norweger bereit sind, mich auf Island abzusetzen. Dort finde ich sicher eine Flugmöglichkeit und kann mit etwas Glück morgen Abend in Galway eintreffen."

Nachdem er sich von Wilbert von Lausen verabschiedet hatte, nahm er hinter seinem Rücken unerwartet Marja Petersen wahr. Sie hatte unfreiwillig die letzten Sätze des Gesprächs mit angehört. „Wir fliegen gemeinsam", meinte sie lächelnd und ihre Grübchen zeigend. „Und Island können wir uns getrost sparen. Die Cessna wird uns auf direktem Weg nach Irland bringen."

20.

Es war bereits nach 20:00 Uhr. In Stanley P. Morgans Villa an der sündhaft teuren Londoner Park Lane im Stadtteil Mayfair läutete das Telefon.

„Hallo Willy! Ein Anruf um diese Zeit? Sag bloß, es gibt Neues über die Götterwaffe zu berichten?"

„Und ob, Stanley. Gottlob, dass ich dich erreiche. Vor wenigen Minuten erhielt ich die Nachricht, an welcher Stelle sie zu finden ist. Sie versank zusammen mit einem antiken griechischen Handelsschiff vor der norwegischen Küste. In der Nähe der heutigen Stadt Kristiansand ruht sie auf dem Grunde der Nordsee."

„Das liegt Jahrtausende zurück und wird Probleme aufwerfen. Wie tief ist das Meer vor Kristiansand?“

„Das kommt auf die Distanz zum Festland an. Im günstigsten Fall 10 bis 25 Meter. Es kann auch mehr sein. Die Norwegische Rinne, die weiter draußen verläuft, misst an ihrer tiefsten Stelle sogar 700 Meter. Korffs Enkel zufolge spricht vieles dafür, dass das Schiff in Küstennähe versank. Wenn er in dem Punkt allerdings irrt, benötige ich einen Tiefseetaucher.“

„Einen Tauchexperten halte ich an der Hand. Er steht auf meiner Gehaltsliste und ist absolut zuverlässig. Nennen wir ihn Howard Briggs. Dieser Name zumindest steht gegenwärtig in seinem Pass. Der Mann handelt äußerst professionell und wechselt seine Identität wie andere den Mantel, wenn es die Situation erfordert. Bislang hat er alle Aufträge zu meiner Zufriedenheit ausgeführt, und dies, ohne dumme Fragen zu stellen. Er wird dem Jahressalär, das er von mir bezieht, vollauf gerecht, was ich auch erwarten darf. Glücklicherweise versteht er nicht nur etwas vom Tauchen. Er beherrscht ebenso diverse Kampfsportarten und kann mit Waffen umgehen“, verriet Stanley P. Morgan unverblümt.

„Ein interessanter Typ, den du beschäftigst. Ich denke, er symbolisiert genau das, was ich im Augenblick am dringendsten benötige. Ich werde meine irischen Spürhunde über dessen Mithilfe informieren.“

„Welchen Treffpunkt schlägst du vor?“

„Das Hotel Grønningen in Kristiansand in drei Tagen. Viel früher, vermute ich, treffen die beiden nicht ein. Die nötigen Zimmer lasse ich reservieren.“

„Wie lauten ihre Namen?“

„Darragh Tomás O’ Reilly und David Mac Fadden.“

„Wie gut kennst du sie?“

Ich stehe mit ihnen seit längerer Zeit in geschäftlichem Kontakt. Vor zwei Jahren vermittelten sie mir ein Gemälde, das ich besser nicht beim Namen nenne. Es kostete eine Unsumme. Doch das war es mir wert. Daneben forschen sie in meinem Auftrag nach der ominösen Götterwaffe, die bereits unsere Väter suchten. Erst kürzlich entdeckten sie in einem Amsterdamer Archiv stichhaltige Hinweise über ihren

Verbleib. Sie deuteten nach ihrer Ansicht auf Jan Mayen hin. Ich hegte Zweifel an der Glaubwürdigkeit der Quelle und hielt mit meiner Meinung nicht zurück. Schon einmal erwies sich die Insel als Sackgasse. Gleichwohl konnte ich die beiden nicht von ihrem Vorhaben abbringen, sie anzulaufen, was sich zum Glück im Nachhinein zum Vorteil wandelte. Zu unserem Leidwesen gingen die Dokumente, die ihnen in Amsterdam in die Hände gefallen waren, in einer stürmischen Nacht auf See leider wieder verloren."

„Sind sie zuverlässig?"

„Nun ja, sie sind lichtscheue Gestalten, aber im Augenblick für mich unentbehrlich. Warum fragst du?"

„Ich muss wissen, ob sie deinen Befehlen kompromisslos folgen oder die Gefahr besteht, dass sie aus der Reihe tanzen und ihr eigenes Süppchen kochen. Falls es notwendig ist, in Norwegen geltende Gesetze zu brechen, darf die Polizei meine Person nicht damit in Verbindung bringen."

„Sie lassen sich schwer durchschauen. Meine Hände lege ich für sie nicht ins Feuer."

„Na gut, ich werde Howard Briggs freie Hand lassen. Wenn sie nicht den Mund halten, wird er das Nötige tun, um Schlimmeres zu verhindern. Stellt das ein Problem für dich dar?", fragte Stanley P. Morgan hintergründig.

„Mitnichten. Sie sind bloß Werkzeuge in meinen Händen. Werden sie zur Gefahr, trennen wir uns von ihnen. In dem Fall werfe ich Briggs keine Stöcke zwischen die Beine. Hauptsache, am Ende nenne ich die Götterwaffe mein Eigen. Dieser Ambition ordne ich alles unter. Das Leben der zwei Ganoven besitzt für mich null Relevanz. Andererseits dürfen wir diese Option nicht überstürzen. Ich habe noch eine zweite Sache am Laufen. Seit ihrem Besuch auf Jan Mayen verfolgen O' Reilly und Mac Fadden nicht nur die Spur der Götterwaffe, sondern ebenso die eines rätselhaften Schatzes, den ein irischer Mönch namens Brendan vor langer Zeit in einer Höhle auf der Insel entdeckte. Heute, so ergaben ihre Recherchen, sind die Kostbarkeiten von dort verschwunden. Lediglich eine Inschrift des Mönchs legt noch Zeugnis über dessen Existenz ab. Aus dem Grund habe ich sie unlängst nach Irland geschickt, um einen Wissenschaftler zurate zu ziehen und mit dessen Hilfe den Sinn der Inschrift zu entschlüsseln. Schon mein Vater hatte ihn vor vielen Jahren aufgesucht, um den Verbleib der Götterwaffe zu ergründen, als er einer möglichen Verbindung zu einer Reise Brendans des Seefahrers nachging, die Johannes Korff ihm gegenüber einmal geäußert hatte. Anders heute bei Brendans Schatz. Der Gelehrte neigte zu der Ansicht, dass er, falls er wahrhaftig existiere, irgendwo im Kloster Clonfert versteckt sei. Eine Truhe, gefüllt mit Gold und Brillanten, wäre ein lohnender Beifang für unsere Mühe. Ungeachtet dessen besitzt die Götterwaffe für mich die höhere Priorität. Sie will ich zuerst in meinen Händen halten. Daher benötige ich Howard Briggs unbedingt in Kristiansand."

„Keine Sorge, er wird pünktlich vor Ort sein und O' Reilly und Mac Fadden rechtzeitig kontaktieren."

21.

Es begann zu regnen. Monoton schwenkten die Wischer über die Frontscheibe des Wagens und erzeugten anfangs ein nervendes Quietschen. James O' Reilly und David Mac Fadden befanden sich auf dem Rückweg nach Galway. Wenige Kilometer trennten sie von der Stadtgrenze, als sie ein Anruf auf dem Handy erreichte.

„Es ist Will!", raunte O' Reilly und stellte das Gerät auf Freisprechen.

„Wo befindet ihr euch?"

„Kurz vor Galway. Gut, dass du uns kontaktierst. Es gibt Neues zu berichten", erwiderte O' Reilly.

„Schießt los, ich bin ganz Ohr."

„In Clonfert stießen wir auf Brendans Grabmal. Wir haben es geöffnet und auf der Grabplatte eine Inschrift in lateinischer Sprache entdeckt. Sie gibt uns Rätsel auf."

„Wie lautet sie?"

„Reich mir den Zettel herüber, ich lese ihn ihm vor", meinte Mac Fadden zu O' Reilly, der hinter dem Lenkrad saß.

Der griff in seine Jackentasche und drückte ihm das kleine Stück Papier wortlos in die Hand.

„Die Versuchung des Teufels erfuhr ich, doch der Herr gab mir die Kraft, ihr zu widerstehen. Ein tiefer Schlund nahm auf, was einst mein Seelenheil bedroht“, trug Mac Fadden wortgetreu vor.

Die Versuchung des Teufels? Ist das eine Metapher? Wenn ja, kann sie sich auf den Schatz beziehen? Aber was stellt der tiefe Schlund dar und wo finden wir jenen Ort?“, grübelte Will am anderen Ende des Handys. „Sucht James Mac Domhnall auf. Vielleicht kann er euch helfen. Übrigens wird morgen im Laufe des Tages ein Mann aus Deutschland bei ihm auftauchen. Sein Name lautet Maximilian Korff. Auch er forscht nach dem Verbleib von Brendans Schatz und der Götterwaffe. Geht ihm aus dem Weg. Ich will nicht, dass ihr euch zu etwas Unüberlegtem hinreißen lasst. Ich brauche ihn noch. Er stellt für mich eine wichtige Quelle für Informationen dar. Wenn ihr mit James Mac Domhnall fertig seid, verlasst ihr Irland.“

„Das tun wir. Vorerst zumindest. Da ist eine dumme Sache passiert ...“

„Was willst du damit andeuten, O' Reilly?“, fiel ihm Will argwöhnisch ins Wort.

„Im Clonfert kam uns dummerweise ein Priester in die Quere, als wir gerade das Grab öffneten. Wir waren gezwungen, ihn auszuschalten. Er hätte uns sonst bei den Bullen verpfiffen.“

„Mist, verdammter. Das schürt unnötiges Aufsehen. Erst die Frau auf der Insel, dann die Seeleute der Ausflugsjacht und nun noch ein Pfaffe. So kann das nicht weitergehen. Dass ihr auffliegt, ist bloß eine Frage der Zeit. Ihr zieht von Jan Mayen bis Irland eine Blutspur hinter euch her, die keiner übersehen kann und die Polizei aufmerksam macht. Kehrt Irland den Rücken, sobald ihr Mac Domhnall konsultiert habt. Meidet Flughäfen. Findet eine andere Möglichkeit zu verschwinden und begebt euch in die Stadt Kristiansand in Südnorwegen.“

„Was zum Teufel suchen wir in Norwegen?“, fragte Mac Fadden irritiert.

„Dort wartet die Götterwaffe auf uns. Nahe der Küste versank sie an Bord eines antiken Schiffes in der Nordsee. Das Wrack müssen wir orten und das, was von ihm übrig blieb, vom Meeresgrund bergen. In drei Tagen trifft in Kristiansand ein Tauchexperte ein und stößt zu euch. Sein Name lautet Howard Briggs. Ab heute gehört er zum Team und unterstützt euch bei der Arbeit."

„Wieso das? Ein dritter Mann ist nicht Bestandteil unseres Vertrages. Das lehne ich kategorisch ab", ereiferte sich O' Reilly aufgebracht.

„Damit wir uns richtig verstehen: Vertrag hin oder her! Die Kosten für eure Ausgaben trage immer noch ich. Entweder Briggs gehört zum Team oder unsere Wege trennen sich und ich arbeite mit ihm an dem Projekt allein weiter", drohte er entschieden.

Mac Fadden legte beruhigend die Hand auf O' Reillys Arm und bekundete entgegenkommend: „Du bist der Boss, Will. Wir sind einverstanden. Ein erfahrener Taucher ist bei der Bergung des Artefakts bestimmt nützlich."

„Eine kluge Wahl. Sie wird euch steinreich machen. Also haltet euch an den Zeitplan. Kristiansand in drei Tagen. Treffpunkt ist im Hotel Grønningen. Die Zimmer sind bereits reserviert. Vermasselt es nicht. Ein letzter Hinweis: Die Götterwaffe besitzt für mich äußerste Priorität. Um den Schatz des Brendan kümmern wir uns später. Maximilian Korff wird mich sicher auf dem Laufenden halten. Vergesst meine Worte nicht, ansonsten fließt kein einziger Cent mehr in eure Kasse."

Ärgerlich schaltete O' Reilly das Handy ab und sah Mac Fadden ratlos an. „Was führt er im Schilde? Traut er uns nicht mehr?"

„Schon möglich. Sehen wir uns lieber vor. Ich verspüre kein gutes Gefühl bei der Sache. Ungeachtet dessen behalten wir auch unsere eigenen Interessen im Auge. Jetzt nehmen wir uns zuerst Mac Domhnall vor. Ich bin gespannt, was er aus der Inschrift herauslesen kann. Danach verlassen wir Irland."

22.

Ängstlich blickte James Mac Domhnall in die misstrauischen Augen von O' Reilly und Mac Fadden. Charles war nicht in der Lage gewesen, die beiden aufzuhalten. Blitzschnell hatten sie mit einem handlichen Bolzenschneider die Vorhängekette an der Tür durchtrennt. Mit Gewalt waren sie ins Haus eingedrungen, als er ihnen den Zuritt verwehrt hatte.

„Warum lassen Sie sich von Ihrem Lakaien verleugnen? Was verheimlichen Sie vor uns? Reden Sie! Oder soll ich die Antwort aus Ihnen herausprügeln?“, drohte O’ Reilly unverblümt.

James Mac Domhnall traten Schweißperlen auf die Stirn. Erst in diesem Moment begriff er gänzlich, in welcher gefährlichen Lage Charles und er schwebten. Jetzt war eingetreten, was er nicht in seinen schlimmsten Träumen erwartet hatte. Wäre er gestern zur Polizei gegangen, müssten sie heute nicht um ihr Leben bangen. Wie dumm und einfältig hatte er gehandelt. Das rächte sich nun.

„Raus mit der Sprache! Aus welchem Grund weigerten Sie sich, uns zu empfangen?“, setzte ihm Mac Fadden herausfordernd die Pistole auf die Brust.

„Es ziemt sich nicht, zu nachtschlafender Zeit die Ruhe anderer zu stören. Sie hätten problemlos morgen Vormittag vorsprechen können“, erwiderte er mit zitternder Stimme.

„So ein Quatsch!“, tönte O’ Reilly. „Während unseres ersten Besuchs bei Ihnen äußerten Sie noch, wir möchten Sie auf dem Laufenden halten, falls sich neue Erkenntnisse ergeben, und heute wollen Sie nichts mehr mit uns zu tun haben? Ihr schlechtes Gewissen stinkt zum Himmel. Der Angstschweiß auf Ihrer Stirn verrät Sie. Ich vermute, Sie haben Besuch von der Polizei erhalten?“

James Mac Domhnall erstarrte vor Schreck. Die Verbrecher hatten ihn durchschaut und die Situation richtig analysiert. Seine bloßgelegte Psyche war für sie ein offenes Buch.

„Volltreffer!“, rief Mac Fadden. „Wann sind die Bullen hier gewesen und was veranlasste sie dazu? Machen Sie endlich den Mund auf oder ich vergesse mich!“

Mit bebender Stimme berichtete er von dem Besuch des isländischen Kommissars, der sie beide des mehrfachen Mordes beschuldigte und ihnen um die Mittagszeit nach Clonfert gefolgt war.

„Das bedeutet, wir haben noch einige Stunden Vorsprung. Genug Zeit, um uns in Ruhe mit Ihnen zu unterhalten“, stellte O’ Reilly beruhigt fest. „Der Grund unseres erneuten Besuchs ist schnell erklärt. Wir haben Brendans Grab entdeckt. Darin fiel uns ein Marmorfragment in die Hände, auf dem eine Inschrift zu lesen war: *Die Versuchung des Teufels erfuhr ich, doch der Herr gab mir die Kraft, ihr zu widerstehen. Ein tiefer Schlund nahm auf, was mein Seelenheil bedroht*, lauten die ominösen Worte. Was drücken sie aus? Spricht er über den Schatz? Was hat es mit seinem Seelenheil auf sich und was zum Teufel bedeutet der Schlund?"

„Was weiß denn ich!", rief James Mac Domhnall verzweifelt. Er war der Situation nicht mehr gewachsen und kaum noch in der Lage, einen klaren Gedanken zu fassen.

„Reißen Sie sich gefälligst zusammen und denken Sie nach", bedrängte ihn Mac Fadden. „Sah er sich im Glauben geprüft?"

„Ja ... durchaus möglich. Laut historischen Quellen lebte er stets gottgefällig und in Armut. Das Auffinden der Reichtümer stürzte ihn offensichtlich in schwere Konflikte."

„Und was symbolisiert der Schlund? Einen Abgrund?", fragte O' Reilly ungeduldig.

„Wahrscheinlich einen Teich. Auch ein Moor oder ein Brunnen ist denkbar."

„Ein Moor oder ein Teich existiert nicht in Clonfert und einen Brunnen bemerkte ich ebenfalls nicht auf dem Gelände des Klosters."

„Mister O' Reilly, ein Brunnenschacht kann vor langer Zeit ausgetrocknet und zugeschüttet worden sein. Immerhin vergingen seitdem beinahe 1500 Jahre."

„Das bedeutet, dass wir nach Clonfert zurückkehren müssen", brachte es Mac Fadden auf den Punkt.

„Aber nicht jetzt. Lassen wir vorerst Gras über die Sache wachsen. Erst wenn wir die Aktion in Norwegen über die Bühne gebracht haben, wenden wir uns wieder dem Kloster zu."

„Sie beabsichtigen, Irland zu verlassen? Dabei kann ich Ihnen helfen, ohne Ärger mit der Polizei zu bekommen. Im Hafen von Galway liegt meine Jacht. Sie ist hochseetüchtig und der Tank randvoll. Nahrungsmittel befinden sich ausreichend an Bord. Bei ruhigem Wetter erreichen Sie die norwegische Küste in 72 Stunden."

Die beiden sahen sich überrascht an. Ihnen kam Wills Warnung in den Sinn, alle Flughäfen zu meiden. Irland über den Seeweg zu verlassen, wäre die beste Lösung.

„Ich muss lediglich meinen Skipper und den Küchenjungen benachrichtigen. Beide kann ich jederzeit anrufen", bot James Mac Domhnall freimütig an.

„Wir haben Erfahrung im Umgang mit Hochseejachten. Auch die Navigation eines Schiffes stellt für uns kein Problem dar. Dennoch kann die Gegenwart Ihrer Crew von Vorteil sein", stellte O' Reilly nachdenklich fest.

Stockend offenbarte der alte Mann den beiden, was sie über das Boot wissen mussten und wo es am Kai vertäut war.

„Informieren Sie Ihre Leute, sich schnellstens auf der Jacht einzufinden. Ich fahre in der Zwischenzeit zum Hafen und prüfe Ihre Angaben. Ihr Butler begleitet mich. Wenn sich Ihr Angebot als Lüge herausstellt, wird er dafür büßen", stellte Mac Fadden warnend in Aussicht.

Charles, der die ganze Zeit still in einem Sessel gekauert hatte, fuhr der Schrecken ins Gesicht. Mac Fadden registrierte es mit einem hämischen Grinsen.

„Wenn die Jacht Ihre Wünsche erfüllt, lassen Sie uns dann zufrieden?"

„Glauben Sie, wir sind Idioten? Was hält Sie davon ab, zum Telefon zu rennen und uns bei der Polizei anzuzeigen, sobald wir Ihr Haus verlassen haben? Das Risiko gehen wir nicht ein. Das verstehen Sie bestimmt. Sie sind doch ein intelligenter Mensch, oder?", entgegnete O' Reilly eisig.

„Tun Sie nichts Unüberlegtes. Versündigen Sie sich nicht", erwiderte James Mac Domhnall verzweifelt.

„Wir sind keine Unmenschen. Sie und Ihr Butler begleiten uns ein Stück. Sobald wir die Zwölfmeilenzone hinter uns gelassen haben, dürfen Sie beide mit dem Beiboot zum Ufer zurückkehren.

Dem Alten stockte zunächst der Atem. Schließlich holte er erleichtert Luft. Wie gut, dass er unlängst das Beiboot mit einem Außenbordmotor nachgerüstet hatte. 22 Kilometer auf der offenen See in einer Nussschale zu rudern, die den Strömungen des Meeres schutzlos ausgeliefert war, wäre ein Abenteuer, das sie mit Sicherheit nicht überleben würden.

Mac Fadden schüttelte über O' Reillys Worte nur den Kopf und konnte sich erneut ein arglistiges Grinsen nicht verkneifen.

Kapitel 8

1.

28. Juni

Chefinspektor Nathan Woods starrte Einar Jonsson missmutig an. Allmählich verlor er die Geduld. Seit über einer Stunde versuchte er, ihm verwertbare Informationen zu entlocken, die Aufschluss darüber gaben, in wessen Auftrag er handelte.

Dieser wandte mit verkniffenen Augen das Gesicht von der Bürolampe ab, die auf ihn gerichtet war. Ihm kam das Verhör albern vor. Nathan Woods hingegen, der auf diese Methode der Einschüchterung mutmaßlicher Täter schwor, um ihnen die Zunge zu lockern, schien eine innere Befriedigung aus ihr zu ziehen.

Doch Einar Jonsson war vom Fach und mit psychologischen Spielchen nicht aus der Ruhe zu bringen. „Schalten Sie endlich die dämliche Lampe aus und ziehen Sie die Vorhänge vom Fenster zurück. Es ist 10:00 Uhr morgens und taghell. Diese Posse ist kindisch. Sie konsumieren zu viele Krimis im Fernsehen“, stichelte er. Ihm rang das selbstgefällige Verhalten des Chefinspektors nur ein müdes Lächeln ab.

„Wann hier das Licht aus geht, bestimme ich“, empörte sich Nathan Woods und blätterte zum wiederholten Male in Jonssons Pass und dessen Dienstausweis. „Also von vorn. Keiner Ihrer Vorgesetzten hat uns kontaktiert und uns gebeten, Sie bei Ihren Recherchen zu unterstützen. Daraus lässt sich bloß ein Schluss ziehen: Ihre Behörde hat Ihnen keinen Auftrag erteilt, der Sie legitimiert, in Irland Untersuchungen anzustellen. Vielmehr stöbern Sie aus privaten Beweggründen in jeder Ecke herum und stören unsere Polizeiarbeit. Was bringen Sie zu Ihrer Entlastung vor?“

„Sie übertreiben, Chefinspektor. Mir ist nicht bewusst, wo und wann ich Ihre Arbeit gestört habe. In der Kathedrale von Clonfert versuchte ich einem Konservator – ich glaube, er hieß Abel Dawson – lediglich eine

Frage zu stellen, die mir unter den Nägeln brannte. Außerdem geht die Durchführung Ihrer Recherchen schlampig vonstatten, wenn ich das bemerken darf. Ein wichtiges Beweisstück ist in Clonfert beschädigt worden und Ihre Mitarbeiter zeigen bei ihrer Tätigkeit ein demotiviertes Verhalten. Kein Wunder bei dem Auftreten, das ihr Chef an den Tag legt."

Nathan Woods Gesicht samt seiner auf Hochglanz polierten Glatze färbte sich puterrot. Er stand kurz vor der Explosion. „Das ist eine Frechheit! Was maßen Sie sich an! Sie sind nicht in der Position, die Qualität unserer Arbeit zu beurteilen. Und wie ich meine Untergebenen behandle, geht Sie einen feuchten Kehricht an. Sie mit harter Hand zu führen, erscheint mir effektiver, als auf ihr freiwilliges Engagement zu vertrauen und alles dem Selbstlauf zu überlassen. Meine Erfahrungen besagen, dass die Beamten im unteren Dienstbereich im Grunde faul, müßig und arbeitsscheu sind. Druck und Kontrolle sind die einzigen Parameter, die sie begreifen und die einem Fehlverhalten entgegenwirken. Ich halte nichts von Gefühlsduseleien zwischen mir und meinen Mitarbeitern. Jede Abteilung bei der Kriminalpolizei ist so gut oder so schlecht wie ihr Vorgesetzter", faselte er abstrus.

Einar Jonsson grinste. „Jetzt begreifen Sie es. Haargenau das meine ich", spöttelte er voller Ironie. „Probieren Sie es mal mit einem freundlichen Wort und mehr Höflichkeit. Danach werden Sie überrascht sein!"

„Schluss! Jetzt ist es genug!", polterte er aufgebracht. „Ich werde auf der Stelle Ihren Vorgesetzten anrufen und ihn über Ihre Unverschämtheiten informieren."

„Tun Sie das. Die Nummer kennen Sie. Im Übrigen hätten Sie dies lange schon machen können, dann wäre uns der Klamauk in der letzten Stunde erspart geblieben", reagierte Einar Jonsson provokativ auf dessen Drohgebärde. „Sie werden schnell bemerken, dass Sie und Arnesson auf demselben Level schweben. Ach ja, bevor Sie gehen und mich bei meinem Chef anzinken, möchte ich Ihnen ein wichtiges Beweisstück zur Überprüfung übergeben. Unter den privaten Sachen, die Sie mir gestern abnahmen, ist eine Brieftasche. In ihrem Inneren steckt eine kleine Plastiktüte mit einem sauber abgenommenen Fingerabdruck. Er stammt von einem der zwei Mörder, die die Seeleute der Anna Katrin auf dem Gewissen tragen. Jenes Schiff, das die beiden von der Insel Jan Mayen nach Island übersetzte. Ich war so frei, Ihnen am Anfang unseres Gesprächs darüber zu berichten, wenn Sie sich noch daran erinnern. Ich bin überzeugt, dass der Verursacher des Abdrucks ein Ire ist. Möglicherweise ist sein Name in Ihrer Täterdatei verzeichnet."

„Die Anna Katrin! Ich entsinne mich. Ich bin kein dementer Trottel", erwiderte Nathan Woods entrüstet.

Einar Jonsson zog es vor, den Mund zu halten und ihn nicht weiter zu reizen. Vielleicht war er doch in der Lage, wenigstens einen konstruktiven Beitrag für die Lösung der Mordfälle zu leisten.

„Also gut, ich werde den Fingerabdruck untersuchen lassen", meinte er nach kurzem Nachsinnen entgegenkommend. „Das ändert allerdings nichts an meiner Forderung an Ihre Behörde. Sie müssen Irland innerhalb der nächsten 24 Stunden verlassen."

2.

Der jähe Anruf Luigi Montinaris versetzte sie in fieberhafte Erwartung. Ohne Zeit zu verlieren, kehrten sie in die Kapitolinischen Museen zurück, wo er bereits ungeduldig auf sie wartete.

„Deine Stimme überschlug sich fast am Telefon. Bist du auf eine Antwort gestoßen?", fragte Luka Falcone.

„Das kann ich mit Fug und Recht behaupten! Simonides lag völlig daneben!"

„Daneben ... Womit?", stammelte Andrea Favelli verwirrt.

„Was glaubt ihr? Welches Alter erreichte Hiron?"

„Woher sollen wir das wissen? Auf der Grabstele standen keine Geburts- und Sterbedaten. Komm auf den Punkt, Luigi!"

„Mir ging Hirons Beschreibung seiner Ruhestätte nicht aus dem Kopf", antwortete er. „Er schildert sie als Gefäß, das er dem Tempel der Tanit weiht. Angefüllt mit Trauer und Schmerz über den frühen Verlust des Lebens. Was bewegt einen Menschen dazu, zu Lebzeiten den eigenen frühen Tod zu beklagen? Woraus zieht er die Erkenntnis, dass er in jungen Jahren stirbt? Mal abgesehen davon, er leidet an einer tödlichen Krankheit? In meinen Augen ist das kompletter Unsinn. Ein gut situierter Mensch der Antike lebte im Mittel 40 Jahre. Hiron gehörte der karthagischen Elite an. Demnach besuchte er Schulen, lernte später das Kriegshandwerk, durchlief eine Offizierslaufbahn bei der Marine und versah ein hohes Amt an der Zinnküste in Britannien. Eine derartig hohe Stufe auf der Karriereleiter erreichte er keinesfalls nach zwanzig Lenzen. Folglich verstarb er nicht im zarten Jünglingsalter.

Wie also ist die angeführte Charakteristik des Grabes zu verstehen? Mir fiel nichts Konkretes ein. Ergo nahm ich das andere Dokument von Simonides unter die Lupe und wurde schnell fündig.

Es handelt sich um einen Brief, den er zu späterer Zeit an Servius Sulpicius Sabinus richtete. In dem Schreiben gibt er offen zu, dass er sich mit Hirons Grab als Versteck der Götterwaffe irrte. Er erinnerte Sabinus an den mit Brandwunden übersäten Greis, der ihm in Karthago sterbend in die Arme gelaufen war. Zu den Dokumenten, die er neben dem Periplus bei sich geführt hatte, zählte ein unscheinbarer Papyrus an einen Steinmetz, in welchem Hiron den Bau einer Grabanlage verfügte. Lange lag er unbeachtet im Haus des Simonides in Rom, bis er ihm wieder unter die Augen fiel. Nach dessen Prüfung ereilte ihn sofort die Erkenntnis, dass er Hirons Worte sinnentfremdet übersetzt hatte. Sie sagen etwas ganz anderes aus. Er beklagt in Wahrheit den frühen Tod seiner Tochter Elissa, der sie kurz nach ihrer Geburt ereilt hatte. Dem Steinmetz erteilte er den Auftrag, einen Sarkophag aus Marmor anzufertigen, der dem hohen Maß des Schmerzes und der Trauer über den Verlust ihres frühen Lebens Rechnung trage und die Götter wohlgesinnt stimme. Aus diesem Grund nimmt er am Tag der Beisetzung neben ihrem Leichnam auch eine Gabe an die Göttin Tanit auf, um für die Seele des Kindes Schutz und Wohlwollen im Totenreich zu erbitten. Was Sabinus betrifft: Er war inzwischen gestorben. So blieb der Brief von Simonides unbeantwortet und die Sache verlor sich im Sand der Zeit."

„Das ist des Rätsels Lösung", bemerkte Andrea Favelli konsterniert. „Sabinus plünderte aufgrund eines Fehlers das falsche Grab. Wo mag sich die Ruhestätte von Hirons Tochter befinden?"

„Dafür kommt nur ein Ort infrage", sagte Luka Falcone, ohne einen Zweifel aufkommen zu lassen: „Der Tophet von Karthago."

3.

Scheinbar ohne Emotionen hatte Einar Jonsson die Standpauke seines Chefs über sich ergehen lassen. Der Telefonhörer in seiner Hand hatte gebebt. Arnessons Geschrei, vermischt mit dem Vorwurf der Insubordination und dem Ausspruch der sofortigen Suspendierung vom Dienst, war selbst für Nathan Woods nicht überhörbar gewesen. Für einen Moment hatte sich in dessen Gesicht sogar ein Anflug von Mitgefühl gezeigt. Doch die Tage des Isländers in Galway waren in seinen Augen gezählt. „Bis Morgen verlassen Sie Irland", verkündete er unmissverständlich. „Ungeachtet dessen teile ich Ihnen noch die Auswertung des Fingerabdrucks mit."

„Das ging ja fix", meinte Einar Jonsson lapidar.

„Sie lagen richtig mit Ihrer Annahme. Der Mann ist Ire und heißt David Mac Fadden. Früher fuhr er zur See. Heute gibt er sich gern als Archäologe aus, besitzt allerdings keinen Universitätsabschluss. Er geriet wegen Einbruchs und Grabräuberei mehrmals mit dem Gesetz in Konflikt. Obendrein hatte er vor einigen Jahren eine Mordanklage am Hals. Aber die Staatsanwaltschaft konnte keine eindeutige Beweislast vorbringen. Seitdem ist er nicht mehr straffällig geworden, was nicht heißen soll, dass er zum Musterknaben mutierte. In Mac Faddens Fahrwasser schwimmt ein weiterer Ganove. Sein Name lautet Darragh Tomás O' Reilly. Er weist gleichfalls eine kriminelle Vorgeschichte auf. Ehemals im irischen Nationalmuseum als Historiker tätig, wechselte er die Seiten und wurde kriminell. Über drei Jahre saß er wegen Diebstahls eines kostbaren Gemäldes in Haft. Nach seiner Entlassung aus dem Gefängnis gründete er mit Mac Fadden eine Firma, die mit Antiquitäten handelt. Welchen Kanälen die Ware entspringt, mit der sie Handel treiben, bleibt ungewiss. O' Reilly kann das fehlende Puzzleteil Ihres Mörderduos darstellen. Möglicherweise war er an den Verbrechen auf der Anna Katrin beteiligt."

„Verwetten Sie darauf Ihre Pension, Chefinspektor“, erwiderte Einar Jonsson. „Die beiden sind die gesuchten Männer. Sie jagen dem Schatz eines Mönchs hinterher, der im 6. Jahrhundert lebte und Brendan hieß. Die Spur, die er auf der Insel Jan Mayen hinterließ, führte die beiden zurück nach Irland. Sie sind für den Tod des Pfarrers von Clonfert verantwortlich, der sie letzte Nacht an Brendans Grabstätte überraschte, als sie nach dessen verstecktem Gold gruben. Jenes Grab, an dem Sie Ihre Mitarbeiter anwiesen, mich festzunehmen.“

„Woher wissen Sie das alles?“ Nathan Woods kam aus dem Staunen nicht heraus.

„Unlängst statteten Mac Fadden und O' Reilly dem Historiker James Mac Domhnall einen Besuch ab. Er lebt hier in Galway und hat mir die Begebenheit genaustens berichtet. Er war es, der das Augenmerk der beiden Verbrecher nach Clonfert richtete, um dort nach Brendans Schatz zu forschen. An der Ermordung des Pfarrers trägt er keine Schuld. Anfangs vermutete er in ihnen Seelenverwandte, die der Wissenschaft verpflichtet waren, da sie sich als Archäologen vorstellten. Erst später begriff er, dass es sich um dubiose Schatzjäger handelte.“

„James Mac Domhnall ist ein angesehener Bürger unserer Stadt und über jeden Zweifel erhaben. Trotzdem bin ich gezwungen, ihm einige Fragen zu stellen“, äußerte er überrascht.

„Das täte ich auch gern“, meinte Einar Jonsson beiläufig.

Nathan Woods musterte ihn nachdenklich. Schließlich gab er sich einen Ruck. „Einverstanden. Begleiten Sie mich. Danach kümmern Sie sich um Ihren Heimflug.“

Auf dessen nachdrückliche Forderung blieb er eine Antwort schuldig. Ob er ihr nachkam, würde sich zeigen.

4.

Mit dem Taxi waren Marja Peterssen und Maximilian Korff vom Flughafen in Dublin ohne Zwischenaufenthalt direkt nach Galway gefahren. Der Nachmittag war bereits vorangeschritten, als sie endlich vor der Villa Mac Domhnalls eintrafen. Eine bedrohlich wirkende Stille hielt das betagte Haus gefangen.

Beunruhigt blickte er zum Eingang. Ihn ereilte sofort das Gefühl, dass etwas nicht stimmte.

„Was ist los mit dir? Du wirkst verunsichert", meinte sie irritiert.

„Die Tür ... Sie ist bloß angelehnt. Das sieht nach einem Einbruch aus."

„Hörst du die Flöhe husten? Jemand hat vergessen, sie zu schließen. Das kommt vor", flachste sie lachend.

Er konnte ihre Sorglosigkeit nicht teilen. Vorsichtig stieg er die Treppenstufen zum Eingang nach oben und blieb abrupt stehen. „Ich habe mich nicht getäuscht", konstatierte er und winkte Marja Peterssen zu sich. „Schau! Die Vorhängekette ist sauber durchtrennt worden. Womöglich mit einem Bolzenschneider, wie ihn Fahrraddiebe benutzen."

Sie schaute ihn entgeistert an. „Was schlussfolgerst du daraus?", fragte sie mit bangen Worten.

„Wer immer sich im Haus aufhielt, öffnete dem Täter die Tür, ansonsten wäre die Kette noch intakt. Jemand verschaffte sich mit Gewalt Zugang zu Mac Domhnalls Haus."

„Und was machen wir jetzt? Nachsehen?"

„Das tun wir lieber nicht", erwiderte er. „Wer weiß, was uns erwartet."

Von Weitem hörte er plötzlich eine Polizeisirene heulen, die sich schnell näherte. Reaktionsschnell schnappte Maximilian Korff Marja Petersen bei der Hand und zog sie von der Villa fort.

5.

Nathan Woods und zwei weitere Beamte der Kriminalpolizei sprangen aus dem Wagen und stiegen eilenden Schrittes die Stufen zu Mac Domhnalls Villa empor. „Mac Mulligan, Sie achten derweil auf unseren isländischen Gast", rief er dem Fahrer am Lenkrad zu.

Einar Jonsson, der ebenfalls ausgestiegen war, ließ es gemächlicher angehen und verfolgte die Szenerie aus einigen Metern Abstand.

„Chefinspektor ... Schauen Sie! Die Tür steht offen."

Nathan Woods, der gerade läuten wollte, stutzte und griff nach seiner Dienstwaffe. „Vorsicht, Allister, hier liegt ein Einbruch vor.

Womöglich hält sich der Täter noch im Haus auf. Gehen Sie voraus. Murphy und ich sichern Sie ab.“ Er nickte still mit dem Kopf und brachte seine Waffe in Anschlag. Langsam verschwand er im Inneren des Hauses. Woods und Murphy folgten ihm. Lange Zeit geschah nichts. Einar Jonsson blickte zur Uhr: Es waren 20 Minuten vergangen. Unerwartet stürzte Allister zur Haustür heraus und übergab sich an der Treppe. Kurz danach erschienen auch Woods und Murphy am Eingang. Nach ihren bleichen Gesichtern zu urteilen, musste der Anblick dessen, was sie im Haus vorgefunden hatten, unsagbar grausam gewesen sein.

„Rufen Sie die Spurensicherung“, wies Nathan Woods nach Luft ringend Murphy an.

Einar Jonsson, inzwischen erfahren in solchen Situationen, wusste augenblicklich, was in der Villa vorgefallen war. Düstere, blutige Bilder kamen ihm ins Gedächtnis. Bilder, die die schrecklichen Morde auf der Polarstar wiederbelebten.

6.

Abseits vom Geschehen hatten Marja Petersen und Maximilian Korff die Vorgänge am Eingang von Mac Domhnalls Haus neugierig verfolgt. In der Zwischenzeit waren zwei weitere Einsatzwagen eingetroffen. Schlimmes musste geschehen sein. Spezialkräfte der Polizei in Schutzanzügen, offensichtlich Mitarbeiter der Spurensicherung, betraten – mit Koffern beschwert – das Innere der Wohnung.

Unauffällig pirschten sie sich an die Absperrung heran, die die Polizeibeamten begannen aufzustellen, um zu ergründen, welcher Umstand die Präsenz der Polizei ausgelöst hatte.

„Was ist hier geschehen?“, fragte Maximilian Korff beiläufig einen Beamten in Uniform.

Wider Erwarten zeigte sich der Polizist gesprächig. „Im Keller der Villa befinden sich zwei tote Männer, die grässlich entstellt aussehen. Ihre Identitäten sind allerdings noch ungeklärt. Offensichtlich liegt ein Verbrechen vor.“

Eine unheilvolle Ahnung überkam Maximilian Korff. Neugierig wandte er sein Interesse der Szenerie am Hauseingang zu. Dort diskutierten mehrere Kriminalbeamte gestenreich über den weiteren Ablauf der Untersuchung. Einzelne Wortfetzen drangen an sein Ohr, die er nicht deutlich genug verstand, um sie richtig zu interpretieren. Plötzlich bemerkte er, dass ihn jemand beobachtete. Sein Blick verfing sich in den Augen eines Mannes, der zwar im Kreis der Beamten stand, jedoch dem Anschein nach nicht zu ihnen gehörte. Der Unbekannte nickte ihm lächelnd zu.

„Kennst du ihn?“, fragte Marja Peterssen verwundert.

„Nein“, erwiderte er und schüttelte den Kopf. „Ich bin mir aber sicher, dass wir bald Bekanntschaft mit ihm schließen werden.“

7.

Erstaunlicherweise hatte Nathan Woods auf Anfrage von Einar Jonsson genehmigt, einen Blick auf den Tatort und die beiden Leichen zu werfen. In Hinsicht auf dessen baldige Abreise war er geradezu wohlwollend auf die Bitte des Isländers eingegangen.

„Der Mann kann mich noch überraschen. Das hätte ich nicht gedacht“, murmelte Einar Jonsson leise vor sich hin und betrat die Wohnung. Er durchquerte einen zehn Meter langen Flur, vorbei an sechs Türen, die in die Küche, die Bibliothek und den Wohn- und Schlafbereich führten. An dessen Ende angekommen, stieg er die steilen Stufen zum Keller hinunter. Bereits hier nahm er den süßlichen, eisenartigen Geruch vergossenen Blutes wahr. Er spürte, der Geschmack des Todes lag in der Luft.

Am Ende der Treppe stand ein Polizist. Er starrte Einar Jonsson verwundert an, ließ ihn jedoch anstandslos passieren. Im hinteren Bereich des Kellers, grell beleuchtet von vier Scheinwerfern, erblickte er die Beamten der Spurensicherung, die – den gängigen Regeln folgend – ihre Arbeit verrichteten. Akribisch vermaßen sie die Abstände und die Größe der sichergestellten Spuren, protokollierten sie, nahmen Fingerabdrücke, Proben von gefundenen Haaren, Hautschuppen und Textilfasern. Anschließend fotografierten sie die Fundstücke und verpackten sie in Plastiktüten, um im Labor tiefgründige Analysen durchzuführen.

Einar Jonsson fasste die beiden Leichen aus der Entfernung ins

Auge. Obwohl er mit einem schauerlichen Anblick gerechnet hatte, stockte ihm der Atem. Ihm zeigte sich das gleiche Bild, das er schon auf der Polarstar vor den Augen gesehen hatte – Bestialität jenseits aller menschlichen Vorstellungen.

Es handelte sich um zwei Männer: James Mac Domhnall und dessen Diener Charles. Er erkannte sie sofort wieder. Ihre Köpfe fielen seltsam über die Schultern nach hinten und offenbarten an den gestreckten Hälsen tiefe Wunden, die in der Länge beinahe von Ohr zu Ohr verliefen. Beiden war mit einem Messer oder Skalpell die Kehle durchgeschnitten worden. Ihre blutbesudelten Leiber ruhten auf ausrangierten, wurmstichigen Stühlen, an denen sie mit Seilen fest angebunden waren. Die Münder der Opfer hatten die Mörder vorsorglich mit Klebeband verschlossen. Kein verzweifelter Schrei war über ihre Zungen gekommen und Hilfe somit nicht zu erwarten gewesen. Niemand hatte das Verbrechen bemerkt. Im Verborgenen eines dunklen Kellers und ohne Zeugen hatten sie dem Tod entgegenblickt. Vermutlich mit Angst in den Augen. Vielleicht auch unerschrocken und von der Hoffnung beseelt, dass die Polizei ihre Mörder fasse und die Gerechtigkeit am Ende den Sieg davontrage.

Schaudernd wandte sich Einar Jonsson von der Szene ab. Wer für das Verbrechen verantwortlich war, lag für ihn klar auf der Hand: O' Reilly und Mac Fadden. Zutiefst berührt über das Schicksal der Opfer, stieg er die Stufen der Treppe nach oben. Die Luft im Freien kam ihm frischer und reiner vor wie gerade eben.

8.

Unterdessen waren Maximilian Korff und Marja Peterssen mit einem alten Mann ins Gespräch gekommen, der behauptete, er sei ein Nachbar von James Mac Domhnall. Er verharrte ebenfalls vor der Polizeisperre, mit einem Hündchen an der Leine, und schüttelte, den Arm auf einen Gehstock gestützt und verwundert durch eine runde Nickelbrille blickend, unablässig den Kopf. Zunächst dachten Sie, ihm sei übel und er brauche Hilfe, doch dann stellte sich ein anderer Grund heraus. Die toten Männer in Mac Domhnalls Haus stellten ihn vor ein Rätsel, nachdem ihre Identitäten durchgesickert waren.

„Ich kann beschwören, dass Mac Domhnall und Charles gestern zu später Stunde das Haus verließen. Ich stand auf der anderen Straßenseite und sah beide mit Sack und Pack in den Landrover einsteigen und in Richtung Hafen davonfahren. Merkwürdig war bloß ihr Verhalten. Sie ignorierten mich, als ich sie grüßte“, versicherte der Alte.

„Was macht Sie so sicher? Vielleicht waren es Gäste von Mac Domhnall?“, meinte Maximilian Korff nachdenklich.

„Gäste? Mac Domhnall empfing selten Gäste. Um die Zeit schon gar nicht.“

„Wann haben Sie die Beobachtung gemacht?“, fragte Marja Peterssen.

„So gegen Mitternacht. Ich ging um diese Zeit mit Jack Gassi. Jack ist mein Hund“, erklärte er und zeigte auf seinen putzigen Yorkshire Terrier.

„Schon klar“, erwiderte Maximilian Korff. „Können Sie sich vorstellen, was Mac Domhnall nachts in den Hafen von Galway trieb?“

„Vermutlich dessen Jacht. Sie liegt dort vertäut. Ich nahm an, er wolle zum Fischen auslaufen.“

„Es stimmt, was er sagt. Er meint die Abigail“, hörten sie eine dunkle Stimme hinter ihrem Rücken sprechen. Überrascht wandten sie sich um. Der Mann, der die Worte geäußert hatte, war noch vor 15 Minuten von Kriminalbeamten umringt gewesen und hatte ihnen freundlich zugenickt.

„Entschuldigen Sie bitte, wenn ich mich einmische. Ich bin Einar Jonsson ... Kommissar Einar Jonsson. Ich ermittle für die Kriminalpolizei in Reykjavík in mehreren Mordfällen“, offerierte er betont seine Absichten. „Als Sie den Polizisten an der Absperrung ansprachen, schoss mir sofort der Gedanke in den Sinn, dass Sie zu Mac Domhnalls Bekanntenkreis gehören oder ihn zumindest näher kennen.“

„Da muss ich Sie enttäuschen. Beides trifft nicht zu“, antwortete Maximilian Korff. „Allerdings verfolgte ich das Ziel, ihn auf Empfehlung eines alten Bekannten heute aufzusuchen, um für ein ungelöstes Rätsel den Rat eines Experten einzuholen."

„Ich kenne Sie!", platzte unerwartet Marja Peterssen heraus.

„Nein ... Ich meine, ich hörte unlängst Ihren Namen. Er kam Inga Hallström über die Lippen. Sie zeigte mir auf Jan Mayen die grausamen Fotos, die Sie ihr geschickt hatten.

„Inga Hallström! Natürlich ... Die Vulkanologin. Wie geht es ihr?

„Inzwischen deutlich besser. Was macht Ihre Jagd auf die Verbrecher, die Inga Hallström mit dem Tode bedrohten? War sie von Erfolg gekrönt?"

„Ich war ihrer beinahe habhaft geworden. Dummerweise kam mir ein aufgeblasener Beamter der irischen Kriminalpolizei in die Quere. Mac Domhnall und sein Butler würden heute noch leben, wenn er mich gestern nicht eingebuchtet hätte, nur weil ich ohne offizielle Order meines Vorgesetzten in Irland nach ihnen ermittelte", schimpfte Einar Jonsson.

Während der alte Mann und sein Hündchen Jack langsam nach Hause tippelten, nahm Maximilian Korff den Isländer zur Seite und fragte ihn, was er von dessen Hinweisen über die Ereignisse in der letzten Nacht vor Mac Domhnalls Haus halte.

„Ich bin überzeugt, dass sich die beiden Mörder der Abigail bemächtigten und aufs offene Meer hinaus flohen", äußerte er, ohne einen Zweifel aufkommen zu lassen.

„Wohin werden sie das Schiff steuern? Welche Küste werden sie anlaufen?", stellte Marja Peterssen ratlos in den Raum.

„Wer soll das wissen? Fahren wir zum Hafen. Eventuell erhalten wir dort Kenntnis über das Ziel ihrer Intention", schlug Einar Jonsson vor. Er hatte bloß noch eins im Kopf: So schnell wie möglich aus Nathan Woods Klauen zu entwischen.

9.

Ein Wagen der pathologischen Abteilung hielt vor der Villa. Chefinspektor Nathan Woods nahm es wortlos zur Kenntnis. Aber der Abtransport der ermordeten Männer verzögerte sich, da die

Untersuchungen der Spurensicherung im Keller des Hauses noch nicht abgeschlossen waren.

Einer spontanen Idee folgend, warf Murphy plötzlich die Frage auf, wohin der oder die Mörder flüchteten.

Nathan Woods kam Einar Jonsson in den Sinn. Wusste er eine Antwort darauf? Erst jetzt nahm er wahr, dass der Isländer sich unbemerkt entfernt hatte. Böses ahnend hielt er Ausschau nach ihm, dennoch blieb er verschwunden.

„Mac Mulligan!“, krähte er einen seiner Mitarbeiter an. „Ich wies Ihnen unmissverständlich an, Jonsson nicht aus den Augen zu lassen. Wo ist der Mann abgeblieben?“

Der gescholtene Beamte kam ins Schwitzen. „Sie haben ihm doch gestattet, die Leichen zu begutachten.“

„Belehren Sie mich nicht. Ich weiß, was ich zu ihm sagte“, reagierte er giftig auf Mac Mulligans Bemerkung. „Für mich ist ausschlaggebend, wo Sie sich befanden, als er in den Keller marschierte?“

„Selbstverständlich im Wagen“, erwiderte der Beamte arglos.

„Was ist daran selbstverständlich?“, blökte Nathan Woods ihn an. „Mein Befehl lautete: Ihm nicht von der Pelle zu rücken. Ist das so schwer zu begreifen? Sie sind nicht in der Lage, die banalsten Aufgaben zu erledigen, Sie Pfeife! Bin ich bloß noch von Idioten umgeben? ... Allister!“

„Chef?“, tönte es hinter seinem Rücken kleinlaut.

„Machen Sie sich mit Mac Mulligan auf die Socken und kommen Sie beide mir nicht ohne ihn unter die Augen, ansonsten laufen Sie ab morgen Streife.“

Geknickt stiegen die beiden in den Einsatzwagen und fuhren in Richtung Innenstadt von dannen.

Den Kopf schüttelnd, blickte ihnen der Chefinspektor nach. Er ahnte bereits den Ausgang des Unterfangens. Sie würden Einar Jonsson nicht finden.

10.

Im Büro des Hafenmeisters lag ein aromatischer Duft in der Luft. Peter Mac Clary kennzeichnete ein freundliches Wesen und ließ es sich nicht nehmen, Marja Peterssen, Maximilian Korff und Einar Jonsson, die sich bei ihm nach der Jacht von Mac Domhnall erkundigt hatten, auf eine Tasse Tee einzuladen.

Während er sie randvoll füllte, verriet er ihnen, dass die Abigail um 1:00 Uhr morgens abgelegt hatte. „Laut dem Vermerk meines Kollegen in der Nachtschicht befand sich der Eigentümer nicht an Bord, als sie aus dem Hafen steuerte, was nicht unnatürlich ist, da er sie oft an Touristen vermietet, die zum Fischen rausfahren. Bloß der Skipper Edward Midleton, den in Galway alle Eddi nennen, und der junge Paddy O' Sullivan, der für die Kombüse zuständig ist, zählen zur Crew. Gegen Mitternacht trafen die beiden auf der Abigail ein und machten klar Schiff. Später stießen zwei Passagiere hinzu. Offenbar haben sie die Jacht für einen Ausflug gechartert.

„James Mac Domhnall fiel gestern Abend einem Mordanschlag zum Opfer", teilte Marja Peterssen dem Hafenmeister mit.

„Großer Gott, wie entsetzlich!", rief er geschockt. „Aus welchem Grund? Mac Domhnall besaß keine Feinde. Er lebte abgeschottet von der Öffentlichkeit. Ärger und Streit hielt er lieber von sich fern. Auf der Abigail sah ich ihn seit Wochen nicht mehr."

„Seine Mörder befinden sich auf der Jacht", verriet Einar Jonsson. „Ich glaube, dass sie Midleton und O' Sullivan zwangen, mit ihnen den Hafen zu verlassen."

„Eddi und der Junge schweben in großer Gefahr", wurde Peter Mac Clary bewusst. „Was können wir tun, um ihnen zu helfen?"

„Der Kurs der Abigail, wohin führt er?", fragte Maximilian Korff.

„Wie ich schon sagte: Ich dachte, die Crew fährt zum Fischen hinaus. Wenn sie den Tätern jedoch zur Flucht diente, scheint vieles erwägbar. Tralee im Südwesten, Dublin im Osten oder Bristol im England. Selbst die Kanalinseln, die Küste von Frankreich oder Schottland liegen im Bereich des Möglichen. Es gibt kein Limit, solange der Sprit nicht ausgeht. Die Abigail ist ein hochseetüchtiges Schiff."

„Besteht die Chance, es über Radar zu orten?", versuchte Einar Jonsson das Problem aus technischer Sicht zu lösen.

„Nur wenn es sich in Küstennähe aufhält. Das ist im Augenblick nicht der Fall. Außerhalb der Zwölfmeilenzone verliert sich das Signal. Unsere Geräte sind nicht auf dem neuesten Stand. Bliebe noch ein Lokalisieren der Abigail über GPS. Vorausgesetzt, der Sender ist in Betrieb. Ich befürchte allerdings, dass ihn die Mörder zur Vorsicht ausgeschaltet haben, da ich kein Signal empfange."

Sie kamen an einen toten Punkt. Die möglichen Optionen für die Flucht der Mörder Mac Domhnalls waren zu breit gefächert.

In die einsetzende Stille platzte unerwartet ein Anruf auf Maximilians Korffs Handy. Die vertrauliche Begrüßung verriet, dass er den anderen gut kannte. Lange hörte er wortlos zu. Sein Gesicht, das anfangs Zustimmung ausdrückte, wechselte abrupt in eine ablehnende Pose, bis es am Ende des Gesprächs tiefes Misstrauen zum Ausdruck brachte. Das Gehörte im Gedächtnis reflektierend, blickte er die anderen unschlüssig an.

„Was ist los mit dir?", fragte Marja Peterssen besorgt.

„Ein alter Bekannter meiner Familie rief mich an. Was er mir mitteilte, kann ich kaum glauben und macht ihn in meinen Augen suspekt."

„Sprechen Sie frei heraus. Wie heißt der Mann und was will er?", bedrängte ihn Einar Jonsson ungeduldig.

„Sein Name lautet Wilbert von Lausen. Er ist ein einflussreicher deutscher Industriemagnat, der in den höchsten Kreisen von Politik und Wirtschaft verkehrt. Sein Vater Wilhelm und mein Großvater Johannes waren dicke Freunde gewesen und hatten im Zweiten Weltkrieg in einer Wetterstaffel der Luftwaffe in Norwegen gedient. Als Großvater nach einem Flugzeugunglück auf Jan Mayen verstarb, brach der Kontakt nicht ab. Die Familie derer von Lausen blieb mit uns weiterhin verbunden bis zum heutigen Tag. Doch jetzt hege ich ernsthafte Zweifel an Wilberts freundschaftlichen Ambitionen."

„Inwiefern?", bohrte Einar Jonsson nach. „Was hat sich daran gerade geändert?"

„Er wusste über Dinge Bescheid, über die er nach meinem Empfinden keine Kenntnis besaß, es sei denn ..."

„Es sei denn, er hat Sie von Anfang an benutzt, wollten Sie sagen, oder?", fiel ihm Einar Jonsson ins Wort. „Kannte er Ihre Pläne?"

„Und ob! Ich hielt ihn über meine Absichten die ganze Zeit auf dem Laufenden. Über meine Reise nach Jan Mayen mit Marja und das Auffinden des Leichnams meines Großvaters wusste er Bescheid. Auch der Schatz des Brendan und das Wissen vom Untergang des griechischen Schiffes Semele mitsamt einem aufsehenerregenden Artefakt vor der Küste von Kristiansand waren ihm bestens vertraut. Und nach alledem riet er mir, James Mac Domhnall aufzusuchen, einen anerkannten Brendankenner, um Licht in das Dunkel über den Verbleib des Schatzes zu bringen. Und jetzt das!"

„Was?", rief Marja Peterssen hastig aus. Ihre Nerven waren wie Drahtseile gespannt.

„Er nannte mir die Namen der Männer, die ihn und seinen Butler Charles ermordet haben. Mein Wissen um deren Tod sprach ich zur Vorsicht ihm gegenüber nicht an", erwiderte er und schüttelte ungläubig den Kopf.

Einar Jonsson verschlug die Nachricht beinahe die Sprache. „Erzählen Sie mir alles von Anfang an!", verlangte er mit Nachdruck, sodass Maximilian Korff gar nicht in den Sinn kam, ihm zu widersprechen.

„Er forderte mich auf, so schnell es ginge, nach Norwegen zu reisen. In der Stadt Kristiansand träfe in drei Tagen der Meeresarchäologe Howard Briggs ein. Gemeinsam sollen wir nach dem Wrack der Semele tauchen und das Artefakt bergen. Außerdem stießen zur Unterstützung zwei Mitarbeiter einer renommierten irischen Bergungsfirma dazu. Sie kämen auf einem Schiff nach Kristiansand. Und nun kommt es: Der Kahn heißt Abigail und die beiden Männer Darragh Tomás O' Reilly und David Mac Fadden."

Marja Peterssen fiel die Kinnlade herunter. „Mein Gott, wie gespenstisch", meinte sie erschauernd.

„Jetzt wissen wir wenigstens, wo das Ziel ihrer Flucht liegt", stellte Einar Jonsson pragmatisch fest. „Wir beide müssen uns austauschen. Und zwar in jeder Hinsicht", legte er Maximilian Korff nahe.

„Diesbezüglich stimme in Ihnen zu", erwiderte er. „Unser neuer Freund, Peter Mac Clary, kann uns derweil noch eine Tasse Tee einschenken." Der Hafenmeister ließ sich nicht lange bitten. Für ihn war der Besuch in seinem Büro ein kurzweiliges Intermezzo im tristen Dienstalltag und der Disput der Gäste zudem spannend anzuhören.

Kapitel 9

1.

29. Juni

Der Sturm peitschte die Gischt der aufgewühlten Wogen weit über das Vorschiff, wenn die Abigail in ein tiefes Wellental eintauchte und steil wieder emporstieg. Alle Luken und Türen waren dichtgemacht, um das Eindringen von Wasser in den Bootskörper zu verhindern. Trotz der Gefahren hatte sich der Kombüsenjunge Paddy O' Sullivan auf das Deck des Vorschiffes gewagt. Mit einer Taschenlampe in der Hand gab er Lichtzeichen zur Brücke, wo Edward Midleton das Steuerrad in den Händen hielt. Er musste dringend mit ihm sprechen, denn ihr Leben hingen am seidenen Faden. Mit einem dünnen Seil an der Reling gesichert, wartete er ungeduldig auf ihn.

Als der Skipper wenig später mit schwankenden Schritten zu ihm stieß, stellte dieser ihn ärgerlich zur Rede. „Sag mal, spinnst du? Bist du lebensmüde?", brüllte er gegen den tobenden Sturm an. „Kein normal denkender Mensch spaziert bei diesem Wetter über das Deck. Wenn dich ein schwerer Brecher erwischt, spült er dich über Bord. Und den dünnen Bindfaden, den du dir um den Bauch gewickelt hast, zerreist er wie dünnes Nähgarn."

„Schimpf nicht mit mir", erwiderte Paddy auf die Vorwürfe. „Ich tat es aus gutem Grund. Ich muss ungestört mit dir reden."

„Mit mir reden? Dann lass uns auf die Brücke gehen. Dort ist es sicherer."

„Lieber nicht, Eddi. Die Wände im Schiff verfügen über gute Ohren. Ich weiß es."

„Was redest du heute für Unsinn. Hast du an der Whiskeyflasche genuckelt?"

Empört wollte er gegen den Vorwurf Protest einlegen, da er nie hochprozentigen Alkohol trank, als ihm eine riesige Welle zuvorkam. Krachend schlug sie gegen den Bug und ergoss ihre Gischt über die beiden Seeleute. Wie auf Kommando gesellten sich Blitz und Donner dazu. Ein Greenhorn, dem der Wind mit Stärke zwölf ins Gesicht blies und die Schiffsplanken unter den Füßen schwankten, bekam unter diesen Bedingungen rasch weiche Knie. Doch nicht Midleton und O' Sullivan. Auf hoher See hatten beide bereits mehrmals derartige Situationen heil überstanden. Ein Umstand, der auch der Abigail zu verdanken war. Die 15 Meter lange, solide gebaute Hochseejacht widerstand trotz ihres betagten Alters den extremsten Bedingungen und hatte sie nie enttäuscht.

Pudelnass wischte sich Paddy die Gischt aus dem Gesicht und zog Eddi ins Vertrauen. „Wir schweben in großer Gefahr."

„Gefahr? Inwiefern?"

„Unsere Gäste planen, uns zu töten."

Der Skipper blickte ihn ungläubig an. „Was reimst du dir für einen Quatsch zusammen? Hauch mich mal an."

„Verdammt, ich habe nicht getrunken. Nimm mich bitte ernst!"

Die nächste Welle rollte heran und überschwemmte das Vordeck neuerlich mit schaumgeladener Gischt.

„Also gut, erzähl mir, was du gehört hast", lenkte er versöhnlich ein. Paddys Verhalten weckte allmählich sein Misstrauen.

Der Junge wusste viel zu erzählen. „Rein zufällig hörte ich ein Gespräch von O' Reilly und Mac Fadden, als sie in ihrer Kajüte verweilten. Ich hielt mich nebenan im Vorratslager auf, um die Bestände der vorhandenen Nahrungsmittel und Getränke zu überprüfen. Die beiden glaubten offenbar, sie wären allein unter Deck und keiner belausche sie. Zum Glück sind die Wände zwischen den Kajüten dünn gebaut. Schnell begriff ich, dass unsere Gäste keine normalen Passagiere sind, sondern gefährliche Kriminelle. Ich wüsste gern die Gründe, die James Mac Domhnall bewogen, uns zu beauftragen, die Dreckskerle nach Norwegen zu schippern? Ob er geschäftlich mit ihnen verkehrt? Ein Gedanke, den ich kaum glauben kann. Eines scheint gewiss: Sie suchen nach einem antiken, versunkenen Schatzschiff vor der norwegischen Küste. In Kristiansand hoffen sie, auf einen Tauchspezialisten zu treffen, der ihnen bei der Bergung zur Hand geht. Uns beabsichtigen, sie vorher loszuwerden. Bevor die Zwölfmeilenzone von Norwegen in Sicht kommt, treiben Midleton und O' Sullivan als Fischfutter in der Nordsee, hat O' Reilly gegenüber Mac Fadden angekündigt. Im Übrigen sah ich, wie sie unsere Kajüten durchsuchten, unsere Handys stahlen und anschließend ins Meer warfen. Auch die Signalpistole ist verschwunden. Wenn wir in Seenot geraten, sind wir nicht in der Lage, vorüberfahrenden Schiffen ein Zeichen zu geben. Sie war unsere einzige Schusswaffe. Was tun wir, Eddi? Ich will nicht auf die Weise enden."

Der Skipper zeigte sich erschüttert von dem, was ihm Paddy berichtet hatte. „Ich denke nicht, dass Mac Domhnall ihre wahren Charakterzüge kannte. Er ist eine ehrliche Seele. Manchmal etwas bärbeißig, ansonsten immer korrekt. Der Auftrag, den er uns durch Charles übermitteln ließ, besaß für mich nichts Anrüchiges. Zudem war die in Aussicht gestellte Heuer nicht übel. Ich sah keinen Grund, lange nach Wenn und Aber zu fragen. Das erweist sich jetzt als Fehler. Wie kommen wir aus dem Schlamassel heraus? Lass mich kurz überlegen."

Doch Paddy konnte sich nicht zurückhalten. Zu tief saß die Furcht vor einem gewaltsamen Tod in seiner jungen Seele. „Lass uns den Kurs ändern und einen Hafen anlaufen?", begehrte er verzweifelt gegen das drohende Verhängnis auf.

„Bei dem Unwetter, das heute herrscht, benötigen wir jemand am Steuer, der mit den Felsriffen und Untiefen in der hiesigen Küstenregion bestens vertraut ist. Und dieser jemand bin nicht ich. Außerdem taucht in einer Viertelstunde Mac Fadden auf, um die nächste Schicht auf der Brücke zu übernehmen. Ich darf ihn auf keinen Fall unterschätzen, da er über umfassende nautische Kenntnisse verfügt. Ein Kurswechsel der Abigail bliebe ihm nicht unbemerkt."

„Und das Beiboot?"

„Es heimlich auszusetzen, erscheint mir schwierig genug. Gleichwohl ist es damit allein nicht getan. Uns durch die aufgewühlte See zu manövrieren, mutet mir nahezu unmöglich an. Infolge des hohen Seegangs besteht die Gefahr zu kentern und zu ertrinken", befürchtete Eddi. „Im Moment passieren wir eine Wasserstraße, die den Namen Little Minch trägt. Sie weist eine Breite von 13 Seemeilen auf und trennt die Inneren von den Äußeren Hebriden. Sieben Seemeilen

Backbord liegt das Eiland North Uist und sechs Seemeilen Steuerbord erstreckt sich die Küste der Insel Skye. Die Strömung im Little Minch ist stark und unberechenbar."

Zutiefst enttäuscht hielt Paddy Ausschau nach dem ersehnten Land. Die angesprochenen Inseln indes fielen nicht in sein Blickfeld. Zu dunkel war die Nacht und zu ungestüm das Meer.

Zum wiederholten Male ergoss sich über das Vordeck die Gischt einer gewaltigen Welle. Erneut blitzte und grollte der finstere, wolkenverhangene Himmel, aus dem zu ihrem Überdruss urplötzlich ein heftiger Regenschauer niederging. Dazu heulte der Wind, dass ihnen die Ohren wehtaten. Die Elemente spielten alle Asse aus.

„Ich muss zurück auf die Brücke. Das Steuerrad ist zwar festgezurrt, dennoch darf ich es nicht lange ohne Aufsicht lassen. Diese Gewässer sind tückisch", mahnte der Skipper und versuchte, Paddy zu beruhigen. „Leg dich in deine Koje und versuche zu schlafen. In der Zwischenzeit lasse ich mir eine Lösung für unser Problem einfallen."

Der Junge nickte schweigend und verschwand mit einem Gefühl der Hilflosigkeit unter Deck.

Grübelnd schwankte Edward Midleton zurück zum Mittelschiff und stieg die Stufen zur Brücke hinauf. Während er das Sicherungsseil vom Steuerrad losband, fiel ihm die logische Antwort ein. In ihrer Situation kam ausschließlich eine Option infrage: ein Funkspruch an die schottische Küstenwache. „Ich vergesse die simpelsten Dinge. Werde ich langsam senil?", kam ihm kopfschüttelnd über die Lippen. Die Überraschung hingegen, die ihn erwartete, als er ins Auge fasste, die Idee in die Tat umzusetzen, konnte nicht bitterer schmecken: Das Funkgerät funktionierte nicht mehr.

2.

Beharrlich suchten Andrea Favelli und Luka Falcone im Schein der frühen Morgensonne nach Anhaltspunkten, die über Elissas Grabmal Auskunft gaben. Auch Idriss Jomaar war eifrig bei der Sache. Er schwänzte die Vorlesung, um an dem Abenteuer auf dem Gelände des Tophet von Karthago teilzunehmen.

Der antike Kinderfriedhof hielt noch viele Geheimnisse bereit und lag nahe den Ruinen von Karthago inmitten eines noblen Villenviertels der Hauptstadt Tunis. Durchsetzt von zahlreichen Palmen und Feigenbäumen blieb er manchem Auge verborgen. Mehr als 20 000 Urnen, schätzen Archäologen, liegen hier im Boden vergraben. Seit Jahrzehnten stritten die Gelehrten um die religiöse Bedeutung der Nekropole. Schon Diodorus und Plutarch berichteten von zahlreichen grausamen Kinderopfern der Karthager zu Ehren Baal-Hammons. Kleitarchos wusste um 300 vor Christus von einer mechanischen Apparatur zu berichten, die Neugeborne aus den Händen der Götterstatue sanft in eine Schale mit Feuer gleiten ließ. Neue Einsichten lassen an der massenhaften Tötung von Kindern Zweifel aufkommen. Eine Reihe von Wissenschaftlern nimmt heute davon Abstand. Sie sehen in den Tophets Begräbnisorte für Totgeburten und früh verstorbene Kinder. Diese dienten mitunter als Brandopfer für Baal-Hammon, damit er die Frauen fruchtbar mache und neues Leben spende. Dass rituelle Opferungen lebender Kinder stattfanden, schließt dies nicht aus. Allerdings fanden sie in weit geringerem Maße statt, als es die Propaganda der Römer und Griechen den Menschen glaubhaft machen wollte. Das religiöse Leben der Karthager spielte sich im privaten Umfeld der Familie ab und folgte keiner Staatsdoktrin.

„Auf die Art und Weise kommen wir zu keinem Ergebnis. Wir suchen uns dumm und dämlich, bevor wir auf eine verwertbare Spur stoßen“, meinte Andrea Favelli frustriert.

Luka Falcone pflichtete ihm bei. „Stimmt! Das Gebiet ist weitläufig und die Angaben auf den Grabstelen spärlich. Es gibt Hunderte. Das Zeichen der Tanit ist häufig auf ihnen vertreten und Namen sucht man vergeblich. Im Übrigen hilft uns der Umstand, dass Elissas Familie ihr Kind in einem Sarkophag beisetzte und nicht wie üblich in einer Urne aus Ton vergrub, wenig aus dem Dilemma. Wir verfügen nicht über die nötige Zeit und die Mittel, um jedes einzelne Grab einer gründlichen Analyse zu unterziehen. Da auf dem Gelände noch andere Wissenschaftler agieren, sind die Aktionsräume für unsere Arbeit beschränkt.“

„Die Waffe, die wir in Elissas Grab vermuten, besteht vermutlich aus Eisen. Weshalb nehmen wir nicht einen Metalldetektor zu Hilfe? Mit ihm geht die Suche schneller vonstatten, ohne den ganzen Friedhof umzugraben“, schlug Idriss Jomaar unvermittelt vor.

Die beiden Italiener waren wie vom Donner gerührt. Dass ihnen diese Idee nicht eingefallen war!

„Du bist ein Genie!“, jubelte Andrea Favelli. Wir fahren gleich zurück ins Institut und besorgen uns die Gerätschaft. Anschließend kehren wir zurück. Mich überfällt das Gefühl, Großartiges erwartet uns.“

Idriss Jomaar gefiel sich in der Rolle des Genius mit dem zündenden Gedanken. Er freute sich über das Lob von Favelli. So also schmeckten Respekt und Erfolg.

3.

Es war früher Vormittag, als sie das Flughafenterminal von Dublin betraten. Bis zum Abflug nach Oslo verblieb ihnen noch genügend Zeit, um in einer Cafeteria einen Imbiss einzunehmen.

Während sich Marja Petersen in die Wartereihe am Buffet hinzugesellte, rief Einar Jonsson seine Kollegin Karen Gudmundsson an, um sie über die letzten Ereignisse zu informieren. Auch Maximilian Korffs Handy meldete sich. Den Gesprächsteilnehmer kannte er nicht. Und was er verlautbaren ließ, erschien ihm anfangs dermaßen absurd, dass er annahm, der Mann habe sich verwählt.

„Legen Sie bitte nicht auf und vertrauen Sie mir, Herr Korff“, bat ihn der Unbekannte um Gehör. „Mein Name lautet Böhmer, Martin Böhmer. Ich rufe aus Berlin an und muss Ihnen eine wichtige Mitteilung machen. Sie enthält Informationen, die es ermöglichen, Licht in den mysteriösen Tod Ihres Großvaters Johannes zu bringen.“

Maximilian Korff erstarrte zur Salzsäule. Für einen Moment brachte er kein Wort über die Lippen.

Marja Peterssen, die kurz zu ihm blickte, bemerkte das und sie stutzte. Sein Gesicht war aschfahl.

„Woher kennen Sie die Nummer meines Handys?“, fragte er entgeistert.

„Die Direktorin Ihrer Schule in Jena verriet sie mir netterweise“, erwiderte er. „Eine Fernsehreportage von der Insel Jan Mayen berichtete unlängst von der Bergung der sterblichen Überreste eines deutschen Piloten aus dem Zweiten Weltkrieg. Er trug den Namen Johannes Korff. Die norwegischen Moderatoren erwähnten Ihren Namen und legten offen, dass Sie dessen Enkel sind. Aus diesem Grund rufe ich an. Unsere Großväter kannten sich."

„Um welche Art Informationen handelt es sich?", fragte Maximilian Korff völlig durcheinander.

„Die Thematik ist komplex und nicht in zwei Minuten abgehandelt. Ich möchte mich mit Ihnen unterhalten und einen engen Vertrauten hinzuziehen. Er ist Journalist und arbeitet investigativ. Von seiner Art existieren nicht mehr viele. Er wird Sie über wichtige Dinge aufklären, die sich bis heute Ihrem Wissenshorizont entziehen."

„Das ist im Moment schwierig. Ich halte mich zurzeit in Irland auf, befinde mich aber auf dem Weg nach Norwegen. Heute Nachmittag werde ich in Oslo landen und anschließend mit der Bahn nach Kristiansand weiterfahren, um vor der Küste eine archäologische Untersuchung durchzuführen."

„Was beinhaltet diese konkret, wenn ich fragen darf?"

„Die Bergung eines Schiffswracks aus dem Altertum."

„Ich ahnte es. Sie wissen also, wo die Semele versank."

Martin Böhmers lapidarer Kommentar versetzte Maximilian Korff in Staunen. Woher wusste er vom Schicksal der Semele? Langsam wurde ihm unheimlich. „Sie machen mich neugierig, deshalb stimme ich einer Aussprache zu", erwiderte er. „Ich erwarte Sie in Kristiansand. Rufen Sie mich an, wenn Sie vor Ort sind, um die Zeit und den Ort unseres Treffens festzulegen. Auf Wiederhören."

Die Worte Martin Böhmers blieben in Maximilian Korffs Gedächtnis lange haften. Wer war der Mann und von welchen Ambitionen ließ er sich leiten? Die wirr kreisenden Gedanken in seinem Kopf fanden keine Antwort auf diese Frage. Mit derartigen Verwicklungen hatte er nicht gerechnet. Einerlei, er würde bald erfahren, auf welche Weise Böhmer in die Sache verstrickt war.

Marja Peterssen kehrte zurück vom Büfett und stellte Kaffee und Sandwiches auf den Tisch. Auch Einar Jonsson hatte das Gespräch mit Karen Gudmundsson beendet und nahm seinen Platz ein.

„Was ist geschehen?“, fragte sie besorgt. „Du siehst aus, als hättest du drei Nächte durchgemacht.“

„Ein seltsamer Mensch rief mich an. Er wusste über meinen Großvater Bescheid und dass wir nach dem Untergangsort der Semele forschen. In Kristiansand wird er meinen Weg kreuzen.“

„Seltsam“, meinte Einar Jonsson. „Nehmen Sie sich in Acht, womöglich ist es eine Falle. Vielleicht stecken Mac Fadden und O' Reilly dahinter.“

„Das glaube ich nicht. Der Mann rief aus Berlin an und behauptete, unsere Großväter hätten sich gekannt.“

„Trotzdem sollten Sie auf der Hut sein. Ziehen Sie zur Vorsicht die Polizei von Kristiansand hinzu, wenn Sie ihn aufsuchen“, warnte er.

„Polizei! Das ist mein Stichwort!“, rief hinter ihnen eine Stimme mit blasiertem Unterton.

Verwundert wandten sie sich um. Es war Chefinspektor Nathan Woods.

„Ich will mich heute von Ihnen verabschieden, nachdem Sie gestern heimlich verschwanden, Mister Jonsson“, sprach er mit einem Grinsen im Gesicht. „Ich freue mich, dass Sie meiner Anordnung, Irland zu verlassen, nachkommen. Ihr Abflug vom Airport in Dublin lag nahe. Er bietet eine breite Auswahl internationaler Strecken an. Dänemark inklusive.“

„Wer sagt, ich würde nach Dänemark reisen? Mein Ziel liegt in Norwegen“, antwortete Einar Jonsson mürrisch. Er hätte auf das Wiedersehen mit ihm gern verzichtet.

„Ihr Chef erwähnte am Telefon, Ihre Schwester lebe dort.“

Einar Jonsson verzog abfällig das Gesicht. „Arnesson ist ein Schwätzer und die Abschiedsnummer ersparen wir uns. Kommen Sie auf den Punkt, Chefinspektor! Was wollen Sie wirklich von mir?“

„Ich stecke im Fall Mac Domhnall fest. Die Mörder traten bisher nicht wieder in Erscheinung. Konkrete Hinweise auf ihr Versteck sind ausgeblieben. Wissen Sie vielleicht, wohin Mac Fadden und O' Reilly geflüchtet sind?“

„Natürlich weiß ich das – auf das große, weite Meer! Menschenskind ... Woods, merken Sie es immer noch nicht? Die Halunken haben

Irland längst verlassen und schippern in diesem Augenblick auf Mac Domhnalls Jacht nach Norwegen", erwiderte er nicht ohne Häme.

Dem Chefinspektor fiel die Kinnlade herunter. „Er besaß ein Schiff? Unerhört! Was für eine Schlamperei. Ich glaube, ich muss mit Allister und Murphy ein ernstes Wort reden", kam ihm aufgebracht über die Zunge. „Egal, jetzt kenne ich den Grund. Noch heute kontaktiere ich die norwegische Polizei. Wenn die Mörder erst hinter Schloss und Riegel sitzen, werde ich bei den Kollegen in Oslo einen Auslieferungsantrag stellen. Ich wünsche Ihnen einen angenehmen Flug und grüßen Sie Mister Arnesson von mir, wenn Sie nach Island zurückgekehrt sind."

„Das lasse ich schön bleiben", raunte er mit vorgehaltener Hand, während er mit der anderen dem Chefinspektor lässig nachwinkte.

Marja Petersen und Maximilian Korff hatten die groteske Szenerie amüsiert verfolgt und konnten sich des Eindrucks nicht erwehren, dass er Nathan Woods wenig Respekt entgegengebracht hatte.

Die Bestätigung ihrer Einschätzung folgte auf dem Fuß. Einar Jonsson biss in sein Sandwich und schüttelte missbilligend den Kopf. „Was für ein Trottel", nuschelte er unüberhörbar für die anderen beim Kauen.

4.

Vorsorglich hatten Andrea Favelli und Luka Falcone gleich zwei Detektoren besorgt. Doppelt geht flinker, war ihre Überlegung gewesen. Professor Bouazizi hatte nach ihrem Anruf nicht eine Sekunde gezögert und war ihnen auf den Tophet gefolgt. Nun durchkämmten sie paarweise das Gelände nach der Ruhestätte von Hirons kleiner Tochter.

„Gibt es außer dem Zeichen der Göttin Tanit noch andere Anhaltspunkte auf der Grabstele, die für das gesuchte Kind sprechen?", fragte Kemel Bouazizi Luka Falcone, der mit ihm ein Team bildete.

„Wir wissen bloß, dass sie sehr jung starb und den Namen Elissa trug. Leider werden die Namen der toten Kinder niemals erwähnt. Auf den Grabstelen stehen lediglich Begriffe wie *hingegeben an die* oder *gewidmet den Göttern* geschrieben", erwiderte er, begleitet vom eintönigen Summen des Detektors, den er bei jedem Schritt gleichmäßig von links nach rechts dicht über dem Boden schwenkte.

„Elissa! Aha! Hiron besaß demnach ein Faible für die sagenhafte Gründerin Karthagos, sonst hätte er nicht seine Tochter nach ihr benannt", meinte Bouazizi am Rande. „Die phönizische Prinzessin war ein toughes Mädel. Sie wusste sich in der Männerwelt zu behaupten. Mit ihrem Gefolge an dieses Gestade verschlagen, erbat sie von dem Fürsten der Gaetuler, Iarbas, soviel Land, wie eine Rinderhaut umfassen konnte. Er witterte ein gutes Geschäft und gewährte ihr den scheinbar törichten Wunsch. Elissa indes war mit Klugheit gesegnet. Sie schnitt das Fell in dünne Streifen und knüpfte daraus eine lange Schnur. Mit ihr steckte sie einen strategisch günstig liegenden Hügel in der Nähe einer Meeresbucht ab. Die Keimzelle und der Mittelpunkt des späteren Karthago: die Byrsa. Iarbas, der sich getäuscht sah, erzürnte und schickte ihr ein Heiratsangebot mit der Drohung, ihr Volk mit Krieg zu überziehen, wenn sie nicht einwillige. Elissa allerdings, die ihrem verstorbenen Gatten die ewige Treue geschworen hatte, brach ihren Eid nicht. Um ihr Volk vor dem Untergang zu bewahren, beschloss sie, ihr Leben den Göttern zu opfern. Sie ordnete an, einen Scheiterhaufen zu errichten und sprang furchtlos in die Flammen. Ihr selbstloses Handeln bewog Iarbas, ihr Volk zu verschonen."

„Ich kenne die Geschichte", erwiderte Luka Falcone. „Von ihr existiert noch eine andere Version. Sie entstammt römischen Quellen, wo Elissa den Namen Dido trägt. Der Legende nach war sie die Tochter des tyrischen Königs Belus und ehelichte den reichsten Mann unter den Phöniziern: Sycheaus. Doch ihr Bruder Pygmalion, der in Tyrus herrschte, warf neidisch ein Auge auf die Schätze ihres Gemahls. *Und so erstach der Verruchte den Ahnungslosen hinterrücks, blind in seiner Gier nach Gold und unbekümmert um die Liebe seiner Schwester*, weiß Vergil zu berichten. Lange blieb die Mordtat unerkannt.

Eines Nachts erschien Dido im Traum das Bild ihres toten Mannes. Sycheaus enthüllte ihr sein durchbohrtes Herz und offenbarte das ehrlose Verbrechen des Pygmalion. Eilends bedrängte er sie, Tyros zu verlassen, und verriet ihr das Versteck eines verborgenen Schatzes, von dem ihr Bruder keine Kenntnis besaß. Mit ihren Getreuen und dem Gold im Gepäck bemächtigte sie sich einiger Schiffe im Hafen und floh über das Meer nach Westen.

Ins Land des Gaetulerfürsten Iarbas verschlagen, kaufte sie, wie bereits erwähnt, das Land auf einem Hügel oberhalb einer Bucht und gründete eine Siedlung, die schnell an strategischer und wirtschaftlicher Bedeutung gewann. Jahre später machte der Sage nach Aeneas mit den Überlebenden der Stadt Troja hier Station. Er befand sich auf dem Weg nach Italien, wo ihm Jupiter die Herrschaft weisgesagt hatte. Auf Betreiben von Venus und Juno verliebte sich Dido in den Helden und vergaß das Andenken an ihren verstorbenen Gatten. Durch ein inszeniertes Unwetter der zwei Göttinnen während eines Jagdausflugs suchten Aeneas und Dido Schutz in einer Höhle, wo sie sich ihm hingab. Schon sprachen beide von Heirat, aber Iarbas, eifersüchtig und immer noch grollend über das schlechte Geschäft, beschwerte sich bei Jupiter über diese Liaison. Der Göttervater erhörte ihn und sendete Merkur zu Aeneas, um ihn an die Prophezeiung zu erinnern: die Gründung eines neuen Reiches, das ganz Italien beherrscht.

Daraufhin verriet er seinen Bund mit Dido, ohne lange zu zögern. Tief verletzt über die Untreue des Geliebten, rammte sie sich auf dem Gipfel eines brennenden Scheiterhaufens ein Schwert in den Leib. Jenes Schwert, das er ihr als Zeichen ewiger Liebe einst geschenkt hatte. Bevor die züngelnden Flammen ihren Körper verzehrten, verfluchte sie sterbend Aeneas und das Geschlecht, dem er entstammt, und all jene, die nach ihm kommen. Bei Vergil ist nachzulesen, dass sie ihr Volk mit Hass beseelte. Keine Liebe, keine Toleranz und kein Bündnis dürfe zwischen den beiden Völkern entstehen. Im Gegenteil: Ein Rächer werde dereinst aus den Gebeinen der gefallenen Tyrier erwachsen und mit Feuer und Schwert über die neuen Herren Italiens herfallen. *Küsten seien einander feind und ein Meer dem andern, darum flehe ich, Waffen gegen Waffen! Sie selbst sollen einander bekriegen und noch die Enkel*, lässt sie der Dichter in der Aeneis zornig rufen. Zu dessen Lebzeiten war ihr Fluch längst Teil der Geschichte geworden. Hannibal, ihr verheißener Rächer, hatte Italien verheert, doch Karthago war am Ende untergegangen. Die Götter hatten sich für die Römer und gegen die Punier entschieden."

„He, schlaft ihr?", brüllte Andrea Favelli von Weitem und winkte wie ein Irrer.

„Offensichtlich sind sie auf eine Spur gestoßen", meinte Luca Falcone verheißungsvoll und unterbrach den Diskurs in die karthagische Frühgeschichte. Hastig rannten beide zum anderen Ende des Kinderfriedhofs, wo Idriss Jomaar aufgeregt Handzeichen gab.

„Was haben Sie entdeckt?", fragte Professor Bouazizi, nach Luft ringend.

Demonstrativ kreiste Andrea Favelli mit der Suchspule des Detektors vor einer unscheinbaren Grabstele. Ein intensiver auf- und abschwellender Ton drang in ihre Ohren. Er schaltete das Gerät aus und sagte: „Das Signal klingt ungewöhnlich stark. Das verursacht keine simple Pfeilspitze. Ein massiver metallischer Gegenstand liegt im Untergrund verborgen."

„Handelt es sich um Elissas Grab?"

„Das kann ich nicht beantworten", erwiderte er. „Auf der Stele ist zwar das Zeichen der Tanit eingeritzt, dummerweise aber kein Name. Lediglich die drei Glyphen MLK tauchen auf. Dort, direkt über den erhobenen Armen der Göttin, sind sie zu finden."

Interessiert folgte Professor Bouazizi dem Zeigefinger Andrea Favellis. „In der Tat, hier stehen sie. Ohne Zweifel: MLK. Die Buchstaben drücken ein rituelles Kürzel aus und bedeuten zu den Göttern geschickt. Hier sind wir richtig. Idriss, nimm die Schaufel in die Hand und fang an zu graben! Jetzt gehen wir der Sache auf den Grund."

5.

Beinahe vier Stunden hatte die Bahnfahrt von Oslo nach Kristiansand in Anspruch genommen. Inzwischen war es Abend geworden, als Marja Peterssen, Maximilian Korff und Einar Jonsson in ihrem Hotel abstiegen. Nur 100 Meter von der beliebten Einkaufstraße Markens Gate entfernt, bot das alte ehrwürdige Haus seinen Gästen einen angenehmen Aufenthalt.

Entspannt ließen sie sich in die weichen Ledersessel der elegant eingerichteten Bar nieder. Einar Jonsson gab dem Kellner flüchtig ein Zeichen, eine Bestellung aufgeben zu wollen.

„Schade, dass wir zu spät eintrafen", sagte Marja Peterssen mit einem Anflug von Enttäuschung in der Stimme. „Da die Stadtverwaltung bereits geschlossen hatte, sind wir nun gezwungen, bis morgen zu warten, um unser Anliegen darzulegen. Der Verwaltungsbeamte für Kultur und Denkmalpflege ist erst ab 8:00 Uhr im Büro wieder zu sprechen."

Maximilian Korff drückte tröstend ihre Hand und meinte schmunzelnd: „Er wird Augen machen, wenn er erfährt, welches Wrack im Schlick der hiesigen Bucht steckt …"

„Versunkene Schiffe existieren zahlreich in der Küstenregion von Kristiansand", sprach der Kellner wider Erwarten zu ihnen. „Auch abgeschossene Flugzeuge finden Sie hier. Örtliche Anbieter organisieren Tauchgänge zu den Wracks, wenn Sie diese besichtigen möchten."

„Um welche Art Schiffe handelt es sich?", fragte Maximilian Korff sichtlich besorgt darüber, die Semele gehöre zu ihnen.

„In der Regel um deutsche Fracht- und Kriegsschiffe. Sie stammen aus dem Zweiten Weltkrieg. Das Bekannteste unter ihnen verkörpert die Seattle. Sie versank, nachdem sie zunächst alliierten Verbänden in der Karibik entfloh, am 9. April 1940 im Korsvikfjord nahe der Küstenregion Dvergsnestangen infolge eines mehrtägigen Brandes. Im Auslöser der Katastrophe vermuten Historiker einen Treffer der norwegischen Küstenartillerie oder eine irrtümlich abgeworfene Bombe eines deutschen Kampfflugzeuges. Die Seattle ist 140 Meter lang und ruht in einer Tiefe von 21 bis 70 Metern, weil der Meeresboden an der Unglücksstelle um 45 Grad abfällt. Für Wracktaucher ein wahrer Augenschmaus."

„Das hört sich imposant an. Es zählt allerdings nicht zu unserem Metier. Uns ziehen eher antike Schiffe in den Bann", ließ Marja Peterssen desinteressiert anklingen.

„Ich kann Sie beruhigen. Neuerdings hält die Bucht von Kristiansand auch solche Attraktionen in petto", behauptete der Kellner zum Erstaunen seiner Gäste.

„Wollen Sie damit andeuten, Archäologen stießen vor der Küste auf ein Wrack aus dem Altertum?", mischte sich Einar Jonsson in den Diskurs ein.

„Naja ... Den Zeitraum des Untergangs kann ich nicht präzise definieren. Dazu fehlen mir die nötigen Kenntnisse. Auf jeden Fall soll das Schiff älter sein als alles, was bisher auf dem Grund der Bucht zutage trat“, erwiderte der Kellner.

„Woher wissen Sie von dem Fund?“

„Der Schwager meiner Schwester ist Leuchtturmwärter auf der Insel Oksøy. Er behauptete zu ihr, unterhalb des Leuchtturms hätten Meeresarchäologen ein Camp aufgebaut, wo sie die Fundstücke lagern und untersuchen, die sie aus dem Wrack bergen. Darunter befänden sich merkwürdige Tonkrüge, die mit Öl gefüllt seien.“

Marja Peterssen stutzte und blickte fragend in die Runde. „Habe ich mich verhört oder spricht er von Amphoren?“

Maximilian Korff stellte ihre Annahme nicht in Abrede und fragte den Kellner nach dem Weg zu dem besagten Eiland. „Existiert eine Fährverbindung nach Oksøy?“

„Es gibt einen unterseeischen Tunnel, der die Insel Flekkerøya mit dem Festland verbindet. Ihnen bietet sich die Möglichkeit, mit dem Bus zu fahren oder ein Taxi zu rufen. Im Ferienort Skålevik chartern Sie ein Boot, das Sie nach Oksøy übersetzt. Das Eiland liegt knapp drei Kilometer südöstlich von dort entfernt“, erklärte der Kellner und eilte zum Tresen, wo der Barkeeper über das säumige Verhalten des Kollegen schon ärgerlich seinem Unmut freien Lauf ließ.

Nach einer Weile brachte er die bestellten Getränke und stellte sie auf den Tisch. „Eine Sache ist noch erwähnenswert: Der Schwager meiner Schwester deutete an, die Taucher hätten inmitten zahlreicher Tonkrüge eine seltsame Waffe geborgen, die Rätsel aufgibt. Das Wrack hält bestimmt noch einige Überraschungen parat“, orakelte der Kellner und eilte zum nächsten Tisch.

„Habt ihr das gehört?“, fragte Maximilian Korff überrascht. „Wenn es sich hierbei um die gestohlene Götterwaffe handelt, bin ich endlich in der Lage, einen handfesten Beweis für meine Theorie zu erbringen.“

„Ich hoffe von ganzem Herzen, dass dies zutreffen möge“, sagte Marja Petersen und besiegelte ihren Wunsch mit einem innigen Kuss.

Er schaute ihr lächelnd ins Gesicht, wo unter ihren blauen Augen glücksstrahlend die Grübchen aufblühten. „Ich weiß nicht, ob ich heute Nacht schlafen kann. Mir kommt es vor, als wäre Weihnachten. Ich bin aufgeregt wie ein kleines Kind vor der Bescherung", verriet er offenherzig.

Sie lachte über seine Worte, aber Einar Jonsson bremste Korffs Vorfreude. „Bleiben Sie besonnen. Zügeln Sie Ihren Optimismus, dann hält sich der Schmerz in Grenzen, wenn Sie enttäuscht werden", meinte er nüchtern.

„Die Zuversicht ist ein Kind des Erfolges", erwiderte er ausgelassen und prostete den anderen zu: „Na dann, Skol."

6.

Der Tag neigte sich dem Abend zu. Seit Stunden waren sie am Graben und hatten sich, von Bouazizi abgesehen, jede halbe Stunde abgewechselt. Jetzt ging es in die dritte Runde und Idriss Jomaar war erneut an der Reihe.

Endlich war das Loch so tief, dass bloß noch der dunkle Haarschopf des Studenten herausschaute. Dessen Fluchen über die beschwerliche Buddelei brach abrupt ab, als er mit der Schaufel über einen harten Gegenstand schliff. Das kratzende Geräusch ließ ihn aufhorchen. Sofort fiel er auf die Knie und begann, mit einer Bürste die Abdeckplatte des Sarkophags vom Erdreich freizulegen. „Wir sind am Ziel", brüllte er mit krächzender Stimme nach oben. Erst jetzt bemerkte er, dass seine Kehle von der staubigen Luft völlig ausgedörrt war. Während er genüsslich an der Wasserflasche nuckelte, hangelten sich die beiden Italiener in den engen Schacht hinunter. Einzig Professor Bouazizi blieb am Rande des Loches stehen. Mehr Personen bot es keinen Platz.

„Für ein kleines Kind ist der Sarkophag ausgesprochen geräumig. Beinahe 1,5 Meter misst dessen Länge", konstatierte Andrea Favelli zuversichtlich. „Das spricht dafür, dass sich im Inneren mehr verbirgt als die Überreste der armen Elissa."

„Vorausgesetzt, es ist ihr Grab", bemerkte Professor Bouazizi beiläufig von oben herunter.

„Davon bin ich überzeugt", erwiderte Luka Falcone, ohne Bedenken aufkommen zu lassen. „Schaut! Der Marmorstein trägt das Zeichen der Schutzgöttin Karthagos und darunter prangen in akkuraten punischen Lettern die Worte: ELISSA – TANIT GEWEIHT.“

Idriss Jomaar riss der Geduldsfaden. „Worauf warten wir? Öffnen wir endlich den Sarkophag, danach wissen wir, welche Geheimnisse er verbirgt.“

Diesmal wirkten die unbedarften Worte des Studenten auf die anderen geradezu ansteckend. Ohne lange nachzudenken, hoben sie die Abdeckplatte aus der Verankerung und lehnten sie an die Grubenwand. Im Inneren erblickten sie eine tönerne Urne, die vermutlich die Gebeine des Kindes enthielt. Daneben ruhte ein längliches Objekt, eingerollt in ein jahrtausendealtes Stoffbündel. Entgegen allen archäologischen Konventionen begannen sie auf der Stelle, das Fundstück von der Hülle zu befreien. Was sich vor ihren Augen entfaltete, begeisterte sie über alle Maßen. Sie waren wie verzaubert und ahnten nicht im Mindesten, dass das archaische Relikt unter all seiner leuchtenden Pracht und glänzenden Fülle mit dem Keim des Todes schwanger ging.

Kapitel 10

1.

30. Juni

Flekkerøya war ein wunderschönes Fleckchen Erde inmitten einer beeindruckenden Schärenlandhaft. Sie entstand während der letzten Eiszeit, als der vorrückende Gletscher den Meeresboden abschliff. In der Warmzeit, die folgte, schmolz er langsam ab. Befreit vom Gewicht des Eises hob sich die Landmasse empor und brachte unzählige Inseln in allen Größen und Variationen zum Vorschein. Ein langwieriger Prozess, der bis heute andauerte.

Jedes bebaubare Areal Flekkerøyas war mit Wochenendhäusern übersät. Das Eiland war eine typische Ferieninsel mit kleinen malerischen Buchten, die in den lauen Sommermonaten zahlreiche Urlauber anzog. Sie dürsteten in der faszinierenden Natur der norwegischen Schärenküste nach Ruhe. Ob sie diese aufgrund der hohen Gästeanzahl tatsächlich fanden, schien fraglich.

Im Nordosten lag das Dorf Skålevik. Von einem Taxi hatten sich Marja Peterssen und Maximilian Korff vor Ort bringen lassen, während Einar Jonsson in Kristiansand zurückgeblieben war. Er hatte es für wichtig erachtet, der Kriminalpolizei einen Besuch abzustatten. Auch in Skålevik zogen sich die bevorzugt rotbraun, ockergelb oder weiß bemalten Holzhäuser bis zum Ufer des Skagerraks hin oder thronten mitunter auf Inseln von wenigen Metern Umfang.

Auf einem schmalen Bootssteg sprach Marja Peterssen einen älteren Mann an, der eben die Haltetaue löste, um mit seinem Motorboot auszulaufen. „Haben Sie noch zwei Plätze frei?", fragte sie freundlich.

Überrascht blickte er auf. „Eigentlich nehme ich keine Passagiere mit. Ich betreibe kein Gewerbe. Der Kahn ist gemietet. Ich verbringe auf Flekkerøya meinen Urlaub."

„Schade", meinte sie und wandte sich um.

„Warten Sie, ich meinte es nicht böse", rief er ihr nach kurzem Überlegen hinterher. „Bringen Sie Ihren Begleiter mit und kommen Sie an Bord."

Marja Peterssen und Maximilian Korff ließen sich nicht lange bitten und nahmen das Angebot an.

Die Größe des Bootes war überschaubar, bot allerdings vier Personen auf der Suche nach Abenteuern reichlich Platz.

„Wo möchten Sie hin?", fragte er und startete den Motor.

„Nach Oksøy", antwortete sie.

„Oksøy? Auf dem Eiland steht ein 36 Meter hoher Leuchtturm. Das Panorama von der Aussichtsplattform ist phänomenal. Doch außer felsigen Buchten und einer Vogelkolonie bietet die Insel fürs Auge wenig Überraschendes. Halten Sie sich fest, wir fahren los", erwiderte er und steuerte das Boot nach Südosten, wo sich der weiße, mit zwei markanten roten Ringen versehene Leuchtturm hinter einer Reihe kleiner Inseln am Horizont abzeichnete. Vorbei an den unbewohnten Felsbuckeln Simensholmen, Grasholmen und Grønningane rückte nach einer Weile Oksøy ins Blickfeld.

„Frag ihn nach der Tiefe des Meeres an dieser Stelle", sagte Maximilian Korff zu Marja Peterssen, die seiner Bitte sofort nachkam.

„Das variiert. Von Flekkerøya bis Oksøy im Schnitt 20 Meter. Weiter östlich, wo der Schiffs- und Fährverkehr verläuft, wird es schnell tiefer. Dort sind 200 Meter und mehr nicht selten", berichtete der Mann, was Marja Peterssen mit wenigen Worten übersetzte.

Ein Umstand, der Gutes verhieß. Wenn es sich bei dem Wrack um die Semele handelte, bestand die Chance, es in flacherem Wasser zu untersuchen. In dem Fall waren Tiefseetauchgeräte nicht vonnöten, was das Vorhaben vereinfachte. Maximilian Korff war gespannt auf die geborgenen Fundstücke der Archäologen und darauf, ob sie Auskunft über den Namen des versunkenen Schiffes gaben.

In einer kleinen Bucht an der Westküste von Oksøy endete die Fahrt. Längsseits der Anlegestege sahen sie mehrere Motorboote vertäut. Offenbar gehörten sie dem Archäologenteam. Das Ufer säumte ein braun gestrichenes Lagerhaus. Fünf weitere Häuser standen landeinwärts im naheliegenden Gelände. Der Leuchtturm mit der Unterkunft des Betreibers lag 100 Meter südlich von der Bucht auf einem Hügel.

Ihrem netten Chauffeur zum Abschied freundlich zuwinkend, beschlossen sie, ihre Schritte zum Lagerhaus zu lenken. Dort angekommen, trafen sie keine Seele. Die Tür war verschlossen.

„Sicherlich sind alle auf See und untersuchen das Wrack“, vermutete Maximilian Korff.

Sie nickte mit dem Kopf. „Schon möglich. Das kann Stunden dauern. Lass uns zum Leuchtturm gehen. Ich möchte die Aussicht genießen. Gegebenenfalls kann uns der Leuchtturmwärter einige Informationen liefern“, meinte sie gut gelaunt. Dann küsste sie ihn auf den Mund und hakte seinen Arm unter.

2.

Lässig nahm Howard Briggs ein Telefongespräch entgegen. „Ja, bitte?“, meldete er sich lapidar.

„Hier spricht Morgan. Wo befinden Sie sich?“

„In Kristiansand im Hotel Grønningen. Wie abgesprochen erwarte ich hier von Lausens Laufburschen.“

„Das kann noch dauern. Vor der schottischen Küste wütet ein schwerer Sturm. Möglicherweise verspäten sie sich.“

Howard Briggs fuhr sich mit der Hand durch das schüttere dunkle Haar. Der braun gebrannte Mittvierziger verstand den Sinn der Aussage nicht. „Welcher Zusammenhang besteht zwischen ihrem Eintreffen in Kristiansand und einer Schlechtwetterfront in Schottland?“, fragte er irritiert.

„Sie haben den Seeweg gewählt.“ Stanley P. Morgan drückte mit deutlichen Worten seinen Widerwillen gegen Mac Fadden und O’ Reilly aus. „Diese Leute besitzen kein Format und hinterlassen überall Dreck, der in die Augen sticht. Dass ein übereifriger Polizeibeamter darin herumstochert, ist bloß eine Frage der Zeit. Vor drei Tagen, kurz vor Mitternacht, rief mich Wilbert von Lausen an und berichtete, die beiden hätten einen irischen Wissenschaftler samt dessen Diener abserviert. Davor wäre ihnen bereits ein Geistlicher ins Messer gelaufen, als sie auf dem Friedhof von Clonfert nach dem Schatz des Mönches Brendan gruben. Jetzt befänden sie sich mit einer Jacht auf dem Weg nach Norwegen. Um unnötige Mitwisser zu vermeiden, gehen sie keine Kompromisse ein, verriet er mir. Obwohl er ihnen Besonnenheit anmahnte, setzen sie ihre Gewaltorgie fort. Das zeugt von wenig Hirn! Ich denke, diese Idioten leben ihren Blutrausch aus. Sollte sich das in Norwegen fortsetzen, werden sie zu einer Gefahr für mich. Fällt mein Name in der Öffentlichkeit im Zusammenhang mit Kriminellen, schadet das meinem Ansehen."

„Ich kann die beiden von der Bildfläche verschwinden lassen, falls Sie es wünschen? Die Sache wird sauber ablaufen. Niemand wird eine Spur von ihnen finden. Sie wissen ja, Dreck ist das Letzte, was ich nach getaner Arbeit zurücklasse", schlug Howard Briggs bereitwillig vor.

„Solange die Polizei ihnen nicht auf die Pelle rückt, warten wir ab. Noch sind sie uns von Nutzen", entgegnete Stanley P. Morgan. „Ich bin Wilbert von Lausen verpflichtet. Seine und meine Familie sind seit Jahrzehnten eng miteinander verbunden. Er sucht nach einem archaischen Relikt einer versunkenen Kultur. Eine Art Wunderwaffe mit göttlichen Attributen. Ich weiß, das klingt absonderlich. Nichtsdestotrotz glaubt er an die Legende. Ein deutscher Lehrer namens Maximilian Korff, versicherte er mir während unseres letzten Gesprächs, besitze weitreichende Kenntnisse über das Artefakt und über den Untergang eines griechischen Schiffes, das es an Bord beherbergte. Korff ist der Schlüssel zum Erfolg der Mission. Er hält sich in Kristiansand auf. Finden Sie ihn und bleiben Sie in seiner Nähe. Wenn er die Wunderwaffe aufstöbert, müssen Sie im passenden Moment zugreifen. Noch ein letzter Hinweis: Die Hilfe von Mac Fadden und O' Reilly endet, sobald Sie das Artefakt in den Händen halten. Tanzen die beiden aus der Reihe oder gefährden Korffs Leben, bevor wir einen Erfolg verbuchen, komme ich auf Ihr Angebot zurück. In dem Fall gebe ich Ihnen freie Hand."

„Es besteht kein Grund zur Sorge. Den Deutschen behalte ich im Auge. Und was Wilbert von Lausens Bluthunde betrifft: Sie werden spuren oder kündigen."

Was Howard Briggs unter einer Kündigung verstand, lag für Stanley P. Morgan klar auf der Hand. Genaues musste er nicht wissen. Je weniger, desto besser. Auf Briggs war Verlass.

3.

Von der Aussichtsplattform des Leuchtturms, unterhalb des Linsenraumes, bot sich auf die Schärenküste von Kristiansand ein farbenprächtiges Panorama. Oben ein azurblauer Himmel und unten die dunkelblaue See. Im Westen, wo sich Flekkerøya aus dem Wasser erhob, bot die Natur ein besonders beeindruckendes Bild. Dort ragten, gleich einem Archipel, unzählige felsige Inseln mit graugrünen Farbnuancen aus dem Meer.

Erik, der Leuchtturmwärter von Oksøy, hatte Maximilian Korff und Marja Peterssen gestattet, die runde Aussichtsplattform zu betreten. Der alte bärtige Mann war Besucher gewöhnt. Die Insel gehörte zu einem Vogelschutzgebiet und zog Ornithologen an, die mit Ferngläsern und Kameras bewaffnet die Bestände der Tiere zählten und Kontrollen durchführten.

„Wie weit reicht das Signal des Feuers?“, fragte Marja Peterssen.

„19 Seemeilen“, brummte Erik. „Mein Leuchtturm hatte in Norwegen als Erster eine optische Linse im Gebrauch. Heute arbeitet die Apparatur automatisiert. Meine Gegenwart gilt lediglich dem Warten der Mechanismen. Bitte schauen Sie von der Südspitze der Insel nach Südsüdost.“

Mit verkniffenen Augen suchte sie in der angegebenen Richtung den Horizont des Meeres ab. „Was gibt es dort zu sehen?“, fragte sie neugierig.

„Knapp einen Kilometer von der Küste entfernt ankert ein Schiff der Archäologen. Direkt über einer circa 200 Meter langen und 50 Meter breiten Erhebung des Meeresgrundes. Dort liegt in elf Meter Tiefe das Wrack im Schlick gefangen – oder vielmehr das, was von ihm übrig blieb. Ein Fischer entdeckte es vor drei Wochen rein zufällig, nachdem er ein über Bord gegangenes Schleppnetz einholte und aus den Maschen ein ungewöhnliches Tongefäß barg“, erwiderte Erik und reichte ihr ein Fernglas.

Erwartungsvoll hielt sie es vor ihre Augen. „Das Schiff bewegt sich“, stellte sie nach einer Weile fest. „Ich glaube, sie wenden und kehren zurück.“

Erik nickte bejahend mit dem Kopf. „In Kürze werden sie in die Bucht einlaufen“, bestätigte er ihre Annahme. „Sämtliche Fundstücke, die sie vom Meeresgrund auflesen, verstauen sie unten im Lagerhaus."

Marja Peterssen, die Maximilian Korff die Worte von Erik übersetzt hatte, schnappte ihren Freund bei der Hand, um den Weg in die Bucht einzuschlagen. Erik folgte ihnen lächelnd.

4.

Seit einer Stunde wartete Einar Jonsson im Polizeipräsidium von Kristiansand auf das offene Ohr eines verantwortlichen Beamten. Zeit, in der er nachdachte, ob er sich, anders als bei Nathan Woods, offen als Polizist zu erkennen gibt oder besser den Privatdetektiv spielt, der für einen fiktiven Klienten ermittelt. Plötzlich öffnete sich die Tür und eine Sekretärin winkte ihm zu. Abwägend, wie er sich verhalten soll, betrat er das Büro. Hinter einem Schreibtisch, umgeben von hohen Aktenbergen, saß ein älterer hagerer Mann mit grauen Haaren in einem abgenutzten Ledersessel. Nachdem er den Besucher bemerkt hatte, erhob er sich vom Platz. Freundlich blickte er ihm in die Augen und reichte ihm die Hand zum Gruß. „Kriminalkommissar Jesper Nyberg! Kann ich Ihnen helfen?"

Bei Einar Jonsson brach sofort das Eis. Der Mann war ihm sympathisch. Über die Taktik seiner Vorgehensweise dachte er nicht mehr nach.

„Mein Name lautet Einar Jonsson. Ich bin Kriminalkommissar und arbeite für die Polizei in Reykjavík. Zurzeit ermittle ich gegen zwei Mörder, die eine Blutspur durch Westeuropa ziehen, die ihresgleichen sucht. In diesem Moment befinden sie sich auf dem Weg nach Norwegen. Allerdings verfolge ich sie aus persönlichen Motiven und nicht im Auftrag einer isländischen Behörde. Mein Vorgesetzter verweigerte mir die Unterstützung und verbot mir, an dem Fall weiterzuarbeiten. Ich missachtete den Befehl, worauf er meine Suspension aussprach. Ich bin also vogelfrei und in Ihrer Hand."

Jesper Nyberg lachte herzlich. „So viele ehrliche Worte in wenigen Sätzen waren in meinem Büro noch nie zu vernehmen. Ihre Hartnäckigkeit, die Verbrecher bis nach Norwegen zu verfolgen und uns vor ihnen zu warnen, spricht für Sie. Ihr Chef weiß nicht, was er an Ihnen verliert. Er muss ein Idiot sein. Meine Offenheit spiegelt traurige Realitäten wider. Nicht nur in Island sitzen Narren an den Schalthebeln der Macht", bemerkte er ironisch.

Einar Jonsson schmunzelte. Der schwarze Humor von Jesper Nyberg gefiel ihm. Sie schwammen auf derselben Welle. „Bevor ich Ihnen meinen Fall offenlege, muss ich eine Frage stellen. Nathan Woods, ein irischer Polizeibeamter aus Galway, fordert die Auslieferung von zwei flüchtigen Straftätern, denen er in Irland diverse Verbrechen zur Last legt. Die beiden heißen David Mac Fadden und Darragh Tomás O' Reilly. Erfolgte in Norwegen ein Antrag auf diese Namen?"

„Gehe ich richtig in der Annahme, dass es sich bei den zwei Männern um Ihre Mörder handelt?"

„In der Tat."

„Bis jetzt liegt mir nichts vor, das auf ein Ersuchen der Iren hinweist. Das Durchstellen von derartigen Protokollen beansprucht mehrere Tage und das Überführen der festgesetzten Personen mitunter Wochen oder Monate", hob Jesper Nyberg die Mühsal diplomatischer Hürdenläufe hervor.

„Umso besser", meinte Einar Jonsson beruhigt. „Der Fall entwickelt sich komplizierter als gedacht. Mac Fadden und O' Reilly steuern mit der Jacht Abigail den Hafen von Kristiansand an. Sie werden wahrscheinlich in den nächsten 24 Stunden eintreffen. Doch es gibt ein Problem. An Bord befinden sich noch zwei weitere Personen: der Skipper Edward Midleton und der 19-jährige Küchenjunge Paddy O' Sullivan. Sie gilt es zu schützen. Vermutlich dienen sie als Geiseln. Der Versuch, das Schiff zu stürmen, kann ihren Tod bedeuten. Außerdem wird bald ein dritter Mitspieler aufkreuzen. Ich kenne bloß seinen Namen: Howard Briggs. Welche Interessen er vertritt, liegt noch im Dunkeln. Daher scheint es vernünftiger, noch abzuwarten und die Jacht rund um die Uhr zu beobachten. Der richtige Moment, um die Verbrecher festzusetzen, wird kommen."

Geduldig hatte sich Jesper Nyberg die Vorschläge angehört. Er teilte die Meinung des isländischen Kollegen. „Wir gehen vor, wie Sie geraten haben. Das Leben Unschuldiger dürfen wir nicht gefährden. Und nun bin ich ganz Ohr. Weihen Sie mich in Ihre Geheimnisse ein. Wo nahm Ihre Verfolgungsjagd ihren Anfang und was waren die Motive für die Morde?"

Zwanglos begann Einar Jonsson die Erlebnisse der letzten Tage offenzulegen. Vor Jesper Nyberg öffnete sich ein Bilderbogen des Grauens und der Gewalt.

5.

Schnell kamen Marja Peterssen und Maximilian Korff mit den Archäologen ins Gespräch. Die Leiterin des dreiköpfigen Teams, Frauke Nilsen, zeigte sich zunächst irritiert über die beiden Besucher. Doch der Ausweis des Instituts für präskandinavische Geschichte bewies: Marja Peterssen war vom gleichen Schlag. Sie wiederum hielt nicht ihr Erstaunen zurück, dass über das Auffinden des Schiffswracks bislang nur spärliche Informationen nach außen drangen. Die Antwort Frauke Nilsens klang logisch. Erst nach dem Sammeln fundierter Erkenntnisse beabsichtigte sie, an die Öffentlichkeit zu gehen. Außerdem war im Feriengebiet Kristiansand Hauptsaison. Störungen durch Hobbyarchäologen oder Schatzgräber schlossen sich durch diese Maßnahme weitestgehend aus. Auch Maximilian Korff zeigte sich zufrieden. Endlich war er wieder in der Lage, aktiv mitzureden, denn alle im Team sprachen Englisch.

„Dürfen wir die Artefakte besichtigen, die Sie aus dem Wrack bargen?", fragte Marja Peterssen.

„Natürlich, folgen Sie uns ins Lagerhaus", willigte Frauke Nilsen ein. Die blasse, zierliche Frau war etwa 35 Jahre alt und trug ihr dunkles Haar kurz. Die beiden Männer, Henrik Andresen und Lars Ericson, schienen ein paar Jahre jünger zu sein. Mit ihrer kräftig gebauten und sonnengebräunten Statur entsprachen sie mehr dem Bild von Abenteurern als von Wissenschaftlern. Aber Äußerlichkeiten sagen wenig über fachliche Fähigkeiten aus.

„Hier sind unsere Schätze", präsentierte Frauke Nilsen mit weit ausgebreiteten Armen eine Vielzahl an Fundstücken, die reihenweise auf Tischen und Regalen ausgebreitet lagen.

Neben einer Kiste voller Scherben ruhten unbeschädigte Amphoren, von denen ein Teil sogar noch verschlossen war. Daneben türmten sich unzählige flache, grün- und graufarbene Tafeln in länglichen, rechteckigen Formen. Seltsam anmutende, vom Wasser korrodierte Gegenstände, deren Sinn und Gebrauch Rätsel aufgaben, füllten einen der Tische, während sich auf einer anderen Ablage honigfarbene Brocken aus Bernstein stapelten. Vielen Artefakten hatte die Zeit im Meer schwer zugesetzt. Das Säubern und Restaurieren würde Monate dauern.

„Was Sie hier sehen, stellt lediglich einen Teil der Ladung des Schiffes dar. Das Gros ging im Laufe der Jahrtausende verloren, wurde vom Salzwasser zersetzt oder von den Strömungen in größere Tiefen gerissen. Viele Amphoren zerbrachen während des Untergangs. Andere überstanden das Desaster. Zu Studienzwecken entschlossen wir uns, mehrere von ihnen zu öffnen. Ein Gefäß war bis zum Rand mit Bernstein gefüllt. Die restlichen enthielten Olivenöl, Weizenkörner und Wein. Lars und Henrik meinten nach einer kleinen Probe, der Jahrgang wäre nicht übel. Mir roch das Bukett zu streng nach Tang und das Aroma schmeckte mir im Abgang zu salzig“, witzelte sie.

Maximilian Korff lachte über den Scherz und erkundigte sich nach dem Material der Tafeln in den Regalen. „Bestehen die Platten aus Metall?“

„Korrekt. Genauer gesagt handelt es sich um Kupfer- und Zinnbarren. Erstere haben wir restlos aus dem Wrack geborgen. Von dem Zinn existieren weitaus größere Mengen. Es liegt auf dem Meeresgrund verstreut. Nicht zu vergessen die hölzernen Fragmente des Schiffskörpers, die Jahrtausende überdauerten. Auf uns wartet viel Arbeit“, verdeutlichte Henrik Andresen ihre weiteren Ambitionen auf Oksøy.

„Wenn ich mich nicht irre, verkörpern die korrodierten Gegenstände auf dem Tisch Werkzeuge. Ich glaube, unter ihnen Beile, Sägen und Hämmer zu erkennen. Utensilien, wie sie zum Instanthalten und Ausbessern von Schiffen benötigt werden“, meinte Marja Peterssen nachdenklich.

„Sie verfügen über eine gute Auffassungsgabe“, bedachte Lars Ericson sie mit anerkennenden Worten. „Diese Fundstücke umgibt ein Mysterium. Nicht in ihrem Gebrauch, vielmehr in ihrer Herkunft.“

Die beschriebene Charakteristik ließ Maximilian Korff aufhorchen. „Ein Mysterium? Wie darf ich das auffassen?“

„Nun ja“, versuchte Frauke Nilsen den Umstand zu erklären. „Sämtliche Amphoren, ebenso die zerbrochenen, tragen einen eingebrannten

Stempel.“ Sie legte ihm ein Scherbenfragment in die Hand. Es war der Teil eines abgebrochenen Henkels. „Schauen Sie! Der Abdruck lässt einen Kreis erkennen, der im Inneren drei altgriechische Lettern umschließt. Drei Großbuchstaben, die für den Namen oder das Kürzel des Töpfers stehen, der die Gefäße für den Schiffseigner herstellte. Das Schiff war griechischen Ursprungs und die Werkzeuge ebenfalls. Auf welche Weise es in den hohen Norden gelangte, wird ein Geheimnis bleiben.“

Gefesselt von ihrem Anblick ging Maximilian Korff dem Wesen der ominösen Zeichen auf den Grund. Was er entzifferte, bestätigte seinen Verdacht: Pi, Ypsilon, Theta … Π Υ Θ. Alle Puzzleteile passten zusammen. Die Zinnbarren, das Kupfer und die Amphore mit Bernstein rückten die Inseln Iktis und Abalus ins Blickfeld. Hinzu kamen Olivenöl, Weizen und Wein aus dem Mittelmeerraum, um mit ihnen in Nordeuropa Handel zu treiben. Alle Indizien führten zum selben Resultat: Auf dem Meeresgrund vor der Insel Oksøy ruhte die Semele. „Das Geheimnis, das Sie bewegt, bin ich imstande aufzulösen. Aber eine Sache bereitet mir noch Kopfzerbrechen“, führte er vage an. „In unserem Hotel in Kristiansand behauptete ein Kellner, Sie hätten aus dem Wrack eine obskure Waffe geborgen. Entspricht das der Wahrheit?“

Frauke Nilsen lenkte ihre Schritte zu einem der hintersten Regale. Zurück kam sie mit einem länglichen Stoffbündel.

Schweißtropfen traten Maximilian Korff auf die Stirn. Die Anspannung war ihm ins Gesicht geschrieben. Fand er hier den alles entscheidenden Beweis für seine Hypothese? Für die Existenz einer präskandinavischen Gesellschaft am Ende der Steinzeit? Ihm stockte er Atem, als Frauke Nilsen das Artefakt aus dem Tuch wickelte. Was er jedoch erblickte, enttäuschte ihn bis ins Mark. Da waren kein Glanz, kein Glorienschein und keine leuchtende Aura, die die Macht der nordischen Götter symbolisierte. Was sie in den Händen hielt, war ein simples, stark korrodiertes Kriegsgerät. Es ähnelte entfernt einem römischen Kurzschwert – dem Gladius. Das Maß der Klinge betrug 80 Zentimeter und war länger als das römische Kurzschwert. Eine Waffe, die eher zum Schlagen als zum Stechen gedient hatte.

Tröstend nahm Marja Peterssen ihren Freund in die Arme. Sie wusste, für ihn brach eine Welt zusammen.

„Sie sehen enttäuscht aus", stellte Frauke Nilsen betreten fest. „Wir haben vor Freude gejauchzt, nachdem wir es fanden. Was hofften Sie zu entdecken?"

„Nun ... diese Art Waffe zumindest nicht. Obgleich sie ins Gesamtbild passt. Sie scheint keltischen Ursprungs zu sein."

„Das stimmt! Woher wissen Sie das?", rief Henrik Andresen verblüfft.

„In Spanien sah ich eine identische Waffe in einem Museum ausgestellt. Die Karthager bedienten sich der Schlagkraft der Keltiberer gern. Sie stellten in Massen exzellente Schwerter her und in ihren Armeen und auf ihren Kriegsgaleeren kämpften sie zahlreich als Söldner."

„Wie kam das Schwert eines keltiberischen Söldners, der – um mit Ihren Worten zu sprechen – im Heer der Karthager diente, an Bord eines griechischen Handelsschiffes, das vor der Küste Norwegens versank? Auf diese Frage wissen wir keine Antwort. Allein der Gedanke erscheint utopisch", räumte Frauke Nilsen verzagt ein.

Allmählich gewann Maximilian Korff die Fassung zurück. Mit inhaltsreichen Worten versuchte er, das Gegenteil zu beweisen. „Das ist keine Utopie, weil es real passierte. Die Ereignisse, von denen ich jetzt berichte, beginnen mit dem Stempel auf der Scherbe in meiner Hand und enden mit dem einsamen Tod eines griechischen Seefahrers auf der Polarinsel Jan Mayen. Was sehen wir? Drei altgriechische Großbuchstaben: Pi, Ypsilon und Theta. Sie glauben, sie stehen für den Namen des Töpfers, der die Keramiken herstellte. Dem widerspreche ich. Pi, Ypsilon und Theta sind zwar das Kürzel eines Namens, aber sie benennen nicht den Handwerker als den Eigentümer der Amphoren. Sie stehen für den Anführer einer Expedition in den hohen Norden. Für den Besitzer einer Flotte, die ursprünglich drei Schiffe zählte und von denen eins, die Semele, vor der Küste Norwegens brennend versank. Die Person, die sich hinter dem ominösen Kürzel Π Υ Θ verbirgt, ist Pytheas von Massalia."

Bei den Archäologen traf Maximilian Korffs Standpunkt zunächst auf Skepsis. Um sie zu zerstreuen, weihte er Frauke Nilsen und ihre beiden Mitstreiter in die von Lysitathes hinterlassene Niederschrift einer Reise nach Thule ein. Am Ende stimmten sie seiner

Ansicht zu und beschlossen, am nächsten Tag gemeinsam zum Wrack zu tauchen.

Maximilian Korffs Handy läutete. Martin Böhmer meldete sich, um die Zeit und den Ort des Treffens zu vereinbaren. Es war an der Zeit, nach Kristiansand zurückzukehren.

6.

Gegen Mittag hatte die Abigail unerwartet gestoppt. 25 Seemeilen von der norwegischen Stadt Egersund entfernt, war sie ein Spielball der Wellen geworden. Nervös rannte O' Reilly auf die Brücke, wo sein Kumpan den Skipper ärgerlich zur Rede stellte.

„Warum läuft der Motor nicht mehr? Eine Verspätung kommt für uns nicht infrage. Wir stehen unter Termindruck", geiferte Mac Fadden.

„Vor ein paar Minuten sah ich den rothaarigen Rotzlöffel im Maschinenraum an den Apparaturen herumhantieren. Was hatte das sommersprossige Balg dort zu suchen?", fragte O' Reilly giftig.

„Ich hatte ihm den Auftrag gegeben, die Schmierölpumpe des Dieselmotors neu zu justieren. Die Nockenwelle war heiß gelaufen. Diese Maßnahme war notwendig, ansonsten hätte die Antriebsmaschine schweren Schaden genommen", verteidigte Edward Midleton den Jungen.

„Sie hätte Schaden genommen!", äffte O' Reilly den Skipper nach und meinte ironisch: „Ich habe nicht den Eindruck, sie funktioniere jetzt besser."

Midleton wusste Bescheid. Er hatte Paddy angewiesen, die Kraftstoffzufuhr zu unterbrechen. „O' Sullivan trifft keine Schuld", log er ungeniert. „Am besten Sie beruhigen sich und lassen mich meine Arbeit machen. Ich werde den Fehler finden. Dann geht die Reise weiter", versicherte er.

„Mich beruhigen? Wollen Sie mich verarschen? Er ist ein Saboteur. Wenn ich ihn erwische, breche ich ihm das Genick", prophezeite O' Reilly wütend und machte sich auf die Suche.

„Falls der Junge den Motor ruiniert hat, drohen ihm schwere Konsequenzen. Fällt er O' Reilly in die Hände, endet er als Fischfutter."

Die Jacht war nicht weiträumig, doch sie bot Verstecke, in die die Verbrecher nicht vordringen konnten. Darauf vertraute Edward Midleton. Solange die Abigail der norwegischen Küste fernblieb, spielte die Zeit für ihn, da das Navigieren in Schärengebieten Unerfahrene vor erhebliche Probleme stellte. Bis zur Hafeneinfahrt von Kristiansand – kalkulierte er der Logik folgend – war sein Leben nicht in Gefahr. Für Paddy O' Sullivan sah es schlimmer aus. Der Junge besaß für die Verbrecher keinen Wert mehr. Er hoffte, dass dieser sich im untersten Winkel des Schiffes versteckt hatte.

Unterdessen war O' Reilly unter Deck gegangen und horchte nach verdächtigen Geräuschen. Er hatte sich nicht getäuscht. Im Vorratsraum knarrte der Schiffsboden. Schnell öffnete er die Tür und überraschte Paddy dabei, wie er hastig Wasser und Nahrungsmittel in einen Beutel stopfte. „Du Bastard, habe ich dich endlich", rief er. Dann rannte er auf den Jungen zu, der mit einer roten Schwimmweste bekleidet war, und schüttelte ihn dermaßen durch, dass diesem vor Schreck der Beutel aus den Händen fiel. Äpfel, Büchsen und Plastikflaschen kullerten durch die Kajüte. In seiner Angst trat er O' Reilly auf den Fuß. Der Verbrecher stieß einen Schrei aus und schlug Paddy mit der Hand ins Gesicht. Die Wucht schleuderte ihn in eine Ecke. Benommen versuchte er sich zu erheben, da war O' Reilly bereits hinter ihm. Er packte den Jungen bei den Schultern, warf ihn zu Boden und drückte ihm mit den Händen die Kehle fest zu. Paddy begann zu röcheln. Das Blut staute sich in seinem Kopf und in den Ohren begann es laut zu rauschen. Nach einer Weile trat ihm Schwärze vor die Augen. Er rang mit dem Tod. Unter Einfluss des Selbsterhaltungstriebs suchten seine Hände mit letzter Kraft nach etwas Greifbarem in der Nähe, um sich noch einmal aufzubäumen. Eine Konservendose geriet ihm in die Finger, die er umkrallte und mit voller Wucht O' Reilly an den Kopf schlug. Der Mann schrie auf und gab Paddy frei.

Seiner Sinne kaum mächtig kroch der Junge auf allen Vieren in den Maschinenraum. Am hinteren Ende im Bugbereich öffnete er eine schmale Falltür, die in die Bilge führte. Mit dem Kopf voran ließ er sich langsam durch die Öffnung hinuntergleiten. Aber O' Reilly, der ihm mit einem großen Schraubenschlüssel in der Hand gefolgt war, hielt ihn an den Füßen fest. Verzweifelt begann der Junge zu strampeln, bis er einen furchtbaren Schlag auf den Knöchel des linken Beins erhielt. Trotz der unvorstellbaren Schmerzen trat er mit dem rechten Fuß O' Reilly mitten ins Gesicht. Endlich ließ er Paddy los und drückte sich die Hände auf die stark blutende Nase. Schließlich schlug er die Falltür zu und blockierte sie mit einer rostigen Eisenstange. „Dann verreck unten im Modder, elende Kröte", rief er wütend und stieg die Leiter zum Deck hinauf.

7.

Bereits am späten Nachmittag waren Maximilian Korff und Marja Petersen von der Insel Oksøy zurückgekehrt. Das Treffen mit Martin Böhmer und dem Journalisten war nähergerückt. Auch Einar Jonsson war pünktlich im Hotel erschienen. Aus Vorsicht hatten beide auf dessen Teilnahme bestanden. Ein Polizist am Tisch vermittelte zumindest ein Gefühl der Sicherheit, selbst wenn er nicht bewaffnet war. Sie hatten sich in einer ruhigen Ecke der Bar zusammengesetzt, um ungestört zu reden.

Martin Böhmer, ein gedrungener 40-jähriger Mann mit dunklen Haaren und einem Oberlippenbart, ergriff sogleich das Wort. „Sicherlich fragen Sie sich, woher die Informationen über Ihren Großvater stammen und weshalb ich mit Ihnen darüber sprechen möchte", meinte er geradeheraus. „Als das Fernsehen über das Auffinden der Leiche von Johannes Korff berichtete und mit Ihrer Person einen Blutsverwandten präsentierte, kamen mir die Erlebnisse meines Großvaters Hermann Böhmer in den Sinn. Er hatte sie nach Kriegsende niedergeschrieben. Johannes Korff starb nicht an Hunger oder Krankheit. Er fiel einem Mord zum Opfer."

„Eine Möglichkeit, die wir nach der Obduktion des Leichnams gleichfalls in Erwägung zogen. Knochenteile zeigen Spuren von Einschüssen, die von Projektilen herrühren", bestätigte ihm Maximilian Korff. Das Wissen Martin Böhmers über die Art des Todes seines Ahnen erstaunte und beunruhigte ihn zugleich.

„Sie treffen mitten ins Schwarze. Ich werde Ihnen den Namen des Schützen verraten: Wilhelm von Lausen."

Die Nachricht schlug ein wie eine Bombe. „Das ist unmöglich. Mein Großvater flog mit einer Junkers nach Jan Mayen. Wilhelm von Lausen befand sich nicht an Bord. Er floh Tage später in einer anderen Maschine nach England und verbrachte dort zwei Jahre in Gefangenschaft."

„Wer behauptet das?", fragte Martin Böhmer.

„Wilhelm von Lausen ... solange er lebte", erwiderte Maximilian Korff unsicher. „Ich kann es nicht glauben. Unsere Familien verband über Jahrzehnte eine enge Bekanntschaft. Erst gestern telefonierte ich mit seinem Sohn." Abrupt verstummte er. Der Argwohn, der ihn ergriffen hatte, als dessen Lippen die Namen der Mörder von James Mac Domhnall aussprachen, rückte ihm ins Bewusstsein. Er ahnte, dass Wilbert ihn zum Narren gehalten hatte.

Martin Böhmer griff unter den Tisch und brachte eine braune Aktentasche zum Vorschein. Ihr entnahm er ein abgegriffenes Notizbuch und begann darin zu blättern. Während er nach einer bestimmten Seite suchte, klärte er die Anwesenden über die wahre Natur Wilhelm von Lausens auf. „Mein Großvater wusste zu berichten, dass ihn und Johannes seit der Jugendzeit eine tiefe Freundschaft verband. In Wahrheit nutzte ihn Wilhelm bloß aus und beabsichtigte, ihm die wissenschaftliche Arbeit zu stehlen und den Ruhm und die Ehre für sich einzustreichen. Ein Siegerkranz, der unendlichen Reichtum versprach." Endlich hatte er die Stelle gefunden und drückte das Buch Maximilian Korff in die Hände. „Hier bitte, lesen Sie, dann verstehen Sie alles", unterstrich er demonstrativ die Relevanz des betreffenden Eintrags.

Mit einem unsicheren Gefühl vertiefte sich Maximilian Korff in das Vermächtnis Hermann Böhmers.

„... Wilhelm von Lausen hatte den Dienstplan manipuliert. So kam es, dass wir am Tag der Sommersonnenwende des Jahres 1942 einen Einsatzbefehl für einen Langstreckenflug erhielten. Für Johannes Korff, der erst seit wenigen Wochen seinen Dienst in Banak versah, war es der Jungfernflug. Keinem fiel auf, dass fünf Männer die Maschine bestiegen, statt der üblichen vier. Der Befehl lautete, über dem Europäischen Nordmeer ein Dreieck zu fliegen, verdächtige Aktivitäten des Feindes festzuhalten, das Wetter zu beobachten und eine Prognose für die nächsten

Tage zu erstellen. Vom Flugfeld in Banak führte der vorgegebene Kurs zunächst nach Westen zum Eiland Jan Mayen, weiter in Richtung Süden zu den Färöerinseln und anschließend nach Nordosten zum Ausgangspunkt zurück. Eine Flugstrecke, deren Länge 3750 Kilometer betrug. Wir waren überzeugt, die 5300 Liter Treibstoff, die wir in drei Tanks mitführten, nicht zur Hälfte aufzubrauchen, um Jan Mayen zu erreichen. Denn dort endete unser Einsatz und damit die Angst, für Ideale zu sterben, die wir nicht teilten. Gustav Schubert, Wilhelm von Lausen, Friedhelm Krauss, Johannes Korff und ich beabsichtigten, uns der norwegischen Garnison zu ergeben. Außerdem wartete auf dem Eiland ein sagenhafter Schatz auf uns, in dessen Existenz uns Johannes Tage zuvor eingeweiht hatte. Auch ein versunkenes Schiff namens Semele hatte er erwähnt, das – mit kostbaren Gütern beladen – irgendwo auf dem Grunde des Meeres ruhte. Wir fünf bildeten eine verschworene Gemeinschaft. So glaubten wir zumindest.

Als wir mittags vom Flugfeld abhoben, war der Tag sonnig und die Sicht klar. Ohne Probleme brachte uns die JU auf eine Flughöhe von 8000 Metern. Knapp drei Stunden später zeigte sich der schneebedeckte Vulkan Beerenberg am Horizont – das Wahrzeichen von Jan Mayen. Unser Pilot, Gustav Schubert, fuhr das Fahrwerk aus und überflog den Krater. Dabei klinkte er die beiden Abwurftanks aus. Tausende Liter Treibstoff stürzten in den Schlund des Beerenbergs. Am Rand des Kraters drosselte er den Antrieb und wir verloren allmählich an Höhe. Um die JU zu stabilisieren, glich er mit dem Seiten- und Höhenruder die Trimmung aus. An einem flachen Ausläufer des Südwesthangs setzte er zum Landen an. Es endete in einem Fiasko. Der Gletscher des Vulkans entpuppte sich anfangs als perfekte Landebahn. Aber leider war sie zu kurz. Was folgte, war ein mörderischer Ritt über eine Geröllhalde, der mit der Zerstörung des Fahrwerks endete.

Bevor die Maschine zum Stehen kam, riss vom Rumpf der linke Tragflügel ab. Ich dachte an den Treibstoff, der noch vorhanden war, und daran, dass er explodieren könnte. Der Aufprall presste mich tief in den Sitz, da ich als Funker rücklings hinter dem Piloten saß. Mit einem gewaltigen Schlag rammte sich die JU in den Boden. Für einen Moment fühlte ich Tonnen von Gewicht auf mir lasten. Schwärze umfing meine Augen und meine Ohren nahmen keinen Laut mehr wahr. Jede Faser meines Körpers schien unter der Bürde der Last zu verkrampfen. Ich spürte eine Ohnmacht nahen. Doch Sekundenbruchteile später war ich wieder hellwach. Inmitten berstender Metallteile und splitterndem Glas hielt ich die Hände schützend vor mein Gesicht. Wider Erwarten erfolgte keine Explosion der Tanks. Wenigstens blieb uns ein qualvoller Flammentod erspart. Ich schaute über meine Schulter. Schubert und von Lausen waren, abgesehen von leichten Blessuren, wohlauf. Auch Korff gab ein Zeichen, dass es ihm gut ginge. Nur Krauss meldete sich nicht. Auf unseren Zuruf gab er keine Antwort. Schreckliches ahnend, lösten wir die Sicherheitsgurte und taumelten durch die zerschellte Maschine zur Bodenlafette. Dort hatte er seit dem Abflug von Banak gekauert, um den rückwärtigen Luftraum zu beobachten und zur Abwehr feindlich gesinnter Flieger das Maschinengewehr zu bedienen. Keiner vermochte zu sagen, ob die Flucht unentdeckt geblieben war oder Abfangjäger den Befehl erhalten hatten, uns vom Himmel zu holen.

Friedhelm Krauss war tot. Der heftige Aufprall hatte das Maschinengewehr aus der Verankerung gerissen und ihm den Brustkorb zerdrückt. Auch am Kopf zeigten sich entsetzliche Wunden. Unzählige Splitter geborstenen Glases hatten ihm das Gesicht entstellt. Es besaß nichts Menschliches mehr und erinnerte an einen blutigen Klumpen. Für Schubert war der Anblick unseres Kameraden unerträglich. Er musste sich übergeben. Ich sah mein Heil in der Flucht und rannte als Erster aus dem Wrack. Schubert folgte mir unmittelbar. Von Lausen und Korff verließen als Letzte die Maschine. Was im Anschluss geschah, überforderte mein Verständnis. Aus einem unerfindlichen Grund zückte von Lausen seine Dienstpistole, hielt sie Schubert an den Kopf und drückte ab. Dessen Körper fiel sofort zu Boden und rührte sich nicht mehr. Aus dem Kopf rann ein pulsierender blutiger Strom, der erst mit dem letzten Schlag des Herzens zu versiegen begann.

Ich war wie gelähmt. Fassungslos blickte ich fragend in die Augen des Mörders. Dessen erschreckende Antwort – ich bin nicht bereit zu teilen. Ich brauche bloß Korff – weckte mich aus meiner Starre. Inzwischen hatte er die Pistole auf mich gerichtet. Nur drei Meter von mir entfernt, drückte er auf den Abzug. Doch es erfolgte kein Schuss. Die Waffe reagierte nicht. Ich begriff, dass dies meine Chance auf Flucht war. Wie eine Gazelle rannte ich um mein Leben. Immer weiter weg von der JU, ohne darauf zu achten wohin. Sekunden später hörte ich einen lauten Knall hinter mir und spürte ein schmerzhaftes Ziehen an der rechten Schulter. Ich achtete nicht darauf und lief und lief ohne Ende. Nach einer Weile verließen mich die Kräfte und ich suchte Schutz hinter einem Felsbrocken.

Besorgt untersuchte ich meine Schulter und schätzte mich glücklich – es war bloß ein Streifschuss. Vorsichtig lugte ich hinter dem Felsen hervor. Das Wrack der JU lag ungefähr 200 Meter bergauf. Zwei Gestalten, Korff und von Lausen, bewegten sich hintereinander nach Nordwesten zur Küste. Nach kurzem Überlegen beschloss ich, ihnen in sicherem Abstand zu folgen. Gegen Abend erreichten sie einen bizarren Küstenabschnitt. Felsformationen erstarrter Lava säumten den Uferbereich in mehreren Metern Höhe.

Plötzlich geschah Unerwartetes. Einer der Männer, es war zweifellos Johannes Korff, rannte in Richtung der Steilküste. Offenbar versuchte er, durch einen kühnen Sprung ins Meer zu entwischen. Aber die Schüsse, die von Lausen abfeuerte, trafen ihn in den Rücken. Er riss die Arme zur Seite, taumelte am Rande der Klippen und fiel kopfüber in die See. Von Lausen blickte eine Weile forschend auf die Wellen, die sich an den Felsen tosend brachen. Doch das Meer hatte Korff verschluckt. Nach einer Weile wandte er sich um, schritt nach Südwesten, wo er meinem Blick entschwand. Später erfuhr ich, dass ihn die Briten noch am selben Tag gefangen nahmen. Ein Zerstörer, der vor der Südküste vor Anker lag und den Absturz der Junkers beobachtet hatte, beorderte eine Landungstruppe auf die Insel, die ihn arretierte und in ein Internierungslager in England verschiffte.

Von meinem Ehrempfinden getrieben, kehrte ich zur JU zurück und begrub die Kameraden Friedhelm Krauss und Gustav Schubert am Fuß des Vulkans Beerenberg. Beide hätten für mich dasselbe getan. Ich trauerte unseren Träumen nach, die die Gier eines Einzelnen zerstörte, der nicht bereit war, mit den Kameraden zu teilen. Schließlich begab ich mich auf den Weg nach Westen, wo ich die Garnison der Norweger vermutete ...“

Zutiefst betroffen gab Maximilian Korff das Buch zurück. Hermann Böhmers Kriegserlebnisse übertrafen seine schlimmsten Befürchtungen. In ihnen entpuppte sich Wilhelm von Lausen als skrupelloser Verbrecher, der sich zum Ziel gesetzt hatte, das Lebenswerk seines Großvaters zu stehlen. Ob er Wilbert von den Mordtaten auf Jan Mayen erzählt hatte, ließ sich nur vermuten.

„Mein Großvater ergab sich den Norwegern und legte sein Schicksal in deren Hände“, verriet Martin Böhmer. „Er hatte Glück. Er verbrachte zwei Jahre auf der Insel. Eine Internierung in England blieb ihm erspart. Nach Kriegsende kehrte er in die Heimat zurück. Was das Leben und Wirken Wilhelm von Lausens betrifft, kann Ihnen mein Begleiter Jason Greenwood tiefe Einblicke geben. Jahrelang hat er über ihn und seinen Sohn Wilbert Recherchen angestellt."

Greenwood war Journalist und um die 60 Jahre alt. Das spärliche Haar auf dem Kopf des Engländers war grau meliert und streng nach hinten gekämmt. Der kleine hagere Mann trug eine runde Nickelbrille und vermittelte den Eindruck eines biederen Bürgers. Dem war nicht so. Das wurde bald offenbar.

„Was wissen Sie über Wilhelm von Lausen?", fragte Marja Peterssen.

„So manches", meinte er mit ernster Miene. „Er war kein überzeugter Nationalsozialist, doch das Gefühl der absoluten Macht über andere Menschen kannte er. Es berauschte ihn. Wilhelm von Lausen gehörte der Gruppe Thor an. Sie war eine Sektion des Instituts für Experimentelle Archäologie in Berlin."

„Hast du gehört?", rief Marja Peterssen überrascht. „Das waren doch die Idioten, die nach den Waffen der nordischen Götter forschten, um die sich anbahnende Niederlage des Krieges noch abzuwenden. Sie bedrohten deinen Großvater, um ihm die Früchte seiner jahrelangen wissenschaftlichen Arbeit zu stehlen. Vermutlich gab ihnen Wilhelm von Lausen den Tipp. Nachdem die Drohgebärden der Gruppe Thor nicht fruchteten, setzte sie den vermeintlichen Jugendfreund auf ihn an. Der Einsatz von Johannes bei der WEKUSTA 5 in Banak entlarvt sich somit als Täuschungsmanöver. Doch sie rechneten nicht damit, dass Wilhelm von Lausen eigene Ziele verfolgte."

Ihr beipflichtend, nickte Jason Greenwood mit dem Kopf. „Zeitlebens war er ein cleverer und gerissener Mann. Zwei Jahre verbrachte er in britischer Gefangenschaft. Er nutzte die Zeit, um Kontakte zu einflussreichen Leuten aus der Politik und Wirtschaft zu knüpfen. Nach dem Ende des Krieges begann er, mit ihnen Geschäfte zu machen. Das fiel ihm nicht sonderlich schwer, da seine Familie sehr reich war. Der Name von Lausen gewann zunehmend an Gewicht. Ende der vierziger Jahre schloss er sich der GEA an, was sich für ihn gelohnt hat. Heute beträgt sein Vermögen Milliarden von Euro."

Einar Jonsson runzelte die Stirn. „GEA? Das klingt nach griechischer Mythologie. Was verbirgt sich hinter dem Namen?"

„Sie irren. Die Göttin Gaia hat nichts damit zu schaffen. Es handelt sich um eine weltumspannende Organisation, die keinen Namen besitzt. Auch eine Gründungsurkunde existiert nicht. Jedes Jahr lädt sie hochrangige Vertreter aus dem Wirtschafts- und Finanzsektor, der Politik, dem Militär und dem Hochschulbereich zu einem Symposium ein. Die GEA arbeitet unbeachtet von der Öffentlichkeit und begünstigt durch eine selbst auferlegte Pressezensur des Mainstreams. Nur wenige freie Medien berichten über ihr Tun. Das Wissen beschränkt sich meist auf die Namen der Teilnehmer und den Ort, an dem die Kongresse stattfinden. Informationen über die Tagungsthemen sickern spärlich nach außen und werden nicht kommentiert. Alles unterliegt der Schweigepflicht. Ich verlieh der nebulösen Loge den Namen GEA – Global Elitist Alliance – oder auf Deutsch: Globale Elitäre Allianz."

„Also weiß niemand Genaues über die Ambitionen und Ziele dieser Personen", stellte Einar Jonsson in den Raum.

Jason Greenwood nippte am Bierglas, bevor er antwortete. „Am Anfang, zu Beginn der 50er Jahre, waren sie durchaus ehrenwert einzuschätzen. Als oberste Prämisse galt: nie wieder Krieg. Die führenden Köpfe der GEA setzten sich zum Ziel, den Frieden und den freien Handel in der Welt zu fördern und Mechanismen anzustoßen, die den Rückfall in national geprägte Denkmuster verhindern. Der Nachbar hinter der Grenze sollte nicht mehr ein Gegner, sondern ein Partner sein. Der Aufbau globaler Organisationen, wie der UNO, der WTO oder der WHO, war wegweisend und vielversprechend. Eine pluralistische Welt versprach, ein friedlicher Ort zu werden."

„Und welchen Stellenwert nimmt die GEA in der öffentlichen Diskussion heute ein?", fragte Maximilian Korff.

„Gar keinen. Wenige Menschen wissen von ihrer Existenz. Noch weniger kennen ihr Bestreben. Ich habe zumindest eine Ahnung. Wenn wir nicht aufpassen, wird die Zukunft düster", antwortete Jason Greenwood. „Unterwandert von Individuen, die sich als Krönung der Schöpfung verstehen und lediglich ihre eigenen Interessen vertreten, verwandelte sich die GEA in eine intransparente Sektiererkaste mit politischem Machtanspruch. Ihr angestrebtes Ziel liegt in naher Zukunft: das Erringen der Weltherrschaft. Offenbar dienen die Symposien dem Rekrutieren Gleichgesinnter. Das geschieht vermutlich durch das Abklopfen der Ansichten und Intentionen der geladenen Persönlichkeiten. Die Mitglieder dieser elitären Gesellschaft leiden an permanenter chronischer Hybris. Für sie sind wir Ungeziefer, das ohne Gewissensbisse zertreten werden darf. Unter ihnen vertritt mancher die Meinung, 75 Prozent der Weltbevölkerung seien nutzlos. Gehen Sie davon aus, dass in diesen Köpfen auch Szenarien herumspuken, wie sie sich der 75 Prozent schnell und effektiv entledigen können."

Skeptisch rieb sich Marja Peterssen das Kinn. Ein derartiges Verbrechen war für sie nicht vorstellbar. „Ihre Beweise über die Ambitionen der GEA enthalten nach meinem Verständnis nur Hypothesen und Spekulationen. Welcher Grund lässt Menschen erwägen, derart abgründig zu handeln? Das sind faschistoide Ideologien", hielt sie ihm zweifelnd entgegen.

„Das Schiff Erde ist mächtig ins Schlingern geraten. Einige Offiziere auf der Brücke vertreten die Ansicht, die Größe der Mannschaft überschreite das kritische Maß. Ein Teil von ihr hinterlasse bloß Unrat und gehöre über Bord geworfen, damit der morsche Kahn nicht kentert und absäuft."

„Mister Greenwood, was wollen Sie uns auftischen? Den ins Auge gefassten Genozid einer Gruppe Psychopaten an der Masse der Menschheit, um die zunehmende Zerstörung der Natur aufzuhalten und einen vermeintlich drohenden Klimakollaps der Erde zu verhindern?", erwiderte Maximilian Korff irritiert. „Ich leihe Verschwörungstheorien gern mein Ohr, aber das übersteigt alles, was ein analytisch denkender Mensch sich vorstellen kann."

„Genozide geschahen in der Geschichte viele Male", verteidigte Jason Greenwood seine Position. „Die spanischen Konquistadoren rotteten in Mittel- und Südamerika ganze Völker aus. In Nordamerika gingen die europäischen Einwanderer nicht besser vor. Denken Sie an das letzte Jahrhundert: Armenien, Kongo, der Holocaust, die Roten Khmer, Ruanda. Eine Liste endloser Schandtaten tut sich auf. Unsere Welt ist gegen derartige Verbrechensformen nicht selbstredend gefeit. Menschen mit zu viel Macht in den Händen, die jenseits aller parlamentarischen Kontrolle agieren, sind verführbar und erliegen oftmals dem Größenwahn."

„In dem Punkt stimme ich Ihnen zu", pflichtete Maximilian Korff bei. „Dennoch kann ich mir in unserer aufgeklärten Zeit schwer vorstellen, dass sich ein solches Inferno wiederholt."

„Umso besser, wenn ich mich irre", fügte Jason Greenwood hinzu. „Trotzdem rate ich Ihnen zur Vorsicht, wenn Sie mit Wilbert von Lausen verkehren. Den Mord an Ihrem Großvater hat er nicht zu verantworten. Allerdings vertritt er dieselben Ansichten und Ambitionen wie sein Vater. Er nahm dessen Platz in der GEA ein und pflegt einen intimen Umgang mit der Familie des britischen Wirtschaftsmagnaten Stanley P. Morgan. Das P. steht übrigens für Parsifal. Morgans Verhältnis zur GEA liegt im Dunkeln. Hier recherchiere ich noch."

„Ich bedanke mich bei Ihnen, Herr Böhmer. Die Einblicke in die Memoiren Ihres Großvaters waren äußerst aufschlussreich. Ebenso die Informationen über die Familie derer von Lausen. Mister Greenwood, lassen Sie bei Ihren weiteren Recherchen äußerste Vorsicht walten. Wenn nur die Hälfte von dem stimmt, was Sie mir anvertrauten, besteht Gefahr für Ihr Leben."

„Dessen bin ich mir bewusst, Mister Korff. Doch was kann ich anderes tun? Die Dinge des Lebens zu beleuchten und den Menschen näherzubringen, ist meine Arbeit. Ich bin Journalist und fühle mich dazu berufen", enthüllte Jason Greenwood sein innerstes Streben.

8.

Seit vielen Stunden verharrte Paddy O' Sullivan in der Bilge, zitternd vor Kälte und quälendem Schmerz. Das Fußgelenk seines linken Beins war angeschwollen. Wahrscheinlich hatte O' Reillys Schlag mit dem Schraubenschlüssel ihm den Knöchel zertrümmert.

Die Bilge bildete den untersten Raum in einem Schiff. Sie lag direkt über dem Kiel. In der Abigail wies sie eine Höhe von 75 Zentimetern auf und roch ekelhaft. Ursache war das Bilgewasser, welches sich durch Kondensation und eingedrungene Feuchtigkeit im Schiffsrumpf ansammelte. Durch die zusätzliche Kontamination mit Maschinenöl und Dieselkraftstoff entstand eine Flüssigkeit, die die Umwelt belastete, und die bei Bedarf ein Bilgenentöler abpumpte. Im Seemannsjargon nennt sie sich auch Kieljauche. Das Atmen in der Bilge fiel wegen des Geruchs der giftigen Öl- und Dieseldämpfe schwer und führte mitunter zu Brechreiz und Schwindelanfällen.

Abermals befühlte Paddy seinen Knöchel. Doch die Berührung ließ in zusammenzucken. Noch mehr jedoch machte ihm die absolute Dunkelheit zu schaffen. Auf dem Deck hörte er Mac Fadden laut schimpfen, der mit dem Skipper haderte, weil er den Fehler am Dieselmotor noch nicht gefunden hatte. Wenn es in der Bilge Licht gäbe, wäre in Paddys Gesicht ein Grinsen zu sehen gewesen. Ein Zeitgefühl existierte hier unten nicht. Ob er seit sechs oder zwölf Stunden im Modder kauerte, blieb ihm verborgen.

Der Junge horchte. Es war ruhig geworden. Ihm kam der Gedanke, einen Blick in den Maschinenraum zu riskieren. Vorsichtig ging er in die Hocke. Trotzdem stieß er mit dem Kopf gegen die Falltür und verlagerte sein Gewicht unbewusst auf den linken Fuß. Ein höllisches Schmerzgefühl durchzuckte ihn. Die Tränen traten ihm in die Augen. Ewig ertrug er das nicht mehr. Abermals versuchte er sich aufzurichten und drückte mit den Händen gegen die Falltür. So sehr er sich bemühte, es gelang ihm nicht, sie zu öffnen. O' Reilly hatte sie blockiert. Die Kälte und seine durchnässte Kleidung bereiteten Paddy arge Probleme. Lange würde er in diesen widrigen Umständen nicht mehr durchhalten.

Im Vorschiff, erinnerte er sich, existierte eine zweite Luke, die ins Zwischendeck führte. Um sie zu nutzen, musste er die gesamte Bilge durchqueren. Eine Alternative gab es nicht. Ohne lange nachzudenken, begann er auf dem Bauch, das linke Bein hinter sich herziehend, durch die schmierige Kieljauche zu kriechen. Das erwies sich schwerer als gedacht. Die nassen Sachen klebten ihm am Körper und wogen schwer wie Blei. Auch die Schwimmweste behinderte ihn. Warum er sie übergezogen hatte, wusste er nicht mehr. Wahrscheinlich hatte ihm sein Unterbewusstsein zugeflüstert, Mac Fadden und O' Reilly würden ihn über Bord werfen. Meter für Meter robbte er langsam vorwärts. Die Hälfte des Weges, schätzte Paddy, musste hinter ihm liegen.

Plötzlich tönte im Unterdeck ein Ruf des Triumphes aus O' Reillys Kehle. „Ich habe den Fehler gefunden! Der rothaarige Bastard hat die Spritleitung verstopft. Midleton, reparieren Sie den Schaden und starten Sie die Maschine!“ Dann wandte er sich an Mac Fadden. „Bis Kristiansand sind es 120 Seemeilen. Das schaffen wir in knapp zehn Stunden. Wenn keine weiteren Pannen eintreten, laufen wir gegen 9:00 Uhr morgens im Hafen ein.“

„Rechtzeitig, um unser Treffen mit Howard Briggs nicht zu verpassen“, konstatierte Mac Fadden zufrieden.

Bestürzt verharrte Paddy. Nun schwebte auch Eddi in Gefahr. Je mehr sich die Abigail Kristiansand näherte, umso wertloser war er in den Augen der beiden Verbrecher. Und noch ein weiterer Aspekt eröffnete sich dem Jungen. Es war eine Stunde vor Mitternacht. Am nächsten Morgen entschied sich ihr Schicksal. Fünf Minuten später lief der Schiffsmotor an. Laut ratterten die Kolben in den Zylindern. Die Vibrationen spürte er bis in der Bilge.

Einem bösen Omen gleich stieß O' Reilly im selben Augenblick einen Fluch aus. „Hörst du mich, rothaarige Kröte? Wir sind wieder auf Kurs. Morgen früh bist du fällig. Dann schlage ich dir den Schraubenschlüssel aufs Maul. Anschließend fliegst du über Bord mit Bleischuhen an den Füßen.“

Der Junge sackte zusammen und begann still zu weinen. In eine derartige lebensbedrohliche Situation zu geraten, kam ihm niemals in den Sinn. Die Arbeit auf der Jacht an der Seite von Eddi hatte ihm Spaß bereitet und James Mac Domhnall war zufrieden gewesen und hatte mit Lob nicht gespart. Und jetzt nahm alles ein Ende? Die Aussicht auf den Tod durch Ertrinken ängstigte ihn. Lieber einen Schuss durch den Kopf. Das geht schneller. Paddy erschrak über diesen Gedanken. Noch war er am Leben. Er durfte sich nicht aufgeben. Seine Mutter würde daran zerbrechen. Nein, er musste kämpfen und sich aufbäumen bis zum letzten Atemzug. Das war er ihr und Eddi schuldig. Sich widerstandslos dem Tod zu ergeben, kam nicht infrage. Trotzig hob er den Kopf und kroch vorwärts. Meter für Meter zum Vorschiff.

Kapitel 11

1.

1. Juli

Es war 8:00 Uhr morgens. Die Abigail befand sich 15 Seemeilen vor Kristiansand. Bei leichtem Seegang und strahlender Sonne steuerte sie direkt auf die norwegische Küste zu. Noch war am Horizont kein Land zu sehen, aber die zahlreichen Seevögel, die zeternd das Schiff umkreisten und um einen Happen bettelten, verrieten dessen unmittelbare Nähe.

Paddy O' Sullivan war durch die Bilge bis zum Vorschiff gekrochen und hatte sie durch die vordere Falltür verlassen. Sie war unversperrt gewesen, was darauf hingedeutet hatte, dass ihre Existenz den Verbrechern verborgen geblieben war. Versteckt im vorderen Unterdeck hinter dem Ankergeschirr wartete er auf einen günstigen Moment, seinen Plan umzusetzen: die Blockierung des Antriebs.

Dieser Zeitpunkt trat jetzt ein, da O' Reilly auf die Brücke zu Mac Fadden und Edward Midleton stieg. Leise schlich Paddy zum Mittelschiff, um das Vorhaben durchzuführen. Da er mit dem verletzten Fuß nicht auftreten konnte, hopste er barfuß über das glatte Schiffsparkett. Mit den Händen an den Wänden Halt suchend, erreichte er nach wenigen Metern den Maschinenraum. Neben dem Dieselmotor stand eine Werkzeugkiste. Der Skipper hatte sie nach der Reparatur dort stehengelassen. Offenbar nicht unbeabsichtigt. Als Paddy den Kasten öffnete, fand er im Inneren ein Kappmesser. Auf der Stelle wusste er, wie der Antrieb auf Dauer lahmzulegen war. Er stoppte den Dieselmotor und durchtrennte die freiliegenden Antriebsriemen. Anschließend machte er sich auf den Rückweg ins Vorschiff. Der schmerzende Fuß behinderte ihn. Die Eile, die er an den Tag legte, um diese Bürde zu kompensieren, machte ihn unvorsichtig. In einer Öllache auf dem Boden kam er ins Rutschen.

Mühevoll krallte er sich am Geländer fest, welches längsseits durch den Maschinenraum führte. Den Körper bis in die letzte Faser angespannt, versuchte er, mit beiden Beinen das Gleichgewicht wiederzufinden. Ein stechendes Schmerzgefühl durchzuckte seinen verletzten Fuß. Als er endlich Halt fand, hielt er kurz inne, um Kraft zu schöpfen. Dann hüpfte er, so schnell er vermochte, zurück ins Vorschiff und kroch hinter das Ankergeschirr.

Keine Minute später war auf der Brücke die lamentierende Stimme Mac Faddens zu hören. „Der Motor streikt schon wieder. Allmählich geht mir das auf den Sack. Liegt auf dem Kahn ein Fluch?", schimpfte er lauthals, nachdem die Abigail abermals stoppte. Mit Argwohn in den Augen blickte er zu Edward Midleton.

Der Skipper zog es vor, dessen Frage nicht zu kommentieren und antwortete lediglich mit einem müden Schulterzucken.

O' Reilly, der Böses ahnte, stieg unter Deck, um den Maschinenraum zu kontrollieren. Fassungslos stellte er fest, dass jemand die Keilriemen des Dieselaggregats gekappt hatte. Nachdenklich nahm er die Falltür ins Visier, die zur Bilge hinunter führte. Die Eisenstange blockierte noch immer den Drehgriff an der Luke. Paddy O' Sullivan war eingesperrt und möglicherweise längst tot. Der rothaarige Teufel kam als Saboteur diesmal nicht infrage. Auch Edward Midleton fiel aus der Liste der Verdächtigen heraus? Er hielt seit Stunden das Steuerrad in den Händen und Mac Fadden stand die ganze Zeit neben ihm. Wer also hatte den Motor ruiniert? Ein Geist? Er beschloss, die Abigail vom Bug bis zum Heck nach dem Phantom zu durchsuchen.

Plötzlich stutzte er. Unterhalb des Geländers bemerkte er eine Ölpfütze. Jemand war hineingetreten. Deutlich sichtbar führte die Spur aus dem Maschinenraum heraus zum Vorschiff. Nach einer Waffe suchend, wühlte er in der Werkzeugkiste und erwischte schließlich den Schraubenschlüssel, mit dem er zuvor Paddy O' Sullivan geschlagen hatte. Mit dem überlegenen Gefühl eines Jägers, der seiner Beute nachspürt, folgte er der öligen Fährte bis zum Unterdeck am Bug. Dämmriges Licht empfing ihn. Viele Einzelheiten konnte er nicht erkennen. Der einzige Ort, um sich zu verbergen, lag hinter dem Ankergeschirr. Bedächtig näherte sich O' Reilly der

Apparatur und hielt zur Vorsicht den Schraubenschlüssel in die Höhe, um einen unverhofften Angriff abzuwehren.

Paddy, dessen Nerven wie Drahtseile angespannt waren, hielt der Angst, die ihn quälte, nicht länger stand. Den sicheren Tod vor Augen sprang er mit dem Messer in der Hand aus dem Versteck hervor, um an O' Reilly vorbeizuschlüpfen.

Der Verbrecher schlug brutal mit dem Schraubenschlüssel zu, verfehlte den Kopf des Jungen jedoch und traf die Ankerwinde. Der Aufprall des Werkzeuges verursachte einen hellen metallischen Klang. Gleichzeitig spürte er einen pulsierenden Schmerz am Oberschenkel. Während Paddy entsetzt das Weite suchte, fasste sich O' Reilly verwundert an den rechten Oberschenkel. Obwohl er in der Finsternis kaum etwas sah, fühlte er, dass Blut an seinen Händen klebte – sein Blut. Wütend verfolgte er den Jungen an Deck.

Vorn am Bug fand die Hatz ihr Ende. Paddy saß in der Falle. Verzweifelt hielt er O' Reilly das Kappmesser entgegen. Der rieb sich am Oberschenkel und lachte lauthals. „Idiot, wirf den Zahnstocher weg! Er hilft dir nicht. Verrate mir noch, wie du es zuwege gebracht hast, aus der Kloake zu entkommen, bevor ich dir den Schädel einschlage", rief er kaltherzig und holte mit dem Schraubenschlüssel zum tödlichen Schlag aus.

Auf der Brücke beobachteten Mac Fadden und Midleton das bizarre Geschehen am Bug des Schiffes. Der eine mit purem Genuss am nahenden Tod eines unschuldigen Jungen – der andere mit Entsetzen über das entmenschlichte Verhalten O' Reillys.

Beherzt rannte der Skipper aufs Mittelschiff hinaus und schrie: „Spring, Paddy ... Spring ins Wasser ... Spring!"

Der Junge folgte dem Aufruf, kletterte über die Reling und stürzte ins Meer. Von einer Strömung ergriffen, entfernte er sich allmählich vom Schiff. Die leuchtend rote Schwimmweste zeichnete seinen Weg durch die sanften Wellen der See.

O' Reilly, der Paddys Sprung ins Meer nicht erwartet hatte, sackte plötzlich kraftlos auf die Knie. Eine Sekunde später fiel er mit dem Oberkörper nach vorn, knallte mit dem Kopf hart auf die Decksplanken und rührte sich nicht mehr.

Erst jetzt nahm Mac Fadden die riesige Blutlache wahr, die seinen leblosen Kumpan umgab. Er stürzte ins Freie, stieß den Skipper achtlos zur Seite und rannte nach vorn zum Bug. Aber O' Reilly war bereits tot. Zufällig hatte ihn Paddy O' Sullivan mit dem Kappmesser am Oberschenkel getroffen und dabei die Hauptschlagader durchtrennt. Dem Verbrecher war nicht bewusst gewesen, wie schwer ihn der Junge verletzt hatte, als er ihm aufs Deck folgte. Innerhalb einer Minute hatte er sein Leben verwirkt und war verblutet.

Vom Heck der Abigail vernahm Mac Fadden ein verdächtiges Geräusch. Irgendwer war über Bord gesprungen und aufs Wasser geschlagen. Eine unheimliche Stille trat ein. Befangen blickte er hinauf zur Brücke. Edward Midleton war verschwunden.

2.

In einer Bucht im Norden von Oksøy warf Howard Briggs den Anker ins flache Wasser. Das Motorboot, das er in Flekkerøya zusammen mit einer Tauchausrüstung gemietet hatte, genügte seinen Ansprüchen. Schnell und sicher hatte es ihn ans Ziel befördert.

Schon am Abend zuvor hatte er erfahren, dass südlich des Eilands Meeresarchäologen die Überbleibsel eines versunkenen Schiffes erforschten und auf der Westseite Oksøys einen Stützpunkt betrieben, den sie als Ausgangsbasis für ihre Exkursionen nutzten. Versiert im Sammeln von Informationen, hatte er gezielt die Hotels in der Altstadt von Kristiansand abgelaufen und nach archäologischen Grabungen im Küstengebiet gefragt. Dabei war herausgekommen, dass sich auch ein junger Deutscher nach dem Wrack erkundigt hatte. Sicher handelte es sich bei dieser Person um Korff. Wilbert von Lausen, den er telefonisch kontaktiert hatte, versetzten die vielversprechenden Neuigkeiten in Euphorie. Jetzt hoffte er auf das baldige Eintreffen von O' Reilly und Mac Fadden, um ihn tatkräftig zu unterstützen.

Vorsichtig um sich schauend, watete Howard Briggs zum Ufer. Bis zur Bucht im Westen der Insel führte der Weg durch ein schmales, flaches Gelände, das links und rechts felsige Hügel säumten, die Schutz vor ungewollten Blicken boten. Nach 150 Metern tauchte über ihm auf einem Hügel ein einzelnes Gebäude auf. Doch es bestand für ihn keine Gefahr, entdeckt zu werden. Kein Mensch war zu sehen. Offenbar stand es leer.

Unbeirrt setzte er seinen Weg fort und erreichte 50 Meter weiter die Westbucht. Hinter einem Felsblock verharrte er und beobachtete durch einen Feldstecher die andere Seite, wo sich der Stützpunkt befand. Er zählte sechs Personen, die emsig Gerätschaften aus einem Lagerhaus trugen und an Bord eines größeren Schiffes verfrachteten. Darunter befanden sich ohne Zweifel Taucherflaschen und Atemmasken. Der Tipp, den er gestern erhalten hatte, stellte sich somit als wahr heraus. Ob sich Maximilian Korff unter den Leuten befand, blieb ungewiss.

Das Schiff legte ab und steuerte zunächst nach Westen. Nachdem es die vorgelagerten Klippen passiert hatte und in tieferes Gewässer einfuhr, wechselte es den Kurs auf Süd. Howard Briggs begab sich auf den Rückweg zur Nordbucht und beschloss, den Archäologen zu folgen und dem Wrack einen Besuch abzustatten.

3.

Hilflos trieben Paddy O' Sullivan und Edward Midleton im Meer. Fast väterlich umfasste der Skipper den Jungen mit einem Arm, während er mit dem anderen seine eigene Körperlage im Wasser stabilisierte. Geistesgegenwärtig hatte er zwei Stunden zuvor auf der Brücke nach einer Schwimmweste gegriffen, bevor er über Bord gesprungen war. Nach O' Reillys jähem Tod hatte Mac Fadden seine Flucht nicht zu verhindern vermocht.

Die Abigail befand sich jetzt südlich von ihnen. Ihr Abstand hatte sich seit ihrem Entkommen mehr und mehr vergrößert, bis sie ihren Blicken entschwunden war. Der erfahrene Seemann fühlte, dass ihn und den Jungen eine Strömung erfasst hatte. Ob diese sie in die Nähe der Küste oder weiter hinaus auf die offene See führte, blieb ungewiss.

„Ich friere", sagte Paddy bibbernd.

Das war für beide ein ernst zu nehmendes Problem. Zwar herrschte Sommer, doch die niedrigere Wassertemperatur im tieferen Gewässer kühlte den Körper schneller aus als ein flacher Küstenbereich.

„Du musst dich bewegen Paddy. Das hilft gegen die Kälte", riet ihm Edward Midleton.

„Der Schmerz in meinem Bein hat nachgelassen", meinte der Junge nach den ersten Schwimmzügen.

„Das bewirkt die Kühle des Wassers. Sie wirkt lindernd auf die Wunde an deinem Knöchel. Nutze diesen Vorteil und bewege dich, solange du kannst."

„Was kann ich tun, wenn mich die Kraft verlässt?"

„Dann legst du dich mit dem Körper flach auf das Wasser und lässt dich treiben. Die Sonnenstrahlen werden dich erwärmen."

„Und nachts? Was tun wir in der Nacht?"

„Daran solltest du jetzt nicht denken", antwortete Edward Midleton ausweichend.

„Also werden wir es nicht schaffen. Wir werden sterben", stellte Paddy resignierend fest.

„Du darfst die Hoffnung nicht verlieren, mein Junge. Noch sind wir nicht tot! Solange wir in der Lage sind zu atmen und mit den Füßen zu strampeln, kämpfen wir um unser Leben. Du bist ein Seemann und für dein Alter weiß Gott kein schlechter. In dir steckt mehr Stärke, als du denkst. Glaube an dich und verlier nicht den Mut."

Paddy O' Sullivan sprach einerseits mit dem Mund eines Kindes, das von einem Erwachsenen Hilfe und Schutz erwartete. Andererseits begegnete er der bedrohlichen Situation, in der sie schwebten, ohne Illusionen. Wie ein erfahrener Seemann hatte er die Lage realistisch analysiert. Ihre Chancen aufs Überleben lagen bei null. Ungeschminkt hatte er die Wahrheit ausgesprochen und damit dem Herzen von Edward Midleton einen Stich versetzt. Der Junge stand an der Schwelle, vom Kind zum Manne zu werden. Ihn aufzurichten und zu motivieren fiel ihm nicht leicht, da er selbst zutiefst verzweifelte. Die Küste lag circa 10 Seemeilen entfernt. Sie waren zwei Spielbälle, die sich ohnmächtig den Launen der See ausgesetzt sahen. Die Lage schien aussichtslos. Sich gegenseitig Trost zu spenden, war alles, was ihnen blieb. Edward Midleton ärgerte sich über das zaghafte Handeln, das er an den Tag gelegt hatte. Insgeheim hatte er erwogen, in einem günstigen Moment die Kerle zu erschlagen. Doch sie waren auf der Hut gewesen und hatten sich gegenseitig abgesichert. Und die dicke Beule unter Mac Faddens Jacke hatte ihm nicht verhehlt, wohin die Signalpistole entschwunden war. Sein Wankelmut trug Schuld an ihrer misslichen Lage. Den Jungen traf kein Vorwurf. Er hatte das Möglichste getan.

„Müssen wir sterben?“, fragte Paddy aufs Neue.

„Ich kann es nicht ausschließen“, erwiderte Edward Midleton berührt. „Aber wenn es passiert, stirbst du nicht allein. Ich bin bei dir.“

4.

200 Meter vom Schiff der Archäologen entfernt, hatte Howard Briggs sein Boot geankert. Das Meer wies hier eine Tiefe von 10 Metern auf. Mit dem Feldstecher beobachtete er die Aktivitäten auf dem Schiff. Es trug den Namen Adele, war 18 Meter lang und von älterer Bauart. Ursprünglich ein Schleppkahn, hatten es die Forscher vermutlich für ihre Belange umgebaut. Ein Drehkran mit einem langen Auslegerarm am Heck bildete den auffälligsten Teil der Aufbauten auf Deck. Hinter der Adele schaukelten auf der Wasseroberfläche mehrere rote Bojen. Sie markierten ein Areal, in welchem Briggs das Wrack vermutete.

Das Geschehen war zu weit entfernt, um weitere Details zu erkennen. Der Feldstecher half ihm nicht weiter. Grund genug für eine Stippvisite aus der Nähe. Er streifte den dunklen Neoprenanzug und die Schwimmflossen über, schulterte die Sauerstoffflasche und setzte die Atemmaske auf. Schließlich ließ er sich rücklings vom Bordrand in die See fallen. Mit kräftigen Beinschlägen tauchte er knapp über dem Meeresboden zum Schiff. Wenig später nahm er über seinem Kopf den dunklen Rumpf der Adele wahr. Lauernd verharrte er im Schatten, den der Bootskörper auf den Grund zeichnete. Abgeduckt hinter einem abgerundeten Felsbrocken und hoffend, dass ihn die aufsteigenden Luftblasen nicht verrieten, beobachtete er die Szenerie.

Vier Taucher drangen in die Tiefe vor. Briggs erkannte zwei Frauen und zwei Männer. Ein Pärchen erweckte den Eindruck, im

Tauchen nicht besonders bewandert zu sein, da sie mühsam und ohne Koordination zum Meeresboden hinabsanken. Die beiden anderen mussten mehrmals auf sie warten und ihnen helfen, gegen die Strömung anzukämpfen, um nicht abzutreiben. Als sie den Grund erreichten, nahm diese spürbar ab. Die Vier gaben sich Zeichen und deuteten auf das umliegende Gebiet. Erst jetzt erkannte Howard Briggs die Fragmente des Wracks. Die Taucher befanden sich mittendrin.

Der Kiel war zum Großteil gut erhalten. Doch nur wenige Längs- und Querspanten säumten ihn noch auf der kompletten Länge. Falls weitere existierten, lagen sie unter dem Schlick begraben. Das Deck und der Mast fehlten gänzlich. Von Algen, Sedimenten und Muscheln behaftet, hoben sich die Reste des Schiffes kaum vom Meeresboden ab. Etwas anderes fiel ihm in die Augen: unzählige Platten, die weit verstreut auf dem Grund lagen. Seine Erfahrung sagte ihm, dass es sich um Metallbarren handelte. Vermutlich bestanden sie aus Blei oder Zinn und gehörten ehemals zur Ladung. Briggs hoffte auf lukrativere Funde. Mit Zinn und Blei im Gepäck, wenn auch antik, war kein großes Geld zu machen.

Der Wunsch schien sich zu erfüllen, denn unverhofft brachte eine der beiden Taucherinnen zwischen den Wrackteilen ein langes, dünnes Objekt zum Vorschein. Es zeigte eine dunkle Färbung. Als sie mit der Hand über dessen Oberfläche strich, um den Schmutz der Jahrtausende zu entfernen, zeigten sich im Licht gelbe Reflexe. Briggs geriet in Euphorie. Es handelte sich offenbar um eine Waffe, die aus einer Legierung mit hohem Goldanteil bestand.

Während die Taucher mit ihrem Fundstück zur Wasseroberfläche aufstiegen und über eine Leiter an Bord der Adele kletterten, plante Howard Briggs seine nächsten Schritte. Das Wrack zu erforschen und nach Artefakten zu suchen, kam im Moment für ihn nicht infrage. Die Gefahr, vom Schiff im kristallklaren flachen Wasser gesehen zu werden, war zu hoch. Er beschloss, zum Motorboot zurückzukehren und abzuwarten. Irgendwann in den nächsten Stunden würden sie die Insel Oksøy anlaufen und den Punkt markieren, an dem sie ihre Schätze vor den Blicken Neugieriger verbargen. Morgen blieb immer noch Zeit, das Wrack zu inspizieren.

5.

In Wilbert von Lausens Büro klingelte das Telefon. Fahrig nahm er den Hörer ab. „Ich möchte nicht gestört werden, Frau Huber! Die Bilanzen des letzten Quartals beanspruchen meine Zeit intensiver als erwartet“, knurrte er mürrisch.

„Entschuldigen Sie, Herr von Lausen, aber Mister Mac Fadden ist am Apparat und lässt sich nicht abweisen.“

„David Mac Fadden? ... Stellen Sie das Gespräch über die abhörsichere Leitung durch und gehen Sie Mittagessen. In der nächsten Stunde benötige ich Ihre Hilfe nicht.“

Die Sekretärin wunderte sich. Es war noch nicht einmal elf. Trotzdem kam sie der Aufforderung nach. Von Lausen zeigte sich mitunter launisch. Sie zog es vor, Ärger lieber aus dem Weg zu gehen.

„Mac Fadden ... verdammt ... was ist los mit euch? Seit drei Tagen habt ihr nichts von euch hören lassen. Wo seid ihr?“, rief er erbost.

„In bin in Kristiansand. Es gab Komplikationen“, meinte der Ire lapidar.

„Komplikationen? Die weichgespülte Art und Weise, wie du euer unprofessionelles Handeln herunterspielst, gefällt mir nicht. Seit dem Tod von Mac Domhnall und dessen Butler steht ganz Irland Kopf. Die Form ihres Ablebens lässt einem die Haare zu Berge stehen. Der Mann war eine Koryphäe. Mittlerweile werdet ihr europaweit gesucht. Eure Namen laufen in den Medien rauf und runter. Irland hat Norwegen inzwischen einen Auslieferungsantrag gestellt. Den Hinweis erhielt ich aus sicherer Quelle. Der Polizei ist also bekannt, dass ihr Kristiansand einen Besuch abstatten wollt.“

„Hat diese Quelle auch einen Namen?“, fragte Mac Fadden verunsichert.

„Hat sie nicht, weil es dich nichts angeht“, fauchte von Lausen ungehalten. „Je weniger du weißt, desto besser. Euer rabiates Vorgehen produziert Aufsehen am laufenden Band und wird mir zu riskant. Ich habe viel zu verlieren. Wenn euch die Polizei erwischt und ihr anfangt zu plaudern und meinen Namen ausposaunt, streite ich ab, euch zu kennen, und drehe euch den Geldhahn zu. Teure Anwälte, die euch aus der Scheiße ziehen, könnt ihr dann vergessen. Ein unterbezahlter, demotivierter Pflichtverteidiger wird euren Fall dann übernehmen. Wohin das am Ende führt, müsste euch klar sein. Reist euch gefälligst am Riemen. Keine Leichen mehr ohne meine ausdrückliche Zusage! Bring meine Worte O' Reilly nahe. Rede ihm ins Gewissen."

„Das kann ich nicht."

„Wieso?"

„Er ist tot."

„Er ist ... was?"

„Tot!"

Für einen Moment blieb Wilbert von Lausen sprachlos. Dann begann er abzuwägen, ob diese Nachricht für ihn Vor- oder Nachteile brachte, und kam zu dem Fazit, dass Ersteres überwog. Ein Mitwisser weniger mutete besser an als einer zu viel. Er schien sich sicher, dass Howard Briggs fähig war, die Suche nach der Götterwaffe mit Mac Fadden allein weiterzuführen. „Was ist ihm widerfahren?", fragte er, mit einer Sorge weniger belastet.

„Um Irland den Rücken zu kehren, nahmen wir, wie du bereits weißt, Mac Domhnalls Privatjacht in Besitz. Gemeinsam mit dem Skipper und dem Küchenjungen fuhren wir auf der Abigail die irische und schottische Küste entlang bis nach Norwegen. 15 Seemeilen vor Kristiansand eskalierte die Situation. Der durchtriebene Bastard aus der Kombüse hat den Dieselmotor lahmgelegt und O' Reilly mit einem Messer so schwer verletzt, dass er vor meinen Augen verblutete."

„Friede seiner Asche", meinte von Lausen konsterniert. „Was geschah mit dem Jungen und dem Skipper?"

„Sie sprangen über Bord."

„Du hast sie entkommen lassen? Bist du noch bei Trost!"

„Keine Sorge. Wie ich bereits erwähnte, befanden wir uns weit von der Küste entfernt. Sie sind längst tot oder werden es bald sein.

Die hohe See macht sie mürbe. Wenn ihre Kräfte versagen, enden sie als Fischfutter“, beruhigte ihn Mac Fadden.

„Und die Leiche? Was ist aus O’ Reillys Leiche geworden?“

„Ich habe sie auf der Jacht zurückgelassen.“

„Warum hast du sie nicht über Bord geworfen?“

„Wozu? Um mir die Hände schmutzig zu machen? O’ Reilly wird es egal sein. Da der Junge den Antrieb ruiniert hat, blieb mir nur die Möglichkeit, mit dem Beiboot die Küste anzulaufen. Im Hafen nahm niemand von mir Notiz. Ein Taxi brachte mich ohne Komplikationen zu dem vereinbarten Hotel. Aber wo steckt Korff? In Irland warst du gegen eine Kontaktaufnahme. Ich habe keinen Schimmer, wo er steckt.“

„Vergiss Korff. Vorerst zumindest. Momentan weiß ich nicht, wo er sich aufhält. Er meldet sich nicht mehr. Halte dich an Howard Briggs. Er sucht in der Nähe einer Insel namens Oksøy nach dem Wrack. Warte im Hotel, bis er zurückkehrt“, schlug von Lausen vor. Ihn widerte der bisherige Verlauf des Unternehmens an. Tote, Polizei und Mitarbeiter, die außer Kontrolle gerieten, hatte er nicht geplant. Wenn die Sache kippte, geriet sein Ruf in Gefahr. Mac Fadden kannte zu viele private Details von ihm, was den illegalen Kunstgeschäften anzulasten war, die sie in den letzten Jahren gemeinsam durchgeführt hatten. Was, wenn er bei der Polizei begann auszupacken, um sein Fell zu retten? Das durfte niemals geschehen. Noch blieb ihm Howard Briggs als rettender Anker.

6.

In einem gläsernen Becken, gefüllt mit Meerwasser, ruhte das kostbare Artefakt, das sie während ihres Tauchgangs aus dem Wrack geborgen hatten. Rein zufällig war Frauke Nilsen das Objekt in die Augen gestochen. Anfangs hatte sie gedacht, es handle sich um ein hölzernes Fragment des Schiffskörpers, das aus dem Schlick ragte. Nachdem sie das Objekt herausgezogen hatte, war am anderen Ende ein schwerer, spitz zulaufender Aufsatz zum Vorschein gekommen. Die Freude war groß gewesen, denn wie sich an Bord der Adele herausgestellt hatte, bestand er aus reinem Gold und schaute makellos aus.

Noch immer konnten sie die Augen von dem verlockenden Glanz nicht abwenden. Was sie geborgen hatten, offenbarte sich als Speerspitze, die einer zweischneidigen germanischen Frame ähnelte. Im Schaft steckte ein Rest der Lanze, auf die sie einst aufgesetzt gewesen war. Maximilian Korff erkannte in der edlen Waffe das Symbol der Macht wieder, das vor langer Zeit ein nordisches Stammesoberhaupt sein Eigen genannt hatte. Darüber, wie der Speer den Weg an Bord des griechischen Schiffes gefunden hatte, musste er nicht spekulieren. Die Lösung des Rätsels stand im Reisebericht des Lysitathes, Wort für Wort nachzulesen.

„Welch ein Glück, dass wir uns beim Tauchen so ungeschickt angestellt haben, sonst wäre Ihnen das wertvolle Stück durch die Lappen gegangen", meinte Marja Peterssen mit einem verschmitzten Lächeln.

Zustimmend nickte Frau Nielsen mit dem Kopf. „Dem kann ich nicht widersprechen. Ein Zufall, den wir der starken Strömung verdanken. Das Areal, in das Sie abgedriftet waren, hatten wir bereits vor Tagen untersucht. Und wie es jetzt aussieht, nicht gründlich genug. Nicht auszudenken, wenn wir das Fundstück übersehen hätten. Das wäre ein schwerwiegendes Versäumnis gewesen, für das ich meinen Job glatt an den Nagel hängen müsste", erwiderte sie.

„Sie urteilen zu streng über sich", stellte Maximilian Korff ihre Selbstkritik in Abrede. „Keiner ist perfekt. Wir sind alle nur Menschen. Die Fehler, die wir verursachen, und der Drang, neue Lösungen zu finden, sind die Triebfeder des Fortschritts."

„Sie meinen also, je mehr Mist ich bei der Arbeit baue, desto erfolgreicher werde ich", witzelte sie mit nicht ganz ernst gemeinten Worten. „Von diesem Blickwinkel habe ich die Sache bisher nicht betrachtet. Hoffentlich vertritt der Chef meines Instituts denselben Standpunkt. Dann steht einer Gehaltserhöhung nichts mehr im Wege."

Korff lachte. „Sie besitzen Humor. Verlieren Sie ihn nicht. Ohne ihn ist das Leben öde und kaum zu ertragen."

„Sie trauern noch immer der Götterwaffe nach, von der Timaios und Lysitathes berichteten", wechselte sie abrupt das Thema. „Ersterer beschreibt sie nach Ihren Worten als Werk der nordischen

Götter. Ein smaragdgrün schimmerndes Gleichnis göttlicher Macht, thronend auf einem Stab aus Gold. Menschen, die unter dessen Einfluss stehen, fallen dem Siechtum anheim und sterben. Was verbirgt sich dahinter? Können Sie ein Bild von dem archaischen Relikt zeichnen, das Auskunft über sein Naturell gibt?"

Verneinend schüttelte er den Kopf. „Über die Frage dachte ich lange nach, fand allerdings keine passende Antwort. In der nordischen Sagenwelt existiert kein Gleichnis, das die Eigenschaften dieses Objektes reflektiert. Die Edda weiß zwar von vielen wundersamen Dingen zu berichten, doch keines trifft im Wesen auf die Götterwaffe zu, welche Timaios in Thule gestohlen hat. Ich befürchte, wir werden das Rätsel niemals lösen. Es sei denn, Sie übersahen bei Ihrer Arbeit weitere Schätze."

„Unser Projekt naht sich dem Ende. Gleichwohl muss ich einräumen, dass mich der heutige Fund unsicher macht. Um sicherzugehen, suchen wir das gesamte Areal erneut ab", fasste sie den Entschluss.

Über ihr Ansinnen zeigte sich Maximilian Korff erfreut. Noch bestand die Chance, die Götterwaffe aufzuspüren. Er setzte alle Zuversicht in das Vorhaben. Endete es enttäuschend, rückte der Beweis für seine Theorie in weite Ferne.

Die Sonne stand gen Nachmittag. Die Zeit war reif, nach Oksøy zurückzukehren. Einen großen Bogen um die roten Bojen fahrend, wendete die Adele und hielt Kurs auf das Eiland.

7.

Es war 15:00 Uhr, als Howard Briggs das Hotel Grønningen betrat. An der Rezeption erfuhr er, dass ein Mann nach ihm gefragt hatte und in der Lobby auf ihn wartete. Suchend blieb sein Blick auf einem schlanken Kerl mittleren Alters mit kurzen dunklen Haaren haften. Er saß allein an einem Tisch und trank Espresso.

„Mister Briggs?", fragte er zwanglos und bot ihm mit einer einladenden Geste einen Platz an.

„Das ist korrekt. Was kann ich für Sie tun?"

„Mein Name lautet Mac Fadden ... David Mac Fadden und ich arbeite für Wilbert von Lausen."

Briggs, der zwei Iren erwartet hatte, fragte erstaunt nach O' Reilly. „Wo steckt Ihr Geschäftspartner?"

„Er kann unserem Treffen nicht beiwohnen. Er ist tot."

Augenblicklich fühlte sich Briggs unwohl. In der Erwartung, die Polizei tauche jeden Moment auf, schaute er verstohlen durch die Lobby.

„Machen Sie sich keine Sorgen", beruhigte ihn Mac Fadden. „Er verlor auf einem Schiff sein Leben und derjenige, der es ihm nahm, folgte ihm wenig später ins Jenseits. Die hiesige Polizei weiß nichts über die Todesfälle, da sie außerhalb der norwegischen Zwölfmeilenzone geschahen."

Sichtlich beruhigt vermittelte Briggs dem Iren, dass er an näheren Informationen über die leidliche Sache kein Interesse besaß, und kam sofort zur Sache. Allerdings trug er sich mit der Absicht, nicht alles preiszugeben. Er vertraute Mac Fadden nicht, doch er benötigte dessen Hilfe. Seiner Stärken bewusst, kehrte er den Profi heraus, da er in dem Iren einen stümperhaften Laien vermutete. Wer am laufenden Band an den Tatorten Spuren hinterließ und damit ins Blickfeld der Polizei geriet, konnte in Briggs Augen nur ein Dilettant sein. „Von Lausen handelte clever, als er auf Professionalität setzte. Sein Umdenken zahlt sich jetzt für ihn aus. Der Ort, an dem die Semele versank, ist mir seit heute Morgen bekannt. Ich verfüge ebenso über die Kenntnis, wo das Bergungsteam die geborgenen Artefakte deponiert. Sie befinden sich in einem Lagerhaus auf der Insel Oksøy. Sie sehen, eine fachmännische Recherche ist ein Garant für den Erfolg einer Mission."

Innerlich kochte Mac Fadden vor Wut. Die unterschwellige Kritik blieb ihm nicht verborgen. Der sonnengebräunte, arrogante Klugscheißer legte eine Art an den Tag, die ihm nicht schmeckte. Dennoch schluckte er den Ärger herunter, da er ebenfalls auf die Hilfe des anderen angewiesen war. „Halten wir keine Grabenkämpfe ab. Sprechen wir über die Götterwaffe", meinte er, ohne eine Miene zu verziehen. „Wilbert von Lausen will sie haben und das so schnell wie möglich. Beehren wir das Lagerhaus mit einem Besuch."

„Ob sie dort aufbewahrt wird, kann ich nicht garantieren", stellte Briggs klar.

„Umso dringlicher scheint es mir, uns zu vergewissern. Am besten noch heute Nacht“, erwiderte Mac Fadden. „Falls sich herausstellt, dass von Lausen einem Märchen aufsaß und das Artefakt nicht existiert, kündige ich auf der Stelle meine Mitarbeit und kehre nach Irland zurück.“

„Was treibt Sie nach Irland? Sie werden dort wegen Mordes gesucht.“

„Private Gründe, die Sie nichts angehen.“

Howard Briggs grinste frech. „Mac Fadden, Sie sind ein offenes Buch für mich. Sie beabsichtigen, in Clonfert nach dem Schatz des Brendan zu suchen“, enthüllte er unverfroren und war gespannt auf die Reaktion des anderen. Mit dem Gefühl des Überlegenen reifte in ihm der Entschluss, dem Iren heute Nacht alles Wissen zu entreißen, welches er über den Mönch hatte. Er würde auf Oksøy plaudern oder sterben.

Diesmal konnte Mac Fadden die aufsteigenden Emotionen nicht verbergen. Der betroffene Blick in seinen Augen verdeutlichte dies. Dass Briggs seine geheimsten Gedanken vertraut waren, bestürzte ihn. Er zog es vor, nicht nachzufragen, aus welcher Quelle das Wissen über ihn entsprang. Er hatte sein Urteil über Briggs längst gefällt. Auf Oksøy war für ihn Endstation und er, Mac Fadden, würde mit oder ohne Götterwaffe nach Clonfert zurückkehren.

8.

Müde und erschöpft von der Tauchtour vor der Insel Oksøy, kehrten Maximilian Korff, Marja Peterssen und Einar Jonsson am Abend in ihr Hotel zurück.

Jesper Nyberg wartete bereits ungeduldig an der Rezeption. Er beabsichtigte, seinen isländischen Kollegen über die neuesten Entwicklungen zu unterrichten. Mit einem festen Händedruck begrüßte er die Ankömmlinge und führte sie in eine ruhige Ecke der Lobby, wo er über die sonderbaren Vorfälle des jüngsten Tages zu sprechen begann. „In den vergangenen 18 Stunden ist viel geschehen. Es beginnt mit der Rettung von zwei Seeleuten. Hilflos und entkräftet trieben sie im Meer. Ein Fischerboot, das gerade vom Nachtfang zurückkehrte und Kurs auf den Hafen von Kristiansand nahm, barg sie aus den Wellen. Die beiden hatten mit ihrem Leben schon abgeschlossen und konnten ihr Glück kaum fassen. Edward Midleton und Paddy O' Sullivan lauten ihre Namen."

Einar Jonsson war verblüfft über die Nachricht. „Die Crew der Abigail! Was ist ihr widerfahren?"

„Als sich heute Morgen die Jacht der Zwölfmeilenzone näherte, eskalierte die Situation. Für den Küchenjungen und den Skipper bestand akute Todesgefahr. Die Verbrecher trugen sich mit der Absicht, beide zu ermorden, bevor sie Kristiansand anlaufen. Paddy O' Sullivan, der sich verzweifelt wehrte, verletzte in Notwehr einen der Peiniger mit einem Messer. Anschließend sprang er über Bord. Midleton tat es ihm gleich. Auch er sah keine andere Chance, dem Tod zu entgehen. Auf Ihre Aussagen vertrauend, lief die Küstenwache aus, um die Jacht aufzubringen. 15 Seemeilen vor der Küste fand man sie antriebslos im Meer. An Bord befand sich keine lebende Seele. Nur der Leichnam von Darragh Thomás O' Reilly lag auf den Deckplanken – verblutet durch O' Sullivans Messerstich. Von David Mac Fadden fehlte jede Spur. Er war mit dem Beiboot getürmt. Polizeikräfte stellten es später verlassen in einer Bucht der Insel Flekkerøya sicher. Unsere Recherchen ergaben, dass er sich für kurze Zeit im Hotel Grønningen aufhielt. Auch Howard Briggs war dort zu Gast. Ein Zufall? Ich glaube es nicht. Laut dem Hinweis einer Mitarbeiterin an der Rezeption trafen sich beide in der Lobby zu einem längeren Gespräch. Was anschließend geschah, bleibt im Ungewissen. Seitdem sind sie spurlos verschwunden."

Trotz Nybergs nüchtern vorgetragenen Ausführungen regte sich bei Maximilian Korff das Mitgefühl für die vom Schicksal arg gebeutelte Crew der Abigail. „Was ist aus den geretteten Seeleuten geworden?", fragte er.

„Sie fanden Aufnahme im städtischen Krankenhaus. Soweit ich es beurteilen kann, geht es Midleton passabel. Er trug keine großen Kratzer davon. Der Junge dagegen leidet an einem zertrümmerten Fußgelenk und war zum Zeitpunkt seiner Rettung stark unterkühlt. Die Fischer meinten, er hätte im Wasser keine Stunde länger durchgehalten. Aber keine Sorge, er wird sich erholen. Allerdings muss er länger das Bett hüten."

Einar Jonsson beschäftigte derweil eine andere Sache. „Sie sagten vorhin, Mac Fadden und Briggs wären von der Bildfläche verschwunden. Wir wissen, dass sich Ersterer auf Schatzjagd befindet. Das Objekt seiner Begierde liegt in einem versunkenen Schiff südlich der Insel Oksøy verborgen. Eine Gruppe von Archäologen befreit seit Wochen dessen Reste von Sand und Schlamm. Mac Fadden und Briggs könnten davon erfahren haben. Das Artefakt, um das es geht, fiel den Wissenschaftlern bisher nicht in die Hände. Das lässt den Schluss zu, dass es noch immer unter dem Schlick vergraben liegt und die beiden sich in der Nähe aufhalten. Das Wrack zieht sie magisch an. Da bin ich mir gewiss."

„Gegen Briggs liegt eigentlich nichts vor", gab Jesper Nyberg zu bedenken. „Andererseits verkehrt er mit einem Mörder. Das macht ihn zumindest verdächtig. Ich lasse das Terrain südlich von Oksøy beobachten. Falls sich Ihre Annahme bestätigt, ergreifen wir sie."

Nachdem sich Kommissar Nyberg verabschiedet hatte, begannen sie Pläne für den nächsten Tag zu schmieden. Dabei standen ein erneuter Besuch auf der Insel Oksøy und auf der Adele an oberster Stelle.

9.

Die Nacht verharrte im Dämmerschein. Er erhellte das Firmament und ließ die Sterne verblassen. Das war in dieser geografischen Breite zu dieser Jahreszeit normal, denn die scheinbare Bahn der Sonne verlief nur wenige Grad unter dem nördlichen Horizont.

Der Wind hatte sich zur Ruhe gelegt und der Wellengang war kaum zu spüren. Tiefschwarz gefärbt vermittelte das Meer den Anschein eines endlosen dunklen Schlundes. Im Moment gebändigt und doch angsteinflößend.

Howard Briggs schaute zurück. Im Westen sah er die Lichter der Häuser und Straßenlaternen Flekkerøyas leuchten, die sich in Küstennähe im Wasser widerspiegelten. Auf den ersten 200 Metern des Weges hatten sie die Paddel benutzt, um keinen Lärm zu verursachen. Die Insel lag jetzt weit genug entfernt. Briggs startete den Motor und schlug einen östlichen Kurs ein. Das Ziel war das Eiland Oksøy. Weithin sichtbar wies ihnen das Leuchtfeuer wie ein Peilstrahl den richtigen Weg.

Grübelnd saß Mac Fadden im hinteren Teil des Bootes. Er schmiedete an dem Plan, Briggs auszuschalten. Der Kerl war nicht dumm. Darüber war er sich bewusst. Womöglich gingen ihm ähnliche Gedanken durch den Kopf. Mac Fadden trug noch immer die gestohlene Signalpistole unter der Jacke versteckt – sein Faustpfand, wenn es zu einem Kampf auf Leben und Tod käme. Ein gezielter Schuss in die Brust oder in den Kopf schien ihm die sichere Lösung zu sein. Das plumpe Projektil drang zwar nicht tief in den Körper ein, würde sich aber in ihn hineinbrennen und das Gehirn oder die inneren Organe schwer schädigen. Ein entsetzlicher und qualvoller Tod. Mac Fadden war das egal. Hauptsache Briggs segnete das Zeitliche, sobald er die Götterwaffe in den Händen hielt.

Nach einer Viertelstunde tauchte die Silhouette Oksøys im Dämmerschein auf, gekrönt vom kreisenden Leuchtfeuer auf dem Südteil der Insel. Briggs legte das Ruder nach Backbord. Abermals hielt er auf die Nordbucht zu. Fünf Minuten später lief das Boot auf Grund und der Anker fiel ins Wasser. Beide sprangen über Bord und wateten an Land.

Der Pfad zur Westbucht führte erneut durch die von felsigen Hügeln gesäumte, schmale Senke. Die Helle der Nacht wirkte hier noch intensiver als auf dem Meer. Die Details im Gelände waren leicht zu erkennen und eine Taschenlampe vorerst nicht nötig. Vorbei an vereinzelt stehenden Nadelbäumen und Sträuchern schritt Briggs stoisch voraus. Mac Fadden folgte ihm in zwei Meter Abstand.

Plötzlich kam ihm ein mörderischer Gedanke in den Sinn. Unbemerkt griff er nach der Waffe unter der Jacke und fühlte die Kühle des Stahls in der Hand. Ein beruhigendes Gefühl durchströmte ihn. Den Daumen bereits am Entsicherungshebel schreckte er vor der letzten Konsequenz zurück und begann zu überlegen. Was ihn im Lagerhaus erwartete, blieb ungewiss. Möglicherweise war er weiter auf die Hilfe von Briggs angewiesen. Im Lauf der Signalwaffe steckte bloß eine Patrone. Die anderen hatte er während der Flucht von der Abigail verloren. Nur ein Schuss – dieses Ass musste er wohlüberlegt ausspielen. Das Für und Wider abwägend, kam er zu dem Schluss, Briggs vorerst am Leben zu lassen. Langsam zog er die Hand wieder aus der Jacke.

Sie erreichten die Westbucht. Am Horizont schimmerten weit entfernt die Straßenlaternen der Insel Flekkerøya. Auf Oksøy hingegen war der Feuerstrahl des Leuchtturmes die einzige Lichtquelle. Das Lagerhaus lag verlassen da. Howard Briggs schaute auf die Uhr. Sie zeigte kurz vor Mitternacht an. Hinter sich blickend gab er Mac Fadden das Zeichen, ihm zu folgen. Am Ufer entlang lenkten sie ihre Schritte zum Lagerhaus, in dessen Inneren sie die Götterwaffe wähnten. Briggs vermutete sie gleichnishaft in der goldenen Waffe, die die Archäologen am Vormittag aus dem Wasser geborgen hatten. Mac Fadden, den er bewusst im Ungewissen ließ, schien sich in ihrer Natur nicht schlüssig zu sein. Eine aufschlussreiche Antwort hätte womöglich Maximilian Korff gegeben. Doch der Deutsche blieb für ihn nicht greifbar. Umso mehr stellte sich für ihn der Entschluss, den Tod von Briggs noch aufzuschieben, als kluge Entscheidung heraus.

Endlich standen sie mit dem Rücken an der Nordseite des Lagerhauses. Briggs schielte vorsichtig um die Ecke. Einsam und verlassen bot sich der Ort dar. Allein das leise Rauschen der Wellen am Ufer war zu hören. Vor dem Eingangstor blieben sie stehen. Mac Faddens Versuch, es zu öffnen, scheiterte, da es verriegelt war. Briggs kramte in den Taschen seiner Jacke und brachte sein Spezialwerkzeug ins Spiel. Eine Minute später hatte er das Schloss geknackt. Mac Fadden musste anerkennen, dass er sich im Öffnen von Türen nicht ungeschickt anstellte, und fragte sich besorgt, was er noch in den Taschen verbarg.

In Lagerhaus herrschte Finsternis. Der Zeitpunkt kam, die Taschenlampen einzuschalten. Nicht zufällig trennten sich ihre Wege. Jeder stöberte auf eigene Rechnung in den Schränken und Regalen nach der sagenhaften Götterwaffe. Auf Mac Fadden wirkte die Suche – je länger sie andauerte – ernüchternd. Die Scherben und Amphoren interessierten ihn nicht. Auch die Kupfer- und Zinnbarren würdigte er keines Blickes. Lediglich die korrodierten metallenen Werkzeuge und Schwerter prüfte er auf ihren Zustand. Dieser schien allerdings nicht vielversprechend zu sein. Achtlos warf er sie in eine Ecke.

Das Klirren weckte Briggs Unmut. „Sieh dich vor! Vielleicht schleicht der Leuchtturmwärter in der Nähe herum“, zischte er erbost.

„Ach, leck mich“, tönte es gleichgültig von der anderen Seite des Lagerhauses.

Es waren die ersten Sätze, die sie seit dem Ablegen von der Insel Flekkerøya miteinander sprachen.

Briggs wandte sich erneut der Suche zu. Bis jetzt sprang ihm das goldene Artefakt nicht in die Augen. Jedes Teil, was ihm zwischen die Finger geriet, bestand entweder aus Zinn, Eisen oder Kupfer. Selbst die Verschlüsse der Amphoren entfernte er, um ihren Inhalt zu prüfen. Doch der entpuppte sich stets als krümelige und poröse Masse, deren Eigenschaften er nicht definieren konnte. Edelmetall war es zumindest nicht. In einer Ecke stand ein Tisch mit einem Glasbehälter in der Mitte, mit klarem Wasser randvoll gefüllt. Überrascht hielt er die Lampe in das Becken. Briggs stockte der Atem. Ein gelb glänzender Schein flammte auf. War er endlich am Ziel? Das ellenlange Artefakt schien aus purem Gold zu sein. Ein runder Schaft, in dem noch der Rest einer abgebrochenen hölzernen Lanze steckte, endete in einer langen Speerspitze. Ein Kleinod, meisterhaft verarbeitet, Jahrtausende alt und von unschätzbarem Wert. Mac Fadden durfte es nicht in die Hände fallen. Der Ire würde sich mit dem Prachtstück sofort aus dem Staub machen. Ein Eindruck, der während des Gesprächs im Hotel Grønningen nur allzu deutlich geworden war. Der Zorn Wilbert von Lausens über den Verlust träfe dann ihn. Dessen Wut stände einer höheren Stufe auf der Karriereleiter in Stanley P. Morgans Konzern sicherlich entgegen, da ihn harsche Kritik in ein schlechtes Licht rückte. Wenn Morgan eines hasste, dann Versager.

Mit beiden Händen hob er hastig den Speer aus dem Wasser. Dann entfernte er in grober Weise das hölzerne Lanzenstück aus dem Schaft, was ihm leichter gelang als gedacht. Es zerfiel in viele faserige Teile. Anschließend schob er das Artefakt unter die Jacke.

„Was versteckst du vor mir?“, zischte Mac Fadden unerwartet hinter ihm.

Erschrocken wandte sich Briggs um. Reflexartig hielt er dem Angreifer ein Springmesser entgegen. Mac Fadden grinste bloß und brachte die Signalwaffe unter seiner Jacke zum Vorschein. Das Drama, das sich nun im Lagerhaus anbahnte, hielt für einen der beiden Widersacher am Ende den sicheren Tod bereit.

10.

Erik, der Leuchtturmwärter von Oksøy, stieg aus dem Bett, rieb sich die Augen und horchte in die Nacht. Ein lauter Knall hatte ihn geweckt. War das ein Schuss gewesen? Unruhig verließ er das Haus und lief mit dem Feldstecher in der Hand hinauf zum Leuchtturm. Der Zufall hatte ihn über Nacht auf der Insel festgehalten. Die Wartung und Pflege des Linsensystems, die er einmal im Monat durchführte, nahm dieses Mal mehr Zeit in Anspruch als geplant, sodass eine Rückkehr nach Flekkerøya nicht lohnte.

Auf der Aussichtsplattform angekommen, schaute er durch das Fernglas. Anfangs hatte er Probleme, es ruhig in den Händen zu halten, da er die Stufen flott nach oben gestiegen war und schwer nach Atem rang. Nach einer Weile erholte er sich von der Strapaze und suchte sämtliche Bereiche der Insel nach verdächtigen Spuren ab. Erst in der Westbucht blieb sein Blick haften. Was war das? Am Lagerhaus neben den Anlegestegen drang durch ein kleines Fenster ein flackernder gespenstischer Lichtschein. Erik glaubte, seinen Augen nicht zu trauen. Das war kein Licht, das war Feuer! Panisch stürmte er die Treppe herunter und wäre am Ausgang beinahe gestürzt. Schließlich lief er ins Haus und wählte den Notruf. Bei aller Eile durfte er in den nächsten 30 Minuten nicht auf Hilfe bauen und beschloss, bis zum Eintreffen des Feuerlöschschiffes allein gegen den Brand anzukämpfen. Eine dicke Jacke und Handschuhe überziehend, rannte er zur Westbucht. Zwei Minuten später erreichte er das Lagerhaus. Aber er kam zu spät. Es gab nichts mehr, was er tun konnte. Die Flammen fraßen sich mittlerweile durch das Dach und züngelten mitsamt einer dunklen Rauchwolke zum dämmrigen Firmament empor. Im selben Moment ertönte auf Flekkerøya die Feuersirene. Der leichte Westwind trug sie über die See unüberhörbar nach Oksøy herüber.

Niedergeschlagen setzte sich Erik auf einen Felsen nahe den Anlegestegen. Er konnte dem Fiasko nur noch zuschauen.

Kapitel 12

1.

2. Juli

Den Archäologen bot sich am frühen Morgen ein Anblick der Verwüstung. Das Lagerhaus auf der Insel Oksøy war bis auf die Grundmauern abgebrannt. Auch Maximilian Korff, Marja Peterssen und Einar Jonsson, die zu ihnen stießen, zeigten sich fassungslos.

Der Leuchtturmwärter hatte der Polizei die Vorgänge in der letzten Nacht bis ins Detail dargelegt. Kommissar Nyberg, der bereits seit Stunden auf Oksøy weilte und den Einsatz der Polizeikräfte koordinierte, wartete gespannt auf einen ersten Bericht der beiden Experten von der Spurensicherung. Nicht des zerstörten Gebäudes wegen, sondern aufgrund des verbrannten Leichnams, den die Feuerwehrmänner während der Löscharbeiten in den Trümmern entdeckten.

Frauke Nielsen, die neben ihren beiden Mitstreitern vor der Barriere stand, die Polizeikräfte zur Sicherheit aufgestellt hatten, wirkte verzweifelt. Wochenlange Arbeit war zunichtegemacht und kostbare Artefakte, Zeugen einer abenteuerlichen Reise mutiger Händler aus Massalia in den Norden Europas, unwiederbringlich verloren gegangen.

Endlich hatte die beiden Experten ihre Arbeit beendet und das Areal zum Betreten freigegeben. Schon von Weitem sahen Henrik Andresen, Lars Ericson und Frauke Nilsen graue und rote Pfützen erstarrten Metalls auf dem Boden. Überbleibsel der im Feuer geschmolzenen Blei- und Kupferbarren. Die Bernsteine blieben gänzlich verschwunden. Wahrscheinlich waren sie durch die Hitze verbrannt. Auch die Amphoren hatten das Fiasko nicht überlebt. Erst im Flammenmeer erhitzt, waren sie in den kalten Fontänen des Löschwassers aus der Nordsee zerborsten. Für die Fundstücke aus Eisen bestand noch am ehesten die Chance, sie halbwegs unbeschadet zu bergen.

Doch kurze Zeit später starb diese Hoffnung ebenso. Henrik Andresen, der im verkohlten Schutt herumstocherte, zog plötzlich einen dunklen Gegenstand ans Tageslicht. Es war das iberokeltische Schwert, welches sie aus dem Wrack der Semele geborgen hatten. Gleichwohl das Eisen nicht geschmolzen war, hatte es in der Glut die ursprüngliche Elastizität verloren und die Form einer krummen Sichel angenommen.

Sollte das alles sein, was ihnen blieb? Was war aus ihrem kostbarsten Fundstück geworden? Dort, wo der Glasbehälter mit der Speerspitze gestanden hatte, lag jetzt der verbrannte Leichnam inmitten unförmiger Glaspartikel, abgedeckt mit einem weißen Laken. Frauke Nilsen versuchte sich nicht vorzustellen, in welchem Zustand sie sich befand und hielt weiter Ausschau nach dem Gold. Wo war es abgeblieben? Vermutlich geschmolzen. Aber anders als bei den erstarrten Zinn- und Kupferpfützen entdeckte sie auf dem versengten Boden keine Spur des edlen Metalls. Ein Mysterium, das sie nicht begreifen konnte und Maximilian Korff anvertraute. Er fand ebenfalls keine schlüssige Antwort auf das Rätsel. Allein Einar Jonsson, der den Brandort mit den erfahrenen Augen eines Kriminologen betrachtete, ahnte, was geschehen war.

„Zum Glück lag der Tote auf der Bauchseite. Auf die Weise blieben seine Papiere unbeschädigt, obwohl seine Jacke nahezu verbrannte“, erklärte Nyberg mit zufriedener Miene. „Und noch etwas fiel uns in die Hände.“ Wie eine Trophäe hob er eine Zellophantüte in die Höhe, die ein Objekt aus geschmolzener Plastik und verzogenem Metall füllte.

„Sieht nach einer Schusswaffe aus“, sagte Einar Jonsson.

„In der Tat. Es handelt sich um eine Signalpistole. Sie stammt von der Abigail. Paddy O’ Sullivan erzählte mir, O’ Reilly und Mac Fadden hätten die Waffe heimlich entwendet. Da Ersterer auf hoher See verstarb, beweist der Fund, dass sich letzte Nacht auch Mac Fadden im Lagerhaus aufhielt.“

„Demnach besteht die Chance, dass der Speer noch existiert. Vielleicht nahm er ihn vor Ausbruch des Brandes in Besitz“, hoffte Frauke Nyberg inständig.

„Mich würde nicht wundern, wenn zwischen den beiden ein

heftiger Streit ausbrach und Briggs gewaltsam zu Tode kam", bemerkte Marja Peterssen nachdenklich.

„Die Umstände seines Todes sind noch nicht geklärt. Erst die Autopsie der Leiche wird Aufschluss bringen, ob Briggs ein Opfer der Flammen wurde oder durch das Einwirken einer Waffe sein Leben verlor", stellte Kommissar Nyberg nüchtern fest.

„Was beabsichtigen Sie zu tun, um Mac Fadden in Gewahrsam zu nehmen?", fragte Maximilian Korff.

„Die Polizei überwacht sämtliche Flughäfen, Bahnhöfe und Seehäfen. Ich befürchte allerdings, dass er solange untertaucht, bis Gras über die Sache gewachsen ist."

„Verdammt noch mal! Über soviel Zeit verfüge ich nicht", fluchte Frauke Nilsen. „Ich muss Ergebnisse vorweisen, sonst verweigert mir mein Institut die weitere finanzielle Hilfe für das Forschungsschiff und die Tauchgänge. Der goldene Speer war das Nonplusultra unter unseren Fundstücken. Alles, was Henrik, Lars und ich mühsam auf dem Meeresgrund aus dem Modder zogen, schmolz, zersplitterte oder verbrannte zu Asche. Der Speer ist unsere letzte Hoffnung. Wenn er verloren geht, ist es mit dem Wracktauchen für dieses Jahr vorbei. Dann sortieren wir im Institut wieder Koprolithen und fossile Eierschalen."

Nachdem sie das sagte, wurden ihre Augen feucht. Marja Peterssen fühlte, dass Frauke Nilsen viel Herzblut in das Bergen der antiken Fundstücke investiert hatte. Der Verlust des goldenen Speers war tragisch. „Wie viel Tauchgänge zur Semele sind noch geplant?", fragte sie mitfühlend.

„Heute kontrollieren wir das gesamte Areal nach Objekten, die wir womöglich übersahen. In den Tagen, die folgen, heben wir die Fragmente des Schiffskörpers und überführen sie an unser Institut. Ein Expertenteam wird sie säubern und konservieren. Die Tour zu einer gesunkenen Fregatte östlich der Insel Torsøya steht in den Sternen. Sie bleibt nach dem Fiasko heute Nacht wahrscheinlich ein Wunschtraum", verriet Frauke Nilsen mit einem leisen Seufzer den momentanen Zustand ihres Gemüts.

Einar Jonsson hatte den Gesprächen der anderen nachdenklich zugehört. Er teilte Jesper Nybergs Ansicht nicht und sprach der

Frau Mut zu. „Geben Sie den Speer noch nicht verloren. Ich glaube nicht, dass Mac Fadden lange untertaucht. Das passt nicht zu seinem bisherigen Verhalten. Er ist ein Dieb und Mörder und ständig auf der Suche nach Gewinn. Ein Gespräch mit den beiden Seeleuten von der Abigail bringt eventuell Aufschluss über die Pläne, die er verfolgt. Unter Umständen haben der Junge und der Skipper etwas aufgeschnappt, was uns weiterhelfen kann."

Das Ansinnen des Isländers fand bei Jesper Nyberg Anklang. „Dies lässt sich bewerkstelligen. Die beiden freuen sich gewiss über einen Krankenbesuch", bekundete er.

Auch Maximilian Korff und Marja Peterssen teilten diese Ansicht und schlossen sich an. Die Suche nach der Götterwaffe hatte sich als Fehlschlag erwiesen. Ob Maximilian Korff sie jemals in den Händen halten würde, blieb im Ungewissen. Und so entschieden sie, Mac Fadden wenigstens den goldenen Speer abzujagen. Er wäre, wenngleich kein gleichwertiger Ersatz, für das Scheitern seiner Mission ein versöhnliches Ende und für Frauke Nilsen und ihre beiden Mitstreiter ein Trost für den erlittenen Verlust in der letzten Nacht.

2.

„Hallo Stanley, ich habe das Foto erhalten", sprach Wilbert von Lausen.

Morgan legte den Telefonhörer an das andere Ohr und fragte nach dem Artefakt, das auf dem Bild abgelichtet war. „Wie ist dein Eindruck? Ist es das, was du suchst?"

„Ehrlich gesagt: Ich bin enttäuscht. Ich stelle mir unter einer Götterwaffe etwas anderes vor. Ein magisches Symbol, ein Objekt voller Mystik und gesegnet mit göttlichen Kräften. Die primitive Speerspitze ringt mir wenig Beifall ab."

„Primitive Speerspitze? Ich glaube, dir ist der Sinn für künstlerischen Geschmack und natürliche Schönheit verloren gegangen, mein Freund. Die Waffe ist einzigartig und bringt bei Christies ein Paar Milliönchen ein."

„Mag sein. Trotzdem trauere ich der Legende nach, um die sich die Götterwaffe rankte."

„Nimm es nicht tragisch. Du bist einer Mär aufgesessen. Schon oft erwiesen sich alte Geschichten im Nachhinein als Hirngespinste. Und aus welchem Grund? – Weil Menschen sie aufschrieben, Menschen sie weitererzählten und andere sie glaubten. Menschen lügen nun mal. Ich muss es wissen, da ich mit Lug und Trug täglich mein Geld verdiene. Eine clever verpackte Lüge ist attraktiver und verkauft sich besser als jede Wahrheit. Sie verspricht das Enthüllen vermeintlicher dunkler Geheimnisse und lockt mit dem dubiosen Geruch von Intrigen und Skandalen, die Menschen gern konsumieren. Die Lüge bringt sie dazu, sich gutgläubig zu empören, häufig ohne zu hinterfragen. Wird sie vielmals wiederholt, entwickelt sie die Eigenart, Menschen zu manipulieren. Selbstredend nicht alle, doch zumindest eine beachtliche Menge. Die Wahrheit dagegen ist einfach nur die Wahrheit. Einmal ausgesprochen, verliert sie schnell an Reiz. Bereits morgen übertüncht sie neue Lügen und ist bald darauf vergessen. Gedanken an gestern verschwenden Menschen eher selten, denn ihre Sorgen und Nöte finden im Heute statt."

Wilbert von Lausen kannte Morgans Charakter. Insbesondere dessen Raffinesse. Er war ein Meister im Täuschen und Irreführen. Der Hochmut, den er an den Tag legte, war schier grenzenlos und ein Markenzeichen von ihm. Seine Definition über die Natur der Lüge und die Macht, die sie entfaltet, wenn ihr nicht die Stirn geboten wird, imponierte ihm. Der Mann kannte keine Skrupel, um sich andere zum Untertan zu machen. Sein Weg in der Organisation war vorgezeichnet. Er führte steil nach oben.

„Was willst du jetzt tun? Gibst du dich mit dem Speer zufrieden?", fragte Morgan.

„Er liegt bis auf Weiteres in einem Schließfach verwahrt. Vor wenigen Minuten erhielt ich von unserem Mittelsmann die Nachricht, dass die Archäologen das Terrain um das Wrack heute noch einmal abgesucht haben. Allerdings ohne Erfolg, weshalb sie die Aktion am frühen Nachmittag beendeten. Die Götterwaffe ist Geschichte. Aus diesem Grund erteilte ich ihm die Order, die Speerspitze im Schließfach zu belassen und unverzüglich nach Irland zu reisen und der Kathedrale von Clonfert einen Besuch abzustatten, um dort nach dem Schatz des Brendan zu suchen. Die Inschrift auf seinem Sarkophag, die Mac Fadden und O' Reilly unlängst entdeckten, weist vermutlich auf eine Gruft oder Katakombe unter der Kathedrale hin, die der Mönch zum Versteck erkor, um seine Reichtümer vor den Mitbrüdern zu verbergen. Wenn wir einen Erfolg verbuchen, wirst du es zuerst wissen. Die Hälfte des Schatzes gehört dir, wie versprochen", versicherte von Lausen nachdrücklich.

„Über eine Sache muss ich mit dir noch sprechen", meinte Morgen verschwörerisch. „Korff traf sich in Kristiansand mit dem Journalisten Jason Greenwood. Er gilt in unseren Kreisen als unermüdlicher Verfechter politischer Transparenz und entwickelt sich allmählich zur Plage. Ich hoffe, er hat dich und deinen Vater nicht kompromittiert. Kann Korff über Dinge Bescheid wissen, die die Ambitionen unserer Organisation gefährden?"

„Keine Ahnung, er meidet neuerdings den Kontakt zu mir. Meine Anrufe nimmt er nicht mehr entgegen."

„Das scheint mir bedenklich. Druck kann ich auf Greenwood nicht ausüben. Der Schnüffler arbeitet für keine Zeitung, die meinem Verlag gehört. Trotzdem werde ich ihn im Auge behalten. Wenn er unsere jahrzehntelange Arbeit in Verruf bringt, finde ich Mittel und Wege, um ihn zu stoppen."

Von Lausen zog es vor, nicht nachzufragen, welche Mittel und Wege Morgan in Erwägung zog. Er war gewarnt. Wenn Korff zum Feind mutierte, wusste er sich zu wehren.

3.

Im Krankenzimmer von Edward Midleton und Paddy O' Sullivan war fröhliches Lachen zu hören. Der Skipper unterhielt die Besucher mit zahlreichen Anekdoten aus seinem Seemannsleben. Nicht alles, was er Maximilian Korff, Marja Peterssen, Einar Jonsson und Jesper Nyberg zum Besten gab, schien glaubwürdig, denn das Garn, das er spann, untermalte er öfters mit einem kleinen Augenzwinkern.

Dem Tode nahe gewesen, hatte sich Paddy O' Sullivan gut erholt. Noch blass um die Nase, zeigte er ein Lächeln im Gesicht. Nur das Fußgelenk schmerzte noch. Doch die Ärzte versicherten ihm, in zwei, drei Tagen nach Hause fahren zu dürfen. Er und Edward Midleton täten dies auf der Abigail, welche im Hafen von Kristiansand sicher vertäut lag, um sie nach Galway zurückzubringen.

Nicht ohne Hintersinn lenkte Einar Jonsson das Gespräch in eine ernsthafte Richtung. Ihm war es wichtig, Informationen über Mac Fadden zu sammeln, aus denen er erkannte, was er beabsichtigte. „Ich mache mir Gedanken, wohin er nach dem Brand des Lagerhauses flüchtete. Mein geschätzter Kollege Kommissar Nyberg, der alle Fährlinien, Bahnhöfe und Flughäfen überwachen lässt, vermutet, er verstecke sich in irgendeinem Winkel Norwegens, bis Gras über die Sache wächst. Ich glaube das nicht, weil ich annehme, der goldene Speer befindet sich in seinem Besitz. Er wird das Land schnellstens verlassen, wenn er es nicht bereits tat, um das kostbare Stück in Geld umzumünzen. In Norwegen, wo die Polizei nach ihm fahndet, wäre ihr Verkauf viel zu riskant."

„Einmal belauschte ich unter Deck ein Gespräch von ihnen. Vieles von dem, was sie äußerten, verstand ich nicht", begann Paddy mit ernster Miene zu berichten. „Sie schimpften über einen Mann, den sie von Lausen nannten und darüber, dass er sie zwang, mit der Hilfe eines gewissen Briggs in Norwegen einer vermeintlichen Götterwaffe nachzujagen, anstatt den Goldschatz des heiligen Brendan zu heben. Ihr Name fiel ebenso." Paddy O' Sullivan blickte zu Maximilian Korff.

Der schaute ihn entgeistert an und fragte: „In welchem Zusammenhang?"

„Ihr Wissen über die Götterwaffe diente von Lausen als Wegweiser, weswegen er O' Reilly und Mac Fadden befahl, sich von Ihnen fernzuhalten, solange Sie das Objekt nicht in den Händen halten."

„Jetzt weißt du es schwarz auf weiß. Seit dem Augenblick, als du ihm mitteiltest, zur Insel Jan Mayen zu fliegen, missbrauchte er dich für seine Pläne. Für ihn warst du bloß ein ahnungsloser Fährtenleser und nie ein Freund", stellte Marja Petersen bitter fest."

Beipflichtend nickte Maximilian Kopf mit dem Kopf. Das Gefühl, benutzt zu werden, machte ihn wütend und ebenso nachdenklich. „Und welches Szenario wäre mir zuteil geworden, wenn ich die Götterwaffe gefunden hätte?"

Paddy O' Sullivan zuckte mit den Schultern. „Darüber sprachen sie nicht. Wer die beiden kennt, weiß allerdings, dass sie skrupellose Verbrecher sind. Wenn Sie das Schlimmste vermuten, liegen Sie nicht verkehrt."

„Brendans Schatz, wo vermuten sie ihn?", fragte Einar Jonsson.

„Die Zwei erwähnten einmal den Ort Clonfert. In einem Grab im anliegenden Friedhof fiel ihnen etwas in die Hände, was auf ein Versteck hinweist, das sich unter der alten Kathedrale verbergen soll", antwortete Paddy O' Sullivan.

Der Schatz des Brendan versteckt unter der Kathedrale von Clonfert? Maximilian Korff erinnerte sich, dass Einar Jonsson ihm von dem Mord an einem Pfarrer berichtet hatte, der eines Nachts auf dem Friedhof Diebe bei der Schändung eines Grabmals überrascht hatte. Er war der Ansicht gewesen, es enthalte die Gebeine des Mönchs. Korff überfiel ein Gedanke. Falls das der Realität entsprach, lohnte es, Clonfert einen Besuch abzustatten. Da die Suche nach der Götterwaffe nicht von Erfolg gekrönt war, erschien die Aussicht, den Schatz des Brendan zu entdecken, als lohnenswerte Alternative.

Einar Jonsson, der ähnliche Überlegungen anstellte, hatte seine Entscheidung schon getroffen. „Ich werde morgen nach Irland zurückkehren und Mac Fadden in Clonfert stellen. Wir bleiben in Kontakt", versicherte er Maximilian Korff und Jesper Nyberg.

„Lassen Sie sich nicht von Chefinspektor Nathan Woods erwischen. Ein Wiedersehen wird ihn nicht erfreuen", meinte Marja Peterssen witzelnd.

Der Isländer nahm es auf, wie es gemeint war. „Keine Bange, diesmal handle ich cleverer. Woods ist ein Dinosaurier. Wenn du ihn am Schwanz ziehst, bemerkt er es erst am nächsten Tag. Zu dem Zeitpunkt bin ich längst in Holland und lasse alle Fünfe gerade sein."

Jesper Nyberg, der die Metapher verstanden hatte, lachte über den Witz und fragte: „Was beabsichtigen Sie, in Holland zu tun?"

„Ich habe dort ein Süppchen am Kochen. Die niederländische Küche bekommt mir. Ich glaube, ich werde zu meinen alten Töpfen und Pfannen in Island nicht mehr zurückkehren."

Obwohl Einar Jonsson in Rätseln sprach, fragte Jesper Nyberg nicht weiter nach. Ein Gefühl sagte ihm, dass er sich nicht näher dazu äußern wird. Maximilian Korff und Marja Peterssen, die den Grund kannten, der ihn nach Holland zog, hüllten sich in Schweigen. Nach geraumer Zeit verabschiedeten sich die Besucher von den beiden irischen Seeleuten und wünschten ihnen eine glückliche Heimkehr nach Galway.

4.

Drei Tage waren vergangen. Am späten Nachmittag erreichte Professor Bouazizi endlich der langersehnte Anruf aus der wissenschaftlichen Fakultät der Universität von Tunis. Das Gutachten über das seltsame Objekt aus Elissas Grabmal war fertiggestellt. Ohne Zeit zu verlieren, informierte er die anderen und eilte mit ihnen erwartungsvoll zum Labor des Instituts.

Nach dem Bergen des Artefakts und den vielen Rätseln, die es aufgegeben hatte, hatten sie beschlossen, es einer chemischen Analyse unterziehen zu lassen, da sich nicht alle Materialien, aus dem es bestand, zweifelsfrei zuordnen ließen. Bloß eines war gewiss: Das faszinierende Objekt war von unschätzbarem Wert.

Das schwerste Teilstück, ein schulterhoher Stab aus purem Gold, wies einen Durchmesser auf, den eine Hand gerade noch umschließen konnte. Trotz des gelben Glanzes bildete das Kopfstück, das auf ihm steckte, den wahren Blickfang für die Augen des Betrachters. Es handelte sich um einen grauen Gesteinsbrocken von circa 25 Zentimeter Länge und 10 cm Breite und Höhe, der oben und an den beiden Seiten lückenlos mit unzähligen smaragdgrünen Kristallen bewachsen war. Kunstvoll verbanden zu Kordeln geflochtene Golddrähte das funkelnde Gestein fest mit dem oberen Schaft des Stabes. Das Artefakt offenbarte sich somit eher als Kultgegenstand und weniger als Waffe. Vermutlich hatte es einem archaischen Herrscher oder Hohepriester gehört und ihm das Anrecht auf ein Königtum verliehen. Zur Abwehr von Feinden kann es wegen der Schwere wenig dienlich gewesen sein. Auf ein Symbol des Ruhms und der Macht, aufgrund der Pracht und Fülle, traf das schon eher zu.

Doktor Rafik Helali, der Leiter des Labors, empfing die Gäste mit zwiespältigem Blick. „Das ist ein bemerkenswerter Gegenstand, den Sie mir zur Prüfung überlassen haben. Trotz meiner umfangreichen Expertise gibt er noch ein ungelöstes Rätsel auf."

„Was soll an einer Prunkwaffe rätselhaft sein?", preschte Idriss Jomaar unbedacht vor und machte Anstalten, die gläserne Vitrine zu öffnen, in der das Artefakt aufgebahrt war. „Eine Smaragdstufe von dieser Dimension in den Händen zu halten, wünsche ich mir seit Langem."

„Nehmen Sie die Finger weg!", schimpfte Doktor Helali. „Sind Sie nicht bei Trost? Smaragde? Dass ich nicht lache. Sie ahnen nicht, womit Sie es zu tun haben! Das Zeug strahlt hoch radioaktiv und wirkt extrem toxisch!"

Professor Bouazizi zog erstaunt die Augenbrauen nach oben. „Radioaktiv? Das kann keiner ahnen", meinte er, die Haltung wahrend.

„Bitte, Doktor, klären Sie uns auf. Was hat es mit den Kristallen auf sich? Sind sie gefährlich?", fragte Andrea Favelli besorgt.

„Das kommt drauf an, wie lange sich ein Mensch in ihrer unmittelbaren Nähe aufhält und wie er mit ihnen umgeht. Der lange Stab besteht zu 97 Prozent aus Gold. Die restlichen drei Prozent teilen sich Kupfer und kleine Spuren anderer Elemente. Sie sind nichts Bedrohliches. Die kleinen grünen Kristalle hingegen haben es in sich."

„Frei heraus, Doktor Helali", drängte Luka Falcone, den langsam die Ungeduld packte. „Mit was wollen Sie uns Angst machen? Um welche Substanz handelt es sich?"

„Zeunerit! Oder vielmehr seine dehydratisierte Form, die eintritt, wenn das Mineral mit Luft in Berührung kommt oder erwärmt wird: Metazeunerit. Es enthält Urandioxid und ist ein starker Alphastrahler."

„Naja, das muss uns nicht aus dem Häuschen bringen, da Alphastrahlen nicht in der Lage sind, weit genug in die Haut eines Menschen einzudringen, um Schäden an derselben hervorzurufen. Die Vitrine schirmt sie vollends ab. Schon ein Blatt Papier reicht aus, um denselben Effekt zu erzielen“, warf Idriss Jomaar dem Doktor altklug an den Kopf, ohne die missbilligende Mimik im Gesicht Professor Bouazizis zu bemerken. Auch Favelli und Falcone waren peinlich berührt und rangen sich für dessen unbedachte Worte ein entschuldigendes Lächeln ab.

Helali blickte den jungen Mann empört an. „Ach ja? Was studieren Sie, wenn ich fragen darf?“

„Wieso? ... Archäologie.“

„Dann bleiben Sie gefälligst dabei und verschonen Sie mich in Zukunft mit Ihren unqualifizierten Äußerungen“, reagierte er verärgert.

Erschrocken über die bissige Reaktion schwieg der Student niedergedrückt.

„Erstens: Die Vitrine besteht aus Strahlenschutzglas. Und das nicht ohne Grund!“, setzte Helali seine Ausführungen fort. „Zweitens: Selbst bei Zeuneritstufen im Millimeterbereich liegt die Strahlenlast auf der Haut hundertfach höher, als es der Normalbereich vorschreibt. Aber in dem Fall haben wir es nicht mit einer geringen Menge des Minerals zu tun, sondern mit einer Großstufe, wie ich sie in dieser Dimension noch niemals sah. Sie dürfte auf der Welt einzigartig sein. Die Strahlendosis, die auf den menschlichen Körper einwirkt, ist weitaus intensiver und führt bei längerem Aufenthalt in der Nähe des radioaktiven Materials zu ernsthaften Schäden. Hinzu kommt – was ich weitaus schlimmer einschätze – dass Metazeunerit massiv Arsen enthält und lediglich eine Mohshärte von 2,5 aufweist. Demzufolge stellt es ein weiches Mineral dar, was bei Berührungen dazu führen kann, dass sich kleine Partikel lösen, die über die Hände und den Mund in den Organismus gelangen und für den Betroffenen einen schleichenden Tod herbeiführen. Die winzigen Teilchen schädigen über kurz oder lang die inneren Organe und verändern nachhaltig das Blutbild. Ein stetiges Siechtum und Krebs sind danach die Folgen der permanenten Alphastrahlung im Körperinneren. Und was Arsen auslösen kann, muss ich Ihnen nicht näher erläutern."

Betretenes Schweigen erfüllte den Raum. Schließlich ergriff Professor Bouazizi das Wort: „In unserer Naivität können wir uns wenigstens rühmen, beim Bergen des Artefakts Handschuhe getragen zu haben, wenngleich es aus Sorge um dessen Erhalt geschah und nicht wegen unseres Wohlergehens. Ehrlich gesagt: Damit rechnete kein Mensch! Niemand erwartete im Grab eines punischen Mädchens, auf eine arsenhaltige, radioaktive Quelle zu stoßen. Welchem Winkel dieser Welt entstammt das Mineral?"

„Skandinavien."

„Sicher?"

„Die Analyse des Gesteins lässt keine Zweifel offen. Das grüne, durchscheinende Metazeunerit ist auf einem massiven Rauchquarzkristall gewachsen, dessen Struktur lediglich auf der freien Unterseite zu erkennen ist. Der spärliche Rest grobkörnigen magmatischen Gesteins, der ihm anhaftet, stellt uranhaltiges norwegisches Pegmatit dar."

„Damit scheinen mir alle Unwägbarkeiten geordnet. Welches Mysterium ist nach Ihrer Meinung noch zu lösen?", fragte Luca Falcone.

„Das Rätsel des Ritualdolchs, wie ich ihn nennen will."

„Ritualdolch? ... Ich weiß nicht, was Sie meinen", erwiderte Professor Bouazizi irritiert.

Die anderen wechselten erstaunte Blicke. Keiner wusste, worauf Helali anspielte.

„Demzufolge haben Sie ihn beim Bergen des Fundstücks nicht bemerkt. Das Gold trübte ihnen offenbar den Fokus für die Details", stellte er spitzzüngig fest und grinste.

„Dann klären Sie uns bitte auf", erwiderte Kemel Bouazizi reserviert auf die Spöttelei des Doktors.

„Die Dolchklinge steckte im unteren Ende des Schaftes. Der Griff der Stichwaffe besteht gleichfalls aus Gold und weist dieselbe Dicke auf. Beide bilden eine Unität, die nur eine schmale Rille unterbricht. Ehrlich gesagt, fiel auch mir der Aspekt nicht sofort auf", gab Doktor Helali augenzwinkernd zu und brachte aus einem

Schränkchen das besagte Objekt zum Vorschein. „Ich bewahre das gute Stück separat auf, um uns nicht unnötig einer zu hohen Strahlendosis auszusetzen. Die Vitrine halte ich lieber geschlossen", erklärte er den Grund seiner Handlungsweise.

Der Dolch war eine Augenweite. Der glänzende, goldene Griff bot einen reizvollen Kontrast zu der filigran verarbeiteten silbergrauen Klinge, die im Licht zartblau schimmerte und auf beiden Seiten mehrere lautgleiche Glyphen aufwies. Wie sie in den Stahl gelangten, blieb unerklärlich. Sie maß annähernd 25 Zentimeter und besaß neben ihrer Schärfe ein makelloses Aussehen. Nirgendwo zeigte sie Oxidationsflecken oder Spuren von Verschleiß. Wenn sie es nicht besser wüssten, hätten sie geglaubt, sie stamme aus einer neuzeitlichen Schmiede.

„Vermutlich haben Sie mit Ihrer Annahme recht. Es kann sich um eine Ritualwaffe handeln. Als Teil eines Kultgegenstandes ergibt sie Sinn", pflichtete Kemel Bouazizi der Hypothese Doktor Helalis bei. „Wo aber sehen Sie noch ein Problem, das Ihnen der Dolch aufgibt?"

„Es sind der Stahl und das Alter der Klinge, die mir den Kopf zerbrechen."

„Wann wurde der Dolch geschmiedet?", fragte Luca Falcone.

„Vor 5500 Jahren", beteuerte Doktor Helali allen Ernstes.

Andrea Favelli bündelte seine Überraschung in einem Wort. „Unglaublich!"

„Sind Sie sicher, dass Ihre Analyse keine Fehler aufweist?", fragte Luka Falcone skeptisch. „Die Wissenschaft hat den Beginn der Eisenzeit auf frühestens 1200 vor Christus datiert. Jetzt kommen Sie und schieben die Herstellung der Waffe mitten in die Kupferzeit hinein! Ich bezweifle, dass Ihre Ansicht, der Dolch stamme aus dem 4. Jahrtausend vor Christus, vor der Gelehrtenwelt standhalten kann."

Doktor Helali machte ein finsteres Gesicht. Die Annahme, er habe bei der Analyse des Artefakts Fehler gemacht, ärgerte ihn. Das kratzte an seiner Berufsehre. „Was wollen Sie damit andeuten? Ich liefere schluderige Arbeit ab? Das ist unerhört. Die Untersuchung des Objektes unterlag sorgfältigen Tests. Dafür verbürge ich mich."

Professor Bouazizi sah sich gefordert, die erhitzten Gemüter zu beruhigen. „Niemand zweifelt die Qualität Ihrer Arbeit an. Das Ergebnis ist allerdings ausgesprochen horrend und schwer zu glauben."

„Die C14-Methode verkörpert eine anerkannte Analyseform, mit der wir das Alter kohlenstoffreicher Stähle bestimmen. Da das radioaktive Isotop C14 über einen Zeitraum von 5730 Jahren regelmäßig um die Hälfte zerfällt, lässt sich mit ihr feststellen, wie viel von ihm im Stahl noch vorhanden ist. Auf diese Weise berechnen wir mit geringen Differenzen den Zeitpunkt dessen Entstehens. Vorausgesetzt, die Proben unterstanden keiner Kontamination. Dass meine Mitarbeiter im Labor sauber arbeiten, dafür lege ich meine Hand ins Feuer."

Idriss Jomaar, der nach seinem Anpfiff die ganze Zeit den Mund gehalten hatte, fasste wieder Mut, nachdem Helalis Groll besänftigt war. „Was hat es mit dem Material auf sich, aus dem die Klinge besteht? Ist es selten?"

Der Doktor nickte mit dem Kopf. „Mehr als das. Das Eisen und die kohlenstoffhaltigen Fullerene sind präsolaren Ursprungs."

„Präsolar? Wie darf ich das auffassen? Fiel das Messer vom Himmel?"

„Unsinn! Seien Sie nicht albern, junger Mann, das habe ich mit keinem Wort angedeutet. Die beiden Substanzen stammen nicht aus unserem Sonnensystem. Sie gelangten durch den Einschlag eines Kometen oder Asteroiden auf die Oberfläche der Erde. Die Menschen, die damals lebten, stießen nach dem Impakt zwangsläufig auf Bruchstücke des Himmelskörpers und sammelten diese ein. Hinzu mengten sie Anteile von Chrom, Kobalt und Molybdän, die irdischen Ursprungs sind. Sie verhütteten die Metalle und schmiedeten daraus ein Messer. Und das in hoher Qualität unter dem Gebrauch von Technologien, die 3000 Jahre später erst die Noriker wiederverwendeten."

„Die Noriker? Ach ja, ich entsinne mich. Ein innovatives Keltenvolk, das den Römern keine Tribute entrichten musste, da die Herren auf den sieben Hügeln den norischen Stahl, dessen Mixtur die Schmiede streng geheim hielten, mit Gold aufwogen. Waffen aus diesem Material verdankte das Dorf am Tiber den Aufstieg zur Weltmacht", hob Luka Falcone hervor.

„Ein Qualitätssprung norischer Schmiedekunst, den nach neuesten wissenschaftlichen Erkenntnissen im 5. Jahrhundert vor Christus der Chiemgaukomet ausgelöste. Unzählige Fragmente, die Kohlenstoff und Eisen enthielten, regneten auf das Siedlungsgebiet der Noriker nieder, nachdem er in der unteren Erdatmosphäre explodiert war. Sie bildeten die Grundlage für einen neuartigen Stahl, der in Rennöfen verhüttet wurde und mehr Elastizität und Härte aufwies als alle Vorgängertypen. Geologische Funde bestätigen das mittlerweile", rekapitulierte Andrea Favelli.

„Meine Analyse zeigt, dass der Stahl des Dolches dem der Noriker ähnelt, was das Einschlagszenario eines Kometen oder kleineren Asteroiden vor Tausenden von Jahren in Skandinavien wahrscheinlich macht. Die Fullerene, die er enthält, weisen hohe Dosen an Kohlenstoffverbindungen auf, die es in dieser Form auf der Erde nicht gibt. Sie fielen demnach vom Himmel, wie Sie vorhin schnippisch andeuteten", spöttelte Helali und grinste Idriss Jomaar ironisch an.

Der Student zog es vor, den Mund zu halten. Der scherzhaft gemeinte Einwurf mit dem Messer war gänzlich danebengegangen. Humor schien dem Doktor fremd zu sein. Der Mann war ihm völlig unsympathisch.

Kemel Bouazizi, den das Geplänkel allmählich verdross, versuchte die Diskussion in eine sachliche Richtung zu lenken. „Etwas wurmt mich noch. Es nimmt Bezug auf das von Ihnen erwähnte Kopfzerbrechen, das Ihnen die Dolchklinge bereitet. Zwei Dinge haben wir entschlüsselt: Das Alter der Waffe und das Material, aus dem es besteht. Bleiben noch zwei weitere Aspekte zu klären: Wer hat sie erschaffen und was bedeuten die Glyphen im Stahl?"

Doktor Helali zuckte bloß mit den Schultern und antwortete emotionslos: „Hier kann ich Ihnen nicht weiterhelfen. Das, Professor, ist Ihr Spielfeld."

5.

Zurückgekehrt ins Hotel hatten Einar Jonsson, Marja Peterssen und Maximilian Korff zu Abend gegessen. Anschließend trafen sie sich in der Bar, um vorerst Abschied zu nehmen. Schon früh am Morgen beabsichtigte der Isländer, nach Irland zu fliegen. Er würde erst Ruhe finden, wenn Mac Fadden im Gefängnis saß.

Maximilian Korff hatte lange nachgedacht, ob er ihm folgen soll, doch Marja Peterssen überzeugte ihn davon, noch ein paar Tage abzuwarten, bis Frauke Nilsen die Akte Semele endgültig schloss. Während Einar Jonsson ihr detailreich den Schlachtplan zu erläutern begann, auf welche Weise er in Clonfert den Verbrecher dingfest machen will, ohne dass Nathan Woods davon Wind bekommt und – Gott bewahre – die Lorbeeren dafür einstreicht, schweifte Maximilian Korffs Blick durch die Bar. Am Nachbartisch blieben seine Augen auf einer aufgeschlagenen deutschen Zeitung hängen, die ein anderer Gast in den Händen hielt.

Unbewusst begann er, die Schlagzeilen auf der Titelseite zu lesen. *Krawalle in Athen ... Taifun stürzt Philippinen ins Chaos ... OSZE-Konferenz in Paris ... Sensationeller Fund in Karthago stellt Archäologen vor Rätsel* ... Maximilian Korff stutzte. „Darf ich Ihnen die erste Seite kurz entführen?“, fragte er den Mann am Nachbartisch.

Lächelnd reichte er ihm die gesamte Zeitschrift herüber und meinte: „Kein Problem, behalten Sie sie.“

Gespannt vertiefte er sich in den Artikel. Ein Ausruf des Erstaunens kam über seine Lippen: „Ich werde verrückt!“

„Was ist passiert?“, fragten Marja Peterssen und Einar Jonsson besorgt.

„Das ist unglaublich. Hört zu!“, erwiderte er und begann den Sachverhalt vorzulesen.

„Während einer Ausgrabung auf einem Kinderfriedhof in Karthago stieß ein Team von Archäologen um den renommierten Direktor des Nationalmuseums von Karthago, Professor Kemel Bouazizi, auf ein mysteriöses Fundstück, das seinesgleichen sucht. Das Objekt, das sich in einem punischen Kindergrab verbarg, stellt einen langen Stab aus purem Gold dar, dessen oberes Ende leuchtende, smaragdgrüne Kristalle krönen. Es lässt sich keiner bekannten Kultur im mediterranen Raum zuordnen. Die Wissenschaftler nehmen an, dass es aus Nordeuropa stammt und auf dem Wasserweg nach Karthago fand. Ob als Handelsgut oder Beutestück bleibt

offen. Auf das Ergebnis des Gutachtens, das Bouazizi an der Universität von Tunis in Auftrag gegeben hat, darf die Öffentlichkeit gespannt sein. Offenbar müssen einige Seiten der Punischen Geschichte neu geschrieben werden."

„*In Thule stahl ich das Symbol der Macht, smaragdgrün schimmernd auf einem goldenen Schaft*", zitierte Maximilian Korff aus dem Klagelied des Timaios. Ihm lief ein Schauer über den Rücken. „Das kann nur eins bedeuten", konstatierte er mit trockener Stimme. „Die Götterwaffe versank nicht mit der Semele im Meer, sondern ..."

„... fiel den Karthagern in die Hände, bevor sie unterging", beendete Marja Peterssen den Satz.

„Also gelangte sie auf einem ihrer Schiffe nach Nordafrika", stellte Einar Jonsson in den Raum.

„Das erscheint mir unstrittig. Noch bis vor wenigen Tagen ruhte die Götterwaffe im Grab eines Kindes. Und jetzt, nach ihrem Auffinden, weiß keiner der Archäologen, mit was er es wirklich zu tun hat. Nun denn, wir sind in der Lage, Licht in die Sache zu bringen. Marja, ich muss unverzüglich nach Tunis reisen. Ich muss mir dieses Objekt ansehen. Womöglich kann es alle meine Fragen beantworten."

Sie lächelte ihn an und gab ihm einen Kuss. „Ich begleite dich liebend gern in ein neues Abenteuer. Allerdings sehe ich keine Chance, dass wir für den Abstecher nach Tunesien einen Privatflug genehmigt bekommen. Das müssen wir von unseren eigenen Konten berappen."

„Und wenn schon. Das ist mir die Sache wert", meinte er salopp.

„Einverstanden, ich kümmere mich um die Tickets. Ich buche zwei Frühflüge nach Tunis via Oslo. Die Nacht wird also kurz", meinte sie.

„Auch ich muss früh raus. Meine Maschine fliegt 8:00 Uhr", vertraute ihnen Einar Jonsson an.

Aus seiner Jackentasche kramte Maximilian Korff eine Visitenkarte hervor und drückte sie ihm in die Hand. „Meine Handynummer … für alle Fälle."

„Ich melde mich auf jeden Fall, sobald Mac Fadden hinter Gittern sitzt“, versicherte Einar Jonsson und hob sein Glas. „Na dann, viel Erfolg in Tunis.“

Kapitel 13

1.

4. Juli

Zwei Tage waren vergangen. Der Vormittag war noch jung und die Sonne schien. Wieder stand Einar Jonsson an der hinteren Umfassungsmauer des Klosters in Clonfert. Er schaute über die Gräber des Friedhofs, um zu ergründen, ob sich Nathan Woods oder seine Mitarbeiter noch in der Nähe aufhielten und weiter im Fall Will Shannon ermittelten. Der klobige Stein, den er vor einer Woche an den Wall gerollt hatte, um einen besseren Überblick zu bekommen, lag unverrückt an gleicher Stelle.

Die Luft schien rein. Niemand war zu sehen. Einar Jonsson sprang vom Stein und lenkte seine Schritte zur Eingangspforte auf der anderen Seite neben der Hauptstraße. Als er den Weg zur Kathedrale einschlug, streifte sein Blick das Grab des heiligen Brendan. Noch immer lag es geöffnet da, umgeben von rot-weißem Absperrband. Der Fall war offenbar noch nicht abgeschlossen.

Bedacht, keinem Polizeibeamten in die Arme zu laufen, passierte er das Hauptportal und durchquerte anschließend das Kirchenschiff. Auch hier bemerkte er keine Seele. Einsam und verlassen erschien das Gotteshaus. Vor dem Chor bog er nach links ab und traf auf den engen Durchgang, der zur Sakristei führte. Unschlüssig legte er sein Ohr auf die Holztür. Kein Laut war zu hören. Entschlossen drückte er auf die Klinke und betrat den Raum. Ein alter bärtiger Mann mit weißen Haaren und einer Nickelbrille musterte ihn erstaunt. Was für ein Glücksfall: Es war Abel Dawson.

Das Gesicht des Chefkonservators des Historischen Museums von Dublin zeigte ein Lächeln. „Ach, Sie sind es? ... Demnach hat die Polizei Sie auf freien Fuß gesetzt."

„Meine Festnahme beruhte auf einem Irrtum", versuchte Einar

Jonsson den Umstand zu erklären. „Chefinspektor Nathan Woods sah den Fehler ein und ließ mich gehen."

„Ach, halten Sie mir diesen arroganten Schnösel vom Leib. Er trägt die Krone der Inkompetenz auf dem Kopf. Seit einer Woche versuche ich die Schäden, die seine Leute anrichteten, wieder zu kitten. Mir bleibt schleierhaft, wie ein Mann von derartig üblen Charakterzügen das Amt eines Chefinspektors innehaben kann."

„Nun ja, Egoismus, Kriecherei, Intoleranz und Lobhudelei sind eine gute Basis für eine erfolgreiche Ämterlaufbahn. Verbunden mit Hochmut, Machtstreben und dem ausgiebigen Gebrauch der Ellenbögen, sind die Aussichten auf einen Posten in der oberen Etage rosig", erwiderte Einar Jonsson voller Sarkasmus und hatte in dem Moment speziell das Bild von Arnesson im Kopf.

„Du lieber Gott! Ihre aufgeführten Attribute erinnern mich an die sieben Todsünden. Haben Sie sich das ausgedacht?"

„Mitnichten. Es ist eine tiefsinnige Einsicht, die mir mein Beruf gewährte. Sie sagt mir, dass Respekt und Mitgefühl oft nicht das Maß der Dinge im Leben sind."

„Wie wahr, wie wahr", murmelte Abel Dawson in seinen Bart. „Sie sind nicht ohne Grund nach Clonfert zurückgekehrt. Was kann ich für Sie tun?", fragte er.

„Mich beschäftigt ein Problem, bei dem ich Ihre Hilfe benötige."

„Frei heraus, ich höre Ihnen zu."

„Ich fahnde nach einem der Schänder von Brendans Grab. Er trägt ebenso Mitschuld am Tod von Pfarrer Shannon", begann Einar Jonsson sein Anliegen zu erläutern. „Der Name des Mannes lautet David Mac Fadden und er ist Ire wie Sie. Er trägt sich mit der Absicht, im Kloster Clonfert nach dem Schatz des heiligen Brendan zu suchen. Hat sich in der Kathedrale oder auf dem Friedhof jemand aufgehalten, der Ihnen verdächtig vorkam?"

„Mac Fadden? Der Name sagt mir nichts. Aber ein anderer Herr suchte mich auf. Er stolperte gestern am späten Nachmittag zur Tür herein und quetschte mich über Brendan aus. Er war allerdings kein Ire, sondern Engländer", vertraute ihm Abel Dawson an.

„Ein Engländer? Sind Sie sicher?"

„Absolut! Er war in teuren Zwirn gewickelt und trug die Nase recht hoch. Sein Auftreten wirkte ziemlich arrogant. Unüberhörbar sprach er Londoner Dialekt. Er trug mir ein rätselhaftes Gedicht vor. Angeblich stammte es aus dem frühen Mittelalter, dessen Ursprung er auf Brendan den Reisenden zurückführte, was ich nicht ausschließe. Die Wesensart und der Stil ähnelten auffallend einer anderen Wortfolge."

„Einer anderer Wortfolge? Welcher?" Einar Jonsson begriff nicht, was Abel Dawson im Sinne hatte.

„Erinnern Sie sich nicht? Grab 573. Als Sie mich vor einer Woche in der Sakristei besuchten, interessierten Sie sich brennend für die lateinischen Schriftzeichen aus Brendans Grab. Ich rede von der Inschrift, die auf der zerbrochenen Abdeckplatte seines Sarkophags eingemeißelt steht. Sie haben die Verse in Ihr Notizbuch notiert."

Einar Jonsson griff sich an den Kopf. Das war ihm völlig entfallen.

„Nachdem ich diese für ihn übersetzt hatte, legte ich ihm die Ähnlichkeit der beiden Inschriften nahe", eröffnete ihm Abel Dawson mitteilsam. „Ich riet ihm, sie im Kontext zu sehen."

„Und was passierte danach?"

„Wie Sie eben schlug er sich mit der Hand an die Stirn. Dazu brabbelte er unverständliche Wörter und verschwand auf Nimmerwiedersehen."

„Merkwürdig? Kennen Sie noch den Wortlaut der Verse, die Ihnen der Unbekannte vortrug?"

Abel Dawson schüttelte den Kopf. „Tut mir leid. Sie sind mir entfallen. Aber ich entsinne mich, dass sie von einer Prüfung Gottes sprachen, die der heilige Brendan erlitt. Ob er sie bestand, entzieht sich meinem Wissen."

Nachdenklich und von Argwohn getrieben, verabschiedete sich Einar Jonsson von Abel Dawson. Dessen Informationen warfen eine schwerwiegende Frage auf: Wer war der Mann, der gestern die Hilfe des Konservators gesuchte hatte? Jedenfalls kein Ire. Mac Fadden schied damit aus. Plötzlich überkam ihn ein leiser Verdacht. Ihn auszuräumen oder zu bestätigen, setzte einen Anruf bei Jesper Nyberg voraus. Blieb noch die Aufklärung der Inschrift auf

Brendans Grabmal, die er vollkommen aus seinem Gedächtnis gestrichen hatte. Er entschied sich, Maximilian Korff zurate zu ziehen. Wer, wenn nicht er, sah sich in der Lage, ihr Geheimnis zu ergründen?

2.

Neugierig standen Maximilian Korff und Marja Peterssen vor der Vitrine, die die vermeintliche Götterwaffe beherbergte. Leider war gestern, aufgrund der späten Ankunft in Tunis, kein Besuch des Museums von Karthago mehr möglich gewesen. Aber Professor Kemel Bouazizi hatte ihnen telefonisch zugesichert, sie am Mittag des kommenden Tages willkommen zu heißen und persönlich ins Labor der Restauratoren zu geleiten, wo er das sagenhafte Artefakt aufbewahrte, nachdem es aus dem Institut der Universität überführt worden war.

Minutenlang standen sie dicht vor dem Schutzglas der Vitrine und drückten sich die Nasen platt, ohne dass ein Wort über ihre Lippen kam. Der Anblick der grünen Kristalle und des goldenen Stabes faszinierte sie.

„Sie sagten vorhin, das Mineral sei radioaktiv. Wie hoch ist die Intensität der Strahlung?“, fragte Marja Peterssen.

„Zu hoch, um sich ihr länger ungeschützt auszusetzen. Außerdem ist das Metazeunerit stark arsenhaltig. Zu erwägen, es mit bloßen Händen zu berühren, verbietet sich allein aus gesundheitlichen Gründen“, warnte Professor Bouazizi vor zu viel Leichtsinn.

„Jetzt verstehe ich, weshalb der Priester des Tempels in Balcia dem Siechtum anheimfiel. Die Radioaktivität und das Arsen trugen Schuld daran, dass sein Körper verfiel“, stellte Maximilian Korff zweifelsohne fest.

„Vorausgesetzt, es handelt sich um das Objekt, das ihm Timaios stahl“, erwiderte Marja Peterssen.

„Daran hege ich keinen Zweifel. Sein Klagelied beschreibt eindeutig das vor uns liegende Objekt.“

„Ich hoffe, du behältst recht. Doch kann es deine Hypothese beweisen?“

Kemel Bouazizi, der gedanklich nicht folgen konnte, blickte ihn fragend an: „Priester des Tempels ... Timaios ... Balcia? Was hat das zu bedeuten?“

„Balcia ist ein Gebiet im Süden von Thule, dem heutigen Norwegen. Eine kleine Flotte griechischer Handelsschiffe trieb im 4. Jahrhundert vor Christus mit dessen Bewohnern Handel“, erklärte Maximilian Korff und weihte ihn in den Bericht das Lysitathes ein.

Der kam aus dem Staunen nicht heraus. „Das eröffnet mir eine neue Sichtweise auf das Artefakt und darauf, wie es Hiron von Karthago in die Hände fiel.“

Marja Peterssen und Maximilian Korff standen vor einem Rätsel. Von wem sprach der Professor? Der Name Hiron von Karthago war ihnen nicht geläufig.

Kemel Bouazizi unterrichtete nun seinerseits die beiden Besucher über die Schilderungen des Simonides in seinen Briefen und den Erkenntnissen, die er in Elissas Grabmal gewonnen hatte. Kurz bevor er seinen Monolog beendete, warf er eine Frage auf. „Sie erwähnten vorhin eine Theorie, die es zu beweisen gilt. Was beinhaltet sie?“

„Nun Professor, ich vertrete die These, dass am Ende der Steinzeit in Skandinavien eine hoch entwickelte Kultur auf die Bühne der Geschichte trat, die außergewöhnliche Talente besaß und zu Beginn der Bronzezeit an ihren inneren Widersprüchen zugrunde ging, ohne eine Spur zu hinterlassen. Allerdings fand sie Eingang in die Sagen und Lieder anderer Völker des Nordens und blieb somit im Gedächtnis der Menschen verwurzelt. Zu einem Göttergeschlecht stilisiert, kennen wir sie als Asen, Wanen, Riesen und Zwerge, die die Edda, ein Sammelsurium spätantiker und frühmittelalterlicher Geschichten über die nordische Mythenwelt, zu neuem Leben erweckt.“

„Eine kühne These“, konstatierte Kemel Bouazizi. „Welches Talent stach bei Ihrem ominösen Volk besonders hervor?“

„Sie waren in der Lage, Eisen zu verhütten und zu schmieden. Und das über 2000 Jahre vor den Hethitern, die bis heute als älteste Kultur gilt, die es im großen Stil wirtschaftlich nutzte.“

„Unglaublich!“, rief Bouazizi überrascht. „Zum Fundus des Museums zählt ein Gegenstand, der Ihre Theorie untermauern kann. Er steckte im unteren Ende des goldenen Stabes, gleich einem Schwert in einer Scheide, und bildet ein Pendant zu den grünen Kristallen an seiner Spitze. Warten Sie bitte, ich hole es aus dem Schrank.“

Nur wenig später kehrte er zurück und legte ein längliches grünes Stoffbündel auf den Arbeitstisch des Konservators. Sorgsam begann er, den Gegenstand auszuwickeln.

Gebannt schaute Maximilian Korff auf das Objekt, das aus dem Inneren des Tuches zum Vorschein kam. Er war regelrecht paralysiert.

„Ein Dolch!“, rief Marja Peterssen verblüfft aus.

„Vermutlich handelt es sich um eine Ritualwaffe. Sie steckt voller Geheimnisse“, verriet Kemel Bouazizi. „Das größte Rätsel stellen die Glyphen auf den beiden Seiten der Klinge dar. Sie sind mit dem Stahl lückenlos verbunden. So etwas habe ich noch nie gesehen.“

„Ich schon“, bekannte Maximilian Korff. „Doch lassen Sie uns am Anfang beginnen. Der elegant verarbeitete goldene Griff und die exzellent geschmiedete Klinge zeigen das handwerkliche Können eines Meisters. Der Dolch ist unbeschreiblich schön. Welches Alter besitzt er?“

„Circa 5500 Jahre.“

Maximilian Korff war wie vom Donner gerührt. „3500 Jahre vor Christus? Das passt haargenau in das Zeitalter hinein, dem ein Teil meiner Theorie zugrunde liegt. Wenn das stimmt, komme ich argumentativ ein gutes Stück voran.“

„Sie können sich sicher sein. Die Analyse des Stahls erbrachte über und unter Punkt Null eine Toleranz von wenigen Jahrzehnten“, versicherte Professor Bouazizi und begann, ihnen die Einzelheiten zu erläutern. „Die Klinge besteht aus Raffinierstahl, den der Schmied aus Renneisen fertigte, wenn Sie wissen, was ich damit meine.“

„Und ob, in der Thematik kenne ich mich aus. Durch das Verhütten in einem Rennofen mit Temperaturen, die unterhalb des

Schmelzpunktes lagen, reduzierte sich das Eisenerz zu Eisenteilchen, ohne zu verflüssigen. Es bildete sich eine Eisenluppe, auch Eisenschwamm genannt, die sie umschloss. Allerdings eignete sich das schlackehaltige Material aufgrund seiner porösen Struktur und der ungleichen Verteilung des Kohlenstoffs nicht für ein direktes Weiterverarbeiten. Der Schmied musste es deshalb zuvor veredeln. Das erfolgte durch mehrmaliges Erhitzen, Ausschmieden und Falten desselben. Das Verfahren, bekannt als Raffinieren, diente dazu, die Schlacke und die verbrannte Holzkohle zu entfernen und den vorhandenen Kohlenstoff im Stahl homogen zu verteilen. Dessen optimale Härte bewirkte mitunter ein zusätzliches Aufkohlen. Da in grauer Vorzeit das Verflüssigen von Eisenerz und damit ein Zusetzen anderer Elemente in die Schmelze ein unüberbrückbares Problem darstellte, glühte der Schmied den Stahl bei hohen Temperaturen im Holzkohlenfeuer. Dabei diffundierte in die Oberfläche weiterer Kohlenstoff ein und es bildete sich dort nach rascher Abkühlung mehr Martensit als im Kernbereich. Der blieb zäher und weicher in der Konsistenz, während die äußere Schicht höhere Härte aufwies. Am Ende stand ein harter, aber ebenso duktiler Raffinierstahl, dessen Qualitätstufe stets vom Können der Schmiede abhing."

„Woher kam das Eisenerz?", fragte Marja Peterssen.

„Aus Skandinavien. Ursprünglich fiel es vom Himmel. Es ist nicht terrestrisch und entstammt einem Eisenmeteoriten oder -Schauer, der vermutlich auf Nordeuropa niederging."

„Noch ein Aspekt, der deine Theorie untermauert", stellte sie verblüfft fest.

Maximilian Korff, dessen Augen zu leuchten begannen, nickte zustimmend mit dem Kopf. „Der Besuch in Ihrem Museum ist für mich eine Offenbarung. Haben Sie noch mehr in petto? Welche Elemente weist die Dolchklinge insgesamt gesehen auf?"

Professor Kemel Bouazizi kramte in einer Schublade und brachte das Protokoll des Gutachtens zum Vorschein. „Die einzelnen Komponenten sind für einen Meteoriten dieser Art nicht untypisch. Neben 89 Prozent Eisen enthält er 9 Prozent Nickel."

„Das erklärt den akkuraten Zustand der Waffe. Nickel unterbindet die Korrosion", präzisierte Marja Peterssen das chemische Wirken des Buntmetalls im Verbund mit Eisen.

„Korrekt! Es existieren jedoch weitere günstige Faktoren, die die Vorzüge dieses Stahls hervorheben", betonte Kemel Bouazizi auf ihre Bemerkung. „Der Anteil von 0,9 Prozent Kohlenstoff wirkt sich positiv auf die Härte aus. Sie beträgt 57 Rockwell, was mir Respekt abringt. Die Schmiede der heutigen Zeit müssen sich schwer ins Zeug legen, um einen Raffinierstahl von der Güte zu übertreffen. Des Weiteren enthält er Spuren von Gold, Germanium, Gallium, Wolfram und Arsen. Ebenso Anteile von Molybdän, Chrom, Mangan und 0,5 Prozent Kobalt. Von Letzterem rührt anscheinend der zartbläuliche Schimmer der Klinge her. Aber sein erstaunlichstes Merkmal ist der geringe Anteil an Phosphor und Schwefel, die bekanntlich als Schädlinge beim Schmieden von Stahl gelten."

„Zuviel Schwefel bringt ihn beim Glühen und Hämmern zum Brechen, während ihn ein hoher Gehalt an Phosphor versprödet. Das vermindert die Schlagkraft, die besonders beim Schmieden von Schwertern enorm wichtig war. Wenn es im Kampf zerbrach, bedeutete es für denjenigen, der es führte, den sicheren Tod", erklärte Maximilian Korff aus seinem Fundus umfangreichen Wissens über die frühzeitliche Eisenmetallorgie.

„Sie wissen, worüber Sie reden", konstatierte Professor Bouazizi anerkennend. „Doch lassen Sie uns über die Glyphen sprechen. Sie sind mir rätselhaft. Und das sowohl im Sinn als auch in der Art und Weise ihres Einfügens in die Oberfläche des Stahls."

„Derartige Hieb- und Stichwaffen sind nicht so selten, wie Sie glauben", bemerkte Marja Peterssen. „Archäologen förderten bis heute über 150 Schwerter ans Tageslicht, die ebenfalls Schriftzüge tragen und aus dem frühen Mittelalter stammen."

„Sie spricht von den Ulfberht-Schwertern", erklärte Maximilian Korff dem Professor. „Manche Historiker vermuten ihren Ursprung im Frankenreich der Karolinger. Offenbar nennen sie den Namen des Herstellers. Dazumal galten sie im Abendland als Spitzenprodukt, das selbst im Nahen Osten heiß begehrt war."

„Schön und gut", meinte Professor Bouazizi, „aber dieser Dolch stammt aus Skandinavien und ist über 4000 Jahre älter. Wie erklären Sie sich das?"

„Mit dem Untergang des sagenhaften Volkes in meiner Theorie verschwanden dessen technologische Fähigkeiten. Vieles allerdings, was im Laufe der Geschichte verloren ging, erfand ein heller Kopf zum zweiten Male. In dem Fall ein cleverer Schmied in Franken", versuchte Maximilian Korff seine Sicht auf die Dinge zu beleuchten.

„Und die Schriftzeichen? Auf welche Weise gelangten sie in den Stahl?"

„Das, werter Professor, ist für die Zeit um 3500 vor Christus eine weitere bemerkenswerte Leistung", brachte er mit Achtung für die Handwerker des Altertums zum Ausdruck. „Ich gebe Ihnen meinen Standpunkt kund. Er ist nicht repräsentativ, indessen nach meinem Dafürhalten folgerichtig. Der schlaue Schmied hat die Dolchklinge tauschiert."

„Tauschiert? Was verstehen Sie darunter?"

„Handwerkliches Können der Spitzenklasse", antwortete Marja Peterssen. „Das Tauschieren von Stahl erfolgte zu früherer Zeit durch Einritzen oder Einmeißeln von Mustern in die Oberfläche, in die der Handwerker andere Metalle einarbeitete. Der Dolch offenbart uns jedoch ein weiteres Verfahren, das ich für die Epoche der beginnenden Kupferzeit nicht für möglich hielt: das Verwenden von Punsen", versuchte Marja Peterssen Professor Bouazizi begreiflich zu machen. Ihre Aussage stieß bei ihm indes auf Unverständnis.

„Bei einer Punse, auch Punziereisen genannt, handelt es sich um einen Schlagstempel, der Vertiefungen in den Stahl prägt", versinnbildlichte Maximilian Korff den Hergang des Prozesses. „Auf die Weise erzielt ein fachmännischer Schmied noch feinere Strukturen. Dieselbe Qualität, die die Glyphen auf der Klinge des Dolchs aufweisen. Mit dem Einhämmern anderer Metalle, meist in Form eines Drahtes, und dem nachfolgenden Abschleifen erhielt der Schriftzug sein Gepräge. Wie wir sehen, zeichnet er sich im Licht deutlich dunkler ab als der Rest der Waffe."

„Das ist nicht verwunderlich. Ihr Draht, bestätigt das Gutachten, beinhaltet einen weit höheren Nickelanteil als der Stahl in der Klinge. Aus dem Grund weist er eine tiefere Graustufe auf. Vermutlich kamen beim Schmieden der Waffe zwei verschiedene Eisenmeteorite zum Einsatz. Doch was bedeutet der Schriftzug? Sind Sie in der Lage, die Sprache zu verstehen?", fragte Professor Bouazizi ratlos.

„Die Zeichen sind mir unbekannt", erwiderte er lapidar.

Marja Peterssen, die am gegenüberliegenden Rand des Tisches stand, runzelte die Stirn. „Bei näherem Betrachten fällt mir etwas auf: Sie ähneln den Runen."

„Runen?", reagierte Maximilian Korff mit Schulterzucken.

„Komm rüber zu mir, du stehst verkehrt und siehst die Schriftzeichen auf dem Kopf stehend."

Ohne ein weiteres Wort lenkte er seine Schritte an ihre Seite und erstaunte. Marja hatte sich nicht getäuscht. Aus ihrer Perspektive vermittelten die Glyphen ein anderes Bild. „Ich bin überwältigt", äußerte er, nach Fassung ringend. „Die Gelehrten nehmen an, dass Runen erstmals um die Zeitenwende in Nordeuropa Einzug hielten. Die Diskussion, ob die ältesten Runenfunde, die um 200 nach Christus datieren, auf eine Ost-, West- oder Nordstufe der germanischen Sprache zurückzuführen sind, führen sie noch immer kontrovers. Doch die Zeichen auf der Dolchklinge, tauschiert und eingehämmert mehr als drei Jahrtausende zuvor, verdeutlichen mir, ihr Ursprung ist in der nordgermanischen Sprachstufe zu finden. Dass wir es hier mit einer Urform der Runen zu tun haben, lässt sich nach meinem Ermessen nicht ausschließen. Lesen kann ich die Zeichen leider nicht, doch ich bin überzeugt, sie nennen, wie die Ulfberht-Schwerter lange nach ihnen, denjenigen Handwerker beim Namen, der die Dolchklinge mit Feuer und Wasser unter Hammerschlägen formte. Ob der Name metaphorisch für einen Reginn steht, der laut der Edda das Schwert Gram schmiedete, oder ein Brokkr, der Thor seinen Mjölnir verlieh, sei dahingestellt. Wichtig ist allein, einen Beweis in den Händen zu halten, der die Existenz des Volkes beweist, das meiner Theorie zugrunde liegt. Und das nicht bloß in Form eines Artefakts, sondern ebenso durch das

Vorhandensein einer Schrift, die wahrscheinlich die Ursprungsquelle der Runen verkörpert."

Freudig nahm Marja Peterssen ihn in die Arme. „Jetzt kannst du ohne Bedenken an die Öffentlichkeit gehen, Maximilian. Der Dolch ist dein Faustpfand. Kein norwegisches Institut wird dir die Bitte um Hilfe verweigern, dessen Geschichte ans Licht zu bringen. Im Umland des heutigen Kristiansand, wo Lysitathes einen steinernen Tempel am Gipfel eines Hügels beschreibt, den Menschen zu Ehren ihrer Gottheiten vor Äonen erbauten, musst du mit deiner Suche beginnen. Er beherbergte die Götterwaffe, die jetzt vor unseren Augen liegt. Ein geheimnisvoller Ort, der noch viele Rätsel birgt, die auf ihre Lösung warten."

„Zählen Sie auch auf meine Unterstützung. Ich kenne zwei erstklassige Archäologen aus Italien. Sie waren es, die die Prunkwaffe samt Dolch aus dem Kindergrab auf dem Tophet von Karthago bargen", bekräftigte Professor Kemel Bouazizi sein Interesse an dem Vorhaben in Norwegen.

Während Maximilian Korff noch über Marja Peterssens letzte Worte und Bouazizis Angebot nachdachte, begann sein Handy zu läuten. Schweigend nahm er den Anruf entgegen, den er kurz darauf mit einem lapidaren Gruß beendete.

„Wer war das? Was ist geschehen?", fragte Marja Peterssen besorgt über sein blutleeres Gesicht.

Die Worte, die er mit den Lippen formte, bestürzten sie. „Martin Böhmer hat sich gemeldet. Jason Greenwood ist tot."

3.

Hastig wählte Einar Jonsson die Rufnummer von Maximilian Korffs Handy, da die Zeit drängte.

„Schön von Ihnen zu hören. Was kann ich für Sie tun, Kommissar?"

„Ich muss mich bei Ihnen entschuldigen, denn ich habe einen großen Fehler begangen", gestand Einar Jonsson unverblümt.

„Einen Fehler? Inwiefern?"

„Erinnern Sie sich an die Inschrift in der Höhle auf der Insel Jan Mayen, von der Sie mir berichteten?"

„Natürlich! Ich kenne sie auswendig. Sie lautet: *Auf der Suche nach dem Gelobten Land fand ich stattdessen ein Meer voller Tränen, verborgen in ewiger Finsternis. Gefangen in Gold und Silber weckten sie mein Begehren, die letzte Prüfung des Herrn auf dem Pfad zur Verheißung.*"

„Im Kloster Clonfert existiert noch eine zweite Botschaft von Brendan. Sie ist auf der Abdecklatte seines Sarkophags zu lesen. Schon vor einer Woche erfuhr ich von ihrem Wortlaut. Leider war mir völlig entfallen, mit Ihnen darüber zu reden. Sehen Sie es einem alten Mann nach, bei dem die grauen Zellen beginnen, Löcher zu bekommen. Durch mein Versagen besteht die Gefahr, dass uns bei der Suche nach Brendans Schatz jemand zuvorkommt."

„Jemand zuvorkommt? Ich verstehe kein Wort", gestand Maximilian Korff ratlos.

„Gestern am späten Nachmittag besuchte ein unbekannter Mann Abel Dawson. Dawson ist von Beruf Konservator und untersucht in Clonfert noch immer Fragmente des aufgebrochenen Grabes, in dem die sterblichen Überreste des Heiligen Brendan ruhen. Vor einer Woche hat er mir den Wortlaut der lateinischen Inschrift auf der Abdeckplatte von Brendans Sarkophag enthüllt. Der ominöse Besucher, versicherte er mir, war kein Ire, sondern Engländer. Mac Fadden kann es demzufolge nicht gewesen sein ..."

„... und Howard Briggs ist tot", schlussfolgerte Maximilian Korff. „Wer also war der Kerl und weshalb geht von ihm Gefahr aus?"

„Wer er war, lässt sich nicht mit Gewissheit sagen – noch nicht. Doch er kennt beide Inschriften. Vermutlich ist er auf die Lösung des Problems gestoßen und befindet sich jetzt auf dem Weg zu dem Ort, an dem Brendan seinen Schatz versteckte", vermutete Einar Jonsson.

„Wie lautet die andere Inschrift?"

„Warten Sie kurz", er blätterte in seinem Notizbuch, bis er die richtige Seite gefunden hatte und sprach: *„Die Versuchung des Teufels erfuhr ich. Doch der Herr gab mir die Kraft, ihr zu widerstehen. Ein tiefer Schlund nahm auf, was einst mein Seelenheil bedroht."*

„Ist das alles? Sie haben nichts ausgelassen?"

„Das ist die vollständige Wortfolge. Abel Dawson meinte noch, beide Texte müssen im Kontext begriffen werden."

„Im Kontext begreifen? ... Also assoziieren, zusammenfügen, verknüpfen ... Großer Gott, das ist die Lösung! Die Versuchung des Teufels, der Gier zu verfallen, ist eine Prüfung Gottes auf Brendans Weg zur Verheißung. Diese Prüfung erfuhr der Mönch nicht nach seiner Rückkehr ins irische Clonfert, sondern sieben Jahre zuvor auf einer Insel. Der Mann, den Sie suchen, ist auf dem Weg nach Jan Mayen, um die Höhle zu finden, in der Brendan unter Seelenqualen sein Vermächtnis in den Fels hämmerte. Ergo finden wir dort auch den Schatz. Ich war ihm so nah und doch so blind, ihn nicht zu sehen."

„Wie schnell ist es Ihnen und Marja Peterssen möglich, Jan Mayen zu erreichen?", fragte Einar Jonsson.

„Frühestens in drei Tagen."

„Ich denke, das ist ausreichend. Der Unbekannte hat zwar einen Tag Vorsprung, wird aber kaum mit dem Flugzeug auf Jan Mayen landen, sondern es vorziehen, mit einem Schiff in einer abgelegenen Bucht zu ankern, um von dort auf Schatzsuche zu gehen. Ich verständige Jesper Nyberg über den Sachverhalt."

„Tun Sie das. Allerdings muss ich sie noch über einen traurigen Vorfall informieren. Martin Böhmer rief mich heute an. Jason Greenwood lebt nicht mehr. In London überrollte in gestern ein Auto, als er eine Straße überquerte. Der Fahrer des Wagens beging Fahrerflucht."

„Wie schrecklich. Ob es Zufall war?"

„Schon möglich, vielleicht aber auch nicht. Er hat sich mächtige Leute zu Feinden gemacht. Die wahren Zusammenhänge kommen wahrscheinlich niemals ans Tageslicht", erwiderte Maximilian Korff nachdenklich.

„Belassen wir es dabei. Wir können nichts tun. Kommen Sie

mit Marja unverzüglich nach Jan Mayen und passen Sie auf sich auf."

„Versprochen, in drei Tagen. Auf Wiederhören."

Kapitel 14

1.

7. Juli

Seit zwei Stunden war Inga Hallström unterwegs zur Messstation an den südlichen Ausläufern des Beerenbergs. Die erste Tour, die sie nach ihren gefährlichen Erlebnissen vor mehr als zwei Wochen allein unternahm. Ihr Freund, Björn Andersen, hatte zunächst Bedenken angemeldet, aber trotz stichhaltiger Argumente am Ende nachgegeben. Ihrem Dickkopf war keiner gewachsen.

Der Mittag nahte, die Sonne schien bei milden Temperaturen und der schlafende Vulkan verbarg lediglich seinen Gipfel unter einer weißen Wolke. Hinter Egg-Island, oberhalb der Jamesonbucht, einem öden und unwirtlichen Landstrich, stoppte sie und stieg vom Quad, um Rast zu machen und einen Happen zu essen. Im Schatten der eingestürzten und vom Vulkansand verschütteten Hütte von Elsde Metten hockte sie sich auf einen Stein und lehnte sich mit dem Rücken an eine Holzwand. Die alten, von Wind und Wetter geschliffenen und von den Sonnenstrahlen weißgrau verblichenen Bretter verströmten einen Hauch von Wärme.

Vor nahezu einhundert Jahren, als norwegische Meteorologen die Station erbaut hatten, begannen auf der Insel die ersten Wetterbeobachtungen. Mit dem Ausbruch des Zweiten Weltkrieges war sie jedoch 1940 von norwegischen Soldaten vorsorglich zerstört worden. Landeinwärts, auf einer Hochebene in sicherem Abstand von der Küste, hatten die aus der Jamesonbucht evakuierten Forscher im Frühjahr 1941 eine neue Wetterstation errichtet. Von dort lieferten sie den alliierten Schiffen und Flugzeugen Wetterprognosen, die unerlässlich für erfolgreiche Einsätze waren. Inga Hallström, die über die Geschichte von Elsde Metten nachgesonnen hatte, hielt eine belegte Brotscheibe in der Hand und biss genussvoll hinein. Noch während sie kaute, drang unverhofft das läutende Geräusch einer Glocke an ihre Ohren. Neugierig blickte sie hinter der Holzwand hervor und erstarrte. Das Essen blieb ihr im Halse stecken. Hatte sie ein Déjà-vu? In der Jamesonbucht lag ein Schiff vor Anker. Keine 100 Meter entfernt, wog es sich sanft in den Wellen. Neugierig schaute sie durch das Fernglas. Die Aufbauten der hochmodernen schneeweiß lackierten Hochseejacht an Deck waren mit getönten Scheiben verglast, die den Blick ins Innere verweigerten. Mit ihren stattlichen 25 Metern Länge führte sie den Namen Arche Noah am Bug und nannte Reykjavík als Heimathafen. Irgendetwas an ihr wirkte bedrohlich. Von dem Gefühl leitend, suchte Inga Hallströms Hand nach ihrem Gewehr, das sie neben sich an die Holzwand angelehnt hatte. Doch sie griff ins Leere. Es war verschwunden.

„Suchen Sie das hier?", raunte eine Stimme hinter ihrem Rücken.

Erschrocken wandte sie sich um. Ein unbekannter Mann stand hinter ihr und hielt ihr demonstrativ ihre Waffe entgegen.

„Ein antiquiertes Stück", äußerte er abfällig.

„Bisher ist es seinen Aufgaben immer gerecht geworden. Wer sind Sie? Geben Sie mir mein Gewehr zurück."

Der Mann, dessen Alter hinter der großen Sonnenschutzbrille schwer einzuschätzen war, lachte über ihr Ansinnen und meinte lakonisch: „Das brauchen Sie nicht mehr."

Seine Stimme klang dermaßen gefühlskalt, dass sie fröstelte. „Was wollen Sie hier?"

„Das, mein liebes Kind, ist die richtige Frage."

„Ich bin nicht Ihr Kind. Was erlauben Sie sich!", entrüstete sie sich und machte Anstalten, dem Mann das Gewehr gewaltsam zu entreißen.

Zur Antwort erhielt sie einen Schlag ins Gesicht. Sie fiel rücklings auf den Boden und blieb für einen Augenblick benommen. Dann spürte sie das Blut, das ihr aus der Nase rann. Verwirrt blickte sie ihrem Peiniger in die Augen. Aber die waren ebenso eisig wie seine Stimme. Da begriff sie, dass sie in großer Gefahr schwebte.

Lässig warf er ihr ein Kleenex vor die Füße. „Putzen Sie Ihre Nase und stehen Sie auf."

Langsam erholte sie sich von dem Schock und erhob sich vom Boden.

Wortlos musterte der Mann die junge Frau aus der Nähe. Ein Anflug des Erkennens lief über sein Gesicht. „In den letzten drei Tagen habe ich alles, was die Medien über Jan Mayen im Fernsehen sendeten und in den Zeitungen druckten, genauestens studiert. Unlängst lief auf einem Sender eine Reportage über das Auffinden eines Soldaten aus dem 2. Weltkrieg, der hier auf der Insel in einer Höhle am Hunger krepiert war. Leider gaben die Reporter keine genauen Angaben über die geografische Lage des Ortes preis. Zuerst erwog ich, der Station Helenesanden einen Besuch abzustatten, aber zum Glück liefen Sie mir jetzt über den Weg. Ihr Gesicht tauchte mehrmals in dem Bericht auf. Sie nahmen an der Bergung des Leichnams aktiv teil."

„Welches Interesse besitzen Sie an dem toten Soldaten?", fragte Inga Hallström verblüfft. Die Beweggründe, die den unbekannten Mann mit der Sonnenbrille nach Jan Mayen geführt hatten, schienen ominöser zu sein, als sie zunächst annahm.

„Die Leiche ist mir egal. Ich muss die Höhle ergründen, in der sie verrottete. Bringen Sie mich dorthin."

„Die Höhle ergründen? In ihrem Inneren existiert nichts mehr, was nennenswert wäre."

„Das denken Sie. Ich weiß es besser. Führen Sie mich zu dem Ort, vielleicht setzte ich Sie zur Belohnung wieder auf freien Fuß", stellte er ihr mit einem zynischen Unterton in Aussicht.

Dass ihre Freiheit so leicht zu erringen sei, bezweifelte sie im Angesicht des arrogant grinsenden Kerls, der weder Mitgefühl noch Herz besaß. Im Wissen um seine Macht vertraute er allein auf Gewalt. Von ihm hatte sie keine Rücksicht zu erhoffen. Der Mann war ein skrupelloser Verbrecher. Intuitiv schob sie die rechte Hand in die Tasche der Daunenjacke. Ihre Finger umklammerten das Funkgerät wie einen rettenden Anker.

„Geben Sie es mir!"

„Was meinen Sie?"

„Das Funkgerät! Her damit!“, rief er drohend, wissend um ihre geheimen Gedanken.

Inga Hallström erschrak. Ihr Ansinnen war entdeckt, bevor Sie es umzusetzen vermochte. Für diesen Schurken schien ihr Kopf ein offenes Buch zu sein. Für einen Moment fühlte sie sich nackt. Nicht körperlich, vielmehr seelisch, was ihr weit schlimmer vorkam. Langsam zog sie die Hand aus der Tasche und reichte ihm das Funkgerät. Da er mit der vorgehaltenen Hand nicht zugriff, fiel es auf den kargen steinigen Boden. Hämisch grienend trat er mehrmals mit dem Fuß darauf, bis es zersprang. Der Rettungsanker war verloren. Jetzt galt es für sie, Zeit zu gewinnen. Die Jungs in Helenesanden warteten auf ihre Meldung. Diese blieb nun aus. Sie würden ihre Schlüsse ziehen und das Nötige tun.

„Wie weit ist es bis zur Höhle?“, bedrängte sie der Mann grübelnd.

„Um die 25 Kilometer. Aber sie liegt an der Nordwestküste der Insel, auf der anderen Seite des Beerenbergs. Das Gelände ist beschwerlich und mit dem Quad nicht zu befahren. Zu Fuß benötigen wir viele Stunden, bis wir die Stelle erreichen“, log sie ungeniert, wohl wissend, dass die Distanz weniger als die Hälfte betrug und das Terrain an der Küstenlinie für das Quad kein Problem darstellte.

Das beeindruckte den Unbekannten allerdings wenig. „Zu Fuß gehen? Vergessen Sie das. Sie begleiten mich auf mein Schiff. Wir umfahren Jan Mayen in östlicher Richtung und ankern an der Nordküste in der Nähe der Höhle.“

„Wie lautet Ihr Name?“, fragte sie kapitulierend.

„Nennen Sie mich Noah“, antwortete er amüsiert.

„Noah entführt mich auf seine Arche? Wie witzig“, murmelte sie sarkastisch. Zerknirscht und widerwillig folgte Inga Hallström dem Mann auf die Jacht, wo drei grobschlächtige Kerle sie in Empfang nahmen und unter Deck zerrten. Ihre ausgekochte Schwindelei, um Zeit herauszuschlagen, war nach hinten losgegangen.

2.

Zur selben Zeit saßen die Wissenschaftler von Helenesanden zusammen mit Einar Jonsson, Jesper Nyberg sowie Maximilian

Korff und Marja Peterssen beim Tee. Letztere vier waren heute am späten Vormittag – fünf weitere Polizeikräfte inbegriffen – mit einem Transportflugzeug auf dem Rollfeld gelandet. Sie beabsichtigten, des mysteriösen Mannes habhaft zu werden, der in Clonfert Abel Dawson aufgesucht hatte, um das Versteck von Brendans Schatz ausfindig zu machen.

Nicht ohne Hintergedanken fragte Björn Andersen als Erster nach den Gründen für das erneute Auftauchen der Polizei auf der Insel. „Inga kontrolliert die Messstationen am Vulkan. Sie ist solo unterwegs. Ich mache mir große Sorgen. Wie gefährlich stufen Sie die Person ein, nach der Sie fahnden?"

„Wenn es sich um den Mann handelt, den wir vermuten, ist er im höchsten Grade gefährlich. Er ist ein skrupelloser Mörder", erwiderte Jesper Nyberg zum Schrecken der Anwesenden.

„Ich bereue, dass ich ihrem Ansinnen nachgab und sie zum Beerenberg fahren ließ. Manchmal ist sie ein richtiger Sturkopf", machte sich Björn Andersen Vorwürfe und strich sich mit der Hand nervös durchs Haar.

„Der Kerl läuft die Insel sicherlich mit einem Schiff an, oder? Womöglich kommt er nicht allein und hat weitere Gauner im Schlepptau. Wo also wirft er den Anker aus? An welcher Stelle geht er nach Ihrer Meinung an Land?", fragte Sigurd Johannsen.

„Er kann sich mit einem Schiff in jeder Bucht verstecken", konstatierte Einar Jonsson. „Allerdings", gab er zu bedenken, „besitzt der Mann ein umfangreiches Wissen über die Höhle, in der Brendan seine Spuren hinterließ. Davon gehen wir nach dem Besuch bei Abel Dawson felsenfest aus. Er wird sich umfassend informiert haben. Das engt den Kreis seiner Optionen auf ein Mindestmaß ein. Demzufolge finden wir ihn mit hoher Wahrscheinlichkeit bei der Höhle."

„Egal, Inga schwebt in Gefahr? Das ist ein Albtraum! Hinzu kommt, dass sie sich bis jetzt noch nicht gemeldet hat. Warum sitzen wir hier untätig herum? Lasst uns endlich etwas unternehmen", ereiferte sich Björn Andersen.

„Er hat recht. Brechen wir unverzüglich zur Höhle auf, bevor Schlimmes passiert", drängte Marja Peterssen zur Eile.

„Was schlagen Sie vor, Kommissar Nyberg?" Maximilian Korff blickte ihn fragend an.

„Im Lagerschuppen stehen zwei Quads. Drei weitere treffen in wenigen Minuten aus Olonkinbyen ein. Ihre Kollegen von der Hauptstation zeigten sich so nett, sie uns auszuleihen. Meine Leute, Kommissar Jonsson und ich fahren rüber in die besagte Bucht im Nordosten und kaufen uns den Kerl", unterbreitete er.

„Nichts da! Ohne mich fahren Sie nirgendwohin!", beschwerte sich Björn Andersen lautstark.

„Wenn Sie uns begleiten möchten, steht Ihnen das natürlich offen", präzisierte Jesper Nyberg seine Ambitionen.

„Und nehmen Sie eine Taucherausrüstung mit, wir werden sie brauchen", riet Maximilian Korff. „Was Marja und mich angeht, wir beteiligen uns ebenfalls an der Aktion. Die Sache ohne uns ihrem Lauf zu überlassen, erscheint uns nicht angebracht. Zuviel steht auf dem Spiel. Der Schatz des Brendan darf den Banditen unter keinen Umständen in die Hände fallen. Wir sähen ihn niemals wieder", brachte er deutlich zum Ausdruck.

„Einverstanden. Machen wir uns auf den Weg. Doch Vorsicht ist geboten. Halten Sie alle die Augen offen. Sobald wir ein Schiff sichten oder fremde Personen in unser Blickfeld geraten, gilt als oberstes Gebot, sofort anzuhalten und in Deckung zu gehen", sprach ihnen Jesper Nyberg mahnend ins Gewissen.

Damit war alles gesagt. Zustimmend suchte jeder Teilnehmer seine sieben Sachen zusammen, um das Abenteuer zu beginnen.

3.

Knapp drei Stunden hatten sie für die 30 Seemeilen lange Strecke benötigt, die Arche Noah um den Beerenberg zu steuern. In der kleinen Bucht, in der Brendans Höhle lag, unterhalb der nordwestlichen Ausläufer des Vulkans fiel der Anker auf den Grund. Während ein Mann an Bord blieb, fuhren die anderen mit dem Beiboot zur Küste. Noah und zwei seiner Spießgesellen sprangen nacheinander ans Ufer. Inga Hallström verließ als Letzte das Boot.

„Welche Richtung schlagen wir ein?", fragte Noah.

Ihr Blick suchte die markante Felsformation am Rande der Bucht. „Da rüber“, antwortete sie ihm und wies mit der Hand den Weg.

Mühsam stapften sie durch den feuchten vulkanischen Sand, bis sie die auffällige Landmarke erreicht hatten. Der Ort war einsam und still. Abgesehen vom Rauschen der Wellen am Strand war kein Laut zu vernehmen. Nicht einmal das Kreischen eines Seevogels war zu hören. Inga Hallström blieb keine Wahl. Den Versuch, kostbare Zeit zu schinden, zog sie nicht in Erwägung. Die drei Banditen eine Weile im Kreis herumzuführen, versprach keinen Erfolg. Dafür war die Bucht zu klein und das Gelände zu übersichtlich. Auf das Schlimmste gefasst, lenkte sie ihre Schritte zum Eingang der Höhle. Das dunkle scharfkantige Loch im Lavagestein weckte in ihren Entführern Begierden.

„Sie gehen voran!“, befahl Noah.

„Ich ziehe es vor, hier zu warten“, erwiderte Inga Hallström reserviert. „Ich ende ungern als Eisbärenfutter!“

„Bären? Was meint sie damit?“, fragte einer der beiden Handlanger befangen.

„Unsinn! Lass dich nicht beirren, Harry. Um die Jahreszeit gibt es hier keinen Eisbären“, beruhigte ihn Noah.

„Da Sie offenkundig ein Experte für die Fauna polarer Inseln sind, lasse ich Ihnen gern den Vortritt“, bemerkte sie mit spitzer Zunge.

„Genug! Ich habe keine Zeit für solche Spielchen!“, rief er ärgerlich. „Wenn Sie sich nicht kooperativ zeigen, sorge ich eigenhändig dafür, dass Sie in der Höhle den Platz des toten Soldaten einnehmen. Den hungrigen Eisbären wird das Wasser im Maul zusammenlaufen, wenn sie Ihren faulenden Kadaver im Wind schnuppern. Wer weiß, womöglich finden Ihre abgenagten Knochen am Ende noch einen Platz im Museum mit dem aussagekräftigen Schild an der Vitrine: gestorben durch törichtes Verhalten.“

Die Drohgebärde war deutlich. Es schien besser nachzugeben. Schweigend fiel sie auf die Knie und begann, in das Loch zu kriechen.

„Gregg, du folgst ihr. Nicht, dass es einen zweiten Ausgang gibt und sie auf Nimmerwiedersehen verschwindet. Ruf uns, wenn die Luft rein ist.“

Gregg blickte Noah unsicher an, wagte allerdings nicht, dessen Auftrag zu ignorieren. Wenig später kam für beide die Entwarnung. Ins Innere der Höhle robbend, verblassten ihre Gestalten zunehmend. Schließlich nahm die Dunkelheit sie gefangen.

Wenig später trafen sie auf Gregg und Inga Hallström. Ihre Taschenlampen, die sie vorsorglich bei sich trugen, gaben für ihre Augen den Blick frei auf die Kaverne, die vor so langer Zeit inmitten eines erkalteten Lavastroms entstanden war. Das Erste, was Noah entdeckte, war Brendans lateinische Inschrift im Fels. Doch wo fand er den Schatz? Nachsinnend stand er auf einer kleinen Bodenerhöhung, auf der Knochenfragmente aus uralten Zeiten verstreut lagen, und leuchtete in jeden Winkel der Höhle. Akribisch begann er, die Wände der Kaverne mit einem Steinhammer abzuklopfen und den Klang des Schlages zu analysieren. Er hoffte, einen geheimen Hohlraum zu finden, in dem er die Reichtümer vermutete. Die Arbeit erwies sich als beschwerlich, weshalb er Gregg und Harry aufforderte, es ihm gleichzutun. Meter für Meter überprüften sie den Fels auf seine Konsistenz.

Nach einer Weile gingen die drei Männer in ihrem Schaffen gedanklich völlig auf und schenkten Inga Hallström kein Interesse mehr. Ihre Gegenwart schien aus ihrem Bewusstsein gelöscht. Ein Moment der Sorglosigkeit, entsprungen der Gier nach Gold und Juwelen – darauf hatte die junge Frau insgeheim gehofft. Lautlos und bedächtig näherte sie sich dem Ausgang der Höhle. Ein letzter Blick zurück verdeutlichte, dass ihre Entführer noch immer beschäftigt waren und weiterhin nicht auf sie achteten. Allen Mut zusammennehmend, fiel sie blitzschnell auf die Knie und kroch um ihr Leben ins Freie.

Noah, der aus den Augenwinkeln ihre Flucht wahrnahm, warf den Hammer aus der Hand. „Verdammt, das Miststück will sich verziehen! Ich leg sie um!“, fluchte er laut und robbte wie ein Irrer aus der Höhe. Draußen angekommen, schloss er für einen Augenblick die Augen, da ihn das Tageslicht blendete. Als er sie wieder öffnete, erstarrte er vor Schreck. Er sah sich umzingelt von Polizisten und schaute in die Läufe ihrer Dienstpistolen. Aus dem Hintergrund trat ein hagerer Mann mit grauen Haaren an ihn heran und sprach mit innerem Wohlbehagen: „Willkommen auf Jan Mayen, Mister Briggs. Ich verhafte Sie wegen Mordes an David Mac Fadden und wegen Brandstiftung in einem Lagerhaus auf der Insel Flekkerøya.“

4.

Nachdem Howard Briggs und seine Handlanger, einschließlich der Wachleute auf der Arche Noah, festgesetzt waren, kam Maximilian Korff mit Jesper Nyberg und Einar Jonsson ins Gespräch. Die beiden Kommissare waren ihm noch eine Erklärung schuldig, die sie ihm aufgrund der Eile bisher noch nicht offenbart hatten. „Was brachte Sie auf die Idee, der Tote von Flekkerøya sei Mac Fadden und nicht Briggs?“, fragte er.

„Mein erster Zweifel regte sich bereits, als wir den Toten auf Flekkerøya fanden. Ich war mir dessen nur nicht bewusst. Noch nicht“, begann Einar Jonsson den Sachverhalt zu erklären. „Nachdem mir Abel Dawson offenbarte, sein Besucher sei kein Ire, sondern Engländer gewesen, lag klar auf der Hand, Mac Fadden kam nicht infrage.“

„Das allein beweist noch nicht, dass er im Lagerhaus den Tod fand“, hielt Maximilian Korff dagegen.

„Stimmt!“, gab Einar Jonsson zu. „Deshalb informierte ich Jesper Nyberg und tauschte mit ihm meine Eindrücke am Tatort aus. Dabei kamen überraschende Aspekte an den Tag.“

„Inwiefern?“

„Die Szenerie am Tatort wies Löcher in der Logik auf, Herr Korff“, legte Jesper Nyberg offen. „Fakt ist, der Mann im Lagerhaus verlor das Leben durch einen gezielten Messerstich. Der Brand brach aus, weil die Leuchtpatrone beim Abschuss explodierte und unkontrolliert durch den Raum flog. Deshalb der schlechte Zustand der Waffe, die nach Paddy O' Sullivans Aussage O' Reilly und Mac Fadden von der Abigail entwendeten. Nach dem Messerangriff fiel der Mann tot zu Boden. Offenbar löste er dabei den Fehlschuss aus. Die beiden Täter waren uneins geworden und in Streit geraden, der für einen blutig endete. Aber für wen?"

„Wenn Sie es mir nicht endlich verraten, bekomme ich noch graue Haare", witzelte Maximilian Korff.

„Der Leichnam lag auf dem Bauch und die zerstörte Waffe unter ihm begraben. Da erscheint es nicht verwunderlich, dass der Pathologe Hunderte von Partikeln der explodierten Patrone in der Haut der Leiche wiederfand. Die Kleidung im Brust- und Bauchbereich war von ihnen übersät. Alle Gegenstände, die der Tote in den Taschen verwahrte, waren von ihnen durchdrungen, bis auf einen."

„Welchen?", fragte Maximilian Korff verdutzt.

„Seinen Pass!", verriet Jesper Nyberg.

„Seinen Ausweis? ... Menschenskind ist das ausgefuchst!", rief er bewundernd. „Demnach schob ihm Howard Briggs nach der Explosion der Leuchtpatrone seine Papiere in die Jacke und erweckte somit den Eindruck, er sei in die ewigen Jagdgründe gegangen."

„Zumindest für kurze Zeit. Aber halten Sie Ihren Applaus in Grenzen. Der Mann wird für lange Zeit hinter Gittern sitzen", bremste Einar Jonsson Maximilian Korffs Wortspiel über dessen listige Schläue.

„Einen Aspekt gilt es noch zu beleuchten", legte Jesper Nyberg offen. „Um sicherzugehen, baten wir die irische Polizei um Hilfe. Sie schickten uns Fotos und Abdrücke von den Zähnen Mac Faddens, die ihnen sein behandelnder Arzt hatte zukommen lassen. Sie stimmten mit dem Gebiss der Leiche überein. Damit war unser Verdacht, der Tote sei David Mac Fadden und Howard Briggs am Leben, über alle Zweifel erhaben", präzisierte er ihre Ermittlungen der letzten Tage.

Zustimmend nickte Einar Jonsson mit dem Kopf und gab zu bedenken, dass nach ihrer Recherche Briggs zwar quicklebendig sei, doch nicht bewiesen, ob er derjenige war, der Abel Dawson zu Brendans schriftlichen Nachlässen konsultierte. „Und hier kamen Sie ins Spiel, Maximilian. Deshalb rief ich Sie in Tunis an und bat um Ihre Mitarbeit. Ihr Scharfsinn führte uns nach Jan

Mayen und ließ Howard Briggs in die Falle tappen", machte er lächelnd deutlich.

„Übrigens plädierte Briggs mir gegenüber auf Notwehr. Er behauptete, Mac Fadden habe ihn angegriffen, was ich ihm sogar abnehme", bemerkte Jesper Nyberg nebenbei. „In der Nacht des Brandes setzte er sich nach Irland ab. Mit der Erkenntnis im Kopf, wo er Brendans Schatz suchen muss, flog er mit seinen drei gedungenen Komplizen nach Reykjavík, wo sie eine Jacht mieteten, um nach Jan Mayen zu fahren. Das Wetter war günstig und so bewältigten sie die 500 Seemeilen in anderthalb Tagen, sahen sich allerdings gezwungen, auf der letzten Etappe die Nordwestseite der Insel anzulaufen. Wir trafen beinahe zeitgleich in der Station Helenesanden ein, bevor wir uns auf den Weg hierher begaben. Ich denke, das war perfektes Timing."

„Was ist aus dem goldenen Speer geworden?", fragte Marja Peterssen, die sich zu ihnen gesellt hatte.

„Er streitet ab, ihn zu besitzen, ja nicht einmal von seiner Existenz will er wissen", erwiderte Jesper Nyberg. „Natürlich lügt er. Sicherlich sieht er in ihm ein Faustpfand, um die Höhe seiner Strafe nach unten zu drücken. Über kurz oder lang erfahren wir, wo er ihn aufbewahrt."

„Frauke Nilsen wird es freuen", verlautbarte Maximilian Korff und wandte sich an Inga Hallström, die Björn Andersen schützend in seinen Armen hielt und der er nicht mehr von der Seite wich. „Was haben Briggs und seine Handlanger in der Höhle getrieben?"

„Er klopfte wie ein Irrer die Felswände ab. Ich glaube, er suchte nach einem Hohlraum", antwortete sie nachdenklich.

„Soso, die Wände? Da lag er verkehrt. Bitte folgen Sie mir ins Innere der Höhle und nehmen Sie die Taucherausrüstung mit. Ihr Einsatz kann vonnöten sein. Die Zeit ist reif, Brendans Geheimnis zu lüften."

Für Björn Andersen war nicht verständlich, was Maximilian Korff bezweckte, kam der Bitte aber nach. Auch die anderen schlossen sich an und krochen in die Kaverne. Drinnen war es jetzt hell genug. Dafür sorgten mehrere Strahler mit starken Akkumulatoren.

Vor der Inschrift Brendans blieb Maximilian Korff stehen. Deutlich war sie im schwarzbraunen Lavagestein zu lesen.

Auf der Suche nach dem Gelobten Land fand ich stattdessen
ein Meer voller Tränen, verborgen in ewiger Finsternis.
Gefangen in Gold und Silber weckten sie mein Begehren,
die letzte Prüfung des Herrn auf dem Pfad zur Verheißung.

„Diese Verse erzählen von einem Menschen, der mit tiefen Selbstzweifeln rang, der Angst davor hatte, einer der sieben Todsünden zu verfallen: der Avaritia. Er fürchtete um sein Seelenheil, wenn er der Raffgier erlag. Um sich der Qualen zu entledigen, tilgte er die Schätze des Leibhaftigen von der Erde und damit vom Angesicht Gottes. Björn erinnern Sie sich noch? Als ich mit Ihnen und Inga zum ersten Mal die Höhle betrat, erwähnten Sie ein Wasserloch im Felsboden."

„Ich entsinne mich. Die Öffnung befindet sich am Ende der Kaverne und stellt eine natürlich entstandene Verbindung zum Meer dar. Durch sie wurde die Höhle mehrmals überflutet. Die Salzpartikel an den Wänden beweisen es."

Andächtig in Gedanken versunken, standen sie am Rande des Lochs und blickten hinunter in den finsteren Abgrund.

„Die Versuchung des Teufels erfuhr ich. Doch der Herr gab mir die Kraft, ihr zu widerstehen. Ein tiefer Schlund nahm auf, was einst mein Seelenheil bedroht", hörten sie Maximilian Korff die letzte Botschaft Brendans zitieren, die auf dem Friedhof von Clonfert auf dessen Sarkophag verewigt war. Mit erstaunten Gesichtern blickten sie ihn an.

„Wenn ich mich nicht irre – was ich nicht glaube – finden wir am Grunde dieser Öffnung die Reichtümer der Tethys wieder. Das Gold, das Silber und die Bernsteine, die Timaios und seine Seeleute von dem gestrandeten Schiff in die Höhle retteten und ein Mönch über 1000 Jahre später auf der Flucht vor seinen Dämonen im Wasser versenkte", rekapitulierte Maximilian Korff seine Sichtweise zu den Ereignissen auf der Insel.

Intuitiv hielt Björn Andersen eine der Leuchten ins Wasser. Ein funkelnder, leuchtender Schein zahlloser Lichtreflexe strahlte als Antwort zurück.

Stunden später war das Werk vollbracht und die Schätze der Tethys vom Grunde des Lochs gehoben. Nur wenige Meter unter der Wasseroberfläche hatten sie unberührt jahrtausendelang auf ihre Bergung gewartet. Der enge stollenartige Gang zum Meer verlief an jener Stelle in waagerechter Richtung und war frei von abgelagerten Sedimenten, bevor er sich steil in der Tiefe verlor. Ein Glücksfall, da der Aufwand und die Gefahr für den Taucher nicht überschaubar gewesen wären.

Zufrieden wanderten Maximilian Korffs und Marja Peterssens Augen über die Kostbarkeiten zu ihren Füßen. Ihr Gewicht bemaß sich weit über eine Tonne. Wieder war ein Teil verlorener Geschichte den Menschen zurückgegeben. Zwischen Unmengen an Brocken des versteinerten Baumharzes, deren Volumen von Fingerkuppen- bis Faustgröße variierte, lagerten zahllose goldene Ringe und Armreifen. Auch Diademe und Colliers, die Bernstein in Form von Tropfen, Kugeln und Blättchen enthielten und die Haarpracht oder das Dekolleté einer nordischen Prinzessin harmonisch umschmeichelt hätten, zählten zu den Schmuckstücken. Hinzu kamen ein Dutzend herrlich anzuschauender Truhen und Kästchen aus reinem Silber mit eingesetzten Intarsien, die aus dünnen Bernsteinfragmenten unterschiedlichen Kolorits bestanden. Sie waren bis zum Rand angefüllt mit diversen Halsketten, Prunkfibeln und Ohrringen. Sogar ein Kamm aus Bernstein kam zum Vorschein. Der Wert aller Gegenstände war in Geld nicht zu ermessen.

„Was fühlst du gerade?“, fragte Marja Peterssen Maximilian Korff neugierig und schmiegte sich eng an ihn.

„Glück und Stolz, mein Engel, und die große Freude, dich in absehbarer Zeit zur sensationellsten Ausstellung des Jahrhunderts begleiten zu dürfen.“

Sie lächelte und bedeckte ihn mit zärtlichen Küssen. Mit leuchtenden Augen streichelte sie ihm die Wange und sprach: „Und ich freue mich, gemeinsam mit dir nach dem Ursprung des Volkes zu forschen, das Bouazizis Dolch erschuf und dich dein ganzes Leben begleitete.“

„Ja, mein Schatz, das werden wir tun“, antwortete er und schloss sie fest in seine Arme. „Doch zuvor muss ich eine letzte Sache erledigen.“

Epilog

Zwei Wochen waren vergangen. Maximilian Korff und Marja Peterssen hatten auf dem Weg nach Jena in Freiburg einen Zwischenstopp eingelegt. Er beabsichtigte, Wilbert von Lausen zur Rede zu stellen, da er von ihm zutiefst enttäuscht war. Während Marja Peterssen in einem Café auf ihn wartete, betrat er unangemeldet dessen Büro. Nachdem die Sekretärin, Frau Huber, die Tür öffnete, drängte er sie sanft zur Seite und lief durch die Empfangshalle direkt zu seinem Arbeitszimmer. Wilbert von Lausen saß hinter einem klobigen Schreibtisch aus Mahagoni und telefonierte gerade, als er eintrat. Konsterniert legte er den Hörer auf und lächelte breit über das Gesicht.

„Maximilian! Sie sind es! Ich hörte in den Nachrichten von den Ereignissen in Norwegen und auf Jan Mayen. Ich bin froh, Sie unversehrt wiederzusehen."

„Der Ausdruck in Ihrem Gesicht spricht anderes. Ich kann Ihre Worte nicht ernst nehmen. In Wahrheit sähen Sie mich lieber mausetot. Ist es nicht so? Umso besser, dass Ihnen von Brendans Schatz nichts in die Hände fiel. Auch der goldene Speer blieb Ihnen Gott sei Dank verwehrt. Briggs hatte ihn für einen Interessenten in einem Schließfach auf dem Bahnhof von Kristiansand gebunkert, nachdem Mac Fadden über den Jordan gegangen war. Doch darüber wissen Sie bestimmt mehr als ich", warf ihm Maximilian Korff vorwurfsvoll an den Kopf.

„Lieber Junge, ich kenne niemanden mit dem Namen Briggs oder Mac Fadden. Wie kommen Sie auf die Idee, ich wünschte Ihren Tod?", fragte Wilbert von Lausen leutselig. „Ich weiß nicht, was Sie mit Ihren Worten andeuten wollen."

„Sie haben mein Vertrauen in den Dreck getreten und mich für Ihre unlauteren Machenschaften missbraucht!", rief Maximilian Korff aufgebracht. „Aus welchem Grund tötete Ihr Vater meinen Großvater? Was rechtfertigte den Mord an einem Kameraden? Ich verrate es Ihnen: pure Geldgier. Er tat es, um ihm die Ergebnisse seiner Forschung zu stehlen und Kapital daraus zu schlagen. War das die Eintrittskarte für Ihre Familie in den exklusiven Klub der globalen Elite?“

Wilbert von Lausens Gesicht veränderte sich abrupt. Hochmut und Arroganz gewannen die Oberhand. „Das verstehen Sie nicht. Manchmal müssen Entscheidungen getroffen werden, die unpopulär sind, aber Türen für den persönlichen Erfolg öffnen.“

„Was ist mit der Loyalität einem Freund gegenüber? Was ist mit Ethik und Moral? Bedeuten Ihnen diese Werte gar nichts?“

„Ethik und Moral sind bloß Worte. Der Sinn, der ihnen zugrunde liegt, ist für meinesgleichen kein Dogma, nichts fest Zugeordnetes, nichts Endgültiges. Ihr Wesen wandelt sich im Fluss der Zeit. Wir besitzen die Macht, Menschen Gedanken und Meinungen zu injizieren, ihnen unser Weltbild aufzudrücken und damit ihre ethischen und moralischen Ansichten zu wandeln. Was heute noch als inhuman oder abnorm gilt, kann schon morgen ein Ausdruck höchster sittlicher Vollkommenheit sein, wenn es unseren Zielen dient.“

Maximilian Korff schüttelte fassungslos den Kopf. „Mein Gott seid ihr verkommen. Was glaubt ihr, wer ihr seid? Ein Rat der Götter? Was gibt euch das Recht, über die Zukunft der Menschen bestimmen zu wollen?“

„Der Einfluss und die Macht, die wir besitzen, geben uns das Recht dazu. Die Menschheit benötigt eine starke Führung, die deren Schicksal in die Hand nimmt und in die richtige Bahn lenkt“, eröffnete Wilbert von Lausen prophetisch.

„Den Irrsinn, den Ihre geheime Loge produziert, behalte ich nicht für mich. Damit gehe ich an die Öffentlichkeit, auch wenn mir Schlimmes widerfährt wie unlängst dem Journalisten Jason Greenwood“, bezog Maximilian Korff aufgebracht Stellung.

Wilbert von Lausen, der auf diesen Namen überhaupt nicht einging, begann schallend zu lachen. „Sie haben nicht den Hauch einer Chance, unsere Ambitionen in irgendeiner Weise zu stören. In unseren Reihen stehen angesehene Politiker. Andere steuern gewinnträchtige Unternehmen und Medienkonzerne in den Industriestaaten oder besetzen wichtige Schlüsselpositionen in weltumspannenden Organisationen. Wir setzen und forcieren Trends und nehmen Einfluss auf das, was der

Mainstream schreibt und diskutiert. Nichts auf diesem Planeten geschieht ohne unser Wissen. Sollte ein Sender oder eine Zeitschrift Ihr Pamphlet ausstrahlen oder drucken, werden Ihre Worte im Sturm unserer Meldungen untergehen. Was wollen Sie dagegen tun?“

„Ich bin ein Mensch, der noch fähig ist, sich eine eigene Meinung zu bilden und frei zu denken“, antwortete Maximilian Korff selbstbewusst. „Mein Intellekt verschließt sich euren Lügen. Eure Gehirnwäsche zieht bei mir nicht. Sicherlich ist es euch möglich, die Menschen eine Zeit lang zu blenden. Einige vielleicht für immer. Aber es wird euch nicht gelingen, alle für ewig zum Narren zu halten. Die Wahrheit lässt sich nicht dauerhaft unterdrücken. Eines Tages kommt sie ans Licht und läutet euer Ende ein. Denn der Fluss der Zeit, um mit Ihren Worten zu sprechen, fließt nicht dogmatisch geradeaus. Seine Richtung ist nicht vorbestimmt, nicht endgültig. Sein Lauf lässt sich von den Menschen beeinflussen. Ich werde ab heute das Nötige dafür tun.“

ENDE

Anmerkungen des Autors

Die Navigatio Sancti Brendani

Die Auslegung der Navigatio Sancti Brendani im Roman sowie die Hypothesen über den Ursprung der nordischen Schöpfungsgeschichte durch eine Naturkatastrophe und der nordischen Mythologie als Spiegelbild einer archaischen, vorbronzezeitlichen Zivilisation in Skandinavien besitzen keinen wissenschaftlichen Hintergrund und entstammen ausnahmslos der Fantasie des Autors.

Die Insel Jan Mayen

Die Geschichte der Entdeckung der Insel Jan Mayen ist vielschichtig und weicht in meinem Buch von den realen Ereignissen ein wenig ab. Mittelalterlichen Schilderungen zufolge soll der irische Mönch Brendanus sie als Erster betreten haben. Eine Behauptung, die bis heute unbewiesen bleibt und somit eher ins Reich der Legenden gehört.

Der englische Seefahrer Henry Hudson entdeckte die Insel während seiner 1. Expedition ins Nordmeer um das Jahr 1607. Unabhängig davon wurde sie im Sommer 1614 weitere vier Mal gesichtet bzw. angelaufen. Berichten zufolge segelte der Navigator Fopp Gerritsz, der für den Walfangkapitän John Clarke eine Schule Grönlandwale verfolgte, am 28. Juni an dem Gestade vorüber. Wenige Tage später hielt die Cleyn Swaentgen (Kleiner Schwan) unter Kapitän Jan Jansz Kerckhoff, ausgerüstet von Aktionären der Noordschen Compagnie aus Delft, auf das Eiland zu. Zwei weitere Schiffe der Noordschen Compagnie, die Gouden Cath (Goldene Katze) unter Kapitän Jan Jacobs May van Schellinkhout und die Orangienboom (Orangenbaum) unter Kapitän Jacob de Gouwenaer, beide finanziert von Kaufleuten aus Amsterdam und Enkhuizen, erreichten unabhängig voneinander die Küste der Insel im Juli desselben Jahres.

Joris Carolus

Der niederländische Kartograf hatte 1604 bei der Belagerung der Stadt Ostende durch die spanischen Truppen ein Bein verloren und sein Soldatenleben an den Nagel gehängt. Fortan widmete er sein Interesse der Navigation und der Kartografie und fungierte während der Expedition ins Nordmeer als Navigator auf der Orangienboom unter dem Kommando von Jacob de Gouwenaer. Für mein Buch habe ich mir die schriftstellerische Freiheit erlaubt, ihn auf die Gouden Cath zu versetzen.

Die Reise des Pytheas nach Thule

An der abenteuerlichen Seereise des Pytheas gibt es heute keine Zweifel mehr. Zu Unrecht ist er seit dem Altertum zum Lügner abgestempelt worden. Seine Expedition in die Gewässer West- und Nordeuropas fand in den Jahren zwischen 330 bis 305 vor Christus statt und stellt eine der herausragendsten Leistungen in der Geschichte der Seefahrt dar, die mit den Entdeckungen eines Kolumbus oder Magellan gleichzusetzen ist. Pytheas war ein Universalgenie und vereinigte in sich nicht nur einen Kaufmann und Seefahrer, sondern ebenso einen Mathematiker, Astronomen und Geografen. Sein Forscherdrang hat dazu beigetragen, die Landkarte der Antike beträchtlich auszuweiten. Der Reisebericht des Lysitathes ist reine Fiktion, stützt sich allerdings in einigen Punkten auf Aussagen antiker Autoren, wie Strabon, Eratosthenes, Plinius dem Älteren oder Hipparchos von Rhodos, die aus Pytheas Abhandlung „Über den Ozean" – die leider nicht erhalten geblieben ist – wörtlich zitieren.

Fiktive Personen

Simonides, Lysitathes, Hiron von Karthago und zahlreiche andere Personen sind frei erfunden. Nichtsdestotrotz waren die

Karthager im antiken Cornwall in England viele Jahrhunderte präsent und kontrollierten das Monopol über den Zinnhandel. Pytheas kann ihnen auf seiner Reise nach Nordeuropa durchaus begegnet sein. Darauf, und auf einen möglichen Konflikt mit ihnen, fußt die fiktive Reisebeschreibung des Lysitathes.

Zitateverzeichnis

(1*) Verse 56 und 57 aus der Völuspá der Lieder-Edda nach der Übersetzung von Karl Simrock von 1851

(2*) Vers 28 der Völuspá aus der Lieder-Edda, in der Überset zung von Karl Simrock von 1851

(3*) Verse 19 und 20 aus der Völuspá der Lieder-Edda nach der Übersetzung von Karl Simrock von 1851

(4*) Vers 31 aus dem Vafthrudnismal der Lieder-Edda nach der Übersetzung von Karl Simrock von 1851

(5*) Vers 33 aus dem Vafthrudnismal der Lieder-Edda nach der Übersetzung von Karl Simrock von 1851

(6*) Vers 3 aus der Völuspá der Lieder-Edda nach der Überset zung von Karl Simrock von 1851

(7*) Vers 21 aus dem Vafthrudnismal der Lieder-Edda nach der Übersetzung von Karl Simrock von 1851

(8*) Vers 40 und 41 der Grimnismal der Lieder-Edda nach der Übersetzung von Karl Simrock von 1851

(9*) Vers 4 bis 6 aus der Völuspá der Lieder-Edda nach der Übersetzung von Karl Simrock von 1851

(10*) Vers 17 und 18 aus der Völuspá der Lieder-Edda nach der Übersetzung von Karl Simrock von 1851

(11*) Vers 35 aus dem Vafthrudnismal der Lieder-Edda nach der Übersetzung von Karl Simrock von 1851

Quellenverzeichnis

Über Pytheas von Massalia und die ältesten Nachrichten von den Germanen, Teil 1, *Dr. Franz Matthias, Berlin 1901*

Geographika, *Strabon*

Aeneis, *Vergil*

Geheimnis der Ferne, *Walter Krämer, Urania-Verlag 1979*

Fremde Pfade – unbekannte Meere, *Erich Rackwitz, Urania-Verlag 1977*

Navigatio Sancti Brendani

Die Edda, *nach der Übersetzung von Karl Simrock*

Die Luftwaffe, Die Geschichte der deutschen Luftwaffe im Zweiten Weltkrieg, *John Pimlott, Neuer Kaiser Verlag 2010*

Personen- und Sachworterklärung

Abalus, auch Abalcia: Nach Plinius dem Älteren, der sich auf Timaios und Pytheas beruft, der Name einer Insel, die heute mit Helgoland gleichgesetzt wird.

Acheron: Fluss der Unterwelt in der griechischen Mythologie.

Aeneas: Bedeutende Gestalt in der griechisch-römischen Mythologie. Er entstammt einer Nebenlinie des trojanischen Herrschergeschlechtes und ist der Sohn des Anchises und der Göttin Aphrodite. Aeneas gilt als Stammvater der Römer.

Aeneis: Epos von Vergil über die Flucht des Aeneas aus dem zerstörten Troja und seine Irrfahrten, die ihn bis nach Italien führen.

Agassizsee: Riesiger Schmelzwassersee in Nordamerika am Ende der letzten Eiszeit vor etwa 13 000 bis 8 400 Jahren.

Agathokles: 361–289 v. Chr. König und Tyrann von Syrakus auf der Insel Sizilien.

Agora: Altgriechische Bezeichnung für einen Markt- und Versammlungsplatz im Zentrum einer Stadt.

Albion: Antike Bezeichnung für England. Wahrscheinlich keltischen oder indogermanischen Ursprungs.

Amphoren: Zweihenkliges Tongefäß. Amphoren dienten als Vorrats- und Transportgefäße unter anderem für Öl, Oliven und Wein sowie für Honig, Milch und Getreide. Je nach Inhalt betrugdas Volumen zwischen 5 und 50 Liter.

Andvari: Ein Zwerg der nordischen Mythologie. Hüter des Zauberringes Andvaranaut.

Andvaranaut: Ein Ring, der die Fähigkeit besitzt, Gold zu mehren. Er wurde von Andvari mit einem Fluch belegt, um jeden zu töten, der ihn erwirbt.

Asen: Das jüngere der beiden Göttergeschlechter in der nordischen Mythologie.

Ascension: Einsam gelegene Insel im Atlantischen Ozean auf halber Strecke zwischen Südamerika und Afrika.

Asgard: Wohnort des Geschlechts der Asen. Zwölf Paläste aus Gold und Edelstein, umgeben von unbezwingbaren Mauern in den Zweigen der Weltenesche Yggdrasil.

Ask: Stammvater des Menschengeschlechtes in der nordischen Mythologie.

Atropos: In der griechischen Mythologie eine der drei Moiren, der Schicksalsgöttinnen. Atropos zerschneidet den Lebensfaden, den ihre Schwestern Klotho und Lachesis für jeden Sterblichen spinnen und bemessen.

Audhumbla: Die Urkuh in der nordischen Mythologe.

Avaritia: Habgier. Nach dem Katechismus der römisch-katholischen Kirche eine der sieben Todsünden.

Baal-Hammon: Oberster Stadtgott von Karthago, Gott der Fruchtbarkeit.

Balcia: Nach Plinius d. Ä., welcher sich möglicherweise noch auf die Originalschriften des Pytheas beziehen konnte, eine Insel oder Landmasse im Norden Europas. Die eindeutige

Lokalisierung ist heute umstritten und reicht von Helgoland und Skandinavien bis in den baltischen Raum.

Baltis, auch Baltia: Wird von Geschichtsforschern, wenn auch sehr umstritten, in der Geschichtsforschung mit Balcia und Abalus, abgeleitet von Abalcia, gleichgesetzt. Andere Historiker sehen in dieser Bezeichnung den preußischen und baltischen Ostseeraum.

Banak: Halbinsel bei der Stadt Lakselv im Gebiet Porsanger in der Provinz Finnmark im Norden Norwegens.

Belus: Nach der Aeneis König von Tyros, Vater von Dido/Elissa.

Bergelmir: Riese in der nordischen Mythologie.

Bestla: Riesin, Gattin des Bör, Mutter von Odin, Vili und Vé.

Bilge: Unterster und kühlster Raum in einem Schiff, der direkt über dem Kiel liegt.

Bilgenentöler: Ein Bilgenentöler ist eine Anlage, die angesammeltes, ölhaltiges Bilgewasser aus Schiffen abpumpt.

Bláinn, auch Blain: Wahrscheinlich identisch mit dem Urriesen Ymir aus der nordischen Schöpfungsgeschichte.

Blubber: Dicke Speckschicht von Walen und Robben.

Boatswain Bird Island: Eine Felseninsel vor der nordöstlichen Küste der Insel Ascension im südlichen Atlantischen Ozean.

Bokkr: Ein handwerklich begabter Zwerg in der nordischen Mythologie, der Thor seinen Hammer Mjölnir anfertigte.

Bor, auch Bör: Mythologische Gestalt der Edda. Sohn Buri.

Brimir: Wahrscheinlich identisch mit dem Urriesen Ymir.

Buri: Nach der Prosa-Edda Stammvater aller Götter.

Brendan der Reisende: 483–577/583 n. Chr. Irischer Mönch und sagenumwobener Seefahrer.

Carthager: Die Bewohner Karthagos.

Cato, Marcus Porcius der Ältere: 234–149 v. Chr. Römischer Feldherr, Politiker und Chronist.

CETERUM CENSEO CARTHAGINEM ESSE DELENDAM: „Im Übrigen bin ich der Meinung, dass Karthago zerstört werden muss.“ Nach Plutarch ein berühmter Spruch von Cato dem Älteren.

Chaldäer: Altes semitisches Volk in Mesopotamien.

Charon: In der griechischen Mythologie der Fährmann, der für eine Münze die Seele eines Verstorbenen über den Fluss Acheron ins Reich der Toten übersetzt.

Chiemgaukomet: Einer Theorie zufolge soll vor 2500 Jahren ein Komet im Chiemgau niedergegangen sein, der kurz vor dem Aufprall zerbrach und zahlreiche Krater hinterließ. Die Katastrophe soll für die Auslöschung der in dem Gebiet lebenden Kelten verantwortlich sein und den Tüttensee geschaffen haben.

Ciarraighe Luachra: Eine Ortschaft in Irland in der Grafschaft Kerry, benannt nach dem frühmittelalterlichen Volk der Ciarraighe.

Clovis-Kultur: Prähistorische Kultur auf dem nordamerikanischen Kontinent um 11 000 v. Chr.

Corbilo: Antike keltische Handelsstadt in der heutigen Bretagne an der Mündung der Loire.

Curragh: Traditionelles irisches Boot mit geteerter Leinwandbespannung am Schiffsrumpf.

Dekadenz: Veränderungen in Gesellschaften und Kulturen, die als ethischer und moralischer Verfall gewertet werden. Es ist die Umkehrung all dessen, was sinnvoll und produktiv wäre.

Demagogie: Das Verbreiten von Dingen wider besseren Wissens, die nicht stimmen, um damit die öffentliche Meinung für sich zu gewinnen.

Dido, auch Elissa: Phönizische Prinzessin, die der Legende nach Karthago gründete.

Diodorus: Antiker griechischer Geschichtsschreiber im 1. Jahrhundert v. Chr.

Dritter Makedonischer Krieg: 171–168 v. Chr. Auseinandersetzung zwischen den Makedoniern und den Römern, an dessen Ende die Niederlage des Antigonidenkönigs Perseus stand.

Dwergaz, auch Dwergr: Altnordischer Begriff für Zwerge.

Elektron: Altgriechischer Name für Bernstein.

Elivagar: In der Edda die Bezeichnung für die Flüsse des Urstromes.

Eisenluppe: Entsteht durch Direktreduktion von eisenhaltigen Erzen unter dem Schmelzpunkt und besitzt eine schwammige, porige Beschaffenheit. Aufgrund dessen muss sie weiter verdichtet werden, da sie Unreinheiten wie Schlacke und Schwefel enthält.

Elektriden: Mythische Bernsteininseln in der Antike. Nach Plinius sind wahrscheinlich die friesischen Inseln gemeint.

Elissa auch Elyssa, römisch Dido: Phönizische Prinzessin, die der Legende nach Karthago gründete.

Embla: Stammmutter des Menschengeschlechtes in der nordischen Mythologie.

Emporion: Antike griechische Handelskolonie an der heutigen katalanischen Küste am Golf von Roses, die um 600 v. Chr. gegründet wurde.

Eridanus: In der griechischen Mythologie ein Fluss am Ende der Welt, in den Phaeton, der Sohn des Gottes Helios, mit dem Sonnenwagen gestürzt war. Am Ufer des Flusses verwandelten sich die Heliaden, die sieben Schwestern Phaetons, in Pappeln. Ihre aus Trauer um den Bruder vergossenen Tränen wurden im Wasser des Eridanus zu Bernstein.

Erik der Rote: 950/960–1003 n. Chr. Nordischer Seefahrer und Entdecker. Gründete die erste Siedlung auf Grönland.

Euthymenes: Griechischer Seefahrer und Entdecker im 6. Jahrhundert v. Chr.

Fafnir: Eine Figur der nordischen Mythologie, überliefert in der Edda. Sohn des Zwergenkönigs Hreidmar. Verwandelt sich in einen Drachen und findet auch Eingang in die Nibelungensaga.

Fenriswolf: Ein Ungeheuer. Kind des Gottes Loki und der Riesin Angrboda. In der Ragnarök verschlingt er Odin. Dieser wird aber von seinem Sohn Vidar gerächt.

Fimbulwinter: Ein mehrjähriger, strenger Winter, der den Weltuntergang in der Ragnarök einläutet.

Flekkerøya: Insel mit traumhaften Buchten vor der norwegischen Stadt Kristiansand.

Fleute: Holländisches Handels- und Walfangschiff im 16. bis 18. Jahrhundert.

Frame: Leichter germanischer Speer mit einer kurzen scharfen Spitze, der nach Tacitus im Nahkampf, aber auch als Wurfwaffe Verwendung fand.

Fullerene: Präsolare Moleküle aus Kohlenstoffatomen, die älter als unser Sonnensystem sind.

Fumarole: Dampf- und Gasaustrittsstelle in vulkanisch aktiven Gebieten.

Fuß: Regional unterschiedliches, altgriechisches Längenmaß. 29,60 cm (attisch-ionischer Fuß) oder 32,60 cm (dorischer Fuß).

Gadeira: Karthagische Handelsstadt. Heute Cádiz genannt.

Gaetuler: Antikes nomadisches Volk in Nordafrika.

Gaia: Griechische Göttin, Mutter Erde.

Ginnungagap: Die leere Sphäre vor dem Beginn der Weltenschöpfung, gelegen zwischen Muspelheim und Nilfheim.

Glyphe: Ursprünglich in der Antike das Synonym für ein eingeritztes Schriftzeichen.

Gnomon: Antikes, astronomisches Instrument zur geografischen Ortsbestimmung mit einem senkrecht stehenden Schattenstab.

Gouden Cath: Walfangschiff der Noordschen Compagnie.

Grabstele: Frei stehender, sich nach oben verjüngender Pfeiler, der oft als Grabmal, aber auch als Inschriften- oder Grenzstein diente.

Gram: Wunderwaffe. In der nordisch-germanischen Mythologie das Schwert von Sigurd (Siegfried) dem Drachentöter, welches ihm sein Ziehvater Regin schmiedet und mit dem er dessen Bru der Fafnir tötet.

Großstufe: Begriff aus der Mineralogie. Stufen sind Verwachsungen von Kristallen, welche sich in Hohlräumen (Drusen) des Muttergesteins herausgebildet haben. Eine Großstufe ist größer, als eine Hand fassen kann.

Grünland: Grönland. Während der mittelalterlichen Warmzeit von 800–1350 n. Chr. waren dort Ackerbau und Viehzucht möglich, weshalb die Wikinger die Insel Grünland nannten.

Gungnir: Der Name von Odins Speer, den ihm die Söhne des Zwerges Ivaldi anfertigten. Er verfehlte nie das Ziel und kehrte stets zu seinem Besitzer zurück. Mit ihm trug er den Krieg in die Welt.

Hades: In der griechischen Mythologie das Reich der Toten.

Hamilkar: Karthagischer Herrscher. Regierungszeit 330–309 v. Chr.

Hannibal: Einer der berühmtesten Feldherren der Geschichte. Um 247–183 v. Chr.

Hanno: Karthagischer Seefahrer, der entlang der afrikanischen Westküste bis in den Golf von Guinea segelte. Vor 480–440 v. Chr.

Hasdrubal: Karthagischer, magonidischer Herrscher. Regierungszeit von 530–510 v. Chr.

Hedonismus: Eine lediglich an materiellen Genüssen orientierte, äußerst egoistische Lebenseinstellung.

Hel: Göttin der Unterwelt. Kind des Gottes Loki und der Riesin Angrboda.

Heliaden: Die Töchter des Sonnengottes Helios und die Schwestern des Phaeton.

Helios: Titan, Gott der Sonne.

Hermes: In der griechischen Mythologie der Schutzgott der Händler und Diebe.

Himilkon: Karthagischer Seefahrer. Erreichte vermutlich um 480 v. Chr. die britische Küste bei Cornwall.

Hoenir, auch Hönir: Gott der nordischen Mythologie. Er gab dem ersten Menschenpaar Ask und Embla den Verstand.

Hreidmar: Zauberkundiger König der Zwerge in der Edda.

Hvergelmir: In der nordischen Mythologie die Quelle der Elivagar, die in Nilfheim unter einer Wurzel der Weltenesche Yggdrasil entspringt.

Hybris: Griechischer Ausdruck für Anmaßung, Vermessenheit und Überheblichkeit.

Hyperborea: Nach den Vorstellungen der alten Griechen ein sagenhaftes Land im hohen Norden.

Hydra: Neunköpfiges, schlangenförmiges Seeungeheuer in der griechischen Mythologie.

Iarbas: In der Aeneas der König der Gaetuler, die in Nordafrika siedeln.

Idafeld: Rats- und Versammlungsort der Asen.

Idun: Nordische Göttin der ewigen Jugend, Tochter des Ivaldi. Hüterin der goldenen Äpfel, die den Göttern ihre Unsterblichkeit verleihen.

Iktis: Eine von Pytheas erwähnte Insel der Prettanike. Vermutlich handelte es sich um die heutige Insel Wight vor der Südküste Englands.

Inuit: Indigene Volksgruppe, die das arktische Kanada und Grönland besiedelt.

Ivaldi: In der nordischen Mythologie ein Zwerg und Schmied. Vater der Idun. Seine Söhne fertigten unter anderem Odins Speer Gungnir und Thors Hammer Mjölnir an.

Jamesonbucht: Bucht auf der Südseite der Insel Jan Mayen, östlich von Egg-Island gelegen.

Jan Jacobs May van Schellinkhout: Niederländischer Walfangkapitän. Im Jahr 1614 erreichte sein Schiff, die Gouden Cath, die kurz zuvor entdeckte Insel Jan Mayen in der Grönlandsee.

Joris Carolus: Niederländischer Kartograf und Entdecker. Um 1566–1636 n. Chr.

Jötun, auch Jötunn: Bezeichnung für die Riesen in der nordischen Mythologie.

Jüngere Tundrenzeit: Wird auch als jüngere Dryas-Zeit bezeichnet. Sie verzeichnete am Ende der letzten Eiszeit vor 13 000 bis 11 500 Jahren einen starken Kälterückfall.

Juno: Römische Göttin der Geburt und der Ehe.

Jupiter: Oberste römische Gottheit.

Känozoisches Eiszeitalter: Periode in der Erdgeschichte, die seit etwa 30 Millionen Jahren andauert und in deren Folge zuerst die Antarktis und später auch die Arktis vergletschert ist.

Kap Balerion: Landzunge. Westlichster Punkt Englands in Cornwall.

Kapitolinische Wölfin: Lebensgroße Bronzefigur einer Wölfin aus dem 9.–13. Jahrhundert, die Romulus und Remus, die mythischen Gründer der Stadt Rom, säugt.

Kap Orcas: Imaginäre Bezeichnung für den nördlichsten Punkt des schottischen Festlands. Möglicherweise ist damit die Halbinsel Dunnet Head gemeint.

Karolinger: Name eines Herrschergeschlechts der westgermanischen Franken. Berühmtester Vertreter war Karl der Große.

Kassiteriden: Die von Strabon beschriebenen Zinninseln vor der britannischen Südküste.

Keltike: Antike Bezeichnung für ein Gebiet in Westeuropa, das das heutige Frankreich, Deutschland und Dänemark umfasste.

Kleitarchos: Antiker griechischer Chronist, der Ende des 4. bis Anfang des 3. Jahrhunderts v. Chr. lebte.

Konstantin der Große: Flavius Valerius Constantinus. 270/288–337 n. Chr. Römischer Kaiser.

Konsul: Titel hoher römischer Staatsbeamter.

Koprolithen: Versteinerte, fossile Exkremente.

Kosmogonie: Erklärungsmodell zur Entstehung und Entwicklung der Welt.

Laurentisches Eisschild: Eiszeitlicher Gletscher über weiten Teilen Nordamerikas.

Libye: Altgriechische Bezeichnung für den Kontinent Afrika.

Little Minch: Meerenge, welche die schottische Insel Skye von den Äußeren Hebriden trennt.

Lieder-Edda: Sammlung nordischer Dichtungen. Erstmalig um 1270 n. Chr. im Codex Regius, einer nordischen Pergament-Handschrift, niedergeschrieben.

Liguren, auch Likyer oder Ligurer: Antikes Volk in Westeuropa.

Loki: Gott der nordischen Mythologie, Sohn des Riesen Farbauti und der Riesin Laufey. Vater der Midgardschlange, des Fenriswolfes und der Totengöttin Hel.

Lucius Aemilius Paullus Macedonicus: Römischer Feldherr und Politiker. 229–160 v. Chr.

Ludr: Altnordischer Begriff: Einbaum, Floss, Mahlkasten, Wiege. Möglicherweise aber auch eine Metapher auf eine abgeschlagene Hand des Urwesens Ymir.

Mago I.: Herrscher von Karthago und Stammvater des Geschlechts der Magoniden. 550–530 v. Ch.

Massalioten: Bezeichnung für die antiken Bewohner der Stadt Massalia.

Marcus Aurelius: Römischer Kaiser und Philosoph. 121–180 n. Chr.

Martensit: Hartes und sprödes Gefüge in Metallen und Nichtmetallen. Ein Ferrit mit hohem Kohlenstoffanteil und stark gestörter Gitterstruktur.

Maxentius: Römischer Kaiser. Starb in der Schlacht an der Milvischen Brücke. 278–312 n. Chr.

Megingjörd: Magischer Gürtel des Thor, der seine Kräfte verdoppelte.

Merkur: Römischer Gott der Händler und Diebe.

Michelangelo: Bedeutender italienischer Künstler der Renaissance. 1475–1564 n. Chr.

Milvische Brücke: Eine Brücke, die den Tiber in Rom überspannt. Bekannt geworden ist sie durch die ausgetragene Schlacht zwischen Konstantin dem Großen und Maxentius im Jahr 312 n. Chr., in dessen Folge Konstantin nach dem Tod des Maxentius zum Alleinherrscher in Rom wurde.

Midgard: In der nordischen Mythologie die Welt der Menschen.

Midgardschlange: Eine weltumspannende Seeschlange. Kind des Gottes Loki und der Riesin Angrboda. In der Ragnarök erschlägt Thor das Ungeheuer mit seinem Hammer Mjölnir, stirbt jedoch an ihrem Gift.

Mjölnir: Magische Waffe Thors in der nordischen Mythologie in Form eines Hammers, die ihm die Zwerge Sindri und Brokkr anfertigten.

Mohshärte: Härteskala, die vorrangig in der Mineralogie genutzt wird (Talk-Mohshärte 1 bis Diamant-Mohshärte 10).

Muspelheim: Feuersphäre in der nordischen Mythologie, südlich des Ginnungagap gelegen.

Navigatio Sancti Brendani: Dabei handelt es sich um einen märchenhaften Bericht über eine mögliche Seereise des irischen Mönches Brendan aus dem 6. Jahrhundert, die ihn weit über den Nordatlantik, wahrscheinlich sogar bis nach Amerika führte. Die Reisebeschreibung stammt aus dem 9. Jahrhundert n. Chr. und wurde von einem irischen Mönch in Latein niedergeschrieben.

Neapolis: Altgriechisch für „neue Stadt".

Nilfheim: Eissphäre in der nordischen Mythologie, nördlich des Ginnungagap gelegen.

Noordsche Compagnie: Niederländisches Handelskartell, das eine Walfangflotte unterhielt und von Kaufleuten aus verschiedenen niederländischen Städten finanziert wurde.

Nördlicher Mittelatlantischer Rücken: Nördlicher Teil eines Gebirgszuges unterhalb des Meeresspiegels im Atlantischen Ozean.

Noriker: Keltischer Volksstamm in der Antike. Wichtigster Exportartikel war der berühmte norische Stahl.

Nornen: Die Schicksalsgöttinnen in der nordischen Mythologie.

North Uist: Insel der Äußeren Hebriden im Norden Schottlands.

Odin: Hauptgott der nordischen Mythologie. Tötete mit seinen Brüdern Vili und Vé den Urriesen Ymir und formte mit ihnen aus seinem Körper die Welt. Opferte ein Auge, um seherische Kräfte zu erlangen. Gab dem ersten Menschenpaar Ask und Embla die Seele. In der Ragnarök wird er vom Fenriswolf verschlungen.

Okeanos: Titan, ältester Meeresgott in der griechischen Mythologie.

Oligarchie: Die Herrschaft weniger zum eigenen Nutzen.

Ophiussa: Altgriechische Bezeichnung für das heutige Spanien und Portugal.

Oksøy: Kleine Insel, südlich von Kristiansand gelegen mit einem Leuchtturm.

Orbis Unum lat.: Im übertragenen Sinne eine Welt.

Orcaden: Wahrscheinlich die heutigen Orkneyinseln nördlich von Schottland.

Otur: Sohn von Hreidmar, Bruder von Regin und Fafnir. Er wurde von Loki getötet, als er in Ottergestalt Fische jagte.

Palazzo dei Conservatori: Der Konservatorenpalast ist ein Gebäude aus der Renaissance am Kapitolsplatz unweit des Forum Romanum. In ihm sind große Teile der Kapitolinischen Museen untergebracht.

Palazzo Nuovo: Das 400 Jahre alte Gebäude liegt gegenüber vom Palazzo dei Conservatori und beherbergt ebenfalls Ausstellungsstücke der Kapitolinischen Museen.

Papst Clemens XII.: 1652–1740 n. Chr. Papst ab 1730 n. Chr.

Pegmatit: Grobkörniges, magmatisches Gestein.

Piazza del Campidoglio: Kapitolsplatz.
Ein großer, zentraler Platz auf dem kapitolinischen Hügel in Rom.

Periplus: Schriftliche Navigationshilfe. Segelanweisung zur Orientierung in fremden Gewässern.

Piccadilly Circus: Berühmte Straßenkreuzung und öffentlicher Platz im Londoner West End.

Phaeton: Sohn des Sonnengottes Helios, Bruder der Heliaden.

Plutarch: Griechischer Chronist und Schriftsteller.
Um 45/46–120/125 v. Chr.

Polybios: Griechischer Chronist in römischen Diensten.
Um 200/201–120 v. Chr. Er verfasste eine 40-bändige Universalgeschichte, von der nur die ersten fünf Bücher vollständig erhalten sind.

Populismus: Eine Politik, die sich volksnah gibt, jedoch die Unzufriedenheit und die Ängste in der Bevölkerung durch Manipulation derselben für die eigenen Interessen missbraucht.

Polos: Astronomisches Instrument, bei dem der Schattenwerfer – anders als beim Gnomon – parallel zur Erdachse angeordnet ist.

Poseidon: In der griechischen Mythologie der Gott des Meeres und zugleich der Bruder des Zeus.

Presbyterium: Chor, Altarraum.

Prettanike: Altgriechische Bezeichnung für die britischen Inseln.

Propaganda: Bezeichnet den Versuch, Ansichten zu manipulieren und Verhaltensweisen zu steuern.

Prosa-Edda: Teilweise auf der Lieder-Edda basierende, teilweise auf heute unbekannte Quellen angelehnte Sammlung altnordischer Mythen. Entstanden um 1225 n. Chr.

Punze, Punziereisen: Schlagstempel aus gehärtetem Werkzeugstahl zur Metallverarbeitung.

Puplius Cornelius Scipio Aemilianus Africanus: Römischer Feldherr und Staatsmann. 189–129 v. Chr. Er war der Zerstörer Karthagos.

Pygmalion: Nach Vergil der Sohn des Königs Belus von Tyros und Bruder der Elissa/Dido. Er ermordete ihren Gatten Syche aus aus Habgier.

Pytheas von Massalia: Nach 380/350–vor 300/285 v. Chr. Griechischer Kaufmann, Seefahrer, Geograf und Astronom. Gilt als einer der großen Entdecker der Antike. Seine Reise in den Norden Europas lässt sich nicht mehr fundiert datieren, wird aber im Zeitraum von 330 bis 305 vor Christus angesiedelt.

Quadrireme: Große Kriegsgaleere des Altertums. Die Ruderer verteilten sich als Vierereinheit mitunter auf mehreren Decksebenen.

Raffinierstahl: Ist eine frühe Form des Stahls und diente als Rohmaterial für die weitere Verarbeitung in den Schmieden. Er hat für die heutige Industrie keine Bedeutung mehr, da er in der Qualität und Reinheit modernen Stählen weit unterlegen ist.

Raffinieren: Veredelung des Renneisens durch mehrfaches Ausschmieden und Falten zur Homogenisierung. Dadurch wer den Verunreinigungen entfernt und der Kohlenstoff gleichmäßiger im Material verteilt.

Ragnarök: In der nordischen Mythologie der letzte Kampf zwischen den Riesen und Göttern, in dessen Folge die Welt untergeht.

Reginn, auch Regin: Nach der nordischen Mythologie der Sohn Hreidmars. Bruder von Fafnir und Otur. Ziehvater von

Sigurd/Siegfried. Schmiedet für ihn das Schwert Gram, mit dem er den Drachen Fafnir tötet.

Reifriese: Nordisch Hrimthurse. Riesengeschlecht in der nordischen Mythologie.

Rennofen: Vorrichtung zum Gewinnen von Eisen aus Eisenerz. Errichtet aus Steinen und Lehm erreichten sie eine Höhe von bis zu über 2 Metern. Neben dem Schacht befand sich in der Regel eine Herdgrube zum Ablassen der Schlacke. Die Belüftung erfolgte über Blasebälge, die aus Tierhäuten bestanden.

Renneisen: Ist das Produkt eines Schmelzprozesses und war eine mit Schlacke durchsetzte Stahlluppe, die im Rennofen zurückblieb. Für die weitere Verarbeitung musste sie zuvor wieder erhitzt und ausgeschmiedet werden.

Rockall: Kleine Felseninsel im Nordatlantik. Ein aus dem Wasser herausragender Gipfel der kontinentalen Erdkruste nordwestlich der Britischen Inseln.

Romulus und Remus: Sagenhafte Gründer der Stadt Rom im Jahr 753 v. Chr.

Schadrapa: Phönizisch-punischer Heilgott.

Schlacht von Pydna: 168 v. Chr. Die Schlacht zwischen den Römern und den Makedoniern unter König Perseus führte das Ende der makedonischen Dynastie der Antigoniden herbei und stärkte den Einfluss der Römer in Griechenland.

Scipionen: Zweig der römischen Patrizierfamilie der Cornelier.

Seattle: War ein deutsches Fracht- und Passagierschiff der Reederei HAPAG. 1940 vor Kristiansand versenkt, ist es heute ein beliebtes Wrack für Sporttaucher.

Sicilia: Antike Bezeichnung der Insel Sizilien.

Sigurd: Ziehsohn des Zwerges Reginn, der den Drachen Fafnir mit dem Schwert Gram tötete.

Skandengebirge: Das Skandinavische Gebirge.

Skuld: Die jüngste der drei Nornen. Sie steht für die Zukunft.

Skye: Insel der Inneren Hebriden.

Skylla: Meeresungeheuer in der griechischen Mythologie mit dem Oberleib einer Frau und einem Unterleib, der aus sechs Hunden besteht.

Skythen: Antikes Nomadenvolk in Osteuropa.

Skythike: Altgriechische Bezeichnung für das Siedlungsgebiet der Skythen.

Stabreim: Literarisches Stilmittel in nordischen Versmaßen.

Stadion: Altgriechisches Längenmaß mit regional unterschiedlicher Distanz. Das attische Stadion betrug 177,6 Meter und das olympische Stadion 192,30 Meter.

Sturluson, Snorri: Altisländischer Dichter, Historiker und Politiker. 1179–1241 n. Chr.

Svalbard: Spitzbergen.

Sycheaus: Laut der Aeneis der Gatte von Elissa/Dido. Er wurde von ihrem Bruder Pygmalion aus Habgier hinterlistig ermordet.

Synkretismus: Unmethodische und kritiklose Vermischung unterschiedlicher religiöser Ideen oder Philosophien zu einem neuen Weltbild, ohne eine Durchdringung oder Ausgleichung ihrer grundlegenden Prinzipien anzustreben.

Syrakusai: Altgriechischer Name für die Stadt Syrakus auf der Insel Sizilien.

Talent: Altgriechisches Gewichtsmaß. Es begründet sich auf dem Volumen einer durchschnittlichen Amphore, die mit Wasser gefüllt ist. Ein Talent lag regional unterschiedlich bei einem Gewicht zwischen 26 und 36 Kilogramm.

Tanit: Punische Göttin der Fruchtbarkeit und Schutzgöttin Karthagos.

Tartaros: In der griechischen Mythologie ein Teil der Unterwelt, der noch hinter dem Hades liegt.

Tartessos: Antike Stadt im Südwesten Spaniens. Bekannt durch ihren Zinn- und Silberhandel. Sie wurde von den Karthagern um 500 v. Chr. zerstört, als diese das Handelsmonopol an sich rissen.

Tauschieren: Metallbearbeitung mithilfe von Schlagstempeln.

Terra Repromissionis Sanctorum: Sagenhafte, verheißene Insel, die Brendan der Heilige auf seiner Reise sucht und die in der Navigatio Sancti Brendani erwähnt wird.

Tethys: Titanin in der griechischen Mythologie.

Teutones, auch Teutonen: Alter germanischer Volksstamm an der Nordseeküste.

Thing: Nordische Volks- und Gerichtsverhandlung.

Thor: Gott der nordischen Mythologie.

Thule: Ein von Pytheas von Massalia beschriebenes Gestade im hohen Norden Europas.

Thurse: Riese in der nordischen Mythologie.

Tophet: Gräberfeld in Karthago für Totgeburten und Kinder im Säuglingsalter.

Torsøya: Kleine Insel vor Kristiansand in Norwegen.

Tribun: Höherer Offizier in der römischen Armee.

Trichterbecherkultur: Kultur der Jungsteinzeit im Ostseeraum. Um 4200–2800 v. Chr.

Trinität: Die Heilige Dreifaltigkeit im christlichen Glauben: Vater, Sohn und heiliger Geist.

Troja: Im Altertum eine Stadt in Nordwesten der heutigen Türkei. In Homers Illias der Austragungsort eines 10 Jahre währenden Krieges zwischen den Trojanern und den Griechen, an dessen Ende die Zerstörung der Stadt stand.

Tunguska-Ereignis: Eine Explosion, die sich am 30. Juni 1908 in Sibirien ereignet hat. Allgemein wird von einem kosmischen Ereignis, der Explosion eines großen Meteoriten in der unteren Erdatmosphäre, ausgegangen.

Tyche: In der griechischen Mythologie die Göttin des Schicksals.

Tympanon: Dreieckiges oder halbkreisförmiges, verziertes Giebelfeld über dem Türsturz antiker Tempel und romanisch/gotischer Portale.

Tyrier: In Vergils Aeneis die Bezeichnung für die Gründer Karthagos, die der Sage nach aus der Stadt Tyros in der Levante stammen.

Tyros: Antike phönizische Stadt in der Levante. Heute eine libanesische Großstadt.

Ulfberht-Schwerter: Das harte und scharfe Ulfberht-Schwert war eine leichte und effiziente Waffe des frühen Mittelalters, die in ganz Europa begehrt war. Die Schrift aus damasziertem Draht auf der Klinge wurde in zuvor eingestanzte Vertiefungen gehämmert. Ulfberht-Schwerter wurden vom 8. bis 11. Jahrhundert hergestellt. Die aus einem Stück geschmiedeten und korrosionsbeständigen Klingen aus hochwertigem, gehärtetem Eisen waren so gefährlich, dass bereits Karl der Große ein Handelsembargo erließ, damit sie nicht in feindliche Hände gelangten.

Urd: Eine der drei Schicksalsgöttinnen. Sie steht für die Vergangenheit.

Utgard: In der nordischen Mythologie die Außenwelt bzw. der Wohnort der Riesen.

Uxisame: Wahrscheinlich der antike Name der französischen Insel Quessant an der Westspitze der Bretagne.

Vanaheimr: In der nordischen Mythologie der Wohnort der Wanen.

Vé: Ein Gott der nordischen Mythologie. Bruder von Odin und Vili. Gemeinsam töteten sie Ymir und erschufen aus seinem Körper die Welt.

Venus: Römische Göttin der Liebe.

Vergil: Römischer Dichter und Epiker. 70–19 v. Chr. Als Autor einer der wichtigsten Vertreter der klassisch-römischen Antike. Die Aeneis, ein Epos über die Vorgeschichte zur Gründung der Stadt Rom, gilt als eines seiner bedeutendsten Werke.

Vili: Ein Gott der nordischen Mythologie. Bruder von Odin und Vé. Gemeinsam töteten sie Ymir und erschufen aus seinem Körper die Welt.

Völuspá: Ist das erste der sechzehn Götterlieder in der Lieder-Edda.

Völva: In der nordischen Mythologie eine Wahrsagerin, die in der Edda das Ende der Welt weissagt.

Walrossbucht: Eine Bucht an der Nordwestküste der Insel Jan Mayen.

Wanen: Das ältere der beiden Göttergeschlechter in der nordischen Mythologie.

Wekusta 5: Die Wettererkundungsstaffel 5 wurde im September 1940 aus der erweiterten Wetterkette Nord gebildet. Sie war in Vaernes/Norwegen stationiert und flog Einsätze im Nordatlantik und im nördlichen Eismeer. Im Juli 1941 wurde bei Banak eine zusätzliche Wetterkette eingerichtet, um die Reichweite der Flüge zu erhöhen. Aus ihr erwuchs am 12. September 1943 die Wekusta 6.

Werdandi: Eine der drei Nornen. Sie steht für die Gegenwart.

Yggdrasil: Der Name der Weltenesche. Sie verkörpert in der nordischen Mythologie den Kosmos. Die Asen pflanzten sie nach Ymirs Tod als ersten Baum in der neu erschaffenen Welt.

Ymir: Das erste Lebewesen in der nordischen Mythologie. Es entstand aus der Verschmelzung von Feuer und Eis. Aus seinen Körperteilen formten Odin, Vili und Vé die Welt.

5612242R00256

Printed in Germany
by Amazon Distribution
GmbH, Leipzig